O ANO DA MORTE DE RICARDO REIS

Obras do autor publicadas pela Companhia das Letras

Alabardas, alabardas, espingardas, espingardas
O ano da morte de Ricardo Reis
O ano de 1993
A bagagem do viajante
O caderno
Cadernos de Lanzarote
Cadernos de Lanzarote II
Caim
A caverna
Claraboia
O conto da ilha desconhecida
Don Giovanni ou O dissoluto absolvido
Ensaio sobre a cegueira
Ensaio sobre a lucidez
O Evangelho segundo Jesus Cristo
História do cerco de Lisboa
O homem duplicado
In Nomine Dei
As intermitências da morte
A jangada de pedra
A maior flor do mundo
Manual de pintura e caligrafia
Memorial do convento
Objecto quase
As palavras de Saramago (org. Fernando Gómez Aguilera)
As pequenas memórias
Que farei com este livro?
O silêncio da água
Todos os nomes
Viagem a Portugal
A viagem do elefante

JOSÉ SARAMAGO

O ANO DA MORTE DE RICARDO REIS

3ª edição
3ª reimpressão

Copyright © 1984 by José Saramago
e Editorial Caminho S.A., Lisboa

Capa:
Adaptada de *Silvadesigners*,
autorizada por *Porto Editora S.A.* e
Fundação José Saramago

Caligrafia da capa:
Daniela Thomas

Revisão:
Jane Pessoa
Huendel Viana

*Por desejo do autor,
foi mantida a ortografia vigente
em Portugal*

Dados Internacionais de Catalogação na Publicação (CIP)
(Câmara Brasileira do Livro, SP, Brasil)

Saramago, José, 1922-2010.
S247a   O ano da morte de Ricardo Reis / José Saramago. — 3ª ed. — São Paulo : Companhia das Letras, 2017.

ISBN 978-85-359-3042-9

1. Romance português. I. Título.

88-1849   CDD-869.37

Índice para catálogo sistemático:
1. Romances: Século 20 : Literatura portuguesa 869.37

2022

Todos os direitos desta edição reservados à
EDITORA SCHWARCZ S.A.
Rua Bandeira Paulista, 702, cj. 32
04532-002 – São Paulo – SP
Telefone: (11) 3707-3500
www.companhiadasletras.com.br
www.blogdacompanhia.com.br
facebook.com/companhiadasletras
instagram.com/companhiadasletras
twitter.com/cialetras

Sábio é o que se contenta com o espetáculo do mundo

                                                  Ricardo Reis

Escolher modos de não agir foi sempre a attenção e o escrupulo da minha vida.

                                              Bernardo Soares

Se me disserem que é absurdo fallar assim de quem nunca existiu, respondo que também não tenho provas de que Lisboa tenha alguma vez existido, ou eu que escrevo, ou qualquer cousa onde quer que seja.

                                              Fernando Pessoa

Aqui o mar acaba e a terra principia. Chove sobre a cidade pálida, as águas do rio correm turvas de barro, há cheia nas lezírias. Um barco escuro sobe o fluxo soturno, é o Highland Brigade que vem atracar ao cais de Alcântara. O vapor é inglês, da Mala Real, usam-no para atravessar o Atlântico, entre Londres e Buenos Aires, como uma lançadeira nos caminhos do mar, para lá, para cá, escalando sempre os mesmos portos, La Plata, Montevideo, Santos, Rio de Janeiro, Pernambuco, Las Palmas, por esta ou inversa ordem, e, se não naufragar na viagem, ainda tocará em Vigo e Boulogne-sur-Mer, enfim entrará o Tamisa como agora vai entrando o Tejo, qual dos rios o maior, qual a aldeia. Não é grande embarcação, desloca catorze mil toneladas, mas aguenta bem o mar, como outra vez se provou nesta travessia, em que, apesar do mau tempo constante, só os aprendizes de viajante oceânico enjoaram, ou os que, mais veteranos, padecem de incurável delicadeza do estômago, e, por ser tão caseiro e confortável nos arranjos interiores, foi-lhe dado, carinhosamente, como ao Highland Monarch, seu irmão gémeo, o íntimo apelativo de vapor de família. Ambos estão providos de tombadilhos espaçosos para sport e banhos de sol, pode-se jogar, por exemplo, o cricket, que, sendo jogo de campo, também é exercitável sobre as ondas do mar, deste modo se demonstrando que ao império britânico nada é impossível, assim seja essa a vontade de quem lá manda. Em dias de amena meteorologia, o Highland Brigade é jardim de crianças e paraíso de velhos, porém não hoje, que está chovendo e não iremos ter outra tarde. Por trás dos vidros embaciados de sal, os meninos espreitam a cidade cinzenta, urbe rasa sobre colinas, como se só de casas térreas construída, por acaso além um zimbório alto, uma empena mais esforçada, um vulto que parece ruína de castelo, salvo se tudo isto é ilusão, quimera, miragem criada pela movediça cortina das águas que descem do céu fechado. As crianças estrangeiras, a quem mais largamente dotou a natureza da virtude da curiosidade, querem saber o nome do lugar, e os pais informam-nas, ou declinam-no as amas, as nurses, as bonnes, as fräuleins, ou um marinheiro que passava para ir à manobra, Lisboa, Lisbon, Lisbonne, Lissabon, quatro diferentes maneiras de enunciar, fora as intermédias e imprecisas, assim ficaram os meninos a saber o que antes ignoravam, e isso foi o que já sabiam, nada, apenas um nome, aproximativamente pronunciado, para maior confusão das juvenis inteligências, com o acento próprio de argentinos, se deles se tratava, ou de uruguaios, brasileiros e espanhóis, que, escrevendo certo Lisboa no castelhano ou português de cada qual, dizem cada um sua coisa, fora do alcance do ouvido comum e das imitações da escrita. Quando amanhã cedo o Highland Brigade sair a barra, que ao menos haja um pouco de sol e de céu descoberto, para que a parda neblina deste tempo astroso não obscureça por completo, ainda à vista de terra, a memória já esvaecente dos viajantes que pela primeira vez aqui passaram, estas crianças que repetem Lisboa, por sua própria conta transformando o nome noutro nome, aqueles adultos que franzem o sobrolho e se arrepiam com a geral humidade que repassa as madeiras e os ferros, como se o Highland Brigade viesse a escorrer do fundo do mar, navio duas vezes fantasma. Por gosto e vontade, ninguém haveria de querer ficar neste porto.

São poucos os que vão descer. O vapor atracou, já arrearam a escada do portaló, começam a mostrar-se em baixo, sem pressa, os bagageiros e os descarregadores, saem do refúgio dos alpendres e guaritas os guardas-fiscais de serviço, assomam os alfandegueiros. A chuva abrandou, só quase nada. Juntam-se no alto da escada os viajantes, hesitando, como se duvidassem de ter sido autorizado o desembarque, se haverá quarentena, ou temessem os degraus escorregadios, mas é a cidade silenciosa que os assusta, porventura morreu a gente nela e a chuva só está caindo para diluir em lama o que ainda ficou de pé. Ao comprido do cais, outros barcos atracados luzem mortiçamente por trás das vigias baças, os paus-de-carga são ramos esgalhados de árvores, negros, os guindastes estão quietos. É domingo. Para além dos barracões do cais começa a cidade sombria, recolhida em frontarias e muros, por enquanto ainda defendida da chuva, acaso movendo uma cortina triste e bordada, olhando para fora com olhos vagos, ouvindo gorgolhar a água dos telhados, algeroz abaixo, até ao basalto das valetas, ao calcário nítido dos passeios, às sarjetas pletóricas, levantadas algumas, se houve inundação.

Descem os primeiros passageiros. De ombros encurvados sob a chuva monótona, trazem sacos e maletas de mão, e têm o ar perdido de quem viveu a viagem como um sonho de imagens fluidas, entre mar e céu, o metrónomo da proa a subir e a descer, o balanço da vaga, o horizonte hipnótico. Alguém transporta ao colo uma criança, que pelo silêncio portuguesa deve ser, não se lembrou de perguntar onde está, ou avisaram-na antes, quando, para adormecer depressa no beliche abafado, lhe prometeram uma cidade bonita e um viver feliz, outro conto de encantar, que a estes não correram bem os trabalhos da emigração. E uma mulher idosa, que teima em abrir um guarda-chuva, deixa cair a pequena caixa de folha verde que trazia debaixo do braço, com forma de baú, e contra as pedras do cais foi desfazer-se o cofre, solta a tampa, rebentado o fundo, não continha nada de valor, só coisas de estimação, uns trapos coloridos, umas cartas, retratos que voaram, umas contas que eram de vidro e se partiram, novelos brancos agora maculados, sumiu-se um deles entre o cais e o costado do barco, é uma passageira da terceira classe.

 Consoante vão pondo pé em terra, correm a abrigar-se, os estrangeiros murmuram contra o temporal, como se fôssemos nós os culpados deste mau tempo, parece terem-se esquecido de que nas franças e inglaterras deles costuma ser bem pior, enfim, a estes tudo lhes serve para desdenharem dos pobres países, até a chuva natural, mais fortes razões teríamos nós de nos queixarmos e aqui estamos calados, maldito inverno este, o que por aí vai de terra arrancada aos campos férteis, e a falta que ela nos faz, sendo tão pequena a nação. Já começou a descarga das bagagens, sob as capas rebrilhantes os marinheiros parecem manipanços de capuz, e em baixo os bagageiros portugueses mexem-se mais à ligeira, é o bonezinho de pala, a veste curta, de oleado, assamarrada, mas tão indiferentes à grande molha que o universo espantam, talvez este desdém de confortos leve a compadecerem-se as bolsas dos viajantes, porta-moedas como se diz agora, e suba com a compaixão a gorjeta, povo atrasado, de mão estendida, vende cada um o que tiver de sobejo, resignação, humildade, paciência, assim continuemos nós a encontrar quem de tais mercadorias faça no mundo comércio. Os viajantes passaram à alfândega, poucos como se calculava, mas vai levar seu tempo saírem dela, por serem tantos os papéis a escrever e tão escrupulosa a caligrafia dos aduaneiros de piquete, se calhar os mais rápidos descansam ao domingo. A tarde escurece e ainda agora são quatro horas, com um pouco mais de sombra se faria a noite, porém aqui dentro é como se sempre o fosse, acesas durante todo o dia as fracas lâmpadas, algumas queimadas, aquela está há uma semana assim e ainda não a substituíram. As janelas, sujas, deixam transluzir uma claridade aquática. O ar carregado cheira a roupas molhadas, a bagagens azedas, a serapilheira dos fardos, e a melancolia alastra, faz emudecer os viajantes, não há sombra de alegria neste regresso. A alfândega é uma antecâmara, um limbo de passagem, que será lá fora.

Um homem grisalho, seco de carnes, assina os últimos papéis, recebe as cópias deles, pode-se ir embora, sair, continuar em terra firme a vida. Acompanha-o um bagageiro cujo aspecto físico não deve ser explicado em pormenor, ou teríamos de prosseguir infinitamente o exame, para que não se instalasse a confusão na cabeça de quem viesse a precisar de distinguir um do outro, se tal se requer, porque deste teríamos de dizer que é seco de carnes, grisalho, e moreno, e de cara rapada, como daquele foi dito já, contudo tão diferentes, passageiro um, bagageiro outro. Carrega este a mala grande num carrinho metálico, as duas outras, pequenas em comparação, suspendeu-as do pescoço com uma correia que passa pela nuca, como um jugo ou colar de ordem. Cá fora, sob a protecção do beiral largo, pousa a carga no chão e vai procurar um táxi, não costuma ser necessário, habitualmente há-os por ali, à chegada dos vapores. O viajante olha as nuvens baixas, depois os charcos no terreno irregular, as águas da doca, sujas de óleos, cascas, detritos vários, e é então que repara em uns barcos de guerra, discretos, não contava que os houvesse aqui, pois o lugar próprio desses navegantes é o mar largo, ou, não sendo o tempo de guerra ou de exercícios dela, no estuário, largo de sobra para dar fundeadouro a todas as esquadras do mundo, como antigamente se dizia e talvez ainda hoje se repita, sem cuidar de ver que esquadras são. Outros passageiros saíam da alfândega, acolitados pelos seus descarregadores, e então surgiu o táxi espadanando águas debaixo das rodas. Bracearam os pretendentes alvoroçados, mas o bagageiro saltou do estribo, fez um gesto largo, É para aquele senhor, assim se mostrando como até a um humilde serventuário do porto de Lisboa, quando a chuva e as circunstâncias ajudem, é dado ter nas mãos sóbrias a felicidade, em um momento dá-la ou retirá-la, como se acredita que Deus a vida. Enquanto o motorista baixava o porta-bagagens fixado na traseira do automóvel, o viajante perguntou, pela primeira vez se lhe notando um leve sotaque brasileiro, Por que estão na doca aqueles barcos, e o bagageiro respondeu, ofegando, ajudava o motorista a içar a mala grande, pesada, Ahn, é a doca da marinha, foi por causa do mau tempo, rebocaram-nos para aqui anteontem, senão eram bem capazes de garrar e ir encalhar a Algés. Chegavam outros táxis, tinham-se atrasado, ou o vapor atracara antes da hora esperada, agora havia no terreiro feira franca, tornara-se banal a satisfação da necessidade, Quanto lhe devo, perguntou o viajante, Por cima da tabela é o que quiser dar, respondeu o bagageiro, mas não disse que tabela fosse a tal nem o preço real do serviço, fiava-se na fortuna que protege os audaciosos, ainda que descarregadores, Só trago dinheiro inglês comigo, Ah, isso tanto faz, e na mão direita estendida viu pousar dez xelins, moeda que mais do que o sol brilhava, enfim logrou o astro-rei vencer as nuvens que sobre Lisboa pesavam. Por causa dos grandes carregos e das comoções profundas, a primeira condição para uma longa e próspera vida de bagageiro é ter um coração robusto, de bronze, ou redondo teria caído o dono deste, fulminado. Quer retribuir a excessiva generosidade, ao menos não ficar em dívida de palavras, por isso acrescenta informações que lhe não pediram, junta-as aos agradecimentos que não lhe ouvem, São contratorpedeiros, senhor, nossos, portugueses, é o Tejo, o Dão, o Lima, o Vouga, o Tâmega, o Dão é aquele mais perto. Não fazem diferença, podiam mesmo trocar-lhes os nomes, todos iguais, gémeos, pintados de cinzento-morte, alagados de chuva, sem sombra viva nos conveses, as bandeiras molhadas como trapos, salvo seja e sem ao respeito querer faltar, mas enfim, ficámos a saber que o Dão é este, acaso tornaremos a ter notícias dele.

O bagageiro levanta o boné e agradece, o táxi arranca, o motorista quer que lhe digam, Para onde, e esta pergunta, tão simples, tão natural, tão adequada à circunstância e ao lugar, apanha desprevenido o viajante, como se ter comprado a passagem no Rio de Janeiro tivesse sido e pudesse continuar a ser resposta para todas as questões, mesmo aquelas, passadas, que em seu tempo não encontraram mais que o silêncio, agora mal desembarcou e logo vê que não, talvez porque lhe fizeram uma das duas perguntas fatais, Para onde, a outra, e pior, seria, Para quê. O motorista olhou pelo retrovisor, julgou que o passageiro não ouvira, já abria a boca para repetir, Para onde, mas a resposta chegou primeiro, ainda irresoluta, suspensiva, Para um hotel, Qual, Não sei, e tendo dito, Não sei, soube o viajante o que queria, com tão firme convicção como se tivesse levado toda a viagem a ponderar a escolha, Um que fique perto do rio, cá para baixo, Perto do rio só se for o Bragança, ao princípio da Rua do Alecrim, não sei se conhece, Do hotel não me lembro, mas a rua sei onde é, vivi em Lisboa, sou português, Ah, é português, pelo sotaque pensei que fosse brasileiro, Percebe-se assim tanto, Bom, percebe-se alguma coisa, Há dezasseis anos que não vinha a Portugal, Dezasseis anos são muitos, vai encontrar grandes mudanças por cá, e com estas palavras calou-se bruscamente o motorista.

Ao viajante não parecia que as mudanças fossem tantas. A avenida por onde seguiam coincidia, no geral, com a memória dela, só as árvores estavam mais altas, nem admira, sempre tinham sido dezasseis anos a crescer, e mesmo assim, se na opaca lembrança guardava frondes verdes, agora a nudez invernal dos ramos apoucava a dimensão dos renques, uma coisa dava para a outra. A chuva rareara, só algumas gotas dispersas caíam, mas no espaço não se abrira nem uma frincha de azul, as nuvens não se soltaram umas das outras, fazem um extensíssimo e único tecto cor de chumbo. Tem chovido muito, perguntou o passageiro, É um dilúvio, há dois meses que o céu anda a desfazer-se em água, respondeu o motorista, e desligou o limpa-vidros. Poucos automóveis passavam, raros carros eléctricos, um ou outro pedestre que desconfiadamente fechava o guarda-chuva, ao longo dos passeios grandes charcos formados pelo entupimento das sarjetas, porta com porta algumas tabernas abertas, lôbregas, as luzes viscosas cercadas de sombra, a imagem taciturna de um copo sujo de vinho sobre um balcão de zinco. Estas frontarias são a muralha que oculta a cidade, e o táxi segue ao longo delas, sem pressa, como se andasse à procura duma brecha, dum postigo, duma porta da traição, a entrada para o labirinto. Passa devagar o comboio de Cascais, travando preguiçoso, ainda vinha com velocidade bastante para ultrapassar o táxi, mas fica para trás, entra na estação quando o automóvel já está a dar a volta ao largo, e o motorista avisa, O hotel é aquele, à entrada da rua. Parou em frente de um café, acrescentou, O melhor será ir ver primeiro se há quartos, não posso esperar mesmo à porta por causa dos eléctricos. O passageiro saiu, olhou o café de relance, Royal de seu nome, exemplo comercial de saudades monárquicas em tempo de república, ou remanescência do último reinado, aqui disfarçado de inglês ou francês, curioso caso este, olha-se e não se sabe como dizer a palavra, se rôial ou ruaiale, teve tempo de debater a questão porque já não chovia e a rua é a subir, depois imaginou-se regressando do hotel, com quarto ou ainda sem ele, e do táxi nem sombra, desaparecido com as bagagens, as roupas, os objectos de uso, os seus papéis, e a si mesmo perguntou como viveria se o privassem desses e todos os outros bens. Já ia vencendo os degraus exteriores do hotel quando compreendeu, por estes pensamentos, que estava muito cansado, era o que sentia, uma fadiga muito grande, um sono da alma, um desespero, se sabemos com bastante suficiência o que isso seja para pronunciar a palavra e entendê-la.

A porta do hotel, ao ser empurrada, fez ressoar um besouro eléctrico, em tempos teria havido uma sineta, derlim derlim, mas há sempre que contar com o progresso e as suas melhorias. Havia um lanço de escada empinado, e sobre o arranque do corrimão, em baixo, uma figura de ferro fundido levantava no braço direito um globo de vidro, representando, a figura, um pajem em trajo de corte, se a expressão ganha com a repetição alguma coisa, se não é pleonástica, pois ninguém se lembra de ter visto pajem que não estivesse em trajo de corte, para isso é que são pajens, mais explicativo seria ter dito, Um pajem trajado de pajem, pelo talhe das roupas, modelo italiano, renascença. O viajante trepou os intérminos degraus, parecia incrível ter de subir tanto para alcançar um primeiro andar, é a ascensão do Everest, proeza ainda sonho e utopia de montanheiros, o que lhe valeu foi ter aparecido no alto um homem de bigodes com uma palavra animadora, upa, não a diz, mas assim pode ser traduzido o seu modo de olhar e debruçar-se do alcandorado patamar, a indagar que bons ventos e maus tempos trouxeram este hóspede, Boas tardes, senhor, Boas tardes, não chega o fôlego para mais, o homem de bigodes sorri compreensivamente, Um quarto, e o sorriso agora é de quem pede desculpa, não há quartos neste andar, aqui é a recepção, a sala de jantar, a sala de estar, lá para dentro cozinha e copa, os quartos ficam em cima, por isso vamos ter de subir ao segundo andar, este aqui não serve porque é pequeno e sombrio, este também não porque a janela dá para as traseiras, estes estão ocupados, Gostava era de um quarto de onde pudesse ver o rio, Ah, muito bem, então vai gostar do duzentos e um, ficou livre esta manhã, mostro-lho já. A porta ficava ao fim do corredor, tinha uma chapazinha esmaltada, números pretos sobre fundo branco, não fosse isto um recatado quarto de hotel, sem luxos, fosse duzentos e dois o número da porta, e já o hóspede poderia chamar-se Jacinto e ser dono duma quinta em Tormes, não seriam estes episódios de Rua do Alecrim mas de Campos Elísios, à direita de quem sobe, como o Hotel Bragança, e só nisso é que se parecem. O viajante gostou do quarto, ou quartos, para sermos mais rigorosos, porque eram dois, ligados por um amplo vão, em arco, ali o lugar de dormir, alcova se lhe chamaria noutros tempos, deste lado o lugar de estar, no conjunto um aposento como uma casa de habitação, com a sua escura mobília de mogno polido, os reposteiros nas janelas, a luz velada. O viajante ouviu o rangido áspero de um eléctrico que subia a rua, tinha razão o motorista. Então pareceu-lhe que passara muito tempo desde que deixara o táxi, se ainda lá estaria, e interiormente sorriu do seu medo de ser roubado, Gosta do quarto, perguntou o gerente, com voz e autoridade de quem o é, mas blandicioso como compete ao negócio de alugador, Gosto, fico com ele, E vai ser por quantos dias, Ainda não sei, depende de alguns assuntos que tenho de resolver, do tempo que demorem. É o diálogo corrente, conversa sempre igual em casos assim, mas neste de agora há um elemento de falsidade, porquanto o viajante não tem assuntos a tratar em Lisboa, nenhum assunto que tal nome mereça, disse uma mentira, ele que um dia afirmou detestar a inexactidão.

Desceram ao primeiro andar, e o gerente chamou um empregado, moço dos recados e homem dos carregos, que fosse buscar a bagagem deste senhor, O táxi está à espera defronte do café, e o viajante desceu com ele, para pagar a corrida, ainda se usa hoje esta linguagem de cocheiro e sota, e verificar que nada lhe faltava, desconfiança mal encaminhada, juízo imerecido, que o motorista é pessoa honesta e só quer que lhe paguem o que o contador marca, mais a gorjeta do costume. Não vai ter a sorte do bagageiro, não haverá outras distribuições de pepitas, porque entretanto trocou o viajante na recepção algum do seu dinheiro inglês, não que a generosidade nos canse, mas uma vez não são vezes, e ostentação é insulto aos pobres. A mala pesa muito mais do que o meu dinheiro, e quando ela alcança o patamar, o gerente, que ali estava esperando e vigilando o transporte, fez um movimento de ajuda, a mão por baixo, gesto simbólico como o lançamento duma primeira pedra, que a carga vinha subindo toda às costas do moço, só moço de profissão, não de idade, que essa já carrega, carregando ele a mala e pensando dela aquelas primeiras palavras, de um lado e do outro amparado pelos escusados auxílios, o segundo, igualzinho, dava-lho o hóspede, dorido da força que via fazer. Já lá vai a caminho do segundo andar, É o duzentos e um, ó Pimenta, desta vez o Pimenta está com sorte, não tem de ir aos andares altos, e enquanto ele sobe tornou o hóspede a entrar na recepção, um pouco ofegante do esforço, pega na caneta, e escreve no livro das entradas, a respeito de si mesmo, o que é necessário para que fique a saber-se quem diz ser, na quadrícula do riscado e pautado da página, nome Ricardo Reis, idade quarenta e oito anos, natural do Porto, estado civil solteiro, profissão médico, última residência Rio de Janeiro, Brasil, donde procede, viajou pelo Highland Brigade, parece o princípio duma confissão, duma autobiografia íntima, tudo o que é oculto se contém nesta linha manuscrita, agora o problema é descobrir o resto, apenas. E o gerente, que estivera de pescoço torcido para seguir o encadeamento das letras e decifrar-lhes, acto contínuo, o sentido, pensa que ficou a saber isto e aquilo, e diz, Senhor doutor, não chega a ser vénia, é um selo, o reconhecimento de um direito, de um mérito, de uma qualidade, o que requer uma imediata retribuição, mesmo não escrita, O meu nome é Salvador, sou o responsável do hotel, o gerente, precisando o senhor doutor de qualquer coisa, só tem que me dizer, A que horas se serve o jantar, O jantar é às oito, senhor doutor, espero que a nossa cozinha lhe dê satisfação, temos também pratos franceses. O doutor Ricardo Reis admitiu com um aceno de cabeça a sua própria esperança, pegou na gabardina e no chapéu, que pousara numa cadeira, e retirou-se.

O moço estava à espera, do lado de dentro do quarto, com a porta aberta. Ricardo Reis viu-o da entrada do corredor, sabia que, em lá chegando, o homem iria avançar a mão serviçal, mas também imperativa, na proporção do peso da carga, e enquanto caminhava notou, não se apercebera antes, que só havia portas de um lado, o outro era a parede que formava a caixa da escada, pensava nisto como se tratasse de uma importante questão que não deveria esquecer, realmente estava muito cansado. O homem recebeu a gorjeta, sentiu-a, mais do que a olhou, é o que faz o hábito, e ficou satisfeito, tanto assim que disse, Senhor doutor, muito obrigado, não poderemos explicar como o sabia ele, se não vira o livro dos hóspedes, é o caso que as classes subalternas não ficam a dever nada em agudeza e perspicácia às pessoas que fizeram estudos e ficaram cultas. A Pimenta só lhe doía a asa duma omoplata por mau assentamento, nela, duma das travessas de reforço da mala, nem parece homem com tanta experiência de carregar.

Ricardo Reis senta-se numa cadeira, passa os olhos em redor, é aqui que irá viver não sabe por quantos dias, talvez venha a alugar casa e instalar consultório, talvez regresse ao Brasil, por agora o hotel bastará, lugar neutro, sem compromisso, de trânsito e vida suspensa. Para além das cortinas lisas, as janelas tornaram-se de repente luminosas, são os candeeiros da rua. Tão tarde já. Este dia acabou, o que dele resta paira longe sobre o mar e vai fugindo, ainda há tão poucas horas navegava Ricardo Reis por aquelas águas, agora o horizonte está aonde o seu braço alcança, paredes, móveis que reflectem a luz como um espelho negro, e em vez do pulsar profundo das máquinas do vapor, ouve o sussurro, o murmúrio da cidade, seiscentas mil pessoas suspirando, gritando longe, agora uns passos cautelosos no corredor, uma voz de mulher que diz, Já lá vou, deve ser criada, estas palavras, esta voz. Abriu uma das janelas, olhou para fora. A chuva parara. O ar fresco, húmido do vento que passou sobre o rio, entra pelo quarto dentro, corrige-lhe a atmosfera fechada, como de roupa por lavar em gaveta esquecida, um hotel não é uma casa, convém lembrar outra vez, vão-lhe ficando cheiros deste e daquela, uma suada insónia, uma noite de amor, um sobretudo molhado, o pó dos sapatos escovados na hora da partida, e depois vêm as criadas fazer as camas de lavado, varrer, fica também o seu próprio halo de mulheres, nada disto se pode evitar, são os sinais da nossa humanidade.

Deixou a janela aberta, foi abrir a outra, e, em mangas de camisa, refrescado, com um vigor súbito, começou a abrir as malas, em menos de meia hora as despejou, passou o conteúdo delas para os móveis, para os gavetões da cómoda, os sapatos na gaveta-sapateira, os fatos nos cabides do guarda-roupa, a mala preta de médico num fundo escuro de armário, e os livros numa prateleira, estes poucos que trouxera consigo, alguma latinação clássica de que já não fazia leitura regular, uns manuseados poetas ingleses, três ou quatro autores brasileiros, de portugueses não chegava a uma dezena, e no meio deles encontrava agora um que pertencia à biblioteca do Highland Brigade, esquecera-se de o entregar antes do desembarque. A estas horas, se o bibliotecário irlandês deu pela falta, grossas e gravosas acusações hão-de ter sido feitas à lusitana pátria, terra de escravos e ladrões, como disse Byron e dirá O'Brien, destas mínimas causas, locais, é que costumam gerar-se grandes e mundiais efeitos, mas eu estou inocente, juro-o, foi deslembrança, só, e nada mais. Pôs o livro na mesa-de-cabeceira para um destes dias o acabar de ler, apetecendo, é seu título The god of the labyrinth, seu autor Herbert Quain, irlandês também, por não singular coincidência, mas o nome, esse sim, é singularíssimo, pois sem máximo erro de pronúncia se poderia ler, Quem, repare-se, Quain, Quem, escritor que só não é desconhecido porque alguém o achou no Highland Brigade, agora, se lá estava em único exemplar, nem isso, razão maior para perguntarmos nós, Quem. O tédio da viagem e a sugestão do título o tinham atraído, um labirinto com um deus, que deus seria, que labirinto era, que deus labiríntico, e afinal saíra-lhe um simples romance policial, uma vulgar história de assassínio e investigação, o criminoso, a vítima, se pelo contrário não preexiste a vítima ao criminoso, e finalmente o detective, todos três cúmplices da morte, em verdade vos direi que o leitor de romances policiais é o único e real sobrevivente da história que estiver lendo, se não é como sobrevivente único e real que todo o leitor lê toda a história.

E há papéis para guardar, estas folhas escritas com versos, datada a mais antiga de doze de Junho de mil novecentos e catorze, vinha aí a guerra, a Grande, como depois passaram a chamar-lhe enquanto não faziam outra maior, Mestre, são plácidas todas as horas que nós perdemos, se no perdê-las, qual numa jarra, nós pomos flores, e seguindo concluía, Da vida iremos tranquilos, tendo nem o remorso de ter vivido. Não é assim, de enfiada, que estão escritos, cada linha leva seu verso obediente, mas desta maneira, contínuos, eles e nós, sem outra pausa que a da respiração e do canto, é que os lemos, e a folha mais recente de todas tem a data de treze de Novembro de mil novecentos e trinta e cinco, passou mês e meio sobre tê-la escrito, ainda folha de pouco tempo, e diz, Vivem em nós inúmeros, se penso ou sinto, ignoro quem é que pensa ou sente, sou somente o lugar onde se pensa e sente, e, não acabando aqui, é como se acabasse, uma vez que para além de pensar e sentir não há mais nada. Se somente isto sou, pensa Ricardo Reis depois de ler, quem estará pensando agora o que eu penso, ou penso que estou pensando no lugar que sou de pensar, quem estará sentindo o que sinto, ou sinto que estou sentindo no lugar que sou de sentir, quem se serve de mim para sentir e pensar, e, de quantos inúmeros que em mim vivem, eu sou qual, quem, Quain, que pensamentos e sensações serão os que não partilho por só me pertencerem, quem sou eu que outros não sejam ou tenham sido ou venham a ser. Juntou os papéis, vinte anos dia sobre dia, folha após folha, guardou-os numa gaveta da pequena secretária, fechou as janelas, e pôs a correr a água quente para se lavar. Passava um pouco das sete horas.

Pontual, quando ainda ecoava a última pancada das oito no relógio de caixa alta que ornamentava o patamar da recepção, Ricardo Reis desceu à sala de jantar. O gerente Salvador sorriu, levantando o bigode sobre os dentes pouco limpos, e correu a abrir-lhe a porta dupla de painéis de vidro, monogramados com um H e um B entrelaçados de curvas e contracurvas, de apêndices e alongamentos vegetalistas, de reminiscências de acantos, palmetas, folhagens enroladas, assim dignificando as artes aplicadas o trivial ofício hoteleiro. O maître saiu-lhe ao caminho, não estavam outros hóspedes na sala, só dois criados que acabavam de pôr as mesas, ouviam-se rumores de copa atrás doutra porta monogramada, por ali entrariam daí a pouco as terrinas, os pratos cobertos, as travessas. O mobiliário é o que costuma ser, quem viu uma destas salas de jantar viu todas, excepto quando o hotel for de luxo, e não é este o caso, umas frouxas luzes no tecto e nas paredes, uns cabides, toalhas brancas nas mesas, alvíssimas, é o brio da gerência, curadas de lixívia na lavandaria, senão na lavadeira de Caneças, que não usa mais que sabão e sol, com tanta chuva, há tantos dias, há-de ter o rol atrasado. Sentou-se Ricardo Reis, o maître diz-lhe o que há para comer, a sopa, o peixe, a carne, salvo se o senhor doutor preferir a dieta, isto é, outra carne, outro peixe, outra sopa, eu aconselharia, para começar a habituar-se a esta nova alimentação, recém-chegado do trópico depois duma ausência de dezasseis anos, até isto já se sabe na sala de jantar e na cozinha. A porta que dá para a recepção foi entretanto empurrada, entrou um casal com dois filhos crianças, menino, menina, cor de cera eles, sanguíneos os pais, mas todos legítimos pelas parecenças, o chefe da família à frente, guia da tribo, a mãe tocando as crias que vão no meio. Depois apareceu um homem gordo, pesado, com uma corrente de ouro atravessada sobre o estômago, de bolsinho a bolsinho do colete, e logo a seguir outro homem, magríssimo, de gravata preta e fumo no braço, ninguém mais entrou durante este quarto de hora, ouvem-se os talheres tocando os pratos, o pai dos meninos, imperioso, bate com a faca no copo para chamar o criado, o homem magro, ofendido no luto e na educação, fita-o severamente, o gordo mastiga, plácido. Ricardo Reis contempla as olhas da canja de galinha, acabou por escolher a dieta, obedeceu à sugestão, por indiferença, não por lhe ter encontrado particular vantagem. Um rufar nas vidraças advertiu-o de que recomeçara a chover. Estas janelas não dão para a Rua do Alecrim, que rua será, não se recorda, se alguma vez o soube, mas o criado que vem mudar o prato explica, Aqui é a Rua Nova do Carvalho, senhor doutor, e perguntou, Então, gostou da canja, pela pronúncia se vê que o criado é galego, Gostei, pela pronúncia já se tinha visto que o hóspede viveu no Brasil, boa gorjeta apanhou-a o Pimenta.

A porta abriu-se outra vez, agora entrou um homem de meia-idade, alto, formal, de rosto comprido e vincado, e uma rapariga de uns vinte anos, se os tem, magra, ainda que mais exacto seria dizer delgada, dirigem-se para a mesa fronteira à de Ricardo Reis, de súbito tornara-se evidente que a mesa estava à espera deles, como um objecto espera a mão que frequentemente o procura e serve, serão hóspedes habituais, talvez os donos do hotel, é interessante como nos esquecemos de que os hotéis têm dono, estes, sejam-no ou não, atravessaram a sala num passo tranquilo como se estivessem em sua própria casa, são coisas que se notam quando se olha com atenção. A rapariga fica de perfil, o homem está de costas, conversam em voz baixa, mas o tom dela subiu quando disse, Não, meu pai, sinto-me bem, são portanto pai e filha, conjunção pouco costumada em hotéis, nestas idades. O criado veio servi-los, sóbrio mas familiar de modos, depois afastou-se, agora a sala está silenciosa, nem as crianças levantam as vozes, estranho caso, Ricardo Reis não se lembra de as ter ouvido falar, ou são mudas, ou têm os beiços colados, presos por agrafes invisíveis, absurda lembrança, se estão comendo. A rapariga magra acabou a sopa, pousa a colher, a sua mão direita vai afagar, como um animalzinho doméstico, a mão esquerda que descansa no colo. Então Ricardo Reis, surpreendido pela sua própria descoberta, repara que desde o princípio aquela mão estivera imóvel, recorda-se de que só a mão direita desdobrara o guardanapo, e agora agarra a esquerda e vai pousá-la sobre a mesa, com muito cuidado, cristal fragilíssimo, e ali a deixa ficar, ao lado do prato, assistindo à refeição, os longos dedos estendidos, pálidos, ausentes. Ricardo Reis sente um arrepio, é ele quem o sente, ninguém por si o está sentindo, por fora e por dentro da pele se arrepia, e olha fascinado a mão paralisada e cega que não sabe aonde há-de ir se a não levarem, aqui a apanhar sol, aqui a ouvir a conversa, aqui para que te veja aquele senhor doutor que veio do Brasil, mãozinha duas vezes esquerda, por estar desse lado e ser canhota, inábil, inerte, mão morta mão morta que não irás bater àquela porta. Ricardo Reis observa que os pratos da rapariga vêm já arranjados da copa, limpo de espinhas o peixe, cortada a carne, descascada e aberta a fruta, é patente que filha e pai são hóspedes conhecidos, costumados na casa, talvez vivam mesmo no hotel. Chegou ao fim da refeição, ainda se demora um pouco, a dar tempo, que tempo e para quê, enfim levantou-se, afasta a cadeira, e o rumor do arrastamento, acaso excessivo, fez voltar-se o rosto da rapariga, de frente tem mais que os vinte anos que antes parecera, mas logo o perfil a restitui à adolescência, o pescoço alto e frágil, o queixo fino, toda a linha instável do corpo, insegura, inacabada. Ricardo Reis sai da sala de jantar, aproxima-se da porta dos monogramas, aí tem de trocar vénias com o homem gordo que também ia saindo, Vossa excelência primeiro, Ora essa, por quem é, saiu o gordo, Muito obrigado a vossa excelência, notável maneira esta de dizer, Por quem e, se tomássemos todas as palavras à letra, passaria primeiro Ricardo Reis, porque é inúmeros, segundo o seu próprio modo de entender-se.

O gerente Salvador estende já a chave do duzentos e um, faz menção de a entregar solícito, porém retrai subtilmente o gesto, talvez o hóspede queira partir à descoberta da Lisboa nocturna e dos seus prazeres secretos, depois de tantos anos no Brasil e tantos dias de travessia oceânica, ainda que a noite invernosa mais faça apetecer o sossego da sala de estar, aqui ao lado, com as suas profundas e altas poltronas de couro, o seu lustre central, precioso de pingentes, o grande espelho em que cabe toda a sala, que nele se duplica, em uma outra dimensão que não é o simples reflexo das comuns e sabidas dimensões que com ele se confrontam, largura, comprimento, altura, porque não estão lá uma por uma, identificáveis, mas sim fundidas numa dimensão única, como fantasma inapreensível de um plano simultaneamente remoto e próximo, se em tal explicação não há uma contradição que a consciência só por preguiça desdenha, aqui se está contemplando Ricardo Reis, no fundo do espelho, um dos inúmeros que é, mas todos fatigados, Vou para cima, estou cansado da viagem, foram duas semanas de mau tempo, se houvesse por aí uns jornais de hoje, questão de me pôr em dia com a pátria enquanto não adormeço, Aqui os tem, senhor doutor, e neste momento apareceram a rapariga da mão paralisada e o pai, passaram para a sala de estar, ele à frente, ela atrás, distantes um passo, a chave já estava na mão de Ricardo Reis, e os jornais cor de cinza, baços, uma rajada fez bater a porta que dá para a rua, lá no fundo da escada, o besouro zumbiu, não é ninguém, apenas o temporal que recrudesce, desta noite não virá mais nada que se aproveite, chuva, vendaval em terra e no mar, solidão.

O sofá do quarto é confortável, as molas, de tantos corpos que nelas se sentaram, humanizaram-se, fazem um recôncavo suave, e a luz do candeeiro que está sobre a secretária ilumina de bom ângulo o jornal, nem parece isto um hotel, é como estar em casa, no seio da família, do lar que não tenho, se o terei, são estas as notícias da minha terra natal, e dizem, O chefe do Estado inaugurou a exposição de homenagem a Mousinho de Albuquerque na Agência Geral das Colónias, não se podem dispensar as imperiais comemorações nem esquecer as figuras imperiais, Há grandes receios na Golegã, não me lembro onde fica, ah Ribatejo, se as cheias destruírem o dique dos Vinte, nome muito curioso, donde lhe virá, veremos repetida a catástrofe de mil oitocentos e noventa e cinco, noventa e cinco, tinha eu oito anos, é natural não me lembrar, A mais alta mulher do mundo chama-se Elsa Droyon e tem dois metros e cinquenta centímetros de altura, a esta não a cobriria a cheia, e a rapariga, como se chamará, aquela mão paralisada, mole, foi doença, foi acidente, Quinto concurso de beleza infantil, meia página de retratos de criancinhas, nuazinhas de todo, ao léu os refegos, alimentadas a farinha lacto-búlgara, alguns destes bebés se tornarão criminosos, vadios e prostitutas por assim terem sido expostos, na tenra idade, ao olhar grosseiro do vulgo, que não respeita inocências, Prosseguem as operações na Etiópia, e do Brasil que notícias temos, sem novidade, tudo acabado, Avanço geral das tropas italianas, não há força humana capaz de travar o soldado italiano na sua heróica arrancada, que faria, que fará contra ele a lazarina abexim, a pobre lança, a mísera catana, O advogado da famosa atleta anunciou que a sua constituinte se submeteu a uma importante operação para mudar de sexo, dentro de poucos dias será um homem autêntico, como de nascimento, já agora não se esqueçam de mudar-lhe também o nome, que nome, Bocage perante o Tribunal do Santo Ofício, quadro do pintor Fernando Santos, belas artes por cá se fazem, No Coliseu está A Última Maravilha com a azougada e escultural Vanise Meireles, estrela brasileira, tem graça, no Brasil nunca dei por ela, culpa minha, aqui a três escudos a geral, fauteuil a partir de cinco, em duas sessões, matinée aos domingos, O Politeama leva As Cruzadas, assombroso filme histórico, Em Port-Said desembarcaram numerosos contingentes ingleses, tem cada tempo as suas cruzadas, estas são as de hoje, constando que seguiram para a fronteira da Líbia italiana, Lista de portugueses falecidos no Brasil na primeira quinzena de Dezembro, pelos nomes não conheço ninguém, não tenho que sentir desgosto, não preciso pôr luto, mas realmente morrem muitos portugueses por lá, Bodos aos pobres por todo o país de cá, ceia melhorada nos asilos, que bem tratados são em Portugal os macróbios, bem tratada a infância desvalida, florinhas da rua, e esta notícia, O presidente da câmara do Porto telegrafou ao ministro do Interior, em sessão de hoje a câmara municipal da minha presidência apreciando o decreto de auxílio aos pobres no inverno resolveu saudar vossa excelência por esta iniciativa de tão singular beleza, e outras, Fontes de chafurdo cheias de dejectos de gado, lavra a varíola em Lebução e Fatela, há gripe em Portalegre e febre tifóide em Valbom, morreu de bexigas uma rapariga de dezasseis anos, pastoril florinha, campestre, lírio tão cedo cortado cruelmente, Tenho uma cadela fox, não pura, que já teve duas criações, e em qualquer delas foi sempre apanhada a comer os filhos, não escapou nenhum, diga-me senhor redactor o que devo fazer, O canibalismo das cadelas, prezado leitor e consulente, é no geral devido ao mau arraçoamento durante a gestação, com insuficiência de carne, deve-se--lhe dar comida em abundância, em que a carne entre como base, mas a que não faltem o leite, o pão e os legumes, enfim, uma alimentação completa, se mesmo assim não lhe passar a balda, não tem cura, mate-a ou não a deixe cobrir, que se avenha com o cio, ou mande capá-la. Agora imaginemos nós que as mulheres mal arraçoadas durante a gravidez, e é o mais do comum, sem carne, sem leite, algum pão e couves, se punham também a comer os filhos, e, tendo imaginado e verificado que tal não acontece, torna-se afinal fácil distinguir as pessoas dos animais, este comentário não o acrescentou o redactor, nem Ricardo Reis, que está a pensar noutra coisa, que nome adequado se deveria dar a esta cadela, não lhe chamará Diana ou Lembrada, e que adiantará um nome ao crime ou aos motivos dele, se vai o nefando bicho morrer de bolo envenenado ou tiro de caçadeira por mão do seu dono, teima Ricardo Reis e enfim encontra o certo apelativo, um que vem de Ugolino della Gherardesca, canibalíssimo conde macho que manjou filhos e netos, e tem atestados disso, e abonações, na História dos Guelfos e Gibelinos, capítulo respectivo, e também na Divina Comédia, canto trigésimo terceiro do Inferno, chame-se pois Ugolina à mãe que come os seus próprios filhos, tão desnaturada que não se lhe movem as entranhas à piedade quando com as suas mesmas queixadas rasga a morna e macia pele dos indefesos, os trucida, fazendo-lhes estalar os ossos tenros, e os pobres cãezinhos, gementes, estão morrendo sem verem quem os devora, a mãe que os pariu, Ugolina não me mates que sou teu filho.

A folha que tais horrores explica tranquilamente cai sobre os joelhos de Ricardo Reis, adormecido. Uma rajada súbita fez estremecer as vidraças, a chuva desaba como um dilúvio. Pelas ruas ermas de Lisboa anda a cadela Ugolina a babar-se de sangue, rosnando às portas, uivando em praças e jardins, mordendo furiosa o próprio ventre onde já está a gerar-se a próxima ninhada.

Depois duma noite de arrebatada invernia, de temporal desfeito, palavras estas que já nasceram emparelhadas, as primeiras não tanto, e umas e outras tão pertinentes à circunstância que forram o trabalho de pensar em novas criações, bem poderia a manhã ter despontado resplandecente de sol, com muito azul no céu e joviais revoadas de pombos. Não estiveram para aí virados os meteoros, as gaivotas continuam a sobrevoar a cidade, o rio não é de fiar, os pombos mal se atrevem. Chove, suportavelmente para quem desceu à rua de gabardina e guarda-chuva, e o vento, em comparação com os excessos da madrugada, é uma carícia na face. Ricardo Reis saiu cedo do hotel, foi ao Banco Comercial cambiar algum do seu dinheiro inglês pelos escudos da pátria, pagaram-lhe por cada libra cento e dez mil réis, pena não serem elas de ouro que se trocariam quase em dobro, ainda assim não tem grandes razões de queixa este torna-viagem que sai do banco com cinco contos no bolso, é uma fortuna em Portugal. Da Rua do Comércio, onde está, ao Terreiro do Paço distam poucos metros, apeteceria escrever, É um passo, se não fosse a ambiguidade da homofonia, mas Ricardo Reis não se aventurará à travessia da praça, fica a olhar de longe, sob o resguardo das arcadas, o rio pardo e encrespado, a maré está cheia, quando as ondas se levantam ao largo parece que vêm alagar o terreiro, submergi-lo, mas é ilusão de óptica, desfazem-se contra a muralha, quebra-se-lhes a força nos degraus inclinados do cais. Lembra-se de ali se ter sentado em outros tempos, tão distantes que pode duvidar se os viveu ele mesmo, Ou alguém por mim, talvez com igual rosto e nome, mas outro. Sente frios os pés, húmidos, sente também uma sombra de infelicidade passar-lhe sobre o corpo, não sobre a alma, repito, não sobre a alma, esta impressão é exterior, seria capaz de tocar-lhe com as mãos se não estivessem ambas agarrando o cabo do guarda-chuva, escusadamente aberto. Assim se alheia do mundo um homem, assim se oferece ao desfrute de quem passa e diz, Ó senhor, olhe que aí debaixo não lhe chove, mas este riso é franco, sem maldade, e Ricardo Reis sorri de se ter distraído, sem saber porquê murmura os dois versos de João de Deus, célebres na infância das escolas, Debaixo daquela arcada passava-se a noite bem.

Veio por estar tão perto e para verificar, de caminho, se a antiga memória da praça, nítida como uma gravura a buril, ou reconstruída pela imaginação para assim o parecer hoje, tinha correspondência próxima na realidade material de um quadrilátero rodeado de edifícios por três lados, com uma estátua equestre e real ao meio, o arco do triunfo, que donde está não alcança a ver, e afinal tudo é difuso, brumosa a arquitectura, as linhas apagadas, será do tempo que faz, será do tempo que é, será dos seus olhos já gastos, só os olhos da lembrança podem ser agudos como os do gavião. Aproximam-se as onze horas, há grande movimento sob as arcadas, mas dizer movimento não quer dizer rapidez, esta dignidade tem pouca pressa, os homens, todos de chapéu mole, pingando guarda-chuvas, raríssimas as mulheres, e vão entrando nas repartições, é a hora em que começam a trabalhar os funcionários públicos. Afasta-se Ricardo Reis em direcção à Rua do Crucifixo, atura a insistência de um cauteleiro que lhe quer vender um décimo para a próxima extracção da lotaria, É o mil trezentos e quarenta e nove, amanhã é que anda a roda, não foi este o número nem a roda anda amanhã, mas assim soa o canto do áugure, profeta matriculado com chapa no boné, Compre, senhor, olhe que se não compra pode-se arrepender, olhe que é palpite, e há uma fatal ameaça na imposição. Entra na Rua Garrett, sobe ao Chiado, estão quatro moços de fretes encostados ao plinto da estátua, nem ligam à pouca chuva, é a ilha dos galegos, e adiante deixou de chover mesmo, chovia, já não chove, há uma claridade branca por trás de Luís de Camões, um nimbo, e veja-se o que as palavras são, esta tanto quer dizer chuva, como nuvem, como círculo luminoso, e não sendo o vate Deus ou santo, tendo a chuva parado, foram só as nuvens que se adelgaçaram ao passar, não imaginemos milagres de Ourique ou de Fátima, nem sequer esse tão simples de mostrar-se azul o céu.

Ricardo Reis vai aos jornais, ontem tomou nota das direcções, antes de se deitar, afinal não foi dito que dormiu mal, estranhou a cama ou estranhou a terra, quando se espera o sono no silêncio de um quarto ainda alheio, ouvindo chover na rua, tomam as coisas a sua verdadeira dimensão, são todas grandes, graves, pesadas, enganadora é sim a luz do dia, faz da vida uma sombra apenas recortada, só a noite é lúcida, porém o sono a vence, talvez para nosso sossego e descanso, paz à alma dos vivos. Vai Ricardo Reis aos jornais, vai aonde sempre terá de ir quem das coisas do mundo passado quiser saber, aqui no Bairro Alto onde o mundo passou, aqui onde deixou rasto do seu pé, pegadas, ramos partidos, folhas pisadas, letras, notícias, é o que do mundo resta, o outro resto é a parte de invenção necessária para que do dito mundo possa também ficar um rosto, um olhar, um sorriso, uma agonia, Causou dolorosa impressão nos círculos intelectuais a morte inesperada de Fernando Pessoa, o poeta do Orfeu, espírito admirável que cultivava não só a poesia em moldes originais mas também a crítica inteligente, morreu anteontem em silêncio, como sempre viveu, mas como as letras em Portugal não sustentam ninguém, Fernando Pessoa empregou-se num escritório comercial, e, linhas adiante, junto do jazigo deixaram os seus amigos flores de saudade. Não diz mais este jornal, outro diz doutra maneira o mesmo, Fernando Pessoa, o poeta extraordinário da Mensagem, poema de exaltação nacionalista, dos mais belos que se têm escrito, foi ontem a enterrar, surpreendeu-o a morte num leito cristão do Hospital de S. Luís, no sábado à noite, na poesia não era só ele, Fernando Pessoa, ele era também Álvaro de Campos, e Alberto Caeiro, e Ricardo Reis, pronto, já cá faltava o erro, a desatenção, o escrever por ouvir dizer, quando muito bem sabemos, nós, que Ricardo Reis é sim este homem que está lendo o jornal com os seus próprios olhos abertos e vivos, médico, de quarenta e oito anos de idade, mais um que a idade de Fernando Pessoa quando lhe fecharam os olhos, esses sim, mortos, não deviam ser necessárias outras provas ou certificados de que não se trata da mesma pessoa, e se ainda aí houver quem duvide, esse vá ao Hotel Bragança e fale com o senhor Salvador, que é o gerente, pergunte se não está lá hospedado um senhor chamado Ricardo Reis, médico, que veio do Brasil, e ele dirá que sim, O senhor doutor não vem almoçar, mas disse que jantaria, se quiser deixar algum recado, eu pessoalmente me encarregarei de lho transmitir, quem ousará duvidar agora da palavra de um gerente de hotel, excelente fisionomista e definidor de identidades. Mas, para que não fiquemos somente com a palavra de alguém que conhecemos tão pouco, aqui está estoutro jornal que pôs a notícia na página certa, a da necrologia, e extensamente identifica o falecido, Realizou-se ontem o funeral do senhor doutor Fernando António Nogueira Pessoa, solteiro, de quarenta e sete anos de idade, quarenta e sete, notem bem, natural de Lisboa, formado em Letras pela Universidade de Inglaterra, escritor e poeta muito conhecido no meio literário, sobre o ataúde foram depostos ramos de flores naturais, o pior é delas, coitadas, mais depressa murcham. Enquanto espera o eléctrico que o há-de levar aos Prazeres, o doutor Ricardo Reis lê a oração fúnebre proferida à beira da campa, lê-a perto do lugar onde foi enforcado, sabemo-lo nós, vai para duzentos e vinte e três anos, reinava ao tempo o senhor D. João V, que não teve lugar na Mensagem, estávamos dizendo, onde foi enforcado um genovês vendilhão que por causa duma peça de droguete matou um português dos nossos, dando-lhe com uma faca pela garganta, e depois fez o mesmo à ama do morto, que morta ali ficou do golpe, e a um criado deu duas facadas não fatais, e a outro vazou-lhe um olho como a coelho, e se mais não aviou foi porque enfim o prenderam, aqui vindo a ser sentenciado por ser perto a casa do assassinado, com grande concorrência de povo, não se lhe pode comparar esta manhã de mil novecentos e trinta e cinco, mês de Dezembro, dia trinta, estando carregado o céu, só quem o não pôde evitar anda na rua, embora não chova neste preciso instante em que Ricardo Reis, encostado a um candeeiro no alto da Calçada do Combro, lê a oração fúnebre, não do genovês, que a não teve, salvo se lhe fizeram as vezes os doestos da populaça, mas de Fernando Pessoa, poeta, de crimes de morte inocente, Duas palavras sobre o seu trânsito mortal, para ele chegam duas palavras, ou nenhuma, preferível fora o silêncio, o silêncio que já o envolve a ele e a nós, que é da estatura do seu espírito, com ele está bem o que está perto de Deus, mas também não deviam, nem podiam os que foram pares com ele no convívio da sua Beleza, vê-lo descer à terra, ou antes, subir as linhas definitivas da Eternidade, sem enunciar o protesto calmo, mas humano, da raiva que nos fica da sua partida, não podiam os seus companheiros de Orfeu, antes os seus irmãos, do mesmo sangue ideal da sua beleza, não podiam, repito, deixá-lo aqui, na terra extrema, sem ao menos terem desfolhado sobre a sua morte gentil o lírio branco do seu silêncio e da sua dor, lastimamos o homem, que a morte nos rouba, e com ele a perda do prodígio do seu convívio e da graça da sua presença humana, somente o homem, é duro dizê-lo, pois que ao seu espírito e seu poder criador, a esses deu-lhes o destino uma estranha formosura, que não morre, o resto é com o génio de Fernando Pessoa. Vá lá, vá lá, felizmente que ainda se encontram excepções nas regularidades da vida, desde o Hamlet que nós andávamos a dizer, O resto é silêncio, afinal, do resto quem se encarrega é o génio, e se este, também outro qualquer.

O eléctrico já chegou e partiu, Ricardo Reis vai sentado nele, sozinho no banco, pagou o seu bilhete de setenta e cinco centavos, com o tempo aprenderá a dizer, Um de sete e meio, e volta a ler a funérea despedida, não pode convencer-se de que seja Fernando Pessoa o destinatário dela, em verdade morto, se considerarmos a unanimidade das notícias, mas por causa das anfibologias gramaticais e léxicas que ele abominaria, tão mal o conheciam para assim lhe falarem ou falarem dele, aproveitaram-se da morte, estava de pés e mãos atados, atentemos naquele lírio branco e desfolhado, como rapariga morta de febre tifóide, naquele adjectivo gentil, meu Deus, que lembrança tão bacoca, com perdão da vulgar palavra, quando tinha o orador ali mesmo a morte substantiva que todo o mais deveria dispensar, em especial o resto, tudo tão pouco, e como gentil significa nobre, cavalheiro, garboso, elegante, agradável, cortês, é o que diz o dicionário, lugar de dizer, então a morte será dita nobre, ou cavalheira, ou garbosa, ou elegante, ou agradável, ou cortês, qual destas terá sido a dele, se no leito cristão do Hospital de S. Luís lhe foi permitido escolher, praza aos deuses que tenha sido agradável, com uma morte que o fosse, só se perderia a vida.

Quando Ricardo Reis chegou ao cemitério, estava a sineta do portão tocando, badalava aos ares um som de bronze rachado, como de quinta rústica, na dormência da sesta. Já a esconder-se, uma carreta levada a braço bambeava lutuosas sanefas, um grupo de gente escura seguia a carroça mortuária, vultos tapados de xales pretos e fatos masculinos de casamento, alguns lívidos crisântemos nos braços, outros ramos deles enfeitando os varandins superiores do esquife, nem mesmo as flores têm um destino igual. Sumiu-se a carreta lá para as profundas, e Ricardo Reis foi à administração, ao registo dos defuntos, perguntar onde estava sepultado Fernando António Nogueira Pessoa, falecido no dia trinta do mês passado, enterrado no dia dois do que corre, recolhido neste cemitério até ao fim dos tempos, quando Deus mandar acordar os poetas da sua provisória morte. O funcionário compreende que está perante pessoa ilustrada e de distinção, explica solícito, dá a rua, o número, que isto é como uma cidade, caro senhor, e, porque se confunde nas demonstrações, sai para este lado do balcão, vem cá fora, e aponta, já definitivo, Segue pela alameda sem nunca se desviar, vira no cotovelo, para a direita, depois sempre em frente, mas atenção, fica-lhe do lado direito, aí a uns dois terços do comprimento da rua, o jazigo é pequeno, é fácil não dar por ele. Ricardo Reis agradeceu as explicações, tomou os ventos que do largo vinham sobre mar e rio, não ouviu que fossem eles gemebundos como a cemitério conviria, apenas estão os ares cinzentos, húmidos os mármores e liozes da recente chuva, e mais verde-negros os ciprestes, vai descendo por esta álea como lhe disseram, à procura do quatro mil trezentos e setenta e um, roda que amanhã não anda, andou já, e não andará mais, saiu-lhe o destino, não a sorte. A rua desce suavemente, como em passeio, ao menos não foram esforçados os últimos passos, a derradeira caminhada, o final acompanhamento, que a Fernando Pessoa ninguém tornará a acompanhar, se em vida lealmente o fizeram aqueles que em morto o seguiram. É este o cotovelo que devemos virar. Perguntamo-nos que viemos cá fazer, que lágrima foi que guardámos para verter aqui, e porquê, se as não chorámos em tempo próprio, talvez por ter sido então menor a dor que o espanto, só depois é que ela veio, surda, como se todo o corpo fosse um único músculo pisado por dentro, sem nódoa negra que de nós mostrasse o lugar do luto. De um lado e do outro os jazigos têm as portas fechadas, tapadas as vidraças por cortininhas de renda, alva bretanha como de lençóis, finíssimas flores bordadas entre dois prantos, ou de pesado croché tecido por agulhas como espadas nuas, ou richeliâ, ou ajur, modos de dizer afrancesados, pronunciados sabe Deus como, tal qual as crianças do Highland Brigade que a estas horas vai longe, navegando para o norte, em mares onde o sal das lágrimas lusíadas é só de pescadores, entre as vagas que os matam, ou de gente sua, gritando na praia, as linhas fê-las a companhia coats and clark, marca âncora, para da história trágico-marítima não sairmos. Ricardo Reis andou já metade do caminho, vai olhando à direita, eterna saudade, piedosa lembrança, aqui jaz, à memória de, iguais seriam do lado esquerdo se para lá olhássemos, anjos de asas derrubadas, lacrimosas figuras, entrelaçados dedos, pregas compostas, panos apanhados, colunas partidas, se as farão já assim os canteiros, ou as entregarão inteiras para que as quebrem depois os parentes do defunto em sinal de pesar, como quem solenemente, à morte do chefe, os escudos parte, e caveiras no sopé das cruzes, a evidência da morte é o véu com que a morte se disfarça. Passou Ricardo Reis adiante do jazigo que procurava, nenhuma voz o chamou, Pst, é aqui, e ainda há quem insista em afirmar que os mortos falam, ai deles se não tiverem uma matrícula, um nome na pedra, um número como as portas dos vivos, só para que saibamos encontrá-los valeu o trabalho de nos ensinarem a ler, imagine-se um analfabeto dos muitos que temos, era preciso trazê-lo, dizer-lhe com a nossa voz, É aqui, porventura nos olharia desconfiado, se estaríamos a enganá-lo, se por erro nosso, ou malícia, vai orar a Montecchio sendo Capuletto, a Mendes sendo Gonçalves.

São títulos de propriedade e ocupação, jazigo de D. Dionísia de Seabra Pessoa, inscritos na frontaria, sob os beirais avançados desta guarita onde a sentinela, romântica sugestão, está dormindo, em baixo, à altura do gonzo inferior da porta, outro nome, não mais, Fernando Pessoa, com datas de nascimento e morte, e o vulto dourado duma urna dizendo, Estou aqui, e em voz alta Ricardo Reis repete, não sabendo que ouviu, Está aqui, é então que recomeça a chover. Veio de tão longe, do Rio de Janeiro, navegou noites e dias sobre as ondas do mar, tão próxima e distante lhe parece hoje a viagem, agora que há-de fazer, sozinho nesta rua, entre funerais habitações, de guarda-chuva aberto, horas de almoçar, ao longe ouve-se o som choco da sineta, esperava sentir, quando aqui chegasse, quando tocasse estes ferros, um abalo na alma profunda, uma dilaceração, um terramoto interior, como grandes cidades caindo silenciosamente porque lá não estamos, pórticos e torres brancas desabando, e afinal, só, e de leve, um ardor nos olhos que vindo já passou, nem tempo deu de pensar nisso e comover-se de o pensar. Não tem mais que fazer neste sítio, o que fez nada é, dentro do jazigo está uma velha tresloucada que não pode ser deixada à solta, está também, por ela guardado, o corpo apodrecido de um fazedor de versos que deixou a sua parte de loucura no mundo, é essa a grande diferença que há entre os poetas e os doidos, o destino da loucura que os tomou. Sentiu medo ao pensar na avó Dionísia, lá dentro, no aflito neto Fernando, ela de olhos arregalados vigiando, ele desviando os seus, à procura duma frincha, dum sopro de vento, duma pequenina luz, e o mal-estar transformou-se em náusea como se o arrebatasse e sufocasse uma grande vaga marinha, ele que em catorze dias de viagem não enjoara. Então pensou, Isto deve ser de estar com o estômago vazio, e assim seria, que em toda a manhã não tinha comido. Caiu uma bátega forte, em boa altura veio, agora já Ricardo Reis terá uma razão para responder, se for perguntado, Não, não me demorei lá, é que chovia tanto. Enquanto ia subindo a rua, devagar, sentiu dissipar-se a náusea, apenas lhe ficava uma vaga dor de cabeça, talvez um vago na cabeça, como uma falta, um pedaço de cérebro a menos, a parte que me coube. À porta da administração do cemitério estava o seu informador, era manifesto, pelo luzidio dos beiços, que acabara de almoçar, onde, aqui mesmo, estendido um guardanapo sobre a secretária, a comida que trouxera de casa, ainda morna de vir embrulhada em jornais, acaso aquecida num bico de gás, lá nos fundos do arquivo, por três vezes interrompendo a mastigação para registar entradas, afinal devo ter-me demorado mais tempo do que julgava, Então achou o jazigo que queria, Achei, respondeu Ricardo Reis, e saindo o portão repetiu, Achei, estava lá.

Fez um gesto na direcção da praça de táxis, tinha fome e pressa, se ainda encontraria a esta hora restaurante ou casa de pasto que lhe desse de almoço, Leve-me ao Rossio, se faz favor. O motorista mastigava metodicamente um palito, passava-o de um canto da boca para o outro com a língua, tinha de ser com a língua, uma vez que as mãos estavam ocupadas na manobra, e de vez em quando aspirava ruidosamente a saliva entre os dentes, produzindo um som intermitente, dobrado como um canto de pássaro, é o chilreio da digestão, pensou Ricardo Reis, e sorriu. No mesmo instante se lhe encheram os olhos de lágrimas, estranho sucesso foi ter este efeito aquela causa, ou terá sido do enterro de anjinho que passou em sua carreta branca, um Fernando que não viveu bastante para ser poeta, um Ricardo que não será médico, nem poeta será, ou talvez que a razão deste chorar seja outra, apenas porque lhe chegou a hora. As coisas da fisiologia são complicadas, deixemo-las para quem as conheça, muito mais se ainda for preciso percorrer as veredas do sentimento que existem dentro dos sacos lacrimais, averiguar, por exemplo, que diferenças químicas haverá entre uma lágrima de tristeza e uma lágrima de alegria, decerto aquela é mais salgada, por isso nos ardem os olhos tanto. À frente, o motorista apertara o palito entre os caninos do lado direito, jogava com ele apenas no sentido vertical, em silêncio, deste modo respeitando a mágoa do passageiro, acontece-lhes muito quando voltam do cemitério. O táxi desceu a Calçada da Estrela, virou nas Cortes, em direcção ao rio, e depois, pelo caminho já conhecido, ganhou a Baixa, subiu a Rua Augusta, e, entrando no Rossio, disse Ricardo Reis, subitamente lembrado, Pare nos Irmãos Unidos, assim o restaurante se chamava, logo aí, é só encostar à direita, tem esta entrada, e outra, atrás, pela Rua dos Correeiros, aqui se restauram estômagos, e é bom sítio, de tradições, que precisamente estamos no lugar onde foi o Hospital de Todos os Santos, tempos que já lá vão, até parece que estamos a contar a história doutro país, bastou ter-se metido um terramoto pelo meio, e aí temos o resultado, quem nos viu e quem nos vê, se melhor ou pior, depende de estar vivo e ter viva a esperança.

Ricardo Reis almoçou sem ligar a dietas, ontem foi fraqueza sua, um homem, quando desembarca do mar oceano, é como uma criança, umas vezes procura um ombro de mulher para descansar a cabeça, outras manda vir na taberna copos de vinho até encontrar a felicidade, se lá a puseram antes, outras é como se não tivesse vontade própria, qualquer criado galego lhe diz o que deve comer, uma canjinha é que calhava bem ao combalido estômago de vossa excelência. Aqui ninguém quis saber se desembarcou ontem, se as comidas tropicais lhe arruinaram as digestões, que prato especial será capaz de sarar-lhe as saudades da pátria, se delas sofria, e se não sofria por que foi que voltou. Da mesa onde está, por entre os intervalos das cortinas, vê passarem lá fora os carros eléctricos, ouve-os ranger nas curvas, o tilintar das campainhas soando liquidamente na atmosfera coada de chuva, como os sinos duma catedral submersa ou as cordas de um cravo ecoando infinitamente entre as paredes de um poço. Os criados esperam com paciência que este último freguês acabe de almoçar, entrou tarde, pediu por favor que o servissem, e graças a essa prova de consideração por quem trabalha é que foi retribuído quando já na cozinha se arrumavam as panelas. Agora, sai, urbanamente deu as boas-tardes, e agradecendo saiu pela porta da Rua dos Correeiros, esta que dá para a grande babilónia de ferro e vidro que é a Praça da Figueira, ainda agitada, porém nada que se possa comparar com as horas da manhã, ruidosas de gritos e pregões até ao paroxismo. Respira-se uma atmosfera composta de mil cheiros intensos, a couve esmagada e murcha, a excrementos de coelho, a penas de galinha escaldadas, a sangue, a pele esfolada. Andam a lavar as bancadas, as ruas interiores, com baldes e agulheta, e ásperos piaçabas, ouve-se de vez em quando um arrastar metálico, depois um estrondo, foi uma porta ondulada que se fechou. Ricardo Reis rodeou a praça pelo sul, entrou na Rua dos Douradores, quase não chovia já, por isso pôde fechar o guarda-chuva, olhar para cima, e ver as altas frontarias de cinza-parda, as fileiras de janelas à mesma altura, as de peitoril, as de sacada, com as monótonas cantarias prolongando-se pelo enfiamento da rua, até se confundirem em delgadas faixas verticais, cada vez mais estreitas, mas não tanto que se escondessem num ponto de fuga, porque lá ao fundo, aparentemente cortando o caminho, levanta-se um prédio da Rua da Conceição, igual de cor, de janelas e de grades, feito segundo o mesmo risco, ou de mínima diferença, todos porejando sombra e humidade, libertando nos saguões o cheiro dos esgotos rachados, com esparsas baforadas de gás, como não haveriam de ter as faces pálidas os caixeiros que vêm até à porta das lojas, com as suas batas ou guarda-pós de paninho cinzento, o lápis de tinta entalado na orelha, o ar enfadado de ser hoje segunda-feira e não ter o domingo valido a pena. A rua está calçada de pedra grossa, irregular, é um basalto quase preto onde saltam os rodados metálicos das carroças e onde, em tempo seco, não este, ferem lume as ferraduras das muares quando o arrasto da carga passa as marcas e as forças. Hoje não há desses bojadores, só outros de menos aparato, como estarem descarregando dois homens sacas de feijão que, pelo vulto, não pesam menos de sessenta quilos, ou serão litros, como se deve dizer quando se trata destas e doutras sementes, passando então os quilos a menos do que os ditos, porque sendo o feijão, de sua íntima natureza, mais ligeiro, cada litro seu orça por setecentos e cinquenta gramas, termo médio, oxalá tenham os medidores atendido a estas considerações de peso e massa quando encheram os sacos.

É para o hotel que Ricardo Reis vai encaminhando os passos. Agora mesmo se lembrou do quarto onde dormiu a sua primeira noite de filho pródigo, sob um paterno tecto, lembrou-se dele como da sua própria casa, mas não a do Rio de Janeiro, não nenhuma das outras em que habitou, no Porto, onde sabemos que nasceu, aqui nesta cidade de Lisboa, onde morava antes de se embarcar para o exílio brasileiro, nenhuma dessas, e contudo tinham sido casas verdadeiras, estranho sinal, e de quê, estar um homem lembrando-se do seu quarto de hotel como de casa que sua fosse, e sentir esta inquietação, este desassossego, há tanto tempo por fora, desde manhã cedo, vou já, vou já. Dominou a tentação de chamar um táxi, deixou seguir um carro eléctrico que o deixaria quase à porta, conseguiu, enfim, reprimir a ansiedade absurda, obrigar-se a ser apenas uma pessoa qualquer que regressa a casa, mesmo hotel sendo, sem pressas, e também sem escusadas demoras, embora não tenha ninguém à sua espera. Provavelmente verá a rapariga da mão paralisada, logo à noite, na sala de jantar, é uma probabilidade, como também o são o homem gordo, o magro de luto, as crianças pálidas e seus pletóricos pais, quem sabe que outros hóspedes, gentes misteriosas que chegaram do desconhecido e da bruma, e pensando neles sentiu um bom calor no coração, um íntimo conforto, amai-vos uns aos outros, assim fora dito um dia, e era tempo de começar. O vento soprava com força, encanado, na Rua do Arsenal, mas não chovia, somente sobre os passeios caíam alguns grossos pingos sacudidos dos beirais. Talvez que o tempo melhore a partir de hoje, esta invernia não pode durar sempre, Há dois meses que o céu anda a desfazer-se em água, foi o que disse ontem o motorista, e disse-o como quem já não acredita em dias melhores.

    Zumbiu brevemente o besouro da porta, e era como se lhe estivessem dando as boas-vindas o pajem italiano, o íngreme lanço de escada, o Pimenta lá no alto a espreitar, agora esperando deferente e minucioso, um pouco dobrado de espinha, ou será da continuação dos carregos, Boas tardes, senhor doutor, veio também ao patamar o gerente Salvador, dizendo o mesmo com mais apurada dicção, a ambos respondeu Ricardo Reis, não havia ali gerente, moço e doutor, apenas três pessoas que sorriem umas às outras, contentes por terem voltado a encontrar-se depois de tanto tempo, desde esta manhã, imagine-se, e que saudades Deus meu. Quando Ricardo Reis entrou no quarto e viu como tudo estava perfeitamente arrumado, a colcha da cama esticada, o lavatório rebrilhante, o espelho sem uma sombra, salvo o picado da antiguidade, suspirou de satisfação. Descalçou-se, mudou de roupa, enfiou uns sapatos leves, de interior, entreabriu uma das janelas, gestos de quem regressou a casa e gosta de estar nela, depois sentou-se na poltrona, a descansar. Foi como se tivesse caído em si, isto é, para dentro de si caindo, uma queda rápida, violenta, E agora, perguntou, E agora, Ricardo, ou lá quem és, diriam outros. Num relance, percebera que o verdadeiro termo da sua viagem era este preciso instante que estava vivendo, que o tempo decorrido desde que pusera o pé no cais de Alcântara se gastara, por assim dizer, em manobras de atracação e fundeamento, o tentear da maré, o lançar dos cabos, que isso foram a procura do hotel, a leitura dos primeiros jornais, e dos outros, a ida ao cemitério, o almoço na Baixa, a descida da Rua dos Douradores, e aquela repentina saudade do quarto, o impulso de afecto indiscriminado, geral e universal, as boas-vindas de Salvador e Pimenta, a colcha irrepreensível, enfim, a janela aberta de par em par, empurrou-a o vento e assim está, ondulam como asas os cortinados leves, E agora. A chuva recomeçou a cair, faz sobre os telhados um rumor como de areia peneirada, entorpecente, hipnótico, porventura no seu grande dilúvio terá Deus misericordioso desta maneira adormecido os homens para que lhes fosse suave a morte, a água entrando maciamente pelas narinas e pela boca, inundando sem sufocação os pulmões, regatinhos que vão enchendo os alvéolos, um após outro, todo o oco do corpo, quarenta dias e quarenta noites de sono e de chuva, os corpos descendo para o fundo, devagar, repletos de água, finalmente mais pesados do que ela, foi assim que estas coisas se passaram, também Ofélia se deixa ir na corrente, cantando, mas essa terá de morrer antes que se acabe o quarto acto da tragédia, tem cada um o seu modo pessoal de dormir e morrer, julgamos nós, mas é o dilúvio que continua, chove sobre nós o tempo, o tempo nos afoga. No chão encerado juntaram-se e alastraram as gotas que entravam pela janela aberta, as que salpicavam do peitoril, há hóspedes descuidados para quem o trabalho humilde é desprezível, julgam talvez eles que as abelhas, além de fabricarem a cera, a virão espalhar nas tábuas e depois puxar-lhes o brilho, ora isto não é trabalho de insectos, se as criadas não existissem, obreiras também elas, estes resplandecentes soalhos estariam baços, pegajosos, não tardaria aí o gerente armado de repreensão e castigo, porque, gerente sendo, é esta a sua obra, e neste hotel fomos nós colocados para honrar e glorificar o senhor dele, ou seu delegado, Salvador, como sabemos e já deu mostras. Ricardo Reis correu a fechar a janela, com os jornais empapou e espremeu a água do chão, a maior, e, faltando-lhe outros meios para emendar por inteiro o pequeno atentado, tocou a campainha. Era a primeira vez, pensou, como quem a si mesmo pede desculpa.

Ouviu passos no corredor, ressoaram discretamente uns nós de dedos na porta, Entre, palavra que foi rogo, não ordem, e quando a criada abriu, mal a olhando, disse, A janela estava aberta, não dei por que a chuva entrasse, está o chão todo molhado, e calou-se repentinamente ao notar que formara, de enfiada, três versos de sete sílabas, redondilha maior, ele, Ricardo Reis, autor de odes ditas sáficas ou alcaicas, afinal saiu-nos poeta popular, por pouco não rematou a quadra, quebrando-lhe o pé por necessidade da métrica, e a gramática, assim, Agradecia limpasse, porém o entendeu sem mais poesia a criada, que saiu e voltou com esfregão e balde, e posta de joelhos, serpeando o corpo ao movimento dos braços, restituiu quanto possível a secura que às madeiras enceradas convém, amanhã lhes deitará uma pouca de cera, Deseja mais alguma coisa, senhor doutor, Não, muito obrigado, e ambos se olharam de frente, a chuva batia fortíssima nas vidraças, acelerara-se o ritmo, agora rufava como um tambor, em sobressalto os adormecidos acordavam, Como se chama, e ela respondeu, Lídia, senhor doutor, e acrescentou, Às ordens do senhor doutor, poderia ter dito doutra maneira, por exemplo, e bem mais alto, Eis-me aqui, a este extremo autorizada pela recomendação do gerente, Olha lá, ó Lídia, dá tu atenção ao hóspede do duzentos e um, ao doutor Reis, e ela lha estava dando, mas ele não respondeu, apenas pareceu que repetira o nome, Lídia, num sussurro, quem sabe se para não o esquecer quando precisasse de voltar a chamá-la, há pessoas assim, repetem as palavras que ouvem, as pessoas, em verdade, são papagaios umas das outras, nem há outro modo de aprendizagem, acaso esta reflexão veio fora de propósito porque não a fez Lídia, que é o outro interlocutor, deixemo-la sair então, se já tem nome, levar dali o balde e o esfregão, vejamos como ficou Ricardo Reis a sorrir ironicamente, é um jeito de lábios que não engana, quando quem inventou a ironia inventou a ironia, teve também de inventar o sorriso que lhe declarasse a intenção, alcançamento muito mais trabalhoso, Lídia, diz, e sorri. Sorrindo vai buscar à gaveta os seus poemas, as suas odes sáficas, lê alguns versos apanhados no passar das folhas, E assim, Lídia, à lareira, como estando, Tal seja, Lídia, o quadro, Não desejemos, Lídia, nesta hora, Quando, Lídia, vier o nosso outono, Vem sentar-te comigo, Lídia, à beira-rio, Lídia, a vida mais vil antes que a morte, já não resta vestígio de ironia no sorriso, se de sorriso ainda justificam o nome dois lábios abertos sobre os dentes, quando por dentro da pele se alterou o jogo dos músculos, ricto agora ou doloroso esgar se diria em estilo chumbado. Também isto não durará. Como a imagem de si mesmo reflectida num trémulo espelho de água, o rosto de Ricardo Reis, suspenso sobre a página, recompõe as linhas conhecidas, daqui a pouco poderá reconhecer-se, Sou eu, sem nenhuma ironia, sem nenhum desgosto, contente de não sentir sequer contentamento, menos ser o que é do que estar onde está, assim faz quem mais não deseja ou sabe que mais não pode ter, por isso só quer o que já era seu, enfim, tudo. A penumbra do quarto tornou-se espessa, alguma nuvem negra estará a passar no céu, um escuríssimo nimbo como seriam os que foram convocados para o dilúvio, os móveis caem em súbito sono. Ricardo Reis faz um gesto com as mãos, tacteia o ar cinzento, depois, mal distinguindo as palavras que vai traçando no papel, escreve, Aos deuses peço só que me concedam o nada lhes pedir, e tendo escrito não soube que mais dizer, há ocasiões assim, acreditamos na importância do que dissemos ou escrevemos até um certo ponto, apenas porque não foi possível calar os sons ou apagar os traços, mas entra-nos no corpo a tentação da mudez, a fascinação da imobilidade, estar como estão os deuses, calados e quietos, assistindo apenas. Vai sentar-se no sofá, recosta-se, fecha os olhos, sente que poderá dormir, nem outra coisa quer, e é já adormecidamente que se levanta, abre o guarda-fato, retira um cobertor com que se tapa, agora sim, dorme, sonha que está uma manhã de sol e vai passeando pela Rua do Ouvidor, no Rio de Janeiro, à ligeira por ser muito o calor, começa a ouvir tiros ao longe, rebentamentos de bombas, explosões, mas não acorda, não é a primeira vez que sonha este sonho, nem sequer ouve que alguém lhe está batendo à porta e que uma voz, de mulher persuasiva, pergunta, O senhor doutor chamou.

    Digamos que foi por ter dormido pouco durante a noite que Ricardo Reis adormeceu tão profundamente, digamos que são falácias de mentirosa profundeza espiritual aquelas permutáveis fascinação e tentação, de imobilidade e mudez consoante, digamos que não é isto nenhuma história de deuses e que a Ricardo Reis familiarmente poderíamos ter dito, antes que adormecesse como vulgar humano, O teu mal é sono. Porém, está uma folha de papel em cima da mesa e nela foi escrito, Aos deuses peço só que me concedam o nada lhes pedir, existe pois este papel, as palavras existem duas vezes, cada uma por si mesma e em terem-se encontrado neste seguimento, podem ser lidas e exprimem um sentido, tanto faz, para o caso, que haja ou não haja deuses, que tenha ou não tenha adormecido quem as escreveu, porventura não são as coisas tão simples como estávamos primeiramente inclinados a mostrá-las. Quando Ricardo Reis acorda, é noite no quarto. O último luzeiro que ainda vem de fora quebranta-se nas vidraças embaciadas, no tamis dos cortinados, uma das janelas tem o reposteiro corrido, aí fechou-se a escuridão. O hotel está em grande silêncio, é o palácio da Bela Adormecida, donde já a Bela se retirou ou onde nunca esteve, e todos dormindo, Salvador, Pimenta, os criados galegos, o maître, os hóspedes, o pajem renascentista, parado o relógio do patamar, de repente soou o distante besouro da entrada, deve ser o príncipe que vem a beijar a Bela, chega tarde, coitado, tão alegre que eu vinha e tão triste que eu vou, a senhora viscondessa prometeu-me, mas faltou. É uma cantilena infantil, vinda da memória subterrânea, movem-se umas crianças de névoa ao fundo de um jardim invernoso, e cantam com as suas vozes agudas, porém tristes, avançam e recuam em passos solenes, assim ensaiando a pavana para os infantes defuntos que não tardarão a ser, crescendo. Ricardo Reis afasta o cobertor, repreende-se por se ter deixado dormir vestido, não é seu hábito condescender com tais negligências, sempre seguiu as suas regras de comportamento, a sua disciplina, nem o trópico de Capricórnio, tão emoliente, lhe embotou, em dezasseis anos, o gume rigoroso dos modos e das odes, ao ponto de se poder afirmar que sempre procura estar como se sempre o estivessem observando os deuses. Levanta-se da poltrona, vai acender a luz, e, como se manhã fosse e de um sono nocturno tivesse acordado, olha-se no espelho, apalpa a cara, talvez devesse barbear-se para o jantar, ao menos mude de roupa, não vai apresentar-se assim na sala, amarrotado como está. É descabido o escrúpulo, parece que não reparou ainda como vestem os vulgares habitantes, paletós como sacos, calças em que as joelheiras avultam como papos, gravatas de nó permanente que se enfiam e desenfiam pela cabeça, camisas mal cortadas, rugas, pregas, são os efeitos da idade. E aos sapatos fazem-nos largos de tromba para que livremente possa exercitar-se o jogo dos dedos, ainda que o resultado final desta previdência acabe por anular a intenção, porque esta deve ser a cidade do mundo onde com maior abundância florescem os calos e as calosidades, os joanetes e os olhos-de-perdiz, sem falar nas unhas encravadas, enigma pedioso complexo que requereria uma investigação particular e aí fica proposto à curiosidade. Decide que não fará a barba, mas veste uma camisa lavada, escolhe a gravata para a cor do fato, acerta o cabelo ao espelho, apurando a risca. Embora a hora do jantar ainda esteja longe, vai descer. Mas antes de sair releu o que escrevera, sem tocar no papel, diríamos que impaciente, como se estivesse a tomar conhecimento de um recado deixado por alguém de quem não gostasse, ou o irritasse mais do que é normal e desculpável. Este Ricardo Reis não é o poeta, é apenas um hóspede de hotel que, ao sair do quarto, encontra uma folha de papel com verso e meio escritos, quem me terá deixado isto aqui, não foi, de certeza, a criada, não foi Lídia, esta ou a outra, que maçada, agora que está começado vai ser preciso acabá-lo, é como uma fatalidade, E as pessoas nem sonham que quem acaba uma coisa nunca é aquele que a começou, mesmo que ambos tenham um nome igual, que isso só é que se mantém constante, nada mais.

O gerente Salvador estava no seu posto, fixo, arvorando, perene, o sorriso. Ricardo Reis cumprimentou, seguiu adiante. Salvador foi atrás dele, quis saber se o senhor doutor tomaria alguma bebida antes do jantar, um aperitivo, Não, obrigado, também este hábito não ganhou Ricardo Reis, pode ser que com o passar do tempo lhe venha, primeiro o gosto, depois a necessidade, não agora. Salvador demorou-se um minuto entre portas, a ver se o hóspede mudava de opinião ou exprimia outro desejo, mas Ricardo Reis já tinha aberto um dos jornais, passara todo aquele dia em ignorância do que acontecera no mundo, não que por inclinação fosse leitor assíduo, pelo contrário, fatigavam-no as páginas grandes e as prosas derramadas, mas aqui, não havendo mais que fazer, e para escapar às solicitudes de Salvador, o jornal, por falar do mundo geral, servia de barreira contra este outro mundo próximo e sitiante, podiam as notícias daquele de além ser lidas como remotas e inconsequentes mensagens, em cuja eficácia não há muitos motivos para acreditar porque nem sequer temos a certeza de que cheguem ao seu destino, Demissão do governo espanhol, aprovada a dissolução das cortes, uma, O Negus num telegrama à Sociedade das Nações diz que os italianos empregam gases asfixiantes, outra, são assim os periódicos, só sabem falar do que aconteceu, quase sempre quando já é tarde de mais para emendar os erros, os perigos e as faltas, bom jornal seria aquele que no dia um de Janeiro de mil novecentos e catorze tivesse anunciado o rebentar da guerra para o dia vinte e quatro de Julho, disporíamos então de quase sete meses para conjurar a ameaça, quem sabe se não iríamos a tempo, e melhor seria ainda se aparecesse publicada a lista dos que iriam morrer, milhões de homens e mulheres a ler no jornal da manhã, ao café com leite, a notícia da sua própria morte, destino marcado e a cumprir, dia, hora e lugar, o nome por inteiro, que fariam eles sabendo que os iam matar, que faria Fernando Pessoa se pudesse ler, dois meses antes, O autor da Mensagem morrerá no dia trinta de Novembro próximo, de cólica hepática, talvez fosse ao médico e deixasse de beber, talvez desmarcasse a consulta e passasse a beber o dobro, para poder morrer antes. Ricardo Reis baixa o jornal, olha-se no espelho, superfície duas vezes enganadora porque reproduz um espaço profundo e o nega mostrando-o como mera projecção, onde verdadeiramente nada acontece, só o fantasma exterior e mudo das pessoas e das coisas, árvore que para o lago se inclina, rosto que nele se procura, sem que as imagens de árvore e rosto o perturbem, o alterem, lhe toquem sequer. O espelho, este e todos, porque sempre devolve uma aparência, está protegido contra o homem, diante dele não somos mais que estarmos, ou termos estado, como alguém que antes de partir para a guerra de mil novecentos e catorze se admirou no uniforme que vestia, mais do que a si mesmo se olhou, sem saber que neste espelho não tornará a olhar-se, também é isto a vaidade, o que não tem duração. Assim é o espelho, suporta, mas, podendo ser, rejeita. Ricardo Reis desviou os olhos, muda de lugar, vai, rejeitador ele, ou rejeitado, virar-lhe as costas. Porventura rejeitador porque espelho também.

 Deu oito horas o relógio do patamar, e mal o último eco se tinha calado, ressoou debilmente um gongo invisível, só aqui perto se pode ouvi-lo, de certeza não dão por ele os hóspedes dos andares altos, porém há que contar com o peso da tradição, não vai ser só fingirem-se entrançados de vime em garrafões quando já o vime não for usado. Ricardo Reis dobra o jornal, sobe ao quarto a lavar as mãos, a corrigir o aspecto, volta logo, senta-se à mesa onde da primeira vez comeu, e espera. Quem o visse, quem lhe seguisse os passos, assim expedito, cuidaria haver ali muito apetite ou ser a pressa muita, que teria almoçado este cedo e mal, ou comprou bilhete para o teatro. Ora, nós sabemos que almoçou tarde, de ter comido pouco não o ouvimos queixar-se, e que não vai ao teatro nem ao cinema irá, e com um tempo assim, de mais a piorar, só um tolo se lembraria, ou um excêntrico, de ir passear as ruas da cidade. Ricardo Reis é somente compositor de odes, não um excêntrico, ainda menos um tolo, menos ainda desta aldeia, Então que pressa foi esta que me deu, se agora só é que vêm chegando as pessoas para o jantar, o homem magro de luto, o gordo pacífico e de boa digestão, estes outros que não vi ontem à noite, faltam as crianças mudas e os pais delas, estariam de passagem, a partir de amanhã não virei sentar-me antes das oito e meia, chegarei muito a tempo, aqui estou eu, ridículo, feito provinciano que desceu à cidade e fica pela primeira vez em hotel. Comeu devagar a sopa, mexendo muito a colher, depois dispersou o peixe no prato e debicou, em verdade não tinha fome, e quando o criado lhe servia o segundo prato viu entrarem três homens que o maître guiou até à mesa onde, na véspera, haviam jantado a rapariga da mão paralisada e o pai, Então não está cá, foram-se embora, pensou, Ou jantam fora, contrapôs, só então admitiu o que já sabia mas fingira não saber, e tanto que estivera registando a entrada de todos os hóspedes, em meio alheamento, em dissimulação consigo mesmo, isto é, que descera cedo para ver a rapariga, Porquê, até esta pergunta era fingimento, em primeiro lugar porque certas perguntas são feitas apenas para tornar mais explícita a ausência de resposta, em segundo lugar por ser simultaneamente verdadeira e falsa essa outra resposta possível e oblíqua de haver motivo bastante de interesse, sem mais profundas ou laterais razões, numa rapariga que tem a mão esquerda paralisada e a afaga como a um animalzinho de estimação, mesmo não lhe servindo para nada, ou por isso mesmo. Abreviou o jantar, pediu que lhe servissem o café, E um conhaque, na sala de estar, maneira de entreter o tempo enquanto não pudesse, agora sim, conscientemente decidido, perguntar ao gerente Salvador que pessoas eram aquelas, o pai e a filha, sabe que me parece já os ter visto em outro lugar, talvez no Rio de Janeiro, em Portugal não, claro está, porque então a rapariga seria uma menina de poucos anos, tece e enreda Ricardo Reis esta malha de aproximações, tanta investigação para averiguação tão pouca. Por enquanto Salvador atende outros hóspedes, um que parte amanhã muito cedo e quer a conta, outro que se queixa de não poder dormir com as pancadas duma persiana quando lhe dá o vento, a todos atende Salvador com os seus modos delicados, o dente sujo, o bigode fofo. O homem magro e lutuoso entrou na sala de estar para consultar um jornal, e não demorou a sair, o gordo apareceu à porta, mordendo um palito, hesitou diante do olhar frio de Ricardo Reis e retirou-se, de ombros caídos, por lhe ter faltado a coragem de entrar, há renúncias assim, momentos de extrema fraqueza moral que um homem não saberia explicar, sobretudo a si mesmo.

Meia hora depois já o afável Salvador pode informar, Não, deve tê-los confundido com outras pessoas, que eu saiba nunca estiveram no Brasil, vêm aqui há três anos, temos conversado, claro, era natural que me tivessem falado duma viagem dessas, Então foi confusão minha, mas diz o senhor Salvador que vêm aqui há três anos, Pois vêm, são de Coimbra, vivem lá, o pai é o doutor Sampaio, notário, E ela, Ela tem um nome esquisito, chama-se Marcenda, imagine, mas são de muito boas famílias, a mãe é que já morreu, Que tem ela na mão, Acho que o braço todo está paralisado, por causa disso é que vêm estar todos os meses três dias aqui no hotel, para ela ser observada pelo médico, Ah, todos os meses três dias, Sim, todos os meses três dias, o doutor Sampaio avisa sempre com antecedência para eu ter dois quartos livres, sempre os mesmos, E nestes anos tem havido melhoras, Se quer que lhe fale francamente, senhor doutor, acho que não, Que pena, uma rapariga tão nova, É verdade, o senhor doutor é que podia dar-lhes uma opinião da próxima vez, se ainda cá estiver, É possível que esteja, sim, mas estes casos não são da minha especialidade, eu sou médico de clínica geral, interessei-me depois por doenças tropicais, nada que possa ser útil em situações destas, Paciência, é bem verdade que o dinheiro não dá felicidade, o pai com tanto de seu, e a filha assim, não há quem a veja rir, É Marcenda o nome, É sim, senhor doutor, Estranha palavra, nunca tinha ouvido, Nem eu, Até amanhã, senhor Salvador, Senhor doutor, até amanhã.

Ao entrar no quarto, Ricardo Reis vê a cama aberta, colcha e lençol afastados e dobrados em ângulo nítido, porém discretamente, sem aquele desmanchado impudor da roupa que se lança para trás, aqui há apenas uma sugestão, em querendo deitar-se, este é o lugar. Não será tão cedo. Primeiro irá ler o verso e meio que deixou escrito no papel, olhar para ele com severidade, procurar a porta que esta chave, se o é, possa abrir, imaginar que a encontrou e dar com outras portas por trás daquela, fechadas e sem chave, enfim, tanto persistiu que achou alguma coisa, ou por cansaço, seu ou de alguém, quem, lhe foi subitamente abandonada, desta maneira se concluindo o poema, Não quieto nem inquieto meu ser calmo quero erguer alto acima de onde os homens têm prazer ou dores, o mais que pelo meio ficou obedecia à mesma conformidade, quase se dispensava, A dita é um jugo e o ser feliz oprime porque é um certo estado. Depois foi-se deitar e adormeceu logo.

Ricardo Reis dissera ao gerente, Mande-me o pequeno-almoço ao quarto, às nove e meia, não que pensasse dormir até tão tarde, era para não ter de saltar da cama estremunhado, a procurar enfiar os braços nas mangas do roupão, a tentear os chinelos, com a impressão pânica de não ser capaz de mexer-se tão depressa quanto era merecedora a paciência de quem lá fora sustentasse nos braços ajoujados a grande bandeja com o café e o leite, as torradas, o açucareiro, talvez uma compota de cereja ou laranja, ou uma fatia de marmelada escura, granulosa, ou pão-de-ló, ou vianinhas de côdea fina, ou arrufadas, ou fatias paridas, essas sumptuosas prodigalidades de hotel, se o Bragança as usa, a ver vamos, que este é o primeiro pequeno-almoço de Ricardo Reis desde que chegou. Em ponto, garantira Salvador, e não garantira em vão, que pontualmente está Lídia batendo à porta, dirá o bom observador que é isso impossível para quem ambos os braços tem ocupados, muito mal estaríamos nós de servos se os não escolhêssemos entre os que têm três braços ou mais, é o caso desta vossa criada, que sem entornar uma gota de leite consegue bater suavemente com os nós dos dedos na porta, continuando a mão desses dedos a segurar a bandeja, será preciso ver para acreditar, e ouvi-la, O pequeno-almoço do senhor doutor, foi ensinada a dizer assim, e, embora mulher nascida do povo, tão inteligente é que não esqueceu até hoje. Se esta Lídia não fosse criada, e competente, poderia ser, pela amostra, não menos excelente funâmbula, malabarista ou prestidigitadora, génio adequado tem ela para a profissão, o que é incongruente, sendo criada, é chamar-se Lídia, e não Maria. Está já composto Ricardo Reis de vestuário e modos, barba feita, roupão cingido, abriu mesmo meia janela para arejar o quarto, aborrece os odores nocturnos, aquelas expansões do corpo a que nem poetas escapam. Entrou enfim a criada, Bom dia, senhor doutor, e foi pousar a bandeja, menos prodigamente oferecendo do que se imaginara, mas mesmo assim merece o Bragança nota de distinção, não admira que tenha tão constantes hóspedes, alguns não querem outro hotel quando vêm a Lisboa. Ricardo Reis retribui a salvação, agora diz, Não, muito obrigado, não quero mais nada, é a resposta à pergunta que uma boa criada sempre fará, Deseja mais alguma coisa, e, se lhe dizem que não, deve retirar-se discretamente, se possível recuando, voltar as costas seria faltar ao respeito a quem nos paga e faz viver, mas Lídia, instruída para duplicar as atenções, diz, Não sei se o senhor doutor já reparou que há cheia no Cais do Sodré, os homens são assim, têm um dilúvio ao pé da porta e não dão por ele, dormiram a noite toda de um sono, se acordaram e ouviram cair a chuva foi como quem apenas sonha que está chovendo e no próprio sonho duvida do que sonha, quando o certo certo foi ter chovido tanto que está o Cais do Sodré alagado, dá a água pelo joelho daquele que por necessidade atravessa de um lado para outro, descalço e arregaçado até às virilhas, levando às costas na passagem do vau uma senhora idosa, bem mais leve que a saca de feijão entre a carroça e o armazém. Aqui ao fundo da Rua do Alecrim abre a velhinha a bolsa e tira de dentro a moeda com que paga a S. Cristóvão, o qual, para que não estejamos sempre a escrever cujo, tornou a meter-se à água, que do outro lado já há alguém a fazer sinais urgentes. Este não é ancião, teria idade e boa perna para atravessar por seus próprios meios, mas estando tão apurado de trajo não quer que lhe caiam os parentes na lama, que lama mais isto parece que água, e não repara como ficou ridículo, ao lombo do arre-burrinho, com as roupas arrepanhadas, as canelas espetadas para fora das calças, as ligas verdes sobre a ceroula branca, não falta quem ria do espectáculo, até no Hotel Bragança, naquele segundo andar, um hóspede de meia-idade sorri, bem-disposto, e atrás dele, se não nos enganam os olhos, está uma mulher também a rir, mulher é ela, sem dúvida, mas nem sempre os olhos vêem o que deveriam, pois esta parece criada, e custa-nos acreditar que o seja mesmo e de condição, ou então estão a subverter-se perigosamente as relações e posições sociais, caso muito para temer, repete-se, porém há ocasiões, e se é verdade que na ocasião se faz o ladrão, também se pode fazer a revolução, como esta de ter ousado Lídia assomar à janela por trás de Ricardo Reis e com ele rir igualitariamente do espectáculo que a ambos divertia. São momentos fugazes da idade de ouro, nascem súbito, morrem logo, por isso levou tão pouco tempo a cansar-se a felicidade. Foi-se esta já, Ricardo Reis cerrou a janela, Lídia, apenas criada, recuou para a porta, tudo se faz agora com certa pressa porque as torradas estão a arrefecer, a perder a graça, Depois a chamarei para levar a bandeja, diz Ricardo Reis, e isso acontecerá daqui por meia hora, Lídia entra discretamente e sem rumor se retira, mais aliviada de carga, enquanto Ricardo Reis se finge distraído, no quarto, a folhear, sem ler, The god of the labyrinth, obra já citada.

Hoje é o último dia do ano. Em todo o mundo que este calendário rege andam as pessoas entretidas a debater consigo mesmas as boas acções que tencionam praticar no ano que entra, jurando que vão ser rectas, justas e equânimes, que da sua emendada boca não voltará a sair uma palavra má, uma mentira, uma insídia, ainda que as merecesse o inimigo, claro que é das pessoas vulgares que estamos falando, as outras, as de excepção, as incomuns, regulam-se por razões suas próprias para serem e fazerem o contrário sempre que lhes apeteça ou aproveite, essas são as que não se deixam iludir, chegam a rir-se de nós e das boas intenções que mostramos, mas, enfim, vamos aprendendo com a experiência, logo nos primeiros dias de Janeiro teremos esquecido metade do que havíamos prometido, e, tendo esquecido tanto, não há realmente motivo para cumprir o resto, é como um castelo de cartas, se já lhe faltam as obras superiores, melhor é que caia tudo e se confundam os naipes. Por isso é duvidoso ter-se despedido Cristo da vida com as palavras da escritura, as de Mateus e Marcos, Deus meu, Deus meu, por que me desamparaste, ou as de Lucas, Pai, nas tuas mãos entrego o meu espírito, ou as de João, Tudo está cumprido, o que Cristo disse foi, palavra de honra, qualquer pessoa popular sabe que é esta a verdade, Adeus, mundo, cada vez a pior. Mas os deuses de Ricardo Reis são outros, silenciosas entidades que nos olham indiferentes, para quem o mal e o bem são menos que palavras, por as não dizerem eles nunca, e como as diriam, se mesmo entre o bem e o mal não sabem distinguir, indo como nós vamos no rio das coisas, só deles distintos porque lhes chamamos deuses e às vezes acreditamos. Esta lição nos foi dada para que não nos afadiguemos a jurar novas e melhores intenções para o ano que vem, por elas não nos julgarão os deuses, pelas obras também não, só juízes humanos ousam julgar, os deuses nunca, porque se supõe saberem tudo, salvo se tudo isto é falso, se justamente a verdade última dos deuses é nada saberem, se justamente não é sua ocupação única esquecerem em cada momento o que em cada momento lhes vão ensinando os actos dos homens, os bons como os maus, iguais derradeiramente para os deuses, porque inúteis lhes são. Não digamos, Amanhã farei, porque o mais certo é estarmos cansados amanhã, digamos antes, Depois de amanhã, sempre teremos um dia de intervalo para mudar de opinião e projecto, porém ainda mais prudente seria dizer, Um dia decidirei quando será o dia de dizer depois de amanhã, e talvez nem seja preciso, se a morte definidora vier antes desobrigar-me do compromisso, que essa, sim, é a pior coisa do mundo, o compromisso, liberdade que a nós próprios negámos.

Deixou de chover, o céu aclarou, pode Ricardo Reis, sem risco de molha incómoda, dar um passeio antes do almoço. Para baixo não vai, que a cheia ainda não se retirou completamente do Cais do Sodré, as pedras estão cobertas de lodo fétido, o que a corrente do rio levantou da vasa funda e viscosa, se o tempo se conservar assim virão os homens da limpeza com as agulhetas, a água sujou, a água lavará, bendita seja a água. Sobe Ricardo Reis a Rua do Alecrim, e mal saiu do hotel logo o fez parar um vestígio doutras eras, um capitel coríntio, uma ara votiva, um cipo funerário, que ideia, essas coisas, se ainda as há em Lisboa, oculta-as a terra movida por aterros ou causas naturais, aqui é somente uma pedra rectangular, embutida e cravada num murete que dá para a Rua Nova do Carvalho, dizendo em letra de ornamento, Clínica de Enfermedades de los Ojos y Quirúrgicas, e mais sobriamente, Fundada por A. Mascaró em 1870, as pedras têm uma vida longa, não assistimos ao nascimento delas, não assistiremos à morte, tantos anos sobre esta passaram, tantos hão-de passar, morreu Mascaró e desfez-se a clínica, porventura algures ainda viverão descendentes do Fundador, ocupados em outros ofícios, quem sabe se já esquecidos, ou ignorantes, de que neste lugar público se mostra a sua pedra de armas, não fossem as famílias o que são, fúteis, inconstantes, e esta viria aqui recordar a memória do antepassado curador de olhos e outras cirurgias, é bem verdade que não basta gravar o nome numa pedra, a pedra fica, sim senhores, salvou-se, mas o nome, se todos os dias o não forem ler, apaga-se, esquece, não está cá. Meditam-se estas contradições enquanto se vai subindo a Rua do Alecrim, pelas calhas dos eléctricos ainda correm regueirinhos de água, o mundo não consegue estar quieto, é o vento que sopra, são as nuvens que voam, da chuva nem se fala, tanta tem sido. Ricardo Reis pára diante da estátua de Eça de Queirós, ou Queiroz, por cabal respeito da ortografia que o dono do nome usou, ai como podem ser diferentes as maneiras de escrever, e o nome ainda é o menos, assombroso é falarem estes a mesma língua e serem, um Reis, o outro, Eça, provavelmente a língua é que vai escolhendo os escritores de que precisa, serve-se deles para que exprimam uma parte pequena do que é, quando a língua tiver dito tudo, e calado, sempre quero ver como iremos nós viver. Já as primeiras dificuldades começam a surgir, ou não serão ainda dificuldades, antes diferentes e questionadoras camadas do sentido, sedimentos removidos, novas cristalizações, por exemplo, Sobre a nudez forte da verdade o manto diáfano da fantasia, parece clara a sentença, clara, fechada e conclusa, uma criança será capaz de perceber e ir ao exame repetir sem se enganar, mas essa mesma criança perceberia e repetiria com igual convicção um novo dito, Sobre a nudez forte da fantasia o manto diáfano da verdade, e este dito, sim, dá muito mais que pensar, e saborosamente imaginar, sólida e nua a fantasia, diáfana apenas a verdade, se as sentenças viradas do avesso passarem a ser leis, que mundo faremos com elas, milagre é não endoidecerem os homens de cada vez que abrem a boca para falar. É instrutivo o passeio, ainda agora contemplámos o Eça e já podemos observar o Camões, a este não se lembraram de pôr-lhe versos no pedestal, e se um pusessem qual poriam, Aqui, com grave dor, com triste acento, o melhor é deixar o pobre amargurado, subir o que falta da rua, da Misericórdia que já foi do Mundo, infelizmente não se pode ter tudo nem ao mesmo tempo, ou mundo ou misericórdia. Eis o antigo Largo de S. Roque, e a igreja do mesmo santo, aquele a quem um cão foi lamber as feridas da peste, bubónica seria, animal que nem parece pertencer à espécie da cadela Ugolina, que só sabe dilacerar e devorar, dentro desta famosa igreja é que está a capela de S. João Baptista, a tal que foi encomendada a Itália pelo senhor D. João v, tão renomado monarca, rei pedreiro e arquitecto por excelência, haja vista o convento de Mafra, e outrossim o aqueduto das Águas Livres, cuja verdadeira história ainda está por contar. Eis também, na diagonal de dois quiosques que vendem tabaco, lotaria e aguardentes, a marmórea memória mandada implantar pela colónia italiana por ocasião do himeneu do rei D. Luís, tradutor de Shakespeare, e D. Maria Pia de Sabóia, filha de Verdi, isto é, de Vittorio Emmanuele re d'Italia, monumento único em toda a cidade de Lisboa, que mais parece ameaçadora palmatória ou menina-de-cinco-olhos, pelo menos é o que faz lembrar às meninas dos asilos, de dois assustados olhos, ou sem a luz deles, mas informadas pelas companheiras videntes, que de vez em quando aqui passam, de bibe e debaixo de forma, arejando a catinga da camarata, ainda com as mãos escaldadas do último castigo. Este bairro é castiço, alto de nome e situação, baixo de costumes, alternam os ramos de louro às portas das tabernas com mulheres de meia-porta, ainda que, por ser a hora matinal e estarem lavadas as ruas pelas grandes chuvas destes dias, se reconheça na atmosfera uma espécie de frescura inocente, um assopro virginal, quem tal diria em lugar de tanta perdição, dizem-no, pelo seu próprio canto, os canários postos às varandas ou na entrada das tabernas, chilreando como loucos, é preciso aproveitar o bom tempo, sobretudo quando se conta que dure pouco, se outra vez começa a chover esmorece a canção, arrepiam-se as penas, e uma avezinha mais sensível mete a cabeça debaixo da asa e faz que dorme, veio recolhê-la para dentro a dona, agora só a chuva se ouve, está também por aí a tanger uma guitarra, onde seja não o sabe Ricardo Reis, que se abrigou neste portal, ao princípio da Travessa da Água da Flor. Costuma-se dizer do sol que é de pouca dura quando as nuvens que o deixaram passar logo o ocultam, diga-se também que foi de pouca dura este aguaceiro, bateu forte, mas passou, pingam os beirais e as varandas, as roupas estendidas escorrem, foi tão súbita a pancada da água que nem deu tempo a precaverem-se as mulheres, gritando como é sua combinação, Está a choveeeer, assim se avisando umas às outras, como os soldados nas guaritas, noite fora, Sentinela aleeeerta, Alerta está, Passe palavra, só deu tempo para recolher o canário, ainda bem que se resguardou o tenro corpinho, tão quente, olha como lhe bate o coração, jesus, que força, que rapidez, foi do susto, não, é assim sempre, coração que vive pouco bate depressa, de alguma maneira se haviam de compensar as coisas. Ricardo Reis atravessa o jardim, vai olhar a cidade, o castelo com as suas muralhas derrubadas, o casario a cair pelas encostas. O sol branqueado bate nas telhas molhadas, desce sobre a cidade um silêncio, todos os sons são abafados, em surdina, parece Lisboa que é feita de algodão, agora pingando. Em baixo, numa plataforma, estão uns bustos de pátrios varões, uns buxos, umas cabeças romanas, descondizentes, tão longe dos céus lácios, é como ter posto o zé-povinho do Bordalo a fazer um toma ao Apolo do Belvedere. Todo o miradouro é belvedere enquanto Apolo contemplamos, depois junta-se a voz à guitarra e canta-se o fado. Parece que a chuva se afastou de todo.

    Quando uma ideia puxou outra, dizemos que houve associação delas, não falta mesmo quem seja de opinião que todo o processo mental humano decorre dessa sucessiva estimulação, muitas vezes inconsciente, outras nem tanto, outras compulsiva, outras agindo em fingimento de que o é para poder ser adjunção diferente, inversa quando calha, enfim, relações que são muitas, mas entre si ligadas pela espécie que juntas constituem e parte do que latamente se denominará comércio e indústria dos pensamentos, por isso o homem, entre o mais que seja, tenha sido ou venha a ser, é lugar industrial e comercial, produtor primeiro, retalhista depois, consumidor finalmente, e também baralhada e reordenada esta ordem, de ideias falo, de ai não, então lhe chamaríamos, com propriedade, ideias associadas, com ou sem companhia, ou em comandita, acaso sociedade cooperativa, nunca de responsabilidade limitada, jamais anónima, porque, nome, todos o temos. Que haja uma relação que se entenda entre esta teoria económica e o passeio que Ricardo Reis está dando, já sabemos que instrutivo, é o que não tardará a ver-se, quando ele chegar ao portão do que foi convento de S. Pedro de Alcântara, hoje recolhimento de meninas pedagogicamente palmatoadas, e der com os olhos no painel de azulejos da entrada, onde se representa S. Francisco de Assis, il poverello, pobre-diabo em tradução livre, extáctico e ajoelhado, recebendo os estigmas, os quais, na figuração simbólica do pintor, lhe chegam por cinco cordas de sangue que descem do alto, do Cristo crucificado que paira no ar como uma estrela, ou papagaio lançado por esses rapazitos das quintas, onde o espaço é livre e ainda não se perdeu a lembrança do tempo em que os homens voavam. Com os pés e as mãos sangrando, com o seu lado aberto, segura S. Francisco de Assis a Jesus da Cruz para que não desapareça nas irrespiráveis alturas, lá onde o pai está chamando pelo filho, Vem, vem, acabou-se o tempo de seres homem, por isso é que podemos ver o santo santamente crispado pelo esforço que está fazendo, e continua, enquanto murmura, cuidando alguns que é oração, Não te deixo ir, não te deixo ir, por estes casos acontecidos, mas só agora revelados, se reconhecerá quanto é urgente rasgar ou dar sumiço à teologia velha e fazer uma nova teologia, toda ao contrário da outra, eis no que deram as associações de ideias, ainda há pouco, porque estavam cabeças romanas em miradouro, sendo de belvedere, se lembrou Ricardo Reis do toma do zé-povinho, e agora, na porta de um antigo convento, em Lisboa, não em Wittemberg, encontra as evidências de como e de porquê chama o povinho ao manguito armas de S. Francisco, é o gesto que o desesperado santo faz a Deus por lhe querer levar a sua estrela. Não faltarão cépticos conservadores para duvidarem da proposta, não devemos estranhar, afinal é o que sempre acontece às ideias novas, nascidas em associação.

 Ricardo Reis rebusca na memória fragmentos de versos que já levam vinte anos de feitos, como o tempo passa, Deus triste, preciso talvez porque nenhum havia como tu, Nem mais nem menos és, mas outro deus, Não a ti, Cristo, odeio ou menosprezo, Mas cuida não procures usurpar o que aos outros é devido, Nós homens nos façamos unidos pelos deuses, são estas as palavras que vai murmurando enquanto segue pela Rua de D. Pedro V, como se identificasse fósseis ou restos de antigas civilizações, e há um momento em que duvida se terão mais sentido as odes completas aonde os foi buscar do que este juntar avulso de pedaços ainda coerentes, porém já corroídos pela ausência do que estava antes ou vem depois, e contraditoriamente afirmando, na sua própria mutilação, um outro sentido fechado, definitivo, como é o que parecem ter as epígrafes postas à entrada dos livros. A si mesmo pergunta se será possível definir uma unidade que abranja, como um colchete ou chaveta, o que é oposto e diverso, sobretudo aquele santo que saiu são para o monte e de lá volta manando sangue por cinco fontes suas, oxalá tenha conseguido, ao findar o dia, enrolar as cordas e recolher a casa, cansado como quem muito trabalhou, levando debaixo do braço o papagaio que só por um triz não se perdeu, dormirá com ele à cabeceira da cama, hoje ganhou, quem sabe se perderá amanhã. Procurar cobrir com uma unidade estas variedades é talvez tão absurdo como tentar esvaziar o mar com um balde, não por ser obra impossível, havendo tempo e força não faltando, mas porque seria necessário, primeiramente, encontrar na terra outra grande cova para o mar, e essa já sabemos que a não há suficiente, tanto mar, a terra tão pouca.

 A Ricardo Reis distraiu-o também da pergunta que a si próprio fizera ter chegado à Praça do Rio de Janeiro, que foi do

Príncipe Real e quiçá o torne a ser um dia, quem viver verá. Estando calor apeteceria a sombra daquelas árvores, os áceres, os ulmos, o cedro chapéu-de-sol, que parece refrigerante latada, não que este poeta e médico seja assim tão versado em botânicas, alguém tem é de suprir as ignorâncias e as falhas de memória de homem por dezasseis anos habituado a outras e mais barrocas floras, tropicais. Mas o tempo não está para os estivais lazeres, para comprazimentos de terma e praia, a temperatura deve andar pelos dez graus e os bancos do jardim estão molhados. Ricardo Reis aconchega a gabardina ao corpo, friorento, atravessa de cá para lá, por outras alamedas regressa, agora vai descer a Rua do Século, nem sabe o que o terá decidido, sendo tão ermo e melancólico o lugar, alguns antigos palácios, casas baixinhas, estreitas, de gente popular, ao menos o pessoal nobre de outros tempos não era de melindres, aceitava viver paredes meias com o vulgo, ai de nós, pelo caminho que as coisas levam, ainda veremos bairros exclusivos, só residências, para a burguesia de finança e fábrica, que então terá engolido da aristocracia o que resta, com garagem própria, jardim à proporção, cães que ladrem violentamente ao viajante, até nos cães se há-de notar a diferença, em eras distantes tanto mordiam a uns como a outros.

 Vai Ricardo Reis descendo a rua, sem nenhuma pressa, fazendo do guarda-chuva bengala, com a ponteira dele bate as pedras do passeio, em conjunção com o pé do mesmo lado, é um som preciso, muito nítido e claro, sem eco, mas de certa maneira líquido, se não é absurda a palavra, dizermos que é líquido, ou assim parece, o choque do ferro e do calcário, com estes pensamentos pueris se distrai, quando de repente se apercebe, ele, dos seus próprios passos, como se desde que saiu do hotel não tivesse encontrado vivalma, e isto mesmo juraria, em consciência, se fosse chamado a jurar, que não viu ninguém até chegar aqui, como é possível, meu caro senhor, uma cidade que nem é das mais pequenas, onde foi que se meteram as pessoas. Sabe, porque lho afirma o senso comum, depositário só do saber que o mesmo senso comum diz ser indiscutível, que tal não é verdade, pessoas não têm faltado no caminho, e agora nesta rua, apesar de tão sossegada, sem comércio, com raras oficinas, há grupos que passam, todos que descendem vão, gente pobre, alguns mais parecem pedintes, famílias inteiras, com os velhos atrás, a arrastar a perna, o coração a rasto, as crianças puxadas aos repelões pelas mães, que são as que gritam, Mais depressa, senão acaba-se. O que se acabou foi o sossego, a rua já não é a mesma, os homens, esses, disfarçam, simulam a gravidade que a todo o chefe de família convém, vão no seu passo como quem traz outro fito ou não quer reconhecer este, e juntamente desaparecem, uns após outros, no próximo cotovelo da rua, onde há um palácio com palmeiras no pátio, parece a Arábia Feliz, estes traçados medievais não perderam os seus encantos, escondem surpresas do outro lado, não são como as modernas artérias urbanas, cortadas a direito, com tudo à vista, se a vista é fácil de contentar. Diante de Ricardo Reis aparece uma multidão negra que enche a rua em toda a largura, alastra para cá e para lá, ao mesmo tempo paciente e agitada, sobre as cabeças passam refluxos, variações, é como o jogar das ondas na praia ou do vento nas searas. Ricardo Reis aproxima-se, pede licença para passar, quem à frente dele está faz um movimento de recusa, vai-se voltar e dizer, por exemplo, Estás com pressa, viesses mais cedo, mas dá com um senhor bem-posto, sem boina nem boné, de gabardina clara, camisa branca e gravata, é quanto basta para que lhe dê logo passagem, e não se contenta com isso, bate nas costas do da frente, Deixa passar este senhor, e o outro faz o mesmo, por isso vemos o chapéu cinzento de Ricardo Reis avançar tão facilmente por entre a mole humana, é como o cisne do Lohengrin em águas subitamente amansadas do mar Negro, mas esta travessia leva seu tempo porque a gente é muita, sem contar que à medida que se vai aproximando do centro da multidão as pessoas abrem caminho mais dificultosamente, não por súbita má vontade, é só porque o aperto quase as não deixa mexerem-se, Que será, interroga-se Ricardo Reis, mas não se atreve a fazer a pergunta em voz alta, acha que onde tanta gente se reuniu por uma razão de todos conhecida, não é lícito, e talvez seja impróprio, ou indelicado, manifestar ignorância, podiam as pessoas ficar ofendidas, nunca há a certeza de como vai reagir a sensibilidade dos outros, e como teríamos tal certeza, se a nossa própria sensibilidade se comporta de maneira tantas vezes imprevisível para nós que julgávamos conhecê-la. Ricardo Reis alcançou o meio da rua, está defronte da entrada do grande prédio do jornal O Século, o de maior expansão e circulação, a multidão alarga-se, mais folgada, pela meia-laranja que com ele entesta, respira-se melhor, só agora Ricardo Reis deu por que vinha a reter a respiração para não sentir o mau cheiro, ainda há quem diga que os pretos fedem, o cheiro do preto é um cheiro de animal selvagem, não este odor de cebola, alho e suor recozido, de roupas raro mudadas, de corpos sem banho ou só no dia de ir ao médico, qualquer pituitária medianamente delicada se teria ofendido na provação deste trânsito. À entrada estão dois polícias, aqui perto outros dois que disciplinam o acesso, a um deles vai Ricardo Reis perguntar, Que ajuntamento é este, senhor guarda, e o agente de autoridade responde com deferência, vê-se logo que o perguntador está aqui por um acaso, É o bodo do Século, Mas é uma multidão, Saiba vossa senhoria que se calculam em mais de mil os contemplados, Tudo gente pobre, Sim senhor, tudo gente pobre, dos pátios e barracas, Tantos, E não estão aqui todos, Claro, mas assim todos juntos, ao bodo, faz impressão, A mim não, já estou habituado, E o que é que recebem, A cada pobre calha dez escudos, Dez escudos, É verdade, dez escudos, e os garotos levam agasalhos, e brinquedos, e livros de leitura, Por causa da instrução, Sim senhor, por causa da instrução, Dez escudos não dá para muito, Sempre é melhor que nada, Lá isso é verdade, Há quem esteja o ano inteiro à espera do bodo, deste e dos outros, olhe que não falta quem passe o tempo a correr de bodo para bodo, à colheita, o pior é quando aparecem em sítios onde não são conhecidos, outros bairros, outras paróquias, outras beneficências, os pobres de lá nem os deixam chegar-se, cada pobre é fiscal doutro pobre, Caso triste, Triste será, mas é bem feito, para aprenderem a não ser aproveitadores, Muito obrigado pelas suas informações, senhor guarda, Às ordens de vossa senhoria, passe vossa senhoria por aqui, e, tendo dito, o polícia avançou três passos, de braços abertos, como quem enxota galinhas para a capoeira, Vamos lá, quietos, não queiram que trabalhe o sabre. Com estas persuasivas palavras a multidão acomodou-se, as mulheres murmurando como é costume seu, os homens fazendo de contas que não tinham ouvido, os garotos a pensar no brinquedo, será carrinho, será ciclista, será boneco de celulóide, por estes dariam camisola e livro de leitura. Ricardo Reis subiu a rampa da Calçada dos Caetanos, dali podia apreciar o ajuntamento quase à vol d'oiseau, voando baixo o pássaro, mais de mil, o polícia calculara bem, terra riquíssima em pobres, queira Deus que nunca se extinga a caridade para que não venha a acabar-se a pobreza, esta gente de xale e lenço, de surrobecos remendados, de cotins com fundilhos doutro pano, de alpargatas, tantos descalços, e sendo as cores tão diversas, todas juntas fazem uma nódoa parda, negra, de lodo mal cheiroso, como a vasa do Cais do Sodré. Ali estão, e estarão, à espera de que chegue a sua vez, horas e horas de pé, alguns desde a madrugada, as mães segurando ao colo os filhos pequenos, dando de mamar aos da sazão, os pais conversando uns com os outros em conversas de homens, os velhos calados e sombrios, mal seguros nas pernas, babam-se, dia de bodo é o único em que se lhes não deseja a morte, por causa do prejuízo que seria. E há febres por aí, tosses, umas garrafinhas de aguardente que ajudam a passar o tempo e espairecem do frio. Se volta a chover, apanham-na toda, daqui ninguém arreda.

Ricardo Reis atravessou o Bairro Alto, descendo pela Rua do Norte chegou ao Camões, era como se estivesse dentro de um labirinto que o conduzisse sempre ao mesmo lugar, a este bronze afidalgado e espadachim, espécie de D'Artagnan premiado com uma coroa de louros por ter subtraído, no último momento, os diamantes da rainha às maquinações do cardeal, a quem, aliás, variando os tempos e as políticas, ainda acabará por servir, mas este aqui, se por estar morto não pode voltar a alistar-se, seria bom que soubesse que dele se servem, à vez ou em confusão, os principais, cardeais incluídos, assim lhes aproveite a conveniência. São horas de almoçar, o tempo foi-se passando nestas caminhadas e descobertas, parece este homem que não tem mais que fazer, dorme, come, passeia, faz um verso por outro, com grande esforço, penando sobre o pé e a medida, nada que se possa comparar ao contínuo duelo do mosqueteiro D'Artagnan, só os Lusíadas comportam para cima de oito mil versos, e no entanto este também é poeta, não que do título se gabe, como se pode verificar no registo do hotel, mas um dia não será como médico que pensarão nele, nem em Álvaro como engenheiro naval, nem em Fernando como correspondente de línguas estrangeiras, dá-nos o ofício o pão, é verdade, porém não virá daí a fama, sim de ter alguma vez escrito, Nel mezzo del camin di nostra vita, ou, Menina e moça me levaram da casa de meus pais, ou, En un lugar de la Mancha, de cuyo nombre no quiero acordarme, para não cair uma vez mais na tentação de repetir, ainda que muito a propósito, As armas e os barões assinalados, perdoadas nos sejam as repetições, Arma virumque cano. Há-de o homem esforçar-se sempre, para que esse seu nome de homem mereça, mas é menos senhor da sua pessoa e destino do que julga, o tempo, não o seu, o fará crescer ou apagar, por outros merecimentos algumas vezes, ou diferentemente julgados, Que serás quando fores de noite e ao fim da estrada.

    Era quase noite quando a Rua do Século ficou limpa de pobres. Entretanto Ricardo Reis almoçara, entrou em duas livrarias, hesitou à porta do Tivoli se iria ver o filme Gosto de Todas as Mulheres, com Jean Kiepura, não foi, ficará para outra ocasião, depois regressou ao hotel, de táxi, porque já lhe doíam as pernas de tanto andar. Quando choveu recolheu-se a um café, leu os jornais da tarde, aceitou que lhe engraxassem os sapatos, aparente desperdício de pomada, com estas ruas que as chuvadas bruscamente alagam, mas o engraxador explicou que é sempre melhor prevenir que remediar, o sapato impermeabilizado aguenta muito mais a chuva, senhor doutor, e teria razão o técnico, quando Ricardo Reis se descalçou no seu quarto tinha os pés secos e quentes, é o que se necessita para conservar uma boa saúde, pés quentes, cabeça fresca, embora a faculdade não reconheça estes saberes empíricos não se perde nada em observar o preceito. O hotel está em grande sossego, não bate uma porta, não se ouve uma voz, o besouro emudeceu, o gerente Salvador não atende na recepção, caso fora do comum, e Pimenta, que foi buscar a chave, move-se com a leveza, a imaterialidade de um elfo, é certo que desde manhã ainda não teve que carregar malas, circunstância sobremaneira adjuvante. Quando Ricardo Reis desceu para jantar, já perto das nove horas, conforme a si mesmo havia prometido, encontrou a sala deserta, os criados a conversarem a um canto, finalmente apareceu Salvador, mexeram-se os serventuários um pouco, é o que devemos fazer sempre que nos apareça o superior hierárquico, basta, por exemplo, descansar o corpo sobre a perna direita se antes sobre a esquerda repousava, muitas vezes não é preciso mais, ou nem tanto, E jantar, pode-se, perguntou hesitante o hóspede, claro que sim, para isso ali estavam, e também Salvador para dizer que não se admirasse o senhor doutor, na passagem do ano tinham em geral poucos clientes, e os que havia jantavam fora, é o réveillon, ou révelion, que foi a palavra, dantes dava-se aqui no hotel a festa, mas os proprietários acharam que as despesas eram grandes, desorganizava-se o serviço, uma trabalheira, sem falar nos estragos causados pela alegria dos hóspedes, sabe-se como as coisas acontecem, atrás de copo, copo vem, às tantas as pessoas não se entendem, e depois era o barulho, a agitação, as queixas dos que não tinham alegria para festas, que sempre os há, Enfim, acabámos com o révelion, mas tenho pena, confesso, era uma noite bonita, dava ao hotel uma reputação fina e moderna, agora é o que se está vendo, este deserto, Deixe lá, vai mais cedo para a cama, consolou Ricardo Reis, e Salvador respondeu que não, que sempre ouvia as badaladas da meia-noite em casa, era uma tradição da família, comiam doze passas de uva, uma a cada badalada, ouvira dizer que dava sorte para o ano seguinte, no estrangeiro usa-se muito, São países ricos, e a si, acha que lhe dá realmente sorte, Não sei, não posso comparar, se calhar corria-me pior o ano se não as comesse, assim seria, por estas e outras é que quem não tem Deus procura deuses, quem deuses abandonou a Deus inventa, um dia nos livraremos deste e daqueles, Tenho as minhas dúvidas, aparte que alguém lançou, ou antes ou depois, mas não aqui, que não se tomam tais liberdades com os dignos hóspedes.

 Ricardo Reis jantou acolitado por um único criado, e com o maître decorativamente colocado ao fundo, Salvador instalou-se na recepção a fazer horas para o seu révelion particular, de Pimenta não se sabe onde pára, quanto às criadas dos quartos, ou subiram às mansardas, se as temos, ou aos rebaixos do sótão, que é o mais certo, a beber, em chegando a hora, licorzinhos domésticos e capitosos com bolinhos secos, ou então foram para suas casas, ficando apenas o piquete, como nos hospitais, a cozinha é já uma cidadela evacuada, em tudo isto não há mais que suposições, claro, que um hóspede, no geral, não se interessa por saber como funciona o hotel por dentro, o que quer é o quarto arrumado e a comida a horas, paga, deve ser bem servido. Não esperava Ricardo Reis que à sobremesa lhe pusessem na frente uma fatia larga de bolo-rei, são estas atenções que fazem de cada cliente um amigo, embora no episódio tenha saído a fava, mas de propósito não foi, o criado sorriu com bonomia familiar e disse, Dia de Reis paga o senhor doutor, Fica combinado, Ramón, era este o nome, será o Dia do Reis, mas Ramón não compreendeu o chiste. Ainda não são dez horas, o tempo arrasta-se, o ano velho resiste. Ricardo Reis olhou a mesa onde vira, dois dias antes, o doutor Sampaio e a filha Marcenda, sentiu que o tomava uma nuvem cinzenta, se ali estivessem hoje poderiam conversar, únicos hóspedes nesta noite de fim e recomeço, nada mais próprio. Reviu na memória o gesto pungente da rapariga, agarrando a mão inerte e colocando-a sobre a mesa, era a sua mãozinha de estimação, a outra, ágil, saudável, auxiliava a irmã, mas tinha a sua vida, independente, nem sempre podia ajudar, para dar um exemplo, esta era a que tocava a mão das pessoas em caso de apresentação formal, Marcenda Sampaio, Ricardo Reis, a mão do médico apertaria a mão da rapariga de Coimbra, direita com direita, a esquerda dele, se quisesse, poderia aproximar-se, participar do encontro, a dela, caída ao longo do corpo, será como se ali não estivesse. Ricardo Reis sentiu humedecerem-se-lhe os olhos, ainda há quem diga mal dos médicos, que por estarem acostumados a ver doenças e infelicidades levam empedernidos os corações, veja-se este que desmente a asserção, talvez por ser poeta, embora da espécie céptica, como se tem visto. Distrai-se Ricardo Reis nestas meditações, porventura algumas mais difíceis de destrinçar para quem, como nós, está do lado de fora, e Ramón, que tanto sabe de umas como de outras, pergunta, O senhor doutor deseja mais qualquer coisa, maneira de falar delicada mas que pretende dizer exactamente o contrário do que se ouviu, insinuar a negativa, porém, somos tão bons entendedores que meia palavra nos tem bastado a todos na vida, a prova é estar Ricardo Reis a levantar-se, dá as boas-noites a Ramón, deseja-lhe um feliz ano novo, e ao passar pela recepção repete a Salvador, com demora, a saudação e o voto, o sentimento é igual, mais explícita a manifestação dele, porque, enfim, este é o gerente. Ricardo Reis sobe devagar a escada, cansado, parece a personagem daquelas rábulas de revista ou dos desenhos alusivos à época, ano velho carregado de cãs e de rugas, já com a ampulheta vazia, sumindo-se na treva profunda do tempo passado, enquanto o ano novo se aproxima num raio de luz, gordinho como os meninos da farinha lacto-búlgara, e dizendo, em infantil toada, como se nos convidasse para a dança das horas, Sou o ano de mil novecentos e trinta e seis, venham ser felizes comigo. Entra no quarto e senta-se, tem a cama aberta, água renovada na garrafa para as securas nocturnas, os chinelos sobre o tapete, alguém está velando por mim, anjo bom, obrigado. Na rua passa uma algazarra de latas, já deram as onze horas, e é então que Ricardo Reis se levanta bruscamente, quase violento, Que estou eu para aqui a fazer, toda a gente a festejar e a divertir-se, em suas casas, nas ruas, nos bailes, nos teatros e nos cinemas, nos casinos, nos cabarés, ao menos que eu vá ao Rossio ver o relógio da estação central, o olho do tempo, o ciclope que não atira com penedos mas com minutos e segundos, tão ásperos e pesados como eles, e que eu tenho de ir aguentando, como aguentamos todos nós, até que um último e todos somados me rebentem com as tábuas do barco, mas assim não, a olhar para o relógio, aqui, aqui sentado, sobre mim próprio dobrado, aqui sentado, e, tendo rematado o solilóquio, vestiu a gabardina, pôs o chapéu, deitou mão ao guarda-chuva, enérgico, um homem é logo outro homem quando toma uma decisão. Salvador já não estava, recolhera-se ao lar, foi o Pimenta quem perguntou, O senhor doutor vai sair, Vou, vou dar por aí uma volta, e começou a descer a escada, o Pimenta seguiu-o até ao patamar, Quando o senhor doutor chegar, toque duas campainhadas, uma curta, outra comprida, assim já sei quem é, Vai ficar acordado, Passada a meia-noite deito-me, mas por mim o senhor doutor não se prenda, venha à hora que quiser, Feliz ano novo, Pimenta, Um novo ano muito próspero, senhor doutor, frases de cartões de boas-festas, não disseram mais, mas quando Ricardo Reis chegou ao fundo da escada lembrou-se de que nestas épocas é costume gratificar o pessoal menor, eles contam com isso, Em todo o caso, eu só cá estou há três dias, o pajem italiano tem a lâmpada apagada, dorme.

A calçada estava molhada e escorregadia, os carris luziam pela Rua do Alecrim acima, a direito, sabe-se lá que estrela ou papagaio segurarão elas naquele ponto onde a escola diz que se reúnem as paralelas, no infinito, muito grande o infinito tem de ser para que tantas coisas, todas, e de todos os tamanhos, lá caibam, as linhas rectas paralelas, e as simples, e também as curvas e as cruzadas, os carros eléctricos que por estas calhas sobem, e os passageiros que vão dentro deles, a luz dos olhos de cada um, o eco das palavras, o roçar inaudível dos pensamentos, este sinal de assobio para uma janela, Então, desces ou não desces, Ainda não é tarde, disse uma voz lá no alto, se foi de homem ou de mulher, tanto faz, tornaremos a encontrá-la no infinito. Ricardo Reis desceu o Chiado e a Rua do Carmo, como ele muita outra gente descia, grupos, famílias, ainda que o mais fossem homens solitários a quem ninguém espera em casa ou que preferem o ar livre para assistir à passagem do ano, acaso passará mesmo, sobre as cabeças deles e nossas voará um risco de luz, uma fronteira, então diríamos que o tempo e o espaço tudo é um, e havia também mulheres que por uma hora interromperam a mísera caçada, fazem este intervalo na vida, querem estar presentes se houver proclamação de vida nova, saber que porção dela lhes cabe, se nova mesmo, se a mesma. Para os lados do Teatro Nacional, o Rossio está cheio. Caiu uma bátega rápida, abriram-se guarda-chuvas, carapaças luzidias de insectos, ou como se a multidão fosse um exército avançando sob a protecção dos escudos, postos sobre as cabeças, ao assalto duma fortaleza indiferente. Ricardo Reis meteu-se pelo ajuntamento, afinal menos denso do que parecera de longe, abriu caminho, entretanto a chuvada cessara, fecharam-se os guarda-chuvas como um bando de aves pousadas que sacudissem as asas antes do repouso nocturno. Está toda a gente de nariz no ar, com os olhos fitos no mostrador amarelo do relógio. Da Rua do Primeiro de Dezembro um grupo de rapazes avança batendo com tampas de panela, tchim, tchim, e outros apitam, estridentes. Dão a volta ao largo fronteiro à estação, instalam-se debaixo da arcada do teatro, sempre a trinar nas gaitas e a bater as latas, e este barulho junta-se ao das matracas que ressoam por toda a praça, ra-ra-ra-ra, faltam quatro minutos para a meia-noite, ai a volubilidade dos homens, tão ciosos do pouco tempo que têm para viver, sempre a queixarem-se de serem curtas as vidas, deixando à só memória um branco som de espuma, e aqui impacientes por que passem estes minutos, tão grande é o poder da esperança. Já há quem grite de puro nervosismo, e o alvoroço recresce quando da banda do rio começa a ouvir-se a voz profunda dos barcos ancorados, os dinossauros mugindo com aquele ronco pré-histórico que faz vibrar o estômago, sereias que soltam gritos lancinantes como animais a quem estivessem degolando, e as buzinas dos automóveis ali perto atroam doidas, e as campainhas dos eléctricos tilintam quanto podem, pouco, finalmente o ponteiro dos minutos cobre o ponteiro das horas, é meia-noite, a alegria duma libertação, por um instante breve o tempo largou os homens, deixou-os viver soltos, apenas assiste, irónico, benévolo, aí estão, abraçam-se uns aos outros, conhecidos e desconhecidos, beijam-se homens e mulheres ao acaso, são esses os beijos melhores, os que não têm futuro. O barulho das sereias enche agora todo o espaço, agitam-se os pombos no frontão do teatro, alguns esvoaçam estonteados, mas ainda não passou um minuto e já o som vai decrescendo, alguns derradeiros arrancos, os barcos no rio é como se se estivessem afastando pelo meio do nevoeiro, mar fora, e, por disto falarmos, lá está D. Sebastião no seu nicho da frontaria, rapazito mascarado para um carnaval que há-de vir, se não noutro sítio o puseram, mas aqui, então teremos de reexaminar a importância e os caminhos do sebastianismo, com nevoeiro ou sem ele, é patente que o Desejado virá de comboio, sujeito a atrasos. Ainda há grupos no Rossio, mas a animação extingue-se de vez. As pessoas deixaram livres os passeios, sabem o que vai acontecer, dos andares começa-se a atirar lixo para a rua, é o costume, porém aqui nem se nota tanto porque nestes prédios já pouca gente vem morando, o mais das casas são escritórios e consultórios. Pela Rua do Ouro abaixo o chão está juncado de detritos, e ainda se lançam janela fora trapos, caixas vazias, ferro-velho, sobras e espinhas que vêm embrulhadas em jornais e nas calçadas se espalham, um potezinho cheio de cinzas ardentes estoirou disparando fagulhas em redor, e as pessoas que passam, agora procurando a protecção das varandas, ao rente dos prédios, gritam para cima, mas isto nem são protestos, o uso é geral, resguarde-se cada qual como puder, que a noite é de festa, de alegria foi o que se pôde arranjar. Atira-se fora o que é inútil, objectos que deixaram de servir e não vale a pena vender, guardados para esta ocasião, esconjuros para que a abundância venha com o ano novo, pelo menos ficará o lugar em aberto para o que de bom possa vir, assim não sejamos esquecidos. Do alto de um prédio alguém gritou, Lá vai obra, teve esse cuidado e atenção, e pelos ares cai um vulto grande, fez um arco, quase bateu nos cabos de energia dos eléctricos, que imprudência, capaz de um desastre, e despedaçou-se violentamente contra as pedras, era um manequim, daqueles de três pés, que tanto servem para casaco de homem como para vestido de mulher, caso é que sejam corpulentos, rompera-se-lhe o forro preto, entrara-lhe sem recurso o caruncho nas madeiras, ali esborrachado pelo choque mal consegue lembrar um corpo, falta-lhe a cabeça, não tem pernas, um rapaz que passava empurrou-o com o pé para a valeta, amanhã vem a carroça e leva tudo, vão as folhas e as cascas, os farrapos sujos, os tachos a que nem já o funileiro ou o deita-gatos poderiam valer, um assador sem fundo, uma moldura partida, flores de pano desbotadas, daqui a pouco começarão os mendigos a rabiscar neste lixo, alguma coisa hão-de eles aproveitar, o que para uns deixou de prestar é vida para outros.

Ricardo Reis regressa ao hotel. Não faltam por essa cidade lugares onde a festa continue, com luzes, vinho espumoso, ou verdadeiro champanhe, e animação delirante, como os jornais não se esquecem de escrever, mulheres fáceis ou não tanto, directas e demonstrativas umas, outras que não dispensam certos ritos de aproximação, porém este homem não é um destemido experimentador de aventuras, conhece-as de ouvir contar, se ousou alguma vez, foi entrada por saída. Um grupo que passa em cantoria desafinada grita-lhe, Boas festas, ó velhinho, e ele responde com um gesto, a mão no ar, falar para quê, já lá vão adiante, tão mais novos do que eu. Pisa o lixo das ruas, ladeia os caixotes virados, debaixo dos pés rangem vidros partidos, só faltou que tivessem atirado também os velhos pelas janelas com o manequim, não é assim tão grande a diferença, a partir de certa idade nem nos governa a cabeça nem as pernas sabem aonde hão-de levar-nos, no fim somos como as criancinhas, inermes, mas a mãe está morta, não podemos voltar a ela, ao princípio, àquele nada que esteve antes do princípio, o nada é verdade que existe, é o antes, não é depois de mortos que entramos no nada, do nada, sim, viemos, foi pelo não ser que começámos, e mortos, quando o estivermos, seremos dispersos, sem consciência, mas existindo. Todos tivemos pai e mãe, mas somos filhos do acaso e da necessidade, seja o que for que esta frase signifique, pensou-a Ricardo Reis, ele que a explique.

Pimenta ainda não se deitara, pouco passava da meia-noite e meia hora. Veio abaixo abrir a porta, mostrou-se admirado, Afinal tornou cedo, divertiu-se pouco, Sentia-me cansado, com sono, Sabe, isto de passagens de ano já não é nada do que foi, Pois não, bonito é no Brasil, diziam estas frases diplomáticas enquanto subiam a escada, no patamar Ricardo Reis despediu-se, Até amanhã, e atacou o segundo lanço, Pimenta respondera, Tenha uma boa noite, e começou a apagar as luzes do andar, apenas deixava as luzes de vigília, depois iria aos outros pisos reduzir a iluminação, antes de se deitar, seguro de que dormiria descansado a noite inteira, não eram horas de chegarem hóspedes novos. Ouvia os passos de Ricardo Reis no corredor, em tão completo sossego dá-se pelo mais leve ruído, não há luz em nenhum quarto, ou neles se dorme já ou estão desocupados, ao fundo brilha tenuemente a chapazinha do número duzentos e um, é então que Ricardo Reis repara que por baixo da sua porta passa uma réstia luminosa, ter-se-ia esquecido, enfim, são coisas que podem acontecer a qualquer, meteu a chave na fechadura, abriu, sentado no sofá estava um homem, reconheceu-o imediatamente apesar de não o ver há tantos anos, e não pensou que fosse acontecimento irregular estar ali à sua espera Fernando Pessoa, disse Olá, embora duvidasse de que ele lhe responderia, nem sempre o absurdo respeita a lógica, mas o caso é que respondeu, disse Viva, e estendeu-lhe a mão, depois abraçaram-se, Então como tem passado, um deles fez a pergunta, ou ambos, não importa averiguar, considerando a insignificância da frase. Ricardo Reis despiu a gabardina, pousou o chapéu, arrumou cuidadosamente o guarda-chuva no lavatório, se ainda pingasse lá estaria o oleado do chão, mesmo assim certificou-se primeiro, apalpou a seda húmida, já não escorre, durante todo o caminho de regresso não chovera. Puxou uma cadeira e sentou-se defronte do visitante, reparou que Fernando Pessoa estava em corpo bem feito, que é a maneira portuguesa de dizer que o dito corpo não veste sobretudo nem gabardina nem qualquer outra protecção contra o mau tempo, nem sequer um chapéu para a cabeça, este tem só o fato preto, jaquetão, colete e calça, camisa branca, preta também a gravata, e o sapato, e a meia, como se apresentaria quem estivesse de luto ou tivesse por ofício enterrar os outros. Olham-se ambos com simpatia, vê-se que estão contentes por se terem reencontrado depois da longa ausência, e é Fernando Pessoa quem primeiro fala, Soube que me foi visitar, eu não estava, mas disseram-me quando cheguei, e Ricardo Reis respondeu assim, Pensei que estivesse, pensei que nunca de lá saísse, Por enquanto saio, ainda tenho uns oito meses para circular à vontade, explicou Fernando Pessoa, Oito meses porquê, perguntou Ricardo Reis, e Fernando Pessoa esclareceu a informação, Contas certas, no geral e em média, são nove meses, tantos quantos os que andámos na barriga das nossas mães, acho que é por uma questão de equilíbrio, antes de nascermos ainda não nos podem ver mas todos os dias pensam em nós, depois de morrermos deixam de poder ver-nos e todos os dias nos vão esquecendo um pouco, salvo casos excepcionais nove meses é quanto basta para o total olvido, e agora diga-me você que é que o trouxe a Portugal. Ricardo Reis tirou a carteira do bolso interior do casaco, extraiu dela um papel dobrado, fez menção de o entregar a Fernando Pessoa, mas este recusou com um gesto, disse, Já não sei ler, leia você, e Ricardo Reis leu, Fernando Pessoa faleceu Stop Parto para Glasgow Stop Álvaro de Campos, quando recebi este telegrama decidi regressar, senti que era uma espécie de dever, É muito interessante o tom da comunicação, é o Álvaro de Campos por uma pena, mesmo em tão poucas palavras nota-se uma espécie de satisfação maligna, quase diria um sorriso, no fundo da sua pessoa o Álvaro é assim, Houve ainda uma outra razão para este meu regresso, essa mais egoísta, é que em Novembro rebentou no Brasil uma revolução, muitas mortes, muita gente presa, temi que a situação viesse a piorar, estava indeciso, parto, não parto, mas depois chegou o telegrama, aí decidi-me, pronunciei-me, como disse o outro, Você, Reis, tem sina de andar a fugir das revoluções, em mil novecentos e dezanove foi para o Brasil por causa de uma que falhou, agora foge do Brasil por causa de outra que, provavelmente, falhou também, Em rigor, eu não fugi do Brasil, e talvez que ainda lá estivesse se você não tem morrido, Lembro-me de ler, nos meus últimos dias, umas notícias sobre essa revolução, foi uma coisa de bolchevistas, creio, Sim, foi coisa de bolchevistas, uns sargentos, uns soldados, mas os que não morreram foram presos, em dois ou três dias acabou-se tudo, O susto foi grande, Foi, Aqui em Portugal também tem havido umas revoluções, Chegaram-me lá as notícias, Você continua monárquico, Continuo, Sem rei, Pode-se ser monárquico e não querer um rei, É esse o seu caso, É, Boa contradição, Não é pior que outras em que tenho vivido, Querer pelo desejo o que sabe não poder querer pela vontade, Precisamente, Ainda me lembro de quem você é, É natural.

    Fernando Pessoa levantou-se do sofá, passeou um pouco pela saleta, no quarto parou diante do espelho, depois voltou, É uma impressão estranha, esta de me olhar num espelho e não me ver nele, Não se vê, Não, não me vejo, sei que estou a olhar-me, mas não me vejo, No entanto, tem sombra, É só o que tenho. Tornou a sentar-se, cruzou a perna, E agora, vai ficar para sempre em Portugal, ou regressa a casa, Ainda não sei, apenas trouxe o indispensável, pode ser que me resolva a ficar, abrir consultório, fazer clientela, também pode acontecer que regresse ao Rio, não sei, por enquanto estou aqui, e, feitas todas as contas, creio que vim por você ter morrido, é como se, morto você, só eu pudesse preencher o espaço que ocupava, Nenhum vivo pode substituir um morto, Nenhum de nós é verdadeiramente vivo nem verdadeiramente morto, Bem dito, com essa faria você uma daquelas odes. Ambos sorriram. Ricardo Reis perguntou, Diga-me, como soube que eu estava hospedado neste hotel, Quando se está morto, sabe-se tudo, é uma das vantagens, respondeu Fernando Pessoa, E entrar, como foi que entrou no meu quarto, Como qualquer outra pessoa entraria, Não veio pelos ares, não atravessou as paredes, Que absurda ideia, meu caro, isso só acontece nos livros de fantasmas, os mortos servem-se dos caminhos dos vivos, aliás nem há outros, vim por aí fora desde os Prazeres, como qualquer mortal, subi a escada, abri aquela porta, sentei-me neste sofá à sua espera, E ninguém deu pela entrada de um desconhecido, sim, que você aqui é um desconhecido, Essa é outra vantagem de estar morto, ninguém nos vê, querendo nós, Mas eu vejo-o a si, Porque eu quero que me veja, e, além disso, se reflectirmos bem, quem é você, a pergunta era obviamente retórica, não esperava resposta, e Ricardo Reis, que não a deu, também não a ouviu. Houve um silêncio arrastado, espesso, ouviu-se como em outro mundo o relógio do patamar, duas horas. Fernando Pessoa levantou-se, Vou-me chegando, Já, Bem, não julgue que tenho horas marcadas, sou livre, é verdade que a minha avó está lá, mas deixou de me maçar, Fique um pouco mais, Está a fazer-se tarde, você precisa de descansar, Quando volta, Quer que eu volte, Gostaria muito, podíamos conversar, restaurar a nossa amizade, não se esqueça de que, passados dezasseis anos, sou novo na terra, Mas olhe que só vamos poder estar juntos oito meses, depois acabou-se, não terei mais tempo, Vistos do primeiro dia, oito meses são uma vida, Quando puder, aparecerei, Não quer marcar um dia, hora, local, Tudo menos isso, Então até breve, Fernando, gostei de o ver, E eu a si, Ricardo, Não sei se posso desejar-lhe um feliz ano novo, Deseje, deseje, não me fará mal nenhum, tudo são palavras, como sabe, Feliz ano novo, Fernando, Feliz ano novo, Ricardo.

    Fernando Pessoa abriu a porta do quarto, saiu para o corredor. Não se ouviram os seus passos. Dois minutos depois, tempo de descer as altas escadas, a porta de baixo bateu, o besouro zumbira rapidamente. Ricardo Reis foi à janela. Pela Rua do Alecrim afastava-se Fernando Pessoa. Os carris luziam, ainda paralelos.

Diz-se, dizem-no os jornais, quer por sua própria convicção, sem recado mandado, quer porque alguém lhes guiou a mão, se não foi suficiente sugerir e insinuar, escrevem os jornais, em estilo de tetralogia, que, sobre a derrocada dos grandes Estados, o português, o nosso, afirmará a sua extraordinária força e a inteligência reflectida dos homens que o dirigem. Virão a cair, portanto, e a palavra derrocada lá está a mostrar como e com que apocalíptico estrondo, essas hoje presunçosas nações que arrotam de poderosas, grande é o engano em que vivem, pois não tardará muito o dia, fasto sobre todos nos anais desta sobre todas pátria, em que os homens de Estado de além-fronteiras virão às lusas terras pedir opinião, ajuda, ilustração, mão de caridade, azeite para a candeia, aqui, aos fortíssimos homens portugueses, que portugueses governam, quais são eles, a partir do próximo ministério que já nos gabinetes se prepara, à cabeça maximamente Oliveira Salazar, presidente do Conselho e ministro das Finanças, depois, a respeitosa distância e pela ordem dos retratos que os mesmos jornais hão-de publicar, o Monteiro dos Negócios Estrangeiros, o Pereira do Comércio, o Machado das Colónias, o Abranches das Obras Públicas, o Bettencourt da Marinha, o Pacheco da Instrução, o Rodrigues da Justiça, o Sousa da Guerra, mas Passos, o Sousa do Interior, porém Paes, tudo se escrevendo por extenso para que com mais facilidade possam os peticionários encontrar o rumo certo, ainda faltou mencionar o Duque da Agricultura, sem cuja opinião não saberia frutificar na Europa e mundo um grão de trigo, e também, para as sobras, o Entre Parêntesis Lumbrales das Finanças, além de um das Corporações Andrade, que este Estado nosso e novo é corporativo, ainda que de berço, por isso um subsecretário basta. Dizem também os jornais, de cá, que uma grande parte do país tem colhido os melhores e mais abundantes frutos de uma administração e ordem pública modelares, e se tal declaração for tomada como vitupério, uma vez que se trata de elogio em boca própria, leia-se aquele jornal de Genebra, Suíça, que longamente discorre, e em francês, o que maior autoridade lhe confere, sobre o ditador de Portugal, já sobredito, chamando-nos de afortunadíssimos por termos no poder um sábio. Tem toda a razão o autor do artigo, a quem do coração agradecemos, mas considere, por favor, que não é Pacheco menos sábio se amanhã disser, como dirá, que se deve dar à instrução primária elementar o que lhe pertence e mais nada, sem pruridos de sabedoria excessiva, a qual, por aparecer antes de tempo, para nada serve, e também que muito pior que a treva do analfabetismo num coração puro é a instrução materialista e pagã asfixiadora das melhores intenções, posto o que, reforça Pacheco e conclui, Salazar é o maior educador do nosso século, se não é atrevimento e temeridade afirmá-lo já, quando do século só vai vencido um terço.

Não se cuide que estas notícias apareceram assim reunidas na mesma página de jornal, caso em que o olhar, ligando-as, lhes daria o sentido mutuamente complementar e decorrente que parecem ter. São acontecidos e informados de duas ou três semanas, aqui justapostos como pedras de dominó, cada qual com seu igual, por metade, excepto se é doble, e então é posto atravessado, esses são os casos importantes, vêem-se de longe. Faz Ricardo Reis a sua leitura matinal das gazetas enquanto vai sorvendo regalado o café com leite e trincando as torradas do

Bragança, untuosas e estaladiças, a contradição é aparente, foram regalos doutros tempos, hoje esquecidos, por isso vos pareceu imprópria a conjunção dos termos. Já conhecemos a criada que traz o pequeno-almoço, é a Lídia, ela é também quem faz a cama e limpa e arruma o quarto, dirige-se a Ricardo Reis chamando-lhe sempre senhor doutor, ele diz Lídia, sem senhoria, mas, sendo homem de educação, não a trata por tu, e pede, Faça-me isto, Traga-me aquilo, e ela gosta, não está habituada, em geral logo ao primeiro dia e hora a tuteiam, quem paga julga que o dinheiro confere e confirma todos os direitos, embora, faça-se essa justiça, outro hóspede haja que se lhe dirige com igual consideração, é a menina Marcenda, filha do doutor Sampaio. Lídia tem quê, os seus trinta anos, é uma mulher feita e bem feita, morena portuguesa, mais para o baixo que para o alto, se há importância em mencionar os sinais particulares ou as características físicas duma simples criada que até agora não fez mais que limpar o chão, servir o pequeno-almoço e, uma vez, rir-se de ver um homem às costas doutro, enquanto este hóspede sorria, tão simpático, mas tem o ar triste, não deve de ser pessoa feliz, ainda que haja momentos em que o seu rosto se torna claro, é como este quarto sombrio, quando lá fora as nuvens deixam passar o sol entra aqui dentro uma espécie de luar diurno, luz que não é a do dia, luz sombra de luz, e como a cabeça de Lídia estava em posição favorável Ricardo Reis notou o sinal que ela tinha perto da asa do nariz, Fica-lhe bem, pensou, depois não soube se ainda estava a referir-se ao sinal, ou ao avental branco, ou ao adorno engomado da cabeça, ou ao debrum bordado que lhe cingia o pescoço, Sim, já pode levar a bandeja.

Três dias haviam passado e Fernando Pessoa não voltou a aparecer. Ricardo Reis não fez a si mesmo a pergunta própria destas situações, Terá sido um sonho, sabia perfeitamente que não sonhara, que Fernando Pessoa, em osso e carne suficiente para abraçar e ser abraçado, estivera neste mesmo quarto na noite da passagem do ano e prometera voltar. Não duvidava, mas impacientava-o a demora. A sua vida parecia-lhe agora suspensa, expectante, problemática. Minuciosamente, lia os jornais para encontrar guias, fios, traços de um desenho, feições de rosto português, não para delinear um retrato do país, mas para revestir o seu próprio rosto e retrato de uma nova substância, poder levar as mãos à cara e reconhecer-se, pôr uma mão sobre a outra e apertá-las, Sou eu e estou aqui. Na última página deu com um grande anúncio, dois palmos de mão ancha, representando, ao alto, à direita, o Freire Gravador, de monóculo e gravata, perfil antigo, e por baixo, até ao rodapé, uma cascata doutros desenhos figurando os artigos fabricados nas suas oficinas, únicas que merecem o nome de completas, com legendas explicativas, e redundantes, se é verdade que mostrar é tanto ou mais que dizer, excepto a fundamental legenda, esta que limiarmente garante, agora afirmando o que não poderia ser mostrado, a boa qualidade das mercadorias, casa há cinquenta e dois anos fundada, pelo seu hoje proprietário, mestre dos gravadores, o qual nunca teve uma mancha em sua vida honrada, tendo estudado, e seus filhos, nas primeiras cidades da Europa, as artes e comércio da sua casa, única em Portugal, premiada com três medalhas de ouro, empregando nos seus fabricos dezasseis máquinas a trabalhar a electricidade, entre elas uma que vale sessenta contos, e o que estas máquinas são capazes de fazer, parece que só lhes falta falar, santo Deus, isto é um mundo, diante dos nossos olhos representado, já que não nascemos em tempo de ver nos campos de Tróia o escudo de Aquiles, que mostrava todo o céu e terra, admiremos em Lisboa este escudo português, os novos prodígios do lugar, números para prédios, hotéis, quartos, armários e bengaleiros, afiadores para lâminas de barba, assentadores para navalhas, tesouras, canetas com pena de ouro, prensas e balancés, chapas de vidro com corrente de latão niquelado, máquinas para furar cheques, carimbos de metal e borracha, letras de esmalte, sinetes para roupa e lacre, jetons para bancos, companhias e cafés, ferros para marcar gado e caixas de madeira, canivetes, chapas municipais para automóveis e bicicletas, anéis, medalhas para todos os sports, chapas para bonés de leitarias, cafés, casinos, veja-se o modelo da Leitaria Nívea, não da Leitaria Alentejana, essa não tinha empregados de boné com chapa, cofres, bandeiras esmaltadas dessas que se põem por cima da porta dos estabelecimentos, alicates para selar a chumbo e lata, lanternas eléctricas, navalhas com quatro lâminas, as outras, os emblemas, os punções, as prensas de copiar, as formas de bolachas, sabonetes e solas de borracha, os monogramas e brasões em ouro, prata e metal para todos os fins, os isqueiros, os rolos, a pedra e a tinta para impressões digitais, os escudos para consulados portugueses e estrangeiros, e outras chapas, de médico, de advogado, de registo civil, nasceu, viveu e morreu, a de junta de freguesia, a de parteira, a de notário, a de é proibida a entrada, e também anilhas para pombos, cadeados, etc., etc., etc., três vezes etc com o que se reduz e dá por dito o restante, não esqueçamos que estas são as únicas oficinas completas, tanto assim que também nelas se fazem artísticos portões de metal para jazigos, fim e ponto final. Que vale, ao pé disto, o trabalho do divino ferreiro Hefestos, que nem ao menos se lembrou, tendo cinzelado e repuxado no escudo de Aquiles o universo inteiro, não se lembrou de guardar um pequeno espaço, mínimo, para desenhar o calcanhar do guerreiro ilustre, cravando nele o vibrante dardo de Páris, até os deuses se olvidam da morte, não admira, se são imortais, ou terá sido caridade deste, nuvem que lançou sobre os olhos perecíveis dos homens, a quem basta não saberem onde nem como nem quando para serem felizes, porém mais rigoroso deus e gravador é Freire, que aponta o fim e o lugar onde. Este anúncio é um labirinto, um novelo, uma teia. A olhar para ele, deixou

Ricardo Reis esfriar-se o café com leite, coalhar-se nas torradas a manteiga, atenção, estimados clientes, esta casa não tem agências em parte alguma, cuidado com os que se intitulem agentes e representantes, porque o fazem para ludibriar o público, chapas transfuradas para marcar barris, carimbos para os matadouros, quando Lídia entrou para vir buscar a bandeja afligiu-se, O senhor doutor não gostou, e ele disse que tinha gostado, pusera-se a ler o jornal, distraíra-se, Quer que mande fazer outras torradas, aquecer outra vez o café, Não é preciso, fico bem assim, o apetite também não era grande, entretanto levantara-se e para sossegá-la pusera-lhe a mão no braço, sentia a cetineta da manga, o calor da pele, Lídia baixou os olhos, depois deu um passo para o lado, mas a mão acompanhou-a, ficaram assim alguns segundos, enfim Ricardo Reis largou-lhe o braço, e ela agarrou e levantou a bandeja, as porcelanas tremiam, parecia que se estava dando um abalo de terra com o epicentro neste quarto duzentos e um, mais precisamente no coração desta criada, e agora afasta-se, tão cedo não vai serenar, entrará na copa e pousará a louça, a mão pousará no lugar onde a outra esteve, gesto delicado que há-de parecer impossível em pessoa de tão humilde profissão, é o que estará pensando quem se deixe guiar por ideias feitas e sentimentos classificados, como talvez seja o caso de Ricardo Reis que neste momento se recrimina acidamente por ter cedido a uma fraqueza estúpida, Incrível o que eu fiz, uma criada, mas a ele o que lhe vale é não ter de transportar nenhuma bandeja com louça, então saberia como podem tremer igualmente as mãos de um hóspede. São assim os labirintos, têm ruas, travessas e becos sem saída, há quem diga que a mais segura maneira de sair deles é ir andando e virando sempre para o mesmo lado, mas isso, como temos obrigação de saber, é contrário à natureza humana.

Sai Ricardo Reis para a rua, esta do Alecrim, invariável, depois qualquer outra, para cima, para baixo, para os lados, Ferragial, Remolares, Arsenal, Vinte e Quatro de Julho, são as primeiras dobações do novelo, da teia, Boavista, Crucifixo, às tantas cansam-se as pernas, um homem não pode andar por aí à toa, nem só os cegos precisam de bengala que vá tenteando um palmo adiante ou de cão que fareje os perigos, um homem mesmo com os seus dois olhos intactos precisa duma luz que o preceda, aquilo em que acredita ou a que aspira, as próprias dúvidas servem, à falta de melhor. Ora, Ricardo Reis é um espectador do espectáculo do mundo, sábio se isso for sabedoria, alheio e indiferente por educação e atitude, mas trémulo porque uma simples nuvem passou, afinal é tão fácil compreender os antigos gregos e romanos quando acreditavam que se moviam entre deuses, que eles os assistiam em todos os momentos e lugares, à sombra duma árvore, ao pé duma fonte, no interior denso e rumoroso duma floresta, na beira do mar ou sobre as vagas, na cama com quem se queria, mulher humana, ou deusa, se o queria ela. Falta a Ricardo Reis um cãozito de cego, uma bengalita, uma luz adiante, que este mundo e esta Lisboa são uma névoa escura onde se perde o sul e o norte, o leste e o oeste, onde o único caminho aberto é para baixo, se um homem se abandona cai a fundo, manequim sem pernas nem cabeça. Não é verdade que tenha regressado do Rio de Janeiro por cobardia, ou por medo, que é mais clara maneira de dizer e ficar explicado. Não é verdade que tivesse regressado porque morreu Fernando Pessoa, considerando que nada é possível pôr no sítio do espaço e no sítio do tempo de onde algo ou alguém foi tirado, Fernando fosse ou Alberto, cada um de nós é único e insubstituível, lugar mais do que todos comum é dizê-lo, mas quando o dizemos não sabemos até que ponto, Ainda que me aparecesse agora mesmo, aqui, enquanto vou descendo a Avenida da Liberdade, Fernando Pessoa já não é Fernando Pessoa, e não porque esteja morto, a grave e decisiva questão é que não poderá acrescentar mais nada ao que foi e ao que fez, ao que viveu e escreveu, se falou verdade no outro dia, já nem sequer é capaz de ler, coitado. Terá de ser Ricardo Reis a ler-lhe esta outra notícia publicada numa revista, com retrato em oval, A morte levou-nos há dias Fernando Pessoa, o poeta ilustre que levou a sua curta vida quase ignorado das multidões, dir-se-ia que, avaliando a riqueza das suas obras, as ocultava avaramente, com receio de que lhas roubassem, ao seu fulgurante talento será feita um dia inteira justiça, à semelhança de outros grandes génios que já lá vão, reticências, filhos da mãe, o pior que têm os jornais é achar-se quem os faz autorizado a escrever sobre tudo, é atrever-se a pôr na cabeça dos outros ideias que possam servir na cabeça de todos, como esta de ocultar Fernando Pessoa as obras com medo de que lhas roubassem, como é possível ousarem-se tais inépcias, e Ricardo Reis batia impetuosamente com a ponteira do guarda-chuva nas pedras do passeio, poderia servir-lhe de bengala mas só enquanto não chover, um homem não vai menos perdido por caminhar em linha recta. Entra no Rossio e é como se estivesse numa encruzilhada, numa cruz de quatro ou oito caminhos, que andados e continuados irão dar, já se sabe, ao mesmo ponto, ou lugar, o infinito, por isso não nos vale a pena escolher um deles, chegando a hora deixemos esse cuidado ao acaso, que não escolhe, também o sabemos, limita-se a empurrar, por sua vez o empurram forças de que nada sabemos, e se soubéssemos, que saberíamos. Melhor é acreditar nestas tabuletas, talvez fabricadas nas completas oficinas de Freire Gravador, que dizem nomes de médicos, de advogados, de notários, gente de necessidade que aprendeu e ensina a traçar rosas-dos-ventos, porventura não coincidentes em sentido e direcção, mas isso ainda é o que menos importa, a esta cidade basta saber que a rosa-dos-ventos existe, ninguém é obrigado a partir, este não é o lugar onde os rumos se abrem, também não é o ponto magnífico para onde os rumos convergem, aqui precisamente mudam eles de direcção e sentido, o norte chama-se sul, o sul é o norte, parou o sol entre leste e oeste, cidade como uma cicatriz queimada, cercada por um terramoto, lágrima que não seca nem tem mão que a enxugue. Ricardo Reis pensa, Tenho de abrir consultório, vestir a bata, ouvir doentes, ainda que seja só para deixá-los morrer, ao menos estarão a fazer-me companhia enquanto viverem, será a última boa acção de cada um deles, serem o doente médico de um médico doente, não diremos que estes pensamentos sejam de todos os médicos, deste sim, pelas suas particulares razões por enquanto mal entrevistas, e também, Que clínica farei, onde, e para quem, julga-se que tais perguntas não requerem mais do que respostas, puro engano, é com os actos que respondemos sempre, e também com os actos que perguntamos.

Vai Ricardo Reis a descer a Rua dos Sapateiros quando vê Fernando Pessoa. Está parado à esquina da Rua de Santa Justa, a olhá-lo como quem espera, mas não impaciente. Traz o mesmo fato preto, tem a cabeça descoberta, e, pormenor em que Ricardo Reis não tinha reparado da primeira vez, não usa óculos, julga compreender porquê, seria absurdo e de mau gosto sepultar alguém tendo postos os óculos que usou em vida, mas a razão é outra, é que não chegaram a dar-lhos quando no momento de morrer os pediu, Dá-me os óculos, disse e ficou sem ver, nem sempre vamos a tempo de satisfazer últimas vontades. Fernando Pessoa sorri e dá as boas-tardes, respondeu Ricardo Reis da mesma maneira, e ambos seguem na direcção do Terreiro do Paço, um pouco adiante começa a chover, o guarda-chuva cobre os dois, embora a Fernando Pessoa o não possa molhar esta água, foi o movimento de alguém que ainda não se esqueceu por completo da vida, ou teria sido apenas o apelo reconfortador de um mesmo e próximo tecto, Chegue-se para cá que cabemos os dois, a isto não se vai responder, Não preciso, vou bem aqui. Ricardo Reis tem uma curiosidade para satisfazer, Quem estiver a olhar para nós, a quem é que vê, a si ou a mim, Vê-o a si, ou melhor, vê um vulto que não é você nem eu, Uma soma de nós ambos dividida por dois, Não, diria antes que o produto da multiplicação de um pelo outro, Existe essa aritmética, Dois, sejam eles quem forem, não se somam, multiplicam-se, Crescei e multiplicai-vos, diz o preceito, Não é nesse sentido, meu caro, esse é o sentido curto, biológico, aliás com muitas excepções, de mim, por exemplo, não ficaram filhos, De mim também não vão ficar, creio, E no entanto somos múltiplos, Tenho uma ode em que digo que vivem em nós inúmeros, Que eu me lembre, essa não é do nosso tempo, Escrevi-a vai para dois meses, Como vê, cada um de nós, por seu lado, vai dizendo o mesmo, Então não valeu a pena estarmos multiplicados, Doutra maneira não teríamos sido capazes de o dizer. Preciosa conversação esta, paúlica, interseccionista, pela Rua dos Sapateiros abaixo até à da Conceição, daí virando à esquerda para a Augusta, outra vez em frente, disse Ricardo Reis parando, Entramos no Martinho, e Fernando Pessoa, com um gesto sacudido, Seria imprudente, as paredes têm olhos e boa memória, outro dia poderemos lá ir sem que haja perigo de me reconhecerem, é uma questão de tempo. Pararam ali, debaixo da arcada, Ricardo Reis fechou o guarda-chuva, e disse, não a propósito, Estou a pensar em instalar-me, em abrir consultório, Então já não regressa ao Brasil, porquê, É difícil responder, não sei mesmo se saberia encontrar uma resposta, digamos que estou como o insone que achou o lugar certo da almofada e vai poder, enfim, adormecer, Se veio para dormir, a terra é boa para isso, Entenda a comparação ao contrário, ou então, que se aceito o sono é para poder sonhar, Sonhar é ausência, é estar do lado de lá, Mas a vida tem dois lados, Pessoa, pelo menos dois, ao outro só pelo sonho conseguimos chegar, Dizer isso a um morto, que lhe pode responder, com o saber feito da experiência, que o outro lado da vida é só a morte, Não sei o que é a morte, mas não creio que seja esse o outro lado da vida de que se fala, a morte, penso eu, limita-se a ser, a morte é, não existe, é, Ser e existir, então, não são idênticos, Não, Meu caro Reis, ser e existir só não são idênticos porque temos as duas palavras ao nosso dispor, Pelo contrário, é porque não são idênticos que temos as duas palavras e as usamos. Ali debaixo daquela arcada, disputando, enquanto a chuva criava minúsculos lagos no terreiro, depois reunia-os em lagos maiores que eram poças, charcos, ainda não seria desta vez que Ricardo Reis iria até ao cais ver baterem as ondas, começava a dizer isto mesmo, a lembrar que aqui estivera, e ao olhar para o lado viu que Fernando Pessoa se afastava, só agora notava que as calças lhe estavam curtas, parecia que se deslocava em andas, enfim ouviu-lhe a voz próxima, embora estivesse ali adiante, Continuaremos esta conversa noutra altura, agora tenho de ir, lá longe, já debaixo da chuva, acenou com a mão, mas não se despedia, eu volto.

Vai o ano de feição que os defuntos são correnteza, claro está que, mais um menos um, todos os tempos arrebanham o que calha, às vezes com maiores facilidades, quando há guerras e epidemias, outras no ramerrão e grão-a-grão, mas não é vulgar, em poucas semanas, uma tal soma de mortos de qualidade, tanto nacionais como estrangeiros, não falemos de Fernando Pessoa, que esse já lá vai e ninguém mais sabe que às vezes de lá vem, falamos sim de Leonardo Coimbra, que inventou o criacionismo, de Valle-Inclán, autor do Romance de Lobos, de John Gilbert, que entrou naquela fita A Grande Parada, de Rudyard Kipling, poeta do If, e, last but not least, do rei da Inglaterra, Jorge V, o único com sucessão garantida. É certo que tem havido outras infelicidades, ainda que somenos, como foi morrer soterrado um pobre velho por efeito do temporal, ou aquelas vinte e três pessoas que vieram do Alentejo, mordidas por um gato atacado de raiva, desembarcaram, negros como um bando de corvos com as penas esfarrapadas, velhos, mulheres, crianças, primeira fotografia das suas vidas, nem sabem para onde devem olhar, agarram-se-lhes os olhos a um qualquer ponto do espaço, desesperados, pobre gente, e isto ainda não é tudo, O que o senhor doutor não sabe é que em Novembro do ano passado morreram nas cidades capitais de distrito dois mil quatrocentos e noventa e dois indivíduos, um deles foi o senhor Fernando Pessoa, não é muito nem é pouco, é o que tem de ser, o pior é que setecentos e trinta e quatro eram crianças com menos de cinco anos de idade, quando é assim em cidades capitais, trinta por cento, imagine-se o que será por essas aldeias onde até os gatos andam raivosos, porém fica-nos a consolação de serem portugueses a maior parte dos anjinhos do céu. Além disso, as palavras são muito valedeiras. Depois de o governo tomar posse, vão pessoas aos magotes e rebanhos cumprimentar os senhores ministros, vai toda a gente, professores, funcionários públicos, patentes das três armas, dirigentes e filiados da União Nacional, sindicatos, grémios, agricultores, juízes, polícias, guardas-republicanos e fiscais, público em geral, e de cada vez o ministro agradece e responde com um discurso, feito pela medida do patriotismo de cartilha e para os ouvidos de quem lá está, arrumam-se os cumprimentadores para caberem todos no retrato, os das filas de trás esticam o pescoço, põem-se em bicos de pés, espreitam por cima do ombro do vizinho mais alto, Este aqui sou eu, dirão depois em casa à querida esposa, e os da frente enchem o papo de ar, não os mordeu o gato raivoso mas têm aquele mesmo ar esparvoado, assustam-se com o clarão do magnésio, na comoção perderam-se algumas das palavras, mas por umas se tiram as outras, regula tudo pelo diapasão das que o ministro do Interior foi dizer a Montemor-o-Velho quando inaugurou a luz eléctrica, grande melhoramento, Declararei em Lisboa que os homens-bons de Montemor sabem ser leais a Salazar, podemos facilmente imaginar a cena, o Paes de Sousa explicando ao sábio ditador, assim cognominado pela Tribune des Nations, que os homens-bons da terra de Fernão Mendes

Pinto são todos leais a vossa excelência, e, sendo tão medieval este regime, já se sabe que daquela bondade estão excluídos os vilões e os mecânicos, gente não herdadora de bens ao luar, logo homens não bons, porventura nem bons nem homens, bichos como os bichos que os mordem ou roem ou infestam, O senhor doutor já teve ocasião de ver que espécie de gente é o povo deste país, e mais estamos na capital do império, quando no outro dia passou à porta do Século, aquela multidão à espera do bodo, e se quiser ver mais e melhor vá por esses bairros, por essas paróquias e freguesias, veja com os seus olhos a distribuição da sopa, a campanha de auxílio aos pobres no inverno, iniciativa de tão singular beleza, como escreveu no telegrama o presidente da câmara do Porto, de boa lembrança, e diga-me se não valia mais deixá-los morrer, poupava-se o vergonhoso espectáculo do nosso mundo, sentam-se na berma dos passeios a comer a bucha de pão e a rapar o tacho, nem a luz eléctrica merecem, a eles basta-lhes conhecer o caminho que vai do prato à boca, e esse até às escuras se encontra.

Também no interior do corpo a treva é profunda, e contudo o sangue chega ao coração, o cérebro é cego e pode ver, é surdo e ouve, não tem mãos e alcança, o homem, claro está, é o labirinto de si mesmo. Nos dois dias seguintes Ricardo Reis desceu à sala de jantar para tomar o pequeno-almoço, homem afinal timorato, assustado com as consequências de um gesto tão simples como ter posto a mão no braço de Lídia, não temia que ela tivesse ido queixar-se do atrevido hóspede, afinal que fora aquilo, um gesto e nada mais, porém, ainda assim, havia alguma ansiedade quando falou pela primeira vez, depois, com o gerente Salvador, penas perdidas foram, que nunca se viu homem mais respeitador e afável. Ao terceiro dia achou-se ridículo e não desceu, fez-se esquecido e desejou que o esquecessem. Era não conhecer Salvador. Na hora extrema bateram-lhe à porta, Lídia entrou com a bandeja, colocou-a sobre a mesa, dissera,

Bons dias, senhor doutor, com naturalidade, é quase sempre assim, um homem rala-se, preocupa-se, teme o pior, julga que o mundo lhe vai pedir contas e prova real, e o mundo já lá vai adiante a pensar noutros episódios. Porém, não é certo que Lídia, ao voltar ao quarto para recolher a louça, ainda faça parte desse mundo, o mais certo é ter-se deixado ficar para trás, à espera, com ar de não saber de quê, repete os movimentos costumados, vai levantar a bandeja, segurou-a, agora endireita-se, faz com ela um arco de círculo, afasta-se na direcção da porta, oh meu Deus, falará, não falará, talvez nem diga nada, talvez me toque apenas no braço como no outro dia, e se ele o faz eu que farei, outras vezes outros hóspedes me experimentaram, duas vezes cedi, porquê, por esta vida ser tão triste, Lídia, disse Ricardo Reis, ela pousou a bandeja, levantou os olhos cheios de susto, quis dizer, Senhor doutor, mas a voz ficou-lhe presa na garganta, e ele não teve coragem, repetiu, Lídia, depois, quase num murmúrio, atrozmente banal, sedutor ridículo, Acho-a muito bonita, e ficou a olhar para ela por um segundo só, não aguentou mais do que um segundo, virou costas, há momentos em que seria bem melhor morrer, Eu, que tenho sido cómico às criadas de hotel, também tu Álvaro de Campos, todos nós. A porta fechou-se devagar, houve uma pausa, e só depois se ouviram os passos de Lídia afastando-se.

Ricardo Reis passou todo o dia fora a remoer a vergonha, sobre todas indigna porque o não vencera um adversário, senão o seu próprio medo. E decidiu que no dia seguinte mudaria de hotel, ou alugaria uma parte de casa, ou regressaria ao Brasil no primeiro barco, parecem dramáticos efeitos para causa tão pequena, mas cada pessoa sabe quanto lhe dói e onde, o ridículo é como uma queimadura por dentro, um ácido em cada momento reavivado pela memória, uma ferida infatigável. Voltou ao hotel, jantou e tornou a sair, viu as Cruzadas no Politeama, que fé, que ardorosas batalhas, que santos e heróis, que cavalos brancos, acaba a fita e perpassa na Rua de Eugénio dos Santos um sopro de religião épica, parece cada espectador que transporta à cabeça um halo, e ainda há quem duvide de que a arte possa melhorar os homens. O lance da manhã tomou a sua dimensão própria, onde isso já vai, ridículo fui eu por me ter inquietado tanto. Chegou ao hotel, abriu-lhe Pimenta a porta, nunca se viu prédio mais sossegado do que este, naturalmente nem os criados dormem cá. Entrou no quarto, e, não advertindo que fazia este movimento antes de qualquer outro, olhou a cama. Não estava aberta como de costume, em ângulo, mas por igual dobrados lençol e colcha, de lado a lado. E tinha, não uma almofada, como sempre tivera, mas duas. Não podia ser mais claro o recado, faltava saber até que ponto se tornaria explícito. A não ser que não tenha sido Lídia quem veio abrir a cama, mas outra criada, pensou que o quarto estava ocupado por um casal, sim, suponhamos que as criadas mudam de andar de tantos em tantos dias, talvez para terem iguais oportunidades de gratificações, ou para não criarem hábitos de permanência, ou, aqui sorriu Ricardo Reis, para evitar familiaridades com os hóspedes, enfim, amanhã veremos, se Lídia me aparecer com o pequeno-almoço é porque foi ela quem fez a cama desta maneira, e então. Deitou-se, apagou a luz, deixara ficar a segunda almofada, fechou os olhos com força, vem, sono, vem, mas o sono não vinha, na rua passou um eléctrico, talvez o último, quem será que não quer dormir em mim, o corpo inquieto, de quem, ou o que não sendo corpo com ele se inquieta, eu por inteiro, ou esta parte de mim que cresce, meu Deus, as coisas que podem acontecer a um homem. Levantou-se bruscamente, e, mesmo às escuras, guiando-se pela luminosidade difusa que se filtrava pelas janelas, foi soltar o trinco da porta, depois encostou-a devagar, parece fechada e não está, basta que apoiemos nela subtilmente a mão. Tornou a deitar-se, isto é uma criancice, um homem, se quer uma coisa, não a deixa ao acaso, faz por alcançá-la, haja vista o que trabalharam no seu tempo os cruzados, espadas contra alfanjes, morrer se for preciso, e os castelos, e as armaduras, depois, sem saber se ainda está acordado ou dorme já, pensa nos cintos de castidade de que os senhores cavaleiros levaram as chaves, pobres enganados, aberta foi a porta deste quarto, em silêncio, fechada está, um vulto atravessa tenteando, pára à beira da cama, a mão de Ricardo Reis avança e encontra uma mão gelada, puxou-a, Lídia treme, só sabe dizer, Tenho frio, e ele cala-se, está a pensar se deve ou não beijá-la na boca, que triste pensamento.

O doutor Sampaio e a filha chegam hoje, disse Salvador, alegre como se lhe tivessem prometido alvíssaras e merecidamente as ganhasse, gajeiro na varanda da recepção, que vê avançar ao longe, entre a bruma da tarde, o comboio de Coimbra, pouca-terra pouca-terra, caso este muito contraditório, porque a nau está fundeada no porto a criar limo, chegadinha ao cais, é o Hotel Bragança, e a terra é que vem andando para cá, deitando fumo pela chaminé, quando chegar a Campolide mete-se por baixo do chão, depois surgirá do negro túnel resfolgando vapor, ainda há tempo para chamar Lídia e dizer-lhe, Vai aos quartos do doutor Sampaio e da menina Marcenda ver se tudo está em ordem, os quartos, já ela sabe, são o duzentos e quatro e o duzentos e cinco, Lídia pareceu nem reparar que estava ali o doutor Ricardo Reis, subiu diligentíssima ao segundo andar, Quanto tempo ficam, perguntou o médico, É costume serem três dias, amanhã até irão ao teatro, já lhes marquei os bilhetes, Ao teatro, qual, O D. Maria, Ah, esta interjeição não é de surpresa, soltamo-la para rematar um diálogo que não podemos ou não queremos continuar, e, na verdade, provincianos que vêm a Lisboa, com perdão de Coimbra se província não é, em geral aproveitam para irem ao teatro, vão ao Parque Mayer, ao Apolo, ao Avenida, e, sendo gente de gosto fino, invariavelmente ao D. Maria, também chamado Nacional. Ricardo Reis passou à sala de estar, folheou um jornal, procurou os programas dos espectáculos, os anúncios, e viu, Tá Mar de Alfredo Cortez, ali mesmo resolveu que iria também, para ser um bom português devia frequentar as artes portuguesas, quase pediu a Salvador que pelo telefone lhe marcasse bilhete, mas reteve-o um escrúpulo, no dia seguinte ele próprio trataria do assunto.

Ainda faltam duas horas para o jantar, neste meio tempo chegarão os hóspedes de Coimbra se não houver atraso do comboio, Mas a mim que me interessa, pergunta Ricardo Reis enquanto sobe a escada para o seu quarto, e responde que é sempre agradável conhecer gente doutros lugares, pessoas educadas, além do interessante caso clínico que é Marcenda, estranho nome, nunca ouvido, parece um murmúrio, um eco, uma arcada de violoncelo, les sanglots longs de l'automne, os alabastros, os balaústres, esta poesia de sol-posto e doente irrita-o, as coisas de que um nome é capaz, Marcenda, passa em frente do duzentos e quatro, a porta está aberta, lá dentro Lídia faz correr o espanador pelos móveis, olham-se de relance, ela sorri, ele não, daí a pouco está no seu quarto e ouve bater de leve, é Lídia que entra furtiva e lhe pergunta, Está zangado, e ele mal responde, seco, assim à luz do dia não sabe como deverá tratá-la, sendo ela criada poderia apalpar-lhe libertinamente as nádegas, mas sente que nunca será capaz de fazer o gesto, antes talvez, mas não agora que já estiveram juntos, terem-se deitado na mesma cama, nesta, foi uma espécie de dignificação, de mim, de ambos, Se eu puder venho esta noite, disse Lídia, e ele não respondeu, pareceu-lhe impróprio o aviso, e estando ali tão perto a rapariga da mão paralisada, a dormir inocente dos segredos nocturnos deste corredor e do quarto ao fundo, mas calou-se, não foi capaz de dizer, Não venhas, já a trata por tu, naturalmente. Saiu Lídia, ele estendeu-se no sofá a descansar, três noites activas depois duma longa abstinência, para mais na mudança da idade, não admira que os olhos se lhe estejam semicerrando, franze levemente as sobrancelhas, a si mesmo faz esta pergunta e não encontra a resposta, se será ou não sua obrigação pagar a Lídia, dar-lhe presentes, meias, um anelzito, coisas próprias para quem tem vida de servir, e esta indecisão vai ter de resolvê-la ponderando motivos e razões a favor e contra, não é como aquilo de beijá-la ou não na boca, as circunstâncias o decidiram, o fogo dos sentidos, assim chamado, às tantas nem ele soube como foi, beijava-a como à mais bela mulher do mundo, porventura virá a ser tão simples como isto, quando repousem dirá, Gostava de te dar uma lembrança, e ela achará natural, talvez até já esteja a estranhar a demora.

Vozes no corredor, passos, o Pimenta que diz, Muito obrigado senhor doutor, depois duas portas que se fecham, chegaram os viajantes. Deixou-se ficar deitado, estivera prestes a adormecer, agora arregala os olhos para o tecto, segue as fendas do estuque, meticulosamente, como se as acompanhasse com a ponta de um dedo, então imagina que tem sobre a cabeça a palma da mão de Deus e que vai lendo nela as linhas, a da vida, a do coração, vida que se adelgaça, se interrompe e ressurge, cada vez mais ténue, coração bloqueado, sozinho por trás dos muros, a mão direita de Ricardo Reis, pousada sobre o sofá, abre-se para cima e mostra as suas próprias linhas, são como outros olhos aquelas duas manchas do tecto, sabemos nós lá quem nos lê quando, de nós próprios distraídos, estamos lendo. O dia fez-se noite há muito tempo, serão talvez horas de jantar, mas Ricardo Reis não quer ser o primeiro a descer, E se eu não dei por eles terem saído dos quartos, pergunta, posso ter adormecido sem me aperceber, acordei sem me dar conta de que dormira, julguei que só pestanejara e dormi um século. Senta-se inquieto, olha o relógio, já passa das oito e meia, e nesse instante uma voz de homem, no corredor, diz, Marcenda, estou à tua espera, uma porta abriu-se, depois alguns rumores confusos, passos afastando-se, o silêncio. Ricardo Reis levantou-se, foi ao lavatório refrescar a cara, pentear-se, pareceram-lhe hoje mais brancos os cabelos das fontes, deveria usar uma daquelas loções ou tinturas que restituem progressivamente os cabelos à cor natural, por exemplo, a Nhympha do Mondego, reputada e sapiente alquimia que quando chega ao tom da primitiva não insiste mais, ou teima até atingir o negro-retinto, asa de corvo, se esse era o caso, porém fatiga-o a simples ideia de ter de vigiar o cabelo todos os dias, a ver se falta muito, se é tempo de voltar a usar a loção, compor a tinta na bacia, coroai-me de rosas, podendo ser, e basta. Mudou de calças e casaco, não podia esquecer-se de dizer a Lídia que lhos passasse a ferro, e saiu, com a impressão incómoda, incongruente, de que iria dar essa ordem sem a neutralidade de tom que uma ordem deve ter quando se dirige de quem naturalmente manda a quem naturalmente deve obedecer, se obedecer e mandar, como se diz, é natural, ou, para ser ainda mais claro, que Lídia será, agora, essa que acenderá o ferro, que estenderá as calças sobre a tábua para as vincar, que introduzirá a mão esquerda na manga do casaco, junto ao ombro, para com o ferro quente afeiçoar o contorno, arredondá-lo, decerto quando o fizer não deixará de lembrar-se do corpo que se cobre com estas roupas, Se eu puder vou lá esta noite, e bate com o ferro nervosamente, está sozinha na rouparia, este é o fato que o senhor doutor Ricardo Reis leva ao teatro, quem me dera a mim ir com ele, parva, que julgas tu, enxuga duas lágrimas que hão-de aparecer, são lágrimas de amanhã, agora ainda está Ricardo Reis descendo a escada para ir jantar, ainda não lhe disse que precisa do fato passado a ferro, e Lídia ainda não sabe que chorará.

Quase todas as mesas estão ocupadas. Ricardo Reis parara à entrada, o maître veio buscá-lo, guiou-o, A sua mesa, senhor doutor, já o sabia, é onde sempre fica, mas a vida não se sabe o que seja sem estes e outros rituais, ajoelhe e diga a oração, descubra-se à passagem da bandeira, sente-se, desdobre o guardanapo em cima dos joelhos, se olhar para quem o rodeia faça-o discretamente, cumprimente no caso de conhecer alguém, assim procede Ricardo Reis, aquele casal, este hóspede sozinho, conhece-os daqui, também conhece o doutor Sampaio e sua filha Marcenda, mas eles não o reconhecem, o advogado olha-o com uma expressão ausente, talvez de quem busca na memória, mas não se inclina para a filha, não diz, Cumprimenta o doutor Ricardo Reis que acaba agora mesmo de chegar, foi ela quem daí a pouco olhou, por cima da manga do criado que a servia, no rosto pálido perpassou-lhe uma brisa, um levíssimo rubor que era apenas sinal de reencontro, Afinal lembrou-se, pensou Ricardo Reis, e em voz mais alta do que seria necessário quis saber de Ramón o que havia para jantar. Podia ter sido por isso que o doutor Sampaio olhou para ele, mas não, dois segundos antes Marcenda dissera ao pai, Aquele senhor, ali, estava no hotel na última vez que cá estivemos, compreende-se agora que ao levantarem-se da mesa tivesse o doutor Sampaio inclinado quase nada a cabeça, e Marcenda, ao lado do pai, um pouco menos, de modo retraído, discreto, de quem está em segundo lugar, são rigorosos desta maneira os preceitos da boa educação, e Ricardo Reis, em resposta, soergueu-se ligeiramente da cadeira, é preciso ser dotado de um sexto sentido para medir estas subtilezas do gesto, cumprimento e retribuição devem equilibrar-se entre si, tudo foi tão perfeito que podemos augurar bem desta principiada relação, já os dois se retiraram, vão certamente para a sala de estar, isto supôs, porém não, recolhem-se aos quartos, mais tarde sairá o doutor Sampaio, provavelmente a dar um passeio apesar do tempo chuvoso, Marcenda deita-se cedo, fatigam-na muito estas viagens de comboio. Quando Ricardo Reis entrar na sala verá somente algumas pessoas soturnas, umas que lêem jornais, outras que bocejam, enquanto a telefonia, baixinho, mói umas cançonetas portuguesas de revista, estrídulas, esganiçadas, que nem a surdina disfarça. A esta luz, ou por causa destes rostos apagados, o espelho parece um aquário, e Ricardo Reis, quando atravessa a sala para o lado de lá e pelo mesmo caminho volta, questão de não virar costas e fugir logo à entrada da porta, vê-se naquela profundeza esverdeada como se caminhasse no fundo do oceano, entre destroços de navios e gente afogada, tem de sair já, vir ao de cima, respirar. Sobe melancolicamente ao seu quarto frio, porque será que o deprimem tanto pequenas contrariedades, se esta o chega a ser, e porquê, afinal são apenas duas pessoas que vivem em Coimbra e a Lisboa vêm uma vez por mês, este médico não anda à procura de doentes, este poeta já lhe sobejam musas inspiradoras, este homem não busca noiva, se regressou a Portugal não foi com essa ideia, sem falar na diferença das idades, grande neste caso. Não é Ricardo Reis quem pensa estes pensamentos nem um daqueles inúmeros que dentro de si moram, é talvez o próprio pensamento que se vai pensando, ou apenas pensando, enquanto ele assiste, surpreendido, ao desenrolar de um fio que o leva por caminhos e corredores ignotos, ao fim dos quais está uma rapariga vestida de branco que nem pode segurar o ramo das flores, pois o braço direito dela estará no seu braço, quando do altar tornarem, caminhando sobre a passadeira solene, ao som da marcha nupcial. Ricardo Reis, como se vê, já tomou as rédeas do pensamento, já o governa e orienta, serve-se dele para escarnecer da sua própria pessoa, são divertimentos da imaginação a orquestra e a passadeira, e agora, para que tão lírica história tenha um final feliz, comete a proeza clínica de colocar um ramo de flores no braço esquerdo de Marcenda, que sem ajuda o ficou segurando, podem desaparecer o altar e o celebrante, calar-se a música, sumirem-se em fumo e poeira os convidados, retirar-se sem outro préstimo o noivo, o médico curou a doente, o resto deve ter sido obra do poeta. Não cabem numa ode alcaica estes episódios, românticos, o que vem demonstrar, se de demonstrações ainda precisamos, que não raro se desacerta o que está escrito do que, por ter sido vivido, lhe teria dado origem. Não se pergunte portanto ao poeta o que pensou ou sentiu, precisamente para não ter de o dizer é que ele faz versos. Ficam anuladas todas as disposições em contrário.

 Foi-se a noite, Lídia não desceu do sótão, o doutor Sampaio regressou tarde, Fernando Pessoa não se sabe por onde anda. Veio depois o dia, Lídia levou o fato para o passar a ferro, Marcenda saiu com o pai, foram ao médico, À fisioterápia, diz Salvador, que, conforme com o uso, pronuncia mal a palavra, e Ricardo Reis, pela primeira vez, repara na impropriedade de vir a Lisboa uma doente que vive em Coimbra, cidade de tantos e tão variados práticos, a tratamentos que tanto podiam ser feitos lá como aqui, uns ultravioletas, por exemplo, que tão espaçadamente aplicados poucos benefícios lhe poderão trazer, estas dúvidas discute-as Ricardo Reis consigo mesmo enquanto desce o Chiado para ir comprar o seu bilhete ao Teatro Nacional, mas delas se distraiu ao reparar na abundância de pessoas que trazem sinais de luto, algumas senhoras de véu, mas nos homens nota-se mais, a gravata preta, o ar sisudo, alguns levaram a expressão do seu pesar ao ponto de terem posto fumos no chapéu, é que foi a enterrar o rei Jorge V de Inglaterra, nosso mais velho aliado. Apesar do luto oficial, há espectáculo, não se pode levar a mal, a vida tem de continuar. O bilheteiro vendeu a poltrona, deu uma informação, Esta noite vão cá estar os pescadores, Quais pescadores, perguntou Ricardo Reis, e logo percebeu que cometera um erro sem desculpa, o bilheteiro carregou o sobrolho e a fala, disse, Os da Nazaré, evidentemente, sim, evidentemente, se a peça falava deles, como poderiam vir outros, que sentido faria aparecerem por aí os da Caparica, ou da Póvoa, e que sentido fará virem estes, pagaram-lhes a viagem e a hospedagem para que o povo possa participar da criação artística, mormente sendo pretexto dela, escolham-se pois uns seus representantes, homens e mulheres, Vamos a Lisboa, vamos a Lisboa, vamos ver o mar de lá, que artes terão de fazer rebentar ondas nas tábuas do palco, e como será a Dona Palmira Bastos a fingir de Ti Gertrudes, e a Dona Amélia de Maria Bem, e a Dona Lalande de Rosa, e o Amarante de Lavagante, e a vida deles a fingir de vida nossa, e já que lá vamos aproveitemos para pedir ao governo, pelas alminhas do purgatório, que nos faça o porto de abrigo de que andamos tão necessitados desde que pela primeira vez se lançou nesta praia um barco ao mar, ao tempo que isso foi. Ricardo Reis gastou a tarde por esses cafés, foi apreciar as obras do Eden Teatro, não tarda que lhe tirem os tapumes, o Chave de Ouro que está para inaugurar, é patente a nacionais e estrangeiros que Lisboa vive actualmente um surto de progresso que em pouco tempo a colocará a par das grandes capitais europeias, nem é de mais que assim seja, sendo cabeça de império. Não jantou no hotel, foi lá apenas para mudar de fato, tinha o casaco e as calças, também o colete, cuidadosamente pendurados no cabide, sem uma ruga, é o que fazem amorosas mãos, perdoe-se-nos o exagero, que não pode haver amor nestes amplexos nocturnos entre hóspede e criada, ele poeta, ela por acaso Lídia, mas outra, ainda assim afortunada, porque a dos versos nunca soube que gemidos e suspiros estes são, não fez mais que estar sentada à beira dos regatos, a ouvir dizer, Sofro, Lídia, do medo do destino. Comeu um bife no Martinho, este do Rossio, assistiu a uma porfiada partida de bilhar, no verde tabuleiro girando liso de indiano marfim lascada bola, pródiga e feliz língua a nossa que tanto mais é capaz de dizer quanto mais a entorcem e truquejam, e, sendo horas de começar o espectáculo, saiu, discretamente se foi aproximando e pôde entrar confundido entre duas famílias numerosas, não queria ser visto antes do momento que ele próprio escolhesse, sabe Deus por que estratégias de sentimento. Atravessou sem parar o foyer, algum dia lhe chamaremos átrio ou vestíbulo se entretanto não vier de outra língua outra palavra que diga tanto, ou mais, ou coisa nenhuma, como esta, por exemplo, ol, recebeu-o à entrada da sala o arrumador, levou-o pela coxia da esquerda até à sétima fila, é aquele lugar, ao lado da senhora, imaginação, sossega, foi de senhora que se falou, não de menina, um arrumador de teatro nacional fala sempre com propriedade e clareza, tem por mestres os clássicos e os modernos, é verdade que Marcenda está nesta sala, mas três filas adiante, para a direita, longe de mais para ser perto, perto não tanto se não chegar a dar por mim. Está sentada à direita do pai, e ainda bem, quando com ele fala e vira um pouco a cabeça vê-se-lhe o perfil inteiro, o rosto comprido, ou são os cabelos que soltos parecem alongá-lo, a mão direita ergueu-se no ar, à altura do queixo, para explicar melhor a palavra dita ou a dizer, talvez fale do médico que a trata, talvez da peça que vão ver, Alfredo Cortez quem é, o pai não tem muito para dizer-lhe, viu sozinho os Gladiadores há dois anos, e não gostou, esta interessou-o por ser de costumes populares, já falta pouco para sabermos o que vai sair daqui. Esta conversa, supondo que a tiveram, foi interrompida por um arrastar de cadeiras nos altos do teatro, por um murmúrio exótico que fez voltarem-se e levantarem-se todas as cabeças da plateia, eram os pescadores da Nazaré que entravam e ocupavam os seus lugares nos camarotes de segunda ordem, ficavam de palanque para verem bem e serem vistos, vestidos à sua moda, eles e elas, se calhar descalços, de baixo não se pode ver. Há quem aplauda, outros acompanham condescendentes, Ricardo Reis, irritado, cerrou os punhos, melindre aristocrata de quem não tem sangue azul, diríamos nós, mas não é disso que se trata, apenas uma questão de sensibilidade e pudor, para Ricardo Reis tais aplausos são, no mínimo, indecentes.

As luzes quebram-se, apagam-se na sala, ouvem-se as pancadas ditas de Molière, que espanto causarão elas nas cabeças dos pescadores e suas mulheres, talvez imaginem que são os últimos preparos da carpintaria, as últimas marteladas do maço no estaleiro, abriu-se o pano, está uma mulher a acender o lume, noite ainda, lá atrás do cenário ouve-se uma voz de homem, a do chamador, Mané Zé Ah Mané Zé, é o teatro que começa. A sala suspira, flutua, às vezes ri, alvoroça-se no fim do primeiro acto, naquela grande zaragata das mulheres, e quando as luzes se acendem vêem-se rostos animados, bom sinal, em cima há exclamações, chamam-se de camarote para camarote, até parece que os actores se mudaram para ali, é quase o mesmo falar, quase, se melhor ou pior dependeria da bitola de comparação. Ricardo Reis reflecte sobre o que viu e ouviu, acha que o objecto da arte não é a imitação, que foi fraqueza censurável do autor escrever a peça no linguajar nazareno, ou no que supôs ser esse linguajar, esquecido de que a realidade não suporta o seu reflexo, rejeita-o, só uma outra realidade, qual seja, pode ser colocada no lugar daquela que se quis expressar, e, sendo diferentes entre si, mutuamente se mostram, explicam e enumeram, a realidade como invenção que foi, a invenção como realidade que será. É ainda mais confusamente que Ricardo Reis pensa estas coisas, afinal é difícil, ao mesmo tempo, pensar e bater palmas, a sala aplaude e ele também, por simpatia, porque apesar de tudo está a gostar da peça, tirando o falar, grotesco em tais bocas, e olha para os lados de Marcenda, ela não aplaude, não pode, mas sorri. Os espectadores levantam-se, os homens, que as mulheres, quase todas, deixam-se ficar sentadas, eles é que precisam de soltar e aliviar as pernas, satisfazer a necessidade, fumar o cigarro ou o charuto, trocar opiniões com os amigos, cumprimentar os conhecidos, ver e ser visto no foyer, e se ficam nos seus lugares é geralmente por razões de namoro e corte, põem-se de pé, redondeiam o olhar como falcões, são eles próprios personagens da sua acção dramática, actores que representam nos intervalos, enquanto os actores verdadeiros, nos camarins, descansam das personagens que foram e que daqui a pouco retomarão, provisórios todos. Ao levantar-se, Ricardo

Reis olha por entre as cabeças, vê que o doutor Sampaio se levanta também, Marcenda acena negativamente, fica, o pai, já de pé, põe-lhe a mão no ombro com afecto e sai para a coxia. Mais rápido, Ricardo Reis chega antes dele ao foyer. Vão encontrar-se frente a frente daqui a pouco, entre toda esta gente que passeia e conversa, na atmosfera de repente carregada de fumo de tabaco há vozes e comentários, Que bem vai a Palmira, Cá por mim, acho que puseram redes de mais no palco, Diabo das mulheres, ali engalfinhadas, até parecia a sério, É porque nunca as viu, meu caro, como eu vi, na Nazaré, aquilo são umas fúrias, O que custa, às vezes, é entender o que eles dizem, Bem, lá falam assim, por entre os grupos ia Ricardo Reis ouvindo, tão atento como se fosse ele o autor, mas vigiava de longe os movimentos do doutor Sampaio, o que queria era fazer-se encontrado. Em certa altura percebeu que o outro o vira, vinha nesta direcção, naturalmente, e era o primeiro a falar, Boas noites, então a peça, está a gostar, perguntava, e Ricardo Reis achou que não precisava de mostrar-se surpreendido, Curiosa coincidência, retribuiu logo o cumprimento, disse que sim senhor, estava a gostar, acrescentou, Somos hóspedes do mesmo hotel, mesmo assim devia apresentar-se, Chamo-me Ricardo Reis, hesitou se deveria dizer, Sou médico, vivi no Rio de Janeiro, e estou em Lisboa ainda não há um mês, o doutor Sampaio ouviu apenas o que foi dito, sorrindo, como se dissesse, Se conhecesse o Salvador há tanto tempo como eu, saberia que ele me falou de si, e, conhecendo-o eu tão bem a ele, adivinho que lhe falou de mim e da minha filha, sem dúvida é o doutor Sampaio perspicaz, uma longa vida de notário tem destas vantagens, Quase não vale a pena sermos apresentados, disse Ricardo Reis, Assim é, e passaram imediatamente à conversa seguinte, sobre a peça e os actores, tratavam-se com deferência, Doutor Reis, Doutor Sampaio, há esta feliz igualdade entre eles, de título, e assim estiveram até ao fim do intervalo, a campainha tocou, regressaram juntos à sala, disseram, Até já, foi cada qual para a sua cadeira, Ricardo Reis o primeiro a sentar-se, ficou a olhar, viu-o falar com a filha, ela voltou-se para trás, sorriu-lhe, sorriu também, ia começar o segundo acto.

    Encontraram-se os três no outro intervalo. Mesmo sabendo já todos quem eram, donde vinham, onde viviam, ainda assim houve uma apresentação, Ricardo Reis, Marcenda Sampaio, tinha de ser, é o momento que ambos esperavam, apertaram-se as mãos, direita com direita, a mão esquerda dele deixou-se ficar caída, procurando apagar-se, discreta, como se nem existisse. Marcenda tinha os olhos muito brilhantes, sem dúvida a comoveram as atribulações de Maria Bem, se não havia na sua vida motivos íntimos, particulares, para acompanhar, palavra por palavra, aquela última fala da mulher do Lavagante, Se há inferno, se depois do que eu tenho chorado, ainda há inferno, não pode ser pior do que este, Virgem Mãe das Sete Espadas, té-la-ia dito no seu falar de Coimbra, que não é por variar o falar que varia o sentir, este que por palavras se não pode explicar, Percebo muito bem porque não mexes esse braço, meu vizinho de hotel, homem da minha curiosidade, eu sou aquela que te chamou com uma mão imóvel, não me perguntes porquê, que essa pergunta nem a mim própria ainda fiz, apenas te chamei, um dia saberei que vontade e de quê ordenou o meu gesto, ou talvez não, agora irás afastar-te para não pareceres aos meus olhos indiscreto, intrometido, abusador como vulgarmente se diz, vai, que eu saberei onde encontrar-te, ou tu a mim, que não estás aqui por acaso. Ricardo Reis não ficou no foyer, circulou pelos corredores dos camarotes de primeira ordem, foi espreitar a segunda ordem para ver de perto os pescadores, mas a campainha começou a tocar, era mais curto este intervalo, e quando entrou na sala já as luzes começavam a apagar-se. Durante todo o terceiro acto dividiu a sua atenção entre o palco e Marcenda. Ela nunca olhou para trás, mas modificara levemente a posição do corpo, oferecendo um pouco mais o rosto, quase nada, e afastava de vez em quando os cabelos do lado esquerdo com a mão direita, muito devagar, como se o fizesse com intenção, que quer esta rapariga, quem é, que nem o que parece ser é sempre o mesmo. Viu-a enxugar as faces quando Lianor confessa que se roubou a chave do salva-vidas foi para que morresse Lavagante, e quando Maria Bem e Rosa, uma começando, outra concluindo, dizem que tal gesto foi de amor e que o amor, sendo sentir de ânimo bom, se topa mal governados os seus fins rói-se a si mesmo, enfim no rápido desenlace, quando se juntam Lavagante e Maria Bem, que já carnalmente se vão unir, aí acenderam-se as luzes, romperam os aplausos, e Marcenda ainda enxugava as lágrimas, agora com o lenço, não é só ela, na sala não faltavam mulheres lacrimosas e sorridentes, corações sensíveis, os actores agradeciam as palmas, faziam gestos de quem as remetia para os camarotes de segunda ordem, onde estavam os reais heróis destas aventuras de paixão e mar, o público virava-se para lá, agora sem reservas, é isto a comunhão da arte, aplaudia os bravos pescadores e as suas corajosas mulheres, até Ricardo Reis bate palmas, neste teatro se está observando como é fácil entenderem-se as classes e os ofícios, o pobre, o rico e o remediado, gozemos o privilégio raro desta grande lição de fraternidade, e agora convidaram os homens do mar a ir ao palco, repete-se o arrastar das cadeiras, o espectáculo ainda não terminou, sentemo-nos todos, é este o momento culminante. Oh a alegria, oh a animação, oh o júbilo de ver a classe piscatória da Nazaré descendo pela coxia central e subir depois ao palco, ali dançam e cantam as modas tradicionais da sua terra, no meio dos artistas, esta noite irá ficar nos anais da Casa de Garrett, o arrais daquela companha abraça o actor Robles Monteiro, a mais velha das mulheres recebe um beijo da actriz Palmira Bastos, falam todos ao mesmo tempo, em confusão, agora cada qual na sua língua e não se entendem pior por isso, e tornam as danças e os cantares, as actrizes mais novinhas ensaiam o seu pezinho no vira, os espectadores riem e aplaudem, enfim vão-nos impelindo suavemente para a saída os arrumadores, que vai haver ceia no palco, um ágape geral para representantes e representados, saltarão as rolhas dumas garrafas de espumoso, daquele que faz picos no nariz, muito se vão rir as mulheres da Nazaré quando a cabeça se lhes puser a andar à roda, não estão habituadas. Amanhã, à partida da camioneta, com assistência de jornalistas, fotógrafos e dirigentes corporativos, os pescadores levantarão vivas ao Estado Novo e à Pátria, não se sabe de ciência segura se por contrato o tinham de fazer, admitamos que foi expressão de corações agradecidos por lhes ter sido prometido o desejado porto de abrigo, se Paris valia uma missa, dois vivas talvez paguem uma salvação.

Ricardo Reis não se furtou ao novo encontro, à saída. Conversou no passeio, perguntou a Marcenda se tinha gostado da peça, ela respondeu que o terceiro acto a comovera e fizera chorar, Por acaso reparei, disse ele, e nisto se ficaram estes, o doutor Sampaio tinha chamado um táxi, quis saber se Ricardo Reis os acompanhava, no caso de voltar já para o hotel, teriam muito gosto, e ele disse que não, agradeceu, Até amanhã, boas noites, muito prazer em conhecer, o automóvel seguiu. Por sua vontade teria querido acompanhá-los, mas percebeu que seria um erro, que todos iriam sentir-se acanhados, contrafeitos, sem conversa, encontrar um outro assunto não seria fácil, e ainda haveria a questão delicada da arrumação dentro do táxi, no banco de trás não caberiam os três, o doutor Sampaio não quereria ir à frente, deixando a filha com um desconhecido, sim, um desconhecido, na propícia penumbra, pois, mesmo não havendo entre os dois o mínimo contacto físico, se na penumbra estão ela os aproxima com mãos de veludo, e mais ainda os aproximam os pensamentos, aos poucos se tornando secretos mas não escondidos, e também não pareceria bem deixar que Ricardo

Reis fosse ao lado do motorista, não se convida uma pessoa para ela ir à frente, ali onde vai o contador, no fim da corrida já se sabe que o convidado, por estar tão próximo, se sentirá na obrigação de pagar, muito mais se por cálculo ou embaraço de bolsos o dinheiro tarda a aparecer, e o de trás, que convidou e afinal quer mesmo pagar, diz que não senhor, intima o motorista a que não receba desse senhor, quem paga sou eu, o homem, paciente, espera que os cavalheiros decidam de uma vez, discussão mil vezes ouvida, não faltam episódios caricatos nesta vida dos táxis. Ricardo Reis encaminha-se para o hotel, não tem outros prazeres ou obrigações à espera, a noite está fria e húmida, mas não chove, apetece andar, agora sim, desce toda a Rua Augusta, já é tempo de atravessar o Terreiro do Paço, pisar aqueles degraus do cais até onde a água nocturna e suja se abre em espuma, escorrendo depois para voltar ao rio, donde logo regressa, ela, outra, a mesma e diferente, não há mais ninguém neste cais, e contudo outros homens estão olhando a escuridão, os trémulos candeeiros da Outra Banda, as luzes de posição dos barcos fundeados, este homem, que fisicamente estando é quem olha hoje, mas também, além dos inúmeros que diz ser, outros que foi de cada vez que veio aqui e que de aqui terem vindo se lembram, mesmo não tendo este lembrança. Os olhos, habituados à noite, já vêem mais longe, estão além uns vultos cinzentos, são os navios da esquadra que deixaram a segurança da doca, o tempo continua agreste mas não tanto que não possam os barcos aguentá-lo, vida de marujo é assim, sacrificada. Alguns, que à distância parecem feitos pela mesma medida, devem ser os contratorpedeiros, aqueles que têm nomes de rios, Ricardo Reis não se recorda de todos eles, ouviu pronunciá-los ao bagageiro como uma ladainha, havia o Tejo, que no Tejo está, e o Vouga, e o Dão, que é este mais perto, disse o homem, aqui está pois o Tejo, aqui estão os rios que correm pela minha aldeia, todos correndo com esta água que corre, para o mar que de todos os rios recebe a água e aos rios a restitui, retorno que desejaríamos eterno, porém não, durará só o que o sol durar, mortal como nós todos, gloriosa morte será a daqueles homens que na morte do sol morrerem, não viram o primeiro dia, verão o último.

O tempo não está bom para filosofias, os pés arrefecem, um polícia parou a olhar, hesitante, o contemplador das águas não lhe parecia meliante ou vagabundo, mas talvez estivesse a pensar em atirar-se ao rio, em deitar-se a afogar, e foi à ideia dos trabalhos que isto lhe causaria, dar o alarme, fazer retirar o cadáver, redigir o auto de ocorrência, que a autoridade se aproximou, ainda sem saber o que diria, com a esperança de que a aproximação bastasse para dissuadir o suicida, levá-lo a suspender o tresloucado acto. Ricardo Reis ouviu os passos, sentiu nos pés a frialdade da pedra, precisa de comprar botas de sola dobrada, era tempo de recolher ao hotel antes que apanhasse ali um resfriamento, disse, Boas noites, senhor guarda, o cívico aliviado perguntou, Há alguma novidade, não, não havia novidade, a coisa mais natural do mundo é chegar-se um homem à beira do cais, mesmo sendo noite, para ver o rio e os barcos, este Tejo que não corre pela minha aldeia, o Tejo que corre pela minha aldeia chama-se Douro, por isso, por não ter o mesmo nome, é que o Tejo não é mais belo que o rio que corre pela minha aldeia. Tranquilizado, o polícia afastou-se na direcção da Rua da Alfândega, a reflectir sobre a madureza de certas pessoas que aparecem no meio da noite, do que este se havia de lembrar, gozar a vista do rio com um tal tempo, se andassem aqui como eu, na obrigação, saberiam quanto custa. Ricardo Reis seguiu pela Rua do Arsenal, em menos de dez minutos estava no hotel. A porta ainda não tinha sido fechada, Pimenta apareceu no patamar com um molho de chaves, espreitou e recolheu-se, contra o costume não ficou à espera de que o hóspede subisse, Por que seria, desta natural pergunta passou Ricardo Reis a uma inquietação, Talvez já saiba da Lídia, é impossível que um dia não venha a saber-se, um hotel é como uma casa de vidro, e o Pimenta que nunca daqui sai, que conhece todos os cantos, tenho a certeza de que desconfia, Boas noites, Pimenta, acentuou, exagerou a cordialidade, e o outro respondeu sem aparente reserva, nenhuma hostilidade, Talvez não, pensou Ricardo Reis, recebeu das mãos dele a chave do quarto, ia afastar-se mas voltou atrás, abriu a carteira, Tome lá, Pimenta, para si, e deu-lhe uma nota de vinte escudos, não disse porquê e Pimenta não perguntou.

Não havia luz nos quartos. Avançou pelo corredor cuidadosamente, para não acordar quem estivesse dormindo, durante três segundos suspendeu o passo à porta de Marcenda, depois continuou. A atmosfera do quarto estava fria, húmida, pouco menos do que à beira do rio. Arrepiou-se como se ainda olhasse os barcos lívidos, enquanto escutava os passos do polícia, e perguntou a si mesmo o que teria sucedido se lhe respondesse, Sim, há novidade, embora não pudesse dizer mais do que isso, apenas repetir, Há novidade, mas não qual fosse nem o que significava. Ao aproximar-se da cama reparou que debaixo da colcha havia uma saliência, qualquer coisa fora ali posta, entre os lençóis, uma botija, via-se logo, mas para certificar-se pôs-lhe a mão em cima, estava quente, boa rapariga essa Lídia, lembrar-se de lhe aquecer a cama, claro que não o fazem a todos os hóspedes, provavelmente esta noite não virá. Deitou-se, abriu o livro que tinha à cabeceira, o de Herbert Quain, passou os olhos por duas páginas sem dar muita atenção ao sentido do que lia, parecia que tinham sido encontradas três razões para o crime, suficiente cada uma para incriminar o suspeito sobre quem conjuntamente convergiam, mas o dito suspeito, usando o direito e cumprindo o dever de colaborar com a justiça, sugerira que a verdadeira razão, no caso de ter sido ele, de facto, o criminoso, ainda poderia ser uma quarta, ou quinta, ou sexta razões, igualmente suficientes, e que a explicação do crime, os seus motivos, se encontrariam, talvez, só talvez, na articulação de todas essas razões, na sua acção recíproca, no efeito de cada conjunto sobre os restantes conjuntos e sobre o todo, na eventual mas mais do que provável anulação ou alteração de efeitos por outros efeitos, e como se chegara ao resultado final, a morte, e ainda assim era preciso averiguar que parte de responsabilidade caberia à vítima, isto é, se esta deveria ou não ser considerada, para efeitos morais e legais, como uma sétima e talvez, mas só talvez, definitiva razão. Sentia-se reconfortado, a botija aquecia-lhe os pés, o cérebro funcionava sem ligação consciente com o exterior, a aridez da leitura fazia-lhe pesar as pálpebras. Fechou por alguns segundos os olhos e quando os abriu estava Fernando Pessoa sentado aos pés da cama, como se viesse de visita a um doente, com aquela mesma expressão alheada que deixou em alguns retratos, as mãos cruzadas sobre a coxa direita, a cabeça ligeiramente descaída para diante, pálido. Pôs o livro de parte, entre as duas almofadas, Não o esperava a estas horas, disse, e sorriu, amável, para que ele não notasse a impaciência do tom, a ambiguidade das palavras, que tudo isto junto significaria, Escusava bem de ter vindo hoje. Tinha boas razões, ainda que apenas duas, a primeira, porque só lhe apetecia falar da noite de teatro e de quanto acontecera, mas não com Fernando Pessoa, a segunda, porque nada mais natural que entrar-lhe Lídia pelo quarto dentro, não que houvesse o perigo de se pôr ali aos gritos, Acudam, um fantasma, mas porque Fernando Pessoa, embora lhe não estivesse no feitio, podia querer deixar-se ficar, coberto pela sua invisibilidade, ainda assim intermitente segundo os humores da ocasião, a assistir às intimidades carnais e sentimentais, não seria nada impossível, Deus, que é Deus, costuma fazê-lo, nem o pode evitar, se está em toda a parte, mas a este já nos habituámos. Apelou para a cumplicidade masculina, Não vamos poder conversar muito tempo, talvez me apareça aí uma visita, há-de concordar que seria embaraçoso, Você não

perde tempo, ainda não há três semanas que chegou, e já recebe
visitas galantes, presumo que serão galantes, Depende do que
se queira entender por galante, é uma criada do hotel, Meu caro
Reis, você, um esteta, íntimo de todas as deusas do Olimpo, a
abrir os lençóis da sua cama a uma criada de hotel, a uma serviçal, eu que me habituei a ouvi-lo falar a toda a hora, com admirável constância, das suas Lídias, Neeras e Cloes, e agora
sai-me cativo duma criada, que grande decepção, Esta criada
chama-se Lídia, e eu não estou cativo, nem sou homem de cati-
veiro, Ah, ah, afinal a tão falada justiça poética sempre existe,
tem graça a situação, tanto você chamou por Lídia, que Lídia
veio, teve mais sorte que o Camões, esse, para ter uma Natércia
precisou de inventar o nome e daí não passou, Veio o nome de
Lídia, não veio a mulher, Não seja ingrato, você sabe lá que
mulher seria a Lídia das suas odes, admitindo que exista tal
fenómeno, essa impossível soma de passividade, silêncio sábio
e puro espírito, É duvidoso, de facto, Tão duvidoso como existir, de facto, o poeta que escreveu as suas odes, Esse sou eu, Per-
mita-me que exprima as minhas dúvidas, caríssimo Reis,
vejo-o aí a ler um romance policial, com uma botija aos pés, à
espera duma criada que lhe venha aquecer o resto, rogo-lhe que
não se melindre com a crueza da linguagem, e quer que eu acredite que esse homem é aquele mesmo que escreveu Sereno e
vendo a vida à distância a que está, é caso para perguntar-lhe
onde é que estava quando viu a vida a essa distância, Você disse
que o poeta é um fingidor, Eu o confesso, são adivinhações que
nos saem pela boca sem que saibamos que caminho andámos
para lá chegar, o pior é que morri antes de ter percebido se é o
poeta que se finge de homem ou o homem que se finge de poeta,
Fingir e fingir-se não é o mesmo, Isso é uma afirmação ou uma
pergunta, É uma pergunta, Claro que não é o mesmo, eu apenas
fingi, você finge-se, se quiser ver onde estão as diferenças,
leia-me e volte a ler-se, Com esta conversa, o que você está a

preparar-me é uma boa noite de insónia, Talvez a sua Lídia ainda venha por aí embalá-lo, pelo que tenho ouvido dizer as criadas que se dedicam aos patrões são muito carinhosas, Parece-me o comentário de um despeitado, Provavelmente, Diga-me só uma coisa, é como poeta que eu finjo, ou como homem, O seu caso, Reis amigo, não tem remédio, você, simplesmente, finge-se, é fingimento de si mesmo, e isso já nada tem que ver com o homem e com o poeta, Não tenho remédio, É outra pergunta, É, Não tem porque, primeiro que tudo, você nem sabe quem seja, E você, alguma vez o soube, Eu já não conto, morri, mas descanse que não vai faltar quem dê de mim todas as explicações, Talvez que eu tenha voltado a Portugal para saber quem sou, Tolice, meu caro, criancice, alumbramentos assim só em romances místicos e estradas que vão a Damasco, nunca se esqueça de que estamos em Lisboa, daqui não partem estradas, Tenho sono, Vou deixá-lo dormir, realmente é essa a única coisa que lhe invejo, dormir, só os imbecis é que dizem que o sono é primo da morte, primo ou irmão, não me lembro bem, Primo, creio eu, Depois das pouco agradáveis palavras que lhe disse, ainda quer que eu volte, Quero, não tenho muito com quem falar, É uma boa razão, sem dúvida, Olhe, faça-me um favor, deixe a porta encostada, escuso eu de me levantar, com o frio que está, Ainda espera companhia, Nunca se sabe, Fernando, nunca se sabe.

Meia hora depois, a porta abriu-se. Lídia, tremendo da longa travessia por escadas e corredores, enfiou-se na cama, enroscou-se, perguntou, Então, o teatro foi bonito, e ele disse a verdade, Foi, foi bonito.

Marcenda e o pai não apareceram à hora do almoço. Saber porque não exigiu de Ricardo Reis supremos ardis tácticos, nenhuma dialéctica de investigador, limitou-se a dar tempo a Salvador e a si mesmo, conversou vago, fraseou solto, com os cotovelos no balcão, a confiança do hóspede familiar, e, assim de passagem, como parêntesis, ou brevíssima digressão oratória, ou simples esboço de tema musical que inesperadamente surgisse do desenvolvimento doutro, informou que tinha ido ao D. Maria a noite passada e lá encontrara e conhecera o doutor Sampaio e a filha, pessoas muito simpáticas e distintas. A Salvador pareceu que lhe estavam dando a notícia tarde de mais, por isso se lhe crispou um pouco o sorriso, afinal vira sair os outros dois hóspedes, falara com eles, e não lhe disseram que na noite passada tinham encontrado o doutor Reis no D. Maria, sabia-o agora, é certo, mas quase às duas horas da tarde, como podia acontecer tal coisa, claro que não esperava que lhe deixassem um recado escrito ao chegarem ao hotel, para que tomasse conhecimento do sucedido mal entrasse de serviço, Conhecemos o doutor Reis, Conheci o doutor Sampaio e a filha, porém, sentia como grande injustiça deixarem-no em ignorância por tantas horas, ser desta maneira tratado um gerente que tão amigo é dos seus fregueses, ingrato mundo. Crispar-se um sorriso, se dele falamos, pode ser obra de um momento e não durar mais do que ele, mas explicar por que se crispou necessita de demora, ao menos para que não fiquem muitas dúvidas sobre os motivos da inesperada e aparentemente incompreensível atitude, é que a sensibilidade das pessoas tem recônditos tão profundos que, se por eles nos aventurarmos com ânimo de tudo examinar, há grande perigo de não sairmos de lá tão cedo. Não foi o caso de haver feito Ricardo Reis esse minudente exame, a ele só lhe pareceu que um súbito pensamento perturbara Salvador, e assim foi, como nós sabemos, todavia, mesmo que se deitasse a adivinhar que pensamento teria sido esse, não acertaria, o que mostra o pouco que sabemos uns dos outros e como depressa se nos cansa a paciência quando, lá de longe em longe, quando o rei faz anos, nos dispomos a apurar motivos, a dilucidar impulsos, salvo se se trata duma vera investigação criminal, como lateralmente nos vem ensinando The god of the labyrinth. Venceu Salvador o despeito, mais depressa do que o tempo que levou a contar, como é costume dizermos, e, deixando-se guiar apenas pelo seu bom carácter, mostrou quanto ficara contente, louvando o doutor Sampaio e a filha, ele um cavalheiro, ela uma menina finíssima, de esmerada educação, pena viver tão triste, com aquele defeito, ou enfermidade, Que, doutor Reis, aqui para nós, eu não acredito que o mal dela seja curável. Não começara Ricardo Reis a conversa para entrar numa discussão médica, para a qual, aliás, já se declarara incompetente, por isso cortou a direito nas palavras e foi ao que mais lhe importava, ou lhe importava sem saber quanto e a que ponto, Eles não vieram almoçar, e de repente lembrando-se dessa possibilidade, Já regressaram a Coimbra, mas Salvador, que ao menos deste caso sabia tudo, respondeu, Não, só vão amanhã, hoje almoçaram na Baixa porque a menina Marcenda tinha consulta marcada, e depois davam umas voltas, compras que precisam de fazer, Mas jantam, Ah, isso com certeza. Ricardo Reis desencostou-se do balcão, deu dois passos, emendou-os, depois, Acho que vou dar um passeio, o tempo parece que está seguro, então Salvador, com o tom de quem se limita a dar uma informação de importância menor, despicienda, declarou, A menina Marcenda disse que voltaria para o hotel depois do almoço, que não acompanharia o pai nos assuntos que ele tinha de tratar à tarde, agora terá Ricardo Reis de dar o dito por não dito, foi até à sala de estar, olhou pela janela como quem avalia o trabalho dos meteoros, voltou, Pensando melhor, fico aqui a ler os jornais, não chove, mas deve estar frio, e Salvador, reforçando com a sua diligência o novo propósito, Vou já mandar pôr um calorífero na sala, tocou a campainha duas vezes, apareceu uma criada que não era Lídia, como primeiro se viu e logo depois se confirmou, Ó Carlota, acende um calorífero e põe-no ali na sala. Se tais pormenores são ou não são indispensáveis ao bem entendimento do relato, é juízo que cada um de nós fará por si mesmo, nem sempre idêntico, depende da atenção com que se estiver, do humor, da maneira de ser pessoal, há quem estime sobretudo as ideias gerais, os planos de conjunto, as panorâmicas, os frescos históricos, há quem preze muito mais as afinidades e contrariedades dos tons contíguos, bem sabemos que não é possível agradar a toda a gente, mas, neste caso, tratou-se apenas de dar tempo a que os sentimentos, quaisquer que sejam, abrissem e dilatassem caminho entre e dentro das pessoas, enquanto Carlota vai e vem, enquanto Salvador tira a prova dos noves a uma conta renitente, enquanto Ricardo Reis pergunta a si mesmo se não terá parecido suspeita uma tão súbita mudança de intenção, primeiro disse, Vou sair, afinal fica.

Duas horas deram, duas e meia, lidos foram e tornados a ler estes dessangrados jornais de Lisboa, desde as notícias da primeira página, Eduardo VIII será o novo rei de Inglaterra, o ministro do Interior foi felicitado pelo historiador Costa Brochado, os lobos descem aos povoados, a ideia do Anschluss, que é, para quem não saiba, a ligação da Alemanha à Áustria, foi repudiada pela Frente Patriótica Austríaca, o governo francês pediu a demissão, as divergências entre Gil Robles e Calvo Sotelo podem pôr em perigo o bloco eleitoral das direitas espanholas, até aos anúncios, Pargil é o melhor elixir para a boca, amanhã estreia-se no Arcádia a famosa bailarina Marujita Fontan, veja os novos modelos de automóveis Studebaker, o President, o Dictator, se o anúncio do Freire Gravador era o universo, este é o resumo perfeito do mundo nos dias que vivemos, um automóvel chamado Ditador, claro sinal dos tempos e dos gostos. Algumas vezes o besouro zumbiu, gente que saía, gente que entrava, um hóspede novo, campainhada seca de Salvador, o Pimenta para levar as malas, depois um silêncio longo, pesado, a tarde torna-se sombria, passa das três e meia. Ricardo Reis levanta-se do sofá, arrasta-se até à recepção, Salvador olha-o com simpatia, se não é antes piedade o que se lhe lê na cara, Então, já leu os jornais todos, não teve Ricardo Reis tempo de responder, agora tudo acontece rapidamente, o besouro, uma voz ao fundo da escada, Ó senhor Pimenta, por favor, ajude-me aqui a levar estes embrulhos para cima, o Pimenta desce, sobe, é Marcenda que vem com ele, e Ricardo Reis não sabe que há-de fazer, se deixar-se ficar onde está, se voltar a sentar-se, fingir que lê ou dormita ao suave calor, mas, se o fizer, que pensará Salvador, arguto espia, de modo que está flutuando a meio caminho destes diferentes actos quando Marcenda entra na recepção, diz, Boa tarde, e se surpreende, Está aqui, senhor doutor, Estou a ler os jornais, responde ele, mas logo acrescenta, Acabei agora mesmo, são frases terríveis, demasiado conclusivas, se estou a ler os jornais não quero conversar, se acabei agora mesmo vou-me embora, então acrescenta, sentindo-se outra vez infinitamente ridículo, Está-se muito bem aqui, ao quente, aflige-o a vulgaridade da expressão, mas mesmo assim não se decide, não volta a sentar-se, não voltará por enquanto, se se for já sentar ela pensará que ele quer estar sozinho, se espera que ela suba ao quarto teme que ela julgue que ele saiu depois, o movimento tem de ser feito no tempo exacto para que Marcenda seja levada a pensar que ele se foi sentar para esperar por ela, não foi necessário, Marcenda disse simplesmente, Vou pôr estas coisas no quarto e desço logo para conversar um pouco consigo, se tem paciência para me aturar e não tem outras coisas mais importantes para fazer. Não estranhemos o sorriso de Salvador, ele gosta que os seus clientes façam amizade, resulta tudo em proveito do hotel, cria-se um bom ambiente, e ainda que estranhássemos não adiantaria ao relato falar por extenso do que, tendo surgido, logo desapareceu por não ter mais que durar. Ricardo Reis sorriu também, com maior demora, disse, Tenho muito gosto, ou qualquer frase parecida com esta, que as há igualmente banais, quotidianas, embora seja caso muito lamentável não gastarmos nós algum tempo a analisá-las, hoje vazias, repisadas, sem brilho nem cor, lembremo-nos só de como teriam elas sido ditas e ouvidas nos seus primeiros dias, Será um prazer, Estou todo ao seu dispor, pequenas declarações que fariam hesitar quem as dissesse, pela ousadia, que faziam estremecer de temor e expectativa quem as ouvisse, estava-se então no tempo em que as palavras eram novas e os sentimentos começavam.

Não tardou Marcenda a descer, compusera o penteado, retocara os lábios, atitudes que já se tornaram automáticas, tropismos ao espelho, é o que pensam alguns, que outros afirmam e defendem ter a mulher um comportamento em todas as circunstâncias consciente, a coberto de um escudo de ligeireza de espírito e volubilidade do gesto, de grande eficácia, a julgar pelos resultados. Mas são pontos de vista que não merecem maior atenção. Ricardo Reis levantou-se para a receber, levou-a a um sofá que fazia ângulo recto com o seu, não quis sugerir que passassem para um outro, largo, em que ambos caberiam, lado a lado. Marcenda sentou-se, pôs a mão esquerda no colo, sorriu de um modo alheado e distante, como se dissesse, É isto que está vendo, não faz nada sem mim, e Ricardo Reis ia perguntar, Está cansada, mas Salvador apareceu, quis saber se tomavam alguma coisa, um café, um chá, e eles disseram que sim, um café era boa ideia, com o frio que faz. Antes de ir dar as suas ordens, Salvador verificou o funcionamento do calorífero, que espalhava no ambiente um cheiro levemente entontecedor de petróleo, enquanto a chama, dividida em mil pequenas línguas azuis, murmurava sem parar. Marcenda perguntou se Ricardo Reis gostara da peça, ele respondeu que sim, ainda que lhe parecesse que havia muito de artificial naquela naturalidade de representação, procurou explicar melhor, Na minha opinião, a representação nunca deve ser natural, o que se passa num palco é teatro, não é a vida, não é vida, a vida não é representável, até o que parece ser o mais fiel reflexo, o espelho, torna o direito esquerdo e o esquerdo direito, Mas gostou, ou não gostou, insistiu Marcenda, Gostei, resumiu ele, afinal uma só palavra teria sido suficiente. Neste momento entrou Lídia com a bandeja do café, pousou-a na mesa baixa, perguntou se desejavam mais alguma coisa, Marcenda disse, Não, muito obrigada, mas ela olhava para Ricardo Reis que não levantara a cabeça e que cuidadosamente puxava a sua chávena, perguntando a Marcenda, Quantas colheres, e ela dizia, Duas, era claro que Lídia nada mais tinha que fazer ali, por isso retirou-se, com demasiada precipitação segundo o entendimento de Salvador, que repreendeu, de trás do seu trono, Cuidado com essa porta.

 Marcenda pôs a chávena na bandeja, colocou a mão direita sobre a esquerda, ambas frias, mas entre uma e outra havia a diferença que distingue o que se move e o que está inerte, o que ainda pode salvar-se e o que já está perdido, Meu pai não gostaria de saber que me estou a aproveitar de o termos conhecido ontem para lhe vir pedir a sua opinião de médico, É sobre o seu caso a opinião que me pede, É, este braço que não é capaz de se mover por si mesmo, esta pobre mão, Espero que compreenda por que não me sentirei à vontade para falar, primeiro porque não sou especialista, segundo porque não conheço a sua história clínica, terceiro porque a deontologia da profissão proíbe-me que me imiscua na acção de um colega, Sei isso tudo, mas um doente não pode ser proibido de ter um médico como amigo e de lhe falar dos males que o apoquentem, Claro que não, Então faça de conta que é meu amigo e responda-me, Não me custa nada fazer de conta que sou seu amigo, para usar as suas palavras, já a conheço há um mês, Então vai-me responder, Pelo menos tentarei, terei de fazer-lhe algumas perguntas, Todas as que quiser, e esta frase é uma das tais que poderíamos acrescentar ao rol das tantas que muito disseram nos tempos passados, na infância das palavras, Estou ao seu dispor, Com muito gosto, Será um prazer, Tudo o que queira. Entrou outra vez Lídia, viu que Marcenda tinha o rosto corado e os olhos húmidos, de Ricardo Reis o relance de um punho fechado que servia de apoio à face esquerda, estavam ambos calados como se tivessem chegado ao fim duma conversa importante ou se preparassem para ela, qual seria, qual virá a ser. Levou a bandeja, já sabemos como as chávenas tremem se não estão bem assentes nos respectivos pires, disto nos deveremos sempre certificar quando não estivermos seguros da firmeza das nossas mãos, para não termos de ouvir Salvador dizer, Cuidado com essa louça.

Ricardo Reis fez uma pausa, parecia reflectir, depois, debruçando-se, estendeu as mãos para Marcenda, perguntou, Posso, ela inclinou-se também um pouco para a frente e, continuando a segurar a mão esquerda com a mão direita, colocou-a entre as mãos dele, como uma ave doente, asa quebrada, chumbo cravado no peito. Devagar, aplicando uma pressão suave mas firme, ele percorreu com os dedos toda a mão dela, até ao pulso, sentindo pela primeira vez na vida o que é um abandono total, a ausência duma reacção voluntária ou instintiva, uma entrega sem defesa, pior ainda, um corpo estranho que não pertencesse a este mundo. Marcenda olhava fixamente a sua própria mão, algumas vezes outros médicos tinham sondado aquela máquina paralisada, os músculos sem força, os nervos inúteis, os ossos que apenas amparavam a pobre arquitectura, agora mexe-lhes este a quem por sua vontade a confiou, se aqui entrasse o doutor Sampaio não acreditaria nos seus olhos, o doutor Ricardo Reis segurando a mão de sua filha, sem resistência de uma e de outra, porém ninguém entrou, e isto se pode estranhar, sendo sala de hotel, tem dias de constante entrar e sair, hoje é este segredo. Ricardo Reis largou lentamente a mão, olhou sem saber para quê os seus próprios dedos, depois perguntou, Há quanto tempo está assim, Fez quatro anos em Dezembro, Começou aos poucos, ou aconteceu de repente, Um mês é aos poucos, ou é de repente, Está-me a dizer que em um mês passou do uso normal do braço à imobilidade total, Estou, Houve sinais anteriores de doença, de mal-estar, Não, Nenhum acidente, queda violenta ou pancada, Não, Que lhe têm dito os médicos, Que isto é consequência duma doença de coração, Não me disse que sofre do coração, perguntei-lhe se tinha havido sinais de doença, de mal-estar, Julguei que estivesse a referir-se ao meu braço, Que mais lhe disseram, Em Coimbra, que não tenho cura, aqui, o mesmo, mas este com quem ando a tratar-me há quase dois anos diz que posso melhorar, Que tratamentos faz, Massagens, banhos de luz, correntes galvânicas, E quanto a resultados, Nenhuns, O braço não reage à corrente galvânica, Reage, salta, estremece, depois fica na mesma. Ricardo Reis calou-se, percebera no tom de voz de Marcenda uma súbita hostilidade, um despeito, como se ela quisesse dizer-lhe que se deixasse de tanta pergunta, ou que lhe fizesse outras, outra, uma de duas ou três, por exemplo esta, Lembra-se de ter acontecido alguma coisa importante nessa altura, ou esta, Sabe por que está assim, ou mais simplesmente, Teve algum desgosto. A tensão da cara de Marcenda mostrava que se aproximava de um ponto de ruptura, havia já lágrimas mal seguras, então Ricardo Reis perguntou, Tem algum desgosto, além do estado do seu braço, e ela acenou afirmativamente, começou o gesto mas não o pôde concluir, sacudiu-a um soluço profundo, como um arranque, um desgarramento, e as lágrimas saltaram-lhe irreprimíveis. Alarmado, Salvador apareceu à porta, mas Ricardo Reis fez um sinal brusco, imperioso, e ele afastou-se, recuou um pouco, para onde o não vissem, ao lado da porta. Marcenda já se dominara, só as lágrimas continuavam a correr, mas serenamente, e quando falou desaparecera-lhe da voz o tom hostil, se esse tinha sido, Minha mãe morreu e o meu braço não se mexeu mais, Ainda há pouco me disse que os médicos consideram que a paralisia do braço decorreu da sua afecção cardíaca, Os médicos dizem isso, Não acredita neles, acha que não sofre do coração. Sim, sofro, Então como é que pode ter a certeza de que há relação entre os dois factos, a morte da sua mãe e a imobilidade do seu braço, Certeza, tenho, não sei é explicar, fez uma pausa, chamou a si o que parecia ser um resto de animadversão, disse, Não sou médica de almas, De almas também eu não sou médico, apenas de clínica geral, agora era a voz de Ricardo Reis que soava irritada. Marcenda levou a mão aos olhos, disse, Desculpe-me, estou a aborrecê-lo, Não está a aborrecer-me, eu é que gostaria de ajudá-la, Provavelmente ninguém pode, precisei de desabafar, nada mais, Diga-me, está profundamente convencida de que essa relação existe, Profundamente, tão certa como de estarmos aqui os dois, E não lhe basta, para ser capaz de mexer o braço, saber, contra a opinião dos médicos, que se ele deixou de mover-se é só porque sua mãe morreu, Só, Sim, só, e com isso não quero dizer pouco, apenas quero dizer, tomando à letra essa sua profunda convicção, que, para si, nenhuma outra causa existiu, então, é a altura de lhe fazer uma pergunta directa, Qual, Não mexe o braço porque não pode, ou porque não quer, as palavras foram ditas num murmúrio, mais adivinhável do que audível, não as teria entendido Marcenda se não estivesse à espera delas, quanto a Salvador bem se esforçou, mas no patamar ouviram-se passos, era o Pimenta que vinha saber se havia verbetes para levar à polícia, também esta pergunta foi feita em muito baixa voz, ambas da mesma maneira e ambas pela mesma razão, sempre para que não se ouça a resposta. Que algumas vezes nem sequer é dita, fica presa entre os dentes e os lábios, se eles a articulam fazem-no inaudivelmente, e se um ténue som se pronunciou em sim ou não, dissolve-se na penumbra duma sala de estar de hotel como uma gota de sangue na transparência do mar, sabemos que está lá mas não a vemos. Marcenda não disse, Porque não posso, não disse, Porque não quero, apenas olhou Ricardo Reis, depois, Tem algum conselho a dar-me, uma ideia que me cure, um remédio, um tratamento, Já lhe disse que não sou especialista, e a Marcenda, tanto quanto posso julgar, se está doente do coração, também está doente de si mesma, É a primeira vez que mo dizem, Todos nós sofremos duma doença, duma doença básica, digamos assim, esta que é inseparável do que somos e que, duma certa maneira, faz aquilo que somos, se não seria mais exacto dizer que cada um de nós é a sua doença, por causa dela somos tão pouco, também por causa dela conseguimos ser tanto, entre uma coisa e outra venha o diabo e escolha, também se costuma dizer, Mas o meu braço não se mexe, a minha mão é como se não existisse, Talvez não possa, talvez não queira, como vê, depois desta conversa não estamos mais adiantados, Desculpe-me, Disse-me que não sente quaisquer melhoras, É verdade, Então por que é essa insistência em vir a Lisboa, Eu não venho, meu pai é quem me traz, e ele terá razões muito suas para querer vir, Razões, Tenho vinte e três anos, sou solteira, fui educada para calar certas coisas, ainda que as pense, que tanto não se consegue evitar, Explique-se melhor, Acha que é preciso, Lisboa, com ser Lisboa e ter navios no mar, Que é isso, Dois versos, não sei de quem, Agora sou eu que não percebo, Apesar de Lisboa ter tanto, não tem tudo, mas haverá quem pense que em Lisboa encontra aquilo de que precisa, ou deseja, Se com essas palavras todas quer saber se meu pai tem uma amante em Lisboa, digo-lhe que sim, tem, Não acredito que seu pai precise de justificar-se, e perante quem, com a doença da filha, para poder vir a Lisboa, afinal é um homem ainda novo, viúvo, portanto livre, Como já lhe disse, fui educada para não dizer certas coisas, mas vou-as dizendo, um tanto às escondidas, sou como o meu pai, com a posição que tem e a educação que recebeu, quanto mais segredo melhor, Ainda bem que não tive filhos, Porquê, Não há salvação aos olhos de um filho, Eu amo o meu pai, Acredito, mas o amor não basta. Obrigado a permanecer ao balcão, Salvador nem imagina o que está a perder, as revelações, as confidências tão naturalmente trocadas entre duas pessoas que mal se conheciam, mas para as ouvir não bastaria pôr-se à escuta do lado de fora da porta, teria de estar aqui sentado, neste terceiro sofá, inclinado para a frente, a ler nos lábios palavras que mal se articulam, quase melhor se ouve o murmúrio do calorífero que o destas vozes apagadas, também é assim nos confessionários, perdoados nos sejam todos os pecados.

Marcenda pousou a mão esquerda na palma da mão direita, falso, não é verdade que o tenha feito, escrito desta maneira pareceria que a mão esquerda foi capaz de obedecer a uma ordem do cérebro e ir pousar-se sobre a outra, é preciso estar presente para saber como o conseguiu, primeiro a mão direita virou a esquerda, depois meteu-se por baixo dela, com os dedos mínimo e anular foi amparar o pulso, e agora, juntas, aproximam-se ambas de Ricardo Reis, cada uma delas oferecendo a outra, ou pedindo auxílio, ou apenas resignadas ao que não é possível evitar, Diga-me se acha que posso vir a curar-me, Não sei, está assim há quatro anos, sem melhoras, o seu médico dispõe de elementos de apreciação que me faltam, além disso, repito uma vez mais, não sou competente nessa especialidade, Deveria desistir, não vir a Lisboa, dizer a meu pai que estou conformada, que não gaste dinheiro comigo, Por enquanto, seu pai tem duas razões para vir a Lisboa, se lhe tira uma, Talvez arranje coragem para continuar a vir, sozinho, Terá perdido o álibi que a sua doença representa, agora ele vê-se a si mesmo apenas como o pai que quer ver curada a sua filha, o resto é como se não fosse verdade, Então que faço, Nós mal nos conhecemos, não tenho o direito de lhe dar conselhos, Sou eu que lhos peço, Não desista, continue a vir a Lisboa, faça-o pelo seu pai, mesmo que deixe de acreditar na cura, Já quase não acredito, Defenda o que lhe resta, acreditar será o seu álibi, Para quê, Para manter a esperança, Qual, A esperança, só a esperança, nada mais, chega-se a um ponto em que não há mais nada senão ela, é então que descobrimos que ainda temos tudo. Marcenda recostou-se no sofá, esfregou lentamente as costas da mão esquerda, tinha a janela por trás de si, mal se lhe via o rosto, noutra ocasião Salvador já teria vindo acender o grande lustre, orgulho do Hotel Bragança, mas agora era como se quisesse tornar evidente a sua contrariedade por tão ostensivamente ser deixado à margem duma conversa que afinal fora ele a propiciar, falando dos Sampaios a Ricardo Reis, de Ricardo Reis aos Sampaios, assim lho retribuíam aqueles dois, ali de conversa, cochichando, com a sala na penumbra, mal acabara de o pensar acendeu-se o lustre, foi iniciativa de Ricardo Reis, alguém que finalmente entrasse acharia suspeito estarem ali um homem e uma mulher no escuro, ainda que ele médico e ela aleijada, pior é isto que o banco de trás de um táxi. Tinha de ser, Salvador apareceu e disse, Vinha mesmo agora acender, senhor doutor, e sorriu, eles sorriram também, são gestos e atitudes que fazem parte dos códigos de civilização, com a sua parte de hipocrisia, outra que é da necessidade, outra que é o disfarce da angústia. Retirou-se Salvador, houve depois um longo silêncio, parecia menos fácil falar com toda esta luz, então Marcenda disse, Se não é abuso da minha parte, posso perguntar-lhe por que está a viver há um mês no hotel, Ainda não me resolvi a procurar casa, aliás não sei se ficarei em Portugal, talvez acabe por voltar para o Rio de Janeiro, Viveu lá dezasseis anos, disse o Salvador, por que foi que resolveu regressar, Saudades da terra, Em pouco tempo as matou, se já fala em partir outra vez, Não é bem assim, quando resolvi embarcar para Lisboa parecia-me que tinha razões a que não podia fugir, questões importantíssimas a tratar cá, E agora, Agora, suspendeu a frase, ficou a olhar o espelho na sua frente, Agora vejo-me como o elefante que sente aproximar-se a hora de morrer e começa a caminhar para o lugar aonde tem de levar a sua morte, Se regressar ao Brasil e de lá não voltar nunca mais, esse será também o lugar onde o elefante foi morrer, Quando alguém emigra, pensa no país onde talvez morra como país onde terá vida, é esta a diferença, Talvez que quando eu vier a Lisboa, daqui por um mês, já não o encontre, Posso ter arranjado casa para habitar, consultório, hábitos, Ou ter regressado ao Rio de Janeiro, Logo o saberá, o nosso Salvador lhe dará a notícia, Virei, para não perder a esperança, Ainda estarei por aqui, se não a tiver perdido.

Tem vinte e três anos Marcenda, não sabemos ao certo que estudos fez, mas, sendo filha de notário, ainda por cima de Coimbra, sem dúvida concluiu o curso liceal e só por ter tão dramaticamente adoecido terá abandonado uma faculdade qualquer, direito ou letras, letras de preferência, que direito não é tão próprio para mulheres, o árido estudo dos códigos, além de já termos um advogado na família, ainda se fosse um rapaz para continuar a dinastia e o cartório, mas a questão não é esta, a questão é a confessada surpresa de vermos como uma rapariga deste país e tempo foi capaz de manter tão seguida e elevada conversa, dizemos elevada por comparação com os padrões correntes, não foi estúpida nem uma só vez, não se mostrou pretensiosa, não esteve a presumir de sábia nem a competir com o macho, com perdão da grosseira palavra, falou com naturalidade de pessoa, e é inteligente, talvez por compensação do seu defeito, o que tanto pode suceder a mulher como a homem. Agora levantou-se, segura a mão esquerda à altura do peito e sorri, Agradeço-lhe muito a paciência que teve comigo, Não me agradeça, para mim foi um grande prazer esta conversa, Janta no hotel, Janto, Então logo nos veremos, Até logo, viu-a Ricardo Reis afastar-se, menos alta do que a memória lhe lembrava, mas esguia, por isso o iludira a recordação, e depois ouviu-a dizer a Salvador, A Lídia que vá ao meu quarto quando puder, só a Ricardo Reis parecerá insólita a ordem, e é porque tem censuráveis actos de promiscuidade de classes a pesar-lhe na consciência, pois que poderá haver de mais natural que ser chamada uma criada de hotel ao quarto de uma hóspede, sobretudo se esta precisa de ajuda para mudar de vestido, por ter um braço paralítico, por exemplo. Ricardo Reis demora-se ainda um pouco, liga a telefonia na altura em que estão a transmitir A Lagoa Adormecida, são acasos, só num romance se aproveitaria esta coincidência para estabelecer forçados paralelos entre uma laguna silente e uma rapariga virgem, que o é e ainda não tinha sido dito, e como o seria se ela o não proclama, são questões muito reservadas, até mesmo um noivo, se o vier a ter, não ousará perguntar-lhe, És virgem, neste meio social, por enquanto, parte-se do princípio de que sim senhor é virgem, mais tarde se verá, na ocasião própria, com escândalo se afinal o não era. Acabou a música, veio uma canção napolitana, serenata ou semelhante, amore mio, cuore ingrato, con te, la vita insieme, per sempre, jurava o tenor estas excelências canoras do sentimento quando entraram na sala de estar dois hóspedes de alfinete de brilhantes na gravata e queixo duplo a esconder-lhe o nó, sentaram-se, acenderam charutos, vão falar de um negócio de cortiça ou de conservas de peixe, sabê-lo-íamos por claro se não estivesse Ricardo Reis saindo, vai tão distraído que não se lembra de dar uma palavra a Salvador, estranhos casos se estão dando neste hotel.

Mais perto da noite chega o doutor Sampaio, Ricardo Reis e Marcenda não saíram dos quartos, Lídia foi algumas vezes vista nestas escadas e passagens, vai só aonde a chamam, por causa duma insignificância qualquer tratou mal de palavras a Pimenta e dele recebeu troco em paridade de forma e conteúdo, passou-se o trato longe de ouvidos alheios, e ainda bem, nem Salvador ouviu, que haveria de querer saber que insinuações eram aquelas de Pimenta sobre pessoas que padecem de sonambulismo e andam peles corredores a altas horas. Oito eram elas quando o doutor Sampaio foi bater à porta de Ricardo Reis, que não valia a pena entrar, muito obrigado, vinha apenas convidá-lo para jantarem juntos, nós três, que Marcenda lhe falara da conversa que haviam tido, Quanto lhe agradeço, senhor doutor, e Ricardo Reis insistiu para que se sentasse um pouco, Eu não fiz nada, limitei-me a ouvi-la e dei-lhe o único conselho que poderia ser dado por uma pessoa sem especial conhecimento do caso, persistir nos tratamentos, não desanimar, É o que eu lhe estou sempre a dizer, mas a mim já não me dá muita atenção, sabe como são os filhos, sim meu pai, não meu pai, mas vem a Lisboa sem nenhum ânimo, e tem de vir para que o médico possa acompanhar a evolução da doença, os tratamentos fá-los em Coimbra, claro, Mas há em Coimbra certamente especialistas, Poucos, e o que lá há, sem querer melindrar, não me inspirava grande confiança, por isso viemos a Lisboa, este médico que a trata é homem de muito saber e experiência, Estes dias de ausência prejudicam sem dúvida o seu trabalho, Sim, prejudicam, às vezes, mas de pouco serviria um pai se se recusasse a fazer tão pequeno sacrifício de tempo, a conversa não ficou por aqui, por esta mesma conformidade trocaram ainda algumas frases, parelhas de intenção, escondendo e mostrando meio por meio, como é geral nas conversas todas, e nesta, pelas razões que sabemos, particular, até que o doutor Sampaio houve por conveniente levantar-se, Então às nove horas vimos aqui bater-lhe à porta, Não senhor, eu é que irei, não quero que se incomode, e assim foi, chegado o tempo bateu Ricardo Reis à porta do quarto duzentos e cinco, seria muito indelicado chamar primeiro Marcenda, esta é outra das subtilezas do código.

A entrada na sala de jantar foi unanimemente festejada com sorrisos e pequenas vénias de cabeça. Salvador, esquecido de agravos ou diplomaticamente fingidor, abriu de par em par as portas envidraçadas, à frente passaram Ricardo Reis e Marcenda, como devia ser, é ele o convidado, aqui onde nós estamos não se consegue perceber o que a telefonia toca, muito daria que pensar a coincidência se fosse a marcha nupcial do Lohengrin, ou a de Mendelssohn, ou, menos célebre, talvez por ser tocada antes duma desgraça, a da Lucia de Lamermeor, de Donizetti. A mesa a que vão sentar-se é, claro está, a do doutor Sampaio, que tem Felipe como servidor habitual, mas Ramón não renuncia aos seus direitos, atenderá de companhia com o colega e patrício, nasceram ambos em Villagarcia de Arosa, é sina dos humanos terem seus itinerários infalíveis, uns vieram da Galiza para Lisboa, este nasceu no Porto, por um tempo viveu na capital, emigrou para o Brasil, donde agora voltou, aqueles andam há três anos numa dobadoira entre Coimbra e Lisboa, todos à procura de remédio, paciência, dinheiro, paz e saúde, ou prazer, cada qual o seu, por isso é tão difícil satisfazer toda a gente necessitada. O jantar decorre sossegadamente, Marcenda está à direita do pai, Ricardo Reis à direita de Marcenda, a mão esquerda dela, como de costume, repousa ao lado do prato, mas, contra o que também é costume, não parece esconder-se, pelo contrário, diríamos que tem glória em mostrar-se, e não protestem que é inadequada a palavra, de certeza que nunca ouviram falar o povo, ao menos lembremo-nos de que aquela mão esteve nas mãos de Ricardo Reis, como há-de ela sentir-se senão gloriosa, olhos mais sensíveis que os nossos vê-la-iam resplandecente, para tais cegueiras é que não se encontra remédio. Não se fala da enfermidade de Marcenda, demasiado se falou já de corda em casa desta enforcada, o doutor Sampaio discorre sobre as belezas da Lusa Atenas, Ali vim ao mundo, ali me criei, ali me formei, ali exerço, não quero que haja outra cidade como aquela. O estilo é potente, mas não há perigo de que principie à mesa uma discussão sobre os méritos de Coimbra ou outras terras, Porto ou Villagarcia de Arosa, a Ricardo Reis é indiferente ter nascido aqui ou além, Felipe e Ramón nunca ousariam meter-se na conversa dos senhores doutores, cada um de nós tem dois lugares, aquele onde nasceu, aquele onde vive, por isso é que tantas vezes ouvimos dizer, Ponha-se no seu lugar, e esse não é o onde nascemos, se é preciso acrescentar. Era porém inevitável que sabendo o doutor Sampaio que Ricardo Reis fora para o Brasil por razões políticas, embora seja muito difícil apurar como o soube ele, não lho disse Salvador, que também o não sabe, explicitamente o não confessou Ricardo Reis, mas certas coisas suspeitam-se por meias palavras, silêncios, um olhar, bastava que tivesse dito, Parti para o Brasil em mil novecentos e dezanove, no ano em que se restaurou a monarquia no Norte, bastava tê-lo dito num certo tom de voz, o ouvido finíssimo de um notário, habituado a mentiras, testamentos e confissões, não se enganaria, era inevitável, dizíamos, que de política se falasse. Por caminhos desviados, apalpando o terreno, tenteando a ver se havia minas escondidas ou armadilhas, Ricardo Reis deixou-se ir na corrente porque não se sentia capaz de propor uma alternativa à conversa, e antes da sobremesa já tinha declarado não acreditar em democracias e aborrecer de morte o socialismo, Está com a sua gente, disse risonho o doutor Sampaio, a Marcenda não parecia interessar muito a conversa, por alguma razão pôs a mão esquerda no regaço, se resplendor havia, apagou-se. A nós o que nos vale, meu caro doutor Reis, neste cantinho da Europa, é termos um homem de alto pensamento e firme autoridade à frente do governo e do país, estas palavras disse-as o doutor Sampaio, e continuou logo, Não há comparação possível entre o Portugal que deixou ao partir para o Rio de Janeiro e o Portugal que veio encontrar agora, bem sei que voltou há pouco tempo, mas, se tem andado por aí, a olhar com olhos de ver, é impossível que não se tenha apercebido das grandes transformações, o aumento da riqueza nacional, a disciplina, a doutrina coerente e patriótica, o respeito das outras nações pela pátria lusitana, sua gesta, sua secular história e seu império, Não tenho visto muito, respondeu Ricardo Reis, mas estou a par do que os jornais dizem, Ah, claro, os jornais, devem ser lidos, mas não chega, é preciso ver com os próprios olhos, as estradas, os portos, as escolas, as obras públicas em geral, e a disciplina, meu caro doutor, o sossego das ruas e dos espíritos, uma nação inteira entregue ao trabalho sob a chefia de um grande estadista, verdadeiramente uma mão de ferro calçada com uma luva de veludo, que era do que andávamos a precisar, Magnífica metáfora, essa, Tenho pena de a não ter inventado eu, ficou-me na lembrança, imagine, é bem verdade que uma imagem pode valer por cem discursos, foi aqui há dois ou três anos, na primeira página do Sempre Fixe, ou seria dos Ridículos, lá estava, uma mão de ferro calçada com uma luva de veludo, e tão excelente era o desenho, que, olhando de perto, tanto se via o veludo como se via o ferro, Um jornal humorístico, A verdade, caro doutor, não escolhe o lugar, Resta saber se o lugar escolhe sempre a verdade. O doutor Sampaio franziu levemente a testa, a contradição perturbou-o um pouco, mas levou-a à conta de pensamento demasiado profundo, porventura até subtilmente conciliador, para ser debatido ali, entre o vinho de Colares e o queijo. Marcenda mordiscava bocadinhos de casca, distraída, alteou a voz para dizer que não queria doce nem café, depois começou uma frase que, concluída, talvez pudesse ter feito derivar a conversa para o Tá Mar, mas o pai prosseguia, dava um conselho, Não é que se trate de um bom livro, desses que têm lugar na literatura, mas é de certeza um livro útil, de leitura fácil, e que pode abrir os olhos a muita gente, Que livro é esse, O título é Conspiração, escreveu-o um jornalista patriota, nacionalista, um Tomé Vieira, não sei se já ouviu falar, Não, nunca ouvi, vivendo lá tão longe, O livro saiu há poucos dias, leia-o, leia-o, e depois me dirá, Não deixarei de o ler, se mo aconselha, já Ricardo Reis se arrependia de se ter declarado anti-socialista, antidemocrata, antibolchevista por acréscimo, não porque não fosse isto tudo, ponto por ponto, mas porque se sentia cansado de nacionalismo tão hiperbólico, talvez mais cansado ainda por não ter podido falar com Marcenda, muitas vezes acontece, mais fatiga o que não se faz, repousar é tê-lo feito.

    O jantar estava no fim, Ricardo Reis afastou a cadeira de Marcenda quando ela se levantou, deixou-a seguir à frente com o pai, cá fora hesitaram os três se deviam ou não passar à sala de estar, houve uma indecisão geral de gestos e movimentos, mas Marcenda disse que recolhia ao quarto, doía-lhe a cabeça, Amanhã, provavelmente, não nos veremos, partimos cedo, disse-o ela, disse-o também o pai, e Ricardo Reis desejou-lhes boa viagem, Talvez ainda esteja por aqui quando voltarem no mês que vem, Se não estiver deixe a sua nova morada, a recomendação foi do doutor Sampaio. Agora não há mais nada para dizer, Marcenda irá para o seu quarto, dói-lhe ou finge que lhe dói a cabeça, Ricardo Reis não sabe o que fará, o doutor Sampaio ainda sai esta noite.

    Ricardo Reis também saiu. Andou por aí, entrou em cinemas para ver os cartazes, viu jogar uma partida de xadrez, ganharam as brancas, chovia quando saiu do café. Foi de táxi para o hotel. Quando entrou no quarto, reparou que a cama não fora aberta e a segunda almofada não saíra do armário, Só uma vaga pena inconsequente pára um momento à porta da minha alma e após fitar-me um pouco passa, a sorrir de nada, murmurou.

Um homem deve ler de tudo, um pouco ou o que puder, não se lhe exija mais do que tanto, vista a curteza das vidas e a prolixidade do mundo. Começará por aqueles títulos que a ninguém deveriam escapar, os livros de estudo, assim vulgarmente chamados, como se todos o não fossem, e esse catálogo será variável consoante a fonte do conhecimento aonde se vai beber e a autoridade que lhe vigia o caudal, neste caso de Ricardo Reis, aluno que foi de jesuítas, podemos fazer uma ideia aproximada, mesmo sendo os nossos mestres tão diferentes, os de ontem e os de hoje. Depois virão as inclinações da mocidade, os autores de cabeceira, os apaixonamentos temporários, os Werther para o suicídio ou para fugir dele, as graves leituras da adultidade, chegando a uma certa altura da vida já todos, mais ou menos, lemos as mesmas coisas, embora o primeiro ponto de partida nunca venha a perder a sua influência, com aquela importantíssima e geral vantagem que têm os vivos, vivos por enquanto, de poderem ler o que outros, por antes de tempo mortos, não chegaram a conhecer. Para dar só um exemplo, aí temos o Alberto Caeiro, coitado, que, tendo morrido em mil novecentos e quinze, não leu o Nome de Guerra, Deus saberá a falta que lhe fez, e a Fernando Pessoa, e a Ricardo Reis, que também já não será deste mundo quando o Almada Negreiros publicar a sua história. Por um pouco veríamos aqui repetida a graciosa aventura do senhor de La Palice, o tal que um quarto de hora antes de morrer ainda estava vivo, isto diriam os humoristas expeditos, que nunca pararam um minuto para pensar na tristeza que é já não estar vivo um quarto de hora depois. Adiante. Provará pois o homem de tudo, Conspiração sejas, e não lhe fará mal nenhum descer uma vez por outra das altitudes rarefeitas em que costuma abonar-se, para ver como se fabrica o pensar comum, como alimenta ele o comum pensar, que é disso que vivem as gentes no seu quotidiano, não de Cícero ou Espinosa. Tanto mais, ah, tanto mais que há uma recomendação de Coimbra, um insistente conselho, Leia a Conspiração, meu amigo, é boa doutrina a que lá vem, as fraquezas da forma e do enredo desculpa-as a bondade da mensagem, e Coimbra sabe o que diz, cidade sobre todas doutora, densa de licenciados. Ricardo Reis logo no dia seguinte foi comprar o livrinho, levou-o para o quarto, aí o desembrulhou, sigilosamente, é que nem todas as clandestinidades são o que parecem, às vezes não passam de envergonhar-se uma pessoa do que vai fazer, gozos secretos, dedo no nariz, rapação de caspa, não será menos censurável esta capa que nos mostra uma mulher de gabardina e boina, descendo uma rua, ao lado duma prisão, como se percebe logo pela janela gradeada e pela guarita da sentinela, ali postas para não haver dúvidas sobre o que espera conspiradores. Está pois Ricardo Reis no seu quarto, bem sentado no sofá, chove na rua e no mundo como se o céu fosse um mar suspenso que por goteiras inúmeras se escoasse intérmino, há cheias por toda a parte, destruições, fome de rabo, mas este livrinho irá dizer como uma alma de mulher se lançou na generosa cruzada de chamar à razão e ao espírito nacionalista alguém a quem ideias perigosas tinham perturbado, sic. As mulheres são muito boas nestas habilidades, provavelmente para equilibrar as contrárias e mais do seu costume, quando lhes dá para perturbar e perder as almas dos homens, ingénuos desde Adão. Estão já lidos sete capítulos, a saber, Em véspera de eleições, Uma revolução sem tiros, A lenda do amor, A festa da Rainha Santa, Uma greve académica, Conspiração, A filha do senador, enfim, trocando o caso por miúdos, certo moço universitário, filho de um lavrador, meteu-se em rapaziadas, foi preso, trancado no Aljube, e vai ser a supradita filha de senador quem, por puras razões patrióticas, por missionação abnegada, moverá céus e terra para de lá o tirar, o que, afinal, não lhe será difícil, pois é muito estimada nas altas esferas da governação, com surpresa daquele que lhe deu o ser, senador que foi do partido democrata e agora conspirador ludibriado, um pai nunca sabe para o que cria uma filha. Ela o diz, como Joana de Arco à proporção, O papá esteve para ser preso há dois dias, dei a minha palavra de honra que o papá não fugiria a responsabilidades, mas também garanti que o papá deixaria de imiscuir-se em negócios conspiratórios, ai este amor filial, tão comovente, três vezes papá numa frase tão curta, a que extremos chegam na vida os afectuosos laços, e torna a dedicada menina, Pode comparecer à sua reunião de amanhã, nada lhe acontecerá, garanto-lho porque o sei, e a polícia também sabe que os conspiradores vão reunir mais uma vez, com o que não se importa. Generosa, benevolente polícia esta de Portugal que não se importa, pudera não, está a par de tudo, tem uma informadora no arraial inimigo, que é, quem tal diria, a filha de um antigo senador, adversário deste regime, assim traicionadas as tradições familiares, porém tudo acabará em felicidade para as partes, desde que tomemos a sério o autor da obra, ora ouçamo-lo, A situação do país merece à imprensa estrangeira referências entusiásticas, cita-se a nossa política financeira como modelo, há alusões às nossas condições financeiras, de modo a colocar-nos numa posição privilegiada, por todo o país continuam as obras de fomento que empregam milhares de operários, dia a dia os jornais inserem diplomas governativos no sentido de debelar a crise que, por fenómenos mundiais, também nos atingiu, o nível económico da nação, comparadamente a outros países, é o mais animador, o nome de Portugal e dos estadistas que o governam andam citados em todo o mundo, a doutrina política estabelecida entre nós é motivo de estudo em outros países, pode-se afirmar que o mundo nos olha com simpatia e admiração, os grandes periódicos de fama internacional enviam até nós os seus redactores categorizados a fim de colher elementos para conhecer o segredo da nossa vitória, o chefe do governo é, enfim, arrancado à sua pertinaz humildade, ao seu recolhimento de rebelde a reclames, e projectado em colunas de reportagem, através do mundo, a sua figura atinge as culminâncias, e as suas doutrinas transformam-se em apostolados, Perante isto, que é apenas uma pálida sombra do que podia ser dito, tem de concordar, Carlos, que foi uma loucura irresponsável meter-se em greves académicas que nunca trouxeram nada de bom, já pensou nos trabalhos que eu vou ter para o tirar daqui, Tem razão, Marília, e quanta, mas olhe que a polícia nada apurou de mau contra mim, somente a certeza de que fui eu quem desfraldou a bandeira vermelha, que não era bandeira nem coisa que se parecesse, apenas um lenço de vinte e cinco tostões, Brincadeira de rapazes, disseram ambos em coro, esta conversa passava-se na prisão, no parlatório, é assim o mundo carcerário. Lá na aldeia, por acaso também no distrito de Coimbra, outro lavrador, pai da gentil menina com quem este Carlos há-de vir a casar-se mais para o fim da história, explica numa roda de subalternos que ser comunista é ser pior que tudo, eles não querem que haja patrões nem operários, nem leis nem religião, ninguém se baptiza, ninguém se casa, o amor não existe, a mulher é uma coisa que não vale nada, todos a ela podem ter direito, os filhos não têm que dar satisfação aos pais, cada um governa-se como entender. Em mais quatro capítulos e um epílogo, a suave mas valquíria Marília salva o estudante da prisão e da lepra política, regenera o pai que definitivamente abandona o vezo conspirativo, e proclama que dentro da actual solução corporativa o problema resolve-se sem mentiras, sem ódios e sem revoltas, a luta de classes acabou, substituída pela colaboração dos elementos que constituem valores iguais, o capital e o trabalho, em conclusão, a nação deve ser uma coisa assim como uma casa onde há muitos filhos e o pai tem de dar ordem à vida para a todos criar, ora os filhos, se não forem devidamente educados, se não tiverem respeito ao pai, tudo vai mal e a casa não resiste, por estas irrespondíveis razões é que os dois proprietários, pais dos noivos, sanadas algumas desinteligências menores, até contribuem para que acabem os pequenos conflitos entre os trabalhadores que ganham a sua vida ora servindo a um ora servindo a outro, afinal não valeu a pena ter-nos Deus expulsado do seu paraíso, se em tão pouco tempo o reconquistámos. Ricardo Reis fechou o livro, leu-o depressa, as melhores lições são estas, breves, concisas, fulminantes, Que estupidez, com tal exclamação se paga do doutor Sampaio, ausente, por um momento aborrece o mundo inteiro, a chuva que não pára, o hotel, o livro atirado para o chão, o notário, Marcenda, depois exclui Marcenda da condenação geral, nem sabe bem porquê, talvez apenas pelo gosto de salvar alguma coisa, assim num campo de ruínas levantamos um fragmento de madeira ou pedra, a forma dele nos atraiu, não temos coração de atirá-lo fora, e acabamos por metê-lo no bolso, por nada, ou por uma vaga consciência de responsabilidade, sem causa nem objecto.

Nós, por cá, vamos indo tão bem quanto valham as atrás explicadas maravilhas. Em terra de nuestros hermanos é que a vida está fusca, a família muito dividida, se ganha Gil Robles as eleições, se ganha Largo Caballero, e a Falange já fez saber que fará frente, nas ruas, à ditadura vermelha. Neste nosso oásis de paz assistimos, compungidos, ao espectáculo duma Europa caótica e colérica, em constantes ralhos, em pugnas políticas que, segundo a lição de Marília, nunca levaram a nada de bom, agora constituiu Sarraut em França um governo de concentração republicana e logo lhe caíram as direitas em cima com a sua razão delas, lançando salvas sucessivas de críticas, acusações e injúrias, um desbocamento de tom que mais parece de arruaceiros que de país tão civilizado, modelo de maneiras e farol da cultura ocidental. O que vale é haver ainda vozes neste continente, e poderosas elas são, que se erguem para pronunciar palavras de pacificação e concórdia, falamos de Hitler, da proclamação que ele fez perante os camisas castanhas, A Alemanha só se preocupa em trabalhar dentro da paz, e, para calar definitivamente desconfianças e cepticismos, ousou ir mais longe, afirmou peremptório, Saiba o mundo que a Alemanha será pacífica e amará a paz, como jamais povo algum soube amá-la. É certo que duzentos e cinquenta mil soldados alemães estão prontos a ocupar a Renânia e que uma força militar alemã penetrou há poucos dias em território checoslovaco, porém, se é verdade que vem às vezes Juno em forma de nuvem, também não é menos verdade que nem todas as nuvens Juno são, a vida das nações faz-se, afinal, de muito ladrar e pouco morder, vão ver que, querendo Deus, tudo acabará na bela harmonia. Com o que nós não podemos concordar é que venha Lloyd George dizer que Portugal está demasiadamente favorecido de colónias, em comparação com a Alemanha e a Itália. Ainda no outro dia pusemos dorido luto pelo Rei Jorge V deles, andámos por aí, para quem nos quis ver, homens de gravata preta e fumo no braço, senhoras de crepes, e aparece agora aquele a protestar que temos colónias a mais, quando na verdade as temos a menos, haja em vista o mapa cor-de-rosa, tivesse ele vingado, como era de justiça, e hoje ninguém nos poria o pé adiante, de Angola à Contra-Costa tudo seria caminho chão e bandeira portuguesa. E foram os ingleses que nos rasteiraram, pérfida Albion, como é costume deles, duvida-se mesmo que sejam capazes doutros comportamentos, está-lhes no vício, não há povo no mundo que não tenha razões de queixa. Quando Fernando Pessoa aí vier, não há-de Ricardo Reis esquecer-se de lhe apresentar o interessante problema que é o da necessidade ou não necessidade das colónias, não do ponto de vista do Lloyd George, tão preocupado com a maneira de calar a Alemanha dando-lhe o que a outros custou tanto a ganhar, mas do seu próprio, dele, Pessoa, profético, sobre o advento do Quinto Império para que estamos fadados, e como resolverá, por um lado, a contradição, que é sua, de não precisar Portugal de colónias para aquele imperial destino, mas de sem elas se diminuir perante si mesmo e ante o mundo, material como moralmente, e, por outro lado, a hipótese de virem a ser entregues à Alemanha colónias nossas, e à Itália, como anda a propor Lloyd George, que Quinto Império será então esse, esbulhados, enganados, quem nos irá reconhecer como imperadores, se estamos feitos Senhor da Cana Verde, povo de dores, estendendo as mãos, que bastou atar frouxamente, verdadeira prisão é aceitar estar preso, as mãos humilhadas para o bodo do século, que por enquanto ainda não nos deixou morrer. Talvez Fernando Pessoa lhe responda, como outras vezes, Você bem sabe que eu não tenho princípios, hoje defendo uma coisa, amanhã outra, não creio no que defendo hoje, nem amanhã terei fé no que defenderei, talvez acrescente, porventura justificando-se, Para mim deixou de haver hoje e amanhã, como é que quer que eu ainda acredite, ou espere que os outros possam acreditar, e se acreditarem, pergunto eu, saberão verdadeiramente em que acreditam, saberão, se o Quinto Império foi em mim vaguidade, como pode ter-se transformado em certeza vossa, afinal, acreditaram tão facilmente no que eu disse, e mais sou esta dúvida que nunca disfarcei, melhor teria feito afinal se me tivesse calado, apenas assistindo, Como eu mesmo sempre fiz, responderá Ricardo Reis, e Fernando Pessoa dirá, Só estando morto assistimos, e nem disso sequer podemos estar certos, morto sou eu e vagueio por aí, paro nas esquinas, se fossem capazes de ver-me, raros são, também pensariam que não faço mais que ver passar, não dão por mim se lhes tocar, se alguém cair não o posso levantar, e contudo eu não me sinto como se apenas assistisse, ou, se realmente assisto, não sei o que em mim assiste, todos os meus actos, todas as minhas palavras, continuam vivos, avançam para além da esquina a que me encosto, vejo-os que partem, deste lugar donde não posso sair, vejo-os, actos e palavras, e não os posso emendar, se foram expressões de um erro, explicar, resumir num acto só e numa palavra única que tudo exprimissem de mim, ainda que fosse para pôr uma negação no lugar duma dúvida, uma escuridão no lugar da penumbra, um não no lugar de um sim, ambos com o mesmo significado, e o pior de tudo talvez nem sejam as palavras ditas e os actos praticados, o pior, porque é irremediável definitivamente, é o gesto que não fiz, a palavra que não disse, aquilo que teria dado sentido ao feito e ao dito, Se um morto se inquieta tanto, a morte não é sossego, Não há sossego no mundo, nem para os mortos nem para os vivos, Então onde está a diferença entre uns e outros, A diferença é uma só, os vivos ainda têm tempo, mas o mesmo tempo lho vai acabando, para dizerem a palavra, para fazerem o gesto, Que gesto, que palavra, Não sei, morre-se de a não ter dito, morre-se de não o ter feito, é disso que se morre, não de doença, e é por isso que a um morto custa tanto aceitar a sua morte, Meu caro Fernando Pessoa, você treslê, Meu caro Ricardo Reis, eu já nem leio. Duas vezes improvável, esta conversação fica registada como se tivesse acontecido, não havia outra maneira de torná-la plausível.

 Não podia durar muito o ciumento enfado de Lídia, se Ricardo Reis lhe não dera outras razões que estar falando, de portas abertas, com Marcenda, ainda que em voz baixa, ou nem sequer tanto, primeiro lhe disseram, claramente, que não precisavam de mais nada, depois esperaram calados que ela se retirasse com as chávenas do café, bastou este pouco para lhe tremerem as mãos. Quatro noites lacrimejou abraçada ao travesseiro, antes de adormecer, não tanto já por sofrimentos de preterição, e que direitos tinha ela, criada de hotel pela terceira vez metida em aventuras com um hóspede, que direitos tinha de mostrar-se ciosa, são casos que acontecem e logo devem esquecer, mas o que lhe estava custando era que o senhor doutor tivesse deixado de tomar o pequeno-almoço no quarto, até parecia castigo, e porquê, minha Nossa Senhora, se eu não fiz nada. Mas ao quinto dia Ricardo Reis não desceu de manhã, Salvador disse, Ó Lídia, leva o café com leite ao duzentos e um, e quando ela entrou, um pouco trémula, coitada, não o pode evitar, ele olhou-a com gravidade, pôs-lhe a mão no braço, perguntou, Estás zangada, ela respondeu, Não, senhor doutor, Mas não tens aparecido, a isto não soube Lídia que resposta dar, encolheu os ombros, infeliz, então ele puxou-a para si, nessa noite já ela desceu, mas nem um nem outro falaram das razões deste afastamento de alguns dias, não faltaria mais nada, ousar ela e condescender ele, Tive ciúmes, Ó filha que ideia a tua, nunca seria uma conversa de iguais, aliás, dizem, não há nada mais difícil de alcançar, assim como o mundo está.

 Lutam as nações umas com as outras, por interesses que não são de Jack nem de Pierre nem de Hans nem de Manolo nem de Giuseppe, tudo nomes de homem para simplificar, mas que os mesmos e outros homens tomam ingenuamente como seus, os interesses, ou virão a sê-lo à custa de pesado pagamento quando chegar a hora de liquidar a conta, a regra é comerem uns os figos e a outros rebentar a boca, lutam as pessoas pelo que acreditam ser sentimentos seus ou simples expansões de sentidos por enquanto acordados, que é o caso de Lídia, uma nossa criada, e Ricardo Reis, para todos médico quando decidir voltar a exercer a clínica, poeta para alguns se chegar a dar à leitura o que laboriosamente vai compondo, lutam também por outras razões, no fundo as mesmas, poder, prestígio, ódio, amor, inveja, ciúme, simples despeito, terrenos de caça marcados e violados, competição e concorrência, seja ela o conto-do-vigário, como agora aconteceu na Mouraria, não deu Ricardo Reis pela notícia, passou-lhe, mas Salvador, gozoso e excitado, lha esteve lendo, de cotovelos assentes no balcão, sobre o jornal estendido, alisado cuidadosamente, Uma cena de sangue, senhor doutor, aquilo é uma gente de mil diabos, não querem saber da vida, por dá cá aquela palha esfaqueiam-se sem dó nem piedade, até a polícia se teme deles, aparece só no fim para apanhar as canas, quer ouvir, diz aqui que um tal José Reis, por alcunha o José Rola, deu cinco tiros na cabeça de um António Mesquita, conhecido por Mouraria, matou-o, pois claro, não, não foi negócio de saias, diz o jornal que tinha havido uma história de conto-do-vigário mal repartido, um deles enganou o outro, acontece, Cinco tiros, repetiu Ricardo Reis para não mostrar desinteresse, e com tê-lo dito ficou pensativo, acordou-lhe a imaginação, cinco vezes a arma disparando contra o mesmo alvo, uma cabeça que só a primeira bala tinha recebido erguida, depois, caído no chão o corpo, já derramando-se, já a esvair-se, as outras quatro balas, supérfluas, porém necessárias, segunda, terceira, quarta, quinta; quase um carregador inteiro assim despejado, o ódio crescendo a cada tiro, a cabeça de cada vez saltando sobre as pedras da rua, e em redor o espanto espavorido, o alarido depois, as mulheres aos gritos nas janelas, é duvidoso que alguém tivesse agarrado o braço do José Rola, quem ousaria essa coragem, provavelmente esgotaram-se os cartuchos no carregador, ou de repente petrificou-se o dedo no gatilho, ou não pôde crescer o ódio mais, agora fugirá o assassino, mas não irá longe, quem vive na Mouraria onde iria esconder-se, ali tudo se faz e tudo se paga. Diz Salvador, O funeral é amanhã, se não fosse a obrigação estava eu lá caído, Gosta de funerais, perguntou Ricardo Reis, Não é bem por gostar, mas enterro que meta gente desta, é coisa digna de ver-se, e então tendo havido crime, o Ramón mora na Rua dos Cavaleiros e ouviu dizer coisas. Que coisas tinha Ramón ouvido dizer, soube-as Ricardo Reis ao jantar, Fala-se que vai o bairro todo, senhor doutor, e até se diz que os amigos do José Rola estão dispostos a rebentar com o caixão, se tal vierem a fazer será uma guerra geral, ih jesus, Mas se o Mouraria já vai morto e bem morto, que é que querem fazer-lhe mais, um homem desses não deve ser dos que vêm do outro mundo acabar o que começaram neste, Com gente daquela laia nunca se sabe, ódios de alma não se finam com a morte, Estou tentado a ir ver esse funeral, Pois vá, mas ponha-se ao largo, não se chegue, e se houver sarrafusca meta-se numa escada e feche a porta, eles que se danem.

Não foram as coisas ao extremo, talvez por ter sido a ameaça mero alarde fadista, talvez por irem de vigia dois polícias armados, salvaguarda simbólica que de nada serviria se os díscolos teimassem em levar por diante o necrófobo propósito, mas enfim, sempre se impunha a presença da autoridade. Ricardo Reis apareceu discretamente muito antes da hora marcada para a saída do préstito, de largo como lhe fora recomendado, não queria cair no meio duma refrega tumultuária, e ficou estupefacto ao dar com o ajuntamento, centenas de pessoas que enchiam a rua em frente do portão da morgue, seria como o bodo do Século se não fosse dar-se o caso de haver tantas mulheres vestidas de berrante encarnado, saia, blusa e xale, e rapazes com fatos da mesma cor, singular luto é este se são amigos do morto, ou arrogante provocação se eram inimigos dele, a cena mais parece um cortejo de entrudo, agora que vai saindo a carreta trapejando a caminho do cemitério, puxada por duas muares de penacho e gualdrapa, os dois polícias marchando um de cada lado do caixão, em guarda de honra ao Mouraria, são as ironias do destino, quem pudera imaginar, lá vão os cívicos com o sabre a bater na perna e o coldre da pistola desabotoado, e o acompanhamento em transe de lágrimas e suspiros, tanto agora clamando quem de encarnado vestia com quem de preto trajava, uns pelo que levavam morto, outros pelo que preso estava, muita gente descalça e coberta de trapos, algumas mulheres arreando luxo e pulseiras de ouro, pelo braço dos seus homens, eles de patilhas negras e cara rapada, azul da navalha, olhando em redor desconfiados, alguns arvorando insolências, gingando o corpo pelo quadril, mas em todos, também, transluzindo sob os falsos ou verdadeiros sentimentos, uma espécie de alegria feroz que reunia amigos e inimigos, a tribo dos cadastrados, das prostitutas, dos chulos, das mulheres por conta, dos vigaristas, dos arrebentas, dos gatunos, dos receptadores, era o batalhão maldito que atravessava a cidade, abriam-se as janelas para os ver desfilar, despejara-se o pátio dos milagres, e os moradores arrepiavam-se de susto, quem sabe se não vai ali quem amanhã lhes assaltará a casa, Olha mãezinha, isto dizem as crianças, mas para elas tudo é festa. Ricardo Reis acompanhou o funeral até ao Paço da Rainha, aí parou, já havia mulheres que deitavam olhares furtivos para aquele senhor tão bem-posto, quem será, são curiosidades femininas, naturais em quem faz vida de avaliar os homens. Sumiu-se o préstito na esquina da rua, pela direcção que leva certamente irá para o Alto de S. João, salvo se virar ali adiante, à esquerda, a caminho de Benfica, uma estafa, para onde de certeza não vai é para os Prazeres, e é pena, perde-se um edificante exemplo das igualdades da morte, juntar-se o Mouraria ao poeta Fernando Pessoa, que conversas teriam os dois à sombra dos ciprestes, a ver entrar os barcos nas tardes calmosas, cada um deles explicando ao outro como se arrumam as palavras para compor um conto-do-vigário ou um poema. À noite, enquanto servia a sopa, Ramón explicou ao doutor Ricardo Reis que aquelas roupas encarnadas não eram nem luto nem falta de respeito pelo falecido, mas sim um costume do bairro, vestiam-se aqueles trajes em dias assinalados, nascimento, casamento e morte, ou procissão, quando a havia, que disso não se lembra, nessa altura ainda não tinha vindo da Galiza, são histórias que ouviu contar, Não sei se o senhor doutor viu lá no funeral uma mulher vistosa, assim alta, de olhos pretos, bem vestida, devia ir de xale de merino, Havia tantas, homem, uma chusma, quem era essa, Era a amante do Mouraria, uma cantatriz, Não, se estava não reparei, Que mulher, de estalo, e tem cá uma voz, quem lhe deitará agora as unhas é que eu gostava de saber, Eu não vou ser, Ramón, e creio que você também não, Quem a mim ma dera, senhor doutor, quem a mim ma dera, mas uma fêmea daquelas demanda muitas posses, claro que isto é só um falar da boca para fora, comichão de dentes, a gente sempre tem de dizer alguma coisa, não é, Parece que sim, mas então as tais roupas encarnadas, Acho que ainda devem vir do tempo dos mouros, são vestes de mafarrico, moda cristã não pode ser. Ramón foi atender outros hóspedes, depois, na volta, ao mudar o prato, pediu a Ricardo Reis que lhe explicasse, agora ou mais logo, quando tivesse tempo, as notícias que estavam a vir de Espanha, sobre as eleições que ia haver, e quem é que, em sua opinião, ganharia, Não é por mim, que eu estou bem, é pelos meus parentes da Galiza, que ainda os tenho, apesar de terem emigrado muitos, Para Portugal, Para todo o mundo, isto é modo de dizer, claro, mas, entre irmãos, sobrinhos e primos, anda-me a família espalhada por Cuba, Brasil e Argentina, até no Chile tenho um afilhado. Ricardo Reis disse-lhe o que sabia pelos jornais, que a voz corrente era de que ganhariam as direitas, e que Gil Robles afirmara, Sabe quem é Gil Robles, Ouvi falar, Pois esse disse que quando chegar ao poder porá termo ao marxismo e à luta de classes e implantará a justiça social, sabe o que é o marxismo, Ramón, Eu não, senhor doutor, E a luta de classes, Também não, E a justiça social, Com a justiça, graças a Deus, nunca tive nada, Bem, daqui por poucos dias já se saberá quem ganhou as eleições, provavelmente fica tudo na mesma, Quando mal, nunca pior, dizia o meu avô, O seu avô tinha razão, Ramón, o seu avô era um sábio.

Seria ou não, ganhou a esquerda. No dia seguinte ainda os jornais anunciavam que, pelas primeiras impressões, a direita tinha ganho em dezassete províncias, mas, contados os votos todos, viu-se que a esquerda elegera mais deputados que o centro e a direita juntos. Começaram a correr boatos de estar em preparação um golpe militar, em que estariam envolvidos os generais Goded e Franco, mas os boatos foram desmentidos, o presidente Alcalá Zamora encarregou Azaña de formar governo, vamos ver o que isto dará, Ramón, se vai ser bom ou mau para a Galiza. Aqui, andando pelas nossas ruas, vêem-se caras carregadas, outras, mais raras, dissimulam, se aquele brilho dos olhos não é contentamento é o diabo por ele, mas quando se escreveu essa palavra, Aqui, não é sequer a Lisboa toda, muito menos o país, sabemos nós lá o que se passa no país, Aqui é só estas trinta ruas entre o Cais do Sodré e S. Pedro de Alcântara, entre o Rossio e o Calhariz, como uma cidade interior cercada de muros invisíveis que a protegem de um invisível sítio, vivendo conjuntos os sitiados e os sitiantes, Eles, de um lado e do outro assim mutuamente designados, Eles, os diferentes, os estranhos, os alheios, todos mirando-se com desconfiança, sopesando uns o poder que têm e querendo mais, outros deitando contas à sua própria força e achando-a pouca, este ar de Espanha que vento trará, que casamento. Fernando Pessoa explicou, É o comunismo, não tarda, depois fez por parecer irónico, Pouca sorte, meu caro Reis, veio você fugido do Brasil para ter sossego no resto da vida e afinal alvorota-se o vizinho do patamar, um dia destes entram-lhe aí pela porta dentro, Quantas vezes será preciso dizer-lhe que se regressei foi por sua causa, Ainda não me convenceu, Não faço questão de convencê-lo, apenas lhe peço que se dispense de dar opinião sobre este assunto, Não fique zangado, Vivi no Brasil, hoje estou em Portugal, em algum lugar tenho de viver, você, em vida, era bastante inteligente para perceber até mais do que isto, É esse o drama, meu caro Reis, ter de viver em algum lugar, compreender que não existe lugar que não seja lugar, que a vida não pode ser não vida, Enfim, estou a reconhecê-lo, E a mim de que me serve não ter esquecido, O pior mal é não poder o homem estar no horizonte que vê, embora, se lá estivesse, desejasse estar no horizonte que é, O barco onde não vamos é que seria o barco da nossa viagem, Ah, todo o cais, É uma saudade de pedra, e agora que já cedemos à fraqueza sentimental de citar, dividido por dois, um verso do Álvaro de Campos que há-de ser tão célebre quanto merece, console-se nos braços da sua Lídia, se ainda dura esse amor, olhe que eu nem isso tive, Boa noite, Fernando, Boa noite, Ricardo, vem aí o carnaval, divirta-se, nestes próximos dias não conte comigo. Tinham-se encontrado num café de bairro, de gente popular, meia dúzia de mesas, ninguém ali sabia quem eles eram. Fernando Pessoa voltou atrás, tornou a sentar-se, Veio-me agora uma ideia, era você disfarçar-se de domador, bota alta e calção de montar, casaco encarnado de alamares, Encarnado, Sim, encarnado é o próprio, e eu vinha de morte, vestido com uma malha preta e os ossos pintados nela, você a estalar o chicote, eu a assustar as velhas, vou-te levar, vou-te levar, a apalpar as raparigas, num baile de máscaras a prémio nós ganhávamos, Nunca foi bailarim, Nem é preciso, as pessoas só iam ter ouvidos para o chicote e olhos para os ossos, Já não estamos em idade para divertimentos, Fale por si, não por mim, eu deixei de ter idade, com esta declaração levantou-se Fernando Pessoa e saiu, chovia na rua, e o empregado do balcão disse para o freguês que ficara, O seu amigo, sem gabardina nem guarda-chuva, vai-se molhar todo, Ele até gosta, já se habituou.

Quando Ricardo Reis regressou ao hotel, sentiu pairar na atmosfera uma febre, uma agitação, como se todas as abelhas duma colmeia tivessem endoidecido, e, tendo na consciência aquele conhecido peso, logo pensou, Descobriu-se tudo. No fundo é um romântico, julga que no dia em que se souber da sua aventura com Lídia virá abaixo o Bragança com o escândalo, é neste medo que vive, se não será antes o mórbido desejo de que tal venha a acontecer, contradição inesperada em homem que se diz tão despegado do mundo, afinal ansioso por que o mundo o atropele, mal ele suspeita que a história já é conhecida, murmurada entre risinhos, foi obra do Pimenta, que não era pessoa para se ficar por meias palavras. Em inocência andam os culpados, e Salvador também ainda não está informado, que justiça irá ele decretar quando qualquer destes dias um denunciante invejoso, homem ou mulher, lhe for dizer, Senhor Salvador, isto é uma vergonha, a Lídia e o doutor Reis, bom seria que respondesse, repetindo o antigo exemplo, Aquele de vós que se achar sem pecado, atire a primeira pedra, há pessoas que por honrarem o nome que lhes deram são capazes dos mais nobres gestos. Entrou Ricardo Reis na recepção, temeroso, estava Salvador falando ao telefone, aos gritos, mas logo se percebia que era por ser a ligação deficiente, Parece que estou a ouvi-lo no fim do mundo, está lá, está lá, sim senhor doutor Sampaio, preciso de saber quando vem, está, está, agora estou a ouvir melhor, é que de repente fiquei com o hotel quase cheio, porquê, por causa dos espanhóis, sim, da Espanha, está a vir muita gente de lá, chegaram hoje, então dia vinte e seis, depois do carnaval, muito bem, ficam reservados os dois quartos, não senhor doutor, ora essa, em primeiro lugar estão os clientes amigos, três anos não são três dias, cumprimentos à menina Marcenda, olhe, senhor doutor, está aqui o senhor doutor Reis que também manda cumprimentos, e era verdade, Ricardo Reis, por sinais e palavras que nos lábios se podiam ler, mas não ouvir, mandava cumprimentos, e fazia-o por duas razões, em outra ocasião teria sido primeira razão manifestar-se junto de Marcenda, mesmo por intermédio de terceira pessoa, agora era razão exclusiva acamaradar com Salvador, mostrar-se como igual seu, desta maneira lhe retirando autoridade, parece isto contradição insanável e não o é, a relação entre as pessoas não se resolve na mera operação de somar e subtrair, em seu aritmético sentido, quantas vezes julgámos acrescentar e ficámos com um resto nas mãos, quantas outras julgávamos diminuir e saiu-nos o contrário, nem sequer simples adição, mas multiplicação. Salvador desligou o telefone, triunfante, conseguira manter com a cidade de Coimbra uma conversação coerente e conclusiva, e agora respondia a Ricardo Reis que lhe perguntara, Há novidade, É que de repente entraram-me três famílias espanholas, duas de Madrid e uma de Cáceres, vêm fugidas, Fugidas, Sim, por causa de terem os comunistas ganho as eleições, Não foram os comunistas, foram as esquerdas, É tudo o mesmo, Mas vêm mesmo fugidas, Até os jornais falam disso, Não reparei. A partir de agora já não o poderá dizer. Ouvia falar castelhano por detrás das portas, não que se tivesse posto à escuta, mas a sonora língua de Cervantes chega a todo o lado, tempo houve em que na volta do mundo foi falar comum, nós, por nós, nunca chegámos a tanto. Que era gente de dinheiro viu-se ao jantar, pelo modo como vestiam, pelas jóias que mostravam, elas e eles, uma profusão de anéis, botões de punho, alfinetes de gravata, broches, pulseiras, escravas, argolas, brincos, colares, fios, cordões, gargantilhas, misturando o ouro e os brilhantes com pinceladas de rubi, esmeralda, safira e turquesa, e falavam alto, de mesa para mesa, em alarde de triunfal desgraça, se faz sentido reunir palavras tão contrárias num conceito só. Ricardo Reis não encontra outras para conciliar o tom imperioso e o lamento vingativo, diziam, Los rojos e torciam injuriosamente os lábios, esta sala de jantar do Bragança mais parece um palco de teatro, não tarda muito que entre em cena o gracioso Clarín de Calderón para dizer, Escondido, desde aqui toda la fiesta he de ver, entende-se que seja a festa espanhola vista de Portugal, pues ya la muerte no me hallará, dos higas para la muerte. Os criados, Felipe, Ramón, há um terceiro, mas esse é português da Guarda, andam alvoroçados, nervosos, eles que já viram tanto na vida, não é a primeira vez que servem compatriotas, mas assim, em tão grande número e por tais razões, jamais, e não reparam, não repararam ainda, que as famílias de Cáceres e Madrid lhes não falam como a bem-amados patrícios que a infelicidade reuniu, quem está de parte vê mais e observa melhor, no mesmo tom em que dizem Los rojos diriam Los gallegos, tirando o ódio e pondo o desprezo. Ramón já se sentiu, algum olhar lhe deitaram torvo, alguma palavra lhe atiraram má, que estando a servir Ricardo Reis não se conteve, Escusavam bem de trazer tanta jóia para a sala de jantar, ninguém lá lhas iria roubar aos quartos, este hotel é uma casa séria, ora ainda bem que Ramón o declara, para ser de oposta opinião não chegou saber que Lídia vai ao quarto do hóspede, o ponto de vista moral varia muito, os outros também, às vezes por mínimos factos, muitas mais por abalos do sentimento próprio, agora tocado o de Rámon e por isso se chegando a Ricardo Reis. Porém, sejamos justos, ao menos quanto em nosso poder couber, esta gente que está veio trazida pelo medo, trouxe as jóias, os dinheiros do banco, o que foi possível em tão repentina fuga, de que haveriam eles de viver, se aí chegassem com as mãos a abanar é duvidoso que Rámon, instado à caridade, lhes desse ou emprestasse sequer um duro, e por que o haveria de fazer, não está nos mandamentos da lei de Cristo, e se para casos de dar e emprestar tem validade o segundo deles, Amarás o teu próximo como a ti mesmo, não bastaram dois mil anos para que a Ramón o amassem estes seus próximos de Madrid e Cáceres, mas diz o autor de Conspiração que vamos em bom caminho, a Deus graças, capital e trabalho, provavelmente para decidir quem calcetará a estrada é que se reuniram em jantar de confraternização, nas termas do Estoril, os nossos procuradores e deputados.

Não fosse este mau tempo que não há meio de despegar, dia e noite, e não dá descanso a lavradores e outros agrícolas, com inundações que são as piores desde há quarenta anos, dizem-no os registos e a memória dos velhos, e seria supino o carnaval este ano, tanto pelo que lhe é próprio como pelo que, não sendo efeito da época, a há-de assinalar no juízo do porvir. Foi já relatado que estão entrando a flux os refugiados espanhóis, que o ânimo se lhes não quebre e poderão encontrar na nossa terra, em abundância, diversões que na deles costumam ser letra-morta, muito mais agora. Mas os motivos do nosso próprio contentamento, esses sobejariam, quer seja a ordem dada pelo governo para que se comece a estudar a construção duma ponte sobre o Tejo, ou o decreto que regulará o uso dos automóveis do Estado para representação e serviço oficial, ou o bodo a trabalhadores do Douro, com cinco quilos de arroz, cinco quilos de bacalhau e dez escudos por cabeça, que não espante a excessiva prodigalidade, o bacalhau é o que temos de mais barato, e por estes dias discursará um ministro a preconizar a criação duma sopa dos pobres em cada freguesia, e o mesmo ministro, vindo dos lados de Beja, declarará aos jornais, Verifiquei no Alentejo a importância da beneficência particular na debelação da crise do trabalho, o que, traduzindo para português de todos os dias, quer dizer, Uma esmolinha senhor patrão por alma de quem lá tem. Porém, melhor que tudo, por vir de mais subida instância, logo abaixo de Deus, foi proclamar o cardeal Pacelli que Mussolini é o maior restaurador cultural do império romano, ora este purpurado, pelo muito que já sabe e o mais que promete vir a saber, merece ser papa, oxalá não se esqueçam dele o Espírito Santo e o conclave quando chegar o feliz dia, ainda agora andam as tropas italianas a fuzilar e a bombardear a Etiópia, e já o servo de Deus profetiza império e imperador, ave-césar, ave-maria.

Ai como é diferente o carnaval em Portugal. Lá nas terras de além e de Cabral, onde canta o sabiá e brilha o Cruzeiro do Sul, sob aquele céu glorioso, e calor, e se o céu turvou, ao menos o calor não falta, desfilam os blocos dançando avenida abaixo, com vidrilhos que parecem diamantes, lantejoilas que fulgem como pedras preciosas, panos que talvez não sejam sedas e cetins mas cobrem e descobrem os corpos como se o fossem, nas cabeças ondeiam plumas e penas, araras, aves-do-paraíso, galos silvestres, e o samba, o samba terramoto da alma, até Ricardo Reis, sóbrio homem, muitas vezes sentiu moverem-se dentro de si os refreados tumultos dionisíacos, só por medo do seu corpo se não lançava no turbilhão, saber como estas coisas começam, ainda podemos, mas não como irão acabar. Em Lisboa não corre esses perigos. O céu está como tem estado, chuvoso, mas, vá lá, não tanto que o corso não possa desfilar, vai descer a Avenida da Liberdade, entre as conhecidas alas de gente pobre, dos bairros, é certo que também há cadeiras para quem as puder alugar, mas essas irão ter pouca freguesia, estão numa sopa, parece partida carnavalesca, senta-te aqui ao pé de mim, ai que fiquei toda molhada. Estes carros armados rangem, bamboleiam, pintalgados de figuras, em cima deles há gente que ri e faz caretas, máscaras de feio e de bonito, atiram com parcimónia serpentinas ao público, saquinhos de milho e feijão que acertando aleijam, e o público retribui com um entusiasmo triste. Passam algumas carruagens abertas, levando provisão de guarda-chuvas, acenam lá de dentro meninas e cavalheiros que atiram confetti uns aos outros. Alegrias destas também as há entre o público, por exemplo, está esta rapariga a olhar o desfile e vem por trás dela um rapaz com uma mão cheia de papelinhos, aperta-lhos contra a boca, esfrega freneticamente e vai aproveitando a surpresa para a apalpar onde pode, depois ela fica a cuspinhar, a cuspinhar, enquanto ele afastado ri, são modos de galantear à portuguesa, há casamentos que começaram assim e são felizes. Usam-se bisnagas para atirar ao pescoço ou à cara das pessoas esguichos de água, ainda conservam o nome de lança-perfumes, é o que resta, o nome, do tempo em que foram suave violência nos salões, depois desceram à rua, muita sorte é ser limpa esta água, e não de sarjeta, como também se tem visto. Ricardo Reis aborreceu-se depressa com a farrapagem do corso, mas assistiu a pé firme, qualquer coisa que tivesse para fazer não era mais importante do que estar aqui, por duas vezes chuviscou, outra vez caiu forte a chuva, e ainda há quem cante louvores ao clima português, não digo que não, mas para carnavais não serve. No fim do dia, já terminado o desfile, o céu limpou, tarde foi, os carros e carruagens seguiram para o seu destino, lá ficarão a enxugar até terça-feira, retocam-lhes as pinturas deslavadas, põem-se os festões a secar, mas os mascarados, mesmo pingando das melenas e cadilhos, vão continuar a festa por essas ruas e praças, becos e travessas, em vãos de escada para o que não se possa confessar ou cometer às claras, assim se praticando por maior rapidez e barateza, a carne é fraca, o vinho ajuda, o dia das cinzas e do esquecimento será só na quarta-feira. Ricardo Reis sente-se um pouco febril, talvez tenha apanhado um resfriamento a ver passar o corso, talvez a tristeza cause febre, a repugnância delírio, até aí ainda não chegou. Um xexé veio meter-se com ele, armado com o seu facalhão de pau e o bastão, batendo um contra o outro, com grande estrépito, bêbado, a pedir equivocamente, Dá cá uma pançadinha, e arremetia ao poeta, de barriga esticada para a frente, avolumada por um postiço, almofada ou rolo de trapos, uma risota, aquele papo-seco de chapéu e gabardina a esquivar-se ao velho do entrudo, trajado de bicórnio, casaca de seda, calção e meia, Dá cá uma pançadinha, o que ele queria era dinheiro para vinho. Ricardo Reis deu-lhe umas moedas, o outro fez uns passos de dança grotescos, batendo com a faca e o pau, e seguiu, levando atrás de si um cortejo de garotos, mais os acólitos da expedição.

Num carrinho, como de bebé, era levado, com as pernas de fora, um marmanjão de cara pintada, touca na cabeça, babeiro ao pescoço, fingindo chorar, se é que não chorava mesmo, até que o mostrunço que fazia de ama lhe chegava à boca um biberão de vinho tinto em que ele mamava sofregamente, com grande gáudio do público reunido, donde, de repente, saía a correr um rapazola que, rápido como o raio, ia apalpar o vasto seio fingido da ama e deitava logo a fugir, enquanto o outro berrava com voz rouca, de não duvidoso homem, Anda cá ó filho dum cabrão não fujas, anda cá apalpar-me aqui, e juntava o gesto à palavra com ostensividade suficiente para que as senhoras e mulheres desviassem os olhos depois de terem visto, o quê, ora, nada de importância, a ama tem um vestido que lhe desce até meio da perna, foi só o volume da anatomia, agarrada com as duas mãos, uma inocência. É o carnaval português. Passa um homem de sobretudo, transporta, sem dar por isso, um cartaz fixado nas costas, um rabo-leva pendurado por um alfinete curvo, Vende-se este animal, até agora ninguém quis saber o preço, mesmo havendo quem diga, ao passar-lhe à frente, Tal é a besta que não sente a carga, o homem ri-se dos divertimentos que vai encontrando, riem-se os outros dele, enfim desconfiou, levou a mão atrás, arrancou o papel, rasgou-o furioso, todos os anos é assim, fazem-nos estas partidas e de cada vez comportamo-nos como se fosse a primeira. Ricardo Reis vai descansado, sabe que é difícil fixar um alfinete numa gabardina, mas as ameaças surgem de todos os lados, agora desceu velozmente de um primeiro andar um basculho preso por uma guita, atirou-lhe o chapéu ao chão, lá em cima riem esganiçadas as duas meninas da casa, No carnaval nada parece mal, clamam elas em coro, e a evidência do axioma é tão esmagadora e convincente que Ricardo Reis se limita a apanhar do chão o chapéu sujo de lama, segue calado o seu caminho, já reviu e reconheceu o carnaval de Lisboa, são horas de voltar ao hotel. Felizmente há as crianças.

Andam aí pelas mãos das mães, das tias, das avós, mostram as máscaras, mostram-se, não há maior felicidade para elas do que esta de parecerem o que não são, vão às matinées, enchem as plateias e os balcões de um mundo bizarro, de manicómio, têm saquinhos de gaze com serpentinas, as faces pintadas de vermelhão ou alvaiade, com sinais postiços, atrapalham-se nas saias compridas ou de balão, doem-lhes os pés, torcem a boca e os dentes de leite para segurar um cachimbo, esborrata-se o bigode ou a suíça, sem dúvida o melhor do mundo são as crianças, principalmente quando precisamos de uma rima para danças. Ei-los, os inocentinhos, sabe Deus se trajando como mais gostariam ou se apenas representando um sonho dos adultos que escolheram e pagaram o aluguer do fato, são holandeses, saloios, lavadeiras, oficiais de marinha, fadistas, damas antigas, criadas de servir, magalas, fadas, oficiais do exército, espanholas, galinheiras, pierrots, guarda-freios, ovarinas, pajens, estudantes de capa e batina, tricanas, polícias, palhaços ricos, faz-tudos, piratas, cow-boys, domadores, cossacos, floristas, ursos, ciganas, marinheiros, campinos, pastores, enfermeiras, arlequins, e depois hão-de ir aos jornais para serem fotografados e aparecerem amanhã, algumas das crianças mascaradas que visitaram a nossa redacção, tiraram, para o fotógrafo, as máscaras que por acréscimo de disfarce às vezes também usam, mesmo a misteriosa mascarilha de colombina, é bom que fique reconhecível o rosto para que a avó possa deleitar-se de puro gozo, É a minha netinha, depois com amorosa tesoura recorta o retrato, vai para a caixa das recordações, aquela verde em forma de baú que há-de cair no cais, agora estamos rindo, chegará o dia em que teremos vontade de chorar. É quase noite, Ricardo Reis arrasta os pés, será cansaço, será tristeza, será da febre que julga ter, um frio rápido arrepanhou-lhe as costas, chamaria um táxi se não fosse o hotel já tão perto, Daqui por dez minutos estarei metido na cama, nem janto, murmurou, neste mesmo instante apareceu-lhe, vindo do lado do Carmo, um cortejo de carpideiras, tudo homens vestidos de mulher, com excepção dos quatro gatos-pingados que transportavam ao ombro o esquife onde ia deitado um outro homem que fazia de morto, com os queixos atados e as mãos postas, aproveitaram não estar a chover e saíram com a mascarada à rua, Ai o meu querido marido que não o torno a ver, gritava em falsete um estupor carregado de crepes, e uns que faziam de órfãs, Ai o meu querido paizinho que tanta falta nos faz, ao redor corriam outros pedindo ajuda para o enterro, que o pobrezinho já morreu há três dias e começa a cheirar mal, e era verdade, alguém teria rebentado por ali garrafinhas de ácido sulfídrico, os mortos não costumam cheirar a ovos podres, foi o que se pôde arranjar de mais parecido. Ricardo Reis deu umas moedas, ainda bem que tinha trazido trocados, e ia continuar o seu caminho, Chiado acima, quando de repente lhe pareceu ver um vulto singular no meio do acompanhamento, ou seria, pelo contrário, tratando-se de funeral, mesmo fingido, a mais que todas lógica presença da morte. Era uma figura vestida de preto, com um tecido que se cingia ao corpo, talvez malha, e sobre o negro da veste o traçado completo dos ossos, da cabeça aos pés, a tanto pode chegar o gosto da mascarada. Tornou Ricardo Reis a arrepiar-se, desta vez sabendo porquê, lembrara-se do que lhe dissera Fernando Pessoa, seria ele, É absurdo, murmurou, nunca faria tal coisa, e se a fizesse não viria juntar-se a estes vadios, talvez se pusesse à frente dum espelho, isso sim, porventura vestido desta maneira conseguiria ver-se. Enquanto isto ia dizendo, ou apenas pensando, aproximou-se para ver melhor, o homem tinha a altura, a compleição física de Fernando Pessoa, apenas parecia mais esbelto, mas seria da malha que vestia, favorece sempre. A figura olhou-o rapidamente e afastou-se para o fim do cortejo, Ricardo Reis foi atrás dela, viu-a subir a Calçada do Sacramento, vulto espantoso, agora só ossos no quase negrume do ar, parecia que se pintara com tinta fosforescente, e, ao deslocar-se mais depressa, era como se deixasse atrás de si rastos luminosos. Atravessou o Largo do Carmo, enfiou, quase a correr, pela Rua da Oliveira, escura e deserta, mas Ricardo Reis via-o distintamente, nem perto nem longe, um esqueleto a andar, igualzinho àquele em que aprendera na faculdade de Medicina, o taco do calcâneo, a tíbia e o perónio, o fémur, os ossos ilíacos, o pilar das vértebras, a gaiola das costelas, as omoplatas como asas que não puderam crescer, as cervicais sustentando o crânio lívido e lunar. As pessoas com quem se cruzava gritavam, Eh morte, eh estafermo, mas o mascarado não respondia, nem virava a cabeça, sempre a direito, em passo rápido, subiu as Escadinhas do Duque a dois e dois, ágil criatura, não podia ser o Fernando Pessoa, que, apesar da sua educação britânica, nunca foi homem de proezas musculares. Também o não é Ricardo Reis, com desculpa por ser fruto de pedagogia jesuíta, já a ficar para trás, mas o esqueleto parou no alto da escada, olhando para baixo, como se estivesse a dar-lhe tempo, depois atravessou o largo, meteu pela Travessa da Queimada, aonde me levará esta morte mofina, e eu, por que vou eu atrás dela, pela primeira vez duvidou se seria homem o mascarado, seria mulher, ou nem mulher nem homem, apenas morte. É homem, pensou, quando viu o vulto entrar numa taberna, recebido com gritos e palmas, Olha a máscara, olha a morte, e, espreitando, estava a beber um copo de vinho, ao balcão, o esqueleto todo empinado para trás, tinha o peito chato, não podia ser mulher. O mascarado não se demorou, saiu logo, e Ricardo Reis não teve tempo de afastar-se, procurar um esconderijo, ainda deu uma corridinha, mas o outro alcançou-o na esquina, viam-se-lhe os dentes verdadeiros, e as gengivas brilhando de verdadeira saliva, e a voz não era de homem, era de mulher, ou a meio caminho entre macho e fêmea, Olha lá, ó burguesso, por que é que andas atrás de mim, és maricas, ou estás com pressa de morrer, Não senhor, de longe julguei que era um amigo meu, mas pela voz já vi que não é, E quem é que te diz que não estou a fingir, realmente a voz agora era outra, indecisa também, porém de maneira diferente, então Ricardo Reis disse, Desculpe, e o mascarado respondeu com uma voz que parecia a de Fernando Pessoa, Vai bardamerda, e voltando as costas desapareceu na noite que se fechava. Como disseram as meninas do basculho, é assim no carnaval, nada parece mal. Recomeçara a chover.

A noite foi de febre, mal dormida. Antes de se estender, fatigado, na cama, Ricardo Reis tomou dois comprimidos de cafiaspirina, meteu o termómetro na axila, passava dos trinta e oito, era de esperar, isto deve ser ponta de gripe, pensou. Adormeceu, acordou, sonhara com grandes planícies banhadas de sol, com rios que deslizavam em meandros entre as árvores, barcos que desciam solenes a corrente, ou alheios, e ele viajando em todos, multiplicado, dividido, acenando para si mesmo como quem se despede, ou como se com o gesto quisesse antecipar um encontro, depois os barcos entraram num lago, ou estuário, águas quietas, paradas, ficaram imóveis, dez seriam, ou vinte, qualquer número, sem vela nem remo, ao alcance da voz, mas não podiam entender-se os marinheiros, falavam ao mesmo tempo, e como eram iguais as palavras que diziam e em igual sequência não se ouviam uns aos outros, por fim os barcos começaram a afundar-se, o coro das vozes reduzia-se, sonhando tentava Ricardo Reis fixar as palavras, as derradeiras, ainda julgou que o tinha conseguido, mas o último barco foi ao fundo, as sílabas desligadas, soltas, borbulharam na água, exalação da palavra afogada, subiram à superfície, sonoras, porém sem significado, adeus não era, nem promessa, nem testamento, e que o fossem, sobre as águas já não havia ninguém para ouvir. Também discutiu consigo mesmo, dormindo ou acordado, se a máscara era Fernando Pessoa, primeiro concluiu que sim, mais tarde refutou o que lhe parecia ser uma lógica aparente em nome do que julgava ser a lógica profunda, quando tornasse a encontrá-lo havia de perguntar-lhe, diria ele a verdade, não diria, Ó Reis, então você não viu que se tratou duma brincadeira, ia-me lá eu agora fantasiar de morte, medievalmente, um morto é uma pessoa séria, ponderada, tem consciência do estado a que chegou, e é discreto, detesta a nudez absoluta que o esqueleto é, e quando aparece, ou se comporta como eu, assim, usando o fatinho com que o vestiram, ou embrulha-se na mortalha se lhe dá para querer assustar alguém, coisa a que eu, aliás, como homem de bom gosto e respeito que me prezo de continuar a ser, nunca me prestaria, faça-me você essa justiça, Não valia a pena ter-lhe perguntado, murmurou. Acendeu a luz, abriu The god of the labyrinth, leu página e meia, percebeu que se falava de dois jogadores de xadrez, mas não chegou a concluir se eles jogavam ou conversavam, as letras confundiram-se-lhe diante dos olhos, largou o livro, agora estava à janela da sua casa do Rio de Janeiro, via ao longe aviões que largavam bombas sobre a Urca e a Praia Vermelha, o fumo subia em grandes novelos negros, mas não se ouvia qualquer som, provavelmente ensurdecera, ou então nunca fora dotado do sentido da audição, incapaz portanto de representar na mente, com a ajuda dos olhos, o rebentar das granadas, as salvas desencontradas da fuzilaria, os gritos dos feridos, se a tão grande distância podiam ouvir-se. Acordou alagado em suor, o hotel estava envolto no grande silêncio nocturno, adormecidos os hóspedes, até os fugitivos espanhóis, se de repente os acordássemos e lhes perguntássemos, Onde está, responderiam, Estou em Madrid, Estou em Cáceres, engana-os o conforto da cama, nos altos do prédio dorme porventura Lídia, umas noites desce, outras não, agora já combinam os encontros, em grande segredo vai ela ao quarto dele, noite dentro, esmoreceu o alvoroço das primeiras semanas, é natural, de todo o tempo o mais rápido é o da paixão, que também nestas ligações desiguais a ardente palavra tem cabimento, além disso convém desarmar as desconfianças, se as há, a maledicência, se murmura, pelo menos não se mostram às claras, talvez o Pimenta não tenha ido além daquela maliciosa insinuação, é certo que pode haver outras poderosas razões, biológicas, por assim dizer, como estar Lídia com as suas regras, o período, com os ingleses, segundo o dito popular, chegaram à barra os casacas vermelhas, desaguadoiro do corpo feminino, rubro derrame. Acordou, tornou a acordar, uma luz cinzenta, fria e baça, ainda mais noite que dia, coada pela persiana descida, pelos vidros, pelas cortinas, desenhava o reposteiro mal fechado, o seu contorno, passava sobre o espelhado dos móveis uma aguada levíssima, o quarto gelado amanhecia como uma paisagem gris, felizes os animais hibernantes, sibaritas prudentes, até certo ponto senhores inconscientes da sua própria vida, pois não há notícia de ter morrido um deles enquanto dormisse. Outra vez tomou Ricardo Reis a temperatura, continuava com febre, depois tossiu, arranjei-a bonita, não há dúvida. O dia, que tanto parecera demorar, abriu-se de súbito como uma porta rápida, o murmúrio do hotel juntou-se ao da cidade, segunda-feira de carnaval, dia seguinte, em que quarto ou cova estará acordando ou ainda dorme o esqueleto do Bairro Alto, se calhar nem se despiu, assim como andara pelas ruas se meteu na cama, também dorme sozinho, coitado, mulher viva largaria aos gritos se entre lençóis um ósseo braço a cingisse, mesmo do amado, Nada somos que valha, somo-lo mais que em vão, estes versos, recordados, disse-os Ricardo Reis em voz alta, repetiu-os murmurando, depois pensou, Tenho de me levantar, não ia ficar deitado todo o dia, constipação ou gripe não pedem mais que resguardo, remédios poucos. Ainda dormitou, abriu os olhos repetindo, Tenho de me levantar, queria lavar-se, fazer a barba, detestava os pêlos brancos na cara, mas era mais tarde do que supunha, não olhara o relógio, agora estavam batendo à porta, Lídia, o pequeno-almoço. Levantou-se, pôs o roupão pelos ombros, meio atordoado, os chinelos a fugirem-lhe dos pés, foi abrir. Habituada a encontrá-lo lavado, barbeado e penteado, Lídia, primeiro, pensou que ele recolhera tarde, que andara por bailes e aventuras, Quer que volte mais tarde, perguntou, e ele, enquanto regressava, aos tropeções, para a cama, com uma súbita vontade de ser tratado e assistido como uma criança, respondeu, Estou doente, não tinha sido isso que ela lhe perguntara, pousou o tabuleiro na mesa, aproximou-se da cama, ele já se deitara, num gesto simples pôs-lhe a mão na testa, Está com febre, bem o sabia Ricardo Reis, para alguma coisa lhe serve ser médico, mas, ouvindo outra pessoa dizê-lo, sentiu pena de si mesmo, colocou uma das mãos sobre a mão de Lídia, fechou os olhos, se não for mais que estas duas lágrimas poderei retê-las assim, como retinha aquela mão castigada de trabalhos, áspera, quase bruta, tão diferente das mãos de Cloe, Neera e a outra Lídia, dos afuselados dedos, das cuidadas unhas, das macias palmas de Marcenda, da sua única mão viva, quero dizer, a esquerda é morte antecipada, Deve ser gripe, mas eu vou-me levantar, Ai isso é que não vai, capaz de me apanhar uma ponta de ar, depois vem uma pneumonia, Eu é que sou o médico, Lídia, eu é que sei, não é caso para me deixar ficar deitado, feito inválido, só preciso que alguém me vá à farmácia buscar dois ou três remédios, Sim senhor, alguém há-de ir, vou eu, ou vai o Pimenta, mas da cama é que não sai, toma o pequeno-almoço antes que arrefeça, depois arranjo-lhe e arejo-lhe o quarto, e, isto dizendo, Lídia forçava brandamente Ricardo Reis a sentar-se, compunha-lhe o travesseiro, trazia a bandeja, juntava o leite ao café, punha açúcar, partia as torradas, estendia a compota, corada de alegria, se pode dar contentamento a uma mulher ver o homem amado prostrado num leito de dor, olhá-lo com esta luz nos olhos, ou será inquietação e cuidado, tanto que parece sentir ela a febre de que ele se queixou, é outra vez o conhecido fenómeno de ter o mesmo efeito diferentes causas. Ricardo Reis deixou-se aconchegar, rodear de atenções, rápidos afloramentos de dedos, como se o estivessem ungindo, se primeira ou última unção é difícil saber, acabara de beber o café com leite e sentia-se deliciosamente sonolento, Abre-me aí o guarda-fato, está uma mala preta ao fundo, à direita, traz-ma aqui, obrigado, da mala tirou um bloco de receitas, impressas ao alto as folhas, Ricardo Reis, clínica geral, Rua do Ouvidor, Rio de Janeiro, quando principiou este bloco não podia suspeitar que tão longe viria terminá-lo, ou apenas continuá-lo, é assim a vida, sem firmeza, ou tendo-a tão própria que sempre nos surpreende. Escreveu algumas linhas, disse, Não vás tu à farmácia, a não ser que te mandem, entrega a receita ao senhor Salvador, ele é que deve dar as ordens, e ela saiu, levou a receita e a bandeja, mas primeiro deu-lhe um beijo na testa, teve esse atrevimento, uma serviçal, uma criada de hotel, imagine-se, talvez tenha o direito, o dito natural, outro não, assim ele lho não retire, que essa é a condição absoluta. Ricardo Reis sorriu, fez um gesto vago com os dedos da mão que ia resguardar-se debaixo do lençol, a fugir do frio, e voltou-se para o lado da parede. Adormeceu logo, indiferente ao aspecto que sabia ter, os cabelos grisalhos despenteados, a barba despontando, a pele baça e húmida da febre nocturna. Um homem pode estar doente, mais gravemente ainda do que este, e ter o seu momento de felicidade, qual seja, tão-só o de sentir-se como uma ilha deserta que uma ave sobrevoou, de passagem apenas, trazida e levada pelo inconstante vento.

 Nesse dia e no seguinte, Ricardo Reis não saiu do quarto. Foi visitá-lo Salvador, o Pimenta informou-se, todo o pessoal do hotel deseja as melhoras do senhor doutor. Mais por concertação tácita do que em cumprimento duma ordem formal, Lídia assumiu plenamente as funções de enfermeira assistente, sem conhecimentos da arte, excepto os que constituem a herança histórica das mulheres, mudar a roupa da cama, acertar a dobra do lençol, levar o chá de limão, o comprimido à hora marcada, a colher de xarope, e, perturbadora intimidade só dos dois conhecida, aplicar, em fricção enérgica, a tintura de mostarda nas barrigas das pernas do paciente, com vista a puxar às extremidades inferiores os humores que no peito e cabeça pesavam, ou, se este não era o fito da medicação, outro seria de não menos cabal substância. Com tantas tarefas a seu cargo, ninguém se espantava que Lídia passasse todo o tempo no quarto duzentos e um, e se alguém por ela perguntava e recebia por resposta, Está com o senhor doutor, a malícia só se atrevia a mostrar a ponta da unha, guardando para mais tarde a bicada inevitável, o ferrão, o colmilho pontiagudo. E contudo nada pode ser mais inocente do que este gesto e palavra, Ricardo Reis recostado no travesseiro, Lídia insistindo, Só mais esta colher, é o caldo de galinha que ele se recusa a acabar, por fastio, para ser rogado também, jogo que parecerá ridículo a quem estiver de perfeita e feliz saúde, e talvez realmente o seja, que em verdade não está Ricardo Reis tão doente que não pudesse alimentar-se pelos seus próprios meios e forças, porém eles dois é que sabem. E se acaso um mais perturbante contacto os aproxima, pôr-lhe ele a mão no seio, por exemplo, disto não passam, talvez por uma certa dignidade que haja na doença, certo seu sagrado carácter, ainda que nesta religião não sejam raras as heresias, os atentados contra o dogma, desmandos de intimidade maior, como chegou a ser atrevido por ele, ela é que se negou, Pode fazer-lhe mal, louvemos o escrúpulo da enfermeira, da amante o pudor, como sabe, quer e à sua custa aprendeu. São pormenores que se escusariam, mas faltam outros de maior tomo, falar das chuvas e temporais que nestes dois dias redobraram, com grave dano do corso pingão de terça-feira gorda, já tanto fatiga quem diz como quem ouve, e dos eventos exteriores, que esses não faltam, se duvida que importem à matéria, como ter aparecido morto em Sintra um homem que em Dezembro tinha desaparecido, de seu nome Luís Uceda Ureña, mistério que vai ficar indevassável nos anais do crime até hoje, quiçá até ao Dia do Juízo, se nem mesmo nessa altura falarem as testemunhas, assim sendo não restam mais que estes dois, hóspede e criada, enquanto dele se não retirar a gripe ou constipação, depois voltará Ricardo Reis ao mundo, Lídia às vassouras, ambos ao amplexo nocturno, rápido ou demorado consoante a urgência e a vigilância. Amanhã, que é quarta-feira, chegará Marcenda, disto não se esqueceu Ricardo Reis, mas descobre, e se a descoberta o surpreende é de uma maneira igualmente alheada, que a doença lhe embotou os fios da imaginação, afinal a vida não é muito mais que estar deitado, convalescendo duma enfermidade antiga, incurável e recidivante, com intervalos a que chamamos saúde, algum nome lhes havíamos de dar, vista a diferença que há entre os dois estados. Marcenda virá aí, com a sua mão pendurada, à procura dum impossível remédio, virá com ela o pai, notário Sampaio, muito mais ao cheiro duma saia do que à esperança de ver a filha curada, se não terá sido antes por ter perdido essa esperança que vem desafogar-se sobre um seio decerto pouco diferente deste que Ricardo Reis agora mesmo conseguiu reter junto de si, já Lídia rão se recusa tanto, até ela, que nada sabe de medicinas, pode ver que o senhor doutor está muito melhor.

É na manhã de quarta-feira que vêm trazer uma contrafé a Ricardo Reis. Levou-lha o próprio Salvador, em mão de gerente, dada a importância do documento e a sua proveniência, a Polícia de Vigilância e Defesa do Estado, entidade até agora não mencionada por extenso, calhou assim, hoje está calhando o contrário, não é por não se falar das coisas que elas não existem, temos aqui um bom exemplo, parecia que nada podia haver no mundo de mais importante que estar Ricardo Reis doente e Lídia assistindo-o, em vésperas de chegar Marcenda, e neste meio tempo um escriturário esteve a preencher o impresso que haveria de ser trazido aqui, sem que nenhum de nós o suspeitasse, É assim a vida, meu senhor, ninguém sabe o que nos reserva o dia de amanhã. Em diferente sentido está reservado Salvador, a cara, não diríamos fechada, como uma nuvem de inverno, mas perplexa, a expressão de quem, ao verificar o balancete do mês, encontra um saldo inferior ao que lhe fora prometido pelo simples cálculo mental, Tem aqui uma contrafé, diz, e os olhos fixam-se no objecto dela como desconfiadamente examinariam a coluna de parcelas, Onde está o erro, vinte e sete e cinco trinta e três, quando deveríamos saber que não passam de trinta e dois, Uma contrafé, para mim, com razão se espanta Ricardo Reis, pois o seu único delito, ainda assim não costumavelmente punido por estas polícias, é receber a horas mortas uma mulher na sua cama, se tal é crime. Mais do que o papel, em que ainda não pegou, inquieta-o a expressão de Salvador, a mão dele que parece tremer um pouco, Donde é que isso vem, mas ele não respondeu, certas palavras não devem ser pronunciadas em voz alta, apenas segredadas, ou transmitidas por sinais, ou silenciosamente lidas como agora as lê Ricardo Reis, disfarçando as maiúsculas por serem tão ameaçadoras, polícia de vigilância e defesa do estado, Que é que eu tenho que ver com isto, faz a pergunta com displicente alarde, acrescenta-lhe uma adenda tranquilizadora, Há-de ser algum engano, di-lo para benefício do desconfiado Salvador, agora nesta linha ponho a minha assinatura, tomei conhecimento, no dia dois de Março lá estarei, às dez horas da manhã, Rua António Maria Cardoso, fica aqui muito perto, primeiro sobe a Rua do Alecrim até à esquina da igreja, depois vira à direita, ainda outra vez à direita, adiante há um cinema, o Chiado Terrasse, do outro lado da rua está o Teatro de S. Luís, rei de França, são bons lugares para distrair-se uma pessoa, artes de luz e de palco, a polícia é logo a seguir, não tem nada que errar, ou terá sido por ter errado tanto que o chamaram cá. Retirou-se o grave Salvador para levar ao emissário e mensageiro a garantia formal de que o recado fora entregue, e Ricardo Reis, que já se levantou da cama e repousa no sofá, lê e torna a ler a intimação, queira comparecer para ser ouvido em declarações, mas porquê, ó deuses, se eu nada fiz que me possa ser apontado, não devo nem empresto, não conspiro, ainda mais me convenço de que não vale a pena conspirar depois de ler a Conspiração, obra por Coimbra recomendada, tenho aqui a voz de Marília a ressoar-me aos ouvidos, O papá esteve para ser preso há dois dias, ora, quando estas coisas sucedem aos papás, que fará aos que o não são. Já todo o pessoal do hotel sabe que o hóspede do duzentos e um, o doutor Reis, aquele que veio do Brasil há dois meses, foi chamado à polícia, alguma ele teria feito por lá, ou por cá, quem não queria estar na pele dele bem eu sei, ir à PVDE, vamos a ver se o deixam sair, contudo, se fosse caso de prisão não lhe tinham mandado a contrafé, apareciam aí e levavam-no. Quando ao princípio da noite Ricardo Reis descer para jantar, sente-se já bastante sólido das pernas para não ficar no quarto, verá como o vão olhar os empregados, como subtilmente se afastarão dele, não procede Lídia desta desconfiada maneira, entrou no quarto mal Salvador acabara de descer ao primeiro andar, Dizem que foi chamado à polícia internacional, está alarmada a pobre rapariga, Fui, tenho aqui a contrafé, mas não há motivo para preocupações, deve ser qualquer coisa de papéis, Deus o ouça, que dessa gente, pelo que tenho ouvido, não se pode esperar nada de bom, às coisas que o meu irmão me tem contado, Não sabia que tinhas um irmão, Não calhou dizer-lhe, nem sempre dá para falar das vidas, Da tua nunca me disseste nada, Só se me perguntasse, e não perguntou, Tens razão, não sei nada de ti, apenas que vives aqui no hotel e sais nos teus dias de folga, que és solteira e sem compromisso que se veja, Para o caso, chegou, respondeu Lídia com estas quatro palavras, quatro palavras mínimas, discretas, que apertaram o coração de Ricardo Reis, é banal dizê-lo, mas foi tal qual assim que ele as sentiu, coração apertado, provavelmente nem a mulher se deu conta do que dissera, só queria lastimar-se, e de quê, ou nem sequer tanto, apenas verificar um facto indesmentível, como se declarasse, Olha, está a chover, afinal de contas saiu-lhe da boca espontânea a amarga ironia, como nos romances se escreve, Eu, senhor doutor, sou uma simples criada, mal sei ler e escrever, portanto não preciso de ter vida, e se a tivesse, que vida poderia ser a minha que a si lhe interessasse, desta maneira poderíamos continuar a multiplicar palavras por palavras, e muito mais, as quatro ditas, Para o caso, chegou, fosse isto duelo de espada e estaria Ricardo Reis sangrando. Vai Lídia a retirar-se, sinal de que não falou por acaso, há frases que pareceram espontâneas, produto da ocasião, e só Deus sabe que mós as moeram, que filtros as filtraram, invisivelmente, por isso quando alcançam a exprimir-se caem como sentenças salomónicas, o melhor, depois delas, teria sido o silêncio, o melhor seria que um dos dois interlocutores se ausentasse, o que as disse, ou o que as ouviu, mas no geral não é assim que procedem, as pessoas falam, falam, até que vem a perder-se por completo o sentido daquilo que, em um instante, foi definitivo e irrefragável, Que coisas te tem contado o teu irmão, e ele quem é, perguntou Ricardo Reis. Já Lídia não saiu, dócil voltou atrás e veio explicar, foi sol de pouca dura o bote fulminante, Meu irmão está na marinha, Qual marinha, A marinha de guerra, é marinheiro do Afonso de Albuquerque, É mais velho ou mais novo do que tu, Fez vinte e três anos, chama-se Daniel, Também não sei o teu apelido, O nome da minha família é Martins, Da parte do teu pai ou da parte da tua mãe, Da parte da minha mãe, sou filha de pai incógnito, nunca conheci o meu pai, Mas o teu irmão, É meio-irmão, o pai dele morreu, Ah, O Daniel é contra a situação e tem-me contado, Vê lá tu se tens bastante confiança em mim, Oh, senhor doutor, se eu não tivesse confiança em si. De duas uma, ou Ricardo Reis é de todo inábil esgrimista, descuidado na guarda, ou esta Lídia Martins é amazona de arco, flecha e durindana, salvo se deveremos considerar ainda uma terceira hipótese, estarem afinal os dois desprevenidamente falando, sem cuidarem das recíprocas fraquezas e forças, muito menos de subtilidades de analista, só entregues à conversação ingénua, ele sentado, por seu direito e convalescença, ela de pé, por sua obrigação de subalterna, talvez surpreendidos por tanto terem para dizer um ao outro, são extensos estes discursos se os compararmos com a brevidade dos diálogos nocturnos, pouco mais que o elementar e primitivo murmúrio dos corpos. Ficou Ricardo Reis a saber que a polícia onde terá de apresentar-se na segunda-feira é lugar de má fama e de obras piores que a fama, coitado de quem nas mãos lhe caia, ele são as torturas, ele são os castigos, ele são os interrogatórios a qualquer hora, não que o conhecesse Daniel por experiência própria, repete só o que lhe contaram, por enquanto, como tantos de nós, mas, se são verdadeiros os rifões, atrás de tempo tempo vem, são mais as marés que os marinheiros, ninguém sabe para o que está guardado, Deus é o administrador do futuro e não dá parte das suas intenções a jeito de nos precavermos, ou é mau gerente desse capital, como se desconfia, pois nem o seu próprio destino foi capaz de prever, Então lá na marinha não gostam do governo, resumiu Ricardo Reis, e Lídia limitou-se a encolher os ombros, não eram suas as subversivas opiniões, eram do Daniel, marinheiro, irmão mais novo, mas homem, que de homens são geralmente estas ousadias, não de mulheres, quando alguma coisa vieram a saber foi porque lha contaram, agora vê lá, não vás dar com a língua nos dentes, esta já deu, mas foi por bem.

Ricardo Reis desceu antes de o relógio dar as horas, não por urgências de apetite, mas por repentina curiosidade, saber se teria havido outras entradas de espanhóis, se chegaram Marcenda e o pai, pensou em Marcenda, disse mesmo o nome dela em voz baixa, e ficou a observar-se atentamente, como um aprendiz de químico que misturou um ácido e uma base e agita o tubo de ensaio, não viu muito, é sempre assim se a imaginação não ajudar, o sal que daquilo resultou já era esperado, tantos são os milénios que andamos nisto de misturar sentimentos, ácidos e bases, homens e mulheres. Lembrou-se do alvoroço adolescente com que a olhara pela primeira vez, então a si mesmo insinuou que o moviam simpatia e compaixão por aquela pungente enfermidade, a mãozinha caída, o rosto pálido e triste, e depois aconteceu aquele longo diálogo diante do espelho, árvore do conhecimento do bem e do mal, não tem nada que aprender, basta olhar, que palavras extraordinárias teriam trocado os seus reflexos, não pôde captá-las o ouvido, só repetida a imagem, repetido o mexer dos lábios, contudo, talvez no espelho se tenha falado uma língua diferente, talvez outras palavras se tenham dito naquele cristalino lugar, então outros foram os sentidos expressos, parecendo que, como sombra, os gestos se repetiam, outro foi o discurso, perdido na inacessível dimensão, perdido também, afinal, o que deste lado se disse, apenas conservados na lembrança alguns fragmentos, não iguais, não complementares, não capazes de reconstituir o discurso inteiro, o deste lado, insista-se, por isso os sentimentos de ontem não se repetem nos sentimentos de hoje, ficaram pelo caminho, irrecuperáveis, pedaços do espelho partido, a memória. Enquanto desce a escada para o primeiro andar, tremem um pouco as pernas a Ricardo Reis, nem admira, a gripe costuma deixar as pessoas assim, muito ignorantes da matéria seríamos se cuidássemos que esse tremor é efeito dos pensamentos, ainda menos daqueles que laboriosamente aí ficaram ligados, não é coisa fácil pensar quando se vai a descer uma escada, qualquer de nós pode fazer a experiência, atenção ao quarto degrau.

Salvador estava ao balcão atendendo o telefone, tomava notas com um lápis, dizia, Muito bem sim senhor às suas ordens, e compôs um sorriso mecânico e frio que queria parecer nada mais que distraído, ou estaria a frieza no olhar parado, como este do Pimenta, que já se esqueceu das boas gorjetas, algumas a despropósito, Então o senhor doutor está melhorzinho, mas o olhar não diz isto, diz, Bem me queria a mim parecer que havia mistério na tua vida, estes olhos não conseguirão dizer outra coisa enquanto Ricardo Reis não for à polícia e voltar, se voltar. Agora entrou o suspeito na sala de estar, contra o costume ruidosa de palavras castelhanas, parece um hotel da Gran Via, os murmúrios que logram fazer-se ouvir nos intervalos são modestas locuções de lusitanos, a voz do pequeno país que somos, tímida até em sua própria casa, ou, como também de tímidos é uso, subindo às alturas do falsete para afirmar verdadeiras ou pretensas sabedorias da língua de lá, Usted, Entonces, Muchas gracias, Pero, Vaya, Desta suerte, ninguém é perfeito português se não falar outra língua melhor que a sua própria. Marcenda não estava, mas estava o doutor Sampaio, de conversa com dois espanhóis que lhe explicavam a situação política do país vizinho em paralelo com a narrativa da odisseia que havia sido a fuga dos lares, Gracias a Dios que vivo a tus pies llego, como disse o outro. Ricardo Reis pediu licença, sentou-se na extremidade do sofá maior, ficava distante do doutor Sampaio, melhor assim, que de todo não lhe apetecia entrar no diálogo hispano-português, agora só o preocupava saber se Marcenda viera ou em Coimbra ficara. O doutor Sampaio não dera mostras de ter dado pela sua chegada, acenava gravemente com a cabeça enquanto ouvia Don Alonso, desdobrava a atenção quando acudia Don Lorenzo ao pormenor esquecido, e não desviou os olhos nem mesmo quando Ricardo Reis, ainda padecendo das sequelas da sua gripe, teve um ataque de tosse violento, que o deixou arfante e a enxugar os olhos. Abriu depois Ricardo

Reis um jornal, ficou a saber que tinha rebentado no Japão um movimento de oficiais do exército que queriam que fosse declarada guerra à Rússia, desde essa manhã que conhecia a notícia, mas apreciava-a agora com uma atenção insistente, ponderava, reflectia, dava tempo ao tempo, descerá Marcenda, se veio, hás-de falar-me, doutor Sampaio, tanto faz que o queiras como não, tenho de ver se tens os olhos parados como os do Pimenta, que de Salvador te ter contado já que vou à polícia não duvido.

Deram as oito horas, soou o inútil gongo, alguns hóspedes levantaram-se e saíram, a conversa além esmorecia, os espanhóis descruzavam a perna impaciente, mas o doutor Sampaio retinha-os, garantia-lhes que em Portugal poderiam viver em paz pelo tempo que quisessem, Portugal é um oásis, aqui a política não é coisa do vulgo, por isso há tanta harmonia entre nós, o sossego que vêem nas ruas é o que está nos espíritos. Mas os espanhóis já tinham ouvido doutras vezes e doutras bocas estas declarações de emboras e boas-vindas, não é o estômago órgão que com elas possa satisfazer-se, por isso com três palavras se despediram, tinham a família à espera que a fossem chamar aos quartos, hasta pronto. O doutor Sampaio deu então com os olhos em Ricardo Reis, exclamou, Estava aí, não o tinha visto, como tem passado, mas Ricardo Reis viu bem que quem estava a olhar para si era o Pimenta, ou o Salvador, não se distinguiam gerente, doutor e carregador, todos desconfiados, Eu vi-o, mas não quis interromper, fez boa viagem, sua filha como está, Na mesma, nem melhor nem pior, é a nossa cruz, dela e minha, Um dia um e outro verão recompensada a vossa persistência, são tratamentos muito demorados, e tendo dito este pouco calaram-se, contrafeito o doutor Sampaio, irónico Ricardo Reis, que benevolamente lançou um graveto para a fogueira que se apagava, Cá li o livro que me recomendou, Qual livro, O da Conspiração, não se lembra, Ah, pois, provavelmente não gostou, não apreciou, Ora essa, admirei muito a excelente doutrina nacionalista, a vernácula linguagem, a pujança dos conflitos, a finura do bisturi psicológico, sobretudo aquela generosa alma de mulher, sai-se da leitura como de um banho lustral, creio mesmo que para muitos portugueses esse livro será como um segundo baptismo, um novo Jordão, e Ricardo Reis rematou a apologia dando ao rosto uma como que expressão discretamente transfigurada, com o que acabou de desconcertar-se o doutor Sampaio, embaraçado pela contradição que havia entre estes louvores e a contrafé de que, em confidência, lhe falara Salvador, Ah, foi o que disse, quase cedendo ao impulso da simpatia primeira, mas teve mais força a suspeita, resolveu mostrar-se reservado, cortar as pontes, pelo menos enquanto o caso não fosse esclarecido, Vou ver se a minha filha já está pronta para o jantar, e saiu rapidamente. Ricardo Reis sorriu, retomou o jornal, decidido a ser o último a entrar na sala de jantar. Daí a pouco ouviu a voz de Marcenda, depois o pai que lhe respondia, Jantamos com o doutor Reis, isto perguntara ela, e ele, Não está nada combinado, o resto da conversa, se mais chegou a haver, passou-se do outro lado das portas envidraçadas, podia ter sido assim, Como vês, nem cá está, além disso tive conhecimento aí dumas coisas, não é muito conveniente que nos mostremos juntos em público, Que coisas, pai, Chamaram-no à polícia de defesa do Estado, imagina, para falar francamente não me surpreende, sempre achei que havia ali um mistério qualquer, À polícia, Sim, à polícia, e logo esta, Mas ele é médico, veio do Brasil, Sabemos nós lá, ele é que diz que é médico, e pode ter vindo fugido, Ora, pai, Tu és uma criança, não conheces a vida, olha, vamos sentar-nos àquela mesa, o casal é espanhol, parece gente fina, Preferia estar sozinha consigo, pai, As mesas estão todas ocupadas, ou juntamo-nos a quem está, ou esperamos, mas eu prefiro sentar-me já, quero saber notícias da Espanha, Está bem, meu pai. Ricardo Reis voltara para o seu quarto, mudou de ideias, pediu que lhe levassem o jantar, Ainda me sinto um pouco fraco, disse, e Salvador assentiu apenas com a cabeça, sem dar maior confiança. Nessa noite, ao serão, Ricardo Reis escreveu uns versos, Como as pedras que na orla dos canteiros o fado nos dispõe, e ali ficamos, isto só, mais tarde veria se de tão pouco poderia fazer uma ode, para continuar a dar tal nome a composições poéticas que ninguém saberia cantar, se cantáveis eram, e com que música, como tinham sido as dos gregos, no tempo deles. Ainda acrescentou, meia hora passada, Cumpramos o que somos, nada mais nos é dado, e arredou a folha de papel, murmurando, Quantas vezes já terei eu escrito isto doutras maneiras. Estava sentado no sofá, virado para a porta, o silêncio pesava-lhe sobre os ombros como um duende malicioso. Então ouviu um deslizar macio de pés no corredor, é Lídia que aí vem, tão cedo, mas não era, por baixo da porta apareceu um papel dobrado, branco, avançava muito devagar, depois com um movimento brusco foi projectado para diante. Ricardo Reis não abriu a porta, compreendeu que não o deveria fazer. Sabia quem viera, quem escrevera aquela folha, tão seguro estava disso que nem teve pressa de levantar-se, ficou a olhar o papel, agora meio aberto, Foi mal dobrado, pensou, vincado à pressa, escrito a correr, numa letra nervosa, aguda, pela primeira vez via esta caligrafia, como será que escreve, talvez coloque um peso na parte superior da folha para a manter segura, ou se sirva da mão esquerda como pesa-papéis, ambos inertes, ou uma dessas molas de aço usadas nos cartórios para juntar documentos, Tive pena de não o ver, diz, mas foi melhor assim, meu pai só quer estar com os espanhóis, e porque, mal chegámos, logo lhe disseram da sua chamada à polícia, fugirá a que o vejam consigo. Mas eu gostaria de lhe falar, nunca poderei esquecer a sua ajuda. Amanhã, entre as três e as três e meia, passarei no Alto de Santa Catarina, se quiser conversaremos um pouco. Uma donzela de Coimbra marca, em furtivo bilhete, encontro com o médico de meia-idade que veio do Brasil, talvez fugido, pelo menos suspeito, que quinta das lágrimas se estará preparando aqui.

No dia seguinte Ricardo Reis almoçou na Baixa, voltou aos Irmãos Unidos, por nenhuma razão particular, acaso o atraiu o simples nome do restaurante, quem nunca teve irmãos, e de amigos se vê privado, sofre de nostalgias assim, pior se o corpo está fraco, não tremem com os efeitos da gripe apenas as pernas, mas também a alma, como em outra ocasião foi observado. O dia está encoberto, um pouco frio. Ricardo Reis sobe devagar a Rua do Carmo, vai olhando as montras, ainda é cedo para o seu encontro, tenta lembrar-se se alguma vez viveu situação igual, tomar uma mulher a iniciativa de dizer-lhe, Esteja em tal parte, às tantas horas, e não se recorda, as vidas são cheias de surpresas. Porém, mais do que as surpresas das vidas surpreende-o não se sentir nervoso, seria natural, o recato, o segredo, a clandestinidade, e é como se o envolvesse uma névoa ou tivesse dificuldade em concentrar a atenção, no fundo de si mesmo talvez nem acredite que Marcenda vá aparecer. Entrou na Brasileira para descansar um pouco as pernas, bebeu um café, ouviu falar uns que deviam ser literatos, dizia-se mal de pessoa ou animal, É uma besta, e como esta conversa se cruzava com outra, intrometeu-se acto contínuo uma voz autoritária que explicava, Eu recebi directamente de Paris, alguém comentou, Há quem afirme o contrário, não soube a quem a frase se dirigira, nem o seu significado, seria ou não seria besta, viera ou não viera de Paris. Ricardo Reis saiu, eram três menos um quarto, tempo de ir andando, atravessou a praça onde puseram o poeta, todos os caminhos portugueses vão dar a Camões, de cada vez mudado consoante os olhos que o vêem, em vida sua braço às armas feito e mente às musas dada, agora de espada na bainha, cerrado o livro, os olhos cegos, ambos, tanto lhos picam os pombos como os olhares indiferentes de quem passa. Ainda não são três horas quando chega ao Alto de Santa Catarina. As palmeiras parecem transidas pela aragem que vem do largo, mas as rígidas lanças das palmas mal se mexem. Não consegue Ricardo Reis lembrar-se se já aqui estavam estas árvores há dezasseis anos, quando partiu para o Brasil. O que de certeza não estava era este grande bloco de pedra, toscamente desbastado, que visto assim parece um mero afloramento de rocha, e afinal é monumento, o furioso Adamastor, se neste sítio o instalaram não deve ser longe o cabo da Boa Esperança. Lá em baixo, no rio, vogam fragatas, um rebocador arrasta atrás de si dois batelões, os navios de guerra estão amarrados às bóias, com a proa apontada à barra, sinal de que a maré está a encher. Ricardo Reis pisa o saibro húmido das áleas estreitas, o barro mole, não há outros contempladores neste miratejo se não contarmos dois velhos, sentados no mesmo banco, calados, provavelmente conhecem-se há tanto tempo que já lhes falta de que falarem, talvez andem só a ver quem morrerá primeiro. Friorento, levantando a gola da gabardina, Ricardo Reis aproximou-se da grade que rodeia a primeira vertente do morro, pensar que deste rio partiram, Que nau, que armada, que frota pode encontrar o caminho, e para onde, pergunto eu, e qual, Ó Reis, você por aqui, está à espera de alguém, esta voz é de Fernando Pessoa, ácida, irónica, virou-se Ricardo Reis para o homem vestido de preto que estava a seu lado, agarrando os ferros com as mãos brancas, não era isto que eu esperava quando para cá naveguei sobre as ondas do mar, Espero uma pessoa, sim, Ah, mas você não está nada com boa cara, Tive uma ponta de gripe, deu forte, passou depressa, Este sítio não é o mais conveniente para a sua convalescença, aqui exposto aos ventos do mar largo, É só uma brisa que vem do rio, não me incomoda, E é mulher essa pessoa que você espera, É mulher, Bravo, vejo que você se cansou de idealidades femininas incorpóreas, trocou a Lídia etérea por uma Lídia de encher as mãos, que eu bem a vi lá no hotel, e agora está aqui à espera doutra dama, feito D. João nessa sua idade, duas em tão pouco tempo, parabéns, para mil e três já não lhe falta tudo, Obrigado, pelo que vou aprendendo os mortos ainda são piores que os velhos, se lhes dá para falar perdem o tento na língua, Tem razão, se calhar é o desespero de não terem dito o que queriam enquanto foi tempo de lhes aproveitar, Fico prevenido, Não adianta estar prevenido, por mais que você fale, por mais que todos falemos, ficará sempre uma palavrinha por dizer, Nem lhe pergunto que palavra é essa, Faz muito bem, enquanto calamos as perguntas mantemos a ilusão de que poderemos vir a saber as respostas, Olhe, Fernando, eu não quereria que o visse esta pessoa por quem espero, Esteja descansado, o pior que poderá acontecer é ela vê-lo de longe a falar sozinho, mas isso não é coisa em que se repare, todos os apaixonados são assim, Não estou apaixonado, Pois muito o lamento, deixe que lhe diga, o D. João ao menos era sincero, volúvel mas sincero, você é como o deserto, nem sombra faz, Quem não tem sombra é você, Perdão, sombra tenho, desde que o queira, não posso é olhar-me num espelho, Agora me fez lembrar, diga-me cá, afinal sempre se mascarou de morte no entrudo, Ó Reis, então você não viu que se tratou duma brincadeira, ia-me lá eu agora fantasiar de morte, medievalmente, um morto é uma pessoa séria, ponderada, tem consciência do estado a que chegou, e é discreto, detesta a nudez absoluta que o esqueleto é, e quando aparece, ou se comporta como eu, assim, usando o fatinho com que o vestiram, ou embrulha-se na mortalha se lhe dá para querer assustar alguém, coisa a que eu, aliás, como homem de bom gosto e respeito que me prezo de continuar a ser, nunca me prestaria, faça-me você essa justiça, Já esperava que a resposta fosse essa, ou aproximada, e agora peço-lhe que se vá embora, vem aí a pessoa que eu esperava,

Aquela rapariga, Sim, Nada feia, um pouco magrizela para o meu gosto, Não me faça rir, é a primeira vez na vida que o ouço explicar-se a respeito de mulheres, ó sátiro oculto, ó garanhão disfarçado, Adeus, caro Reis, até um destes dias, deixo-o a namorar a pequena, você afinal desilude-me, amador de criadas, cortejador de donzelas, estimava-o mais quando você via a vida à distância a que está, A vida, Fernando, está sempre perto, Pois aí lha deixo, se é vida isso. Marcenda descia entre os canteiros sem flores, Ricardo Reis subiu ao seu encontro, Estava a falar sozinho, perguntou ela, Sim, de certa maneira, dizia uns versos escritos por um amigo meu que morreu há uns meses, talvez conheça, Como se chamava ele, Fernando Pessoa, Tenho uma vaga ideia do nome, mas não me lembro de alguma vez ter lido, Entre o que vivo e a vida, entre quem estou e sou, durmo numa descida, descida em que não vou, Foram esses os versos que esteve a dizer, Foram, Podiam ter sido feitos por mim, se entendi bem, são tão simples, Tem razão, qualquer pessoa os poderia ter feito, Mas teve de vir essa pessoa para os fazer, É como todas as coisas, as más e as boas, sempre precisam de gente que as faça, olhe o caso dos Lusíadas, já pensou que não teríamos Lusíadas se não tivéssemos tido Camões, é capaz de imaginar que Portugal seria o nosso sem Camões e sem Lusíadas, Parece um jogo, uma adivinha, Nada seria mais sério, se verdadeiramente pensássemos nisso, mas falemos antes de si, diga-me como tem passado, como vai a sua mão, Na mesma, tenho-a aqui, na algibeira, como um pássaro morto, Não deve perder a esperança, Suponho que essa já está perdida, qualquer dia sou capaz de ir a Fátima para ver se a fé ainda pode salvar-me. Tem fé, Sou católica, Praticante, Sim, vou à missa, confesso-me, comungo, faço tudo o que os católicos fazem. Não parece muito convicta, É jeito meu, não pôr muita expressão no que digo. A isto não respondeu Ricardo Reis, as frases, quando ditas, são como portas, ficam abertas, quase sempre entramos, mas às vezes deixamo-nos estar do lado de fora, à espera de que outra porta se abra, de que outra frase se diga, por exemplo esta, que pode servir, Peço-lhe que desculpe o meu pai, o resultado das eleições em Espanha tem-no trazido nervoso, ontem só falou com pessoas que vieram fugidas de lá, e ainda por cima o Salvador foi-lhe logo dizer que o doutor Reis tinha sido chamado à polícia, Mal nos conhecemos, seu pai nada me fez por que eu deva desculpá-lo, de resto, o caso não terá qualquer importância, segunda-feira vou saber o que me querem, responderei ao que me perguntarem, nada mais, Ainda bem que não está preocupado, Não há motivo, não tenho nada que ver com a política, vivi todos estes anos no Brasil, nunca fui inquietado lá, aqui menos razões ainda há para me inquietarem, para lhe falar francamente nem já me sinto português, Querendo Deus tudo irá correr bem, Deus não haveria de gostar de saber que nós acreditamos que as coisas correm mal porque ele não quis que elas corressem bem, São maneiras de dizer, ouvimo-las e repetimo-las, sem pensar, dizemos Deus queira, só as palavras, provavelmente ninguém é capaz de representar na sua cabeça Deus e a vontade de Deus, vai ter de me perdoar esta petulância, quem sou eu para falar assim, É como viver, nascemos, vemos os outros a viverem, pomo-nos a viver também, a imitá-los, sem sabermos porquê nem para quê, É tão triste o que está a dizer, Peço-lhe desculpa, hoje não estou a ajudá-la, esqueci-me das minhas obrigações de médico, devia era agradecer-lhe ter aqui vindo para emendar a atitude do seu pai, Principalmente, vim porque queria vê-lo e falar-lhe, amanhã voltamos para Coimbra, tive medo de não arranjar outra oportunidade, O vento começou a soprar com mais força, agasalhe-se bem, Não se preocupe comigo, eu é que escolhi mal o sítio para nos encontrarmos, devia ter-me lembrado de que esteve doente, de cama,

Uma gripe sem complicações, ou nem isso, um resfriamento, Só volto a Lisboa daqui por um mês, como é costume, vou ficar sem saber o que acontecerá na segunda-feira, Já lhe disse que não tem importância, Mesmo assim, gostaria de saber, Não vejo como, Escreva-me, deixo-lhe a minha morada, não, escreva-me antes para a posta-restante, pode meu pai estar em casa na altura da entrega do correio, Acha que vale a pena, a carta misteriosa enviada de Lisboa com grande segredo, Não faça troça, ser-me-ia muito custoso ter de esperar um mês para saber o que se passou, basta uma palavra, Está combinado, mas se não receber notícias minhas será sinal de que fui metido numa lôbrega enxovia ou estou fechado na mais alta torre deste reino, aonde fará o favor de me ir salvar, Longe vão os agoiros, e agora tenho de ir, combinei encontrar-me com meu pai, vamos ao médico. Marcenda, com a mão direita, ajudou a mão esquerda a sair da algibeira, depois estendeu ambas, por que o teria feito, a mão direita bastava para a despedida, neste momento estão juntas no côncavo das mãos de Ricardo Reis, os velhos olham e não compreendem, Logo, descerei para jantar, mas limitar-me-ei a cumprimentar seu pai de longe, não me aproximarei, assim ele ficará à vontade com os seus novos amigos espanhóis, Ia pedir-lhe isso mesmo, Que não me aproximasse, Que jantasse na sala, assim poderei vê-lo, Marcenda, por que quer ver-me, porquê, Não sei. Afastou-se, subiu o declive, em cima parou para acomodar melhor a mão esquerda no bolso, depois continuou o seu caminho, sem se voltar. Ricardo Reis olhou o rio, estava a entrar um grande vapor, não era o Highland Brigade, a esse tivera tempo de conhecê-lo bem. Os dois velhos conversavam, Podia ser pai dela, disse um, Isto é com certeza arranjinho, disse o outro, Só não percebi o que é que esteve ali aquele tipo de preto a fazer durante este tempo todo, Qual tipo, Aquele que está encostado às grades, Não vejo ninguém, Precisas de óculos, E tu estás bêbado, era sempre assim entre estes dois velhos, começavam por conversar, logo discutiam, acabavam sentados cada qual no seu banco, depois tornavam a juntar-se. Ricardo Reis deixou a grade, ladeou os canteiros, tomou a rua por onde viera. Olhando para a esquerda, por acaso, viu uma casa com escritos no segundo andar. Uma rajada de vento sacudiu as palmeiras. Os velhos levantaram-se. Não parecia ter ficado ninguém no Alto de Santa Catarina.

Quem disser que a natureza é indiferente às dores e preocupações dos homens, não sabe de homens nem de natureza. Um desgosto, passageiro que seja, uma enxaqueca, ainda que das suportáveis, transtornam imediatamente o curso dos astros, perturbam a regularidade das marés, atrasam o nascimento da lua, e, sobretudo, põem em desalinho as correntes do ar, o sobe-e-desce das nuvens, basta que falte um só tostão aos escudos ajuntados para pagamento da letra em último dia, e logo os ventos se levantam, o céu abre-se em cataratas, é a natureza que toda se está compadecendo do aflito devedor. Dirão os cépticos, aqueles que fazem profissão de duvidar de tudo, mesmo sem provas contra ou a favor, que a proposição é indemonstrável, que uma andorinha, passando transviada, não fez a primavera, enganou-se na estação, e não reparam que doutra maneira não poderia ser entendido este contínuo mau tempo de há meses, ou anos, que antes não estávamos nós cá, os vendavais, os dilúvios, as cheias, já se falou o suficiente da gente desta nação para reconhecermos nas penas dela a explicação da irregularidade dos meteoros, somente recordemos aos olvidadiços a raiva daqueles alentejanos, as bexigas de Lebução e Fatela, o tifo de Valbom, e, para que nem tudo sejam doenças, as duzentas pessoas que vivem em três andares de um prédio de Miragaia, que é no Porto, sem luz para se alumiarem, dormindo a esmo, acordando aos gritos, as mulheres em bicha para despejarem as tigelas da casa, o resto componha-o a imaginação, para alguma coisa há-de ela servir-vos. Ora, sendo assim, como irrefutavelmente fica demonstrado, percebe-se que esteja o tempo neste desaforo de árvores arrancadas, de telhados que voam pelos ventos fora, de postes telegráficos derrubados, é Ricardo Reis que vai à polícia, de alma inquieta, a segurar o chapéu para que o tufão lho não leve, se vier a chover na proporção do que sopra, Deus nos acuda. É do sul que o vento se desmanda, pela Rua do Alecrim acima, sempre é uma beneficência, melhor que a dos santos, que só para baixo sabem ajudar. Do itinerário já temos roteiro suficiente, virar aqui na igreja da Encarnação, sessenta passos até à outra esquina, não tem nada que enganar, outra vez o vento, agora soprando de frente, será ele que não deixa andar, serão os pés que se recusam ao caminho, mas horas são horas, este homem é a pontualidade em pessoa, ainda as dez não deram e já entra aquela porta, mostra o papel que daqui lhe mandaram, queira comparecer, e compareceu, está de chapéu na mão, por um instante grotescamente aliviado de não o estar incomodando o vento, mandaram-no subir ao primeiro andar e ele foi, leva a contrafé como uma candeia que vai adiante, apagada, sem ela não saberia aonde encaminhar-se, onde pôr os pés, este papel é um destino que não pode ser lido, assim como o analfabeto a quem mandassem ao carrasco levando uma ordem, Cortar a cabeça ao portador, ele vai, talvez cantando porque lhe amanheceu bem o dia, também a natureza não sabe ler, quando o machado separar a cabeça do tronco se revoltarão os astros, tarde de mais. Está Ricardo Reis sentado num banco corrido, disseram-lhe que esperasse, agora desamparado porque lhe levaram a contrafé, há outras pessoas por ali, fosse isto um consultório médico e estariam conversando umas com as outras, o meu mal é dos pulmões, o meu é do fígado, ou dos rins, onde seja o destes não se sabe, estão calados, se falassem diriam, De repente sinto-me bem, posso ir-me embora, seria uma pergunta, já se vê, também o melhor alívio das dores de dentes é o limiar do dentista. Passou meia hora e não vinham chamar Ricardo Reis, abriam-se e fechavam-se portas, ouviam-se campainhas de telefones, dois homens pararam ali perto, um deles riu alto, Nem sabe o que o espera, e depois sumiram-se ambos por trás de um guarda-vento, Estariam a falar de mim, pensou Ricardo Reis, e sentiu um aperto no estômago, ao menos ficámos a saber do que se queixa. Levou a mão ao bolso do colete para tirar o relógio e ver as horas, quanto tempo já esperara, mas deixou o gesto em meio, não queria que o vissem impaciente. Enfim chamaram-no, não em voz alta, um homem entreabriu o guarda-vento, fez um aceno de cabeça, e Ricardo Reis precipitou-se, depois, por dignidade instintiva, se dignidade é instinto, travou o passo, era a recusa que estava ao seu alcance, disfarçada. Seguiu o homem, que cheirava intensamente a cebola, por um corredor comprido, com portas de um lado e do outro, todas fechadas, ao fundo o guia bateu de leve numa delas, abriu-a, ordenou, Entre, entrou também, um homem que estava sentado a uma secretária disse-lhe, Deixa-te ficar, podes ser preciso, e para Ricardo Reis, apontando uma cadeira, Sente-se, e Ricardo Reis sentou-se, agora com uma irritação nervosa, um mau humor desarmado, Isto é feito assim para me intimidarem, pensou. O da secretária pegou na contrafé, leu-a devagar como se nunca em dias da sua vida tivesse visto semelhante papel, depois pousou-a cuidadosamente no mata-borrão verde, lançou-lhe ainda o último olhar de quem, para não cometer um erro, se certifica finalmente, agora sim, está pronto, A sua identificação, se faz favor, disse, Se faz favor, e estas três palavras fizeram diminuir o nervosismo de Ricardo Reis, é bem verdade que com boa educação tudo se consegue. Tirou da carteira o bilhete de identidade, para o entregar soergueu-se um pouco da cadeira, por causa destes movimentos caiu-lhe ao chão o chapéu, sentiu-se ridículo, outra vez nervoso. O homem leu o bilhete em todas as suas linhas, comparou o retrato com a cara que tinha na sua frente, tomou algumas notas, depois colocou o livrinho fechado ao lado da contrafé, com o mesmo cuidado, Maníaco, pensou Ricardo Reis, mas, em voz alta, respondendo a uma pergunta, Sim senhor, sou médico e vim do Rio de Janeiro há dois meses, Esteve sempre hospedado no Hotel Bragança desde que chegou, Sim senhor, Em que barco viajou, No Highland Brigade, da Mala Real Inglesa, desembarquei em Lisboa no dia vinte e nove de Dezembro, Viajou sozinho, ou acompanhado, Sozinho, É casado, Não senhor, não sou casado, mas eu gostava que me dissessem por que razão fui aqui chamado, que razões há para me chamarem à polícia, a esta, nunca pensei, Quantos anos viveu no Brasil, Fui para lá em mil novecentos e dezanove, as razões, gostaria de saber, Responda só ao que lhe pergunto, deixe as razões comigo, será a maneira de tudo correr bem entre nós, Sim senhor, Já que estamos a falar de razões, foi para o Brasil por alguma razão especial, Emigrei, nada mais, Em geral os médicos não emigram, Eu emigrei, Porquê, não tinha doentes aqui, Tinha, mas queria conhecer o Brasil, trabalhar lá, foi só por isso, E agora voltou, Sim, voltei, Porquê, Os emigrantes portugueses às vezes voltam, Do Brasil quase nunca, Eu voltei, Corria-lhe mal a vida, Pelo contrário, tinha até uma boa clínica, E voltou, Sim, voltei, Para fazer o quê, se não veio fazer medicina, Como sabe que não faço medicina, Sei, Por enquanto não exerço, mas estou a pensar em abrir consultório, em criar outra vez raízes, esta é a minha terra, Quer dizer que de repente lhe deram as saudades da pátria, depois de dezasseis anos de ausência, Assim é, mas tenho de insistir que não compreendo qual é o objectivo deste interrogatório, Não se trata de um interrogatório, como pode verificar as suas declarações nem estão a ser registadas, Menos entendo ainda, Tive curiosidade de conhecê-lo, um médico português que ganhava bem a sua vida no Brasil, e que volta dezasseis anos depois, está hospedado num hotel há dois meses, não trabalha, Já lhe expliquei que vou recomeçar a clínica, Onde, Ainda não procurei consultório, tenho de escolher bem o local, não são questões para decidir levianamente, Diga-me outra coisa, conheceu muita gente no Rio de Janeiro, noutras cidades brasileiras, Não viajei muito, os meus amigos eram todos do Rio, Que amigos, As suas perguntas dirigem-se à minha vida particular, não tenho obrigação de responder-lhes, ou então exijo a presença do meu advogado, Tem advogado, Não tenho, mas posso contratar os serviços de um, Os advogados não entram nesta casa, além disso o senhor doutor não foi acusado de qualquer crime, isto é apenas uma conversa, Será uma conversa, mas não fui eu quem a escolheu, e, pelo teor das perguntas que me estão a ser feitas, tem muito mais de devassa que de conversa, Voltemos ao assunto, que amigos eram esses seus, Não respondo, Senhor doutor Ricardo Reis, se eu estivesse no seu lugar, responderia, é muito melhor para si, escusamos de complicar desnecessariamente o caso, Portugueses, brasileiros, pessoas que começaram por me procurar como médico, e depois as relações que se estabelecem na vida social, não adianta estar aqui a dizer nomes que o senhor não conhece, Esse é o seu engano, eu conheço muitos nomes, Não direi nenhum, Muito bem, tenho outras maneiras de os saber, se for preciso, Como queira, Havia militares entre essas suas amizades, ou políticos, Nunca me dei com pessoas dessas, Nenhum militar, nenhum político, Não posso garantir que não me tenham procurado como médico, Mas desses não ficou amigo, Por acaso não, De nenhum, Sim senhor, de nenhum, Singular coincidência, A vida é toda feita de coincidências, Estava no Rio de Janeiro quando se deu a última revolta, Estava, Não acha que é outra coincidência singular ter voltado para Portugal logo a seguir a uma intentona revolucionária, Tão singular como estar o hotel de que sou hóspede cheio de espanhóis depois das eleições que em Espanha houve, Ah, quer então dizer que fugiu do Brasil, Não foi isso que eu disse, Comparou o seu caso com o dos espanhóis que vieram para Portugal, Foi só para mostrar que há sempre uma causa para um efeito, E o seu efeito, que causa teve, Já lhe disse, sentia saudades do meu país, resolvi voltar, Quer dizer, não foi por medo que regressou, Medo de quê, De ser incomodado pelas autoridades de lá, por exemplo, Ninguém me incomodou nem antes nem depois da revolta, As coisas às vezes levam tempo, nós também só o chamámos aqui ao fim de dois meses, Ainda estou para saber porquê, Diga-me outra coisa, se os revoltosos tivessem ganho, o senhor teria ficado, ou teria voltado, A razão do meu regresso, já lhe disse, não tem nada que ver com políticas nem revoluções, aliás não foi essa a única revolução que houve no Brasil durante o tempo que lá vivi, É uma boa resposta, mas as revoluções não são todas iguais nem querem todas a mesma coisa, Sou médico, não sei nem quero saber de revoluções, a mim só me interessam os doentes, Agora pouco, Voltarei a interessar-me, Durante o tempo que viveu no Brasil teve alguma vez problemas com as autoridades, Sou uma pessoa pacífica, E aqui, reatou relações de amizade desde que chegou, Dezasseis anos bastam para esquecer e ser esquecido, Não respondeu à pergunta, Respondo já, esqueci e fui esquecido, não tenho amigos aqui, Nunca pensou em naturalizar-se brasileiro, Não senhor, Acha Portugal diferente do que era quando partiu para o Brasil, Não posso responder, ainda não saí de Lisboa, E Lisboa, acha-a diferente, Dezasseis anos trazem mudanças, Há sossego nas ruas, Sim, tenho reparado, O governo da Ditadura Nacional pôs o país a trabalhar, Não duvido, Há patriotismo, dedicação ao bem comum, tudo se faz pela nação, Felizmente para os portugueses, Felizmente para si, o senhor também é um deles, Não rejeitarei a parte que me couber na distribuição dos benefícios, tenho visto que estão a ser criadas sopas dos pobres, O senhor doutor não é pobre, Posso vir a sê-lo um dia, Longe vá o agoiro, Obrigado, mas se tal acontecer volto para o Brasil, Em Portugal tão cedo não haverá revoluções, a última foi há dois anos e acabou muito mal para quem se meteu nela, Não sei de que está a falar, nem tenho mais respostas a dar-lhe a partir de agora, Não tem importância, já fiz as perguntas todas, Posso retirar-me, Pode, tem aqui o seu bilhete de identidade, ó Victor acompanha o senhor doutor à porta, o Victor aproximou-se, Venha comigo, saiu-lhe pela boca o cheiro da cebola, Como é possível, pensou Ricardo Reis, tão cedo, e com este cheiro, se calhar é o que come ao pequeno-almoço. No corredor o Victor disse, Estava a ver que o senhor doutor fazia zangar o nosso doutor-adjunto, apanhou-o de boa maré, Fazia-o zangar, como, Recusou-se a responder, desconversou, isso não é bom, o que vale é que o nosso doutor-adjunto tem muita consideração pelos senhores doutores, Eu ainda nem sei por que é que me intimaram a vir aqui, Nem precisa saber, levante as mãos ao céu por tudo ter acabado em bem, Espero que sim, que tenha acabado, e de vez, Ah, isso é que nunca se pode garantir, pronto, cá está, ó Antunes aqui o senhor doutor tem autorização para sair, bom dia senhor doutor, se precisar de alguma coisa, já sabe, fale comigo, eu sou o Victor, estendeu a mão, Ricardo Reis tocou-lha com as pontas dos dedos, sentiu que ia também ficar com o cheiro da cebola, o estômago deu-lhe uma volta, Querem ver que vou vomitar aqui mesmo, mas não, o vento bateu-lhe na cara, sacudiu-o, dissipou-lhe o fumo da náusea, estava na rua e mal soubera como, a porta fechou-se. Antes que chegue Ricardo Reis à esquina da Encarnação cairá uma pancada de água, violenta, amanhã os jornais dirão que têm caído grossas bátegas, noticioso pleonasmo, que bátega já é chover grosso e intenso, caiu, dizíamos, a pancada de água, e os passantes recolheram-se todos aos portais, sacudindo-se como cachorros molhados, agora não vêm a propósito os gatos raivosos, que esses duplamente fogem da água, só um homem continua a descer o passeio do lado do

Teatro S. Luís, com certeza tem hora marcada e vai atrasado, de alma aflita como Ricardo Reis tinha ido, por isso lhe chove tanto em cima, bem podia a natureza ser solidária doutra maneira, por exemplo, mandando um terramoto que soterrasse nos escombros o Victor e o doutor-adjunto, deixando-os a apodrecer até que se dissipasse o cheiro da cebola, até que ficassem só os ossos limpos, se a tanto podem chegar tais corpos.

Quando Ricardo Reis entrou no hotel, o chapéu escorria-lhe como goteira de telhado, a gabardina pingava, era uma gárgula, uma caricata figura, sem nenhuma dignidade de médico, que a de poeta não lha podiam adivinhar Salvador e Pimenta, além de que a chuva, celeste justiça, quando cai, é para todos. Foi à recepção buscar a chave, Ih, como o senhor doutor vem, disse o gerente, mas o tom era dubitante, por baixo do que dissera apontava o que pensava, Em que estado virás tu realmente, como foi que lá te trataram, ou então, mais dramaticamente, Não esperava que voltasses tão cedo, se a Deus tuteamos, ainda que pospondo-lhe ou antepondo-lhe a maiúscula, que confiança não tomaremos, in mente, com um hóspede suspeito de subversões passadas e futuras. Ricardo Reis deu troco apenas ao que ouvira, limitou-se a murmurar, Que carga de água, e precipitou-se escada acima, salpicando a passadeira, daqui a pouco Lídia só terá de seguir o rasto, pegada a pegada, raminho partido, erva derrubada, aonde nos levam devaneios, isso seriam histórias de sertão e selva, aqui é apenas um corredor que leva ao quarto duzentos e um, Então, como foi que se passou, fizeram-lhe mal, e Ricardo Reis responderá, Não, que ideia a tua, correu tudo bem, são pessoas muito educadas, muito correctas, mandam-nos sentar, Mas por que foi que o obrigaram a lá ir, Parece que é costume quando vêm pessoas de fora, passados tantos anos, querem saber se estamos bem, se nos falta alguma coisa, Está a brincar comigo, não é isso que o meu irmão me tem dito, Estou a brincar contigo, de facto, mas fica descansada, passou-se tudo bem, só queriam saber por que é que eu vim do Brasil, o que fazia lá, quais são aqui os meus projectos, Então eles também podem perguntar essas coisas, Fiquei com a impressão de que podem perguntar tudo, e agora vai-te embora, tenho de mudar de roupa para o almoço. Na sala de jantar, o maître Afonso, é Afonso o seu nome, acompanhou-o à mesa, arredando-se meio passo mais que o costume e a pragmática, mas Ramón, que nos últimos dias o servira igualmente como de largo, e logo se apartava para atender outros hóspedes menos tinhosos, demorou-se a verter a concha da canja, Um cheirinho capaz de acordar um morto, senhor doutor, e realmente assim seria, depois daquele cheiro de cebola todo o odor é perfume, Há uma teoria dos cheiros por definir, pensou Ricardo Reis, que cheiro temos nós em cada instante e para quem, para Salvador ainda tenho mau cheiro, Ramón já me suporta, para Lídia, ó engano seu e mau olfacto, estou ungido de rosas. Ao chegar trocara cumprimentos com Don Lorenzo e Don Alonso, e também com Don Camilo, chegado há três dias, apesar das tentativas de abordagem tem-se refugiado numa discreta reserva, o que vai sabendo da situação de Espanha é o que ali ouve, de mesa para mesa, ou o que dizem os jornais, fertilíssimas searas de escalracho, com alusões explícitas à onda de propaganda comunista, anarquista e sindicalista que por toda a parte se vem fazendo junto das classes operárias, dos soldados e dos marinheiros, agora ficamos a compreender melhor por que foi Ricardo Reis chamado à Polícia de Vigilância e Defesa do Estado, a tal, quis lembrar-se das feições do doutor-adjunto que o interrogou e não consegue, apenas vê um anel de pedra preta no dedo mínimo da mão esquerda, e, com esforço, por entre o nevoeiro, um rosto redondo e pálido como uma bolacha que esteve tempo de menos no forno, não consegue distinguir-lhe os olhos, não os tinha, talvez, esteve a falar com um cego. Salvador aparece à porta, discretamente, para ver se o serviço está a correr bem, não que o hotel agora é internacional, e durante o rápido exame encontraram-se os seus olhos com os de Ricardo Reis, sorriu ao hóspede de longe, sorriso diplomático, o que ele quer é saber o que se passou na polícia. Don Lorenzo recita para Don Alonso uma notícia do jornal Le Jour, francês de Paris, em que se chama ao chefe do governo português, Oliveira Salazar, homem enérgico e simples, cuja clarividência e sensatez deram ao seu país a prosperidade e um sentimento de altivez nacional, Así lo necesitamos nosotros, comenta Don Camilo, e levanta o copo de vinho tinto, faz vénia de cabeça na direcção de Ricardo Reis, que agradece com vénia similhante, ainda que altiva para não ser desmentida a opinião e por causa de Aljubarrota que Deus guarde. Salvador retira-se, confortado, numa grande paz de espírito, logo ou amanhã lhe dirá o doutor Ricardo Reis que sucessos foram os da Rua António Maria Cardoso, e, se não disser, ou lhe parecer que não disse tudo, não faltarão outras vias para chegar à boa fonte, um seu conhecido que lá trabalha, o Victor. Então, se forem tranquilizadoras as notícias, se estiver isento de culpas ou limpo de suspeitas Ricardo Reis, voltarão os dias felizes, apenas terá de sugerir-lhe, com delicadeza e tacto, a máxima discrição nesse caso da Lídia, por causa do bom nome, senhor doutor, só por causa do bom nome, isso lhe dirá. Ainda mais justo juízo faríamos da magnanimidade de Salvador se pensássemos no bom arranjo que lhe daria vagar-se o quarto duzentos e um, onde caberia uma família inteira de Sevilha, um grande de Espanha, por exemplo, o duque de Alba, arrepia-se a espinha duma pessoa, só de pensar. Ricardo Reis acabou de almoçar, fez e duas vezes repetiu a vénia, os emigrados ainda saboreavam o queijo da serra, saiu, a Salvador fez um aceno, deixando-o aguado de expectativa, com os olhos húmidos de cão implorativo, e subiu para o quarto, tinha pressa de escrever a Marcenda, posta-restante, Coimbra.

Chove lá fora, no vasto mundo, com tão denso rumor é impossível que, a esta mesma hora, não esteja a chover sobre a terra inteira, vai o globo murmurando águas pelo espaço, como pião zumbidor, E o escuro ruído da chuva é constante em meu pensamento, meu ser é a invisível curva traçada pelo som do vento, que sopra desaforado, cavalo sem freio e à solta, de invisíveis cascos que batem por essas portas e janelas, enquanto dentro deste quarto, onde apenas oscilam, de leve, os transparentes, um homem rodeado de escuros e altos móveis escreve uma carta, compondo e adequando o seu relato para que o absurdo consiga parecer lógico, a incoerência rectidão perfeita, a fraqueza força, a humilhação dignidade, o temor desassombro, que tanto vale o que fomos como o que desejaríamos ter sido, assim o tivéssemos nós ousado quando fomos chamados a contas, sabê-lo já é metade do caminho, basta que nos lembremos disto e não nos faltem as forças quando for preciso andar a outra metade. Hesitou muito Ricardo Reis sobre o vocativo que devia empregar, uma carta, afinal, é um acto melindrosíssimo, a fórmula escrita não admite médios termos, distância ou proximidade afectivas tendem para uma determinação radical que, num caso e no outro, vai acentuar o carácter, cerimonioso ou cúmplice, da relação que a dita carta estabelecerá e que acaba por ser, sempre, de certa decisiva maneira, um modo de relação paralelo à relação real, incoincidentes. Há equívocos sentimentais que justamente começaram assim. Claro está que Ricardo Reis não admitiu, sequer, a hipótese de tratar Marcenda por excelentíssima senhora dona, ou prezada senhora, a tanto não lhe chegaram os escrúpulos de etiqueta, mas, tendo eliminado esta fácil impessoalidade, achou-se sem léxico que não fosse perigosamente familiar, íntimo, por exemplo, minha querida Marcenda, porquê sua, querida porquê, é certo que também podia escrever menina Marcenda ou cara Marcenda, e tentou-o, mas menina pareceu-lhe ridículo, cara ainda mais, depois de algumas folhas rasgadas achou-se com o simples nome, por ele nos devíamos tratar todos, nomeai-vos uns aos outros, para isso mesmo o nome nos foi dado e o conservamos. Então escreveu, Marcenda, conforme me pediu e eu lhe prometi, venho dar notícias, tendo escrito estas poucas palavras parou a pensar, depois continuou, deu as notícias, já foi dito como, compondo e adequando, unindo as partes, preenchendo os vazios, se não disse a verdade, muito menos toda, disse uma verdade, acima de tudo o que importa é que ela faça felizes quem escreve e quem irá ler, que ambos se reconheçam e confirmem na imagem dada e recebida, ideal seja ela, imagem que aliás será única, pois na polícia não ficou auto de declarações que faça fé em juízo, foi apenas uma conversa, como fez o favor de esclarecer o doutor-adjunto. É certo que o Victor esteve presente, foi testemunha, mas esse já não se lembra de tudo, amanhã menos ainda se lembrará, têm outros assuntos a tratar, e bem mais importantes. Se a história deste caso vier a ser contada um dia, não se encontrará outro testemunho, somente a carta de Ricardo Reis, se entretanto não se perder, que é o mais provável, pois certos papéis o melhor é nem os guardar. Outras fontes que venham a descobrir-se serão duvidosas, por apócrifas, ainda que verosímeis, certamente não coincidentes entre si e todas com a verdade dos factos, que ignoramos, quem sabe se, faltando-nos tudo, não teremos nós de inventar uma verdade, um diálogo com alguma coerência, um Victor, um doutor-adjunto, uma manhã de chuva e vento, uma natureza compadecida, falso tudo, e verdadeiro. Rematou Ricardo Reis a sua carta com palavras de respeitosa estima, sinceros votos de boa saúde, debilidade de estilo que se lhe perdoa, e, em post-scriptum, após hesitação, preveniu-a de que talvez não o encontrasse aqui na sua próxima vinda a Lisboa, porque começava a sentir-se enfadado do hotel, esta rotina, precisava de ter casa sua, abrir consultório, é tempo de ver até onde serão capazes de romper as minhas novas raízes, todas elas, esteve para sublinhar as duas últimas palavras, mas preferiu deixá-las assim, na transparência da sua ambiguidade, se eu realmente deixar o hotel, escrever-lhe-ei para esse mesmo endereço, posta-restante, Coimbra. Releu, dobrou e fechou a carta, depois escondeu-a entre os livros, amanhã a levará ao correio, hoje, com este temporal, felizes dos que têm um tecto, mesmo sendo apenas o do Hotel Bragança. Chegou-se Ricardo Reis à janela, afastou as cortinas, mas mal conseguia distinguir o que havia lá fora, a chuva caindo violenta no meio de uma nuvem de água, logo nem isto, embaciava-se a vidraça com o bafo, então, sob o resguardo das persianas, abriu a janela, já o Cais do Sodré se está alagando, o quiosque dos tabacos e aguardentes é uma ilha, o mundo soltou-se do cais, partiu à deriva. Recolhidos na porta duma taberna, do outro lado da rua, dois homens fumavam. Teriam já bebido, enrolaram os seus cigarros de onça, devagar, pausadamente, enquanto falavam sabe Deus de que metafísicas, talvez da chuva que não os deixava ir à vida, daí a pouco sumiram-se no escuro da taberna, se tinham de esperar, ao menos aproveitavam o tempo para mais um copo. Outro homem, vestido de preto e em cabelo, veio à porta sondar os astros, depois desapareceu também, deve ter-se chegado ao balcão, Encha, disse, entenda-se um copo, não um astro, o taberneiro não teve dúvidas. Ricardo Reis fechou a janela, apagou a luz, foi recostar-se, fatigado, no sofá, com uma manta estendida sobre os joelhos, ouvindo o escuro e monótono ruído da chuva, este ruído é verdadeiramente escuro, tinha razão quem o disse. Não adormeceu, tem os olhos muito abertos, envolvido na penumbra como um bicho-da-seda no seu casulo, Estás só, ninguém o sabe, cala e finge, murmurou estas palavras em outro tempo escritas, e desprezou-as por não exprimirem a solidão, só o dizê-la, também ao silêncio e ao fingimento, por não serem capazes de mais que dizer, porque elas não são, as palavras, aquilo que declaram, estar só, caro senhor, é muito mais que conseguir dizê-lo e tê-lo dito.

Para o fim da tarde desceu ao primeiro andar. Queria, cientemente, oferecer a Salvador a oportunidade por que ele ansiava, cedo ou tarde teria de falar-se neste assunto, então mais vale que seja eu a decidir quando e como, Não, senhor Salvador, correu tudo muito bem, foram muito amáveis, a pergunta fora feita com pezinhos delicados, Então, senhor doutor, diga-me cá, conte-me desta manhã, maçaram-no muito, Não, senhor Salvador, correu tudo muito bem, foram muito amáveis, só queriam umas informações acerca do nosso consulado no Rio de Janeiro, que me deviam ter dado um papel assinado, burocracias, enfim. Salvador pareceu aceitar como boa a explicação, até ver, mas em seu íntimo duvidava, céptico como quem já muito viu de hotel e vida, amanhã irá tirar-se de cuidados e perguntará ao seu amigo Victor, ou conhecido, Compreende, ó Victor, eu preciso de saber quem tenho no hotel, e o Victor responderá cauteloso, Amigo Salvador, olho no homem, o nosso doutor-adjunto logo me disse depois do interrogatório, Este doutor Reis não é o que parece, há ali mistério, convém estar de olho nele, não, suspeitas definidas não as temos, por enquanto é só uma impressão, vá observando se recebe correspondência, Até hoje, nem uma carta, Mesmo isso é estranho, temos de dar uma volta pela posta-restante, e encontros, tem-nos, Só se for fora do hotel, Enfim, parecendo-lhe que há moiro na costa avise-me. Por causa desta conversação secreta, tornará depois de amanhã a carregar-se a atmosfera, tudo quanto é empregado do hotel ajusta a mira pelo fuzil que Salvador aponta, numa atenção tão constante que mais justificadamente lhe chamaríamos vigilância, até o bom-serás do Ramón arrefeceu, o Felipe resmunga, claro que há uma excepção, já se sabe, mas essa, coitada, não pode fazer mais que inquietar-se, e tanto, O Pimenta disse hoje, e ria-se, malvado homem, que esta história ainda há-de dar muito que falar, que quem viver verá, conte-me o que se passa, peço-lhe, eu guardo segredo, Não se passa nada, são tudo disparates de quem não tem mais que fazer que intrometer-se na vida alheia, Serão disparates, serão, mas com eles nos tornarão a vida negra, digo a sua, não digo a nossa, Deixa lá, saindo eu do hotel acabam-se logo os mexericos, Vai-se embora, não me tinha dito, Mais tarde ou mais cedo teria de ser, não ia ficar aqui o resto da vida, Nunca mais o tornarei a ver, e Lídia, que descansava a cabeça no ombro de Ricardo Reis, deixou cair uma lágrima, sentiu-a ele, Então, não chores, a vida é assim, as pessoas encontram-se, separam-se, quem sabe se amanhã não casarás, Ora, casar, já estou a passar a idade, e para onde é que vai, Arranjo casa, hei-de encontrar alguma que me sirva, Se quiser, Se quiser, o quê, Posso ir ter consigo nos meus dias de folga, não tenho mais nada na vida, Lídia, por que é que gostas de mim, Não sei, talvez seja pelo que eu disse, por não ter mais nada na vida, Tens a tua mãe, o teu irmão, com certeza tiveste namorados, hás-de tornar a tê-los, mais do que um, és bonita, e um dia casarás, depois virão os filhos, Pode ser que sim, mas hoje tudo o que eu tenho é isto, És uma boa rapariga, Não respondeu ao que lhe perguntei, Que foi, Se quer que eu vá ter consigo quando tiver a sua casa, nos meus dias de saída, Tu queres, Quero, Então irás, até que, Até que arranje alguém da sua educação, Não era isso que eu queria dizer, Quando tal tiver de ser, diga-me assim Lídia não voltes mais a minha casa, e eu não volto, Às vezes não sei bem quem tu és, Sou uma criada de hotel, Mas chamas-te Lídia e dizes as coisas duma certa maneira, Em a gente se pondo a falar, assim como eu estou agora, com a cabeça pousada no seu ombro, as palavras saem diferentes, até eu sinto, Gostava que encontrasses um dia um bom marido, Também gostava, mas ouço as outras mulheres, as que dizem que têm bons maridos, e fico a pensar, Achas que eles não são bons maridos, Para mim, não, Que é um bom marido, para ti,

Não sei, És difícil de contentar, Nem por isso, basta-me o que tenho agora, estar aqui deitada, sem nenhum futuro, Hei-de ser sempre teu amigo, Nunca sabemos o dia de amanhã, Então duvidas de que serás sempre minha amiga, Oh, eu, é outra coisa, Explica-te melhor, Não sei explicar, se eu isto soubesse explicar, saberia explicar tudo, Explicas muito mais do que julgas, Ora, eu sou uma analfabeta, Sabes ler e escrever, Mal, ler ainda vá, mas a escrever faço muitos erros. Ricardo Reis apertou-a contra si, ela abraçou-se a ele, a conversa aproximara-os devagarinho duma indefinível comoção, quase uma dor, por isso foi tão delicadamente feito o que fizeram depois, todos sabemos o quê.

Nos dias seguintes Ricardo Reis pôs-se à procura de casa. Saía de manhã, regressava à noite, almoçava e jantava fora do hotel, serviam-lhe de badameco as páginas de anúncios do Diário de Notícias, mas não ia para longe, os bairros excêntricos estavam fora dos seus gostos e conveniências, detestaria ir viver, por exemplo, lá para a Rua dos Heróis de Quionga, à Moraes Soares, onde se tinham inaugurado umas casas económicas de cinco e seis divisões, renda realmente barata, entre cento e sessenta e cinco e duzentos e quarenta escudos por mês, nem lhas alugariam a ele, nem ele as quereria, tão distantes da Baixa e sem a vista do rio. Procurava, de preferência, casas mobiladas, e compreende-se, um homem só, como se governaria ele na compra de um recheio de habitação, os móveis, as roupas, as louças, sem ter à mão um conselho de mulher, por certo nenhum de nós imaginará Lídia a entrar e a sair com o doutor Ricardo Reis desses estabelecimentos, dando opiniões, pobre dela, e Marcenda, ainda que cá estivesse e consentisse seu pai, que saberá ela da vida prática, de casas entende da sua, que sua em verdade não é, no sentido preciso da palavra meu, por ser de mim e por mim feito. E estas são as duas mulheres que Ricardo Reis conhece, mais nenhuma, foi exagero de Fernando Pessoa ter-lhe chamado D. João. Afinal, não parece ser fácil deixar o hotel. A vida, qualquer vida, cria os seus próprios laços, diferentes de uma para outra, estabelece uma inércia que lhe é intrínseca, incompreensível para quem de fora criticamente observe segundo leis suas, por sua vez inacessíveis ao entendimento do observado, enfim, contentemo-nos com o pouco que formos capazes de compreender da vida dos outros, eles nos agradecem e talvez nos retribuam. Salvador não é de uns nem de outros, enervam-no as ausências prolongadas do hóspede, tão fora dos primeiros hábitos, já pensou em ir falar com o amigo Victor, mas no último instante reteve-o um subtil receio, ver-se envolvido em histórias que, acabando mal, podiam salpicá-lo também, ou pior. Dobrou de atenções para com Ricardo Reis, com esta atitude desorientando o pessoal, que não sabe já como há-de comportar-se, perdoem-se-nos estes banais pormenores, nem sempre galinha nem sempre sardinha.

São assim as contradições da vida. Por estes dias houve notícia de que foi preso Luís Carlos Prestes, oxalá não venha a polícia a chamar Ricardo Reis para lhe perguntar se o conhecera no Brasil ou se ele fora doente seu, por estes dias denunciou a Alemanha o pacto de Locarno e ocupou a zona renana, tanto ameaçou que o fez, por estes dias foi inaugurado em Santa Clara um marco fontanário, com entusiasmo delirante dos moradores, que até agora não tinham mais remédio que abastecerem-se nas bocas-de-incêndio, aliás foi uma festa bonita, duas inocentes crianças, menino e menina, encheram duas bilhas de água, ouvindo-se então muitas palmas, muitos vivas, nobre povo, imortal, por estes dias chegou a Lisboa um célebre romeno chamado Manoilesco que disse, à chegada, A nova ideia, que se expande actualmente em Portugal, fez-me atravessar as suas fronteiras com o respeito de um discípulo e a profunda alegria de um crente, por estes dias discursou Churchill para proclamar que a Alemanha é já hoje a única nação europeia que não receia a guerra, por estes dias foi declarado ilegal o partido fascista Falange Espanhola e preso o seu dirigente José António Primo de Rivera, por estes dias se publicou o Desespero Humano de Kierkegaard, por estes dias, enfim, se estreou no Tivoli a fita Bozambo, que mostra o benemérito esforço dos brancos para anularem o terrível espírito guerreiro dos povos primitivos, por estes dias, e Ricardo Reis outra coisa não tem feito que procurar casa, dia após dia. Já desespera, folheia desanimadamente os jornais, que tudo lhe dizem menos o que quer, dizem-lhe que morreu Venizelos, dizem-lhe que por Ortins de Bettencourt foi dito que um internacionalista não pode ser militar nem sequer pode ser português, dizem-lhe que choveu ontem, dizem-lhe que a onda vermelha cresce em Espanha, dizem-lhe que por sete escudos e cinquenta centavos pode comprar as Cartas da Religiosa Portuguesa, não lhe dizem onde está a casa de que precisa. Apesar dos bons modos de Salvador, tornou-se-lhe irrespirável a atmosfera do Hotel Bragança, tanto mais que saindo não perderá Lídia, ela lho prometeu, assim garantindo a satisfação das conhecidas necessidades. De Fernando Pessoa tem-se lembrado pouco, como se a imagem dele se fosse desvanecendo com a memória que dele tem, ou melhor, é como um retrato exposto à luz que lhe vai apagando as feições, ou uma coroa mortuária com as suas flores de pano cada vez mais pálidas, ele o disse. Nove meses, falta saber se chegarão a ser tantos. Fernando Pessoa não tem aparecido, será capricho seu, mau humor, despeito sentimental, ou porque, morto, não possa escapar a obrigações do seu estado, é uma hipótese, afinal nada sabemos da vida no além, e Ricardo Reis, que bem lho podia ter perguntado, não se lembrou, nós, os vivos, somos egoístas e duros de coração. Os dias vão passando, monótonos, cinzentos, agora anunciam-se novos temporais no Ribatejo, cheias mortais, gado que vai arrastado na corrente, casas que se desmoronam e tornam à lama donde foram erguidas, das searas nem vestígio, sobre o imenso lago que cobre as lezírias apenas apontam algumas copas redondas dos salgueiros chorões, as lanças desgrenhadas dos freixos e dos choupos, nos ramos altos prendem-se os fenos arrancados, os canolhos, em as águas baixando qualquer pode dizer, A cheia deu por ali, e vai parecer impossível. Ricardo Reis não é vítima nem testemunha destes desastres, lê as notícias, contempla as fotografias, Imagens da tragédia, é o título, e custa-lhe a acreditar na paciente crueldade do céu, que, tendo tantos modos de nos levar deste mundo, tão gostosamente escolhe o ferro e o fogo, e esta excessiva água. Vemo-lo aqui recostado num sofá da sala de estar, com o calorífero aceso, neste conforto de hotel, e se não tivéssemos o dom de ler nos corações não saberíamos que dolorosos pensamentos o ocupam, a miséria do próximo, bem próximo, a cinquenta, oitenta quilómetros de distância, e eu aqui, meditando no céu cruel e na indiferença dos deuses, que tudo é uma e mesmíssima coisa, enquanto ouço o Salvador dar ordem ao Pimenta que vá à tabacaria buscar os jornais espanhóis, enquanto reconheço os passos já inconfundíveis de Lídia, que sobe a escada para o segundo andar, e depois distraí-me, passo adiante às páginas dos anúncios, minha constante obsessão, alugam-se casas, sigo discretamente a coluna com o dedo indicador, não vá o Salvador espreitar e surpreender-me, de repente paro, casa mobilada, Rua de Santa Catarina, indemnização, e diante dos olhos, tão nítida como as fotografias da cheia, surge-me a imagem daquele prédio, o segundo andar com escritos, naquela tarde em que me encontrei com Marcenda, como foi que se me varreu da memória, agora mesmo irei lá, mas calmo, tranquilo, não há nada mais natural, acabei de ler o Diário de Notícias, dobro-o cuidadosamente, assim o encontrei, assim o deixo, não sou desses que abandonam as folhas espalhadas, e levanto-me, digo a Salvador, Vou dar uma volta, não chove, que explicação menos geral daria eu se ma exigissem, e quando isto pensa descobre que a sua relação com o hotel, ou com Salvador, é uma relação de dependência, olha-se a si mesmo e torna a ver-se aluno dos jesuítas, infringindo a disciplina e a regra sem nenhuma outra razão que existirem regra e disciplina, agora pior, porque não tem a simples coragem de dizer, Pst, ó Salvador, vou ver uma casa, se me servir largo o hotel, estou farto de si e do Pimenta, e de toda a gente, excepto a Lídia, claro, que merecia bem outra vida. Não diz tanto, diz só, Até já, e é como se pedisse desculpa, a cobardia não se declara apenas no campo de batalha ou à vista duma navalha aberta e apontada às trémulas vísceras, há pessoas que têm uma coragem gelatinosa, não têm culpa disso, nasceram assim.

Em poucos minutos chegou Ricardo Reis ao Alto de Santa Catarina. Sentados no mesmo banco estavam dois velhos a olhar o rio, voltaram-se quando ouviram passos, um deles disse ao outro, Este é o sujeito que esteve aqui há três semanas, não precisou de acrescentar pormenores, o outro confirmou, O da rapariga, naturalmente muitos outros homens e mulheres aqui têm vindo, de passagem ou com demora, porém os velhos sabem bem do que falam, é um erro pensar que com a velhice se perde a memória, que só a memória antiga se conservou e aos poucos aflora como ocultas frondes quando as águas plenas vão baixando, há uma memória terrível na velhice, a dos últimos dias, a imagem final do mundo, o último instante da vida, Era assim quando a deixei, não sei se vai continuar assim, dizem os velhos quando chegam ao lado de lá, hão-de dizê-lo estes, mas a imagem de hoje não é a derradeira. Na porta da casa que estava para alugar havia um papel que informava, Para ver, dirigir-se ao procurador, a morada era na Baixa, tempo havia, Ricardo Reis correu ao Calhariz, tomou um táxi, voltou acompanhado de um homem gordo, Sim senhor, eu sou o procurador, que tinha a chave, subiram, esta é a casa, vasta, ampla, para numerosa família, uma mobília também de mogno escuro, profunda cama, alto guarda-fato, uma sala de jantar completa, o aparador, o guarda-prata, ou louças, dependendo das posses, a mesa extensível, e o escritório, de torcido e tremido pau-santo, com o tampo da secretária forrado de pano verde, como mesa de bilhar, puído num dos cantos, a cozinha, a casa de banho rudimentar, mas aceitável, porém todos os móveis estão nus e vazios, nenhuma peça de louça, nenhum lençol ou toalha, A pessoa que aqui viveu era uma senhora idosa, viúva, foi morar com os filhos, levou as suas coisas, a casa é alugada só com os móveis. Ricardo Reis aproximou-se duma janela, através da vidraça sem cortina viu as palmeiras do largo, o Adamastor, os velhos sentados no banco, e o rio sujo de barro lá adiante, os barcos de guerra com a proa virada para terra, por eles não se sabe se a maré está a encher ou a vazar, demorando aqui um pouco logo veremos, Quanto é a renda, quanto é a indemnização pela mobília, em meia hora, se tanto, com algum discreto regateio, se puseram de acordo, o procurador já tinha visto que estava a tratar com pessoa digna e de posição, Amanhã vossa excelência passa pelo meu escritório para tratarmos do arrendamento, e olhe, senhor doutor, deixo-lhe a chave, a casa é sua. Ricardo Reis agradeceu, fez questão de pagar um sinal acima do valor convencionado nestas transacções, o procurador passou ali mesmo um recibo provisório, sentou-se à secretária, puxou da caneta de tinta permanente chapeada de enfeites de ouro, folhas e ramagens estilizadas, no silêncio da casa ouvia-se apenas o raspar do aparo no papel, a respiração um pouco sibilante, asmática, do homem, Pronto, aqui tem, não precisa vossa excelência de se incomodar, eu tomo um táxi, calculo que ainda queira ficar um bocadinho a saborear a sua nova casa, eu compreendo, as pessoas querem muito às casas, a senhora que aqui morava, coitada, o que ela chorou no dia em que saiu, ninguém a podia consolar, mas a vida às vezes obriga, a doença, a viuvez, o que tem de ser tem de ser e tem muita força, então lá o espero amanhã. Sozinho agora, com a chave na mão, Ricardo Reis percorreu de novo toda a casa, não pensava, olhava apenas, depois foi à janela, a proa dos barcos estava virada para cima, para montante, sinal de que a maré descia. Os velhos continuavam sentados no mesmo banco.

Nessa noite Ricardo Reis disse a Lídia que tinha alugado casa. Ela chorou algumas lágrimas, de pena de não o ter agora diante dos olhos a todas as horas, exagero seu, seu apaixonamento, que em todas o não podia ver, as nocturnas sempre de luz apagada por causa dos espiões, as outras, matutinas e vesperais, a fugir, ou fingindo respeito excessivo quando na presença de testemunhas, assim oferecendo um espectáculo à malícia, por enquanto à espera de oportunidade para tirar completa desforra. Ele confortou-a, Deixa, vemo-nos nos teus dias de folga, com outro sossego, querendo tu, palavras estas que de antemão conheceriam a resposta, Então não hei-de querer, já lhe tinha dito, e quando é que se muda para a sua casa, Assim que ela estiver em condições, mobília tenho eu, mas falta-lhe tudo, roupas, louças, não preciso de muita coisa, o mínimo para começar, umas toalhas, lençóis, cobertores, depois aos poucos e poucos irei pondo o resto, Se a casa tem estado fechada, há-de precisar de ser limpa, eu vou lá, Que ideia, arranjo alguém ali do bairro, Não consinto, tem-me a mim, não precisa de chamar outra pessoa, És uma boa rapariga, Ora, sou como sou, e esta frase é das que não admitem réplica, cada um de nós devia saber muito bem quem é, pelo menos não nos têm faltado conselhos desde os gregos e latinos, conhece-te a ti mesmo, admiremos esta Lídia que parece não ter dúvidas.

No dia seguinte Ricardo Reis foi às lojas, comprou dois jogos completos de roupa de cama, toalhas de rosto, pés e banho, felizmente não tinha de preocupar-se com a água, o gás, a luz, não tinham sido cortados pelas respectivas companhias, se não quiser fazer contratos novos continuam em nome do inquilino anterior, isto disse-lhe o procurador, e ele concordou. Também comprou alguns esmaltes e alumínios, fervedouro para o leite, cafeteira, chávenas e pires, uns guardanapos, café, chá e açúcar, o que era preciso para a refeição da manhã, que almoço e jantar seriam fora. Divertia-se nestas tarefas, lembrado dos seus primeiros tempos no Rio de Janeiro, quando, sem ajuda de ninguém, cometera iguais trabalhos de instalação doméstica. Num intervalo destes passos escreveu uma carta breve a Marcenda, dava-lhe a nova morada, por coincidência extraordinária muito perto, ali mesmo, do sítio onde se tinham encontrado, é assim o vasto mundo, os homens, como os animais, têm o seu terreno de caça, o seu quintal ou galinheiro, a sua teia de aranha, e esta comparação é das melhores, também a aranha lançou um fio até ao Porto, outro até ao Rio, mas foram simples pontos de apoio, referências, pilares, blocos de amarração, no centro da teia é que se jogam a vida e o destino, da aranha e das moscas. Para o fim da tarde tomou Ricardo Reis um táxi, foi de loja em loja recolhendo os bens adquiridos, à última hora juntou-lhes uns bolos secos, umas frutas cristalizadas, bolachas também, a maria, a torrada, a de araruta. Levou tudo à Rua de Santa Catarina, chegou em hora que recolhiam os dois velhos a casa, lá nas profundas do bairro, enquanto Ricardo Reis retirou os embrulhos e os subiu, em três viagens, não se afastaram dali, viram acender-se as luzes no segundo andar, Olha, está a viver na casa que era da D. Luísa, só se afastaram quando o novo inquilino apareceu a uma janela, por trás dos vidros, iam nervosos, excitados, às vezes acontece, e ainda bem, quebra-se a monotonia da existência, parecia que tínhamos chegado ao fim da estrada e afinal era apenas uma curva a abrir para outra paisagem e novas curiosidades. Da sua janela sem cortinas Ricardo Reis olhava o largo rio, para poder ver melhor apagou a luz do quarto, onde estava, caía do céu uma poalha de luz cinzenta que escurecia ao pousar, sobre as águas pardas deslizavam os barcos cacilheiros já de fanais acesos, ladeando os navios de guerra, os cargueiros fundeados, e, quase a esconder-se por trás do perfil dos telhados, uma última fragata que se recolhe à doca, como um desenho infantil, tarde tão triste que do fundo da alma sobe uma vontade de chorar, aqui mesmo, com a testa apoiada na vidraça, separado do mundo pela névoa da respiração condensada na superfície lisa e fria, vendo aos poucos diluir-se a figura contorcida do Adamastor, perder sentido a sua fúria contra a figurinha verde que o desafia, invisível daqui e sem mais sentido do que ele. Fechara-se a noite quando Ricardo Reis saiu. Jantou na Rua dos Correeiros, num restaurante de sobreloja, de tecto baixo, sozinho entre homens que estavam sozinhos, quem seriam, que vidas teriam, atraídos porquê a este lugar, mastigando o bacalhau ou a pescada cozida, o bife com batatas, quase todos servindo-se de vinho tinto, mais compostos de traje que de modos, batendo no copo para chamar o criado, palitando com esforço e volúpia dente por dente ou retirando com a pinça formada pelos dedos polegar e indicador o filamento, a fibra renitente, um que outro arrotando, folgando o cinto, desabotoando o colete, aliviando os suspensórios. Ricardo Reis pensou, Agora todas as minhas refeições serão assim, este barulho de talheres, estas vozes de criados dizendo para dentro Uma sopa, ou Meia de chocos, maneira abreviada de encomendar meia porção, estas vozes são baças, a atmosfera lúgubre, no prato frio a gordura coalha, não foi ainda levantada a mesa ao lado, há nódoas de vinho na toalha, restos de pão, um cigarro mal apagado, ah como é diferente a vida no Hotel Bragança, mesmo não sendo de primeira classe, Ricardo Reis sente uma violenta saudade de Ramón, a quem não obstante tornará a ver no dia seguinte, hoje é quinta-feira, só sairá no sábado. Sabe porém Ricardo Reis o que saudades destas costumam valer, tudo vai é dos hábitos, o hábito que se perde, o hábito que se ganha, está há tão pouco tempo em Lisboa, menos de três meses, e já o Rio de Janeiro lhe parece uma lembrança de um passado antigo, talvez doutra vida, não a sua, outra das inúmeras, e, assim pensando, admite que a esta mesma hora esteja Ricardo Reis jantando também no Porto, ou no Rio de Janeiro almoçando, senão em qualquer outro lugar da terra, se a dispersão foi tão longe. Em todo o dia não chovera, pôde fazer as suas compras com todo o sossego, sossegadamente está agora regressando ao hotel, quando lá chegar dirá a Salvador que sai no sábado, nada mais simples, saio no sábado, mas sente-se como o adolescente a quem, por se recusar o pai a dar-lhe a chave da casa, ousa tomá-la por suas mãos, fiando-se da força que costumam ter os factos consumados.

Salvador ainda está ao balcão, mas já disse a Pimenta que em saindo o último hóspede da sala de jantar irá para casa, um pouco mais cedo que o costume, tem a mulher engripada, É a fruta da época, disse o Pimenta, familiarmente, conhecem-se há tantos anos, e Salvador resmungou, Eu é que não posso adoecer, declaração sibilina de sentido vário, que tanto pode ser a lamentação de quem tem uma saúde de ferro como um aviso às potências maléficas da grande falta que ao hotel faria o seu gerente. Entrou Ricardo Reis, deu as boas-noites, em um segundo hesitou se deveria chamar Salvador de parte, pensou depois que seria ridículo o sigilo, murmurar, por exemplo, Olhe, senhor Salvador, eu bem não queria, desculpe, mas sabe como as coisas são, a vida dá muitas voltas, aos dias sucedem-se as noites, o caso é que vou sair do seu estimado hotel, arranjei casa, só espero que não me leve a mal, ficamos amigos como dantes, e de repente deu por si a suar de aflição, como se tivesse regressado à sua adolescência de educando de jesuítas, ajoelhado ao postigo do confessionário, eu menti, eu invejei, eu tive pensamentos impuros, eu toquei-me, agora aproxima-se do balcão, Salvador retribui as boas-noites, volta-se para trás para retirar a chave da escápula, então Ricardo Reis precipita-se, tem de soltar as palavras libertadoras antes que ele o olhe, apanhá-lo desprevenido, em desequilíbrio, agora a rasteira, O senhor Salvador fará o favor de tirar a minha conta, só fico no hotel até sábado, e tendo dito assim, com esta secura, logo se arrependeu, porque Salvador era a verdadeira imagem da surpresa magoada, vítima de uma deslealdade, ali com a chave na mão, não se trata assim um gerente que tão bom amigo se tem mostrado, o que deveriam ter feito era chamarem-no de parte, Olhe, senhor Salvador, eu bem não queria, desculpe, mas não, os hóspedes são todos uns ingratos e este o pior de todos, que aqui veio dar à costa, sempre bem tratado apesar de se ter metido aí com uma criada, outro eu fosse e tinha-os posto na rua, a ele e a ela, ou queixava-me à polícia, bem me preveniu o Victor, mas este meu bom coração, toda a gente abusa de mim, ah, mas juro que é a última vez que me apanham. Se os segundos e minutos fossem todos iguais, como os vemos traçados nos relógios, nem sempre teríamos tempo para explicar o que dentro deles se passa, o miolo que contêm, o que nos vale é que os episódios de mais extensa significação calham a dar-se nos segundos compridos e nos minutos longos, por isso é possível debater com demora e pormenor certos casos, sem infracção escandalosa da mais subtil das três unidades dramáticas, que é, precisamente, o tempo. Num gesto vagaroso, Salvador entregou a chave, deu ao rosto uma expressão digna, falou em tom pausado, paternal, Espero que não seja por ter o nosso serviço desagradado em alguma coisa ao senhor doutor, e estas modestas e profissionais palavras comportam perigo de suscitar um equívoco, pela acerba ironia que facilmente encontraríamos nelas, se nos lembrarmos de Lídia, mas não, neste momento Salvador só quer exprimir a decepção, a mágoa, De modo algum, senhor Salvador, protestou com veemência Ricardo Reis, pelo contrário, o que acontece é que arranjei casa, resolvi ficar de vez em Lisboa, uma pessoa precisa de ter o seu próprio canto para viver, Ah, arranjou casa, então, se quiser, empresto-lhe o Pimenta para o ajudar a transportar as suas malas, se é em Lisboa, claro, É, é em Lisboa, mas eu tratarei disso, muito obrigado, qualquer moço de fretes as leva. O Pimenta, superiormente autorizado pela oferta liberal dos seus serviços, curioso por conta própria e adivinhando a curiosidade de Salvador, para onde será que ele vai morar, permitiu-se a confiança de insistir, Para que há-de estar o senhor doutor a pagar a um moço, eu levo as malas, Não, Pimenta, muito obrigado, e, para prevenir outras insistências, Ricardo Reis fez adiantadamente o seu pequeno discurso de despedida, Quero dizer-lhe, senhor Salvador, que levo as melhores recordações do seu hotel, onde sempre fui muito bem tratado, onde sempre me senti como em minha própria casa, rodeado de cuidados e atenções inexcedíveis, e agradeço a todo o pessoal, sem excepção, o carinhoso ambiente de que me rodearam neste meu regresso à pátria, donde já não penso sair, a todos muito obrigado, não estavam ali todos, mas para o caso tanto fazia, discurso como este não o tornaria Ricardo Reis a fazer, tão ridículo se sentira enquanto falava, e, pior do que ridículo, usando involuntariamente palavras que bem poderiam ter acordado pensamentos sarcásticos nos seus ouvintes, era impossível que não tivessem pensado em Lídia quando ele próprio falava de cuidados, carinhos e atenções, por que será que as palavras se servem tantas vezes de nós, vemo-las a aproximarem-se, a ameaçarem, e não somos capazes de afastá-las, de calá-las, e assim acabamos por dizer o que não queríamos, é como o abismo irresistível, vamos cair e avançamos. Em poucas palavras retribuiu Salvador, nem precisaria, bastava-lhe por sua vez agradecer a honra de terem tido o doutor Ricardo Reis como hóspede, Não fizemos mais do que o nosso dever, eu e todo o pessoal iremos ter saudades do senhor doutor, não é verdade, ó Pimenta, com esta súbita pergunta desfez-se a solenidade do momento, parecia que apelava para a expressão de um sentimento unânime, e era o contrário disso, um piscar de olhos enfim malicioso, não sei se me estás a entender. Ricardo Reis entendeu, disse Boa noite, e subiu para o quarto, adivinhando que ficavam a falar nas suas costas, a dizer mal dele, e já pronunciando o nome de Lídia, que mais seria, o que não supunha é que fosse isto, Hás-de ver, depois de amanhã, quem é o moço de fretes, quero saber para onde é que ele se muda.

Tem o relógio horas tão vazias que, breves mesmo, como de todas é costume dizermos, excepto aquelas a que estão destinados os episódios de significação extensa, consoante ficou antes demonstrado, são tão vazias, essas, que os ponteiros parece que infinitamente se arrastam, não passa a manhã, não se vai embora a tarde, a noite não acaba. Foi assim que Ricardo Reis viveu as suas últimas horas no hotel, quis, por inconsciente escrúpulo, que o vissem todo o tempo por ali, talvez para não parecer desagradecido e indiferente. De uma certa maneira lho reconheceram, quando Ramón disse, enquanto deitava a sopa no prato, Então o senhor doutor vai-se embora, palavras que foram de uma grande tristeza, como só as sabem dizer humildes servidores. Salvador gastou o nome de Lídia, chamava-a por tudo e por nada, dava-lhe ordens e logo contra-ordens, e de cada vez perscrutava-lhe atentamente as atitudes, o rosto, os olhos, à espera de encontrar sinais de desgosto, vestígios de lágrimas, o natural em mulher que vai ser abandonada e já o sabe. Porém, nunca se viu paz e serenidade como estas, parece a criatura que não lhe pesam erros na consciência, fraquezas da carne, ou calculada venda, e Salvador irrita-se por não ter punido a imoralidade logo à nascença da suspeita ou quando se tornou facto público e notório, começando pelas murmurações de cozinha e arrecadação, agora é tarde, o hóspede vai-se embora, o melhor é não mexer na lama, tanto mais que, examinando-se a si mesmo, não se vê isento de culpas, soube e calou-se, foi cúmplice, Tive foi pena dele, vinha lá do Brasil, do sertão, sem família à espera, tratei-o como a um parente, e afinal das contas, três ou quatro vezes teve este pensamento absolutório, agora em voz alta, Quando o duzentos e um ficar vago quero uma limpeza total, de alto a baixo, vai para lá uma distinta família de Granada, e retirando-se Lídia depois de ouvida a ordem, ficou a olhar-lhe a redondez das nádegas, até hoje tem sido um honesto gerente, incapaz de misturar o serviço com o abuso, mas desta vez há uma desforra a tirar, Ou consente, ou vai para a rua, tenhamos esperança de que não passe de desabafo, são muitos os homens que se atemorizam ao chegar a hora.

No sábado, depois do almoço, Ricardo Reis foi ao Chiado, ali contratou os serviços de dois moços de fretes, e, para não descer com eles a Rua do Alecrim, em guarda de honra, marcou hora para estarem no hotel. Esperou-os no quarto, com aquela mesma impressão de desgarramento que sentira quando viu caírem os cabos que amarravam o Highland Brigade ao cais do Rio de Janeiro, está sozinho, sentado no sofá, Lídia não vai aparecer, assim o combinaram. Um tropel de passos pesados no corredor anuncia os moços de fretes, vem com eles o Pimenta, desta vez não tem que fazer força, quando muito ajudará com o mesmo gesto que fizeram Ricardo Reis e Salvador quando teve ele de transportar esta mala pesada, a grande, uma mãozinha por baixo, um aviso na escada, um conselho, escusados são a quem de cargas aprendeu a ciência toda. Foi Ricardo Reis despedir-se de Salvador, deixou uma gorjeta generosa para o pessoal, Distribuirá como entender, o gerente agradece, alguns hóspedes que por ali andam sorriem de ver como neste hotel se criam boas amizades, um aperto de mão, quase um abraço, aos espanhóis comove-os a harmonia, não admira, vem-lhes à ideia o seu país dividido, são estas as contradições peninsulares. Em baixo, na rua, Pimenta já perguntou aos moços de fretes para onde é o transporte, mas eles não sabem, o patrão não disse, um deles admitiu que fosse para perto, o outro duvidou, para o caso tanto faz, Pimenta conhece os dois homens, um deles até já fez serviço para o hotel, o poiso é no Chiado, quando quiser tirar a limpo este caso não terá de ir longe. Ricardo Reis diz, Lá lhe ficou uma lembrança, o Pimenta responde, Muito obrigado ao senhor doutor, quando quiser alguma coisa é só dizer, todas estas palavras são inúteis, e isso ainda é o melhor que podemos dizer delas, quase todas, em verdade, hipócritas, razão tinha aquele francês que disse que a palavra foi dada ao homem para disfarçar o pensamento, enfim, teria razão o tal, são questões sobre as quais não devemos fazer juízos peremptórios, o mais certo é ser a palavra o melhor que se pôde arranjar, a tentativa sempre frustrada para exprimir isso a que, por palavra, chamamos pensamento. Os dois moços de fretes já sabem aonde devem levar as malas, Ricardo Reis disse-o depois de se ter retirado Pimenta, e agora sobem a rua, vão pela calçada para maior desafogo do transporte, não é grande carrego para quem já tem transportado pianos e outras avantesmas a pau e corda, à frente vai Ricardo Reis, afastado o suficiente para não parecer que é o guia desta expedição, perto bastante para que se sintam acompanhados os carregadores, não há nada mais melindroso que estas relações de classes, a paz social é uma questão de tacto, de finura, de psicologia, para tudo dizer numa palavra só, à vez três vezes, se ela ou elas coincidem rigorosamente com o pensamento é problema a cujo deslindamento já tínhamos renunciado. A meio da rua têm os moços de fretes de chegar-se para um lado, e então aproveitam para arrear a carga, respirar um pouco, porque vem descendo uma fila de carros eléctricos apinhados de gente loura de cabelo e rosada de pele, são alemães excursionistas, operários da Frente Alemã do Trabalho, quase todos vestidos à moda bávara, de calção, camisa e suspensórios, o chapelinho de aba estreita, pode-se ver facilmente porque alguns dos eléctricos são abertos, gaiolas ambulantes por onde a chuva entra quando quer, de pouco valendo os estores de lona às riscas, que irão dizer da nossa civilização portuguesa estes trabalhadores arianos, filhos de tão apurada raça, que estarão eles pensando agora mesmo dos labregos que param para os ver passar, aquele homem moreno, de gabardina clara, estes dois de barba crescida, mal vestidos e sujos, que metem o ombro à carga e recomeçam a subir, enquanto os últimos eléctricos vão passando, vinte e três foram, se alguém teve a paciência de contá-los, a caminho da Torre de Belém, do Mosteiro dos Jerónimos, e outras maravilhas de Lisboa, como Algés, Dafundo e Cruz Quebrada.

De cabeça baixa atravessaram os moços de fretes a praça onde está a estátua do épico, efeito que seria da carga, de cabeça baixa os seguiu Ricardo Reis, efeito que é da vergonha de ir assim à ligeira, de mãos nos bolsos, nem sequer trouxera do Brasil um papagaio, e se calhar ainda bem, que não teria coragem de percorrer estas ruas levando num poleiro o estúpido animal, e as pessoas a meterem-se com ele, Dá cá o pé, ó louro, se o teriam dito, por graça lusitana, aos alemães passeados nos eléctricos. Estamos perto. Ao fundo desta rua já se vêem as palmeiras do Alto de Santa Catarina, dos montes da Outra Banda assomam pesadas nuvens que são como mulheres gordas à janela, metáfora que faria encolher os ombros de desprezo a Ricardo Reis, para quem, poeticamente, as nuvens mal existem, por uma vez escassas, outra fugidia, branca e tão inútil, se chove é só de um céu que escureceu porque Apolo velou a sua face. Esta é a porta de entrada da minha casa, eis a chave e a escada, o patamar primeiro, o segundo, aqui vou habitar, não se abriram janelas quando chegámos, não se abrem outras portas, neste prédio parece que se juntaram a morar as pessoas menos curiosas de Lisboa, ou espreitam pelos ralos, fulgurando a pupila, agora entremos todos, as duas malas pequenas, a maior, repartindo o esforço, paga-se o preço ajustado, a esperada gorjeta, cheira a intenso suor, Quando tornar a precisar da gente, patrão, estamos sempre ali, não duvidou Ricardo Reis, se com tanta firmeza o diziam, mas não respondeu, E eu sempre aqui estarei, um homem, se estudou, aprende a duvidar, muito mais sendo os deuses tão inconstantes, certos apenas, eles por ciência, nós por experiência, de que tudo acaba, e o sempre antes do resto. Desceram os carregadores, Ricardo Reis fechou a porta do patamar. Depois, sem acender nenhuma luz, percorreu toda a casa, sonoramente ecoavam os seus passos no soalho nu, entre os móveis esparsos, vazios, cheirando a naftalina velha, a antigos papéis de seda que ainda forram algumas gavetas, ao cotão que se enrola pelos cantos, e, crescendo de intensidade para os lados da cozinha e da casa de banho, a exalação dos canos de esgoto, rebaixado o nível da água nos sifões. Ricardo Reis abriu torneiras, puxou uma e outra vez o cordão do autoclismo, a casa encheu-se de rumores, o correr da água, o vibrar dos canos, o bater do contador, depois aos poucos o silêncio voltou. Nas traseiras do prédio há quintais com alguma roupa estendida, pequenos canteiros de hortaliças cor de cinza, selhas, tanques de cimento, a casota de um cão, coelheiras e galinheiros, olhando-os reflectiu Ricardo Reis no enigma semântico de ter dado coelho coelheira e galinha galinheiro, cada género transitando para o seu contrário, ou oposto, ou complementar, segundo o ponto de vista e o humor da ocasião. Voltou à parte da frente da casa, ao quarto, olhou pela janela suja a rua deserta, o céu agora coberto, lá estava, lívido contra a cor plúmbea das nuvens, o Adamastor bramindo em silêncio, algumas pessoas contemplavam os navios, de vez em quando levantavam a cabeça para ver se a chuva vinha, os dois velhos conversavam sentados no mesmo banco, então Ricardo Reis sorriu, Bem feito, estavam tão distraídos que nem deram pela chegada das malas, sentia-se divertido como se tivesse acabado de pregar uma partida inocente, de amizade, ele que nunca fora dessas brincadeiras. Ainda estava de gabardina vestida, era como se aqui tivesse entrado para logo sair, visita de médico, segundo o céptico dito popular, ou rápida inspecção de um lugar onde talvez venha a viver um dia, e afinal, disse-o em voz alta, como um recado que não deveria esquecer, Eu moro aqui, é aqui que eu moro, é esta a minha casa, é esta, não tenho outra, então cercou-o um súbito medo, o medo de quem, em funda cave, empurra uma porta que abre para a escuridão doutra cave ainda mais funda, ou para a ausência, o vazio, o nada, a passagem para um não ser. Despiu a gabardina e o casaco, e sentiu frio. Como se estivesse a repetir gestos já feitos em outra vida, foi abrir as malas, metodicamente despejou-as, as roupas, os sapatos, os papéis, os livros, e também todos os outros miúdos objectos, necessários ou inúteis, que vamos transportando connosco de morada em morada, fios cruzados de um casulo, encontrou o roupão de quarto, que vestiu, agora já é um homem em sua casa. Acendeu a lâmpada pendente do tecto, teria de comprar uma túlipa, um abajur, um globo, um quebra-luz, qualquer destas palavras servirá desde que não lhe ofusque os olhos, como agora sucede. Alheado pelas arrumações, não se apercebeu logo de que começara a chover, mas um golpe brusco de vento atirou contra as vidraças um rufo de água, Que tempo este, aproximou-se da janela para olhar a rua, lá estavam os velhos no passeio fronteiro, como insectos atraídos pela luz, e ambos eram soturnos como insectos, um alto, outro baixo, cada qual com o seu guarda-chuva, de cabeça levantada como o louva-a-deus, desta vez não se intimidaram com o vulto que aparecera e os observara, foi preciso aumentar a chuva para que se decidissem a descer a rua, a fugir à água que escorria dos beirais, chegando a casa os repreenderão as mulheres, se as têm, Todo molhado, homem, capaz de me apanhares uma pneumonia, depois cá está a escrava para tratar do senhor, e eles dirão, A casa da D. Luísa já tem gente, é um senhor sozinho, não se vê mais ninguém, Imaginem, uma casa tão grande para um homem só, mal empregada, pergunte-se como saberão elas que a casa é grande, resposta certa não há, pode ser que no tempo da D. Luísa lá tenham trabalhado a dias, as mulheres desta classe deitam mão ao que calha quando os ganhos do homem são poucos ou ele os sonega para gastar em vinho e amantes, e então lá vão as infelizes esfregar escadas e lavar roupas, algumas especializam-se, lavam só roupa ou esfregam só escadas, e assim se tornam mestras no ofício, têm preceitos, brio na brancura dos lençóis e no amarelinho dos degraus, daqueles se dirá que a toalhas de altar poderiam servir, destes que sem nojo se comeria a marmelada que neles caísse, aonde já nos leva a digressão oratória. Agora, com o céu coberto, a noite não tarda. Quando os velhos estavam no passeio, a olhar para cima, parecia que tinham a cara à luz clara do dia, efeito só da branca barba de oito dias, nem por ser hoje sábado foram sentar-se na cadeira do barbeiro, se lá vão, provavelmente usam navalha, e amanhã, estando levantado o tempo, aparecem aí com as faces escanhoadas, crespas de rugas e pedra-ume, brancos só de cabelo, do mais baixo falamos, que o alto não tem senão umas desanimadas farripas por cima das orelhas, enfim, tornando ao ponto de partida, quando lá estavam, no passeio, era ainda dia, se bem que em despedida, então, tendo mirado com algum descanso o inquilino do segundo andar e apertando a chuva, puseram-se a descer a rua, andando foram e o dia escurecendo, chegados àquela esquina era já noite cerrada. Valeu terem-se acendido os candeeiros, cobriram-se de pérolas as vidraças, mas destes lampiões há que dizer que não foi como certamente há-de ser um dia, sem mão visível de homem, quando a fada electricidade, com sua varinha de condão, chegar ao

Alto de Santa Catarina e adjacências, todos gloriosamente acendidos ao mesmo tempo, hoje temos de esperar que venham acendê-los, um a um, com a ponta da vara ateada abre o homem o postigo do candeeiro, com o gancho roda a torneira do gás, enfim este fogo-de-santelmo vai deixando pelas ruas da cidade sinais de ter passado, um homem leva consigo a luz, é o cometa Halley com seu rasto sideral, assim estariam os deuses olhando lá de cima a Prometeu, porém chama-se António este caga-lume. Ricardo Reis tem a testa gelada, apoiou-a na vidraça e ali se esqueceu, vendo cair a chuva, depois ouvindo-lhe apenas o rumor, até que veio o acendedor dos candeeiros, então ficou cada lampião com seu fulgor e aura, sobre as costas de Adamastor cai uma já esmorecida luz, rebrilha o dorso hercúleo, será da água que vem do céu, será um suor de agonia por ter a doce Tétis sorrido de escárnio e maldizendo, Qual será o amor bastante de ninfa, que sustente o dum gigante, agora já ele sabe o que valiam as prometidas abondanças. Lisboa é um grande silêncio que rumoreja, nada mais.

 Voltou Ricardo Reis aos seus arranjos domésticos, arrumou os fatos, as camisas, os lenços, as peúgas, peça por peça, como se estivesse ordenando uma ode sáfica, laboriosamente lutando com a métrica relutante, esta cor de gravata que, pendurada, requer uma cor de fato por comprar. Sobre o colchão que foi de D. Luísa e deixaram ficar, decerto não aquele onde em recuados anos perdeu a virgindade, mas onde terá sangrado para o último filho, onde agonizou e acabou o caro esposo, juiz da Relação, sobre este colchão estendeu Ricardo Reis os seus lençóis novos, ainda cheirando a pano, os dois cobertores de papa, a colcha clara, meteu nas fronhas o travesseiro e a almofada de lã, faz o melhor que pode, com a sua masculina falta de jeito, um dia destes virá Lídia, talvez amanhã, compor com as mágicas mãos, por de mulher serem, este desalinho, esta aflição resignada das coisas mal arrumadas. Leva Ricardo Reis as malas para a cozinha, pendura na gélida casa de banho as toalhas, num armarinho branco que cheira a bafio guarda os objectos de toilette, já vimos que é homem cuidadoso com a sua aparência, apenas por um sentimento de dignidade, enfim não tem mais que fazer senão arrumar os livros e os papéis na estante do escritório, negra e retorcida, na secretária, tremida e negra, agora está em casa, sabe onde são os seus pontos de apoio, a rosa-dos-ventos, norte, sul, leste, oeste, acaso virá por aí uma tempestade magnética que endoideça esta bússola.

São sete e meia, a chuva não parou. Ricardo Reis sentou-se na borda da cama alta, olhou o triste quarto, a janela sem cortinas nem cortinados, lembrou-se de que os vizinhos da frente talvez o estivessem espiando curiosos, segredando uns com os outros, Vê-se tudo lá para dentro, e aguçam a bisbilhotice para o futuro desfrute de espectáculos mais estimulantes que este de estar um homem sentado na borda duma cama antiga, sozinho, com o rosto escondido numa nuvem, mas Ricardo Reis levantou-se e foi fechar as portadas interiores, agora o quarto é uma cela, quatro paredes cegas, a porta, se a abrisse, daria para outra porta, ou para uma cave escura e funda, dissemo-lo uma vez, esta se dispensava. Daqui a pouco, no Hotel Bragança, o maître Afonso vai fazer soar no irrisório gongo as três pancadinhas de Vatel, descerão os hóspedes portugueses e os hóspedes espanhóis, nuestros hermanos, los hermanos suyos, Salvador a todos sorrirá, senhor Fonseca, senhor doutor Pascoal, minha senhora, Don Camilo y Don Lorenzo, e o novo hóspede do duzentos e um, seguramente o duque de Alba ou de Medinaceli, arrastando a espada Colada, pondo um ducado na mão estendida de Lídia, que, como serva, faz genuflexão e suporta, sorrindo, o beliscão na polpa do braço. Ramón trará a canja, Hoje está uma especialidade, e não mente, que da profunda terrina sobe o recendente perfume da galinha, dos pratos covos evola-se o vapor capitoso, não deverá surpreender-nos que o estômago de

Ricardo Reis dê sinal, em verdade são horas de jantar. Porém, chove. Mesmo com as portadas da janela fechadas ouve-se o estalar da água caindo sobre os passeios, dos beirais, dos algerozes rotos, quem aí haverá tão atrevido que saia à rua com um tempo destes, se não for por obrigação extrema, salvar o pai da forca, por exemplo, é uma sugestão para quem ainda o tiver vivo. A sala de jantar do Hotel Bragança é o paraíso perdido, e, como paraíso que se perdeu, gostaria Ricardo Reis de lá tornar, mas ficar não. Vai à procura dos pacotes dos bolos secos, das frutas cristalizadas, com eles engana a fome, para beber só tem a água da torneira, a saber a fénico, assim desmunidos se devem ter sentido Adão e Eva naquela primeira noite depois de expulsos do éden, por sinal que também caía água que Deus a dava, ficaram os dois no vão da porta, Eva perguntou a Adão, Queres uma bolacha, e como justamente tinha só uma, partiu-a em dois bocados, deu-lhe a parte maior, foi daí que nos veio o costume. Adão mastiga devagar, olhando Eva que debica o seu pedacito, inclinando a cabeça como uma ave curiosa. Para além desta porta, fechada para sempre, lhe tinha ela dado a maçã, ofereceu-a sem intenção de malícia nem conselho de serpente, porque nua estava, por isso se diz que Adão só quando trincou a maçã é que reparou que ela estava nua, como Eva que ainda não teve tempo de se vestir, por enquanto é como os lírios do campo, que não fiam nem tecem. Na soleira da porta passaram os dois a noite bem, com uma bolacha por ceia, Deus, do outro lado, ouvia-os triste, excluído de um festim que fora dispensado de prover, e que não previra, mais tarde se inventará um outro dito, Onde se reunirem homem e mulher, Deus estará entre eles, por estas novas palavras aprenderemos que o paraíso, afinal, não era onde nos tinham dito, é aqui, ali aonde Deus terá de ir, de cada vez, se quiser reconhecer-lhe o gosto. Mas nesta casa, não. Ricardo Reis está sozinho, enjoou-o a doçura intensa da pêra cristalizada, pêra, não maçã, é bem verdade que as tentações já não são nada do que eram dantes. Foi à casa de banho lavar as mãos pegajosas, a boca, os dentes, não suporta esta dolceza, palavra que não é portuguesa nem espanhola, apenas arremeda o italiano, mas é a única que, propriamente falando, lhe sabe bem dizer neste momento. A solidão pesa-lhe como a noite, a noite prende-o como visco, pelo estreito e comprido corredor, sob a luz esverdeada que desce do tecto, é um animal submarino pesado de movimentos, uma tartaruga indefesa, sem carapaça. Vai sentar-se à secretária, mexe nos seus papéis com versos, odes lhes chamou e assim ficaram, porque tudo tem de levar seu nome, lê aqui e além, e a si mesmo pergunta se é ele, este, o que os escreveu, porque lendo não se reconhece no que está escrito, foi outro esse desprendido, calmo e resignado homem, por isso mesmo quase deus, porque os deuses é assim que são, resignados, calmos, desprendidos, assistindo mortos. De um modo confuso pensa que precisa de organizar a sua vida, o tempo, decidir que uso fará de manhã, tarde e noite, deitar cedo e cedo erguer, procurar um ou dois restaurantes que sirvam uma comida sã e simples, rever e emendar os poemas para o livro de um futuro dia, procurar casa para consultório, conhecer gente, viajar pelo país, ir ao Porto, a Coimbra, visitar o doutor Sampaio, encontrar por acaso Marcenda no Choupal, neste momento deixou de pensar em projectos e intenções, teve pena da inválida, depois a pena transferiu-se para si mesmo, era piedade de si mesmo, Aqui sentado, estas duas palavras escreveu-as como o princípio de um poema, mas logo se lembrou de que em um dia passado escrevera, Seguro assento na coluna firme dos versos em que fico, quem um tal testamento redigiu alguma vez não pode ditar outro contrário.

Ainda não são dez horas quando Ricardo Reis se vai deitar. A chuva continua a cair. Levou um livro para a cama, pegara em dois mas deixou pelo caminho o deus do labirinto, ao fim de dez páginas do Sermão da Primeira Dominga da Quaresma sentiu que se lhe gelavam as mãos, assim por fora dos cobertores, não bastavam para aquecê-las estar lendo estas palavras ardentes, Revolvei a vossa casa, buscai a coisa mais vil de toda ela, e achareis que é a vossa própria alma, pousou o livro na mesa-de-cabeceira, aconchegou-se com um rápido arrepio, puxou a dobra do lençol até à boca, fechou os olhos. Sabia que deveria apagar a luz, mas, quando o fizesse, sentir-se-ia na obrigação de adormecer, e isso ainda não queria. Em noites assim frias costumava Lídia pôr-lhe uma botija de água quente entre os lençóis, a quem o estará ela fazendo agora, ao duque de Medinaceli, sossega coração cioso, o duque trouxe a duquesa, quem à passagem beliscou o braço de Lídia foi o outro duque, o de Alba, mas esse é velho, doente e impotente, traz uma espada de lata, jura que é a Colada do Cid Campeador, passada de pais a filhos na família dos Albas, até um grande de Espanha é capaz de mentir. Sem o perceber, Ricardo Reis já dormia, soube-o quando acordou, sobressaltado, alguém lhe tinha batido à porta, Será Lídia, que teve artes de sair do hotel e vir, por esta chuva, passar comigo a noite, imprudente mulher, depois pensou, Estava a sonhar, e assim parecia, que outro rumor não se ouviu durante um minuto, Talvez haja fantasmas na casa, por isso a não tinham conseguido alugar, tão central, tão ampla, outra vez bateram, truz, truz, truz, segredadamente, para não assustar. Levantou-se Ricardo Reis, enfiou os pés nos chinelos, envolveu-se no roupão, atravessou pé ante pé o quarto, saiu ao corredor a tiritar, e perguntou olhando a porta como se ela o ameaçasse, Quem é, a voz saiu-lhe rouca e trémula, pigarreou, tornou a perguntar, a resposta veio num murmúrio, Sou eu, não era nenhum fantasma, era Fernando Pessoa, logo hoje se havia de ter lembrado. Abriu, e era mesmo ele, com o seu fatinho preto, em cabelo, sem capa nem chapéu, improvável da cabeça aos pés, mais ainda porque, chegado da rua, nem um pingo de água o molhava, Posso entrar, perguntou, Até agora nunca me pediu licença, não sei que escrúpulo lhe deu de repente, A situação é nova, você já está na sua casa, e, como dizem os ingleses que me educaram, a casa de um homem é o seu castelo, Entre, mas olhe que eu estava deitado, Dormia, Julgo que tinha adormecido, Comigo não tem de fazer cerimónia, na cama estava, para a cama volta, eu fico só uns minutos. Ricardo Reis enfiou-se nos lençóis rapidamente, a bater o queixo, de frio, mas também do temor remanescente, nem despiu o roupão. Fernando Pessoa sentou-se numa cadeira, traçou a perna, cruzou as mãos sobre os joelhos, depois olhou em redor com ar crítico, Então foi para aqui que você veio morar, Parece que sim, Acho um bocado triste, As casas que estiveram muito tempo desocupadas têm todas este ar, E vai viver aqui sozinho, uma pessoa só, Pelos vistos, não, ainda hoje me mudei, e já tenho a sua visita, Eu não conto, não sou companhia, Contou o suficiente para me ter obrigado a sair da cama, com um frio destes, só para lhe abrir a porta, ainda acabo por ter de lhe dar uma chave, Não saberia servir-me dela, se eu pudesse atravessar as paredes evitava-se este incómodo, Deixe lá, não tome as minhas palavras como uma censura, deu-me até muito gosto que tivesse aparecido, esta primeira noite, provavelmente, não ia ser fácil, Medo, Assustei-me um pouco quando ouvi bater, não me lembrei que pudesse ser você, mas não estava com medo, era apenas a solidão, Ora, a solidão, ainda vai ter de aprender muito para saber o que isso é, Sempre vivi só, Também eu, mas a solidão não é viver só, a solidão é não sermos capazes de fazer companhia a alguém ou a alguma coisa que está dentro de nós, a solidão não é uma árvore no meio duma planície onde só ela esteja, é a distância entre a seiva profunda e a casca, entre a folha e a raiz, Você está a tresvariar, tudo quanto menciona está ligado entre si, aí não há nenhuma solidão, Deixemos a árvore, olhe para dentro de si e veja a solidão, Como disse o outro, solitário andar por entre a gente, Pior do que isso, solitário estar onde nem nós próprios estamos, Está hoje de péssimo humor, Tenho os meus dias, Não era dessa solidão que eu falava, mas doutra, esta de andar connosco, a suportável, a que nos faz companhia, Até essa tem que se lhe diga, às vezes não conseguimos aguentá-la, suplicamos uma presença, uma voz, outras vezes essa mesma voz e essa mesma presença só servem para a tornar intolerável, É isso possível, É, no outro dia, quando nos encontrámos ali no miradouro, lembra-se, estava você à espera daquela sua namorada, Já lhe disse que não é minha namorada, Pronto, não se zangue, mas pode vir a sê-lo, sabe lá você o que o dia de amanhã lhe reserva, Eu até tenho idade para ser pai dela, E daí, Mude de assunto, conte o resto da sua história, Foi a propósito de você ter estado com gripe, lembrei-me de um pequeno episódio da minha doença, esta última, final e derradeira, O que aí vai de pleonasmos, o seu estilo piorou muito, A morte também é pleonástica, é mesmo a mais pleonástica de todas as coisas, O resto, Foi lá a casa um médico, eu estava deitado, no quarto, a minha irmã abriu a porta, A sua meia-irmã, aliás a vida está cheia de meios-irmãos, Que quer dizer com isso, Nada de especial, continue, Abriu a porta e disse para o médico entre senhor doutor está aqui este inútil, o inútil era eu, é claro, como vê a solidão não tem nenhum limite, está em toda a parte, Alguma vez se sentiu realmente inútil, É difícil responder, pelo menos não me lembro de me ter sentido verdadeiramente útil, creio mesmo que é essa a primeira solidão, não nos sentirmos úteis, Ainda que os outros pensem ou nós os levemos a pensar o contrário, Os outros enganam-se muitas vezes, Também nós. Fernando Pessoa levantou-se, entreabriu as portadas da janela, olhou para fora, Imperdoável esquecimento, disse, não ter posto o Adamastor na Mensagem, um gigante tão fácil, de tão clara lição simbólica, Vê-o daí, Vejo, pobre criatura, serviu-se o Camões dele para queixumes de amor que provavelmente lhe estavam na alma, e para profecias menos do que óbvias, anunciar naufrágios a quem anda no mar, para isso não são precisos dons divinatórios particulares, Profetizar desgraças sempre foi sinal de solidão, tivesse correspondido Tétis ao amor do gigante e outro teria sido o discurso dele. Fernando Pessoa estava outra vez sentado, na mesma posição, Ainda se demora, perguntou Ricardo Reis, Porquê, Tenho sono, Não se importe comigo, durma quando quiser, a não ser que a minha presença o incomode, O que me incomoda é vê-lo aí sentado, assim, ao frio, Eu não preciso de agasalhos, até podia estar em mangas de camisa, mas você não deve dormir de roupão vestido, é impróprio, Vou já tirá-lo. Fernando Pessoa estendeu-lhe o roupão sobre a colcha, aconchegou os cobertores, alinhou a dobra do lençol, maternalmente, Agora durma, Olhe, Fernando, faça-me um favor, apague a luz, para si não deve ter importância ficar às escuras. Fernando Pessoa foi ao interruptor, o quarto ficou em súbita escuridão, depois, muito devagar, a claridade dos candeeiros da rua foi-se insinuando pelas frinchas da janela, uma faixa luminosa, ténue, indecisa poalha, projectou-se na parede. Ricardo Reis fechou os olhos, murmurou, Boa noite, Fernando, pareceu-lhe que passara muito tempo quando ouviu a resposta, Boa noite, Ricardo, ainda contou até cem, ou julgou ter contado, abriu os olhos pesados, Fernando Pessoa continuava sentado na mesma cadeira, com as mãos cruzadas sobre o joelho, imagem de abandono, de última solidão, porquê, talvez porque está sem óculos, pensou Ricardo Reis, e isto lhe pareceu, no confuso sonho, a mais terrível das desgraças. Lá pelo meio da noite acordou, a chuva parara, o mundo viajava através do espaço silencioso. Fernando Pessoa não mudara de posição, olhava na direcção da cama, sem nenhuma expressão, como uma estátua de olhos lisos. Muito mais tarde, tornou Ricardo Reis a acordar, uma porta batera. Fernando Pessoa já não estava no quarto, saíra com a primeira luz do amanhecer.

Como igualmente se tem visto em outros tempos e lugares, são muitas as contrariedades da vida. Quando Ricardo Reis acordou, manhã alta, sentiu na casa uma presença, talvez não fosse ainda a solidão, era o silêncio, meio-irmão dela. Durante alguns minutos viu fugir-lhe o ânimo como se assistisse ao correr da areia numa ampulheta, fatigadíssima comparação que, apesar de o ser, sempre regressa, um dia a dispensaremos, quando, por termos uma longa vida de duzentos anos, formos nós próprios a ampulheta, atentos à areia que em nós corre, hoje não, que a vida, curta sendo, não dá para contemplações. Mas era de contrariedades que falávamos. Quando Ricardo Reis se levantou e foi à cozinha para acender o esquentador e o bico do gás, descobriu que estava sem fósforos, esquecera-se de os comprar. E como um esquecimento nunca vem só, viu que lhe faltava também o saco de fazer o café, é bem verdade que um homem sozinho não vale nada. A solução mais fácil, por mais próxima, seria ir bater à porta dos vizinhos, o de baixo ou o de cima, Queira desculpar, minha senhora, sou o novo inquilino do segundo andar, mudei-me para cá ontem, agora queria fazer o café, tomar banho, fazer a barba, e estou sem fósforos, também me falta o saco do café, mas isso ainda é o menos, passo sem ele, tenho um pacote de chá, disso não me esqueci, o pior é o banho, se me emprestasse um fósforo, muito obrigado, desculpe ter vindo incomodá-la. Sendo os homens irmãos uns dos outros, ainda que meios, nada mais natural, e nem deveria ter de sair para o frio da escada, vinham aí perguntar-lhe, Precisa de alguma coisa, dei por que se mudou ontem, já se sabe que nas mudanças é assim, se não faltam os fósforos, esqueceu o sal, se veio o sabão, perdeu-se o esfregão para ele, os vizinhos são para as ocasiões. Ricardo Reis não foi pedir socorro, ninguém desceu ou subiu a oferecer préstimos, então não teve mais remédio que vestir-se, calçar-se, pôs um cachecol a esconder a barba crescida, enterrou o chapéu pela cabeça abaixo, irritado por se ter esquecido, ainda mais por ter de sair à rua neste preparo, à procura de fósforos. Foi primeiro à janela, a ver que tempo estava, céu coberto, chuva nenhuma, o Adamastor sozinho, ainda é cedo para virem os velhos a ver os navios, a esta hora estarão em casa a fazer a barba, com água fria, e daí talvez não, talvez as cansadas mulheres lhes aqueçam um pucarinho de água, quebrada só da friúra, que a virilidade dos homens portugueses, no geral máxima entre todas, não tolera deliquiscências, basta lembrar que descendemos em linha recta daqueles lusitanos que tomavam banho nas lagoas geladas dos Montes Hermínios e iam logo a seguir fazer um filho à lusitana. Numa carvoaria e taberna da parte baixa do bairro comprou Ricardo Reis os fósforos, meia dúzia de caixas para que o carvoeiro não achasse mesquinho o matinal negócio, pois muito se enganava, que venda assim, por atacado, não se lembrava o homem de ter feito desde que o mundo é mundo, aqui ainda se usa ir pedir lume à vizinha. Animado pelo ar frio, confortado pelo cachecol e pela ausência de pessoas na rua, Ricardo Reis subiu a ver o rio, os montes da outra margem, daqui tão baixos, a esteira do sol sobre as águas, aparecendo e desaparecendo conforme o correr das nuvens baixas. Foi dar a volta à estátua, ver quem era o autor, quando fora feita, a data lá está, mil novecentos e vinte e sete, Ricardo Reis tem um espírito que sempre procura encontrar simetrias nas irregularidades do mundo, oito anos depois da minha partida para o exílio foi aqui posto Adamastor, oito anos depois de aqui estar Adamastor regresso eu à pátria, ó pátria, chamou-me a voz dos teus egrégios avós, então os velhos apareceram na calçada, de barba feita, a pele arrepanhada de rugas e alúmen, trazem o guarda-chuva posto no braço, vestem umas samarras desbotadas, não usam gravata, mas o botão vem severamente abotoado, não é por ser domingo, dia de respeito, é por uma dignidade vestimentária compatível, até, com o andrajo. Os velhos encaram com Ricardo Reis, desconfiam daquele rondar em torno da estátua, mais convencidos agora ficam de que há mistério neste homem, quem é, que faz, de que vive. Antes de se sentarem, estendem na tábua húmida do banco uma serapilheira dobrada, depois, em gestos medidos, pausados, de quem não tem pressa, acomodam-se, tossem fragorosamente, o gordo tira do bolso interior da samarra um jornal, é o Século dos bodos, sempre o compram ao domingo, ora um, ora outro, daqui a uma semana será a vez do magro. Ricardo Reis deu segunda e terceira voltas ao Adamastor, percebe que os velhos estão impacientes, aquela presença irrequieta não os deixa concentrarem-se na leitura das notícias, que o gordo há-de fazer em voz alta para benefício do seu próprio entendimento e do magro analfabeto, hesitando nas palavras difíceis, que ainda assim não são em excesso, à uma porque os jornalistas nunca se esquecem de que escrevem para o povo, às duas porque sabem muito bem para que povo escrevem. Desceu Ricardo Reis à grade, aí se fez esquecido dos velhos, já eles iam avançando pelo jornal dentro, ouvia-se o murmúrio, um que lia, outro que ouvia e comentava, No porta-moedas de Luís Uceda havia, estampada, uma fotografia a cores de Salazar, estranho indício ou acaso de comércio, este país está cheio de enigmas policiários, aparece um homem morto na estrada de Sintra, diz-se que estrangulado, diz-se que com éter o adormeceram antes, diz-se que durante o sequestro em que o mantiveram passou muita fome, diz-se que o crime foi crapuloso, palavra que desacredita irremediavelmente qualquer delito, e, vai-se ver, no porta-moedas tinha o assassinado a fotografia do sábio homem, esse ditador todo paternal, como também crapulosamente, se nos é permitido o paralelo, declarou aquele autor francês cujo nome se deixa registado para a história, Charles Oulmont se chama ele, daqui por uns tempos confirmará a investigação que Luís Uceda era grande admirador do eminente estadista e será revelado que no cabedal do dito porta-moedas se mostrava estampada outra demonstração do patriotismo de Uceda, que era o emblema da República, a esfera armilar, com seus castelos e quinas, e também os seguintes dizeres, Prefiram produtos portugueses. Discretamente, Ricardo Reis afasta-se, deixa apaziguados os velhos, e tão absortos no dramático mistério que nem deram pela retirada.

Não teve mais história a manhã, salvo a relutância trivial dum esquentador há muitas semanas fora de uso, foi ali um desbaratar de fósforos antes que se afirmasse a chama, e também não merece desenvolvimento particular a melancólica deglutição duma chávena de chá e três bolinhos secos, restos da ceia de ontem, e o banho na profunda tina, um pouco sarrosa, entre nuvens de vapor, a cara com vagar escanhoada, primeira vez, segunda vez, como se tivesse algures um encontro marcado com uma mulher, ou ela o viesse visitar clandestinamente, embuçada em gola e véu, ansiosa por este cheiro de sabonete, por este odorífero traço de água-de-colónia, enquanto outros cheiros mais violentos e naturais não confundem todos os cheiros num cheiro de corpo, urgente, aquele que as narinas frementes absorvem, aquele que faz ofegar os peitos depois da grande corrida. Também assim vagueiam os espíritos dos poetas, ao rés da terra, roçando a pele das mulheres, mesmo estando elas tão longe como agora, quanto aqui se diga é por enquanto obra da imaginação, senhora de grande poder e benevolência. Ricardo

Reis está pronto para sair, não tem ninguém à sua espera, não vai à missa das onze oferecer a água-benta à eterna desconhecida, mesmo o bom senso lhe mandaria que ficasse em casa até à hora do almoço, tem papéis para arrumar, livros que ainda pode ler, e uma decisão a dispor, que vida terá, que trabalho, que razão suficiente para viver e trabalhar, numa só palavra, para quê. Não pensara sair de manhã, mas terá de sair, seria ridículo tornar-se a despir, reconhecer que se vestira para a rua sem se aperceber do que fazia, assim muitas vezes nos acontece, damos os dois primeiros passos por devaneio ou distracção, e depois não temos mais remédio que dar o terceiro, mesmo sabendo que é errado ou ridículo, o homem é, de facto, em última verdade, um animal irracional. Entrou no quarto, pensou que talvez devesse fazer a cama antes de sair, não pode consentir a si mesmo hábitos de desleixo, mas não valia a pena, não esperava visitas, então sentou-se na cadeira onde Fernando Pessoa passara a noite, traçou a perna como ele, cruzou as mãos sobre o joelho, tentou sentir-se morto, olhar com olhos de estátua o leito vazio, mas havia uma veia a pulsar-lhe na fonte esquerda, a pálpebra do mesmo lado agitava-se, Estou vivo, murmurou, depois em voz alta, sonora, Estou vivo, e como não havia ali ninguém que pudesse desmenti-lo, acreditou. Pôs o chapéu, saiu. Os velhos já não estavam sozinhos. Algumas crianças brincavam ao pé-coxinho, saltando sobre um desenho traçado a giz no chão, de casa em casa, todas com seu número de ordem, muitos são os nomes que deram a este jogo, há quem lhe chame a macaca, ou o avião, ou o céu-e-inferno, também podia ser roleta ou glória, o seu nome mais perfeito ainda será jogo do homem, assim de figura parece, com aquele corpo direito, aqueles braços abertos, o arco de círculo superior formando cabeça ou pensamento, está deitado nas pedras, olhando as nuvens, enquanto as crianças o vão pisando, inconscientes do atentado, mais adiante saberão o que custa, quando lhes chegar a vez. Há uns soldados que vieram cedo de mais, é provável que estejam apenas a reconhecer o terreno, que depois do almoço, lá para o meio da tarde, é que vêm aqui passear as criadas, se não chover, caso contrário lhes dirá a patroa, Olha, Maria, está a chover muito, o melhor é não saíres, ficas a passar a roupa a ferro, depois dou-te mais uma hora no teu dia de saída, que só vai ser daqui a quinze dias, isto se acrescentando para quem não for do tempo destas regalias ou de sabê-las não tiver sentido primeira curiosidade. Ricardo Reis debruçou-se um minuto do gradeamento superior, não deram por ele os velhos, o céu descobrira-se mais, havia para o lado da barra uma grande faixa azul, boa entrada fará quem hoje vier do Rio de Janeiro, se é dia de vapor. Fiado das melhorias que o céu anunciava, Ricardo Reis começou o seu passeio pelo Calhariz, desceu ao Camões, ali teve o impulso sentimental de visitar o Hotel Bragança, como aqueles rapazinhos tímidos que fizeram o seu exame de segundo grau e, não tendo já que estudar numa escola que tantas vezes terão aborrecido, ainda a vão visitar, mais aos professores, e aos colegas das classes atrasadas, até que todos se cansam da peregrinação, como todas inútil, cansa-se o peregrino, começa a ignorá-lo o lugar do culto, que iria ele fazer ao hotel, cumprimentar Salvador e Pimenta, Então o senhor doutor teve saudades nossas, dar uma palavra a Lídia, coitada, tão nervosa, de propósito e por malícia chamada à recepção, Vem cá, que o doutor Reis quer-te falar, Não foi por nada de particular que resolvi passar por aqui, somente para agradecer o bem que me trataram e instruíram, tanto no primeiro grau quanto no segundo, se mais não fui capaz de aprender, a culpa não foi dos mestres, mas desta minha má cabeça. Descendo o passeio em frente da igreja dos Mártires, Ricardo Reis aspira um ar balsâmico, é a exalação preciosa das devotas que lá dentro estão, agora começou a missa para as pessoas desta qualidade, as do mundo superior, aqui se identificam, havendo bom nariz, as famílias e as essências. Adivinha-se que o céu dos altares, pelo bem que cheiram, é forrado de pompons, de borlas de pó-de-arroz, e certamente o cirieiro acrescenta à massa das velas e dos círios uma generosa porção de patchouli, que tudo caldeado, moldado e posto a arder, mais o quantum satis de incenso, causa uma irresistível embriaguez da alma, um rapto dos sentidos, então amolecem os corpos, escoam-se os olhares, e, definitivamente o êxtase, nem sabe Ricardo Reis o que perde por ser adepto de religiões mortas, não se apurou se prefere as gregas ou as romanas, que a umas e outras em verso invoca, a ele basta-lhe haver deuses nelas, e não Deus apenas. Desce aos baixos da urbe, caminho já conhecido, sossego dominical e provinciano, só lá para tarde, depois do almoço, virão os moradores dos bairros a ver as montras das lojas, levam toda a semana à espera deste dia, famílias inteiras com crianças ao colo ou trazidas por seu pé, cansado ao fim do dia, roído pelo mau sapato o calcanhar, depois pedem um bolo-de-arroz, se está de boa maré o pai e quer fazer figura pública de próspero acabam todos numa leitaria, galões para toda a gente, e assim se poupará no jantar, quem não come por ter comido, diz o povo, não tem doença de perigo, mais fica para amanhã. Chegando a sua hora almoçará Ricardo Reis, desta vez vai ao Chave de Ouro, um bife para desenjoar dos açúcares, e depois, por se anunciar tão longa a tarde, quantas horas hão-de passar ainda antes que anoiteça, compra bilhete para o cinema, vai ver O Barqueiro do Volga, filme francês, com Pierre Blanchard, que Volga terão eles conseguido inventar em França, as fitas são como a poesia, arte da ilusão, ajeitando-lhes um espelho faz-se de um charco o oceano. Mudou entretanto o tempo, à saída do cinema ameaçava chuva, por isso resolveu tomar um táxi, e ainda bem, mal acabara de entrar em casa, mal tinha pendurado o chapéu e despido a gabardina, ouviu duas pancadas dadas pela aldraba de ferro da porta da rua, segundo andar, é para aqui, lembrou-se se seria

Fernando Pessoa, à luz do dia, contra o costume anunciando-se ruidosamente, capaz de aparecer um vizinho à janela, a perguntar, Quem é, e pôr-se aos gritos, Ai uma alma do outro mundo, se com tal facilidade a identificasse seria por conhecer bem as almas deste. Abriu ele a janela, olhou, era Lídia, já abrindo o guarda-chuva, caíam as primeiras gotas, grossas, pesadas, Que terá ela vindo cá fazer, porquê, um minuto antes lhe parecera a solidão a mais desgraçada maneira de estar vivo, agora aborrecia-o a intrusa, mesmo podendo, se quisesse, aproveitá-la para a distracção do corpo, em erótica peleja, para tranquilização dos nervos e pacificação dos pensamentos. Foi à escada puxar o arame, viu Lídia que subia, agitada e cautelosa, se há contradição entre os dois estados ela a resolveu, e recuou para entreportas, sem ostensiva secura, somente reservado, aquele quanto que a surpresa pudesse justificar, Não te esperava, há alguma novidade, e isto foi o que disse quando ela entrou, já fechada a porta, é espantoso, não se encontram vizinhos como estes, até agora não lhes conhecemos nem o nome nem a cara. Lídia deu um passo para ser abraçada, e ele a satisfez, julgando que por mero comprazimento, mas no instante seguinte apertava-a com força, beijava-lhe o pescoço, ainda não consegue beijá-la igualitariamente na boca, só estando deitados, quando o momento supremo se aproxima e se perde o sentido, ela nem a tanto se afoita, deixa-se beijar quando ele quer, e o resto, mas hoje não, Vim só para saber se está bem instalado, aprendeu esta palavra na indústria hoteleira, oxalá não dêem pela minha falta, e ver os arranjos da casa, ele queria levá-la para o quarto, mas ela soltou-se, Não pode ser, não pode ser, e tremia-lhe a voz, porém a vontade era firme, modo de dizer, que a sua vontade verdadeira seria deitar-se naquela cama, receber aquele homem, sentir a cabeça dele no seu ombro, só isto e nada mais, apenas tocar-lhe nos cabelos da cabeça, como um afago que não ousa tudo, se tanto podia permitir-se, eis o que quereria, mas por trás do balcão do Hotel Bragança está Salvador perguntando, Onde diabo é que se meteu essa Lídia, corre já a casa toda como se o ouvisse, com seus olhos experientes vai registando as faltas, não há vassouras, nem baldes, nem panos do chão e do pó, nem sabão azul e branco, nem sabão amêndoa, nem lixívia, nem pedra-pomes, nem piaçaba e escova de piaçaba, nem papel higiénico, os homens são descuidados como crianças, embarcam para o outro lado do mundo, a descobrir o caminho para a Índia, e depois aqui d'el-rei que lhes faltava o essencial, que será, ou a simples cor da vida, qual seja. Nesta casa, de sobejo, só estão a poeira, o cotão, esses fios, às vezes grisalhos cabelos, que as gerações vão deixando cair, cansando-se a vista já nem dão conta, até às aranhas se lhes envelhecem as teias, o pó torna-as pesadas, um dia morre o insecto, fica o corpo seco, de encolhidas patas, no seu túmulo aéreo, com os restos quase pulverulentos das moscas, ao seu destino ninguém escapa, ninguém fica para semente, esta é uma grande verdade. Então Lídia anuncia que virá sexta-feira fazer a limpeza, trará o que falta, é o seu dia de folga, Mas então, a tua mãe, não a vais visitar, Mando-lhe recado, depois verei como há-de ser, posso telefonar para uma mercearia que fica perto, eles avisam-na, Vais precisar de dinheiro para as compras, Tiro do meu, depois fazemos contas, Que ideia, toma, cem escudos devem chegar, Ih Jesus, cem escudos é uma riqueza, Cá te espero, então, sexta-feira, mas custa-me muito que venhas por causa de limpezas, Ora, e isso que tem, assim como a casa está, é que não pode viver, Depois dou-te uma lembrança, Não quero lembranças, faz de conta que sou a sua mulher-a-dias, Toda a gente deve ter o seu salário, O meu salário é o seu bom trato, esta palavra merecia realmente um beijo, e Ricardo Reis deu-o, enfim na boca. Já ele tinha a mão no trinco da porta, parece não haver mais que dizer, selou-se o contrato, mas Lídia, de repente, deu a notícia, precipitou as palavras como se não pudesse resistir-lhes ou quisesse libertar-se delas o mais depressa possível, A menina Marcenda chega amanhã, telefonaram de Coimbra, quer que eu lhe diga onde é que mora, perguntou, com igual rapidez deu Ricardo Reis a resposta, parecia até que para ela se preparara previamente, Não, não quero, é como se tu não soubesses nada, sentiu-se Lídia feliz por ser a única depositária do segredo, bem iludida vai, desce, ligeiríssima, a escada, e como finalmente se entreabriu a porta do primeiro andar, alguma hora haveriam de querer satisfazer-se as curiosidades do prédio, diz para cima como se repetisse um acordo de prestação de serviços, Então até sexta-feira, senhor doutor, cá virei para as limpezas, é o mesmo que estar prevenindo a curiosa, Olhe lá, ó sua bisbilhoteira, eu sou a mulher-a-dias do inquilino novo, ouviu, não se ponha para aí a imaginar outras coisas, a ele não o conheço nem de mesa nem de cama, e cumprimenta com muito boa educação, Boas tardes, minha senhora, a outra quase não lhe responde, olha desconfiada, mulheres-a-dias não é assim que costumam ser, tão leves e passarinheiras, geralmente andam de carranca, arrastam a perna endurecida pelo reumatismo, ou as varizes, enquanto Lídia desce acompanha-a com um olhar seco e frio, que lambisgóia é esta, no patamar de cima já Ricardo Reis fechou a porta, consciente da sua duplicidade e examinando-a, Não, não dês a minha morada a Marcenda, se fosse um homem leal e verdadeiro teria acrescentado, Ela já a sabe, por uma carta que lhe escrevi, em confidência, para a posta-restante, não fosse o pai desconfiar. E se quisesse ir mais adiante na confissão, abrir o peito, diria, Agora vou-me deixar ficar em casa, apenas para comer sairei, e ainda assim será de fugida, a olhar para o relógio, que todas as horas aqui estou, noite, manhã e tarde, por todo o tempo que ela estiver em Lisboa, amanhã, que é segunda-feira, decerto não virá, chega tarde o comboio, mas talvez apareça terça-feira, ou quarta, ou quinta, Ou sexta, Sexta não, que vou ter a Lídia a fazer a limpeza, Ora, que importância tinha isso, juntava as duas, cada uma no seu lugar, a criada e a menina de boas famílias, não havia perigo de se misturarem, Marcenda nunca se demora tantos dias em Lisboa, vem só para o médico, é certo que também há aquele caso do pai, Muito bem, e você, que espera você que possa acontecer se ela vier a sua casa, Não espero nada, limito-me a desejar que venha, Acha que uma menina como Marcenda, com a esmerada educação que recebeu, o rigoroso código moral do seu pai notário, faz visitas a um homem solteiro, na própria casa dele, sozinha, acha que as coisas se passam assim na vida, Um dia perguntei-lhe por que é que queria ver-me, e respondeu-me que não sabia, num caso destes é a resposta que dá mais esperanças, acho eu, Um não sabe, o outro ignora, Parece que sim, Exactamente como estiveram Adão e Eva no paraíso, Exageração sua, nem isto é o paraíso, nem ela é Eva e eu Adão, como sabe, Adão era pouco mais velho que Eva, tinham só uma diferença de horas, ou dias, não sei bem, Adão é todo o homem, toda a mulher é Eva, iguais, diferentes e necessários, e cada um de nós é homem primeiro e primeira mulher, únicos de cada vez, Ainda que, se sei julgar bem, continue a mulher a ser mais Eva do que o homem Adão, Felizmente, Fala assim por se lembrar da sua própria experiência, Não, falo assim porque a todos nos convém que assim seja, O que você queria, Fernando, era voltar ao princípio, O meu nome não é Fernando, Ah.

    Ricardo Reis não saiu para jantar. Tomou chá e bolos na grande mesa da sala, acompanhado por sete cadeiras vazias, sob um candeeiro de cinco braços com duas lâmpadas fundidas, dos bolos secos comeu três, ficava um no prato, recapitulou e viu que lhe faltavam dois números, o quatro e o seis, rapidamente soube encontrar o primeiro deles, estava nos cantos da sala rectangular, mas para descobrir o seis teve de levantar-se, procurar aqui e ali, com essa busca ganhou o oito, as cadeiras vazias, finalmente decidiu que seria ele o seis, podia ser qualquer número, se era, provadamente, inúmeros. Com um sorriso de meia ironia e tristeza abanou a cabeça, murmurou, Creio que estou a endoidecer, depois foi para o quarto, ouvia-se na rua o murmurar contínuo das águas, as que caíam do céu, as que corriam pelas valetas para os baixos da Boavista e do Conde Barão. À pilha de livros ainda não arrumados foi buscar The god of the labyrinth, sentou-se na cadeira onde estivera Fernando Pessoa, com um dos cobertores da cama tapou os joelhos, e pôs-se a ler, começando outra vez na primeira página, O corpo, que foi encontrado pelo primeiro jogador de xadrez, ocupava, de braços abertos, as casas dos peões do rei e da rainha e as duas seguintes, na direcção do campo adversário. Continuou a leitura, mas, mesmo antes de chegar ao ponto em que deixara a história, começou a sentir-se sonolento. Deitou-se, leu ainda duas páginas com esforço, adormeceu na clareira de um parágrafo, entre os lances trigésimo sétimo e trigésimo oitavo, quando o segundo jogador reflectia sobre o destino do bispo. Não se levantou para apagar a luz do tecto, mas ela estava apagada quando acordou a meio da noite, pensou que afinal sempre se tinha levantado, desligara o interruptor, são coisas que fazemos meio inconscientes, o corpo, por si mesmo, podendo, evita as incomodidades, por isso dormimos na véspera da batalha ou da execução, por isso, afinal, morremos, quando já não conseguimos suportar a violenta luz da vida.

De manhã, os astros mantinham-se carregados. Como se esquecera de fechar as portadas da janela, a matinal claridade cinzenta enchia-lhe o quarto. Tinha à sua frente um dia longo, uma longa semana, de tudo o que lhe apetecia era ficar deitado, no morno dos cobertores, deixando crescer a barba, tornar-se musgo, até que alguém viesse bater-lhe à porta, Quem é, É a Marcenda, e ele exclamaria alvoroçado, Um momento, em três segundos ficava apresentável de barba e cabelo, recendente do banho, vestido de lavado e a rigor para receber a esperada visita, Faça favor de entrar, que surpresa tão agradável. Não uma vez, mas duas, lhe foram bater à porta, primeiro a leiteira, a saber se o senhor doutor queria ficar com leite todas as manhãs, depois o padeiro, a saber se o senhor doutor queria ficar com pão todas as manhãs, e ele a ambos respondeu que sim, Então o senhor doutor deixa à noite a cafeteirinha em cima do capacho, Então o senhor doutor deixa à noite o saquinho do pão no puxador da porta, Mas quem foi que lhes disse que eu estou a morar aqui, Foi a senhora do primeiro andar, Ah, e o pagamento, como vai ser, Se quiser paga à semana, ou ao mês, Então, à semana, Sim, senhor doutor, não perguntou Ricardo Reis como o tinham sabido eles, é uma pergunta que não vale nunca a pena fazer, aliás, bem ouvimos Lídia dar-lhe aquele tratamento quando descia a escada, estava a vizinha e ouviu também. Com leite, chá e pão fresco fez Ricardo Reis um salutar pequeno-almoço, faltava-lhe a manteiga, e a compota, mas estas vianinhas finíssimas passam bem sem adubo, se a rainha Maria Antonieta, no seu tempo, tivesse um pão assim, não teria de sustentar-se a brioches. Agora só falta a gazeta, mas até essa cá virá ter. Está Ricardo Reis no quarto, ouve o pregão do ardina, Olha o Século, olha o Notícias, abre rapidamente a janela, e aí vem o jornal pelos ares, dobrado como uma carta de segredo, húmido da tinta que o tempo, como está, não vai deixar secar, fica nos dedos a macia negrura, um pouco gordurosa, como de grafite, agora em cada manhã virá este pombo-correio bater às vidraças, até que de dentro lhe abram, ouve-se o pregão desde o fim da rua, depois, tardando a janela a abrir-se, como quase sempre acontece, sobe o jornal aos ares, rodopiando como um disco, primeira vez bate, segunda vez torna, já Ricardo Reis apareceu, abriu de par em par, e recebe nos braços o alado mensageiro que traz as notícias do mundo, debruça-se do peitoril para dizer, Obrigado, senhor Manuel, e o vendedor responde, Até amanhã, senhor doutor, mas isto será mais para diante, por enquanto ainda está a combinar o acordo, este pagamento será ao mês, fregueses certos é assim, escusa-se o tempo e o trabalho de estar a cobrar três tostões todos os dias, mísera quantia.

Agora, esperar. Ler as gazetas, neste primeiro dia também as da tarde, reler, medir, ponderar e corrigir desde o princípio as odes, retomar o labirinto e o deus dele, olhar da janela o céu, ouvir falarem na escada a vizinha do primeiro andar e a vizinha do terceiro andar, perceber que as agudas vozes lhe são destinadas, dormir, dormitar e acordar, sair só para o almoço, de fugida, ali pertinho, numa casa de pasto do Calhariz, tornar aos jornais já lidos, às odes arrefecidas, às seis hipóteses de desenvolvimento do quadragésimo nono lance, passar em frente do espelho, voltar atrás para saber se ainda lá está quem passou, decidir que este silêncio é insuportável sem uma nota de música, que um destes dias irá comprar uma telefonia, e para se informar do que melhor lhe convenha procura os anúncios das marcas, Belmont, Philips, RCA, Philco, Pilot, Stewart-Warner, vai tomando notas, escreve super-heteródino sem perceber mais que o super, mesmo assim com dúvidas, e, pobre homem solitário, pasma diante de um anúncio que promete às mulheres um peito impecável em três a cinco semanas pelos métodos parisienses Exuber, de acordo com os três desideratos fundamentais, Bust Raffermer, Bust Developer, Bust Reducer, algaravia anglo-francesa de cuja tradução em resultados se encarrega Madame Hélène Duroy, da Rue de Miromesnil, que é, claro está, em Paris, onde todas aquelas esplêndidas mulheres aplicam estes métodos para endurecer, desenvolver e reduzir, sucessivamente ou ao mesmo tempo. Ricardo Reis examina outros miríficos anúncios, o do reconstituinte Banacao, o do Vinho Nutritivo de Carne, o do automóvel Jowett, o do elixir bucal Pargil, o do sabonete Noite de Prata, o do vinho Evel, o das obras de Mercedes Blasco, o da Selva, o dos Saltratos Rodel, o das insistentes Cartas da Religiosa Portuguesa, o dos livros de Blasco

Ibañez, o das escovas de dentes Tek, o do Veramon para as dores, o da tintura Noiva para o cabelo, o do Desodorol para os sovacos, e depois regressa resignado às notícias já lidas, morreu Alexandre Glazunov, autor do Stenka Rázine, por Salazar, esse ditador paternal, foram inaugurados refeitórios na Fundação Nacional para a Alegria no Trabalho, a Alemanha anuncia que não retirará as suas tropas da Renânia, novos temporais assolaram o Ribatejo, foi declarado o estado de guerra no Brasil e presas centenas de pessoas, palavras de Hitler, Ou dominamos o nosso destino ou perecemos, enviadas forças militares para a província de Badajoz onde milhares de trabalhadores invadiram propriedades rurais, na Câmara dos Comuns alguns oradores afirmaram que deve ser reconhecida ao Reich a igualdade de direitos, novos e palpitantes episódios do caso Uceda, começaram as filmagens da Revolução de Maio que conta a história de um foragido que entra em Portugal para fazer a revolução, não aquela, outra, e é convertido aos ideais nacionalistas pela filha da dona da pensão onde vai hospedar-se clandestino, esta notícia leu-a Ricardo Reis primeira, segunda e terceira vezes, a ver se libertava um impreciso eco que zumbia no fundo recôndito da memória, Isto lembra-me qualquer coisa, mas das três vezes não conseguiu, e foi quando já passara a outra notícia, greve geral na Corunha, que o ténue murmúrio se definiu e tornou claro, nem sequer se tratava de uma recordação antiga, era a Conspiração, esse livro, essa Marília, a história dessa outra conversão ao nacionalismo e seus ideais, que, a avaliar pelas provas dadas, sucessivas, têm nas mulheres activas propagandistas, com resultados tão magníficos que já a literatura e a sétima arte dão nome e merecimento a esses anjos de pureza e abnegação que procuram fervidamente as almas masculinas transviadas, se perdidas ainda melhor, nem uma lhes resiste, assim possam elas pôr-lhe a mão em cima, e o olhar puríssimo sob a lágrima suspensa, não precisam de mandar contrafés, não interrogam, sibilinas, como o doutor-adjunto, não assistem, vigilantes, como o Victor. São plurais estas femininas artes, excedem, multiplicando, as outras, já mencionadas, de endurecer, desenvolver e reduzir, se não seria mais rigoroso dizer que todas se resumem limiarmente nestas, tanto nos seus sentidos literais como nas decorrências e concorrências, incluindo os arrojos e exageros da metáfora, as libertinagens da associação de ideias. Santas mulheres, agentes de salvação, religiosas portuguesas, sorores marianas e piedosas, estejam lá onde estiverem, nos conventos ou nos alcouces, nos palácios ou nas choupanas, filhas de dona de pensão ou de senador, que mensagens astrais e telepáticas trocarão entre si para que, de tão diferentes seres e condições, segundo os nossos terrenos critérios, resulte uma acção tão concertada, igualmente conclusiva, resgatar-se o homem perdido, que ao contrário do que afirma o dito sempre espera conselhos, e, como supremo prémio, umas vezes lhe dão a sua amizade de irmãs, outras o amor, o corpo e as conveniências da esposa estremecida. Por isso o homem mantém viva e perene a esperança da felicidade, que virá, vindo, nas auras do anjo bom descido das alturas e dos altares, porque, enfim, confessemo-lo de uma vez, tudo isto não é mais que manifestações segundas do mariano culto, secundinas, se a palavra fosse autorizada, Marília e a filha da dona da pensão humanos avatares da Virgem Santíssima, piedosamente mirando e pondo as mãos lenitivas nas chagas físicas e morais, obrando o milagre da saúde e da conversão política, a humanidade dará um grande passo em frente quando esta espécie de mulheres começar a mandar. Ricardo Reis sorria enquanto, mentalmente, desfiava estas irreverências tristes, não é agradável ver um homem a sorrir sozinho, pior ainda se é ao espelho que sorri, o que lhe vale é haver uma porta fechada entre ele e o resto do mundo. Então pensou, E Marcenda, que mulher será Marcenda, a pergunta é inconsequente, mero entretém de quem não tem com quem falar, primeiro será preciso ver se ela tem a ousadia de vir a esta casa, depois terá de declarar, mesmo que não o queira ou saiba dizer por palavras, por que veio, e para quê, a este lugar fechado e retirado, que é como uma enorme teia de aranha, no centro da qual está à espera uma tarântula ferida.

Hoje é o derradeiro dia do prazo que ninguém marcou. Ricardo Reis olha o relógio, passam alguns minutos das quatro, tem a janela fechada, no céu são poucas as nuvens, e vão altas, se Marcenda não vier, não terá a fácil justificação dos últimos tempos, Eu bem o queria, mas a chuva era tanta, como podia eu sair do hotel, mesmo estando meu pai ausente, acho que lá nos seus amores, não faltaria perguntar-me o gerente Salvador, com a confiança que lhe demos, A menina Marcenda vai sair, com esta chuva. Uma vez, dez vezes viu Ricardo Reis as horas, são quatro e meia, Marcenda não veio e não virá, a casa escurece, os móveis escondem-se numa sombra trémula, é possível, agora, compreender o sofrimento de Adamastor. E porque mais do que tanto seria crueldade, soam no último minuto as duas pancadas da aldraba da porta. O prédio pareceu tremer de alto a baixo como se uma onda sísmica lhe tivesse atravessado os alicerces. Ricardo Reis não correu à janela, portanto não sabe quem irá entrar quando vai à escada puxar o arame, ouve a vizinha do andar de cima abrir a porta, ouve-a dizer, Ah, desculpe, julguei que tinham batido para aqui, é uma frase conhecida, legada e transmitida pelas gerações de vizinhas curiosas da vida alheia, com uma pequena modificação nos termos se a aldraba manual já foi substituída pela campainha eléctrica, então dizem tocado em vez de batido, mas a mentira é a mesma. É Marcenda. Debruçado do corrimão, Ricardo Reis vê-a subir, a meio do primeiro lanço ela olha para cima, a certificar-se de que mora realmente ali a pessoa a quem procura, sorri, ele sorri também, são sorrisos que têm um destino, não são feitos ao espelho, essa é a diferença. Recuou Ricardo Reis para a porta, Marcenda sobe o último lanço, só então ele repara que não acendera a luz da escada, vai recebê-la quase às escuras, e enquanto hesita sobre o que deve fazer, acender, não acender, há um outro nível do pensamento em que se exprime uma surpresa, como foi possível aparecer tão luminoso o sorriso dela, visto cá de cima, diante de mim agora, que palavras irão ser ditas, não posso perguntar, Então como tem passado, ou exclamar plebeiamente, Ora viva quem é uma flor, ou lamentar-me, romântico, Já não a esperava, desesperava, por que tardou tanto, ela entrou, eu fecho a porta, nenhum de nós disse ainda uma palavra. Ricardo Reis pega-lhe na mão direita, não para a cumprimentar, apenas quer guiá-la neste labirinto doméstico, para o quarto nunca, por impróprio, para a sala de jantar seria ridículo, em que cadeiras da comprida mesa se sentariam, um ao lado do outro, defronte, e aí quantos seriam, inúmeros ele, ela decerto não única, seja então para o escritório, ela num sofá, eu noutro, entraram já, estão enfim todas as luzes acesas, a do tecto, a da secretária, Marcenda olha em redor os móveis pesados, as duas estantes com os poucos livros, o mata-borrão verde, então Ricardo Reis diz, Vou beijá-la, ela não respondeu, num gesto lento segurou o cotovelo esquerdo com a mão direita, que significado poderá ter o movimento, um protesto, um pedido de trégua, uma rendição, o braço assim cruzado por diante do corpo é uma barreira, talvez, uma recusa, Ricardo Reis avançou um passo, ela não se mexeu, outro passo, quase lhe toca, então Marcenda solta o cotovelo, deixa cair a mão direita, sente-a morta como a outra está, a vida que há em si divide-se entre o coração violento e os joelhos trémulos, vê o rosto do homem aproximar-se devagar, sente um soluço a formar-se-lhe na garganta, na sua, na dele, os lábios tocam-se, é isto um beijo, pensa, mas isto é só o princípio do beijo, a boca dele aperta-se contra a boca dela, são os lábios dele que descerram os lábios dela, é esse o destino do corpo, abrir-se, agora os braços de Ricardo Reis apertam-na pela cintura e pelos ombros, puxam-na, e o seio comprime-se pela primeira vez contra o peito de um homem, ela compreende que o beijo ainda não acabou, que neste momento não é sequer concebível que possa terminar, e voltar o mundo ao princípio, à sua primeira ignorância, compreende também que deve fazer mais alguma coisa que estar de braços caídos, a mão direita sobe até ao ombro de Ricardo Reis, a mão esquerda está morta, ou adormecida, por isso sonha, e no sonho relembra os movimentos que fez noutro tempo, escolhe, liga, encadeia os que, a sonhar, a erguem até à outra mão, agora já se podem entrelaçar os dedos com os dedos, cruzarem-se por trás da nuca do homem, não deve nada a Ricardo Reis, responde ao beijo com o beijo, às mãos com as mãos, pensei-o quando decidi vir, pensei-o quando saí do hotel, pensei-o quando subia aquela escada e o vi debruçado do corrimão, Vai beijar-me. A mão direita retira-se do ombro, escorrega, exausta, a esquerda nunca lá esteve, é a altura de o corpo ter um movimento ondulatório de retracção, o beijo atingiu aquele limite em que já não se pode bastar a si mesmo, separemo-nos antes que a tensão acumulada nos faça passar ao estádio seguinte, o da explosão doutros beijos, precipitados, breves, ofegantes, em que a boca se não satisfaz com a boca, mas a ela volta constantemente, quem de beijos tiver alguma experiência sabe que é assim, não Marcenda, pela primeira vez abraçada e beijada por um homem, no entanto percebe, percebe-o todo o seu corpo dentro e fora da pele, que quanto mais o beijo se prolongar maior se tornará a necessidade de o repetir, sofregamente, num crescendo sem remate possível em si mesmo, será outro o caminho, como este soluço da garganta que não cresce e não se desata, é a voz que pede, sumida, Deixe-me, e acrescenta, movida não sabe por que escrúpulos, como se tivesse medo de o ter ofendido, Deixe-me sentar. Ricardo Reis encaminha-a até ao sofá, ajuda-a, não sabe o que fará a seguir, que palavra lhe compete dizer, se recitará uma declaração de amor, se pedirá desculpa simplesmente, se ajoelhará aos pés dela para isto ou aquilo, se ficará em silêncio à espera de que ela fale, tudo lhe parecia falso, desonesto, a única verdade profunda foi dizer, Vou beijá-la, e tê-lo feito. Marcenda está sentada, pousou a mão esquerda no regaço, bem à vista, como se a tomasse por testemunha, Ricardo Reis sentou-se também, olhavam-se, sentindo ambos o seu próprio corpo como um grande búzio murmurante, e Marcenda disse, Talvez não devesse dizer-lho, mas eu esperava que me beijasse. Ricardo Reis inclinou-se para a frente, agarrou-lhe a mão direita, levou-a aos lábios, falou enfim, Não sei se foi por amor ou desespero que a beijei, e ela respondeu, Ninguém me beijou antes, por isso não sei distinguir entre o desespero e o amor, Mas, pelo menos, saberá o que sentiu, Senti o beijo como o mar deve sentir a onda, se fazem algum sentido estas palavras, mas ainda é dizer o que sinto agora, não o que senti então, Tenho estado todos estes dias à sua espera, a perguntar-me o que iria acontecer se viesse, e nunca pensei que as coisas se passariam assim, foi quando aqui entrámos que compreendi que beijá-la seria o único acto com algum sentido, e quando há pouco lhe disse que não sabia se a tinha beijado por amor ou por desespero, se nesse momento soube o que significava, agora já não sei, Quer dizer que afinal não está desesperado, ou que afinal não me tem amor, Creio que todo o homem ama sempre a mulher a quem está a beijar, ainda que seja por desespero, Que razões tem para sentir-se desesperado, Uma só, este vazio, Um homem que pode servir-se das suas duas mãos, a queixar-se, Mas eu não estou a queixar-me, digo só que é preciso estar muito desesperado para dizer a uma mulher, assim, como eu disse, vou beijá-la, Podia tê-lo dito por amor, Por amor beijá-la-ia, não o diria primeiro, Então não me ama, Gosto de si, Eu também gosto de si, E contudo não foi por isso que nos beijámos, Pois não, Que vamos fazer agora, depois do que aconteceu, Estou aqui sentada, na sua casa, diante de um homem com quem falei três vezes na vida, vim cá para o ver, falar-lhe e ser beijada, no resto não quero pensar, Um dia talvez tenhamos de o fazer, Um dia, talvez, hoje não, Vou arranjar-lhe uma chávena de chá, tenho aí uns bolos, Eu ajudo-o, depois terei de me ir embora, pode meu pai chegar ao hotel, perguntar por mim, Ponha-se à vontade, tire o casaco, Estou bem assim.

Beberam o chá na cozinha, depois Ricardo Reis foi-lhe mostrar a casa, no quarto não passaram da porta, apenas um olhar, voltaram ao escritório, e Marcenda perguntou, Já começou a dar consultas, Ainda não, talvez tente uma policlínica, mesmo que seja por pouco tempo, questão de me readaptar, Será um princípio, É do que todos nós precisamos, de um princípio, A polícia tornou a incomodá-lo, Não, e agora nem sabem onde eu moro, Querendo eles, depressa o saberão, E o seu braço, O meu braço, basta olhar para ele, já não espero remédio, agora o meu pai, O seu pai, O meu pai acha que devo ir a Fátima, diz que se eu tiver fé pode dar-se um milagre, que tem havido outros, Quando se acredita em milagres, já não há nada a esperar da esperança, O que eu acho é que os amores dele estão a chegar ao fim, muito duraram, Diga-me, Marcenda, em que é que acredita, Neste momento, Sim, Neste momento só acredito no beijo que me deu, Podemos dar outro, Não, Porquê, Porque não tenho a certeza de que iria sentir o mesmo, e agora vou, partimos amanhã de manhã. Ricardo Reis acompanhou-a, ela estendeu-lhe a mão, Escreva-me, eu também escreverei, Até daqui a um mês, Se meu pai ainda quiser, Se não vierem, irei eu a Coimbra, Deixe-me ir embora, Ricardo, antes que seja eu a pedir-lhe o beijo, Marcenda, fique, Não. Desceu rapidamente a escada, sem olhar para cima, a porta da rua bateu. Quando Ricardo Reis entrou no quarto, ouviu passos sobre a cabeça, depois uma janela a abrir-se, é a vizinha do terceiro que quer tirar-se de dúvidas, pela maneira de andar saberá que espécie de mulher visitou o novo inquilino, se der às cadeiras, já se sabe, ou eu muito me engano, ou há aqui grande falta de respeito, um prédio que era tão sossegado, tão sério.

Diálogo e juízo, Ontem veio cá uma, agora está lá outra, diz a vizinha do terceiro andar, Não dei fé dessa que esteve ontem, mas vi chegar a de hoje, vem fazer a limpeza da casa, diz a vizinha do primeiro, Mas olhe que não tem nada ar de mulher-a-dias, Lá nisso tem razão, parecia mais uma criada de gente fina, se não viesse carregada de embrulhos, e levava sabão amêndoa, conheci-o pelo cheiro, e trazia também umas vassouras, eu estava aqui na escada, a sacudir o capacho, quando ela entrou, A de ontem era uma rapariga nova, por sinal com um bonito chapéu, destes que agora se usam, por acaso nem se demorou muito, a vizinha o que é que acha, Francamente, vizinha, não lhe sei dizer, mudou-se faz amanhã oito dias e já lá entraram duas mulheres, Esta veio para a limpeza, é natural, um homem sozinho precisa de quem lhe arrume a casa, a outra pode ser família, ele há-de ter família, Mas faz-me muita espécie, a vizinha reparou que em toda a semana ele só saía na hora do almoço, noite e dia sempre metido em casa, E a vizinha já sabia que ele é doutor, Soube logo, a mulher-a-dias tratou-o por senhor doutor quando cá esteve no domingo, Será doutor médico, ou doutor advogado, Isso desconheço, vizinha, mas fique descansada que quando eu for pagar a renda, assim como quem não quer a coisa, pergunto, o procurador há-de saber, Depois diga-me, é que se for médico sempre será bom ter um doutor no prédio, para uma precisão, Desde que seja de confiança, Quero ver é se apanho a mulher-a-dias para lhe dizer que tem de lavar o lanço dela todas as semanas, esta escada sempre se pôde ver, Diga, diga, não julgue ela que vai fazer de nós criadas, Ah, era o que faltava, nem sabe com quem se metia, este foi o remate da vizinha do terceiro andar, assim se concluindo o juízo e o diálogo, faltando apenas mencionar a cena muda que foi subir à sua casa muito devagar, pisando maciamente os degraus com os chinelos de ourelo, e rente à porta de Ricardo Reis parou à escuta, com o ouvido mesmo junto à fechadura, ouviu um barulho de águas a correr, a voz da mulher-a-dias que cantava baixinho.

Foi um dia de grandes trabalhos para Lídia. Trouxera uma bata, que vestira, atou e cobriu os cabelos com um lenço, e, arregaçando as mangas, lançou-se à lida com alegria, esquivando-se a brincadeiras de mãos que Ricardo Reis, à passagem, sentia dever usar com ela, erro seu, falta de experiência e de psicologia, que esta mulher não quer agora outro prazer que este de limpar, lavar e varrer, nem o esforço lhe custa, de tão habituada que está, e por isso canta, em voz baixa para que a vizinhança não estranhe a liberdade da mulher-a-dias, logo à primeira vez que veio trabalhar a casa do senhor doutor. Quando a hora do almoço chegou, Ricardo Reis, que durante a manhã fora sucessivamente enxotado do quarto para o escritório, do escritório para a sala, da sala para a cozinha, da cozinha para o quarto das arrumações, do quarto das arrumações para a casa de banho, e da casa de banho saindo para repetir o percurso no sentido inverso, com rápidas incursões a dois quartos vazios, quando viu que eram horas de almoçar e Lídia não despegava do trabalho, disse, com um certo embaraço da voz, que traía uma reserva mental, Sabes, não tenho comida em casa, se estas palavras não fossem tão má tradução de um pensamento, digamo-lo doutra maneira, se não fossem máscara mascarada, a frase seria ouvida assim, Vou almoçar, mas a ti não te quero levar ao restaurante, não me ficaria bem, como é que te vais governar, e ela responderia com as mesmas exactas palavras que está pronunciando agora, ao menos não tem Lídia duas caras, Vá almoçar, vá, eu trouxe um tachinho de sopa do hotel e uma carne guisada, aqueço-os, e fico bem, e olhe, escusa de vir logo, assim não andamos a tropeçar aqui um no outro, e dizendo isto ria-se, limpava com as costas da mão esquerda a face suada, com a outra compunha o lenço que queria escorregar. Ricardo Reis tocou-lhe no ombro, disse, Então, até logo, e saiu, ia a meio da escada quando ouviu abrirem-se as portas do primeiro e do terceiro andares, eram as vizinhas que vinham em coro dizer a Lídia, Ó menina, não se há-de esquecer de lavar o lanço do seu patrão, ao verem o doutor meteram-se rapidamente para dentro, quando Ricardo Reis chegar ao cimo da calçada a vizinha do terceiro andar descerá ao primeiro, e as duas segredarão, Ai que susto, E já viu esta de ele sair e deixar a mulher-a-dias sozinha em casa, onde é que já se viram confianças assim, Talvez já trabalhasse para ele na outra morada, Pode ser, vizinha, pode ser, não digo que não, mas também pode ser que haja ali arranjinho, os homens são uns rabaceiros, aproveitam tudo, Enfim, este sempre é um doutor, Ora, vizinha, se calhar é da mula ruça, e isto de homens, quem não os conhecer que os compre, O meu, ainda assim, Ah, o meu também, Até logo, vizinha, não me deixe escapar a fulana, Esteja descansada que não passa sem o recado. Não foi necessário. Pelo meio da tarde, Lídia saiu para o patamar armada de vassoura e pá, de água e sabão, de esfregão e de escova, a do terceiro andar abriu de mansinho a porta e ficou a observar de cima, a escada ressoava com as pancadas da pesada escova nas tábuas dos degraus, o esfregão reunia a água suja, depois era espremido para o balde, por três vezes foi a água renovada, de alto a baixo do prédio respira-se o bom cheiro do sabão amêndoa, não há que dizer, esta mulher-a-dias sabe o que faz, reconhece-o expressamente a do primeiro andar que enfim veio às boas, a pretexto de meter o capacho para dentro, agora que Lídia chegava ao seu patamar, Ai, menina, está uma escada que se pode ver, ainda bem que veio um senhor tão escrupuloso para o segundo andar, O senhor doutor quer tudo muito asseado, é muito exigente, Assim até dá gosto, Lá isso, estas duas palavras não foram ditas por Lídia, mas pela vizinha do terceiro andar, debruçada do corrimão, há uma certa volúpia, uma sensualidade neste modo de olhar as tábuas húmidas, de aspirar o lavado aroma das madeiras, uma fraternidade feminina nos trabalhos domésticos, uma espécie de mútua absolvição, mesmo sendo para durar pouco, nem tanto como a rosa. Lídia deu as boas-tardes, carregou para cima o balde com a escova e o pano da casa dentro, o sabão, fechou a porta, resmungou, Ora estas ranhosas, quem é que elas julgam que são para me virem dar sentenças. O seu trabalho terminou, tudo está limpo, agora pode vir Ricardo Reis, se quiser, como fazem as donas de casa implicativas, passar o dedo pela superfície dos móveis, esgravatar os cantos das casas, é neste momento que Lídia se enche de uma grande tristeza, de uma desolação, não é por se sentir cansada, mas por compreender, mesmo não o podendo exprimir por palavras, que o seu papel terminou, agora só tem de esperar que chegue o dono desta casa, ele dirá uma frase amável, agradecerá, quererá recompensar o esforço e o cuidado, e ela ouvirá com um sorriso alheado, receberá ou não o dinheiro, depois volta ao hotel, hoje nem sequer foi visitar a mãe, saber notícias do irmão, não é que esteja arrependida, mas é como se não tivesse nada de seu. Despiu a bata, veste a blusa e a saia, o suor arrefece-lhe no corpo. Senta-se num banco da cozinha, de mãos cruzadas no regaço, à espera. Ouve passos na escada, a chave a entrar na fechadura, é Ricardo Reis que no corredor vem dizendo jovial, Isto é como entrar no paraíso dos anjos. Lídia levanta-se, sorri lisonjeada, de repente feliz, e logo comovida porque ele se aproximava, vem de mãos estendidas, braços abertos, Ai não me toque, estou toda suada, vou-me já embora, Nem pensar, ainda é cedo, bebes uma chávena de café, trago aqui uns pastéis de nata, mas antes vais tomar um banho para ficares fresca, Ora, que jeito tem, tomar banho na sua casa, se já se viu, Não se viu, mas vai-se ver, faze o que te digo. Ela não resistiu mais, não poderia, ainda que o impusessem as conveniências, porque este momento é um dos melhores da sua vida, pôr a água quente a correr, despir-se, entrar devagarinho na tina, sentir os membros lassos no conforto sensual do banho, usar aquele sabonete e aquela esponja, esfregar todo o corpo, as pernas, as coxas, os braços, o ventre, os seios, e saber que para lá daquela porta a espera o homem, que estará ele a fazer, o que pensa adivinho, se aqui entrasse, se viesse ver-me, olhar-me, e eu nua como estou, que vergonha, será então de vergonha que o coração bate tão depressa, ou de ansiedade, agora sai da água, todo o corpo é belo quando da água sai a escorrer, isto pensa Ricardo Reis que abriu a porta, Lídia está nua, tapou com as mãos o peito e o sexo, diz, Não olhe para mim, é a primeira vez que assim está diante dele, Vá-se embora, deixe-me vestir, e di-lo em voz baixa, ansiosa, mas ele sorrri, um tanto de ternura, um tanto de desejo, um tanto de malícia, e diz-lhe, Não te vistas, enxuga-te só, oferece-lhe a grande toalha aberta, envolve-lhe o corpo, depois sai, vai para o quarto e despe-se, a cama foi feita de lavado, os lençóis cheiram a novo, então Lídia entra, segura ainda a toalha à sua frente, com ela se esconde, não delgado cendal, mas deixa-a cair ao chão quando se aproxima da cama, enfim aparece corajosamente nua, hoje é dia de não ter frio, dentro e fora todo o seu corpo arde, e é Ricardo Reis quem treme, chega-se infantilmente para ela, pela primeira vez estão ambos nus, depois de tanto tempo, a primavera sempre acabou por chegar, tardou mas talvez aproveite. No andar de baixo, alcandorada em dois bancos altos de cozinha, sobrepostos, com risco de queda e ombro desnocado, a vizinha tenta decifrar o significado dos ruídos confusos, como um novelo de sons, que atravessam o tecto, tem a cara vermelha de curiosidade e excitação, os olhos brilhantes de vício reprimido, assim vivem e morrem estas mulheres, querem vocês ver que o doutor e a fulana, ou quem sabe se afinal não será só o trabalho honrado de virar e bater colchões, embora a uma legítima suspicácia não pareça. Meia hora mais tarde, quando Lídia saiu, a vizinha do primeiro andar não ousou abrir a porta, até mesmo o descaramento tem limites, contentou-se com espreitá-la, felina e olho-de-falcão, pelo ralo, imagem rápida e leve que passou envolvida em cheiro de homem como uma couraça, que esse é o efeito, no nosso corpo, do odor do outro. Ricardo Reis, lá em cima, na sua cama, fecha os olhos, neste minuto ainda pode acrescentar ao prazer do corpo satisfeito o prazer delicado e precário da solidão apenas começada, rolou o corpo para o lugar que Lídia ocupara, estranho cheiro este, comum, de animal estranho, não de um ou do outro, mas de ambos, emudeçamos nós, que não somos parte.

De manhã se começa o dia, à segunda-feira a semana. Matinal, escreveu Ricardo Reis a Marcenda uma extensa carta, trabalhosamente pensada, que carta escreveríamos a uma mulher a quem beijámos não lhe tendo antes falado de amor, pedir-lhe desculpa será ofendê-la, tanto mais que recebeu e retribuiu com ardor, assim se diz, o beijo, e se ao beijá-la não lhe jurámos, Amo-te, por que lho iríamos inventar agora, com risco de não nos acreditar, já os latinos garantiam, na língua deles, que mais valem e perduram os actos que as palavras, dêmo-los pois a eles por comedidos e a elas por supérfluas, quando muito empregando-as no seu mais remoto sentido, como se ainda agora tivéssemos principiado a primeira rede do casulo, esgarça, ténue, quebradiça, usemos palavras que não prometam, nem peçam, nem sequer sugiram, que desprendidas apenas insinuem, deixando protegida a retaguarda para recuo das nossas últimas cobardias, tal como estes pedaços de frases, gerais, sem compromisso, gozemos o momento, solenes na alegria levemente, verdesce a cor antiga das folhas redivivas, sinto que quem sou e quem fui são sonhos diferentes, breves são os anos, poucos a vida dura, mais vale, se só memória temos, lembrar muito que pouco, e lembrá-la a si é quanto tenho hoje na memória guardado, cumpramos o que somos, nada mais nos foi dado, e assim chega uma carta ao fim, tão difícil nos pareceu escrevê-la e saiu correntia, basta não sentir muito o que se diz e não pensar muito no que se escreve, o mais que houver de ser depende da resposta. À tarde foi Ricardo Reis, como tinha prometido, à procura de um emprego de médico, duas horas por dia, três vezes por semana, ou uma vez que seja, só para não perder a prática, mesmo com a janela para o saguão, ou em quarto interior, uma saleta de consultório, de velhos móveis, por trás do biombo uma marquesa rudimentar para as observações sumárias, um candeeiro de bicha em cima da secretária para melhor poder ver a palidez do doente, um escarrador alto para os bronquíticos, duas estampas na parede, um caixilho para o diploma, o calendário que diga quantos dias ainda teremos para viver. Começou de longe, Alcântara, Pampulha, talvez por ter vindo desses lados quando entrou a barra, perguntou se havia vagas, falou com médicos a quem não conhecia e que o não conheciam a ele, sentia-se ridículo quando dizia, Caro colega, envergonhado quando lhe davam o mesmo tratamento, aqui há uma vaga, mas é provisória, de um colega que se encontra ausente, contamos que para a semana já venha dar consulta. Esteve no Conde Barão, passou pelo Rossio, tudo completo, falta de médicos não há, felizmente, que em Portugal só de sifilíticos temos seiscentos mil, e quanto a mortalidade infantil, ainda o caso é mais sério, por cada mil crianças nascidas morrem cento e cinquenta, imaginemos o que não seria, a catástrofe, se nos faltassem as boas medicinas que temos. Parece isto obra do destino, que tendo Ricardo Reis procurado tão insistentemente e de tão longe, veio a encontrar, já na quarta-feira, um porto de abrigo, por assim dizer, mesmo ao pé da porta, no Camões, e com tanta fortuna que se achou instalado em gabinete com janela para a praça, é certo que se vê o D'Artagnan de costas, mas as transmissões estão asseguradas, os recados garantidos, do que logo fez demonstração um pombo voando da sacada para a cabeça do vate, provavelmente foi-lhe segredar ao ouvido, com malícia columbina, que tinha ali atrás um concorrente, mente, como a sua, às musas dada, porém, braço não mais do que às seringas feito, a Ricardo Reis pareceu que Luís de Camões encolhera os ombros, nem era o caso para menos. O lugar não está garantido, é uma simples e temporária substituição de um colega especialista de coração e pulmões a quem precisamente o coração deu em falhar, mesmo não sendo grave o prognóstico, tem ali para três meses. Não alimentava Ricardo Reis extremadas luzes sobre matérias tão preciosas, lembramo-nos de ter alegado insuficiência para pronunciar-se sobre os males cardíacos de Marcenda, o destino, além de obreiro, também sabe de ironias, por isso teve o novel especialista de andar pelas livrarias à cata de tratados que lhe reanimassem a memória e o ajudassem a acertar o passo pelos avanços da moderna terapêutica e preventiva. Foi visitar o colega retirado, assegurou-lhe que faria quanto estivesse ao seu alcance para honrar a acção e tradição de quem era ainda, e por muitos anos continuará a ser, o titular da especialidade naquela celebrada policlínica, e a quem não deixarei de consultar, vindo aqui a sua casa, nos casos mais graves, assim aproveitando, em meu próprio benefício e dos doentes, o seu grande saber e experiência. O colega gostou de ouvir os louvores, em ponto algum os achou exagerados, e prometeu colaboração franca e leal, depois passaram ao ajuste das condições da esculápia sublocação, uma percentagem para a administração da policlínica, um fixo para o ordenado da enfermeira adstrita, outra percentagem para material e gastos correntes, um fixo para o agora cardíaco colega, haja doente ou haja saúde, com o que sobrar não irá

Ricardo Reis enriquecer, nem precisa, que por enquanto estão longe do fim as libras brasileiras. Na cidade há mais um médico, como não tem outra coisa que fazer vai três vezes por semana, às segundas, quartas e sextas, pontual, primeiro esperando doentes que não aparecem, depois cuidando que não fujam, enfim, passado o tempo excitante da adaptação, instalar-se-á na rotina confortável do pulmão cavernoso, do coração necrosado, procurando nos livros remédio para o que remédio não tem, só de longe em longe telefonará ao colega, ter-lhe dito que o visitaria e consultaria nos casos difíceis foi mero falar por falar, táctica de conveniência, cada um de nós vai fazendo o que pode pela sua vida e preparando a sua morte, e o trabalho que isso nos dá, sem esquecer quanto seria melindroso perguntar, Ó colega, qual é a sua opinião, a mim o doente parece-me ter o coração por um fio, diga-me o colega se lhe vê alguma saída, além da óbvia, para o outro mundo, seria o mesmo que ir falar de corda em casa de enforcado, ditério que aqui aparece pela segunda vez.

Marcenda ainda não respondeu. Ricardo Reis escreveu já outra carta a falar-lhe da sua nova vida, médico finalmente em actividade, com foral emprestado de especialista, dou consulta numa policlínica, na Praça de Luís de Camões, a dois passos da minha casa e do seu hotel, Lisboa, com suas casas de várias cores, é uma pequeníssima cidade. Ricardo Reis tem a impressão de estar a escrever a alguém a quem nunca tivesse visto, alguém que vivesse, se existe, em lugar desconhecido, e quando pensa que tal lugar tem nome e realidade, chama-se Coimbra e viram-no em outro tempo os seus próprios olhos, é o pensamento que lho diz, como poderia dizer, distraidamente, qualquer outra coisa, esta, que é exemplo absurdo, o sol nasce a ocidente, por mais que nessa direcção olhemos nunca veremos nascer dali o sol, mas aí morrer, é como Coimbra e quem lá mora. E se é verdade que beijou essa pessoa que hoje não lhe parece ter alguma vez visto, a memória que ainda conserva do beijo vai-se apagando por trás da espessura dos dias, nas livrarias não há tratados capazes de refrescar-lhe essa memória, os tratados só são úteis em lesões cardíacas e pulmonares, e mesmo assim é costume dizer-se que não há doenças, há doentes, quererá isto dizer, se parafraseássemos e ajustássemos ao conto, que não há beijos, há pessoas. É certo que Lídia vem em quase todos os seus dias de folga, e Lídia é, pelos indícios exteriores e interiores, pessoa, mas das relutâncias e dos preconceitos de Ricardo Reis já foi explicado o bastante, pessoa será, mas não aquela.

O tempo tem melhorado, o mundo é que vai a pior. Segundo o calendário, já é primavera, rebentam algumas flores e folhas novas nos galhos das árvores, mas uma vez por outra o inverno faz um fossado para estas bandas, então desabam chuvas torrenciais, vão no enxurro as folhas e as flores, depois o sol reaparece, com a ajuda dele vamos fazendo por esquecer os males da seara perdida, do boi afogado que vem de água abaixo, inchado e podre, da casa pobre que não se aguentou nas paredes, da súbita inundação que arrasta dois homens pelos negros esgotos da cidade, entre excrementos e ratazanas, a morte devia ser um gesto simples de retirada, como do palco sai um actor secundário, não chegou a dizer a palavra final, não lhe pertencia, saiu apenas, deixou de ser preciso. Mas o mundo, por tão grande ser, vive de lances mais dramáticos, para ele têm pouca importância estas queixas que à boca pequena vamos fazendo de faltar a carne em Lisboa, não é notícia que se dê lá para fora, para o estrangeiro, os outros é que não têm esta modéstia lusitana, veja-se o caso das eleições na Alemanha, em Brunswick andou o corpo motorizado nacional-socialista a passear pelas ruas um boi que transportava um cartaz assim rezando, Este não vota porque é boi, havia de ser cá, levávamo-lo a votar e depois comíamos-lhe os bifes, o lombo e a dobrada, até do rabo faríamos sopa. Claro que na Alemanha o povo é outro. Aqui, a gente bate palmas, acorre aos desfiles, faz a saudação à romana, vai sonhando com fardas para os civis, mas somos menos que terceiras figuras no grande palco do mundo, o mais a que conseguimos chegar é à comparsaria e à figuração, por isso nunca sabemos bem onde pôr os pés e meter as mãos, se vamos à avenida estender o braço à mocidade que passa, uma criancinha inocente que está ao colo da mãe julga que pode brincar com o nosso patriótico fervor e puxa-nos pelo dedo pai-de-todos que mais a jeito lhe ficava, com um povo destes não é possível ser convicto e solene, não é possível oferecer a vida no altar da pátria, devíamos era aprender com os ditos alemães, olhar como aclamam Hitler na Wilhelmplatz, ouvir como imploram, apaixonados, Queremos ver o Führer, Führer sê bom, Führer aparece, gritando até enrouquecerem, com os rostos cobertos de suor, as velhinhas de brancos cabelos chorando lágrimas de ternura, as férteis mulheres palpitando em seus túrgidos úteros e ofegantes seios, os homens, duríssimos de músculos e vontades, todos clamando, até que o Führer vem à janela, então o delírio rebenta os últimos diques, a multidão é um grito só, Heil, assim vale a pena, quem me dera ser alemão. Porém, não será preciso aspirar a tanto, considere-se o exemplo dos italianos, que, não sendo que se compare, já vão ganhando a sua guerra, ainda há poucos dias bombardearam a cidade de Harrar, voaram até lá os aviões e reduziram tudo a cinzas, se eles a tal extremo se abalançam apesar de serem gente de tarantela e serenata, talvez para nós não fossem impedimento o fado e o vira, o nosso mal é faltarem-nos as oportunidades, império temos, e dos bons, com ele até cobriríamos a Europa e ainda sobraria império, e também não podemos ir à conquista do território dos vizinhos, nem sequer para recuperarmos Olivença, aonde nos arrastariam tais atrevimentos, atentemos antes em como correm as coisas por lá, e entretanto vamos recebendo em nossos lares e hotéis os espanhóis endinheirados que fogem da turvação, é esta a tradicional hospitalidade portuguesa, se um dia chegarem a fugir alguns dos outros entregá-los-emos às autoridades que farão a justiça que entenderem, a lei fez-se para ser cumprida, Mas há entre os nossos portugueses muita sede de martírio, muito apetite de sacrifício, muita fome de abnegação, ainda no outro dia foi dito por um destes senhores que mandam em nós, Nunca mãe alguma, ao dar à luz um filho, pode atirá-lo para um mais alto e nobre destino do que o de morrer pela sua terra, em defesa da pátria, filho duma puta, estamos a vê-lo a visitar as maternidades, a apalpar o ventre às grávidas, a perguntar quando desovam, que já vão faltando soldados nas trincheiras, quais, ele o saberá, também podem ser projectos para o futuro. O mundo, como destas amostras se pode concluir, não promete soberbas felicidades, agora foi Alcalá Zamora destituído da presidência da República e logo começou a correr o boato de que haverá um movimento militar em Espanha, se tal coisa lá fizerem, tristes dias estão guardados para muita gente. Claro que não é por razões dessas que a gente de cá emigra. A nós tanto nos faz pátria como mundo, a questão é encontrar um sítio onde se possa comer e juntar algum dinheiro, Brasil seja, para onde em Março foram seiscentos e seis, ou Estados Unidos da América do Norte, para onde viajaram cinquenta e nove, ou Argentina, que já lá tem mais sessenta e cinco, para os outros países, por junto, só foram dois, para a França, por exemplo, não foi ninguém, não é país para labrostes portugueses, aí é outra civilização.

Agora que veio o tempo da Páscoa, o governo mandou distribuir por todo o país bodo geral, assim reunindo a lembrança católica dos padecimentos e triunfos de Nosso Senhor às satisfações temporárias do estômago protestativo. Os pobrezinhos fazem bicha nem sempre paciente às portas das juntas de freguesia e das misericórdias, e já se fala que para os finais de Maio se dará uma brilhante festa no campo do Jockey Club a favor dos sinistrados das inundações do Ribatejo, esses infelizes que andam de fundilhos molhados há tantos meses, formou-se a comissão patrocinadora com o que temos de melhor no high-life, senhoras e senhores que são ornamento da nossa melhor sociedade, podemos avaliar pelos nomes, qual deles o mais resplandecente em qualidades morais e bens de qualidade, Mayer Ulrich, Perestrello, Lavradio, Estarreja, Daun e Lorena, Infante da Câmara, Alto Mearim, Mousinho de Albuquerque, Roque de Pinho, Costa Macedo, Pina, Pombal, Seabra e Cunha, muita sorte vão ter os ribatejanos se conseguirem aguentar a fome até Maio. No entanto, os governos, por supremos que sejam, como este, perfeitíssimo, sofrem de males da vista cansada, talvez da muita aplicação ao estudo, da pertinaz vigília e vigilância. É que, vivendo alto, só enxergam bem o que está longe, e não reparam como tantas vezes a salvação se encontra, por assim dizer, ao alcance da mão, ou no anúncio do periódico, que é o caso presente, e se este não viram menos desculpa têm, porque até traz desenho, uma senhora deitada, de combinação e alcinhas, entremostrando um magnífico busto que talvez deva alguma coisa às manipulações de Madame Hélène Duroy, não obstante está um pouco pálida a deliciosa criatura, um nadinha clorótica, ainda assim não tanto que venha a ser fatal esta sua doença, tenhamos confiança no médico que está sentado à cabeceira, careca, de bigode e pêra, e que lhe diz, respeitosamente repreensivo, Bem se vê que O não conhece, se O tivesse tomado não estava assim, e estende-lhe a insinuante salvação, um frasco de Bovril. Lesse o governo com atenção suficiente os jornais sobre os quais todas as manhãs, tardes e madrugadas mandou passar zelosos olhares, peneirando outros conselhos e opiniões, e veria quão fácil é resolver o problema da fome portuguesa, tanto a aguda como a crónica, a solução está aqui, no Bovril, um frasco de Bovril a cada português, para as famílias numerosas o garrafão de cinco litros, prato único, alimento universal, pancresto remédio, se o tivéssemos tomado a tempo e horas não estávamos na pele e no osso, Dona Clotilde.

    Ricardo Reis vai-se informando, toma nota destas receitas úteis, não é como o governo, que insiste em fatigar os olhos nas entrelinhas e nas adversativas, perdendo o certo pelo duvidoso. Se a manhã está agradável sai de casa, um pouco soturna apesar dos cuidados e desvelos de Lídia, para ler os jornais à luz clara do dia, sentado ao sol, sob o vulto protector de Adamastor, já se viu que Luís de Camões exagerou muito, este rosto carregado, a barba esquálida, os olhos encovados, a postura nem medonha nem má, é puro sofrimento amoroso o que atormenta o estupendo gigante, quer ele lá saber se passam ou não passam o cabo as portuguesas naus. Olhando o rio refulgente, Ricardo Reis lembra-se de dois versos duma antiga quadra popular, Da janela do meu quarto vejo saltar a tainha, todas aquelas cintilações da onda são peixes que saltam, irrequietos, embriagados de luz, é bem verdade que são belos todos os corpos que saem rápidos ou vagarosos da água, a escorrer, como Lídia no outro dia, ao alcance das mãos, ou estes peixes que nem os olhos vêem. Num outro banco os dois velhos conversam, estão à espera de que Ricardo Reis acabe de ler o jornal, geralmente deixa-o em cima do banco quando se vai embora, saem todos os dias de casa com a esperança de que aquele senhor apareça no jardim, a vida é uma inesgotável fonte de surpresas, chegámos a esta idade em que só podemos ver navios no Alto de Santa Catarina, e de repente somos gratificados com o jornal, às vezes em dias seguidos, depende do tempo. Uma vez Ricardo Reis dará pela ansiedade dos velhos, viu mesmo um deles apontar uma corridinha trémula e trôpega para o banco onde estivera sentado, e cometerá a caridade de oferecer por suas mãos e palavras o jornal, que eles aceitarão, claro está, porém rancorosos por terem ficado a dever um favor. Confortavelmente reclinado no encosto do banco, de perna traçada, sentindo o leve ardor do sol nas pálpebras semicerradas, Ricardo Reis recebe no Alto de Santa Catarina as notícias do vasto mundo, acumula conhecimento e ciência, que Mussolini declarou, Não pode tardar o aniquilamento total das forças militares etíopes, que foram enviadas armas soviéticas para os refugiados portugueses em Espanha, além doutros fundos e material destinados a implantar a União das Repúblicas Ibéricas Soviéticas Independentes, que, segundo foi proclamado por Lumbrales, Portugal é a obra de Deus através de muitas gerações de santos e heróis, que no cortejo da jornada corporativa do Norte vão incorporar-se quatro mil e quinhentos trabalhadores, a saber, dois mil trabalhadores de armazém, mil seiscentos e cinquenta tanoeiros, duzentos engarrafadeiros, quatrocentos mineiros de São Pedro da Cova, quatrocentos conserveiros de Matosinhos e quinhentos associados dos sindicatos de Lisboa, e que o aviso de primeira classe Afonso de Albuquerque largará com destino a Leixões, a fim de tomar parte na festa operária que ali se realizará, também ficou a saber que os relógios serão adiantados uma hora, que há greve geral em Madrid, que sai hoje o jornal O Crime, que tornou a aparecer aquele famoso monstro de Loch Ness, que os membros do governo que foram ao Porto assistiram à distribuição de um bodo a três mil e duzentos pobres, que morreu Ottorino Respighi, autor das Fontes de Roma, felizmente o mundo pode satisfazer todos os gostos, isto é o que pensa Ricardo Reis, não aprecia de igual modo o que lê, tem, como toda a gente, as suas preferências, mas não pode escolher as notícias, sujeita-se ao que lhe dão. Muito diferente da sua é a situação daquele ancião americano que todas as manhãs recebe um exemplar do New York Times, seu jornal favorito, o qual tem em tão alta estima e consideração o seu idoso leitor, com a bonita idade de noventa e sete primaveras, a precária saúde dele, o seu direito a um fim de vida tranquilo, que todas as manhãs lhe prepara essa edição de exemplar único, falsificada de uma ponta à outra, só com notícias agradáveis e artigos optimistas, para que o pobre velho não tenha de sofrer com os terrores do mundo e suas promessas de pior, por isso o jornal explica e demonstra que a crise económica está a desaparecer, que já não há desempregados, e que o comunismo na Rússia evoluciona para o americanismo, tiveram de render-se os bolcheviques à evidência das virtudes americanas. São estas as boas notícias que John D. Rockefeller ouve ler ao pequeno-almoço e que depois, dispensando o secretário, saboreia com os seus próprios e fatigados olhos que não enxergam mais longe, deliciam-no os desanuviados parágrafos, terra enfim de harmonia, guerra só a aproveitável, sólidos os dividendos, garantidos os juros, já não lhe resta muito tempo para viver, mas, chegando a hora, morrerá como um justo, assim o New York Times possa continuar, todos os dias, a imprimir-lhe a felicidade em exemplar único, é o único habitante do mundo que dispõe de uma felicidade rigorosamente pessoal e intransmissível, os mais têm de contentar-se com as sobras. Deslumbrado com o que acaba de saber, Ricardo Reis pousa suavemente sobre os joelhos este jornal português, procura representar na imaginação o velho John D. abrindo com as mãos trémulas e esqueléticas as folhas mágicas, não tem a mais leve desconfiança de que seja mentira o que elas lhe dizem, e que mentirem-lhe já anda nas bocas do mundo, telegrafam-no as agências de continente para continente, também a novidade entrará na redacção do New York Times, mas aqui têm ordem para esconder as más notícias, atenção, isto não é para ir no jornal de John D., corno da casa que nem ao menos será o último a saber, um homem tão rico, tão poderoso, deixar-se ludibriar assim, e duas vezes ludibriado, não bastava sabermos nós que é falso o que ele julga saber, ainda sabemos que ele nunca saberá que nós o sabemos. Os velhos fingem-se distraídos com a conversa, argumentam sem pressas, mas envesgam o olho para este lado, à espera do seu New York

Times o pequeno-almoço foi uma bucha de pão seco e café de cevada, mas as nossas más notícias estão garantidas, agora que temos um vizinho tão rico que até deixa os jornais aí pelos bancos do jardim. Ricardo Reis levantou-se, faz um sinal aos velhos, que exclamam, Ah, muito obrigado, senhor doutor, e o gordo avança, sorrindo, ergue daquela bandeja de prata o dobrado periódico, está como novo, é o que faz ter mãos de médico, mão de médico, mão de dama, e voltando reinstala-se no seu lugar, ao lado do magro, esta leitura não é pela primeira página que começa, antes de mais nos informaremos sobre as desordens e agressões, os desastres, a necrologia, os diversos crimes, em particular, ó frémito e arrepio, a morte ainda indecifrada do Luís Uceda, e também o nefando caso da criança mártir das Escadinhas das Olarias, oito, rés-do-chão.

Quando Ricardo Reis entra em casa, vê um sobrescrito na passadeira, de um levíssimo tom de violeta, não traz indicação de remetente, nem precisa, sobre o selo o borrão negro do carimbo mal deixa adivinhar a palavra Coimbra, mas ainda que lá estivesse escrito, por outro indecifrável motivo, Viseu ou Castelo Branco, tanto fazia, que a cidade donde esta carta verdadeiramente vem chama-se Marcenda, o resto não passa de mal-entendido geográfico, ou é puro erro. Marcenda tardou a escrever, daqui a poucos dias completa-se um mês que esteve nesta casa, onde, se acreditarmos nas suas próprias palavras, pela primeira vez foi beijada, afinal nem esse abalo, acaso profundo, acaso desgarrador das íntimas fibras e dos íntimos sentidos, nem isso a moveu, mal chegada a casa, a escrever duas linhas, mesmo disfarçando cuidadosamente os sentimentos, traindo-os talvez em duas palavras apertadas, quando a mão, tremendo, não soube guardar as distâncias. Tardou tanto, escreveu agora, para dizer o quê. Ricardo Reis tem a carta na mão, não a abriu, depois pousou-a sobre a mesa-de-cabeceira, sobre o deus do labirinto, iluminada pela luz pálida do candeeiro, ali lhe apeteceria deixá-la, quem sabe se por vir tão cansado de ouvir crepitações de foles rotos, os pulmões portugueses tuberculosos, cansado também de ter palmilhado a cidade, no espaço limitado por onde incessantemente circula, como a mula que vai puxando a nora, de olhos vendados, e, apesar disso ou por causa disso, sentindo por momentos a vertigem do tempo, o oscilar ameaçador das arquitecturas, a viscosa pasta do chão, as pedras moles. Porém, se não abrir agora a carta, talvez nunca mais a abra, dirá, mentindo, se lhe perguntarem, que não chegou a recebê-la, perdeu-se certamente na longa viagem entre Coimbra e Lisboa, caiu da bolsa do mensageiro quando ele atravessava um descampado ventoso ao galope do cavalo, soprando na corneta, O sobrescrito era violeta, dirá Marcenda, não há muitas cartas dessa cor, Ah, então, se não caiu em meio de flores, com as quais se tivesse confundido, pode ser que alguém a encontre e faça seguir, há pessoas honestas, incapazes de ficar com o que não lhes pertence, Mas até agora ainda não chegou, talvez alguém a tivesse aberto e lido, não lhe era dirigida, mas acaso as palavras lá escritas diriam precisamente aquilo que precisava de ouvir, porventura anda com a carta no bolso para onde quer que vá, e lê-a de vez em quando, é o seu conforto, Muito me espantaria, nos responderá Marcenda, porque a carta não fala dessas coisas, Bem me queria a mim parecer, por isso é que eu levei tanto tempo a abri-la, diz Ricardo Reis. Sentou-se na borda da cama, a ler, Meu amigo, recebi as suas notícias, que me agradaram muito, principalmente a segunda carta, em que me informa que começou a dar consultas, da primeira também gostei, mas não fui capaz de perceber tudo quanto nela escreveu, ou tenho um pouco de medo de entender, afinal, não quero parecer-lhe ingrata, sempre me tratou com respeito e consideração, só me pergunto que é isto, que futuro há, não digo para nós, mas para mim, eu não sei o que quer nem o que quero, se a vida fosse toda certos momentos que há nela, não que eu tenha muita experiência, mas tive agora esta, a experiência de um momento, se a vida fosse, mas a vida é este meu braço esquerdo que está morto e morto ficará, a vida é também aquele tempo que separa as nossas idades, um veio demasiado tarde, outro cedo de mais, não lhe valeu a pena ter viajado tantos quilómetros do Brasil aqui, a distância vem a dar na mesma, não se pode aproximar o tempo, porém gostaria de não perder a sua amizade, para mim será bastante riqueza, também de que me serviria desejar mais. Ricardo Reis passou a mão pelos olhos, continuou, Irei por estes dias a Lisboa, para o costume, e far-lhe-ei uma visita no seu consultório, conversaremos um bocadinho, não lhe quero roubar muito tempo, talvez lá não volte, meu pai mostra-se pouco interessado, desanimou, já admite que provavelmente não tenho cura, e acho que o diz com sinceridade, afinal ele não precisa deste pretexto para ir a Lisboa sempre que quiser, a sua ideia agora é que vamos em peregrinação a Fátima, em Maio, ele é que tem a fé, não eu, pode ser que seja suficiente aos olhos de Deus. A carta terminava com algumas palavras de amizade, até breve, meu amigo, darei sinal de mim logo que chegar. Se tivesse ficado perdida por lá, no meio dos campos floridos, se a estivesse varrendo o vento como uma grande pétala roxa, poderia Ricardo Reis, neste momento, reclinar-se no travesseiro, deixar correr a imaginação, que dirá, que não dirá, e imaginaria o melhor possível, que é o que sempre faz quem precisa. Fechou os olhos, pensou, Quero dormir, insistiu em voz baixa, Dorme, como se estivesse a hipnotizar-se a si mesmo, Vá, dorme, dorme, dorme, ainda tinha a carta entre os dedos frouxos, e, para dar maior verosimilhança ao ludíbrio com que fingia enganar-se, deixou-a cair, agora adormeceu, suavemente, vinca-lhe a testa uma ruga inquieta, sinal de que afinal não está dormindo, as pálpebras estremecem, não vale a pena, nada disto é verdade. Apanhou a carta do chão, meteu-a no sobrescrito, escondeu-a entre os livros, mas não se há-de esquecer de procurar um sítio mais seguro, um dia destes vem Lídia fazer a limpeza, dá com a carta, e depois, é certo que ela, a bem dizer, não tem quaisquer direitos, se aqui vem a casa é porque a vontade lhe puxa, não porque eu lho peça, mas oxalá não deixe de vir, que mais queria Ricardo Reis, ingrato homem, meteu-se-lhe uma mulher na cama de seu livre gosto, assim não precisa de andar por aí arriscado a apanhar uma doença, há homens com muita sorte, e este ainda queixoso só porque não recebeu de Marcenda uma carta de amor, não esquecer que todas as cartas de amor são ridículas, isto é o que se escreve quando já a morte vem subindo a escada, quando se torna de súbito claro que verdadeiramente ridículo é não ter recebido nunca uma carta de amor. Diante do espelho do guarda-fato, que o reflecte em seu inteiro corpo, Ricardo Reis diz, Tens razão, nunca recebi uma carta de amor, uma carta que só de amor fosse, e também nunca escrevi uma carta de amor, nem por metade dela ou minha metade, esses inúmeros que em mim vivem, escrevendo eu, assistem, então a mão me cai, inerte, enfim não escrevo. Pegou na sua maleta negra, profissional, e foi para o escritório, sentou-se à secretária, durante meia hora preencheu verbetes com as histórias clínicas de alguns novos doentes, depois foi lavar as mãos, esfregou-as demoradamente como se tivesse acabado de fazer observações directas, pesquisado expectorações, entretanto olhava-se no espelho, Estou com um aspecto fatigado, pensou. Voltou ao quarto, entreabriu as portadas de madeira, A Lídia disse que traria as cortinas da próxima vez que viesse, e bem precisas são, tenho o quarto devassado. Já estava anoitecendo. Poucos minutos depois, Ricardo Reis saía para jantar.

Um dia que venha alguém curioso de averiguar que maneiras tinha Ricardo Reis à mesa, se sorvia ruidosamente a sopa, se trocava as mãos na serventia da faca e do garfo, se limpava a boca antes de beber ou sujava o copo, se fazia uso imoderado dos palitos, se desabotoava o colete no fim da refeição, se conferia as contas parcela por parcela, estes criados galaico-portugueses, provavelmente, dirão que nunca fizeram grande reparo nisso, Saiba vossa excelência que há de tudo, com o tempo, já nem ligamos, cada um come como aprendeu, mas a ideia com que nós ficámos, na nossa cabeça, é que o senhor doutor era uma pessoa educada, entrava, dava as boas-tardes ou as boas-noites, dizia logo o que queria comer, e depois não se dava mais por ele, era como se aí não estivesse, Comia sempre sozinho, Sempre, o que tinha era um costume, Qual, Quando nós íamos a tirar o outro talher da mesa, o que estava defronte dele, pedia que o deixássemos ficar, que assim parecia a mesa mais composta, e uma vez, comigo, até se deu um caso, Que caso, Quando lhe servi o vinho, enganei-me e enchi os dois copos, o dele e o da outra pessoa que lá não estava, não sei se está a perceber, Estou a perceber, estou, e depois, Então ele disse que estava bem assim, e a partir daí tinha sempre o outro copo cheio, no fim da refeição bebia-o de uma só vez, fechava os olhos para beber, Caso estranho, Saiba vossa excelência que nós, criados, vimos muitas coisas estranhas, E fazia o mesmo em todos os restaurantes aonde ia, Ah, isso não sei, só perguntando, Lembram-se de alguma vez ter encontrado um amigo ou um conhecido, mesmo que não se sentassem à mesma mesa, Nunca, era como se tivesse acabado de chegar de um país estrangeiro, assim como eu quando vim de Xunqueira de Ambia, não sei se me entende, Entendo muito bem, todos nós já passámos por isso, Vossa excelência deseja mais alguma coisa, tenho de ir servir aquele freguês do canto, Vá, vá, obrigado pelas informações. Ricardo Reis acabou de beber o café que deixara arrefecer, depois pediu a conta. Enquanto esperava segurou com as duas mãos o segundo copo, ainda quase cheio, levantou-o como se saudasse alguém na sua frente, depois, devagar, semicerrando os olhos, bebeu o vinho. Sem conferir, pagou, deixou gorjeta, nem escassa nem pródiga, gratificação de freguês de todos os dias, deu as boas-noites e saiu, Vossa excelência reparou, é aquele o jeito dele. Parado na berma do passeio, Ricardo Reis olha indeciso, o céu está encoberto, o ar húmido, mas as nuvens, embora muito baixas, não parecem ameaçar chuva. Há o momento infalível em que lhe acodem as recordações do Hotel Bragança, acabou agora mesmo de jantar, disse, Até amanhã, Ramón, e vai sentar-se num sofá da sala, de costas para o espelho, daqui a pouco virá o gerente Salvador informar-se se quer que lhe mande servir outro café, ou uma aguardente, um digestivo, senhor doutor, especial da casa, e ele dirá que não, quase nunca bebe, o besouro do fundo da escada deu sinal, o pajem levanta a luz para ver quem entra, será Marcenda, muito atrasado chegou hoje o comboio do Norte. Um eléctrico aproxima-se, tem escrito Estrela na bandeira iluminada, e a paragem é aqui mesmo, calhou assim, o guarda-freio viu aquele senhor na berma do passeio, é certo que não fez nenhum gesto a mandar parar, mas, para um guarda-freio com experiência, é evidente que estava à espera. Ricardo Reis subiu, sentou-se, a esta hora vai o eléctrico quase vazio, dlim-dlim, tocou o condutor, a viagem é comprida por este itinerário, sobe-se a Avenida da Liberdade, depois a Rua de Alexandre Herculano, atravessa-se a Praça do Brasil, Rua das Amoreiras acima, lá no alto a Rua de Silva Carvalho, o bairro de Campo de Ourique, a Rua de Ferreira Borges, ali na encruzilhada, mesmo no enfiamento da Rua de Domingos Sequeira, desce Ricardo Reis do eléctrico, com isto já passa das dez, poucas são as pessoas que andam fora de casa, nas altas fachadas dos prédios quase não se vêem luzes, é assim no geral, os moradores estão lá para as traseiras, as mulheres na cozinha a acabar de lavar a louça, as crianças já deitadas, os homens bocejando diante do jornal ou a tentar apanhar, entre os tremores, rugidos e desmaios da estática, Rádio Sevilha, por nenhuma razão especial, apenas, talvez, porque nunca lá puderam ir. Ricardo Reis segue pela Rua de Saraiva de Carvalho, na direcção do cemitério, à medida que se aproxima tornam-se os passantes mais raros, ainda está longe do seu destino e já vai sozinho, desaparece nas zonas de sombra que há entre dois candeeiros, ressurge à luz amarelada, adiante, no escuro, ouviu-se um rumor de chaves, é o guarda-nocturno da área que começa a ronda. Ricardo Reis atravessa o largo direito ao portão fechado. O sereno olha-o de longe, depois segue caminho, alguém que vai chorar a sua dor a estas nocturnas horas, ter-lhe-á morrido a mulher, ou um filho, coitado. Ou a mãe, pode muito bem ter sido a mãe, as mães estão sempre a morrer, uma velhinha muito velha que ao fechar os olhos não viu seu filho, onde será que ele está, pensou, e depois morreu, assim se separam as pessoas, se calhar por ser responsável pela tranquilidade destas ruas é o guarda-nocturno atreito a reflexões tão sentimentais, da sua própria mãe é que não se lembra, quantas vezes isto acontece, temos piedade dos outros, não de nós próprios. Ricardo Reis aproxima-se das grades, toca-lhes com as mãos, de dentro, quase inaudível, vem um sussurro, é a aragem circulando entre os ramículos dos ciprestes, pobres árvores que nem folhas têm, mas isto é a ilusão dos sentidos, o rumor que estamos ouvindo é apenas o da respiração de quem dorme naqueles prédios altos, e nestas casas baixas fora dos muros, um arzinho de música, o bafo das palavras, a mulher que murmurou, Estou tão cansada, vou-me deitar, é o que diz Ricardo Reis para dentro, não as palavras todas, apenas, Estou cansado, meteu uma mão entre os ferros, faz um gesto, mas nenhuma outra mão veio apertar a sua, ao que estes chegaram, nem podem levantar um braço.

Fernando Pessoa apareceu duas noites depois, regressava Ricardo Reis do seu jantar, sopa, um prato de peixe, pão, fruta, café, sobre a mesa dois copos, o último sabor que leva na boca, como ficámos cientes, é o do vinho, mas deste freguês não há um só criado que possa afirmar, Bebia de mais, levantava-se da mesa a cair, repare-se na curiosa expressão, levantar-se da mesa a cair, por isso é fascinante a linguagem, parece uma insuperável contradição, ninguém, ao mesmo tempo, se levanta e cai, e contudo temo-lo visto abundantes vezes, ou experimentado com o nosso próprio corpo, mas de Ricardo Reis não há testemunhas na história da embriaguez. Sempre tem estado lúcido quando lhe aparece Fernando Pessoa, está lúcido agora quando o vê sentado, de costas, no banco mais próximo do Adamastor, é inconfundível aquele pescoço alto e delgado, o cabelo um pouco ralo no cimo da cabeça, além disso não são muitas as pessoas que andam por aí sem chapéu nem gabardina, é certo que o tempo se tornou mais ameno, mas à noite ainda refresca. Ricardo Reis sentou-se ao lado de Fernando Pessoa, no escuro da noite sobressai a brancura da cara e das mãos, a alvura da camisa, o resto confunde-se, mal se distingue o fato preto da sombra que a estátua projecta, não há mais ninguém no jardim, no outro lado do rio vê-se uma fiada de inseguras luzes rente à água, mas são como estrelas, cintilam, tremem como se fossem apagar-se, e persistem. Julguei que nunca mais voltasse, disse Ricardo Reis, Aqui há dias vim visitá-lo, mas quando cheguei à sua porta percebi que você estava ocupado com a Lídia, por isso retirei-me, nunca fui grande amador de quadros vivos, respondeu Fernando Pessoa, distinguia-se-lhe o sorriso cansado. Tinha as mãos juntas no joelho, o ar de quem espera pacientemente a sua vez de ser chamado ou de ser mandado embora, e entretanto fala porque o silêncio seria mais insuportável que as palavras, O que eu não esperava era que você fosse tão persistente amante, para o volúvel homem que poetou a três musas, Neera, Cloe e Lídia, ter-se fixado carnalmente em uma, é obra, diga-me cá, nunca lhe apareceram as outras duas, Não, nem é caso para estranhar, são nomes que não se usam hoje, E aquela rapariga simpática, fina, a do braço paralítico, você chegou a dizer-me como ela se chamava, Marcenda, É um gerúndio bonito, tem-na visto, Encontrei-a da última vez que esteve em Lisboa, o mês passado, Você gosta dela, Não sei, E da Lídia, gosta, É diferente, Mas gosta, ou não gosta, Até agora o corpo não se me negou, E isso que é que prova, Nada, pelo menos de amores, mas deixe de fazer perguntas sobre a minha intimidade, diga-me antes por que é que não tornou a aparecer, Usando uma só palavra, por enfado, De mim, Sim, também de si, não por ser você, mas por estar desse lado, Que lado, O dos vivos, é difícil a um vivo entender os mortos, Julgo que não será menos difícil a um morto entender os vivos, O morto tem a vantagem de já ter sido vivo, conhece todas as coisas deste mundo e desse mundo, mas os vivos são incapazes de aprender a coisa fundamental e tirar proveito dela, Qual, Que se morre, Nós, vivos, sabemos que morreremos, Não sabem, ninguém sabe, como eu também não sabia quando vivi, o que nós sabemos, isso sim, é que os outros morrem, Para filosofia, parece-me insignificante, Claro que é insignificante, você nem sonha até que ponto tudo é insignificante visto do lado da morte, Mas eu estou do lado da vida, Então deve saber que coisas, desse lado, são significantes, se as há, Estar vivo é significante, Meu caro Reis, cuidado com as palavras, viva está a sua Lídia, viva está a sua Marcenda, e você não sabe nada delas, nem o saberia mesmo que elas tentassem dizer-lho, o muro que separa os vivos uns dos outros não é menos opaco que o que separa os vivos dos mortos, Para quem assim pense, a morte, afinal, deve ser um alívio, Não é, porque a morte é uma espécie de consciência, um juiz que julga tudo, a si mesmo e à vida, Meu caro Fernando, cuidado com as palavras, você arrisca-se muito, Se não dissermos as palavras todas, mesmo absurdamente, nunca diremos as necessárias, E você, já as sabe, Só agora comecei a ser absurdo, Um dia você escreveu Neófito, não há morte, Estava enganado, há morte, Di-lo agora porque está morto, Não, digo-o porque estive vivo, digo-o, sobretudo, porque nunca mais voltarei a estar vivo, se você é capaz de imaginar o que isto significa, não voltar a estar vivo, Assim Pero Grulho ensinaria, Nunca tivemos melhor filósofo.

Ricardo Reis olhou a Outra Banda. Algumas luzes tinham-se apagado, outras distinguiam-se mal, esmoreciam, sobre o rio começava a pairar uma neblina leve, Você disse que deixara de aparecer por se sentir enfadado, É verdade, De mim, De si talvez não tanto, o que me tem enfadado e cansado é este ir e vir, este jogo entre uma memória que puxa e um esquecimento que empurra, jogo inútil, o esquecimento acaba por ganhar sempre, Eu não o esqueço a si, Sabe uma coisa, você, nesta balança, não pesa muito, Então que memória é essa que continua a chamá-lo, A memória que ainda tenho do mundo, Julguei que o chamasse a memória que o mundo tenha de si, Que ideia tola, meu caro Reis, o mundo esquece, já lhe disse, o mundo esquece tudo, Acha que o esqueceram, O mundo esquece tanto que nem sequer dá pela falta do que esqueceu, Há aí grande vaidade, Claro que sim, mais vaidoso que um poeta só um poeta mais pequeno, Nesse caso, serei eu mais vaidoso que você, Deixe que lhe diga, sem ser para o lisonjear, você, como poeta, não é nada mau, Mas menos bom que você, Creio que sim, Depois de estarmos ambos mortos, se ainda então formos lembrados, ou enquanto o formos, vai ser interessante observar para que lado se inclinará essa outra balança, Então nos darão nulo cuidado os pesos e os pesadores, Neófito, há morte, Há. Ricardo Reis aconchegou a gabardina ao corpo, Está a arrefecer, vou para casa, se quiser vir comigo, conversaremos mais um bocado, Hoje não espera visitas, Não, e pode lá ficar, como no outro dia, Também se sente só esta noite, Ao ponto de implorar companhia, não, é apenas por pensar que às vezes a um morto há-de apetecer estar sentado numa cadeira, num sofá, debaixo de telha, confortável, Você, Ricardo, nunca foi irónico, Nem o estou a ser agora. Levantou-se, perguntou, Então, vem, Fernando Pessoa foi atrás dele, alcançou-o no primeiro candeeiro, o prédio ficava em baixo, do outro lado da rua. Defronte da porta estava um homem de nariz no ar, parecia medir as janelas, pela inclinação do corpo, em pausa instável, figurava ir de passagem, subira a íngreme, cansativa rua, qualquer de nós diria, vendo-o, que é um simples passeante nocturno, que os há nesta cidade de Lisboa, nem toda a gente vai para a cama com as galinhas, mas quando Ricardo Reis se aproximou mais deu-lhe na cara um violento odor de cebola, era o agente Victor, reconheceu-o logo, há cheiros que são assim, eloquentes, vale cada um por cem discursos, dos bons e dos maus, cheiros que são como retratos de corpo inteiro, hábeis a desenhar e iluminar feições, que andará este tipo a fazer por aqui, e talvez por estar Fernando Pessoa presente não quis fazer má figura, tomou a iniciativa da interpelação, Por estes sítios, a umas horas destas, senhor Victor, o outro respondeu com o que pôde improvisar, não trazia explicação preparada, esta vigilância está na infância da arte, Calhou, senhor doutor, calhou, fui visitar uma parenta que mora no Conde Barão, coitada, está com uma pneumonia, não se saiu mal de todo o Victor, E então o senhor doutor já não vive no hotel, com a inábil pergunta descobria o enredo, uma pessoa pode estar de hóspede no Hotel Bragança e andar a passear à noite no Alto de Santa Catarina, onde veríamos a incompatibilidade, mas Ricardo Reis fez de contas que não tinha reparado ou não reparou mesmo, Não, agora moro aqui, naquele segundo andar, Ah, esta exclamação melancólica, apesar de breve, espalhou nos ares o sufocante fedor, valeu a Ricardo Reis ter a brisa pelas costas, são as misericórdias do céu. Victor despediu-se, lançou nova baforada, Então passe o senhor doutor muito bem, em precisando de alguma coisa, já sabe, é só falar com o Victor, ainda no outro dia o senhor doutor-adjunto me dizia que se toda a gente fosse como o senhor doutor Reis, tão correcto, tão educado, até dava gosto trabalhar, ele vai ficar muito satisfeito quando eu lhe disser que o encontrei, Boas noites, senhor Victor, menos do que isto seria indelicado responder, além de o obrigar o seu bom nome. Ricardo Reis atravessou a rua, atrás dele foi Fernando Pessoa, ao agente Victor pareceu ver duas sombras no chão, são efeitos de luz reflexa, manifestações, a partir de certa idade os olhos deixam de poder separar o visível do invisível. Victor ainda se deixou ficar no passeio, agora já tanto fazia, à espera de que se acendesse a luz no segundo andar, mera rotina, simples confirmação, mais que sabia ele que Ricardo Reis morava ali, não tivera de caminhar muito nem muito interrogar, com a ajuda do gerente Salvador chegou aos moços de fretes, com a ajuda dos moços de fretes chegou a esta rua e este prédio, bem verdade é o que se diz, quem tem boca vai a Roma, e da Cidade Eterna ao Alto de Santa Catarina não dista mais que um passo.

Acomodado, recostado no sofá do escritório, Fernando Pessoa perguntou, traçando a perna, Quem era aquele seu amigo, Não é meu amigo, Ainda bem, só o cheiro que ele deitava, há cinco meses ando eu com este fato e esta camisa, sem mudar a roupa interior, e não cheiro assim, mas, se não é amigo, quem é ele então, e o tal doutor-adjunto que tanto parece estimá-lo, São ambos da polícia, no outro dia fui chamado a perguntas, Supunha-o homem pacífico, incapaz de perturbar as autoridades, Sou, de facto, um homem pacífico, Alguma você terá feito para que o chamassem, Vim do Brasil, não fiz mais nada, Querem ver que a sua Lídia estava virgem e foi, triste e desonrada, queixar-se, Ainda que a Lídia fosse virgem e eu a desflorasse, não seria à Polícia de Vigilância e Defesa do Estado que iria levar queixa, Foi essa que o chamou a si, Foi, E eu a imaginar que tinha sido caso para a polícia dos costumes, Os meus costumes são bons, pelo menos não ficam desfavorecidos em comparação com a maldade dos costumes gerais, Você nunca me falou dessa história policiária, Não tive ocasião, e você deixou de aparecer, Fizeram-lhe mal, ficou preso, vai ser julgado, Não, tive apenas de responder a umas perguntas, que gente conheci no Brasil, por que foi que voltei, que relações criei em Portugal desde que cá estou, Teria muita graça se lhes tivesse falado de mim, Teria muita graça eu dizer-lhes que de vez em quando encontro o fantasma de Fernando Pessoa, Perdão, meu caro Reis, eu não sou nenhum fantasma, Então, que é, Não lhe saberei responder, mas fantasma não sou, um fantasma vem do outro mundo, eu limito-me a vir do cemitério dos Prazeres, Enfim, é Fernando Pessoa morto, o mesmo que era Fernando Pessoa vivo, De uma certa e inteligente maneira, isso é exacto, Em todo o caso, estes nossos encontros seriam difíceis de explicar à polícia, Você sabe que eu, um dia, fiz aí uns versos contra o Salazar, E ele, deu pela sátira, suponho que seria sátira, Que eu saiba, não, Diga-me, Fernando, quem é, que é este Salazar que nos calhou em sorte, É o ditador português, o protector, o pai, o professor, o poder manso, um quarto de sacristão, um quarto de sibila, um quarto de Sebastião, um quarto de Sidónio, o mais apropriado possível aos nossos hábitos e índole, Alguns pês e quatro esses, Foi coincidência, não pense que andei a procurar palavras que principiassem pela mesma letra, Há pessoas que têm essa mania, exultam com as aliterações, com as repetições aritméticas, cuidam que graças a elas ordenam o caos do mundo, Não devemos censurá-las, são gente ansiosa, como os fanáticos da simetria, O gosto da simetria, meu caro Fernando, corresponde a uma necessidade vital de equilíbrio, é uma defesa contra a queda, Como a maromba utilizada pelos equilibristas, Tal qual, mas, voltando ao Salazar, quem diz muito bem dele é a imprensa estrangeira, Ora, são artigos encomendados pela propaganda, pagos com o dinheiro do contribuinte, lembro-me de ouvir dizer, Mas olhe que a imprensa de cá também se derrete em louvações, pega-se num jornal e fica-se logo a saber que este povo português é o mais próspero e feliz da terra, ou está para muito breve, e que as outras nações só terão a ganhar se aprenderem connosco, O vento sopra desse lado, Pelo que lhe estou a ouvir, você não acredita muito nos jornais, Costumava lê-los, Diz essas palavras num tom que parece de resignação, Não, é apenas o que fica de um longo cansaço, você sabe como é, faz-se um grande esforço físico, os músculos fatigam-se, ficam lassos, apetece fechar os olhos e dormir, Tem sono, Ainda sinto o sono que tinha em vida, Estranha coisa é a morte, Mais estranho ainda, olhando-a do lado em que estou, é verificar que não há duas mortes iguais, estar morto não é o mesmo para todos os mortos, há casos em que transportamos para cá todos os fardos da vida. Fernando Pessoa fechou os olhos, apoiou a cabeça no encosto do sofá, pareceu a Ricardo Reis que duas lágrimas lhe assomavam entre as pálpebras, também seriam, como as duas sombras vistas pelo Victor, efeitos de luz reflexa, é do senso comum que os mortos não choram. Aquele rosto nu, sem óculos, com o bigode ligeiramente crescido, pêlo e cabelo têm vida mais longa, exprimia uma grande tristeza, daquelas sem emenda, como as da infância, que, por da infância serem, julgamos terem remédio fácil, esse é o nosso engano. De repente, Fernando Pessoa abriu os olhos, sorriu, Imagine você que sonhei que estava vivo, Terá sido ilusão sua, Claro que foi ilusão, como todo o sonho, mas o que é interessante não é um morto sonhar que está vivo, afinal ele conheceu a vida, deve saber do que sonha, interessante é um vivo sonhar que está morto, ele que não sabe o que é a morte, Não tarda muito que você me diga que morte e vida é tudo um, Exactamente, meu caro Reis, vida e morte é tudo um, Você já disse hoje três coisas diferentes, que não há morte, que há morte, agora diz-me que morte e vida são o mesmo, Não tinha outra maneira de resolver a contradição que as duas primeiras afirmações representavam, e dizendo isto Fernando Pessoa teve um sorriso sábio, é o mínimo que deste sorriso se poderia dizer, se tivermos em conta a gravidade e a importância do diálogo.

 Ricardo Reis levantou-se, Vou aquecer café, volto já, Olhe, Ricardo, como nós estávamos a falar de jornais, chegou-me a curiosidade de saber as últimas notícias, será uma maneira de acabarmos o serão, Há cinco meses que você nada sabe do mundo, muita coisa não vai perceber, Você também deve ter percebido pouco quando aqui desembarcou depois de dezasseis anos de ausência, teve de atar as pontas umas às outras por cima do tempo, com certeza ficaram-lhe pontas sem nós e nós sem pontas, Tenho os jornais no quarto, já vou buscá-los, disse Ricardo Reis. Foi à cozinha, voltou daí a pouco com uma pequena cafeteira de esmalte branco, a chávena e a colher, o açúcar, que colocou em cima da mesa baixa que separava os sofás, saiu outra vez, regressou com os jornais, deitou o café na chávena, adoçou, Você não bebe, claro, Se ainda me restasse uma hora de vida, talvez a trocasse agora por um café bem quente, Daria mais do que aquele rei Henrique, que por um cavalo só trocava um reino, Para não perder o reino, mas deixe lá a história dos ingleses e diga-me como vai este mundo dos vivos. Ricardo Reis bebeu meia chávena, depois abriu um dos jornais, perguntou, Você sabia que o Hitler fez anos, quarenta e sete, Não acho que a notícia seja importante, Porque não é alemão, se o fosse seria menos desdenhoso, E que mais, Diz aqui que passou revista a trinta e três mil soldados, num ambiente de veneração quase religiosa, palavras textuais, se quer fazer uma ideia ouça só esta passagem do discurso que Goebbels fez na ocasião, Leia lá, Quando Hitler fala é como se a abóbada de um templo se fechasse sobre a cabeça do povo alemão, Caramba, muito poético, Mas isto nada vale em comparação com as palavras de Baldur von Schirach, Quem é esse von Schirach, não me lembro, É o chefe das Juventudes do Reich, Que foi que ele disse, Hitler, presente de Deus à Alemanha, foi o homem providencial, o culto por ele está acima das divisões confessionais, Essa não lembrava ao diabo, o culto por um homem a unir o que o culto de Deus dividiu, E von Schirach vai mais longe, afirma que se a juventude amar Hitler, que é o seu Deus, se se esforçar por fielmente o servir, cumprirá o preceito que recebeu do Padre Eterno, Magnífica lógica, para a juventude Hitler é um deus, servindo-o fielmente cumpre um preceito do Padre Eterno, portanto temos aqui um deus a agir como intermediário doutro deus para os seus próprios fins, o Filho como árbitro e juiz da autoridade do Pai, afinal o nacional-socialismo é uma religiosíssima empresa, Olhe que nós, por cá, também não vamos nada mal em pontos de confusão entre o divino e o humano, parece até que voltámos aos deuses da antiguidade, Os seus, Eu só aproveitei deles um resto, as palavras que os diziam, Explique melhor essa tal divina e humana confusão, É que, segundo a declaração solene de um arcebispo, o de Mitilene, Portugal é

Cristo e Cristo é Portugal, Está aí escrito, Com todas as letras, Que Portugal é Cristo e Cristo é Portugal, Exactamente. Fernando Pessoa pensou alguns instantes, depois largou a rir, um riso seco, tossicado, nada bom de ouvir, Ai esta terra, ai esta gente, e não pôde continuar, havia agora lágrimas verdadeiras nos seus olhos, Ai esta terra, repetiu, e não parava de rir, Eu a julgar que tinha ido longe de mais no atrevimento quando na Mensagem chamei santo a Portugal, lá está, São Portugal, e vem um príncipe da Igreja, com a sua arquiepiscopal autoridade, e proclama que Portugal é Cristo, E Cristo é Portugal, não esqueça, Sendo assim, precisamos de saber, urgentemente, que virgem nos pariu, que diabo nos tentou, que judas nos traiu, que pregos nos crucificaram, que túmulo nos esconde, que ressurreição nos espera, Esqueceu-se dos milagres, Quer você milagre maior que este simples facto de existirmos, de continuarmos a existir, não falo por mim, claro, Pelo andar que levamos, não sei até quando e onde existiremos, Em todo o caso, você tem de reconhecer que estamos muito à frente da Alemanha, aqui é a própria palavra da Igreja a estabelecer, mais do que parentescos, identificações, nem sequer precisávamos de receber o Salazar de presente, somos nós o próprio Cristo, Você não devia ter morrido tão novo, meu caro Fernando, foi uma pena, agora é que Portugal vai cumprir-se, Assim acreditemos nós e o mundo no arcebispo, O que ninguém pode é dizer que não estamos a fazer tudo para alcançar a felicidade, quer ouvir agora o que o cardeal Cerejeira disse aos seminaristas, Não sei se serei capaz de aguentar o choque, Você não é seminarista, Mais uma razão, mas seja o que Deus quiser, leia lá, Sede angelicamente puros, eucaristicamente fervorosos e ardentemente zelosos, Ele disse essas palavras, assim emparelhadas, Disse, Só me resta morrer, Já está morto, Pobre de mim, nem isso me resta. Ricardo Reis encheu outra chávena, A beber café dessa maneira, você não vai dormir, avisou Fernando Pessoa, Deixe, uma noite de insónia nunca fez mal a ninguém, e às vezes ajuda, Leia-me mais notícias, Lerei, mas antes diga-me se não acha inquietadora esta novidade portuguesa e alemã de utilizar Deus como avalista político, Será inquietadora, mas novidade não é, desde que os hebreus promoveram Deus ao generalato, chamando-lhe senhor dos exércitos, o mais têm sido meras variantes do tema, É verdade, os árabes invadiram a Europa aos gritos de Deus o quer, Os ingleses puseram Deus a guardar o rei, Os franceses juram que Deus é francês, Mas o nosso Gil Vicente afirmou que Deus é português, Ele é que deve ter razão, se Cristo é Portugal, Bom, leia mais um bocado, antes de me ir embora, Não quer cá ficar, Tenho regras a cumprir, regulamentos, no outro dia infringi três artigos com todas as suas alíneas, Faça o mesmo hoje, Não, Então ouça lá, agora vão de enfiada, se tiver comentários a fazer guarde-os para o fim Pio XI condena a falta de moral de certas fitas Maximino Correia declarou que Angola é mais portuguesa que Portugal porque desde Diogo Cão não reconheceu outra soberania que não fosse a dos portugueses Em Olhão houve uma distribuição de pão aos pobres no pátio do quartel da Guarda Nacional Republicana Fala-se numa associação secreta espanhola constituída por militares Na Sociedade de Geografia por ocasião da semana das colónias senhoras da nossa melhor sociedade ocuparam lado a lado lugares com gente modesta Segundo o jornal Pueblo Gallego refugiaram-se em Portugal cinquenta mil espanhóis No Tavares o salmão vende-se a trinta e seis escudos o quilo, Caríssimo, Você gosta de salmão, Detestava, E pronto, a não ser que queira que lhe leia as desordens e agressões, o jornal está lido, Que horas são, Quase meia-noite, Ih, como o tempo passa, Vai-se embora, Vou, Quer que o acompanhe, Para si ainda é cedo, Por isso mesmo, Não me compreendeu, o que eu disse é que ainda é cedo para me acompanhar lá para onde eu vou, Sou apenas um ano mais velho que você, pela ordem natural das coisas, Que é a ordem natural das coisas, Costuma-se dizer assim, pela ordem natural das coisas eu até deveria ter morrido primeiro, Como vê, as coisas não têm uma ordem natural. Fernando Pessoa levantou-se do sofá, depois abotoou o casaco, ajustou o nó da gravata, pela ordem natural teria feito ao contrário, Então cá vou, até um dia destes, e obrigado pela sua paciência, o mundo ainda está pior do que quando o deixei, e essa Espanha, de certeza, acaba em guerra civil, Acha, Se os bons profetas são os que já morreram, pelo menos essa condição está do meu lado, Evite fazer barulho quando descer a escada, por causa da vizinhança, Descerei como uma pena, E não bata com a porta, Fique descansado, não ecoará o som cavo da tampa do sepulcro, Boas noites, Fernando, Durma bem, Ricardo.

Fosse por efeito da grave conversação ou por abuso do café, Ricardo Reis não dormiu bem. Acordou algumas vezes, no sono parecera-lhe ouvir bater o seu próprio coração dentro da almofada onde descansava a cabeça, quando acordava deitava-se de costas para deixar de o ouvir, e depois, aos poucos, tornava a senti-lo, deste lado do peito, fechado na gaiola das costelas, então vinham-lhe à lembrança as autópsias a que assistira, e via o seu coração vivo, pulsando angustiadamente como se cada movimento fosse o derradeiro, depois o sono voltava, difícil, enfim profundo quando a manhã já clareava. Ainda dormia, veio o ardina atirar-lhe o jornal às vidraças, não se levantou para abrir a janela, em casos tais o vendedor sobe a escada, deixa as notícias sobre o capacho, estas novas por cima, que outras, doutro dia, mais antigas, serviam agora para aparar o terriço raspado pelo esparto na sola dos sapatos, sic transit notitia mundi, abençoado seja quem inventou o latim. Ao lado, no recanto do vão da porta, está a leiteirinha com a metade de meio litro diária, pendurado no puxador o saquitel do pão, Lídia trará tudo isto para dentro, quando chegar, já depois das onze, que hoje é dia da sua folga, mas não conseguiu vir mais cedo, à última hora ainda Salvador a mandou limpar e arrumar três quartos, gerente abusador. Não se demorará muito, tem de ir ver a sua abandonada mãe, saber novidades do irmão que foi ao Porto navegando no Afonso de Albuquerque e voltou, Ricardo Reis ouviu-a entrar, chamou com voz ensonada, e ela apareceu entreportas, ainda com a chave, o pão, o leite e o jornal nas mãos, disse, Bom dia, senhor doutor, ele respondeu, Bom dia, Lídia, foi assim que se trataram no primeiro dia e assim irão continuar, nunca ela será capaz de dizer, Bom dia, Ricardo, mesmo que ele lho pedisse, o que até hoje não fez e não fará, é suficiente confiança recebê-la neste preparo, despenteado, de barba crescida e hálito nocturno. Lídia foi à cozinha deixar o leite e o pão, voltou com o jornal, depois saiu para preparar o pequeno-almoço, enquanto Ricardo Reis desdobrava e abria as folhas, segurando-as cuidadosamente pelas margens brancas para não manchar os dedos, levantando-as para não sujar a dobra do lençol, são pequenos gestos maníacos que conscientemente cultiva como quem se rodeia de balizas, de pontos de referência, de fronteiras. Ao abrir o jornal lembrou-se do movimento idêntico que fizera algumas horas antes, e outra vez se lhe figurou que Fernando Pessoa estivera ali há muito mais tempo, como se memória tão recente fosse, afinal, uma memória antiquíssima, de dias em que Fernando Pessoa, por ter partido os óculos, lhe pedira, Ó Reis, leia-me aí as notícias, as mais importantes, As da guerra, Não, essas não vale a pena, leio-as amanhã, que são iguais, estava-se em Junho de mil novecentos e dezasseis, e Ricardo Reis escrevera, há poucos dias, a mais extensa das suas odes, passadas e futuras, aquela que começa, Ouvi contar que outrora, quando a Pérsia. Da cozinha veio o cheiro bom do pão torrado, ouviam-se pequenos rumores de louça, depois os passos de Lídia no corredor, traz, serena desta vez, o tabuleiro, é o mesmo gesto profissional, só não precisa de bater à porta, que está aberta. A este hóspede de tantas semanas pode-se perguntar sem abusar da confiança, Então hoje deixou-se dormir, Não passei bem a noite, uma insónia dos diabos, Se calhar andou por fora, deitou-se tarde, Antes fosse, ainda não era meia-noite quando me deitei, nem saí de casa, acreditará Lídia, não acreditará, nós sabemos que Ricardo Reis diz a verdade. O tabuleiro está sobre os joelhos do hóspede do duzentos e um, a criada deita o café e o leite, aproxima as torradas, a compota, rectifica a posição do guardanapo, e então é que diz, Hoje não posso ficar muito tempo, dou aí uma arrumação e depois vou-me, quero ver a minha mãe, ela já se queixa de que eu nunca apareço, ou passo de fugida, até me perguntou se arranjei namorado e se é para casar. Ricardo Reis sorri, contrafeito, não tem nada para responder, certamente não esperaríamos que dissesse, Namorado já tu aqui tens, e quanto ao casamento, ainda bem que falas nisso, um destes dias teremos de falar no nosso futuro, limita-se a sorrir, a olhar para ela com uma expressão subitamente paternal. Lídia retirou-se para a cozinha, não levava qualquer resposta, se a esperara, saíram-lhe sem querer aquelas palavras da boca, nunca a mãe lhe falara em noivos e namorados. Ricardo Reis acabou de comer, empurrou o tabuleiro para os pés da cama, recostou-se a ler o jornal, A grande parada corporativa mostrou que não é difícil realizar entre patrões e operários um entendimento honesto e bem intencionado, prosseguiu a leitura sisudamente, dando pouca atenção ao peso dos argumentos, em seu íntimo não sabia se estava de acordo ou duvidava, O corporativismo, o enquadramento das classes no ambiente e no espaço que a cada uma pertencer são os meios próprios para transformar as sociedades modernas, com esta receita de um novo paraíso terminou a leitura do artigo de fundo, depois, de olhos incertos, passou às notícias do estrangeiro, Amanhã realiza-se em França o primeiro escrutínio das eleições legislativas, As tropas de Badoglio preparam-se para retomar o avanço sobre Addis-Abeba, foi neste momento que Lídia apareceu à porta do quarto, de mangas arregaçadas, a querer saber, Viu ontem o balão, Qual balão, O zepelim, passou mesmo por cima do hotel, Não vi, mas estava vendo agora, na página aberta do jornal, o gigantesco, adamastórico dirigível, Graf Zeppelin, do nome e título do seu construtor, conde Zeppelin, general e aeronauta alemão, ei-lo a sobrevoar a cidade de Lisboa, o rio, as casas, as pessoas param nos passeios, saem das lojas, debruçam-se das janelas dos eléctricos, vêm às varandas, chamam umas pelas outras para partilharem a maravilha, um espirituoso diz inevitavelmente, Ó patego olha o balão, em preto e cinza retratou-o o jornal, Traz aqui a fotografia, informou Ricardo Reis, e Lídia aproximou-se da cama, tão chegada que mal parecia não lhe cingir ele as ancas com o braço livre, o outro segurava o jornal, ela riu, Esteja quieto, depois disse, Tão grande, aí ainda parece maior que ao natural, e aquela cruz que leva atrás, Chamam-lhe gamada, ou suástica, É feia, Olha que já houve muita gente que a achava a mais bonita de todas, Parece uma aranha, Havia religiões no oriente para quem esta cruz representava a felicidade e a salvação, Tanto, Tudo, Então por que é que a puseram no rabo do zepelim, O dirigível é alemão, e a suástica é hoje o emblema da Alemanha, Dos nazis, Que é que tu sabes disto, Foi o meu irmão que me contou, O teu irmão marujo, Sim, o Daniel, não tenho outro, Ele já voltou do Porto, Ainda não o vi, mas já voltou, Como é que sabes, O barco dele está em frente do Terreiro do Paço, conheço-o bem, Não te queres deitar, Prometi à minha mãe que ia lá almoçar, se me deito chego atrasada, Só um bocadinho, vá, depois deixo-te ir, a mão de Ricardo Reis desceu até à curva da perna, levantou a saia, passou acima da liga, tocou e acariciou a pele nua, Lídia dizia, Não, não, mas começava a ceder, tremiam-lhe os joelhos, foi então que Ricardo Reis percebeu que o seu sexo não reagia, que não iria reagir, era a primeira vez que lhe acontecia o temido acidente, sentiu-se tomado de pânico, lentamente retirou a mão, murmurou, Põe-me a água a correr, quero tomar banho, ela não compreendeu, começara a desapertar o cós da saia, a desabotoar a blusa, e ele repetiu, numa voz que de súbito se tornara estridente, Quero tomar banho, põe-me a água a correr, atirou o jornal para o chão, enfiou-se bruscamente pelos lençóis abaixo e voltou-se para a parede, quase derrubou o tabuleiro do pequeno-almoço. Lídia olhava-o desconcertada, Que foi que eu fiz, pensou, eu até me ia deitar, mas ele continuava de costas viradas, as mãos, que ela não podia ver, tentavam excitar o sexo desmaiado, mole, oco de sangue, vazio de vontade, e inutilmente se esforçavam, agora com violência, ou raiva, ou desespero. Retirou-se Lídia tristíssima, leva consigo o tabuleiro, vai lavar a louça, vai-la lavar alva, mas antes acende o esquentador, põe a água a correr para a tina, experimenta a temperatura à saída da torneira, depois passa as mãos molhadas pelos olhos molhados, Que foi que eu lhe fiz, se eu até me ia deitar, há desencontros assim, fatais, tivesse-lhe ele dito, Não posso, estou mal-disposto, e ela não se importaria, mesmo não sendo para aquilo talvez se deitasse, que dizemos nós, deitar-se-ia de certeza, em silêncio o confortando naquele grande medo, porventura teria a comovente lembrança de suavemente pousar a mão sobre o sexo dele, sem intenção picante, apenas como se dissesse, Deixe lá, não é morte de homem, e, serenamente, ambos adormeceriam, já esquecida ela de que a mãe estava à sua espera com o almoço na mesa, a mãe que por fim diria ao filho marinheiro, Vamos nós almoçar, que a tua irmã, agora, não se pode contar com ela, não parece a mesma, são assim as contradições e injustiças da vida, aí está Ricardo Reis que não teria nenhuma razão para pronunciar aquelas últimas e condenatórias palavras.

 Lídia apareceu à porta do quarto, já pronta para sair, disse, Até para a semana, ela vai infeliz, ele infeliz fica, ela sem saber que mal terá feito, ele sabendo que mal lhe aconteceu. Ouve-se a água correr, cheira ao vapor quente que se expande pela casa, Ricardo Reis ainda se deixa ficar alguns minutos deitado, sabe que é imensa aquela tina, mar mediterrâneo quando cheia, enfim levanta-se, lança o roupão pelas costas, e, arrastando os chinelos, entra na casa de banho, olha o espelho embaciado onde felizmente não pode ver-se, essa devia ser, em certas horas, a caridade dos espelhos, então pensou, Isto não é morte de homem, acontece a todos, algum dia tinha de me acontecer a mim, qual é a sua opinião, senhor doutor, Não se preocupe, vou-lhe receitar umas pílulas novas que lhe resolverão esse pequeno problema, o que é preciso é não se pôr a empreender no caso, saia, distraia-se, vá ao cinema, se realmente foi esta a primeira vez, até pode considerar-se um homem de sorte. Ricardo Reis fechou a torneira, despiu-se, temperou com alguma água fria o grande lago escaldante e deixou-se mergulhar devagarinho, como se renunciasse ao mundo do ar. Abandonados, os membros eram impelidos para a superfície, boiavam entre duas águas, também o sexo murcho se movia, preso, como uma alga, pela sua raiz, acenando, agora não ousava Ricardo Reis levar a mão até ele, tocar-lhe, olhava-o apenas, era como se não lhe pertencesse, qual a qual, é ele meu, ou eu é que sou dele, e não procurava a resposta, perguntar já era angústia bastante.

Foi três dias depois que Marcenda apareceu no consultório. Dissera à empregada que queria ser atendida em último lugar, aliás não vinha como doente, Peço-lhe que diga ao senhor doutor que está aqui Marcenda Sampaio, mas só quando não houver mais doentes, e meteu-lhe no bolso uma nota de vinte escudos, chegado o momento foi a empregada com o recado, já Ricardo Reis despira a bata branca, hábito quase talar que mal lhe dava pelo meio da perna, por isso não era nem seria sumo-sacerdote desta religião sanitária, apenas sacristão, para despejar e lavar as galhetas, para acender as velas, e apagá-las, para lavrar as certidões, de óbito, claro está, algumas vezes sentira uma difusa pena, um desgosto, de não se ter especializado em obstetrícia, não por serem esses órgãos os mais íntimos e preciosos da mulher, mas por neles se fazerem os filhos, dos outros, servem estes de compensação quando os nossos faltam ou não os conhecemos. Ouviria bater os novos corações do mundo, algumas vezes poderia receber nas mãos os sujos, peganhentos animaizinhos, entre sangue e muco, entre lágrimas e suor, ouvir-lhes o primeiro grito, aquele que não tem significado, ou tem-no, e não sabemos. Tornou a vestir a bata, mal atinando com as mangas, subitamente torcidas, mal talhadas, hesitou se deveria receber Marcenda à porta, ou esperá-la por trás da secretária, com a mão profissionalmente pousada sobre o simpósio, fonte de toda a sabedoria, bíblia das dores, acabou por se aproximar da janela que dava para o largo, para os olmos, para as tílias floridas, para a estátua do mosqueteiro, ali é que gostaria de receber Marcenda, se não fosse absurdo o comportamento, dizer-lhe, É primavera, veja que engraçado, aquele pombo em cima da cabeça do Camões, os outros pousados nos ombros, é a única justificação e utilidade das estátuas, servirem de poleiro aos pombos, porém as conveniências do mundo têm mais força, Marcenda apareceu à porta, Faz favor de entrar, dizia mesureira a empregada, subtil pessoa, muito competente na arte de distinguir posições sociais e níveis de riqueza, Ricardo Reis esqueceu-se dos olmos, das tílias, os pombos levantaram voo, alguma coisa os assustou ou deu-lhes o apetite de mexer as asas, de voar, na Praça de Luís de Camões a caça está proibida todo o ano, fosse esta mulher pomba e não poderia voar, asa ferida, Como tem passado, Marcenda, muito prazer em vê-la, e seu pai, como está, Bem, muito obrigada, senhor doutor, ele não pôde vir, manda-lhe cumprimentos, assim instruída a empregada retirou-se, fechou a porta. As mãos de Ricardo Reis ainda apertam a mão de Marcenda, ficaram ambos calados, ele faz um gesto a apontar uma cadeira, ela senta-se, não tirou a mão esquerda do bolso, até a empregada do consultório, apesar do seu agudíssimo olhar, juraria que aquela senhora que entrou agora no gabinete do doutor Ricardo Reis é pessoa sem defeito, e nada feia, por sinal, só um bocadinho magra, mas, sendo tão nova, até lhe fica bem, Então, dê-me notícias da sua saúde, disse Ricardo Reis, e Marcenda respondeu, Estou como estava, o mais provável é que não volte ao médico, pelo menos a este de Lisboa, Não há nenhum indício de reanimação, de movimento, nenhuma alteração da sensibilidade, Nada que valha o trabalho de defender a esperança, E o coração, Esse funciona, quer ver, Não sou o seu médico, Mas agora é especialista de cardiologia, tem outros conhecimentos, posso consultá-lo, Não lhe fica bem a ironia, limito-me a fazer o melhor que sei, e é pouco, estou apenas a substituir temporariamente um colega, expliquei-lho na minha carta, Numa das suas cartas, Faça de contas que não recebeu a outra, que ela se perdeu no caminho, Arrependeu-se de a ter escrito, A mais inútil coisa deste mundo é o arrependimento, em geral quem se diz arrependido quer apenas conquistar perdão e esquecimento, no fundo, cada um de nós continua a prezar as suas culpas, Também eu não me arrependi de ter ido a sua casa, nem me arrependo hoje, e se é culpa ter-me deixado beijar, se é culpa ter beijado, prezo igualmente essa culpa, Entre nós não houve mais que um beijo, que é um beijo, não é nenhum pecado mortal, Foi o meu primeiro beijo, talvez seja por isso que não me arrependo, Nunca ninguém a beijou antes, Foi o meu primeiro beijo, Daqui a pouco são horas de fechar o consultório, não quer vir a minha casa, estaríamos mais à vontade para conversar, Não, Entraríamos separados, com grande intervalo, não a comprometeria, Prefiro estar aqui o tempo que puder, Eu não lhe faria mal, sou um homem sossegado, Que quer dizer esse sorriso, Nada de especial, apenas confirma o sossego do homem, ou, se quer que lhe fale com mais exactidão, eu diria que há em mim, presentemente, um sossego total, as águas dormem, foi isso o que meu sorriso quis explicar, Prefiro não ir a sua casa, prefiro estar aqui a conversar, faça de conta que sou uma sua doente, De que se queixa, então, Desse sorriso gosto mais, Também eu, do outro nem eu próprio gostava. Marcenda retirou a mão esquerda do bolso, acomodou-a no regaço, pôs sobre ela a outra mão, parecia que ia principiar a expor os seus males, Imagine o senhor doutor, calhou-me em sorte este braço, já tinha na vida um coração desacertado, porém de todas estas palavras só aproveitou três, A vida é um desacerto de sortes, morávamos tão longe um do outro, tão diferentes as idades, os destinos, Está a repetir o que escreveu na sua carta, É que eu gosto de si, Ricardo, só não sei quanto, Um homem, quando chega a esta altura, fica ridículo a fazer declarações de amor, A mim soube-me bem lê-las, e sabe-me bem ouvi-las, Não estou a fazer nenhuma declaração de amor, Está, Estamos a trocar vénias, ramalhetes de flores, é verdade que são bonitas, as flores, mas já vão cortadas, mortas, elas não o sabem e nós fingimos que não sabemos, Ponho as minhas flores na água e fico a olhar para elas enquanto lhes durarem as cores, Não terá tempo de cansar os olhos, Agora estou a olhar para si, Não sou nenhuma flor, É um homem, sou capaz de perceber a diferença, Um homem sossegado, alguém que se sentou na margem do rio a ver passar o que o rio leva, talvez à espera de se ver passar a si próprio na corrente, Neste momento, creio que é a mim que está a ver, di-lo a expressão dos seus olhos, É verdade, vejo-a a afastar-se como um ramo florido e um pássaro cantando em cima dele, Não me faça chorar. Ricardo Reis foi até à janela, entreabriu a cortina. Não havia pombos pousados na estátua, voavam em círculos rápidos sobre a praça, estonteantes, como um vórtice. Marcenda aproximara-se também, Quando eu para cá vim, havia um pombo pousado no braço, junto ao coração, Fazem muito isso, é um lugar abrigado, Daqui não se vê, Está de costas voltadas para nós. A cortina tornou a fechar-se. Afastaram-se da janela, e Marcenda disse, Tenho de ir. Ricardo Reis segurou-lhe a mão esquerda, levou-a aos lábios, depois bafejou-a muito devagar como se estivesse a reanimar uma ave transida de frio, no instante seguinte era a boca de Marcenda que ele beijava, e ela a ele, segundo e já voluntário beijo, então como uma alta cascata, trovejando, o sangue de Ricardo Reis desce às profundas cavernas, metafórico modo de dizer que se ergue o seu sexo, morto afinal não estava, bem que eu lhe tinha dito que não se preocupasse. Sentiu-o Marcenda, por isso se afastou, para tornar a senti-lo se aproximou outra vez, e juraria que não se fosse interrogada, virgem louca, mas as bocas não se tinham separado, enfim ela gemeu, Tenho de ir, saiu-lhe dos braços, sem forças sentou-se numa cadeira, Marcenda, case comigo, disse Ricardo Reis, ela olhou-o, subitamente pálida, depois disse, Não, muito devagar o disse, parecia impossível que uma palavra tão curta levasse tanto tempo a pronunciar, muito mais tempo do que as outras que disse depois, Não seríamos felizes. Durante alguns minutos ficaram calados, pela terceira vez Marcenda disse, Tenho de ir, mas agora levantava-se e caminhava para a porta, ele seguiu-a, queria retê-la, mas ela já estava no corredor, ao fundo aparecia a empregada, então Ricardo Reis em voz alta, Eu acompanho-a, e assim fez, despediram-se apertando as mãos, ele disse, Os meus cumprimentos a seu pai, ela falou doutra coisa, Um dia, e não acabou a frase, alguém a continuará sabe-se lá quando e para quê, outro a concluirá mais tarde e em que lugar, por enquanto é isto apenas, Um dia. A porta está fechada, a empregada pergunta, O senhor doutor ainda precisa de mim, Não, Então, se me dá licença, já toda a gente saiu, os outros senhores doutores também, Eu ainda fico uns minutos, preciso de arrumar uns papéis, Boas tardes, senhor doutor, Boas tardes, menina Carlota, era este também o seu nome.

Ricardo Reis voltou ao gabinete, afastou a cortina. Marcenda ainda não chegara ao fundo da escada. A penumbra do fim da tarde cobria o largo. Os pombos recolhiam-se aos altos ramos dos olmos, em silêncio, como fantasmas, ou sombras doutros pombos que naqueles mesmos ramos tivessem descido em anos passados, ou nas ruínas que neste lugar houve, antes que se limpasse o terreno para fazer a praça e levantar a estátua. Agora Marcenda atravessa o largo na direcção da Rua do Alecrim, volta-se para ver se o pombo ainda está pousado no braço de Camões, e por entre os ramos floridos das tílias distingue um vulto branco por trás das vidraças, se alguém deu por estes movimentos não terá entendido o sentido deles, nem sequer Carlota, que aí se metera num vão de escada, à espreita, por desconfiança de que a visitante voltará ao consultório para conversar à vontade com o doutor, não seria mal pensado, mas Marcenda não se lembrou de tal, e Ricardo Reis não chegou a perguntar a si mesmo se por essa razão se tinha deixado ficar.

Aos poucos dias chegou uma carta, a conhecida cor de violeta exangue, o mesmo carimbo negro sobre o selo, a mesma caligrafia que sabemos ser angulosa por faltar à folha de papel o amparo da outra mão, a mesma pausa longa antes que Ricardo Reis abrisse o sobrescrito, o mesmo olhar apagado, as mesmas palavras, Foi grande imprudência visitá-lo, não voltará a acontecer, nunca mais nos tornaremos a ver, mas acredite em mim, ficará para sempre na minha lembrança por muitos anos que viva, se as coisas fossem diferentes, se eu fosse mais velha, se este braço sem remédio, sim, é verdade, fui desenganada, o médico acabou por reconhecer que não tenho cura, que são tempo perdido os banhos de luz, as correntes galvânicas, as massagens, eu já esperava, nem tive ânimo de chorar, e não é de mim que tenho pena, é do meu braço, tomo conta dele como de uma criança que nunca poderá sair do berço, acaricio-o como se não me pertencesse, animalzinho achado na rua, pobre braço, que seria dele sem mim, adeus, meu amigo, meu pai contina a dizer que devo ir a Fátima e eu vou, só para lhe dar gosto, se ele disto precisa para ficar em paz com a consciência, assim acabará por pensar que foi a vontade de Deus, bem sabe que contra a vontade de Deus nada podemos fazer nem devemos tentar, meu amigo, não lhe digo que se esqueça de mim, pelo contrário, peço-lhe que se lembre todos os dias, mas não me escreva, nunca mais irei à posta-restante, e agora termino, acabo, disse tudo. Marcenda não escreve desta maneira, é escrupulosa na obediência às regras da sintaxe, meticulosa na pontuação, mas a leitura de Ricardo Reis, saltando de linha em linha, à procura do essencial, desprezou o tecido conjuntivo, um ou dois pontos de exclamação, umas reticências pretensamente eloquentes, e mesmo quando fez segunda leitura, e terceira, não leu mais do que tinha lido antes, porque lera tudo, como Marcenda tudo dissera. Um homem recebe uma carta de prego ao largar do porto, abre-a no meio do oceano, só água e céu, e a tábua onde assenta os pés, e o que alguém escreveu na carta é que daí para diante não haverá mais portos aonde possa recolher-se, nem terras desconhecidas a encontrar, nem outro destino que o do Holandês Voador, não mais que navegar, içar e arrear as velas, dar à bomba, remendar e pontear, raspar a ferrugem, esperar. Vai à janela, ainda com a carta na mão, vê o gigante Adamastor, os dois velhos sentados à sombra dele, e a si mesmo pergunta se este desgosto não será representação sua, movimento teatral, se em verdade alguma vez acreditou que amasse Marcenda, se no seu íntimo obscuro quereria, de facto, casar com ela, e para quê, ou se não será tudo isto banal efeito da solidão, da pura necessidade de acreditar que algumas coisas boas são possíveis na vida, o amor, por exemplo, a felicidade de que falam a toda a hora os infelizes, possíveis a felicidade e o amor a este Ricardo Reis, ou àquele Fernando Pessoa, se não estivesse já morto. Marcenda existe, sem dúvida, esta carta escreveu-a ela, mas Marcenda, quem é, que há de comum entre a rapariga vista pela primeira vez na sala de jantar do Hotel Bragança, quando não tinha nome, e esta em cujo nome e pessoa vieram depois juntar-se pensamentos, sensações, palavras, as que Ricardo Reis disse, sentiu e pensou, Marcenda lugar de fixação, quem era então, hoje quem é, senda do mar que se apaga depois da passagem do barco, por enquanto alguma espuma, o turbilhão do leme, por onde foi que eu passei, que foi que passou por mim.

Ricardo Reis relê uma outra vez a carta, na parte final, onde está escrito, Não me escreva, e diz consigo mesmo que não acatará o pedido, irá responder, sim, para dizer não sabe o quê, depois se verá, e se ela fizer o que promete, se não for à posta-restante, então que fique a carta à espera, o que importa é ter sido escrita, não é que venha a ser lida. Mas logo a seguir lembrou-se de que sendo o doutor Sampaio tão conhecido em Coimbra, notário é sempre força viva, e havendo nos correios, como publicamente se reconhece, tanto funcionário consciencioso e cumpridor, não estava excluída a hipótese, remota fosse, de acabar a clandestina carta por ir parar à residência, ou pior ainda, ao cartório, com escândalo. Não escreverá. Nessa carta poria tudo o que não chegou a ser dito, não tanto com a esperança de mudar o curso das coisas, mas para que ficasse claro e entendido que estas coisas são tantas que nem dizendo tudo sobre elas o seu curso se modificaria. Mas gostava, ao menos, que Marcenda soubesse que o doutor Ricardo Reis, este mesmo que a beijou e lhe pediu casamento, é poeta, não apenas um vulgar médico de clínica geral metido a cardiologista e tisiologista substituto, ainda que substituto não ruim, apesar de lhe faltar habilitação científica, pois não consta ter aumentado dramaticamente a mortalidade naqueles foros nosológicos desde que entrou em exercício. Imagina as reacções de Marcenda, a surpresa, a admiração, se a tempo lhe houvesse dito, Sabe, Marcenda, que eu sou poeta, num tom assim desprendido, de quem não atribui à prenda grande importância, claro que ela compreenderia a modéstia, e teria gostado de saber, seria romântica, olharia com doce suavidade, Este homem quase de cinquenta anos e que gosta de mim é poeta, que bom, que sorte a minha, agora vejo como é diferente ser amada por um poeta, vou-lhe pedir que leia as poesias que fez, aposto que me vai dedicar algumas, é costume dos poetas, dedicam muito. Então Ricardo Reis explicaria, para prevenir eventuais ciúmes, que aquelas mulheres de quem Marcenda irá ouvir falar não são mulheres verdadeiras, mas abstracções líricas, pretextos, inventado interlocutor, se é que merece este nome de interlocutor alguém a quem não foi dada voz, às musas não se pede que falem, apenas que sejam, Neera, Lídia, Cloe, veja lá o que são coincidências, eu há tantos anos a escrever poesias para uma Lídia desconhecida, incorpórea, e vim encontrar num hotel uma criada com esse nome, só o nome, que no resto não se parecem nada. Ricardo Reis explica e torna a explicar, não por ser a tal ponto duvidosa a matéria, mas porque se teme do passo seguinte, que poema irá escolher, que dirá Marcenda depois de o ouvir, que expressão haverá no seu rosto, talvez peça para ver com os próprios olhos o que ouviu, fará em baixa voz a sua própria leitura, Num fluido incerto nexo, como o rio cujas ondas são ele, assim teus dias vê, e se te vires passar, como a outrem, cala. Leu e tornou a ler, vê-se-lhe no olhar que compreendeu, porventura a terá ajudado uma lembrança, a das palavras que ele disse no consultório, da última vez que estivemos juntos, Alguém que se sentou na margem do rio a ver passar o que o rio leva, à espera de se ver passar a si próprio na corrente, claro que entre a prosa e a poesia tem de haver certas diferenças, por isso entendi tão bem da primeira vez e agora comecei por entender tão mal. Ricardo Reis pergunta, Gostou, e ela diz, Ah, gostei muito, não pode haver melhor nem mais lisonjeadora opinião, porém os poetas são aqueles eternos insatisfeitos, a este disseram o mais que cabe dizer, o próprio Deus gostaria que isto lhe declarassem do mundo que criou, e afinal cobriu-se-lhe o olhar de melancolia, suspira, aqui está Adamastor que não consegue arrancar-se ao mármore onde o prenderam engano e decepção, convertida em penedo a carne e o osso, petrificada a língua, Por que é que ficou tão calado, pergunta Marcenda, e ele não responde.

Se estas são mágoas de uma pessoa, a Portugal, como um todo, não faltam alegrias. Agora se festejaram duas datas, a primeira que foi do aparecimento do professor António de Oliveira Salazar na vida pública, há oito anos, parece que ainda foi ontem, como o tempo passa, para salvar o seu e o nosso país do abismo, para o restaurar, para lhe impor uma nova doutrina, fé, entusiasmo e confiança no futuro, são palavras do periódico, e a outra data que também diz respeito ao mesmo senhor professor, sucesso de mais íntima alegria, sua e nossa, que foi ter completado, logo no dia a seguir, quarenta e sete anos de idade, nasceu no ano em que Hitler veio ao mundo e com pouca diferença de dias, vejam lá o que são coincidências, dois importantes homens públicos. E vamos ter a Festa Nacional do Trabalho, com um desfile de milhares de trabalhadores em Barcelos, todos de braço estendido, à romana, ficou-lhes o gesto dos tempos em que Braga se chamava Bracara Augusta, e um cento de carros ornamentados mostrando cenas da labuta campestre, ele as vindimas, ele a pisa, ele a sacha, ele a escamisada, ele a debulha, e a olaria a fazer galos e apitos, a bordadeira com os bilros, o pescador com a rede e o remo, o moleiro com o burro e o saco da farinha, a fiandeira com o fuso e a roca, com esta faz dez carros e ainda hão-de passar noventa, muito se esforça o povo português por ser bom e trabalhador, enfim, vai-no conseguindo, mas em compensação não lhe faltam divertimentos, os concertos das bandas filarmónicas, as iluminações, os ranchos, os fogos-de-artifício, as batalhas de flores, os bodos, uma contínua festa. Ora, diante da magnífica alegria, bem podemos proclamar, é mesmo nosso dever, que as comemorações do Primeiro de Maio perderam por toda a parte o seu sentido clássico, não temos culpa que em Madrid o festejem nas ruas a cantar a Internacional e a dar vivas à Revolução, são excessos que não estão autorizados na nossa pátria, A Dios gracias, manifestam em coro os cinquenta mil espanhóis que a este oásis de paz se recolheram. Agora o que vamos ter de mais certo é virem por aí abaixo outros tantos franceses, que já a esquerda de lá ganhou as eleições, e o socialista Blum declarou-se pronto a constituir governo de Frente Popular. Sobre a augusta fronte da Europa acumulam-se nuvens de tempestade, não lhe bastava ir já arrebatada nos lombos do furioso touro espanhol, agora triunfa Chantecler com seu inflamado cantar de galo, mas, enfim, o primeiro milho é dos pardais, o melhor da colheita é para quem o merecer, dêmos nós atentos ouvidos ao marechal Pétain que, apesar de tão adiantado em anos, oitenta veneráveis invernos, não mastiga as palavras, Em meu entender, afirmou o ancião, tudo o que é internacional é nefasto, tudo o que é nacional é útil e fecundo, homem que assim fala não morrerá sem dar outros e mais substantivos sinais de si.

E terminou a guerra da Etiópia. Disse-o Mussolini do alto da varanda do palácio, Anuncio ao povo italiano e ao mundo que acabou a guerra, e a esta voz poderosa as multidões de Roma, de Milão, de Nápoles, da Itália inteira, milhões de bocas, todos gritaram o nome de Duce, os camponeses abandonaram os campos, os operários as fábricas, em patriótico delírio dançando e cantando nas ruas, é bem verdade o que proclamou Benito, que a Itália tem alma imperial, por isso se levantaram dos históricos túmulos as sombras majestosas de Augusto, Tibério, Calígula, Nero, Vespasiano, Nerva, Sétimo Severo, Domiciano, Caracala, e tutti quanti, restituídos à antiga dignidade após séculos de espera e de esperança, aí estão, postos em alas, fazendo a guarda de honra ao novo sucessor, à imponentíssima figura, ao altivo porte de Vittorio Emmanuele III, proclamado com todas as letras e em todas as línguas imperador da África Oriental Italiana, enquanto Winston Churchill está abençoando, No estado actual do mundo, a manutenção ou agravamento das sanções contra a Itália poderia ter tido como consequência uma guerra hedionda, sem disso resultar o menor proveito para o povo etíope. Tranquilizemo-nos, pois. Guerra, se a houver, guerra será, por ser esse o nome, mas não hedionda, como hedionda não foi a guerra contra os abexins.

Addis-Abeba, ó linguístico donaire, ó poéticos povos, quer dizer Nova Flor. Addis-Abeba está em chamas, as ruas cobertas de mortos, os salteadores arrombam as casas, violam, saqueiam, degolam mulheres e crianças, enquanto as tropas de Badoglio se aproximam. O Negus fugiu para a Somália francesa, donde partirá para a Palestina a bordo de um cruzador britânico, e um dia destes, lá para o fim do mês, em Genebra, perante o solene areópago da Sociedade das Nações, perguntará, Que resposta devo levar ao meu povo, mas depois de ter falado ninguém lhe respondeu, e antes que falasse assobiaram-no os jornalistas italianos presentes, sejamos nós os tolerantes, é sabido que as exaltações nacionalistas encegueiram facilmente a inteligência, atire a primeira pedra quem nunca caiu nestas tentações. Addis-Abeba está em chamas, as ruas cobertas de mortos, os salteadores arrombam as casas, violam, saqueiam, degolam mulheres e crianças, enquanto as tropas de Badoglio se aproximam. Mussolini anunciou, Deu-se o grande acontecimento que sela o destino da Etiópia, e o sábio Marconi preveniu, Aqueles que procurarem repelir a Itália caem na mais perigosa das loucuras, e Eden insinua, As circunstâncias aconselham o levantamento das sanções, e o Manchester Guardian, que é órgão governamental inglês, verifica, Há numerosas razões para serem entregues colónias à Alemanha, e Goebbels decide, A Sociedade das Nações é boa, mas as esquadrilhas de aviões são melhores. Addis-Abeba está em chamas, as ruas cobertas de mortos, os salteadores arrombam as casas, violam, saqueiam, degolam mulheres e crianças, enquanto as tropas de Badoglio se aproximam, Addis-Abeba está em chamas, ardiam casas, saqueadas eram as arcas e as paredes, violadas as mulheres eram postas contra os muros caídos, trespassadas de lanças as crianças eram sangue nas ruas. Uma sombra passa na fronte alheada e imprecisa de Ricardo Reis, que é isto, donde veio a intromissão, o jornal apenas me informa que Addis-Abeba está em chamas, que os salteadores estão pilhando, violando, degolando, enquanto as tropas de Badoglio se aproximam, o Diário de Notícias não fala de mulheres postas contra os muros caídos nem de crianças trespassadas de lanças, em Addis-Abeba não consta que estivessem jogadores de xadrez jogando o jogo do xadrez. Ricardo Reis foi buscar à mesa-de-cabeceira The god of the labyrinth, aqui está, na primeira página, O corpo, que foi encontrado pelo primeiro jogador de xadrez, ocupava, de braços abertos, as casas dos peões do rei e da rainha e as duas seguintes, na direcção do campo adversário, a mão esquerda numa casa branca, a mão direita numa casa preta, em todas as restantes páginas lidas do livro não há mais que este morto, logo, não foi por aqui que passaram as tropas de Badoglio. Deixa Ricardo Reis The god of the labyrinth no mesmo lugar, sabe enfim o que procura, abre uma gaveta da secretária que foi do juiz da Relação, onde em tempos dessa justiça eram guardados comentários manuscritos ao Código Civil, e retira a pasta de atilhos que contém as suas odes, os versos secretos de que nunca falou a Marcenda, as folhas manuscritas, comentários também, porque tudo o é, que Lídia um dia encontrará, quando o tempo já for outro, de insuprível ausência. Mestre, são plácidas, diz a primeira folha, e neste dia primeiro outras folhas dizem, Os deuses desterrados, Coroai-me em verdade de rosas, e outras contam, O deus Pã não morreu, De Apolo o carro rodou, uma vez mais o conhecido convite, Vem sentar-te comigo, Lídia, à beira do rio, o mês é Junho e ardente, a guerra já não tarda, Ao longe os montes têm neve e sol, só o ter flores pela vista fora, a palidez do dia é levemente dourada, não tenhas nada nas mãos porque sábio é o que se contenta com o espectáculo do mundo. Outras e outras folhas passam como os dias são passados, jaz o mar, gemem os ventos em segredo, cada coisa em seu tempo tem seu tempo, assim bastantes os dias se sucedam, bastante a persistência do dedo molhado sobre a folha, e foi bastante, aqui está, Ouvi contar que outrora, quando a Pérsia, esta é a página, não outra, este o xadrez, e nós os jogadores, eu Ricardo Reis, tu leitor meu, ardem casas, saqueadas são as arcas e as paredes, mas quando o rei de marfim está em perigo, que importa a carne e o osso das irmãs e das mães e das crianças, se carne e osso nosso em penedo convertido, mudado em jogador, e de xadrez. Addis-Abeba quer dizer Nova Flor, o resto já foi dito. Ricardo Reis guarda os versos, fecha-os à chave, caiam cidades e povos sofram, cesse a liberdade e a vida, por nossa parte imitemos os persas desta história, se assobiámos, italianos, o Negus na Sociedade das Nações, cantarolemos, portugueses, à suave brisa, quando sairmos a porta da nossa casa, O doutor vai bem-disposto, dirá a vizinha do terceiro andar, Pudera, doentes é o que nunca falta, acrescentará a do primeiro, fez cada qual seu juízo sobre o que lhe tinha parecido e não sobre o que realmente sabia, que era nada, o doutor do segundo andar apenas ia a falar sozinho.

Ricardo Reis está deitado, a cabeça de Lídia repousa sobre o seu braço direito, apenas um lençol lhes cobre os corpos suados, ele nu, ela com a camisa enrolada na cintura, já não lembrados ambos, ou ao princípio se lembrando, mas logo tranquilos, da manhã em que ele percebeu que não podia e ela não soube que mal fizera para ser recusada. Nas varandas das traseiras as vizinhas trocam palavras com segundo sentido, gestos sublinhadores, piscadelas de olhos, Lá estão outra vez, Isto o mundo vai perdido, Parece impossível, Que pouca vergonha, Quanto a mim me haviam de dar, Nem por ouro nem por prata, a este verso perdido se devia ter dado a resposta, Nem por fios de algodão, se não estivessem estas mulheres tão azedas e invejosas, se fossem ainda as meninas daquele tempo, dançando de vestidinho curto, cantando no jardim cantigas de roda, jogos inocentes, ai que lindas que elas eram. Lídia sente-se feliz, mulher que com tanto gosto se deita não tem ouvidos, que as vozes maldigam sobre os saguões e quintais, a ela não lhe podem tocar, nem os maus-olhados, quando na escada encontra as vizinhas virtuosas e hipócritas. Daqui a pouco terá de levantar-se para arrumar a casa, lavar as louças sujas que se acumularam, passar a ferro os lenços e camisas deste homem que está deitado ao seu lado, quem me havia de dizer que eu seria, que nome me darei, amiga, amante, nem uma coisa nem outra, desta Lídia não se dirá, A Lídia está amigada com o Ricardo Reis, ou, Conheces a Lídia, aquela que é amante do Ricardo Reis, se dela alguma vez se vier a falar será assim, O Ricardo Reis tinha uma mulher-a-dias bem boa, para todo o serviço, ficava-lhe barato. Lídia estende as pernas, chega-se para ele, é um último movimento de prazer calmo, Está calor, diz Ricardo Reis, e ela afasta-se um pouco, liberta-lhe o braço, depois senta-se na cama, procura a saia, são horas de começar a trabalhar. É então que ele diz, Amanhã vou a Fátima. Ela julgou ter percebido mal, perguntou, Vai aonde, A Fátima, Pensava que não fosse dessas ideias de igreja, Vou por curiosidade, Eu nunca lá fui, na minha família somos pouco de crenças, É para admirar, queria Ricardo Reis dizer que pessoas de classe popular são próprias para terem tais devoções, e Lídia não respondeu sim nem não, tinha descido da cama, vestia-se rapidamente, mal ouviu Ricardo Reis acrescentar, Serve-me de passeio, tenho estado sempre para aqui metido, era já noutras coisas que pensava, Demora-se muitos dias, perguntou, Não, é ir e voltar, E onde é que dorme, aquilo por lá é o poder do mundo, dizem, as pessoas têm de ficar ao relento, Logo verei, ninguém morre por passar uma noite em claro, Talvez encontre a menina Marcenda, Quem, A menina Marcenda, ela disse-me que ia a Fátima este mês, Ah, E também me disse que deixava de vir ao médico a Lisboa, que não tem cura, coitada, Sabes muito da vida da menina Marcenda, Sei pouco, só sei que vai a

Fátima e que não voltará a Lisboa, Tens pena, Sempre me tratou bem, Não é natural que eu a vá encontrar no meio de toda aquela multidão, Às vezes acontece, aqui estou eu na sua casa, e quem mo diria a mim, se quando veio do Brasil tivesse ido para outro hotel, São os acasos da vida, É o destino, Acreditas no destino, Não há nada mais certo que o destino, A morte ainda é mais certa, A morte também faz parte do destino, e agora vou passar as suas camisas a ferro, lavar a louça, se tiver tempo ainda irei à minha mãe, está sempre a queixar-se que eu não apareço.

Recostado nos travesseiros, Ricardo Reis abriu um livro, não o de Herbert Quain, duvidava se algum dia chegaria ao fim da leitura, este era o Desaparecido de Carlos Queirós, poeta que poderia ter sido sobrinho de Fernando Pessoa, assim o destino tivesse querido. Um minuto depois percebeu que não estava a ler, tinha os olhos fitos numa página, num único verso cujo sentido de repente se fechara, singular rapariga esta Lídia, diz as coisas mais simples e parece que as diz como se apenas mostrasse a pele doutras palavras profundas que não pode ou não quer pronunciar, se eu não lhe tivesse participado que resolvi ir a Fátima, quem sabe se me falaria de Marcenda, ou se se deixaria ficar calada, guardando o segredo por despeito e ciúme, talvez, como chegou a mostrar lá no hotel, e estas duas mulheres, a hóspede e a criada, a rica e a pobre, que conversas haveria entre elas, se falariam de mim, cada uma sem suspeitar da outra, ou, pelo contrário, suspeitando e jogando entre Eva e Eva, com tenteios e meneios, fintas, insinuações brandas, silêncios tácitos, se, ao invés, não é do homem este jogo-de-damas sob a capa do músculo violento, bem pode ter acontecido que um dia Marcenda dissesse simplesmente, O doutor Ricardo Reis deu-me um beijo, mas daí não passámos, e Lídia simplesmente respondesse, Eu deito-me na cama com ele, e deitei-me antes que me beijasse, depois ficariam a conversar sobre a importância e significado destas diferenças, Só me beija quando estamos deitados, antes e durante aquilo que sabe, nunca depois, A mim disse-me Vou beijá-la, mas disso que dizes que eu sei, só sei que se faz, não sei o que seja, porque nunca mo fizeram, Ora, a menina Marcenda qualquer dia casará, terá o seu marido, logo verá como é, Tu que sabes, diz-me se é bom, Quando se gosta da pessoa, E tu, gostas, Gosto, Eu também, mas nunca mais o tornarei a ver, Podiam casar, Se casássemos, talvez eu deixasse de gostar, Eu, por mim, acho que gostaria sempre, a conversa não acabou aqui, mas as vozes tornaram-se murmúrio, segredo, porventura estarão falando de intimas sensações, fraqueza de mulheres, agora, sim, é conversa de Eva com Eva, retire-se Adão, que está a mais. Ricardo Reis desistiu de ler, não bastava já a sua própria desatenção, deu com uma varina na página, maiúscula, Ó Varina, passa, passa tu primeiro, que és a flor da raça, a mais séria graça do país inteiro, não lhes perdoeis, Senhor, que eles sabem o que fazem, terríveis seriam as discussões poéticas entre tio e sobrinho, Você, Pessoa, Você, Queirós, para mim o que os deuses em seu arbítrio me deixaram, a consciência lúcida e solene das coisas e dos seres. Levantou-se, vestiu o roupão, robe de chambre na mais culta língua francesa, e, de chinelos, sentindo nas canelas o afago da fralda, foi à procura de Lídia. Estava na cozinha, a passar a ferro, despira a blusa para se sentir mais à fresca, e, vendo-a assim, branca de pele, rósea do esforço, achou Ricardo Reis que lhe devia um beijo, agarrou-a ternamente pelos ombros nus, puxou-a para si, e, sem mais pensamentos, beijou-a devagar, dando ao tempo tempo, aos lábios espaço, e à língua, e aos dentes, ficou Lídia sem fôlego, pela primeira vez este beijo desde que se conheciam, agora poderá dizer a Marcenda, se voltar a vê-la, Não me disse Vou beijar-te, mas beijou-me.

No dia seguinte, tão cedo que achou prudente fazer-se acordar pelo despertador, Ricardo Reis partiu para Fátima. O comboio saía do Rossio às cinco horas e cinquenta e cinco minutos, e meia hora antes de a composição entrar na linha já o cais estava apinhado de gente, pessoas de todas as idades carregando cestos, sacos, mantas, garrafões, e falavam alto, chamavam uns pelos outros. Ricardo Reis acautelara-se com bilhete de primeira classe, lugar marcado, revisor cumprimentando de boné na mão, bagagem pouca, uma simples maleta, descrera do aviso de Lídia, Aquilo por lá tem de se dormir ao relento, em chegando logo veria, decerto será possível encontrar cómodos para viajantes e peregrinos, se forem estes de qualidade. Sentado à janela, no assento confortável, Ricardo Reis olha a paisagem, o grande Tejo, as lezírias ainda alagadas aqui e além, gado bravo pastando, sobre a toalha brilhante do rio as fragatas de água-acima, em dezasseis anos de ausência esquecera-se de que era assim, e agora as novas imagens colavam-se, coincidentes, às imagens que a memória ia ressuscitando, como se ainda ontem tivesse passado aqui. Nas estações e apeadeiros entra mais gente, este comboio é trama, lugares na terceira classe não deve haver nem um desde o Rossio, ficam os passageiros nas coxias atravancadas, provavelmente a invasão da segunda classe também já começou, em pouco começarão a romper por aí, não serve de nada protestar, quem quer sossego e roda livre vai de automóvel. Depois de Santarém, na longa subida que leva a Vale de Figueira, o comboio resfolga, lança jorros rápidos de vapor, arqueja, é muita a carga, e vai tão devagar que daria tempo para sair dele, apanhar umas flores nesses valados e em três passadas tornar a subir ao estribo. Ricardo Reis sabe que dos passageiros que vão neste compartimento só dois não descerão em Fátima. Os romeiros falam de promessas, disputam sobre quem leva primazia no número de peregrinações, há quem declare, talvez falando verdade, que nos últimos cinco anos não falhou uma, há quem sobreponha, acaso mentindo, que com esta são oito, por enquanto ninguém se gabou de conhecer a irmã Lúcia, a Ricardo Reis lembram estes diálogos as conversas de sala de espera, as tenebrosas confidências sobre as bocas do corpo, onde todo o bem se experimenta e todo o mal acontece. Na estação de Mato de Miranda, apesar de aqui ninguém ter entrado, houve demora, o respirar da máquina ouvia-se longe, lá na curva, sobre os olivais pairava uma grande paz. Ricardo Reis baixou a vidraça, olhou para fora. Uma mulher idosa, descalça, vestida de escuro, abraçava um rapazinho magro, de uns treze anos, dizia, Meu rico filho, estavam os dois à espera de que o comboio recomeçasse a andar para poderem atravessar a linha, estes não iam a Fátima, a velha viera esperar o neto que vive em Lisboa, ter-lhe chamado filho foi apenas sinal de amor, que, dizem os entendidos em afectos, não há nenhum acima deste. Ouviu-se a corneta do chefe da estação, a locomotiva apitou, fez pf, pf, pf, espaçadamente, aos poucos e poucos acelerou, agora o caminho é a direito, parece que vamos de comboio rápido. Picou-se o apetite com o ar da manhã, abrem-se os primeiros farnéis, mesmo vindo ainda tão longe a hora de almoçar. Ricardo Reis está de olhos fechados, dormita ao embalo da carruagem, como num berço, sonha intensamente, mas quando acorda não consegue recordar-se do que sonhou, lembra-se de que não teve oportunidade de avisar Fernando Pessoa de que viria a Fátima, que irá ele pensar se aparece lá em casa e não me encontra, cuidará que voltei para o Brasil, sem uma palavra de despedida, a última. Depois constrói na imaginação uma cena, um lance de que Marcenda é principal figura, vê-a ajoelhada, de mãos postas, os dedos da mão direita entrelaçados nos da esquerda, assim a sustentando no ar, erguendo o morto peso do braço, passou a imagem da Virgem Nossa Senhora e não se deu o milagre, nem admira, mulher de pouca fé, então Ricardo Reis aproxima-se, Marcenda levantara-se, resignada, é então que ele lhe toca no seio com os dedos médio e indicador, juntos, do lado do coração, não foi preciso mais, Milagre, milagre, gritam os peregrinos, esquecidos dos seus próprios males, basta-lhes o milagre alheio, agora afluem, trazidos de roldão ou vindos por seu difícil pé, os aleijados, os paralíticos, os tísicos, os chagados, os frenéticos, os cegos, é toda a multidão que rodeia Ricardo Reis, a implorar uma nova misericórdia, e Marcenda, por trás da floresta de cabeças uivantes, acena com os dois braços levantados e desaparece, criatura ingrata, achou-se servida e foi-se embora. Ricardo Reis abriu os olhos, desconfiado de que adormecera, perguntou ao passageiro do lado, Quanto tempo ainda falta, Estamos quase a chegar, afinal dormira, e muito.

Na estação de Fátima o comboio despejou-se. Houve empurrões de peregrinos a quem já dera no rosto o perfume do sagrado, clamores de famílias subitamente divididas, o largo fronteiro parecia um arraial militar em preparativos de combate. A maior parte destas pessoas farão a pé a caminhada de vinte quilómetros até à Cova da Iria, outras correm para as bichas das camionetas da carreira, são as de perna trôpega e fôlego curto, que neste esforço acabam de estafar-se. O céu está limpo, o sol forte e quente. Ricardo Reis foi à procura de um lugar onde pudesse almoçar. Não faltavam ambulantes a vender regueifas, queijadas, cavacas das Caldas, figos secos, bilhas de água, frutas da época, e colares de pinhões, e amendoins e pevides, e tremoços, mas de restaurantes nem um que merecesse tal nome, casas de pasto poucas e a deitar por fora, tabernas onde nem entrar se pode, precisará de muita paciência antes que alcance garfo, faca e prato cheio. Porém, veio a tirar benefício do fortíssimo influxo espiritual que distingue estas paragens, foi caso que, por o verem assim bem-posto, vestido à cidade, houve fregueses que lhe deram, rusticamente, a vez, e por esta urbanidade pôde Ricardo Reis comer, mais depressa do que esperava, uns carapaus fritos com batatas cozidas, de azeite e vinagre, depois uns ovos mexidos por amor de Deus, que para o comum não havia tempo nem paciência para tais requintes. Bebeu vinho que podia ser de missa, comeu o bom pão do campo, húmido e pesado, e, tendo agradecido aos compadres, saiu a procurar transporte. O terreiro mostrava-se um pouco mais desafogado, à espera doutro comboio, do sul ou do norte, mas, vindos de além, a pé, não paravam de passar peregrinos. Uma camioneta da carreira buzinava roucamente a chamar para os últimos lugares, Ricardo Reis deu uma corrida, conseguiu atingir o assento, alçando a perna por cima dos cestos e dos atados de esteiras e mantas, excessivo esforço para quem está em processo de digestão e afracado do calor. Sacolejando muito, a camioneta arrancou, levantando nuvens de poeira da castigada estrada de macadame. Os vidros, sujos, mal deixavam ver a paisagem ondulosa, árida, em alguns lugares bravia, como de mato virgem. O motorista buzinava sem descanso para afastar os grupos de peregrinos para as bermas, fazia molinetes com o volante para evitar as covas da estrada, e de três em três minutos cuspia fragorosamente pela janela aberta. O caminho era um formigueiro de gente, uma longa coluna de pedestres, mas também carroças e carros de bois, cada um com seu andamento, algumas vezes passava roncando um automóvel de luxo com chauffeur fardado, senhoras de idade vestidas de preto, ou cinzento-pardo, ou azul-nocturno, e cavalheiros corpulentos, de fato escuro, o ar circunspecto de quem acabou de contar o dinheiro e o achou acrescido. Estes interiores podiam ser vistos quando o veloz veículo tinha de deter a marcha por estar atravancada a estrada de um numeroso grupo de romeiros levando à frente, como guia espiritual e material, o seu pároco, a quem se deve louvar por partilhar de modo equitativo os sacrifícios das suas ovelhas, a pé como elas, com os cascos na poeira e na brita solta. A maior parte desta gente vai descalça, alguns levam guarda-chuvas abertos para se defenderem do sol, são pessoas delicadas da cabeça, que também as há no povo, sujeitas a esvaimentos e delíquios. Ouvem-se cânticos desafinados, as vozes agudas das mulheres soam como uma infinita lamúria, um choro ainda sem lágrimas, e os homens, que quase nunca sabem as palavras, acentuam as sílabas toantes só a acompanhar, espécie de baixo-contínuo, a eles não se lhes pede mais, apenas que finjam. De vez em quando aparece gente sentada por esses valados baixos, à sombra das árvores, estão a repousar um migalho, a ganhar forças para o último troço da jornada, aproveitam para petiscar um naco de pão com chouriço, um bolo de bacalhau, uma sardinha frita há três dias lá na aldeia distante. Depois tornam à estrada, retemperados, as mulheres transportam à cabeça os cestos da comida, uma que outra dá de mamar ao filho enquanto vai caminhando, e sobre toda esta gente a poeira cai em nuvens à passagem da camioneta, mas ninguém sente, ninguém liga importância, é o que faz o hábito, ao monge e ao peregrino, o suor desce pela testa, abre sulcos no pó, levam-se as costas da mão à cara para limpar, pior ainda, isto já não é sujo, é encardido. Com o calor, os rostos ficam negros, mas as mulheres não tiram os lenços da cabeça, nem os homens despem as jaquetas, os casacões de pano grosso, não se desafogam as blusas, não se desapertam os colarinhos, este povo ainda tem na memória inconsciente os costumes do deserto, continua a acreditar que o que defende do frio defende do calor, por isso se cobre todo, como se se escondesse. Numa volta da estrada está um ajuntamento debaixo duma árvore, ouvem-se gritos, mulheres que se arrepelam, vê-se um homem deitado no chão. A camioneta abranda para que os passageiros possam apreciar o espectáculo, mas Ricardo Reis diz, grita para o motorista, Pare aí, deixe ver o que é aquilo, eu sou médico. Ouvem-se alguns murmúrios de protesto, estes passageiros vão com pressa de chegar às terras do milagre, mas por vergonha de se mostrarem desumanos logo se calam. Ricardo Reis desceu, abriu caminho, ajoelhou-se no pó, ao lado do homem, procurou-lhe a artéria, estava morto, Está morto, disse, só para dizer isto não valia a pena ter-se interrompido a viagem. Serviu para redobrarem os choros, que a família era numerosa, só a viúva, uma velha ainda mais velha que o morto, agora sem idade, olhava com os olhos secos, apenas lhe tremiam os beiços, as mãos retorciam os cadilhos do xale. Dois dos homens foram na camioneta para irem participar à autoridade, em Fátima, ela providenciará para que o morto seja retirado dali e enterrado no cemitério mais perto. Ricardo Reis vai sentado no seu lugar, agora alvo de olhares e atenções, um senhor doutor nesta camioneta, é grande conforto uma companhia assim, mesmo não tendo, desta vez, servido de muito, só para verificar o óbito. Os homens informavam em redor, Ele já vinha muito doente, devia era ter ficado em casa, mas ateimou, disse que se enforcava na trave da cozinha se o deixássemos, assim veio a morrer longe, ninguém foge ao seu destino. Ricardo Reis assentiu com a cabeça, nem deu pelo movimento, sim senhor o destino, confiemos que debaixo daquela árvore alguém espete uma cruz para edificação de futuros viajantes, um padre-nosso por alma de quem morreu sem confissão nem santos óleos, mas já a caminho do céu desde que saiu de casa, E se este velho se chamasse Lázaro, e se aparecesse Jesus Cristo na curva da estrada, ia de passagem para a Cova da Iria a ver os milagres, e percebeu logo tudo, é o que faz a muita experiência, abriu caminho pelo meio dos basbaques, a um que resistiu perguntou, Você sabe com quem está a falar, e aproximando-se da velha que não é capaz de chorar disse-lhe, Deixa que eu trato disto, dá dois passos em frente, faz o sinal da cruz, singular premonição a sua, sabendo nós, uma vez que está aqui, que ainda não foi crucificado, e clama, Lázaro, levanta-te e caminha, e Lázaro levantou-se do chão, foi mais um, dá um abraço à mulher, que enfim já pode chorar, e tudo volta ao que foi antes, quando daqui a pouco chegar a carroça com os maqueiros e a autoridade para levantarem o corpo não faltará quem lhes pergunte, Por que buscais o vivente entre os mortos, e dirão mais, Não está aqui, mas ressuscitou. Na Cova da Iria, apesar de muito se esmerarem, nunca fizeram nada que se parecesse.

Este é o lugar. A camioneta pára, o escape dá os últimos estoiros, ferve o radiador como um caldeirão no inferno, enquanto os passageiros descem o motorista vai desatarraxar a tampa, protegendo as mãos com desperdícios, sobem ao céu nuvens de vapor, incenso de mecânica, defumadouro, com este sol violento não é para admirar que a cabeça nos tresvarie um pouco. Ricardo Reis junta-se ao fluxo dos peregrinos, põe-se a imaginar como será um tal espectáculo visto do céu, os formigueiros de gente avançando de todos os pontos cardeais e colaterais, como uma enorme estrela, este pensamento fê-lo levantar os olhos, ou fora o barulho de um motor que o levara a pensar em alturas e visões superiores. Lá em cima, traçando um vasto círculo, um avião lançava prospectos, seriam orações para entoar em coro, seriam recados de Deus Nosso Senhor, talvez desculpando-se por não poder vir hoje, mandara o seu Divino Filho a fazer as vezes, que até já cometera um milagre na curva da estrada, e dos bons, os papéis descem devagar no ar parado, não corre uma brisa, e os peregrinos estão de nariz no ar, lançam mãos ansiosas aos prospectos brancos, amarelos, verdes, azuis, talvez ali se indique o itinerário para as portas do paraíso, muitos destes homens e mulheres ficam com os prospectos na mão e não sabem o que fazer deles, são os analfabetos, em grande maioria neste místico ajuntamento, um homem vestido de sarrubeco pergunta a Ricardo Reis, achou-lhe ar de quem sabe ler, Que é que diz aqui, ó senhor, e Ricardo Reis responde, É um anúncio do Bovril, o perguntador olhou desconfiado, hesitou se devia perguntar que bovil era esse, depois dobrou o papel em quatro, meteu-o na algibeira da jaqueta, guarda o que não presta e encontrarás o que é preciso, sempre se encontrará utilidade para uma folhinha de papel de seda.

É um mar de gente. Ao redor da grande esplanada côncava vêem-se centenas de toldos de lona, debaixo deles acampam milhares de pessoas, há panelas ao lume, cães a guardar os haveres, crianças que choram, moscas que de tudo aproveitam. Ricardo Reis circula por entre os toldos, fascinado por este pátio dos milagres que no tamanho parece uma cidade, isto é um acampamento de ciganos, nem faltam as carroças e as mulas, e os burros cobertos de mataduras para consolo dos moscardos. Leva na mão a maleta, não sabe aonde dirigir-se, não tem um tecto à sua espera, sequer um destes, precário, já percebeu que não há pensões nas redondezas, hotéis muito menos, e se, não visível daqui, houver alguma hospedaria de peregrinos, a esta hora não terá um catre disponível, reservados sabe Deus com que antecedência. Seja o que o mesmo Deus quiser. O sol está abrasador, a noite vem longe e não se prevê que refresque excessivamente, se Ricardo Reis se transportou a Fátima não foi para se preocupar com comodidades, mas para fazer-se encontrado com Marcenda. A maleta é leve, contém apenas alguns objectos de toilette, a navalha de barba, o pó de sabão, o pincel, uma muda de roupa interior, umas peúgas, uns sapatos grossos, reforçados na sola, que é agora altura de calçar para evitar danos irreparáveis nestes de polimento. Se veio Marcenda, não estará debaixo destes toldos, à filha de um notário de Coimbra hão-de esperá-la outros abrigos, porém, quais, onde. Ricardo Reis foi à procura do hospital, era um princípio, abonando-se na sua qualidade de médico pôde entrar, abrir caminho por entre a confusão, em toda a parte se viam doentes estendidos no soalho, em enxergas, em macas, a esmo por salas e corredores, ainda assim eram eles os mais calados, os parentes que os acompanhavam é que produziam um contínuo zumbido de orações, cortado de vez em quando por profundos ais, gemidos desgarradores, implorações à Virgem, num minuto alargava-se o coro, subia, alto, ensurdecedor, para voltar ao murmúrio que não duraria muito. Na enfermaria havia pouco mais de trinta camas, e os doentes podiam ser bem uns trezentos, por cada um acomodado segundo a sua condição, dez eram largados onde calhava, para passarem tinham as pessoas de alçar a perna, o que vale é que ninguém está hoje a pensar em enguiços, Enguiçou-me, agora desenguice-me, e então usa-se repetir o movimento ao contrário, assim ficou apagado o mal feito, prouvera que todos os males pudessem apagar-se de tão simples maneira. Marcenda não está aqui, nem seria de contar que estivesse, não é doente acamada, anda por seu pé, o seu mal é no braço, se não tirar a mão do bolso nem se nota. Cá fora o calor não é maior, e o sol, felizmente, não cheira mal.

A multidão cresceu, se é possível, parece reproduzir-se a si mesma, por cissiparidade. É um enxame negro gigantesco que veio ao divino mel, zumbe, murmura, crepita, move-se vagarosamente, entorpecido pela sua própria massa. É impossível encontrar alguém neste caldeirão, que não é do Pêro Botelho, mas queima, pensou Ricardo Reis, e sentiu que estava resignado, encontrar ou não encontrar Marcenda parecia-lhe agora de mínima importância, estas coisas o melhor é entregá-las ao destino, queira ele que nos encontremos e assim há-de acontecer, ainda que andássemos a esconder-nos um do outro, e isto lhe pareceu estupidez tê-lo pensado por estas palavras, Marcenda, se veio, não sabe que eu aqui estou, portanto não se esconderá, logo, maiores são as probabilidades de a encontrar. O avião continua às voltas, os papéis coloridos descem pairando, agora já ninguém liga, excepto os que vêm chegando e vêem aquela novidade, pena foi não terem posto no prospecto o desenho daquele anúncio do jornal, muito mais convincente, com o doutor de barbicha e a dama doentinha, em combinação, Se tivesse tomado Bovril não estava assim, ora aqui em Fátima não faltam pessoas em pioríssimo estado, a elas, sim, seria providência o frasco miraculoso. Ricardo Reis despiu o casaco, pôs-se em mangas de camisa, abana com o chapéu o rosto congestionado, de repente sentiu as pernas pesadas de fadiga, foi à procura duma sombra, aí se deixou ficar, alguns dos vizinhos dormiam a sesta, extenuados da jornada, de orações no caminho, a cobrar forças para a saída da imagem da Virgem, para a procissão das velas, para a longa vigília nocturna, à luz das fogueiras e lamparinas. Dormitou também um pouco, recostado no tronco da oliveira, a nuca apoiada no musgo macio. Abriu os olhos, viu o céu azul por entre as ramagens, e lembrou-se do rapazinho magro naquela estação, a quem a avó, devia ser avó, pela idade, dissera, Meu rico filho, que estará ele a fazer agora, com certeza descalçou os sapatos, é a primeira coisa que faz quando chega à aldeia, a segunda é descer ao rio, bem pode a avó dizer-lhe, Não vás ainda que está muito calor, mas ele não ouve nem ela espera ser ouvida, rapazes desta idade querem-se livres, fora das saias das mulheres, atiram pedras às rãs e não pensam no mal que fazem, um dia lhes virão os remorsos, tarde de mais, que para estes e outros animaizinhos não há ressurreições. Tudo parece absurdo a Ricardo Reis, este ter vindo de Lisboa a Fátima como quem veio atrás duma miragem sabendo de antemão que é miragem e nada mais, este estar sentado à sombra duma oliveira entre gente que não conhece e à espera de coisa nenhuma, este pensar num rapazinho visto de relance numa sossegada estação de caminho-de-ferro, este desejo súbito de ser como ele, de limpar o nariz ao braço direito, de chapinhar nas poças de água, de colher as flores e gostar delas e esquecê-las, de roubar a fruta dos pomares, de fugir a chorar e a gritar dos cães, de correr atrás das raparigas e levantar-lhes as saias, porque elas não gostam, ou gostam, mas fingem o contrário, e ele descobre que o faz por gosto seu inconfessado, Quando foi que vivi, murmura Ricardo Reis, e o peregrino do lado julgou que era uma oração nova, uma prece que ainda está à experiência.

O sol vai descendo, mas o calor não abranda. No terreiro imenso parece não caber um alfinete, e contudo, de toda a periferia, movem-se contínuas multidões, é um escoar ininterrupto, um desaguar, lento à distância, mas deste lado há ainda quem procure alcançar os melhores lugares, o mesmo estarão fazendo além. Ricardo Reis levanta-se, vai dar uma volta pelas cercanias, e então, não pela primeira vez, mas agora mais cruamente, apercebe-se duma outra peregrinação, a do comércio e mendicância. Aí estão os pobres de pedir e os pedinchões, distinção que não é meramente formal, que escrupulosamente devemos estabelecer, porque pobre de pedir é apenas um pobre que pede, ao passo que pedinchão é o que faz do pedir modo de vida, não sendo caso raro chegar a rico por esse caminho. Pela técnica não se distinguem, aprendem da comum ciência, e tanto lamuria um como suplica outro, de mão estendida, às vezes as duas, cúmulo teatral a que é muito difícil resistir, Uma esmolinha por alma de quem lá tem, Deus Nosso Senhor lhe dará o pago, Tenham dó do ceguinho, tenham dó do ceguinho, e outros mostram a perna ulcerada, o braço mirrado, mas não o que procuramos, de súbito não sabemos donde veio o horror, esta cantilena gemebunda, romperam-se os portões do inferno, que só do inferno podia ter saído um fenómeno assim, e agora são os cauteleiros apregoando os números da sorte, com tanta algazarra que não nos admiremos que as rezas suspendam o voo a meio caminho do céu, há quem interrompa o padre-nosso para palpitar o três mil seiscentos e noventa e quatro, e segurando o terço na mão distraída apalpa a cautela como se lhe estivesse a calcular o peso e a promessa, desatou do lenço os escudos requeridos, e torna à oração no ponto em que a interrompera, o pão nosso de cada dia nos dai hoje, com mais esperança. Arremetem os vendedores de mantas, de gravatas, de lenços, de cestos, e os desempregados, de braçadeira posta, que vendem postais-ilustrados, não se trata precisamente duma venda, recebem primeiro a esmola, entregam depois o postal, é uma maneira de salvar a dignidade, este pobre não é pedinchão nem é de pedir, se pede é só porque está desempregado, ora aqui temos uma ideia excelente, andarem os desempregados todos de braçadeira, uma tira de pano preto onde se leia, com todas as letras, brancas para darem mais nas vistas, Desempregado, facilitava a contagem e evitava que deles nos esquecêssemos. Mas o pior de tudo, porque ofende a paz das almas e perturba a quietude do lugar, são os vendilhões, pois são muitos e muitas, livre-se Ricardo Reis de passar por ali, que num ápice lhe meterão à cara, em insuportável gritaria, Olhe que é barato, olhe que foi benzido, a imagem de Nossa Senhora em bandejas, em esculturas, e os rosários são aos molhos, e os crucifixos às grosas, e as medalhinhas aos milheiros, os corações de jesus e os ardentes de maria, as últimas ceias, os nascimentos, as verónicas, e, sempre que a cronologia o permite, os três pastorinhos de mãos postas e joelhos pé-terra, um deles é rapaz mas não consta do registo hagiológico nem do processo de beatificação que alguma vez se tenha atrevido a levantar as saias às raparigas. Toda a confraria mercantil grita possessa, ai do judas vendedor que, por artes blandiciosas, furte freguês a negociante vizinho, aí se rasga o véu do templo, caem do céu da boca pragas e injúrias sobre a cabeça do prevaricador e desleal, Ricardo Reis não se lembra de ter alguma vez ouvido tão saborosa litania, nem antes nem no Brasil, é um ramo da oratória que se tem desenvolvido muito. Esta preciosa jóia da catolicidade resplandece por muitos lumes, os do sofrimento a que não resta mais esperança do que vir aqui todos os anos a contar que lhe chegue a vez, os da fé que neste lugar é sublime e multiplicadora, os da caridade em geral, os da propaganda do Bovril, os da indústria de bentinhos e similares, os da quinquilharia, os da estampagem e da tecelagem, os dos comes e bebes, os dos perdidos e achados, próprios e figurais, que nisto se resume tudo, procurar e encontrar, por isso é que Ricardo

Reis não pára, procurar procura ele, falta saber se encontrará. Já foi ao hospital, já percorreu os acampamentos, já cruzou a feira em todos os sentidos, agora desceu à esplanada rumorosa, mergulha na profunda multidão, assiste aos exercícios, aos trabalhos práticos da fé, as orações patéticas, as promessas que se cumprem em arrasto de joelhos, com as rótulas a sangrar, amparada a penitente pelos sovacos antes que desmaie de dor e insofreável arroubo, e vê que os doentes foram trazidos do hospital, dispostos em alas, entre eles passará a imagem da Virgem Nossa Senhora no seu andor coberto de flores brancas, os olhos de Ricardo Reis vão de rosto em rosto, procuram e não encontram, é como estar num sonho cujo único sentido fosse precisamente não o ter, como sonhar com uma estrada que não principia, com uma sombra posta no chão sem corpo que a tivesse produzido, com uma palavra que o ar pronunciou e no mesmo ar se desarticula. Os cânticos são elementares, toscos, de sol-e-dó, é um coro de vozes trémulas e agudas, constantemente interrompido e retomado, A treze de Maio, na Cova da Iria, de súbito faz-se um grande silêncio, está a sair a imagem da capelinha das aparições, arrepiam-se as carnes e o cabelo da multidão, o sobrenatural veio e soprou sobre duzentas mil cabeças, alguma coisa vai ter de acontecer. Tocados de um místico fervor, os doentes estendem lenços, rosários, medalhas, com que os levitas tocam a imagem, depois devolvem-nos ao suplicante, e dizem os míseros, Nossa Senhora de Fátima dai-me vida, Senhora de Fátima permiti que eu ande, Senhora de Fátima permiti que eu veja, Senhora de Fátima permiti que eu ouça, Senhora de Fátima sarai-me, Senhora de Fátima, Senhora de Fátima, Senhora de Fátima, os mudos não pedem, olham apenas, se ainda têm olhos, por mais que Ricardo Reis apure a atenção não consegue ouvir, Senhora de Fátima põe neste meu braço esquerdo a tua mirada e cura-me se puderes, não tentarás o Senhor teu Deus nem a Senhora Sua Mãe, e, se bem pensasses, não deverias pedir, mas aceitar, isto mandaria a humildade, só Deus é que sabe o que nos convém.

Não houve milagres. A imagem saiu, deu a volta e recolheu-se, os cegos ficaram cegos, os mudos sem voz, os paralíticos sem movimento, aos amputados não cresceram os membros, aos tristes não diminuiu a infelicidade, e todos em lágrimas se recriminam e acusam, Não foi bastante a minha fé, minha culpa, minha máxima culpa. Saiu a Virgem da sua capela com tão bom ânimo de fazer alguns feitos milagrosos, e achou os fiéis instáveis, em vez de ardentes sarças trémulas lamparinas, assim não pode ser, voltem cá para o ano. Começam a tornar-se compridas as sombras da tarde, o crepúsculo aproxima-se devagar, também ele em passo de procissão, aos poucos o céu perde o vivo azul do dia, agora é cor de pérola, porém naquele lado de além, o sol, já escondido por trás das copas das árvores, nas colinas distantes, explode em vermelho, laranja e roxo, não é rodopio, mas vulcão, parece impossível que tudo aquilo aconteça em silêncio no céu onde o sol está. Daqui a pouco será noite, vão-se acendendo as fogueiras, calaram-se os vendilhões, os pedintes contam as moedas, debaixo dessas árvores alimentam-se os corpos, abrem-se os farnéis desbastados, morde-se o pão duro, leva-se o pipo ou a borracha à boca sedenta, este é o comum de todos, as variantes de conduto são conforme as posses. Ricardo Reis arranchou com um grupo debaixo de toldo, sem confianças, apenas uma irmandade de ocasião, viram-no ali com ar de quem estava perdido, de maleta na mão, uma manta que comprou enrolada no braço, reconheceu Ricardo Reis que ao menos um abrigo assim lhe conviria, não fosse refrescar a noite, e disseram-lhe, Ó senhor, é servido, e ele começou por dizer, Não, obrigado, mas eles insistiram, Olhe que é de boa vontade, e estava a sê-lo, como se viu logo, era um grande rancho, dos lados de Abrantes. Este murmúrio que se ouve em toda a Cova da Iria é tanto o da mastigação como das preces ainda, enquanto uns satisfazem o apetite do estômago, outros consolam as ânsias da alma, depois alternarão aqueles com estes. Na escuridão, à fraca luz das fogueiras, Ricardo Reis não encontrará Marcenda, também não a verá mais tarde, quando for a procissão das velas, não a encontrará no sono, todo o seu corpo é cansaço, frustração, vontade de sumir-se. A si mesmo se vê como um ser duplo, o Ricardo Reis limpo, barbeado, digno, de todos os dias, e este outro, também Ricardo Reis, mas só de nome, porque não pode ser a mesma pessoa o vagabundo de barba crescida, roupa amarrotada, camisa como um trapo, chapéu manchado de suor, sapatos só poeira, um pedindo contas ao outro da loucura que foi ter vindo a Fátima sem fé, só por causa duma irracional esperança, E se você a visse, o que é que lhe dizia, já imaginou a cara de tolo que faria se ela lhe aparecesse pela frente, ao lado do pai, ou, pior ainda, sozinha, veja esse seu aspecto, acha que uma rapariga, mesmo defeituosa, se apaixona por um médico insensato, não percebe que aquilo foram sentimentos de ocasião, tenha mas é juízo, agradeça antes a Nossa Senhora de Fátima não a ter encontrado aqui, se é que ela realmente veio, nunca imaginei que você fosse capaz de cenas tão ridículas. Ricardo Reis aceita com humildade as censuras, admite as recriminações, e, com a grande vergonha de se ver tão sujo, imundo, puxa a manta por cima da cabeça e continua a dormir. Ali perto há quem ressone sem cuidados, e detrás daquela oliveira grossa ouvem-se murmúrios que não são de prece, risinhos que não soam como o coro dos anjos, ais que não parecem de espiritual arrebatamento. A madrugada vem clareando, há madrugadores que se espreguiçam e se levantam para espevitar o lume, é um dia novo que começa, novos trabalhos para o ganho do céu.

 A meio da manhã, Ricardo Reis resolveu partir. Não ficou para o adeus à Virgem, as suas despedidas estavam feitas. O avião passara por duas vezes e lançara mais prospectos do

Bovril. A camioneta levava poucos passageiros, não admira, logo é que será a grande debandada. Na curva do caminho estava uma cruz de pau espetada no chão. Afinal não tinha havido milagre.

Fiados de Deus e Nossa Senhora desde Afonso Henriques à Grande Guerra, esta é a frase que persegue Ricardo Reis depois que voltou de Fátima, não se lembra se a terá lido em jornal ou em livro, se a ouviu em homilia ou discurso, se estaria na propaganda do Bovril, a forma fascina-o tanto quanto o sentido, é um dizer eloquente, estudado para mover os sentimentos e afervorar os corações, receita de sermão, além de ser, por sua expressão sentenciosa, prova irrefutável de que somos um povo eleito, outros houve no passado, outros haverá no futuro, mas nenhum por tanto tempo, oitocentos anos de fiança ininterrupta, de intimidade com as potências celestes, é verdade que chegámos atrasados à construção do quinto império, passou-nos adiante Mussolini, porém não nos escapará o sexto, ou o sétimo, é tudo uma questão de paciência, e essa temo-la nós, de nossa natural natureza. Que já estamos no bom caminho é o que se recolhe da declaração proferida por sua excelência o senhor presidente da República, general António Óscar de Fragoso Carmona, em estilo que bem merecia tornar-se patente, para formação dos futuros supremos magistrados da nação, disse ele assim, Portugal é hoje conhecido em toda a parte e por isso vale a pena ser português, sentença esta que não fica atrás da primeira, ambas enxundiosas, que o apetite de universalidade nunca nos falte, esta volúpia de andar nas bocas do mundo, depois de no mar alto termos andado, ainda que seja apenas para nos gabarmos de mais fiel aliado, não importa de quem, assim para tão pouco nos queiram, o que conta é a fidelidade, sem ela como viveríamos. Ricardo Reis, que veio de Fátima cansado e queimado do sol, sem novas de milagre ou de Marcenda, e que por três dias não saiu de casa, reentrou no mundo exterior pela porta grande da patriótica afirmação do senhor presidente. Levando consigo o jornal foi sentar-se à sombra do Adamastor, estavam lá os velhos a ver chegar os barcos que vinham visitar a terra prometida de que tanto se falava nas nações, e não percebiam por que entravam tantos, embandeirados em arco, apitando as festivas sereias, com a marinhagem alinhada nos conveses em continência, enfim fez-se luz nos espíritos destes vigias quando Ricardo Reis lhes deu o jornal já lido e decorado, valeu a pena esperar oitocentos anos para sentir o orgulho de ser português. Do Alto de Santa Catarina oito séculos te contemplam, ó mar, os dois velhos, o magro e o gordo, enxugam a lágrima furtiva, lastimosos de não poderem ficar por toda a eternidade neste miradouro a ver entrar e sair os barcos, isso é o que lhes custa, não a curteza das vidas. Do banco onde está sentado, Ricardo Reis assiste a uma cena de namoro entre um soldado e uma criada, com muito jogo de mãos, ele a ousar nela por demasia, ela a dar-lhe palmadinhas excitantes. O dia está de se lhe cantar aleluias, que são os evoés de quem não é grego, os canteiros estão cobertos de flores, tudo mais do que suficiente para sentir-se um homem feliz se não alimentar na alma insaciáveis ambições. Ricardo Reis faz o inventário das suas, verifica que nada ambiciona, que é contentamento bastante olhar o rio e os barcos que há nele, os montes e a paz que neles há, e no entanto não dá por que esteja dentro de si a felicidade, antes o surdo roer de um insecto que mastiga sem parar, É o tempo, murmura, e depois pergunta a si mesmo como se sentiria agora se tivesse encontrado Marcenda em Fátima, se, como se costuma dizer, tivessem caído nos braços um do outro, A partir de hoje nunca

mais nos separaremos, foi quando te julgava perdida para mim
que compreendi quanto te amava, e ela dizia palavras semelhantes, mas depois de as terem dito não sabem que outras dizer,
mesmo que corressem para trás duma oliveira e ali, por conta
própria, repetissem os murmúrios, risinhos e ais de toda a gente,
duvida Ricardo Reis, outra vez, do que viria a seguir, torna a
ouvir nos ossos a trituração do insecto, Não há resposta para o
tempo, estamos nele e assistimos, nada mais. Os velhos já leram
o jornal, tiram à sorte para saber quem o levará para casa,
mesmo ao que não sabe ler lhe convém o prémio, papel deste é
o que há de melhor para forrar caixotes.

Nessa tarde, quando entrou no consultório, disse-lhe a
menina Carlota, Veio uma carta para o senhor doutor, está em
cima da sua secretária, e Ricardo Reis sentiu um choque no
coração, ou no estômago, que nestas ocasiões todos perdemos
o sangue-frio, podemos lá localizar, sendo tão pequena a distância que separa o estômago do coração, ainda por cima tendo ao
meio o diafragma que tanto se ressente das palpitações deste
como das contracções daquele, Deus, se fosse hoje, com aquilo
que veio aprendendo, faria o corpo humano muito menos com-
plicado. A carta é de Marcenda, tem de ser dela, escreveu-a para
dizer que afinal não pôde ir a Fátima, ou que foi e o viu de longe,
ainda lhe acenou com o braço são, duas vezes desesperada, porque ele a não via e porque não lhe tinha a Virgem curado o braço
leso, agora, meu amor, espero-te na Quinta das Lágrimas, se
ainda me quiseres. A carta é de Marcenda, ali está centrada no
rectângulo do mata-borrão verde, o sobrescrito cor de violeta
desmaiada, visto da porta parece branco, é um fenómeno de
óptica, uma ilusão, aprende-se no liceu, azul e amarelo dá
verde, verde e violeta dá branco, branco e ansiedade dá palidez.
O sobrescrito não é violeta nem vem de Coimbra. Ricardo Reis
abriu-o, devagar, há uma pequena folha de papel, escrita em
péssima caligrafia, letra de médico, Prezado colega, tem esta o

fim de informá-lo de que, por me encontrar felizmente restabelecido, retomarei a clínica a partir do dia um do próximo mês, aproveitando a oportunidade para exprimir o meu profundo reconhecimento pela maneira prestimosa como aceitou substituir-me durante a minha temporária incapacidade, ao mesmo tempo que formulo votos de que rapidamente encontre um lugar que lhe permita aplicar o seu grande saber e competência profissional, ainda havia mais umas poucas linhas, mas eram cumprimentos de remate, como se escrevem em todas as cartas. Ricardo Reis releu as elaboradas frases, apreciou a elegância do colega, que transformara o favor que lhe fizera em favor que lhe fora feito, assim podia sair desta policlínica de cabeça levantada, poderia até mostrar a referência quando fosse procurar trabalho, queira reparar, diz aí grande saber e competência profissional, não é uma carta de recomendação, é uma credencial, um atestado de bons e leais serviços, como um dia o Hotel Bragança passará à sua ex-criada Lídia se ela sair para outro emprego ou para casar. Vestiu a bata branca, mandou entrar o primeiro doente, lá dentro estão mais cinco à espera, já não terá tempo de curá-los, nem o estado de saúde deles é tão grave que, por assim dizer, lhe venham a morrer nas mãos nestes doze dias que faltam para o fim do mês, valha-nos isto ao menos.

Lídia não tem aparecido. É certo que ainda não chegou o seu dia de folga, mas, tendo sido prevenida de que a viagem a Fátima seria de ir e tornar logo, e sabendo que Ricardo Reis poderia ter encontrado Marcenda lá no santuário, ao menos para saber notícias da amiga e confidente, se está bem, se ficou curada do braço, em meia hora punha-se no Alto de Santa Catarina e voltava, ou, ainda mais perto e mais depressa, quando Ricardo Reis estivesse a dar consulta no Camões, desculpe vir interrompê-lo no seu trabalho, queria só saber notícias da menina Marcenda, se está bem, se ficou curada do braço. Não veio, não perguntou, de nada serviu tê-la Ricardo Reis beijado sem que o perturbasse o fogo dos sentidos, porventura pensou que com esse beijo a estaria ele comprando, se tais reflexões podem ocorrer a pessoas de baixa condição, como é o caso. Ricardo Reis está sozinho na sua casa, sai para almoçar e jantar, vê da janela o rio e os longes do Montijo, o pedregulho do Adamastor, os velhos pontuais, as palmeiras, desce uma vez por outra ao jardim, lê duas páginas de um livro, deita-se cedo, pensa em Fernando Pessoa que já morreu, também em Alberto Caeiro, desaparecido na flor da idade e de quem tanto haveria ainda a esperar, em Álvaro de Campos que foi para Glasgow, pelo menos dizia-o no telegrama, e provavelmente por lá se deixará ficar, a construir barcos, até ao fim da vida ou à reforma, senta-se uma vez por outra num cinema, a ver O Pão Nosso de Cada Dia, de King Vidor, ou Os Trinta e Nove Degraus, com Robert Donat e Madeleine Carrol, e não resistiu a ir ao S. Luís ver Audioscópicos, cinema em relevo, trouxe para casa, como recordação, os óculos de celulóide que têm de ser usados, verde de um lado, encarnado do outro, estes óculos são um instrumento poético, para ver certas coisas não bastam os olhos naturais.

Diz-se que o tempo não pára, que nada lhe detém a incessante caminhada, é por estas mesmas e sempre repetidas palavras que se vai dizendo, e contudo não falta por aí quem se impaciente com a lentidão, vinte e quatro horas para fazer um dia, imagine-se, e chegando ao fim dele descobre-se que não valeu a pena, no dia seguinte torna a ser assim, mais valia que saltássemos por cima das semanas inúteis para vivermos uma só hora plena, um fulgurante minuto, se pode o fulgor durar tanto. Ricardo Reis anda a pensar em regressar ao Brasil. A morte de Fernando Pessoa parecera-lhe forte razão para atravessar o Atlântico depois de dezasseis anos de ausência, deixar-se ficar por cá, vivendo da medicina, escrevendo alguns versos, envelhecendo, ocupando, duma certa maneira, o lugar daquele que morrera, mesmo que ninguém se apercebesse da substituição. Agora duvida. Este país não é seu, se de alguém é, tem uma história só fiada de Deus e de Nossa Senhora, é um retrato à la minuta, espalmado de feições, não se lhe percebe o relevo, nem mesmo com os óculos dos Audioscópicos. Fernando Pessoa, ou isso a que dá tal nome, sombra, espírito, fantasma, mas que fala, ouve, compreende, apenas deixou de saber ler, Fernando Pessoa aparece de vez em quando para dizer uma ironia, sorrir benevolentemente, depois vai-se embora, por causa dele não valia a pena ter vindo, está em outra vida mas está igualmente nesta, qualquer que seja o sentido da expressão, nenhum próprio, todos figurados. Marcenda deixou de existir, vive em Coimbra, numa rua desconhecida, consome um por um os seus dias sem cura. Talvez, se para tanto lhe chegou a ousadia, tenha escondido as cartas de Ricardo Reis num desvão do sótão, ou no forro dum móvel, ou numa gaveta secreta de que já sua mãe se servira a ocultas, ou, compradamente, no baú duma criada que não sabe ler e parece ser de confiança, talvez as releia como quem rememora um sonho de que não quer esquecer-se, sem reparar que por fim nada há de comum entre o sonho e a memória dele. Lídia virá amanhã porque sempre vem nos seus dias de descanso, mas Lídia é a aia de Ana Karenine, serve para arrumar a casa e para certas faltas, embora, ironia suprema, preencha com esse pouco toda a parte preenchível de vazio, ao resto nem o universo bastaria, se acreditarmos no que Ricardo Reis pensa de si mesmo. A partir do dia um de Junho estará desempregado, terá de recomeçar a percorrer as policlínicas à procura dum lugar vago, uma substituição, só para que os dias custem menos a passar, não é tanto pelo dinheiro que ganhará, felizmente ainda não faltou, há aí um maço intocado de libras inglesas, sem contar com o que não chegou a ser levantado do banco brasileiro. Juntando tudo seria mais do que suficiente para montar consultório próprio e começar de raiz uma nova clientela, agora sem veleidades de cardiólogo e tisiólogo, limitando-se à boa ecuménica medicina geral, de que todos no geral precisamos. E até poderia pôr Lídia como empregada, a atender os doentes, Lídia é inteligente, desembaraçada, em pouco tempo se faria capaz, com algum estudo deixaria de cometer erros de ortografia, livrava-se daquela vida de criada de hotel. Porém, isto nem é sequer sonhar mas simples devaneio de quem se entretém com o pensamento ocioso, Ricardo Reis não irá procurar trabalho, o melhor que tem a fazer é voltar ao Brasil, tomar o Highland Brigade na sua próxima viagem, discretamente restituirá The god of the labyrinth ao seu legítimo proprietário, nunca O'Brien saberá como este livro desaparecido tornou a aparecer.

Chegou Lídia, deu as boas-tardes um pouco cerimoniosa, retraída, e não fez perguntas, foi ele quem teve de falar primeiro, Lá estive em Fátima, e ela condescendeu em querer saber, Ah, e então, gostou, como há-de Ricardo Reis responder, não é crente para ter experimentado êxtases e esforçar-se agora por explicar o que êxtases são, também não foi lá como simples curioso, por isso prefere resumir, generalizar, Muita gente, muito pó, tive de dormir ao relento, bem me tinhas avisado, o que valeu foi estar a noite quente, O senhor doutor não é pessoa para esses trabalhos, Foi uma vez para saber como era. Lídia já está na cozinha, faz correr a água quente para lavar a louça, em palavra e meia deu a entender que hoje não pode haver carnalidades, palavra que, evidentemente, não faz parte do seu vocabulário corrente, duvida-se mesmo que a use em ocasiões de eloquência máxima. Ricardo Reis não se aventurou a averiguar das razões do impedimento, seriam os conhecidos embaraços fisiológicos, seria a reserva duma sensibilidade magoada, ou conjunção imperiosa de sangue e lágrima, dois rios intransponíveis, mar tenebroso. Sentou-se num banco da cozinha, a assistir aos trabalhos domésticos, não que fosse costume seu, mas em sinal de boa vontade, bandeira branca que desponta por cima das muralhas a tentear os humores do general sitiante, Afinal não encontrei o doutor Sampaio e a filha, nem admira, com uma multidão daquelas, a frase foi lançada desprendidamente, ficou a pairar, à espera de que lhe dessem atenção, e qual, podia ser verdade, podia ser mentira, é essa a insuficiência das palavras, ou, pelo contrário, a sua condenação por duplicidade sistemática, uma palavra mente, com a mesma palavra se diz a verdade, não somos o que dizemos, somos o crédito que nos dão, qual seja o que Lídia dá a Ricardo Reis não se sabe, porque se limitou a perguntar, Houve algum milagre, Que eu desse por isso, não, e os jornais também não falaram de milagres, Coitada da menina Marcenda, se lá foi com esperança de se curar, o desgosto que não terá tido, As esperanças que ela tinha não eram muitas, Como é que sabe, e Lídia lançou a Ricardo Reis um rápido olhar de pássaro, julgas que me apanhas, pensou ele, e respondeu, Quando eu estava no hotel, já ela e o pai pensavam ir a Fátima, Ah, e é nestes pequenos duelos que as pessoas se fatigam e envelhecem, o melhor será falar doutra coisa, para isso é que os jornais servem, guardam-se umas tantas notícias na memória para alimento das conversas, fazem-no os velhos do Alto de Santa Catarina, fazem-no Ricardo Reis e Lídia, à falta de um silêncio que fosse melhor que as palavras, Então, o teu irmão, isto é apenas um começo, O meu irmão está bem, por que é que pergunta, Lembrei-me dele por causa duma notícia que li no jornal, um discurso de um tal engenheiro Nobre Guedes, tenho-o aí ainda, Não sei quem é esse senhor, Da maneira como ele fala dos marinheiros, quem não haveria de querer chamar-lhe senhor era o teu irmão, Que é que ele diz, Espera, que eu vou buscar o jornal. Saiu Ricardo Reis, foi ao escritório, voltou com O Século, o discurso ocupava quase uma página, Isto é uma conferência que o tal Nobre Guedes leu na Emissora Nacional, contra o comunismo, em certa altura fala dos marinheiros, Diz alguma coisa do meu irmão, Não, do teu irmão não fala, mas disse isto, por exemplo, publica-se e espalha-se às ocultas a folha repugnante do Marinheiro Vermelho, Que é que quer dizer repugnante, Repugnante é uma palavra feia, quer dizer repelente, repulsivo, nauseabundo, nojento, Que mete nojo, Exactamente, repugnante quer dizer que mete nojo, Eu já vi o Marinheiro Vermelho e não me meteu nojo nenhum, Foi o teu irmão quem to mostrou, Sim, foi o Daniel, Então o teu irmão é comunista, Ah, isso não sei, mas é a favor, Qual é a diferença, Eu olho para ele, e é uma pessoa como as outras, Achas que se fosse mesmo comunista tinha um aspecto diferente, Não sei, não sei explicar, Bom, o tal engenheiro Guedes também diz que os marinheiros de Portugal não são vermelhos, nem brancos, nem azuis, são portugueses, Até parece que português é cor, Essa tem graça, quem olhar para ti dirá que não partes um prato, e lá de vez em quando deitas abaixo o guarda-louça, Tenho a mão firme, nunca parti prato nenhum, veja, estou a lavar a sua louça e não me escapa a mão, sempre assim fui, És uma pessoa fora do comum, Esta pessoa fora do comum é uma criada de hotel, e esse tal Guedes disse mais alguma coisa dos marinheiros, Dos marinheiros, não, Agora me estou a lembrar de que o Daniel me falou dum antigo marinheiro também chamado Guedes, mas esse é Manuel, o Manuel Guedes, que está a ser julgado, são quarenta réus, Guedes há muitos, Pois, este é só Manuel. A louça está lavada, posta a escorrer, Lídia tem outros arranjos, mudar os lençóis, fazer a cama, com a janela aberta de par em par para arejar o quarto, depois limpar a casa de banho, pôr toalhas novas, enfim torna à cozinha, vai enxugar a louça escorrida, é nesta altura que Ricardo Reis se aproxima por trás dela, cinge-a pela cintura, ela faz meio gesto para esquivar-se, mas ele beija-lhe o pescoço, então o prato foge das mãos de Lídia, estilhaça-se no chão, Afinal sempre partiste, Alguma vez tinha de ser, ninguém foge ao seu destino, ele riu-se, voltou-a para si e beijou-a na boca, já sem resistência dela, que apenas disse, Mas olhe que hoje não pode ser, ficamos a saber que é fisiológico o impedimento, se outro havia desvaneceu-se, e ele respondeu, Não tem importância, fica para a próxima, e continuou a beijá-la, depois será preciso apanhar os cacos espalhados na cozinha.

    Alguns dias depois foi a vez de Fernando Pessoa vir visitar Ricardo Reis. Apareceu era quase meia-noite, quando a vizinhança já dormia, subiu a escada pé ante pé, usava sempre destas cautelas porque nunca tinha a certeza de garantir a invisibilidade, acontecia encontrar pessoas que olhavam através do seu corpo sem nada verem dele, percebia-se pela ausência de expressão no rosto, mas outras, raras, viam-no, e fitavam-no com insistência, achando nele qualquer coisa de estranho, mas incapazes de definir o quê, se lhes dissessem que aquele homem de preto era um morto, o mais provável seria não acreditarem, fomos habituados a impalpáveis lençóis brancos, a ectoplasmas, ora, um morto, se não tem cuidado consigo, é o que há de mais concreto neste mundo, por isso Fernando Pessoa subiu a escada devagarinho, bateu na porta um combinado sinal, não estranhemos a prudência, imaginemos antes o escândalo que aqui se daria se um tropeção violento trouxesse uma vizinha estremunhada ao patamar, os gritos, Acudam, que é ladrão, coitado do Fernando Pessoa, ladrão, ele, a quem nada resta, nem a vida. Ricardo Reis estava no escritório, a tentar compor uns versos, escrevera, Nós não vemos as parcas acabarem-nos, por isso as esqueçamos como se não houvessem, no grande silêncio da casa ouviu o discreto bater, soube logo quem era, e foi abrir, Felizes olhos o vejam, onde é que tem estado metido, as palavras, realmente, são o diabo, estas de Ricardo Reis só seriam próprias numa conversa entre vivo e vivo, neste caso parecem expressão de um humor macabro, atroz mau gosto, Onde tem estado metido, quando ele sabe, e nós sabemos, donde Fernando Pessoa vem, daquele rústico casinhoto dos Prazeres, onde nem sequer vive sozinho, também lá mora a feroz avó Dionísia que lhe exige contas miúdas das entradas e saídas, Tenho andado por aí, isto lhe costuma responder o neto, secamente, como responde agora a Ricardo Reis, mas sem a secura, são essas as melhores palavras, as que nada dizem. Fernando Pessoa sentou-se no sofá com um movimento fatigado, levou a mão à testa como se procurasse acalmar uma dor ou afastar uma nuvem, depois os dedos desceram ao correr do rosto, errando indecisos sobre os olhos, distendendo as comissuras da boca, acamando o bigode, tacteando o queixo delgado, gestos que parecem querer recompor umas feições, restituí-las aos seus lugares de nascença, refazer o desenho, mas o artista tomou a borracha em vez do lápis, onde passou apagou, um lado da cara perdeu o contorno, é natural, vai para seis meses que Fernando Pessoa morreu. Vejo-o cada vez menos, queixou-se Ricardo Reis, Eu avisei-o logo no primeiro dia, com o passar do tempo vou-me esquecendo, ainda agora, ali no Calhariz, tive de puxar pela memória para encontrar o caminho da sua casa, Não devia ser-lhe difícil, bastava lembrar-se do Adamastor, Se pensasse no Adamastor mais confuso ficaria, começava a pensar que estava em Durban, que tinha oito anos, e então sentia-me duas vezes perdido, no espaço e na hora, no tempo e no lugar, Venha mais vezes, será a maneira de manter fresca a lembrança, Hoje, o que me ajudou foi um rasto de cebola, Um rasto de cebola, É verdade, um rasto de cebola, o seu amigo Victor parece não ter desistido de o vigiar, Mas isso é absurdo, Você o saberá, A polícia deve ter pouco que fazer, para assim perder tempo com quem não tem culpas nem se prepara para tê-las, É difícil imaginar o que se passa na alma dum polícia, provavelmente você causou-lhe uma boa impressão, ele gostaria de ser seu amigo, mas compreende que vivem em mundos diferentes, você no mundo dos eleitos, ele no mundo dos réprobos, por isso contenta-se com passar a horas mortas para olhar a sua janela, ver se há luz, como um apaixonado, Divirta-se à vontade, Nem você imagina o que é preciso estar triste para me divertir assim, O que me irrita é esta vigilância, que nada justifica, Que nada justifica é um modo de dizer demasiado expedito, não creio que você ache normal ser assiduamente visitado por uma pessoa que vem do além, A si não o podem ver, É conforme, meu caro Reis, é conforme, há ocasiões em que um morto não tem paciência para se tornar invisível, outras vezes é a energia que lhe falta, sem contar que há olhos de vivos capazes de verem até o que não se vê, Não deve ser esse o caso do Victor, Talvez, embora você deva concordar que não se poderia conceder maior dom e virtude a um polícia, ao pé dele até Argos dos mil olhos seria um infeliz míope. Ricardo Reis pegou na folha de papel em que estivera a escrever, Tenho aqui uns versos, não sei no que isto irá dar, Leia lá, É apenas o princípio, ou pode ser que venha a começar doutra maneira, Leia, Nós não vemos as parcas acabarem-nos, por isso as esqueçamos como se não houvessem, É bonito, mas você já o tinha dito mil vezes de mil outras maneiras, que eu me lembre, antes de partir para o Brasil, o trópico não lhe modificou o estro, Não tenho mais nada para dizer, não sou como você, Há-de vir a ser, não se preocupe, Tenho o que se chama uma inspiração fechada, Inspiração é uma palavra, Sou um Argos com novecentos e noventa e nove olhos cegos, Essa metáfora é boa, quer dizer que você daria um péssimo polícia, A propósito, Fernando, você, no seu tempo, conheceu um tal António Ferro, um que é secretário da propaganda nacional, Conheci, éramos amigos, devo-lhe a ele os cinco contos de réis do prémio da Mensagem, por que é que pergunta, Já vai ver, tenho aqui uma notícia, não sei se sabe que foram entregues há poucos dias os prémios literários do tal secretariado, Explique-me como é que eu o podia saber, Desculpe, sempre me esqueço de que você não pode ler, Quem foi que teve o prémio este ano, Carlos Queirós, O Carlos, Conheceu-o, O Carlos Queirós era sobrinho duma rapariga, a Ophelinha, com ph, que eu namorei em tempos, trabalhava lá no escritório, Não consigo imaginá-lo a namorar, Namorar, todos namoramos, pelo menos uma vez na vida, foi o que me aconteceu a mim, Gostava bem de saber que cartas de amor terá você escrito, Lembro-me de que eram um pouco mais tolas do que o habitual, Quando foi isso, Começou logo depois de você ter ido para o Brasil, E durou muito tempo, O suficiente para poder dizer, como o cardeal Gonzaga, que também eu amei, Custa-me a acreditar, Acha que minto, Não, que ideia, aliás, nós não mentimos, quando é preciso limitamo-nos a usar as palavras que mentem, Que é que lhe custa a acreditar, então, Que você tenha amado, é que, tal como o vejo e conheço, você é precisamente o tipo de pessoa incapaz de amar, Como D. João, Incapaz de amar como D. João, sim, mas não pelas mesmas razões, Explique, Em D. João havia um excesso de força amatória que inevitavelmente tinha de dispersar-se nos seus objectos, e esse, que eu me lembre, nunca foi o seu caso, E você, Eu estou num ponto mediano, sou comum, corrente, da espécie vulgar, nem de mais, nem de menos, Enfim, o amador equilibrado, Não é bem uma questão geométrica, ou de mecânica, Vai-me dizer que a vida também não lhe tem corrido bem, O amor é difícil, meu caro Fernando, Não se pode queixar, ainda aí tem a Lídia, A Lídia é uma criada, E a Ofélia era dactilógrafa, Em vez de falarmos de mulheres, estamos a falar das profissões delas, E ainda há aquela com quem você se encontrou no jardim, como é que ela se chamava, Marcenda, Isso, Marcenda não é nada, Uma condenação assim tão definitiva, soa-me a despeito, Diz-me a minha fraca experiência que despeito é o sentimento geral dos homens para com as mulheres, Meu caro Ricardo, nós devíamos ter convivido mais, Não o quis o império.

 Fernando Pessoa levantou-se, passeou um pouco pelo escritório, ao acaso, pegou na folha de papel em que Ricardo Reis escrevera os versos lidos, Como é que você disse, Nós não vemos as parcas acabarem-nos, por isso as esqueçamos como se não houvessem, É preciso estar muito cego para não ver como todos os dias as parcas nos acabam, Como diz o vulgo, não há pior cego que aquele que não quer ver. Fernando Pessoa pousou a folha, Você estava-me a falar do Ferro, A conversa meteu-se por outro caminho, Voltemos ao caminho, Disse o António Ferro, na ocasião da entrega dos prémios, que aqueles intelectuais que se sentem encarcerados nos regimes de força, mesmo quando essa força é mental, como a que dimana Salazar, esquecem-se de que a produção intelectual se intensificou sempre nos regimes de ordem, Essa da força mental é muito boa, os portugueses hipnotizados, os intelectuais a intensificarem a produção sob a vigilância do Victor, Então não concorda, Seria difícil concordar, eu diria, até, que a história desmente o Ferro, basta lembrar o tempo da nossa juventude, o Orfeu, o resto, diga-me se aquilo era um regime de ordem, ainda que, reparando bem, meu caro Reis, as suas odes sejam, por assim dizer, uma poetização da ordem, Nunca as vi dessa maneira, Pois é o que elas são, a agitação dos homens é sempre vã, os deuses são sábios e indiferentes, vivem e extinguem-se na própria ordem que criaram, e o resto é talhado no mesmo pano, Acima dos deuses está o destino, O destino é a ordem suprema, a que os próprios deuses aspiram, E os homens, que papel vem a ser o dos homens, Perturbar a ordem, corrigir o destino, Para melhor, Para melhor ou para pior, tanto faz, o que é preciso é impedir que o destino seja destino, Você lembra-me a Lídia, também fala muitas vezes do destino, mas diz outras coisas, Do destino, felizmente, pode-se dizer tudo, Estávamos a falar do Ferro, O Ferro é tonto, achou que o Salazar era o destino português, O messias, Nem isso, o pároco que nos baptiza, crisma, casa e encomenda, Em nome da ordem, Exactamente, em nome da ordem, Você, em vida, era menos subversivo, tanto quanto me lembro, Quando se chega a morto vemos a vida doutra maneira, e, com esta decisiva, irrespondível frase me despeço, irrespondível digo, porque estando você vivo não pode responder, Por que é que não passa cá a noite, já no outro dia lho disse, Não é bom para os mortos habituarem-se a viver com os vivos, e também não seria bom para os vivos atravancarem-se de mortos, A humanidade compõe-se de uns e outros, Isso é verdade, mas, se assim fosse tão completamente, você não me teria apenas a mim, aqui, teria o juiz da Relação e o resto da família, Como é que sabe que viveu nesta casa um juiz da Relação, não me lembro de lho ter dito, Foi o Victor, Qual Victor, o meu, Não, um que já morreu, mas que também tem o costume de se meter nas vidas dos outros, nem a morte o curou da mania, Cheira a cebola, Cheira, mas pouco, vai perdendo o fedor à medida que o tempo passa, Adeus, Fernando, Adeus, Ricardo.

Há indícios malignos de que a força mental de Salazar não consegue chegar a todos os lugares com a potência original do emissor. Deu-se agora um episódio demonstrativo desse enfraquecimento, ali na margem do Tejo, que foi o lançamento à água do aviso de segunda classe João de Lisboa, em cerimónia solene, com a presença do venerando chefe do Estado. Estava o aviso na carreira, engrinaldado, ou, para falar com propriedade marinheira, embandeirado em arco, tudo a postos, ensebadas as calhas, afinados os calços, a tripulação formada na tolda, e eis que se aproxima sua excelência o presidente da República, general António Óscar de Fragoso Carmona, aquele mesmo que disse que Portugal é hoje conhecido por toda a parte e por isso vale a pena ser português, vem com a sua comitiva, a paisana e a fardada, estes com uniformes de gala, aqueles de casaca, chapéu alto e calças de fantasia, o presidente cofiando o formoso bigode branco, afagando o modo, talvez acautelando-se para não proferir, neste lugar e ocasião, a frase que sempre diz quando é convidado a inaugurar exposições de artistas pintores, Muito chique, muito chique, gostei muito, já vão subindo os degraus que dão acesso à tribuna, são os altos dignitários da nação, sem cuja vinda e presença nem um só barco se lançaria à água, vem um representante da igreja, a católica, claro está, de quem se espera profícua bênção, praza a Deus, barco, que mates muito e morras pouco, revêem-se os assistentes no corteja luzido, estão as personalidades, o povo curioso, os operários do estaleiro, os fotógrafos dos jornais, os repórteres, está a garrafa de espumante da Bairrada, esperando a sua hora triunfal, e, por que não dizê-lo, explosiva, eis senão quando começa o João de Lisboa a deslizar carreira abaixo sem que ninguém lhe tivesse tocado, a estupefacção é geral, estremece o bigode branco do presidente, agitam-se os chapéus altos perplexos, e o barco lá vai, entra nas águas gloriosas, a marinhagem dá os vivas do estilo, voam as gaivotas como doidas, aturdidas pelos gritos das sereias dos outros barcos, e também pela colossal gargalhada que ecoa por toda a Ribeira de Lisboa, isto não tem mais que ver, foi partida dos arsenalistas, gente sobre todas maliciosa, mas já começou aí o Victor a investigar, a maré vazou de repente, as bocarras do esgoto exalam o seu pestilento cheiro a cebola, retira-se o presidente apopléctico, desfaz-se a comitiva, vão corridos e furibundos, querem saber i-me-di-a-ta-men-te quem foram os responsáveis pelo infame atentado à compostura da pátria, de marinheiros, na pessoa do seu mais alto magistrado, Sim, senhor presidente do Conselho, diz o capitão Agostinho Lourenço, que é o chefe do Victor, Mas da chacota não se livraram, riremos nós, em toda a cidade não se fala doutro assunto, até os espanhóis do Hotel Bragança, ainda que um pouco temerosos, Cuidense ustedes, eso son artes del diablo rojo. Mas, como estes casos são de política lusitana, não vão por diante os comentários, discretamente os duques de Alba e de Medinaceli combinam uma ida ao Coliseu, entre homens, a ver o catch-as-catch-can, também dito agarra-te-como-puderes, as terríveis, assombrosas batalhas do seu compatriota José Pons, do conde Karol Nowina, hidalgo polaco, do judeu Ab-Kaplan, do russo Zikoff, branco, do checo Stresnack, do italiano Nerone, do belga De Ferm, do flamengo Rik De Groot, do inglês Rex Gable, de um Strouck sem mencionada pátria, sábios deste outro espectáculo do mundo, pela graça do murro e do pontapé, da cabeçada e da tesoura, do estrangulamento, do esmagamento de ponte, se Goebbels entrasse neste campeonato jogaria pela certa, mandava avançar as esquadrilhas de aviões.

Precisamente de aviões e suas artes se vai tratar agora nesta cidade capital, depois de tão gravosamente se ter comportado a marinha, de passagem ficando dito, uma vez que ao assunto não voltaremos, que, não obstante a diligência dos Victores, está por averiguar quem foram os da sedição, que o caso do João de Lisboa não pode ter sido obra de simples calafate ou rebitador. Estando, pois, à vista de todos que as nuvens da guerra se adensam nos céus da Europa, decidiu o governo da nação, pela via do exemplo, que é de todas as lições a melhor, explicar aos moradores como deverão proceder e proteger as vidas em caso de bombardeamento aéreo, sem contudo levar a verosimilhança ao ponto de identificar o inimigo possível, mas deixando nos ares a suspeita de que seja o hereditário, isto é, o castelhano agora rojo, porquanto, sendo ainda tão curto o raio de acção dos aviões modernos, não é de prever que nos ataquem aviões franceses, ingleses muito menos, ainda por cima nossos aliados, e, quanto aos italianos e alemães, têm sido tantas as provas dadas de amizade por este povo irmanado no comum ideal, que antes deles esperaremos auxílio um dia, extermínio nunca. Então, pelos jornais e pela telefonia, tem o governo vindo a anunciar que no próximo dia vinte e sete, véspera do décimo aniversário da Revolução Nacional, irá Lisboa assistir a um espectáculo inédito, a saber, um simulacro de ataque aéreo a uma parte da Baixa, ou em termos de maior rigor técnico, à demonstração de um ataque aéreo-químico, tendo por objectivo a destruição da estação do Rossio e a interdição dos locais de acesso a essa estação por meio de infecção com gases. Virá primeiro um avião de reconhecimento sobrevoar a cidade e lançará um sinal de fumo sobre a estação do Rossio, o qual tem por fim marcar a posição do objectivo a bater. Afirmam certos espíritos negativamente críticos que os resultados seriam incomparavelmente mais eficazes se viessem logo os bombardeiros largar as suas bombas, sem aviso, mas essas pessoas são perversas declaradas, desdenham das leis do cavalheirismo guerreiro, que precisamente especificam que não se deve atacar o inimigo sem prévia notificação. Assim, mal o fumo começa a elevar-se nos ares, a artilharia de defesa dispara um tiro, sinal para que as apropriadas sereias comecem a apitar, e com este alarme, que não seria possível desconhecer, se motivam as providências, tanto as da defesa activa como as da defesa passiva. Polícia, Guarda Nacional Republicana, Cruz Vermelha e bombeiros entram imediatamente em acção, o público é obrigado a retirar-se das ruas ameaçadas, que são todas aquelas em redor, enquanto as equipas de salvação e socorro correrão, febris, aos locais de perigo, e as viaturas dos bombeiros dirigir-se-ão para os previsíveis focos de incêndio, por assim dizer já de mangueira em riste. Entretanto, retirou-se o avião de reconhecimento, certificado de que o sinal de fumo está onde deve estar e de que já se encontram congregados os salvadores, entre os quais se encontra, como a seu tempo veremos, o actor de teatro e cine António Silva, à frente dos seus bombeiros voluntários, que são os da Ajuda. Pode finalmente avançar a aviação de bombardeamento inimiga, constituída por uma flotilha de biplanos, daqueles que têm de voar baixinho por causa da carlinga aberta à chuva e aos quatro ventos, as metralhadoras de defesa e a artilharia antiaérea entram am acção, porém, sendo isto exercício de fingimento, nenhum avião é derrubado, fazem, impunes, perto das nuvens, seus passes e negaças, nem precisam de simular o lançamento das bombas, explosivas e de gás, elas são que por si próprias rebentam cá em baixo, na Praça dos Restauradores, não a salvaria o patriótico nome se o caso fosse a sério. Também não teve salvação uma força de infantaria que se dirigia para o Rossio, dizimada até ao último homem, ainda hoje está por saber que raio ia fazer uma força de infantaria a um local que, segundo o humanitário aviso do inimigo, seria severamente bombardeado, como logo a seguir se viu, esperemos que o lamentável episódio, vergonha do nosso exército, não caia no esquecimento e o estado-maior seja levado a conselho de guerra para fuzilamento colectivo, sumário. Extenuam-se as equipas de salvamento e socorro, maqueiros, enfermeiros, médicos, lutando abnegadamente debaixo de fogo para recolher os mortos e salvar os feridos, pintalgados estes de mercurocromo e tintura de iodo, envolvidos em faixas e ligaduras que depois serão lavadas para servirem outra vez, quando os ferimentos forem a sério, nem que tenhamos de esperar trinta anos. Apesar dos esforços heróicos da defesa, os aviões inimigos regressam numa segunda vaga, atingem com bombas incendiárias a estação do Rossio, agora entregue à voracidade das chamas, um montão de escombros, mas a esperança de final vitória nossa não se perdeu, porque, em seu pedestal, de cabeça descoberta, continua, miraculosamente incólume, a estátua de el-rei Sebastião. A destruição atinge outros locais, transformaram-se em novas ruínas as ruínas velhas do convento do Carmo, do Teatro Nacional saem grandes colunas de fumo, multiplicam-se as vítimas, por todos os lados ardem as casas, as mães gritam por seus filhinhos, as crianças gritam por suas mãezinhas, de maridos e pais ninguém se lembra, é a guerra aquele monstro. Lá no céu, satânicos, os aviadores festejam o êxito da missão bebendo copinhos de conhaque Fundador, também de caminho confortando os membros arrefecidos, agora que a febre do combate se vai extinguindo. Tomam notas, desenham croquis, tiram fotografias para o comunicado deles, depois, oscilando escarninhamente as asas, afastam-se na direcção de Badajoz, bem nos parecia que tinham entrado pelo Caia. Na cidade há um mar de chamas, os mortos contam-se por milhares, este foi o novo terramoto. Então a artilharia antiaérea dispara um último tiro, as sereias voltam a tocar, o exercício acabou. A população abandona as caves e os abrigos a caminho de suas casas, não há mortos nem feridos, os prédios estão de pé, foi tudo uma brincadeira.

Este é o programa completo do espectáculo. Ricardo Reis, tendo assistido de longe aos bombardeamentos da Urca e da Praia Vermelha, tão distantes que poderiam ter sido tomados como exercícios iguais a este, para adestramento dos pilotos e treino de fuga das populações, o pior foi terem os jornais, no dia seguinte, dado notícia de mortos reais e feridos verdadeiros, Ricardo Reis decide ir ver com os seus olhos o cenário e os actores, apartando-se do centro das operações para não prejudicar a verosimilhança, por exemplo, no alto passadiço do elevador de Santa Justa. Outros o tinham pensado antes, quando Ricardo Reis chegou não se podia romper, assim veio descendo, Calçada do Carmo abaixo, e percebeu que ia de romaria, fossem os caminhos outros, de pó e macadame, e julgaria que outra vez o levavam seus passos a Fátima, são tudo coisas do céu, aviões, passarolas ou aparições. Não sabe por que lhe veio à ideia a passarola do padre Bartolomeu de Gusmão, primeiro não soube, mas depois, tendo reflectido e procurado, admitiu que por sub-racional associação de ideias tivesse passado deste exercício de hoje para os bombardeamentos da Praia Vermelha e da Urca, deles, por tudo ser brasileiro, para o padre voador, finalmente chegando à passarola que o imortalizou, cuja não voou nunca, mesmo que alguém tenha dito ou venha a dizer o contrário. Do cimo da escada que em dois lanços desce para a Rua do

Primeiro de Dezembro, vê que há multidão no Rossio, não julgara que fosse permitido estarem os espectadores tão chegados às bombas e aos petardos, mas deixa-se ir na corrente dos curiosos que festivalmente acorrem ao teatro de guerra. Quando entrou na praça viu que o ajuntamento ainda é maior do que antes parecera, nem se pode romper, mas Ricardo Reis teve tempo de aprender as habilidades da terra, vai dizendo, Com licença com licença deixem-me passar que eu sou médico, não é que não seja verdade, mas a mais falsa das mentiras é justamente aquela que se serve da verdade para satisfação e justificação dos seus vícios. Graças ao estratagema consegue chegar às primeiras linhas, dali poderá ver tudo. Ainda não há sinal dos aviões, porém, as forças policiais estão nervosas, os graduados, no espaço livre fronteiro ao teatro e à estação, dão ordens e instruções, agora passou um automóvel do Estado, leva lá dentro o ministro do Interior e pessoas da família, as senhoras não faltaram, outras o seguem noutros carros, vão assistir ao exercício das janelas do Hotel Avenida Palace. Subitamente, ouve-se o tiro de peça de aviso, uivam as sereias aflitas, os pombos do Rossio levantam-se em bandada fazendo estralejar as asas como foguetes, alguma coisa falhou no que fora combinado, são as precipitações de quem começa, primeiro devia o avião inimigo vir largar o seu sinal de fumo, depois é que as sereias entoariam o coro carpido e a artilharia antiaérea lançaria o disparo, tanto faz, com todos estes adiantamentos da ciência há-de chegar-nos o dia em que ainda as bombas virão a dez mil quilómetros de distância e já saberemos o que o futuro nos reserva. Apareceu enfim o avião, a multidão ondula, levantam-se os braços, Lá vai ele, lá vai ele, ouve-se um som cavo, explosão, e um grosso rolo de fumo negro começa a subir aos ares, a excitação é geral, a ansiedade enrouquece as falas, os médicos colocam os estetoscópios nos ouvidos, os enfermeiros armam as seringas, os maqueiros escarvam, de impaciência, o solo. Ao longe ouve-se o rugir contínuo dos motores das fortalezas-voadoras, o instante aproxima-se, os espectadores mais assustadiços interrogam-se se isto afinal não será a sério, alguns afastam-se, põem-se a salvo, recolhem-se aos portais das escadas por medo dos estilhaços, mas a maioria não arreda pé, e, estando verificada a inocuidade das bombas, em pouco tempo dobrará a multidão. Rebentam os petardos, os militares enfiam as máscaras de gás, não as há que cheguem para todos, mas aqui o importante é dar uma impressão de realidade, sabemos desde logo quem morre e quem se salva do ataque químico, ainda não é o tempo de um fim para todos. Há fumo por toda a parte, os espectadores tossem, espirram, das traseiras do Teatro Nacional parece levantar-se um vulcão turbulento e negro, parece mesmo aquilo que está a arder. Mas é difícil levar a sério estes acontecimentos. Os polícias empurram os espectadores que avançam e atrapalham os movimentos dos salvadores, e até se vêem feridos, levados nas macas, que, esquecidos do dramático papel que lhes foi ensinado, riem como perdidos, provavelmente respiraram gás hilariante, os próprios transportadores têm de parar para limpar as lágrimas, que são de pura alegria, não de lacrimogéneo gás. E, cúmulo dos cúmulos, está-se neste preparo, melhor ou pior vivendo cada qual a verdade do imaginário perigo, quando aparece um varredor da Câmara com o seu carrinho metálico e a sua vassoura, vem varrendo os papéis ao longo da valeta, com a pá recolhe-os, e a outro lixo miúdo, despeja tudo dentro da caixa, e continua, alheio ao alarido, ao tumulto, às correrias, entra nas nuvens de fumo e sai delas ileso, nem sequer levanta a cabeça para ver os aviões espanhóis. Um episódio em geral basta, dois costumam ser de mais, mas a história preocupa-se pouco com as artes da composição literária, por isso fez avançar agora um carteiro com o seu saco da correspondência, o homem cruza pacificamente a praça, tem cartas para entregar, quantas pessoas o não estarão esperando ansiosas, talvez venha hoje a carta de Coimbra, o recado, Amanhã estarei nos teus braços, este carteiro está ciente das suas responsabilidades, não é homem para perder tempo com espectáculos e cenas de rua. Ricardo Reis, nesta multidão, é o único sábio capaz de comparar varredor e carteiro lisboetas àquele célebre rapazinho de Paris que apregoava os seus bolinhos enquanto a multidão enfurecida assaltava a Bastilha, em verdade nada nos distingue, a nós, portugueses, do mundo civilizado, nem nos faltam os heróis do alheamento, os poetas ensimesmados, os varredores que interminavelmente varrem, os carteiros distraídos que atravessam a praça sem repararem que a carta de Coimbra é para entregar àquele senhor que ali está, Mas de Coimbra não trago carta nenhuma, diz, enquanto o varredor vai varrendo e o pasteleiro português apregoa queijadas de Sintra.

    Passados dias, contava Ricardo Reis o que tinha visto, os aviões, o fumo, falava do troar das peças da artilharia antiaérea, das surriadas das metralhadoras, e Lídia ouvia com atenção, com pena de não ter lá estado também, depois riu-se muito com os casos pitorescos, Ai, que graça, o homem do lixo, foi então que se lembrou de que também tinha qualquer coisa para contar, Sabe quem é que fugiu, não esperou que Ricardo Reis respondesse, Foi o Manuel Guedes, aquele marinheiro de quem lhe tinha falado no outro dia, recorda-se, Recordo, mas fugiu donde, Quando era levado para o tribunal, fugiu, e Lídia ria com gosto, Ricardo Reis limitou-se a sorrir, Este país está num desmazelo, os barcos que vão para a água antes de tempo, os presos que se somem, os carteiros que não entregam as cartas, os varredores, enfim, dos varredores não há nada a dizer. Mas Lídia achava muito bem que Manuel Guedes tivesse fugido.

Invisíveis, as cigarras cantam nas palmeiras do Alto de Santa Catarina. O coro estrídulo que estruge aos ouvidos de Adamastor não merece que lhe demos o doce nome de música, mas isto de sons também depende muito da disposição de quem ouve, como os terá escutado o gigante amoroso quando na praia passeava à espera de que viesse a Dóris alcoveta a aprazar com ele o desejado encontro, então o mar cantava e era a bem-amada voz de Tétis que pairava sobre as águas, como se diz que costuma fazer o espírito de Deus. Aqui, quem canta são os machos, roçam asperamente as asas e produzem este som infatigável, obsessivo, serraria de mármore que de súbito lança para o ar ardente um guincho agudíssimo como se um veio mais duro começasse a ser cortado no interior da pedra. Faz calor. Em Fátima dera-se o primeiro aviso da canícula, sob aquela escaldante brasa, mas depois vieram dias encobertos, chegou mesmo a chuviscar, porém já nas terras baixas a cheia desceu de vez, do imenso mar interior não restam mais que algumas poças de água putrefacta que o sol aos poucos bebe. Os velhos vêm para aqui de manhã, na primeira frescura, trazem consigo guarda-chuvas, mas quando os abrem, já apertando o calor, fazem deles guarda-sóis, de onde concluiremos que mais importa a serventia que as coisas têm do que o nome que lhes damos, ainda que, afinal, este dependa daquela, como agora mesmo estamos observando, quer queiramos, quer não, voltamos sempre às palavras. Os barcos entram e saem, com as suas bandeiras, as fumarentas chaminés, os minúsculos marinheiros, a potente voz das sirenes, de tanto que a ouviram nas tormentas do oceano, soprada nos búzios furiosos, os homens acabaram por aprender a falar de igual para igual com o deus dos mares. Estes velhos nunca navegaram, mas não se lhes espanta o sangue quando ouvem, quebrado pela distância, o poderoso rugido, e é mais no profundo que estremecem, como se pelos canais das suas veias vogassem barcos, perdidos na escuridão absoluta do corpo, entre os gigantescos ossos do mundo. No aperto da calma descem a calçada, vão almoçar, passam o antigo tempo da sesta na penumbra da casa, depois, ao primeiro sinal de refrescar-se a tarde, tornam ao Alto, sentam-se no mesmo banco, de umbela aberta, que a sombra destas árvores, como sabemos, é vagabunda, basta que o sol desça um pouco e ela aí vai, agora mesmo nos cobria, é por causa de estarem tão altas as palmas. Hão-de morrer estes velhos sem saberem que palmeiras não são árvores, é incrível a que ponto pode chegar a ignorância dos homens, por outras palavras, incrível é dizermos que uma palmeira não é uma árvore e isso não ter nenhuma importância, assim como guarda-chuva e guarda-sol, o que conta é a protecção que dão. Aliás, se àquele senhor doutor que aqui vem todas as tardes perguntássemos se palmeira é árvore, estou que também ele não saberia responder, teria de ir a casa consultar o seu livro de botânica, se não se esqueceu dele no Brasil, o mais certo é que tenha do reino vegetal apenas o precário conhecimento com que vem adornando as suas poesias, flores em geral, e pouco mais, uns louros por virem já do tempo dos deuses, umas árvores sem outro nome, pâmpanos e girassóis, os juncos que na corrente da água estremecem, a hera do esquecimento, os lírios, e as rosas, as rosas, as rosas. Entre os velhos e Ricardo Reis há familiaridade e falar de amigo, mas ele nunca saiu de casa com a ideia premeditada de lhes perguntar, Sabem que uma palmeira não é uma árvore, e eles põem tão pouco em dúvida o que acreditam saber que nunca lhe perguntarão, ó senhor doutor, uma palmeira é uma árvore, um dia vão separar-se todos e não terá ficado esclarecido esse fundamental ponto da existência, se por parecer árvore é árvore a palmeira, se por parecer vida é vida esta sombra arborescente que projectamos no chão.

Ricardo Reis, agora, levanta-se tarde. Deixou de tomar o pequeno-almoço, habituou-se a dominar o apetite matinal, ao ponto de lhe parecerem memória doutra vida não sua as bandejas opulentas que Lídia lhe levava ao quarto nos abundosos tempos do Hotel Bragança. Dorme pela manhã adentro, acorda e readormece, assiste ao seu próprio dormir, e, após muitas tentativas, conseguiu fixar-se num único sonho, sempre igual, o de alguém que sonha que não quer sonhar, encobrindo o sonho com o sonho, como quem apaga os rastos que deixou, os sinais dos pés, as reveladoras pegadas, é simples, basta ir arrastando atrás de si um ramo de árvore ou uma palma de palmeira, não ficam mais do que folhas soltas, agudas flechas, em breve secas e confundidas com o pó. Quando se levanta são horas de almoçar. Lavar-se, barbear-se, vestir-se, são actos mecânicos em que a consciência mal participa. Esta cara coberta de espuma não é mais do que uma máscara de homem, adaptável a qualquer rosto de homem, e quando a navalha, aos poucos, vai revelando o que está por baixo, Ricardo Reis olha-se perplexo, um tanto intrigado, inquieto, como se temesse que dali lhe pudesse vir algum mal. Observa minuciosamente o que o espelho lhe mostra, tenta descobrir as parecenças deste rosto com um outro rosto que terá deixado de ver há muito tempo, que assim não pode ser diz-lho a consciência, basta que tem a certeza de se barbear todos os dias, de todos os dias ver estes olhos, esta boca, este nariz, este queixo, estas faces pálidas, estes apêndices amarrotados e ridículos que são as orelhas, e no entanto é como se tivesse passado muitos anos sem se olhar, num lugar sem espelhos, sequer os olhos de alguém, e hoje vê-se e não se reconhece. Sai para almoçar, às vezes encontra-se com os velhos que vão descendo a calçada, eles cumprimentam-no, Boas tardes senhor doutor, ele retribui, Boa tarde, até hoje não sabe como se chamam, que nome têm, tanto podem ser árvores como palmeiras. Quando lhe apetece vê uma fita, mas quase sempre volta para casa logo depois do almoço, o jardim está deserto sob a chapada opressiva do sol, o rio refulge em reverberações que deslumbram os olhos, preso à sua pedra o Adamastor vai lançar um grande grito, de cólera pela expressão que lhe deu o escultor, de dor pelas razões que sabemos desde o Camões. Como os velhos, Ricardo Reis acolhe-se à penumbra da sua casa, aonde a pouco e pouco voltou o antigo cheiro do bafio, não basta abrir Lídia, quando vem, todas as janelas, é um cheiro que parece exalado pelos móveis, pelas paredes, a luta é desigual, a bem dizer, e Lídia aparece agora com menos frequência. À tardinha, com a primeira brisa, Ricardo Reis volta a sair, vai sentar-se num banco do jardim, nem muito perto nem muito longe dos velhos, deu-lhes o jornal da manhã, já lido, é essa a sua única obra de caridade, não dá esmola de pão porque não lha pediram, dá estas folhas de papel impresso com notícias apesar de não lhe terem sido pedidas, decida-se qual destas duas generosidades seria a maior, se não estivesse omissa a primeira. A Ricardo Reis perguntaríamos que esteve a fazer em casa, sozinho, durante estas horas, e ele não saberia responder-nos, encolheria os ombros. Talvez não se lembre que leu, escreveu uns versos, vagueou pelos corredores, esteve nas traseiras do prédio a olhar os quintais, a roupa pendurada, brancos lençóis, toalhas, e as capoeiras, os bichos domésticos, gatos a dormir em cima dos muros, à sombra, nenhum cão, porque em verdade não são isto bens que seja preciso guardar. E voltou a ler, a escrever versos, senão a emendá-los, rasgou alguns que não valia a pena guardar, só a palavra é a mesma, não o que significa. Depois esperou que o calor diminuísse, que se levantasse a primeira brisa da tarde, ao descer a escada veio a vizinha de baixo ao patamar, o tempo dissipou as maledicências porque banalizou o motivo delas, todo este prédio agora é sossego de próximos e harmonia de vizinhos, Então o seu marido já está melhor, perguntou, e a vizinha respondeu, Graças ao senhor doutor, foi uma providência, um milagre, é o que todos nós andamos a pedir, providências e milagres, nem que seja a casualidade de morar-nos um médico ao pé da porta e estar em casa quando nos acometeu o embaraço gástrico, Aliviou, Descarregou por cima e por baixo que foi um louvar a Deus, senhor doutor, é assim a vida, a mesma mão escreve a receita do purgante e o verso sublime, ou discreto apenas, Tens sol se há sol, ramos se ramos buscas, sorte se a sorte é dada.

Os velhos lêem o jornal, já sabemos que um deles é analfabeto, por isso mais abundante em comentários, exprime opiniões, é que não tem outra maneira de equilibrar esta balança, se um sabe, o outro explica, Olha que esta do Seiscentos Maluco tem a sua graça, Eu conheço-o de há anos, quando ele ainda era guarda-freio dos eléctricos, a mania que tinha de chocar com os carros contra as carroças, Diz aqui que por causa dessa balda teve trinta e oito prisões, por fim despediram-no da Carris, não ganhava emenda, Era uma guerra acesa, também os carroceiros, há que dizê-lo, tinham as suas culpas, iam pelo passo da besta, sem pressa nenhuma, e o Seiscentos Maluco a tocar o badalo com o tacão da bota, furioso, a espumar pela boca, às tantas perdia a paciência, lá ia o carro, catrapumba, e era ali um alvoroço, aparecia a polícia, tudo para a esquadra, Agora o Seiscentos Maluco é carroceiro e anda sempre à briga com os colegas de antigamente, que lhe fazem o mesmo que ele fazia aos outros, Lá diz o ditado antigo, ninguém faça o mal à conta de que lhe venha bem, foi este o remate do velho que não sabia ler, por isso tem mais necessidade de fórmulas de sabedoria condensadas, para uso imediato e efeito rápido, como os purgantes. Ricardo Reis está sentado no mesmo banco, é raro acontecer, mas desta vez todos os outros estão ocupados, percebeu que o extenso diálogo dos velhos era para seu benefício, e pergunta, E essa alcunha de Seiscentos Maluco, donde é que lhe veio, ao que o velho analfabeto responde, O número dele na Carris era o seiscentos, puseram-lhe o nome de maluco por causa da tal mania, ficou Seiscentos Maluco, e foi bem posto, Não há dúvida. Os velhos tornaram à leitura, Ricardo Reis deixou vogar o pensamento à deriva, que alcunha me ficaria bem a mim, talvez o Médico Poeta, o Ida e Volta, o Espiritista, o Zé das Odes, o Jogador de Xadrez, o Casanova das Criadas, o Serenata ao Luar, de repente o velho que estava a ler disse, O Desprotegido da Sorte, era a alcunha de um larápio de pouca importância, carteirista apanhado em flagrante, por que não Ricardo Reis, o Desprotegido da Sorte, um delinquente também se pode chamar Ricardo Reis, os nomes não escolhem destinos. O que aos velhos mais interessa são precisamente estas notícias do quotidiano dramático e pitoresco, o conto-do-vigário, as desordens e agressões, as horas sombrias, os actos de desespero, o crime passional, a sombra dos ciprestes, os desastres mortais, o feto abandonado, o choque de automóveis, o vitelo de duas cabeças, a cadela que dá de mamar aos gatos, ao menos esta não é como a Ugolina, que os próprios filhos foi capaz de comer. Agora veio a Micas Saloia, de seu nome verdadeiro Maria da Conceição, que tem cento e sessenta prisões por furto e já esteve várias vezes em África, e veio também a Judite Meleças, falsa condessa de Castelo Melhor, que ludibriou em dois contos e quinhentos um tenente da Guarda Nacional Republicana, dinheiro que há-de parecer insignificante daqui a cinquenta anos, mas que nestes sóbrios dias é quase riqueza, digam-no as mulheres de Benavente, que por um dia de trabalho, desde que o sol nasce até que se põe o sol, ganham dez mil réis, façamos-lhe as contas, a Judite Meleças, mesmo não sendo verdadeira condessa de Castelo Melhor, meteu ao bolso, em troca de quê lá o saberá o tenente da guarda, duzentos e cinquenta dias de vida e trabalho da Micas da Borda d'Água, sem contar com os tempos de desemprego e falta de pão, que são muitos. O mais interessa menos. Fez-se, como estava anunciado, a festa do Jockey Club, com muitos milhares de assistentes, não há que estranhar termos lá estado tantos, de mais sabemos como é extremo o gosto português por festas, romarias e peregrinações, até Ricardo Reis foi a Fátima apesar de ser pagão confesso, e muito mais quando se trata de uma obra de caridade, como esta, toda votada ao bem do próximo, os inundados do Ribatejo, entre os quais, uma vez que dela veio a propósito falar, está a Micas de Benavente, que terá a sua parte dos quarenta e cinco mil setecentos e cinquenta e três escudos e cinco centavos, meio tostão, que foi quanto se apurou, porém ainda as contas não estão de todo líquidas, pois falta conhecer as verbas e taxas a pagar, que não são poucas. Mas valeu a pena, pela excelência e requinte dos números da festa, deu um concerto a banda da Guarda Nacional Republicana, fizeram carrossel e carga dois esquadrões de cavalaria da mesma guarda, evoluíram patrulhas da Escola Prática de Cavalaria de Torres Novas, houve derriba por acosso de reses ribatejanas, falámos de reses, não de homens, embora estes sejam tantas vezes acossados e derribados, e nuestros hermanos estiveram representados, mediante salário, pelos garrochistas de Sevilha e Badajoz de propósito vindos à nossa pátria, para conversar com eles e saber notícias desceram à pelouse os duques de Alba e Medinaceli, hóspedes do Hotel Bragança, formoso exemplo de solidariedade peninsular ali foi dado, não há nada como ser grande de Espanha em Portugal.

Do resto do mundo as notícias não têm variado muito, continuam as greves em França, onde os grevistas já se contam por quinhentos mil, com o que não tarda se demitirá o governo de

Albert Sarraut para lhe suceder um novo ministério, que Léon Blum organizará. Diminuirão então as ditas greves, assim parecendo que com o novo governo se satisfizeram, por agora, os reclamantes. Mas em Espanha, aonde não sabemos se tornaram os garrochistas de Sevilha e Badajoz, depois de com eles terem conversado os duques, Aqui nos respectan como si fuéramos grandes de Portugal, sino más, resten ustedes con nosotros, iremos a garrochar juntos, em Espanha, dizíamos, os huelguistas crescem como cogumelos, e já Largo Caballero ameaça, segundo a tradução portuguesa, Enquanto as classes operárias não forem amparadas pelo poder, são de esperar movimentos violentos, ele que o diz, sendo das simpatias, é porque é verdade, por isso nos deveremos começar a preparar para o pior. Mesmo que não vamos a tempo, sempre valeu a pena, seja a alma grande ou pequena, como mais ou menos disse o outro, e esse foi o caso do Negus, que teve em Inglaterra uma imponente recepção popular, bem certo é o rifão que diz, Depois do burro morto, cevada ao rabo, deixaram estes britânicos os etíopes entregues à triste sorte e agora batem palmas ao imperador deles, se quer que lhe diga, meu caro senhor, o que tudo isto é, é uma grande comidela. Assim, não temos que admirar-nos que os velhos do Alto de Santa Catarina conversem aprazivelmente, regressado já o doutor a sua casa, acerca de animais, aquele lobo branco que apareceu em Riodades, que é para os lados de São João da Pesqueira, e a quem a população chama o Pombo, e a leoa Nádia que feriu numa perna o faquir Blacaman, ali no Coliseu, à vista de todos os espectadores, para que se saiba como arriscam realmente a vida os artistas de circo. Se Ricardo Reis não se tivesse retirado tão cedo, poderia aproveitar a oportunidade para contar o caso da cadela Ugolina, ficando deste modo completada a colecção de feras, o lobo por enquanto à solta, a leoa a quem terá de reforçar-se a dose de estupefaciente, finalmente a cadela filicida, cada qual com sua alcunha, Pombo, Nádia e Ugolina, não será por aqui que se distinguirão os animais dos homens.

Ricardo Reis, um dia que está dormitando, na entremanhã, cedíssimo para os seus novos hábitos de indolência, ouve salvarem os navios de guerra no Tejo, vinte e um espaçados e solenes tiros que faziam vibrar as vidraças, julgou que era a nova guerra que começava, mas depois lembrou-se de notícias que lera no dia anterior, este é o Dez de Junho, a Festa da Raça, para recordação dos nossos maiores e consagração destes que somos, em tamanho e número, às tarefas do futuro. Meio sonolento, consultou as suas energias, se as teria suficientes para de golpe se levantar dos lençóis murchos, abrir de par em par as janelas para que pudessem entrar sem peias os últimos ecos da salva e heroicamente espavorissem as sombras da casa, os bolores escondidos, o cheiro insidioso do mofo, mas, enquanto isto pensava e consigo mesmo deliberava, calaram-se as derradeiras vibrações do espaço, tornou a descer sobre o Alto de Santa Catarina um grande silêncio, nem Ricardo Reis deu por que tornara a fechar os olhos e adormecera, é assim a vida quando errada, dormimos quando deveríamos vigiar, vamos quando deveríamos vir, fechámos a janela quando a devíamos ter aberta. À tarde, ao regressar do almoço, reparou que havia ramos de flores nos degraus da estátua de Camões, homenagem das associações de patriotas ao épico, ao cantor sublime das virtudes da raça, para que se entenda bem que não temos mais que ver com a apagada e vil tristeza de que padecíamos no século dezasseis, hoje somos um povo muito contente, acredite, logo à noite acenderemos aqui na praça uns projectores, o senhor Camões terá toda a sua figura iluminada, que digo eu, transfigurada pelo deslumbrante esplendor, bem sabemos que é cego do olho direito, deixe lá, ainda lhe ficou o esquerdo para nos ver, se achar que a luz é forte de mais para si, diga, não nos custa nada baixá-la até à penumbra, à escuridão total, às trevas originais, já estamos habituados. Tivesse Ricardo Reis saído nessa noite e encontraria Fernando Pessoa na Praça de Luís de Camões, sentado num daqueles bancos como quem vem apanhar a brisa, o mesmo desafogo procuraram famílias e outros solitários, e a luz é tanta como se fosse dia, as caras parecem elas tocadas pelo êxtase, percebe-se que seja esta a Festa da Raça. Quis Fernando Pessoa, na ocasião, recitar mentalmente aquele poema da Mensagem que está dedicado a Camões, e levou tempo a perceber que não há na Mensagem nenhum poema dedicado a Camões, parece impossível, só indo ver se acredita, de Ulisses a Sebastião não lhe escapou um, nem dos profetas se esqueceu, Bandarra e Vieira, e não teve uma palavrinha, uma só, para o Zarolho, e esta falta, omissão, ausência, fazem tremer as mãos de Fernando Pessoa, a consciência perguntou-lhe, Porquê, o inconsciente não sabe que resposta dar, então Luís de Camões sorri, a sua boca de bronze tem o sorriso inteligente de quem morreu há mais tempo, e diz, Foi inveja, meu querido Pessoa, mas deixe, não se atormente tanto, cá onde ambos estamos nada tem importância, um dia virá em que o negarão cem vezes, outro lhe há-de chegar em que desejará que o neguem. A esta mesma hora, naquele segundo andar da Rua de Santa Catarina, Ricardo Reis tenta escrever um poema a Marcenda, para que amanhã não se diga que Marcenda passou em vão, Saudoso já deste verão que vejo, lágrimas para as flores dele emprego na lembrança invertida de quando hei-de perdê-las, esta ficará sendo a primeira parte da ode, até aqui ninguém adivinharia que de Marcenda se vai falar, embora se saiba que muitas vezes começamos por falar de horizonte porque é o mais curto caminho para chegar ao coração. Meia hora depois, ou uma hora, ou quantas, que o tempo, neste fazer de versos, se detém ou precipita, ganhou forma e sentido o corpo intermédio, não é sequer o lamento que parecera, apenas o sábio saber do que não tem remédio, Transpostos os portais irreparáveis de cada ano, me antecipo a sombra em que hei-de errar, sem flores, no abismo rumoroso. Dorme toda a cidade na madrugada, por inúteis, não há já quem os veja, se apagaram os projectores da estátua de Camões, Fernando Pessoa regressou a casa, dizendo, Já cheguei, avó, e é neste momento que o poema se completa, difícil, com um ponto e vírgula metido a desprazer, que bem vimos como Ricardo Reis lutou com ele, não o queria aqui, mas ficou, adivinhemos onde, para termos também parte na obra, E colho a rosa porque a sorte manda Marcenda, guardo-a, murche-se comigo antes que com a curva diurna da ampla terra. Deitou-se Ricardo Reis vestido na cama, a mão esquerda pousada sobre a folha de papel, se adormecido passasse do sono para a morte, julgariam que é o seu testamento, a última vontade, a carta do adeus, e não poderiam saber o que seja, mesmo tendo-a lido, porque este nome de Marcenda não o usam mulheres, são palavras doutro mundo, doutro lugar, femininos mas de raça gerúndia, como Blimunda, por exemplo, que é nome à espera de mulher que o use, para Marcenda, ao menos, já se encontrou, mas vive longe.

Aqui bem perto, nesta mesma cama, estava a Lídia deitada quando se sentiu o abalo de terra. Foi breve e brusco, sacudiu violentamente o prédio de cima a baixo, e como veio passou, deixando a vizinhança aos gritos na escada e o candeeiro do tecto a oscilar, como um pêndulo que se extingue. Perante o grande susto as vozes pareciam obscenas, o alarido agora passara à rua, de janela para janela, em toda a cidade, acaso lembrada, nas suas pedras, da memória terrível doutros terramotos, incapaz de suportar o silêncio que vem depois do abalo, o instante em que a consciência se suspende, à espera, e se interroga, Irá voltar, irei morrer. Ricardo Reis e Lídia não se levantaram. Estavam nus, deitados de costas como estátuas jacentes, nem sequer cobertos por um lençol, a morte, se tivesse vindo, encontrava-os oferecidos, plenos, que ainda há poucos minutos os seus corpos se tinham separado, arquejantes, húmidos de suor recente e dos íntimos derrames, o coração batendo e ressoando na pulsação do ventre, não é possível estar mais vivo do que isto, e de repente a cama estremece, os móveis oscilam, rangem o soalho e o tecto, não é a vertigem do instante final do orgasmo, é a terra que ruge nas profundezas, Vamos morrer, disse Lídia, mas não se agarrou ao homem que estava deitado a seu lado, como devia ser natural, as frágeis mulheres, em geral, são assim, os homens é que, aterrorizados, dizem, Não é nada, sossega, já passou, dizem-no sobretudo a si próprios, também o disse Ricardo Reis, trémulo do susto, e tinha razão, que o abalo veio e passou, como por estas mesmas palavras foi dito antes. As vizinhas ainda gritam na escada, aos poucos vão-se acalmando, mas o debate prolonga-se, uma delas desce à rua, a outra instala-se à janela, ambas entram no coro geral. Depois, pouco a pouco, a tranquilidade regressa, agora Lídia volta-se para Ricardo Reis e ele para ela, o braço de um sobre o corpo do outro, ele torna a dizer, Não foi nada, e ela sorri, mas a expressão do olhar tem outro sentido, vê-se bem que não está a pensar no abalo de terra, ficam assim a olhar-se, tão distantes um do outro, tão separados nos seus pensamentos, como logo se vai ver quando ela disser, de repente, Acho que estou grávida, tenho um atraso de dez dias. Um médico aprende na faculdade os segredos do corpo humano, os mistérios do organismo, sabe portanto como operam os espermatozóides no interior da mulher, nadando rio acima, até chegarem, no sentido próprio e figurado, às fontes da vida. Sabe isto pelos livros, a prática, como de costume, confirmou, e no entanto ei-lo espantado, na pele de Adão que não percebe como aquilo pode ter acontecido, por mais que Eva tente explicar, ela que também nada entende da matéria. E procura ganhar tempo, Que foi que disseste, Tenho um atraso, acho que estou grávida, dos dois o mais calmo é outra vez ela, há uma semana que anda a pensar nisto, todos os dias, todas as horas, talvez ainda há pouco, quando disse, Vamos morrer, agora poderemos duvidar se estaria Ricardo Reis neste plural. Ele espera que ela faça uma pergunta, por exemplo, Que hei-de fazer, mas ela continua calada, quieta, apagando o ventre com a ligeira flexão dos joelhos, nenhum sinal de gravidez à vista, salvo se não sabemos interpretar o que estes olhos estão dizendo, fixos, profundos, resguardados na distância, uma espécie de horizonte, se o há em olhos. Ricardo Reis procura as palavras convenientes, mas o que encontra dentro de si é um alheamento, uma indiferença, assim como se, embora ciente de que é sua obrigação contribuir para a solução do problema, não se sentisse implicado na origem dele, tanto a próxima como a remota. Vê-se na figura do médico a quem a paciente disse, por desabafo, Ai senhor doutor, que vai ser de mim, estou grávida e nesta altura não me convinha nada, um médico não pode responder, Desmanche, não seja parva, pelo contrário, mostra uma expressão grave, na melhor das hipóteses reticente, Se a senhora e o seu marido não têm tomado precauções, é capaz de estar mesmo grávida, mas enfim, vamos esperar mais uns dias, pode ser que se trate apenas de um atraso, às vezes acontece. Não se admite que o declare assim, com falsa neutralidade, Ricardo Reis, que é pai pelo menos putativo, pois não consta que Lídia nos últimos meses se tenha deitado com outro homem que não seja ele, este mesmo que claramente continua sem saber o que há-de dizer. Por fim, tenteando com mil cautelas, pesando cada palavra, distribui as responsabilidades, Não tivemos cuidado, mais tarde ou mais cedo tinha de acontecer, mas Lídia não pega na frase, não pergunta, Que cuidados devia eu ter tido, nunca ele se retirou no momento crítico, nunca usou aqueles carapuços de borracha, mas também isto não lhe importa, limitou-se a declarar, Estou grávida, afinal é uma coisa que acontece a quase todas as mulheres, não é nenhum terramoto, mesmo quando dá em morte de homem.

Então Ricardo Reis decide-se, quer perceber quais são as intenções dela, não há mais tempo para subtilezas de dialéctica, salvo se ainda o for a hipótese negativa que a pergunta esconde mal, Pensas em deixar vir a criança, o que vale é não haver aqui ouvidos estranhos, não faltaria ver-se acusado Ricardo Reis de sugerir o desmancho, e quando, terminada a audição das testemunhas, o juiz ia proferir a sentença condenatória, Lídia mete-se adiante e responde, Vou deixar vir o menino. Então, pela primeira vez, Ricardo Reis sente um dedo tocar-lhe o coração. Não é dor, nem crispação, nem despegamento, é uma impressão estranha e incomparável, como seria o primeiro contacto físico entre dois seres de universos diferentes, humanos ambos, mas ignotos na sua semelhança, ou, ainda mais perturbadoramente, conhecendo-se na sua diferença. Que é um embrião de dez dias, pergunta mentalmente Ricardo Reis a si mesmo, e não tem resposta para dar, em toda a sua vida de médico nunca aconteceu ter diante dos olhos esse minúsculo processo de multiplicação celular, do que os livros ao acaso lhe mostraram não conservou memória, e aqui não pode ver mais do que esta mulher calada e séria, criada de profissão, solteira, Lídia, com o seio e o ventre descobertos, o púbis retraído apenas, como se reservasse um segredo. Puxou-a para si, e ela veio como quem enfim se protege do mundo, de repente corada, de repente feliz, perguntando como uma noiva tímida, ainda é o tempo delas, Não ficou zangado comigo, Que ideia a tua, por que motivo iria eu zangar-me, e estas palavras não são sinceras, justamente nesta altura se está formando uma grande cólera dentro de Ricardo Reis, Meti-me em grande sarilho, pensa ele, se ela não faz o aborto, fico para aqui com um filho às costas, terei de o perfilhar, é minha obrigação moral, que chatice, nunca esperei que viesse a acontecer-me uma destas. Lídia aconchegou-se melhor, quer que ele a abrace com força, por nada, só pelo bem que sabe, e diz as incríveis palavras, simplesmente, sem nenhuma ênfase particular, Se não quiser perfilhar o menino, não faz mal, fica sendo filho de pai incógnito, como eu. Os olhos de Ricardo Reis encheram-se de lágrimas, umas de vergonha, outras de piedade, distinga-as quem puder, num impulso, enfim, sincero, abraçou-a, e beijou-a, imagine-se, beijou-a muito, na boca, aliviado daquele grande peso, na vida há momentos assim, julgamos que está uma paixão a expandir-se e é só o desafogo da gratidão. Mas o corpo animal cura pouco destas subtilezas, daí a nada uniam-se Lídia e Ricardo Reis, gemendo e suspirando, não tem importância, agora é que é aproveitar, o menino já está feito.

Estes dias são bons. Lídia está em férias do hotel, passa quase todo o tempo com Ricardo Reis, só vai dormir as noites a casa da mãe por uma questão de respeito, assim evitam-se os reparos da vizinhança, que, apesar da boa harmonia instaurada desde o já falado acto médico, não deixaria de murmurar contra estas misturas de patrão e criada, aliás muito comuns nesta nossa cidade de Lisboa, mas com disfarce. E se alguém de mais comichosa moral argumentasse que também durante o dia se pode fazer o que mais costumadamente se usa fazer de noite, sempre se poderia responder-lhe que não houve antes tempo para as grandes limpezas da primavera com que as casas pascoalmente ressuscitam do longo inverno, por isso é que a criada do senhor doutor vem de manhã cedo e sai quase à noitinha, e trabalha como se pode ver e ouvir, de espanador e pano do pó, de esfregão e piaçaba, consoante já deu provas públicas e agora confirma. Às vezes fecham-se as janelas, há um silêncio que, por repentino, parece tenso, é natural, as pessoas precisam de repousar entre dois esforços, desatar o lenço da cabeça, soltar as roupas, suspirar de nova e suave fadiga. A casa vive o seu sábado de aleluia, o seu domingo de páscoa, por graça e obra desta mulher, serva humilde, que passa as mãos sobre as coisas e as deixa lustralmente limpas, nem mesmo em tempos de Dona

Luísa e juiz da Relação, com seu regimento de criadas de fora, dentro e cozinha, resplandeceram com tanta glória estas paredes e estes móveis, abençoada seja Lídia entre as mulheres, Marcenda, se aqui vivesse como legítima senhora, nada faria que se comparasse, de mais a mais aleijada. Ainda há tão poucos dias cheirava a bafio, a mofo, a cotão rolado, a esgoto renitente, e hoje a luz chega aos mais remotos cantos, fulge nos vidros e nos cristais ou faz de todo o vidro cristal, derrama grandes toalhas sobre os encerados, o próprio tecto fica estrelado de reverberações quando o sol entra pelas janelas, esta morada é celeste, diamante no interior de diamante, e é pela vulgaridade de um trabalho de limpeza que se alcançam estas superiores sublimidades. Talvez também por tão amiúde se deitarem Lídia e Ricardo Reis, por tanto gosto de corpo darem e tomarem, não sei que deu a estes dois para de súbito se terem tornado tão carnalmente exigentes e dadivosos, será do verão que os aquece, será de estar no ventre aquele minúsculo fermento, efeito duma união acaso distraída, causa nova de ressuscitados ardores, ainda não somos nada neste mundo e já temos parte no governo do mundo.

Porém, não há bem que sempre dure. Acabaram as férias de Lídia, tudo voltou ao que dantes era, passará a vir no seu dia de folga, uma vez por semana, agora, mesmo quando o sol encontra uma janela aberta, a luz é diferente, mole, baça, e o tamis do tempo recomeçou a peneirar o impalpável pó que faz desmaiar os contornos e as feições. Quando, à noite, Ricardo Reis abre a cama para se deitar, mal consegue ver a almofada onde pousará a cabeça, e de manhã não conseguiria levantar-se se com as suas próprias mãos não se identificasse, linha por linha, o que de si ainda é possível achar, como uma impressão digital deformada por uma cicatriz larga e profunda. Numa destas noites Fernando Pessoa bateu-lhe à porta, não aparece sempre que é preciso, mas estava a ser preciso quando aparece, a alguém,

Grande ausência, julguei que nunca mais o tornaria a ver, isto disse-lhe Ricardo Reis, Tenho saído pouco, perco-me facilmente, como uma velhinha desmemoriada, ainda o que me salva é conservar o tino da estátua do Camões, a partir daí consigo orientar-me, Oxalá não venham a tirá-la, com a febre que deu agora em quem decide dessas coisas, basta ver o que está a acontecer na Avenida da Liberdade, uma completa razia, Nunca mais passei por lá, não sei nada, Tiraram, ou estão para tirar, a estátua do Pinheiro Chagas, e a de um José Luís Monteiro que não sei quem tenha sido, Nem eu, mas o Pinheiro Chagas é bem feito, Cale-se, que você não sabe para o que está guardado, A mim nunca me levantarão estátuas, só se não tiverem vergonha, eu não sou homem para estátuas, Estou de acordo consigo, não deve haver nada mais triste que ter uma estátua no seu destino. Façam-nas a militares e políticos, eles gostam, nós somos apenas homens de palavras, e as palavras não podem ser postas em bronze ou pedra, são só palavras, e basta, Veja o Camões, onde estão as palavras dele, Por isso fizeram um peralta de corte, Um D'Artagnan, De espada ao lado qualquer boneco fica bem, eu nem sequer sei que cara é a minha, Não se zangue, pode ser que escape à maldição, e se não escapar, como o Rigoletto, sempre lhe restará a esperança de que um dia lhe deitem o monumento abaixo, como ao Pinheiro Chagas, transferem-no para um sítio tranquilo, ou guardam-no num depósito, está sempre a acontecer, olhe que até há quem exija a retirada do Chiado, Também o Chiado, que mal lhes fez o Chiado, Que foi chocarreiro, desbocado, nada próprio do lugar elegante onde o puseram, Pelo contrário, o Chiado não podia estar em melhor sítio, não é possível imaginar um Camões sem um Chiado, estão muito bem assim, ainda por cima viveram no mesmo século, se houver alguma coisa a corrigir é a posição em que puseram o frade, devia estar virado para o épico, com a mão estendida, não como quem pede, mas como quem oferece e dá, Camões não tem nada a receber de Chiado, Diga antes que não estando Camões vivo, não lho podemos perguntar, você nem imagina as coisas de que Camões precisaria. Ricardo Reis foi à cozinha aquecer um café, voltou ao escritório, foi sentar-se diante de Fernando Pessoa, disse, Faz-me sempre impressão não lhe poder oferecer um café, Encha uma chávena e ponha-a na minha frente, fica a fazer-lhe companhia enquanto bebe, Não consigo habituar-me à ideia de que você não existe, Olhe que passaram sete meses, quanto basta para começar uma vida, mas disso sabe você mais do que eu, é médico, Há alguma intenção reservada no que acabou de dizer, Que intenção reservada poderia eu ter, Não sei, Você está muito susceptível hoje, Talvez seja por causa deste tirar e pôr de estátuas, desta evidência da precariedade dos afectos, você sabe o que aconteceu ao Discóbolo, por exemplo, Qual discóbolo, O da Avenida, Já me lembro, aquele rapazinho nu, a fingir de grego, Pois também o tiraram, Porquê, Chamaram-lhe efebo impúbere e efeminado, e que seria uma medida de higiene espiritual poupar os olhos da cidade à exibição de nudez tão completa, Se o rapaz não ostentava atributos físicos excessivos, se respeitava as conveniências e as proporções, onde é que estava o mal, Ah, isso não sei, a verdade é que os tais atributos, para lhes dar esse nome, embora não demasiadamente demonstrativos, eram mais do que suficientes para uma cabal lição de anatomia, Mas o mocinho era impúbere, era efeminado, não foi isso que disseram, Foi, Então pecava por defeito, o mal dele foi não pecar por excesso, Eu limito-me a repetir, tão bem quanto sou capaz, os escândalos da cidade, Meu caro Reis, você tem a certeza de que os portugueses não terão começado a enlouquecer devagarinho, Se você, que vivia cá, o pergunta, como há-de responder-lhe quem passou tantos anos longe.

Ricardo Reis acabara de beber o café, e agora debatia consigo mesmo se sim ou não leria o poema que dedicara a Marcenda, aquele, Saudoso já deste verão que vejo, e quando enfim se decidira e principiava o movimento de levantar-se do sofá, Fernando Pessoa, com um sorriso sem alegria, pediu, Distraia-me, conte-me outros escândalos, então Ricardo Reis não precisou de escolher, de pensar muito, em três palavras anunciou o maior deles, Vou ser pai. Fernando Pessoa olhou-o estupefacto, depois largou a rir, não acreditava, Você está a brincar comigo, e Ricardo Reis, um tanto formalizado, Não estou a brincar, aliás, não percebo esse espanto, se um homem vai para a cama com uma mulher, persistentemente, são muitas as probabilidades de virem a fazer um filho, foi o que aconteceu neste caso, Das duas, qual é a mãe a sua Lídia ou a sua Marcenda, salvo se ainda há uma terceira mulher, com você tudo é possível, Não há terceira mulher, não casei com Marcenda, Ah, quer dizer que da sua Marcenda só poderia ter um filho se casasse com ela, É fácil concluir que sim, você sabe o que são as educações e as famílias, Uma criada não tem complicações, Às vezes, Diz você muito bem, basta lembrar-nos do que dizia o Álvaro de Campos, que muitas vezes foi cómico às criadas de hotel, Não é nesse sentido, Então, qual, Uma criada de hotel também é uma mulher, Grande novidade, morrer e aprender, Você não conhece a Lídia, Falarei sempre com o maior respeito da mãe do seu filho, meu caro Reis, guardo em mim verdadeiros tesouros de veneração, e, como nunca fui pai, não precisei de sujeitar esses sentimentos transcendentais ao aborrecido quotidiano, Deixe-se de ironias, Se a sua súbita paternidade não lhe tivesse embotado o sentido da audição, perceberia que não há nas minhas palavras qualquer ironia, Ironia, há, mesmo que seja máscara doutra coisa, A ironia é sempre máscara, De quê, neste caso, Talvez de uma certa forma de dor, Não me diga que lhe dói nunca ter tido um filho, Quem sabe, Tem dúvidas, Sou, como não deve ter esquecido, a mais duvidosa das pessoas, um humorista diria o mais duvidoso dos Pessoas, e hoje nem sequer me atrevo a fingir o que sinto, E a sentir o que finge, Tive de abandonar esse exercício quando morri, há coisas, deste lado, que não nos são permitidas. Fernando Pessoa passou os dedos pelo bigode, fez a pergunta, Você sempre se decide a voltar para o Brasil, Tenho dias que é como se já lá estivesse, tenho dias que é como se nunca lá tivesse estado, Em suma, você anda a flutuar no meio do Atlântico, nem lá, nem cá, Como todos os portugueses, Em todo o caso, seria para si uma excelente oportunidade, fazer vida nova, com mulher e filho, Não penso em casar com a Lídia, e ainda não sei se virei a perfilhar a criança, Meu querido Reis, se me permite uma opinião, isso é uma safadice, Será, o Álvaro de Campos também pedia emprestado e não pagava, O Álvaro de Campos era, rigorosamente, e para não sair da palavra, um safado, Você nunca se entendeu muito bem com ele, Também nunca me entendi muito bem consigo, Nunca nos entendemos muito bem uns com os outros, Era inevitável, se existíamos vários, O que eu não percebo é essa sua atitude moralista, conservadora, Um morto é, por definição, ultraconservador, não suporta alterações da ordem, Já o ouvi vociferar contra a ordem, Agora vocifero a favor dela, Portanto, se você estivesse vivo e o caso fosse consigo, filho não desejado, mulher desigual, teria estas mesmas dúvidas, Tal e qual, Um safado, Muito bem feito, caro Reis, um safado, Seja como for, não vou fugir, Talvez porque a Lídia lhe facilite as coisas, É verdade, chegou-me a dizer que não tenho que perfilhar a criança, Por que será que as mulheres são assim, Nem todas, De acordo, mas só mulheres o conseguem ser, Quem o ouvisse, diria que você teve uma grande experiência delas, Tive apenas a experiência de quem assiste e vê passar, É grande engano o seu se continua a julgar que isso basta, é preciso dormir com elas, fazer-lhes filhos, mesmo que sejam para desmanchar, é preciso vê-las tristes e alegres, a rir e a chorar, caladas e falando, é preciso olhá-las quando não sabem que estão a ser olhadas, E que vêem então os homens hábeis, Um enigma, um quebra-cabeças, um labirinto, uma charada, Sempre fui bom em charadas, Mas em mulheres um desastre, Meu caro Reis, você não está a ser amável, Desculpe, os meus nervos zumbem como um fio telefónico quando lhe dá o vento, Está desculpado, Não tenho trabalho nem me apetece procurá-lo, a minha vida passa-se entre a casa, o restaurante e um banco de jardim, é como se não tivesse mais nada que fazer que esperar a morte, Deixe vir a criança, Não depende de mim, e não me resolveria nada, sinto que essa criança não me pertence, Pensa que será outro o pai, Sei que o pai sou eu, a questão não é essa, a questão é que só a mãe existe de verdade, o pai é um acidente, Um acidente necessário, Sem dúvida, mas dispensável a partir da satisfação dessa necessidade, tão dispensável que poderia morrer logo a seguir, como o zângão ou como o louva-a-deus, Você tem tanto medo das mulheres como eu tinha, Talvez ainda mais, Não voltou a ter notícias de Marcenda, Nem uma palavra, eu é que escrevi, há dias, uns versos sobre ela, Duvido, Tem razão, são apenas uns versos em que o nome dela está, quer que lhos leia, Não, Porquê, Conheço os seus versos de cor e salteado, os feitos e os por fazer, novidade seria só o nome de Marcenda, e deixou de o ser, Agora é você que não está a ser amável, E nem sequer posso desculpar-me com o estado dos meus nervos, diga lá o primeiro verso, Saudoso já deste verão que vejo, Lágrimas para as flores dele emprego, pode ser o segundo, Acertou, Como vê, sabemos tudo um do outro, ou eu de si, Haverá alguma coisa que só a mim pertença, Provavelmente, nada. Depois de Fernando Pessoa sair, Ricardo Reis bebeu o café que lhe deitara na chávena. Estava frio, mas soube-lhe bem.

Alguns dias depois, os jornais contaram que vinte e cinco estudantes das Juventudes Hitlerianas de Hamburgo, de visita ao nosso país em viagem de estudo e propaganda dos ideais nacional-socialistas, foram homenageados no Liceu Normal, e que, tendo visitado demoradamente a Exposição do Ano X da Revolução Nacional, escreveram no Livro de Honra esta frase, Nós não somos nada, querendo significar, com declaração tão peremptória, segundo explicava pressuroso o plumitivo de serviço, que o povo nada vale se não for orientado por uma elite, ou nata, ou flor, ou escol. Ainda assim, não rejeitaríamos esta última palavra, escol, que vem de escolha, posto o que o teríamos, ao povo, dirigido por escolhidos, se os escolhesse. Mas por uma flor ou nata, credo, afinal de contas a língua portuguesa é de um ridículo perfeito, viva pois a elite francesa, enquanto não aprendermos a dizer melhor em alemão. Porventura com vistas a essa aprendizagem se decretou a criação da Mocidade Portuguesa, que, lá para Outubro, quando iniciar a sério os seus trabalhos, abrangerá, logo de entrada, cerca de duzentos mil rapazes, flor ou nata da nossa juventude, da qual, por decantações sucessivas, por adequadas enxertias, há-de sair a elite que nos governará depois, quando a de agora se acabar. Se o filho de Lídia vier a nascer, se, tendo nascido, vingar, daqui por uns anos já poderá ir aos desfiles, ser lusito, fardar-se de verde e caqui, usar no cinto um S de servir e de Salazar, ou servir Salazar, portanto duplo S, ss, estender o braço direito à romana, em saudação, e a própria Marcenda, de mais sendo de boas famílias, ainda vai a tempo de se inscrever na secção feminina, a OMEN, Obra das Mães pela Educação Nacional, por extenso, também pode levantar o seu braço direito, o aleijado é o esquerdo. Como amostra do que virá a ser a nossa juventude patriótica, irão a Berlim, já fardados, os representantes da MP, esperemos que tenham oportunidade de repetir a frase célebre, Nós não somos nada, e assistirão aos Jogos Olímpicos, onde, escusado seria dizê-lo, causarão impressão magnífica, estes belos e aprumados moços, orgulho da lusitana raça, espelho do nosso porvir, tronco em flor estende os ramos à mocidade que passa, Filho meu, diz Lídia a Ricardo Reis, não entra em semelhantes comédias, e com estas palavras teríamos principiada uma discussão daqui a dez anos, se lá chegássemos.

O Victor está nervoso. Esta missão é de grande responsabilidade, nada que possa ser comparado à rotina de seguir suspeitos, de aliciar gerentes de hotel, de interrogar moços de fretes que declaram tudo logo à primeira pergunta. Leva a mão direita à anca para sentir o volume reconfortante da pistola, depois, com a ponta dos dedos, devagarinho, extrai do bolso exterior do casaco um rebuçado de hortelã-pimenta. Desembrulha-o com cautelas infinitas, no silêncio da noite deve ouvir-se a dez passos o rumor do papel estaladiço, será uma imprudência, uma infracção às regras da segurança, mas o cheiro de cebola tornara-se tão intenso, talvez por causa do nervosismo, que bem podia acontecer espantar-se a caça antes de tempo, tanto mais que o vento vem pelas costas, sopra na direcção dela. Ocultos pelos troncos das árvores, disfarçados nos vãos das portas, estão os ajudantes do Victor, à espera do sinal para a aproximação silenciosa que há-de preceder o fulminante assalto. Olham fixamente a janela por onde se coa um quase invisível fio de luz, já de si é indício de conspiração estarem as portadas interiores fechadas, com o calor que faz. Um dos ajudantes do Victor sopesa o pé-de-cabra com que destroncará a porta, outro enfia os dedos da mão esquerda numa soqueira de ferro, são homens habilíssimos nas respectivas artes, por onde passam deixam um rasto de gonzos destroçados e maxilares partidos. Pelo passeio fronteiro desce agora outro polícia, este não tem que se resguardar, comporta-se como simples passante que vai à vida, ou não, é um cidadão pacífico que regressa a casa, mora neste prédio, porém não bateu com a aldraba para que venha a mulher abrir-lhe, Vens tão tarde, em quinze segundos ficou a porta aberta, não com chave, foi obra de gazua não menos hábil. A primeira barreira foi vencida. O polícia está na escada, mas não tem ordem para subir. A sua missão é pôr-se à escuta, dar aviso se perceber que há barulhos ou movimentos suspeitos, caso em que tornará a sair para fazer o seu relatório ao Victor, que decidirá. Porque o Victor é o cérebro. No vão da porta, do lado de dentro, aparece o vulto do polícia, acende um cigarro, o sinal significa que está tudo bem, o prédio em sossego, nenhuma desconfiança no andar cercado. O Victor deita o rebuçado fora, tem medo de se engasgar em plena acção, se tiver de haver luta corpo a corpo. Aspira o ar pela boca, sente a frescura da hortelã-pimenta, nem parece o mesmo Victor. Mas ainda não deu três passos e já lhe sobe do estômago a emanação invisível, ao menos tem a grande vantagem de não se transviarem os ajudantes que seguem o movimento do chefe, vão-lhe no rasto, excepto dois deles que ficam a observar a janela para o caso de haver uma tentativa de fuga por ali, a ordem é disparar sem aviso. A esquadra de seis homens sobe em carreiro, à formiga, que são modos de dizer muito mais antigos que a fila indiana, o silêncio é total, a atmosfera tornou-se irrespirável, eléctrica, de tensão acumulada, agora vão todos tão nervosos que nem dão pelo cheiro do chefe, quase se poderia dizer que cheira tudo ao mesmo. Chegados ao patamar, duvidam que haja alguém no prédio, tão profundo é o silêncio, parece que dorme o mundo, se não fossem de tanta confiança as informações mais valia dar ordem de destroçar, não os gonzos, mas a formação, e voltar ao trabalho de secreta, seguir, perguntar, aliciar. Dentro de casa alguém tossiu. Confirmou. O Victor acende a lanterna, aponta o foco à porta, como uma cobra sábia o bífido pé-de-cabra avança, introduz os dentes, as unhas entre o batente e o alizar, e espera. É a vez do Victor. Com o punho cerrado desfere na porta as quatro pancadas do destino, solta um berro, Polícia, o pé-de-cabra dá o primeiro impulso, o alizar salta em estilhas, a fechadura range, lá dentro ouve-se um grande tumulto de cadeiras, passos que correm, vozes, Que ninguém se mexa, clama o Victor em estentórea voz, passou-lhe o nervosismo, de repente acendem-se as luzes da escada em todos os patamares, são os vizinhos que ajudam à festa, não se atrevem a entrar no palco mas iluminam o cenário, alguém deve ter tentado abrir uma janela, ouvem-se três tiros na rua, o pé-de-cabra mudou de posição, entra numa fenda dilatada à altura do gonzo inferior, é agora, a porta estala de alto a baixo, abre uma larga boca, duas patadas supremas deitam-na abaixo, primeiro cai contra a parede fronteira do corredor, depois tomba para o lado abrindo uma larga ferida no estuque, de repente fez-se dentro de casa um grande silêncio, não há salvação. O Victor avança de pistola em punho, repete, Ninguém se mexa, enquadram-no dois ajudantes, os outros não têm espaço para manobrar, não podem desdobrar-se em linha de atiradores, mas logo avançam quando os primeiros entram na saleta que dá para a rua, a janela está aberta, sob a mira dos vigilantes, aqui estão quatro homens levantados, de braços no ar, cabeça baixa, vencidos. O Victor ri de gozo, Tudo preso, tudo preso, recolhe de sobre a mesa alguns papéis espalhados, dá ordem para começar a busca, diz para o polícia da soqueira, que tem uma expressão de profunda tristeza, não houve resistência, não pôde dar nem sequer um soco, ao menos um, que pouca sorte, Vai às traseiras ver se fugiu alguém, e ele foi, ouviram-no gritar do postigo da cozinha, depois da escada de salvação, gritar para os colegas que completavam o círculo, Viram se fugiu algum, e responderam-lhe que sim, fugiu um, amanhã, no relatório, escreverão que o tal se escapou saltando os quintais ou pelos telhados, as versões vão variar. O da soqueira voltou, vem com cara de desgosto, o Victor nem precisou que lhe dissessem, começou aos berros, furioso, já sem nenhum vestígio da hortelã-pimenta, Cambada de incompetentes, um cerco tão bem combinado, e como os presos não conseguem disfarçar um sorriso, ainda que pálido, percebe que justamente se escapuliu o figurão importante, então espumeja, ameaça, quer saber quem era o tipo, para onde fugiu, Ou falam, ou ficam aqui todos mortos, os ajudantes firmam a pontaria das pistolas, o da soqueira aconchega os dedos, então o realizador diz, Corta. O Victor ainda vai no balanço dos desabafos, não consegue calar-se, o caso para ele é a sério, Dez homens para prenderem cinco, e deixam escapar o principal, o cabeça da conspiração, mas o realizador intervém, bem-disposto, a filmagem correu tão bem que não precisa de ser repetida, Deixe lá, não se amofine, se o prendêssemos agora acabava-se a fita, Mas, ó senhor Lopes Ribeiro, a polícia fica mal vista, é um descrédito para a corporação, virem sete alfaiates para matar uma aranha, e afinal a aranha fugiu, a aranha, quer dizer, a mosca, a aranha somos nós, Deixe-o ir, não faltam teias no mundo, escapa-se dumas, morre-se noutras, esse aí vai hospedar-se numa pensão, com nome falso, julga que está salvo e nem sonha que a aranha dele será a filha da dona da dita pensão, conforme está explicado no argumento, rapariga muito séria, muito nacionalista, que lhe dará a volta ao coração e ao miolo, as mulheres ainda são a grande arma, umas santas, este realizador, a bem dizer, é um sábio. Estão nesta conversação quando se aproxima o operador, alemão, vindo da Alemanha, que diz, e o realizador entende-o, é natural, falou quase em português, Ein gross plano do polizei, também percebeu tudo o Victor, pôs-se imediatamente em posição, o assistente bateu a claquete, trás, A Revolução de Maio, segunda vez, ou qualquer frase da mesma gíria, e o Victor, brandindo a pistola, torna a aparecer à porta, com ameaçador e sardónico ricto, Tudo preso, tudo preso, se agora o diz com ímpeto menor é para que o não engasgue o novo rebuçado de hortelã-pimenta que entretanto metera na boca, para purificar os ares. O operador dá-se por satisfeito, Auf Wiedersehen, ich habe keine Zeit zu verlieren, es ist schon ziemlich spät, Aufider-zên, iç haba kaina tsait tsu ferliren, éss ist chon tsimliç chpêt, Adeus, não tenho tempo a perder, já é bastante tarde, e para o realizador, Es ist Punkt Mitternacht, Éss ist punkt mit-ternájt, É meia-noite em ponto, a isto respondeu Lopes Ribeiro, Machen Sie bitte das Licht aus, Majen zi bit-ta dass liçt auss, Apague a luz, foi tudo com pronunciação e tradução porque ainda estamos na primeira aprendizagem. O Victor já desceu com a sua esquadra, levam os prisioneiros algemados, têm uma tal consciência do seu dever de polícias que até esta comédia levam a sério, tudo quanto é preso deve aproveitar-se, mesmo sendo a fingir.

Outros assaltos se estão premeditando. Enquanto Portugal reza e canta, que o tempo é de festas e romarias, muito cântico místico, muito foguete e vinho, muito vira minhoto, muita filarmónica, muito anjo de asas brancas atrás dos andores, sob uma canícula que é, enfim, a resposta do céu às prolongadas invernias, não se dispensando, todavia, por ser também fruta deste tempo, de mandar-nos umas dispersas chuvas e trovoadas, enquanto Tomás Alcaide canta no Teatro de S. Luís o Rigoletto, e a Manon, e a Tosca, enquanto a Sociedade das Nações decide, de vez, o levantamento das sanções contra a Itália, enquanto os ingleses protestam contra a passagem do dirigível Hindemburgo sobre fábricas e pontos estratégicos britânicos, o que se vai dizendo é que tudo parece indicar que a incorporação da Cidade Livre de Dantzig no território alemão não virá longe. É lá com eles. Só um olho arguto e um dedo treinado em pesquisa cartográfica saberiam encontrar no mapa a pintinha preta e a bárbara palavra, não será por causa delas que se irá acabar o mundo. Porque, enfim, não é bom para a tranquilidade do lar metermo-nos na vida dos vizinhos, eles as armam, eles as desarmem, a nós também não nos chamam quando é a hora das alegrias. Ainda agora mesmo, por exemplo, correu o boato de que o general Sanjurjo queria entrar clandestino em Espanha para chefiar um movimento monárquico, e ele próprio se apressou a declarar à imprensa que não pensa em sair tão cedo de Portugal. Lá está, portanto, com toda a sua família, a viver no Monte Estoril, na villa Santa Leocádia, com vista para o mar e muita paz na consciência. Se em um tal caso tomássemos partido, diríamos uns, Vá, salve a sua pátria, diríamos outros, Deixe-se estar, não se meta em trabalhos, ora, a todos nós só nos compete cumprir o dever da hospitalidade, como gostosamente fizemos com os duques de Alba e Medinaceli, em boa hora recolhidos ao Hotel Bragança, donde, segundo dizem também, não pensam em sair tão cedo. A não ser que tudo isto não seja mais que outra premeditação de assalto, já com argumento escrito, operador à máquina, faltando apenas que o realizador dê a ordem, Acção.

Ricardo Reis lê os jornais. Não chega a inquietar-se com as notícias que lhe chegam do mundo, talvez por temperamento, talvez por acreditar no senso comum que teima em afirmar que quanto mais as desgraças se temem menos acontecem, Se isto assim é, então o homem está condenado, por seu próprio interesse, ao pessimismo eterno, como caminho para a felicidade, e talvez, perseverando, atinja a imortalidade pela via do simples medo de morrer. Não é Ricardo Reis como John D. Rockefeller, não precisa que lhe peneirem as notícias, o jornal que comprou é igual a todos os outros que o ardina transporta na sacola ou estende no passeio, porque, enfim, as ameaças, quando nascem, são, como o sol, universais, mas ele recolhe-se a uma sombra que lhe é particular, definida desta maneira, o que eu não quero saber, não existe, o único problema verdadeiro é como jogará o cavalo da rainha, e se lhe chamo verdadeiro problema não é porque o seja realmente, mas porque não tenho outro. Lê Ricardo

Reis os jornais e acaba por impor a si mesmo o dever de preocupar-se um pouco. A Europa ferve, acaso transbordará, não há um lugar onde o poeta possa descansar a cabeça. Os velhos é que andam excitados, e a tal ponto que resolveram fazer o sacrifício de comprar o jornal todos os dias, ora um, ora outro, para não terem de esperar pelo fim da tarde. Quando Ricardo Reis apareceu no jardim a exercer a caridade habitual, puderam responder-lhe, com altivez de pobre afinal mal-agradecido, Já temos, e ruidosamente desdobraram as folhas largas, com ostentação, assim mais uma vez se provando que não há que fiar na natureza humana.

Regressado, depois de terminadas as férias de Lídia, ao seu hábito de dormir até quase à hora do almoço, Ricardo Reis deve ter sido o último habitante de Lisboa a saber que se dera um golpe militar em Espanha. Ainda com os olhos pesados de sono, foi à escada buscar o jornal, do capacho o levantou e meteu debaixo do braço, voltou ao quarto bocejando, mais um dia que começa, ah, este longo fastídio de existir, este fingimento de lhe chamar serenidade, Levantamento do exército de terra espanhol, quando este título lhe bateu nos olhos Ricardo Reis sentiu uma vertigem, talvez mais exactamente uma impressão de descolamento interior, como se de súbito tivesse caído em queda livre sem ter a certeza de estar o chão perto. Acontecera o que se devia ter previsto. O exército espanhol, guardião das virtudes da raça e da tradição, ia falar com a voz das suas armas, expulsaria os vendilhões do templo, restauraria o altar da pátria, restituiria à Espanha a imorredoura grandeza que alguns seus degenerados filhos haviam feito decair. Ricardo Reis leu a notícia brevíssima, em página interior encontrou um telegrama atrasado, Receia-se em Madrid um movimento revolucionário fascista, esta palavra incomodou-o subtilmente, é verdade que a notícia vinha da capital espanhola, onde tem assento o governo de esquerda, percebe-se que usem uma linguagem assim, mas seria muito mais compreensível se se dissesse, por exemplo, que se levantaram os monárquicos contra os republicanos, dessa maneira saberia Ricardo Reis onde estavam os seus, que ele próprio é monárquico, como estamos lembrados, ou é altura de recordar, se esquecidos. Mas se o general Sanjurjo, que, segundo aquele boato que correu em Lisboa, iria chefiar em Espanha um movimento monárquico, produziu o formal desmentido que sabemos, Não penso em sair tão cedo de Portugal, então a questão é menos complicada, Ricardo Reis não precisa de tomar partido, esta batalha, se batalha vier a ser, não é a sua, o caso é entre republicanos e republicanos. Por hoje, o jornal deu quanto sabia de notícias. Amanhã talvez diga que o movimento abortou, que os revoltosos foram dominados, que a paz reina em toda a Espanha. Ricardo Reis não sabe se isto lhe causaria alívio ou pesar. Quando sai para o almoço vai atento aos rostos e às palavras, há algum nervosismo no ar, mas é um nervosismo que se vigia a si mesmo, nem de mais nem de menos, talvez por ainda serem poucas as notícias, talvez por convir o recato de sentimentos movidos por causa tão próxima, o silêncio é de oiro e o calado é o melhor. Mas entre a porta de casa e o restaurante encontrou alguns olhares de triunfo, um ou dois de melancólico desamparo, até Ricardo Reis é capaz de compreender que não se trata duma diferença entre republicanos e monárquicos.

Já se vai sabendo melhor o que aconteceu. O levantamento começou no Marrocos espanhol, e, ao que parece, é seu principal chefe o general Franco. Aqui, em Lisboa, o general Sanjurjo declarou que está ao lado dos seus camaradas de armas, mas reafirmou que não deseja manter qualquer actividade, acredite quem quiser, palavras estas três que não são dele, claro está, em todas as ocasiões se encontra alguém para dar opiniões, mesmo quando não lhe são pedidas. Que a situação em Espanha é grave, até uma criança o sabe. Basta que se diga que em menos de quarenta e oito horas caiu o governo de Casares Quiroga, foi Martinez Barrio encarregado de formar governo, demitiu-se Martinez Barrio, e agora temos um ministério formado por Giral, a ver quanto tempo vai durar. Os militares anunciam que o movimento está triunfante, se tudo continuar como até aqui, o domínio vermelho em Espanha tem as horas contadas. Aquela já mencionada criança, ainda que mal sabendo ler, o confirmaria, só de olhar o tamanho dos títulos e a variedade dos tipos, um entusiasmo gráfico que desdobra em parangonas, e há-de transbordar, daqui por uns dias, na letra miúda dos artigos de fundo.

De repente, a tragédia. O general Sanjurjo morreu horrivelmente carbonizado, ia ocupar o seu lugar na directoria militar do movimento, o avião, ou por levar carga a mais, ou por falta de força do motor, se não é que tudo vai dar à mesma causa, não conseguiu alçar o voo, foi bater numas árvores, depois contra um muro, à vista de toda aquela gente espanhola que acudira ao bota-fora, e ali, sob um sol impiedoso, arderam o avião e o general numa imensa tocha, ainda assim teve sorte o aviador, Ansaldo de seu nome, escapou com ferimentos e queimaduras sem maior gravidade. Dizia o general que não senhor, não pensava em deixar Portugal tão cedo, e era mentira, mas estas falsidades devemos ter a misericórdia de compreendê-las, são o pão da política, embora não saibamos se Deus pensa da mesma maneira, quem nos dirá que não foi punição divina, toda a gente sabe que Deus castiga sem pau nem pedra, do fogo é que já tem uma longa prática. Agora, ao mesmo tempo que o general Queipo de Llano proclama a ditadura militar em toda a Espanha, é o corpo do general Sanjurjo, também marquês de Riff, velado na igreja de Santo António do Estoril, e quando dizemos corpo, é o que dele resta, um tocozinho negro, parece um caixãozito de criança, homem que tão corpulento era em vida, reduzido ao triste tição, é bem verdade que não somos nada neste mundo, por mais que isto se repita e todos os dias o demonstrem, sempre nos custa a acreditar. Em guarda de honra ao grande cabo-de-guerra estão membros da Falange Espanhola, fardados da cabeça aos pés, isto é, de camisa azul, calça preta, punhal no cinto de couro, de onde terá saído esta gente é o que eu me pergunto, de certeza não foram enviados de Marrocos a todo o vapor para as solenes exéquias, aquela mesma criança no-lo saberia dizer, apesar de inocente e analfabeta, se em Portugal, como informou o Pueblo Gallego, estão cinquenta mil espanhóis, claro que não se limitaram a trazer mudas de roupa branca, também meteram na bagagem, para o que desse e viesse, a calça preta e a camisa azul, mais o punhal, só não esperavam que tivessem de mostrar tudo à luz do dia por tão dolorosos motivos. Porém, nestes rostos, marcados por uma dor viril, há um clarão de triunfo e glória, a morte, afinal, é a noiva eterna a cujos braços o homem valente sempre há-de aspirar, virgem intocada que, entre todos, prefere os espanhóis, especialmente se são militares. Amanhã, quando os restos mortais do general Sanjurjo forem transportados num armão puxado a mulas, adejarão sobre eles, quais anjos da boa nova, as notícias de que as colunas motorizadas avançam sobre Madrid, o cerco está consumado, o assalto final será uma questão de horas. Diz-se que já não há governo na capital, mas igualmente se diz, sem reparar na contradição, que o mesmo governo que não existe decidiu autorizar os membros da Frente Popular a levantarem as armas e as munições de que precisarem. Contudo, é apenas o estertor do demónio. Não tarda que a Virgem do Pilar esmague sob os seus cândidos pés a serpente da malícia, o crescente da lua levantar-se-á sobre os cemitérios da iniquidade, já estão desembarcando no sul da Espanha milhares de soldados marroquinos, com eles, ecumenicamente, restabeleceremos o império da cruz e do rosário sobre o odioso símbolo do martelo e da foice. A regeneração da Europa caminha a passos de gigante, primeiro foi a Itália, depois Portugal, a seguir a

Alemanha, agora a Espanha, esta é a boa terra, esta a semente melhor, amanhã ceifaremos as messes. Como escreveram os estudantes alemães, Nós não somos nada, aquilo mesmo que murmuraram, uns para os outros, os escravos que construíram as pirâmides, Nós não somos nada, os pedreiros e os boieiros de Mafra, Nós não somos nada, os alentejanos mordidos pelo gato raivoso, Nós não somos nada, os beneficiários dos bodos misericordiosos e nacionais, Nós não somos nada, os do Ribatejo a favor de quem se fez a festa do Jockey Club, Nós não somos nada, os sindicatos nacionais que em Maio desfilaram de braço estendido, Nós não somos nada, porventura nascerá para nós o dia em que todos seremos alguma coisa, quem isto agora disse não se sabe, é um pressentimento.

À Lídia, que também tão pouco é, fala Ricardo Reis dos sucessos do país vizinho, ela conta-lhe que os espanhóis do hotel celebraram o acontecimento com uma grande festa, nem a trágica morte do general os desanimou, e agora não se passa uma noite que não haja garrafas de champanhe francês abertas, o gerente Salvador anda feliz a mais não poder ser, o Pimenta fala castelhano como de nascença, Ramón e Felipe não cabem nos encontros dos casacos desde que souberam que o general Franco é galego, de El Ferrol, e alguém, no outro dia, teve mesmo a ideia de hastear uma bandeira espanhola na varanda do hotel, em sinal de aliança hispano-portuguesa, estão só à espera de que o prato da balança desça mais um bocadinho, E tu, perguntou Ricardo Reis, que pensas tu da Espanha, do que lá se está a passar, Eu não sou nada, não tenho instrução, o senhor doutor é que deve saber, com tantos estudos que fez para chegar à posição que tem, acho que quanto mais alto se sobe, mais longe se avista, Assim em cada lago a lua toda brilha, porque alta vive, O senhor doutor diz as coisas duma maneira tão bonita, Aquilo, em Espanha, estava uma balbúrdia, uma desordem, era preciso que viesse alguém pôr cobro aos desvarios, só podia ser o exército, como aconteceu aqui, é assim em toda a parte, São assuntos de que eu não sei falar, o meu irmão diz, Ora, o teu irmão, nem preciso de ouvir falar o teu irmão para saber o que ele diz, Realmente, são duas pessoas muito diferentes, o senhor doutor e o meu irmão, Que diz ele, afinal, Diz que os militares não ganharão porque vão ter todo o povo contra eles, Fica sabendo, Lídia, que o povo nunca está de um lado só, além disso, faz-me o favor de me dizeres o que é o povo, O povo é isto que eu sou, uma criada de servir que tem um irmão revolucionário e se deita com um senhor doutor contrário às revoluções, Quem é que te ensinou a dizer essas coisas, Quando abro a boca para falar, as palavras já estão formadas, é só deixá-las sair, Em geral, pensamos antes de falar, ou vamos pensando enquanto falamos, toda a gente é assim, Se calhar, eu não penso, será como gerar um filho, ele cresce sem darmos por isso, quando chega a sua hora nasce, Tens-te sentido bem, Se não fosse a falta das regras, nem acreditaria que estou grávida, Continuas com essa tua ideia de deixar vir a criança, O menino, Sim, o menino, Continuo, e não vou mudar, Pensa bem, Eu, se calhar, não penso, dizendo isto Lídia deu uma risada contente, ficou Ricardo Reis sem saber que resposta dar, então puxou-a para si, deu-lhe um beijo na testa, depois no canto da boca, depois no pescoço, a cama não estava longe, deitaram-se nela a criada de servir e o senhor doutor, do irmão marinheiro não se falou mais, a Espanha fica no fim do mundo.

Les beaux esprits se rencontrent, dizem os franceses, gente sobre todas arguta. Falara Ricardo Reis da necessidade de defender a ordem, e agora veio declarar o general Francisco Franco, em entrevista ao jornal O Século, português, Queremos a ordem dentro da nação, e este foi o mote para que o dito periódico escrevesse em grande título, A obra de redenção do exército espanhol, por esta maneira se demonstrando como são cada vez em maior número, senão inúmeros, os beaux esprits, daqui a poucos dias fará o jornal a insinuante pergunta, Quando se organizará a Primeira Internacional da Ordem contra a Terceira Internacional da Desordem, os beaux esprits já estão reunidos para dar a resposta. Não se pode dizer que ela não esteja em princípio, os soldados marroquinos continuam a desembarcar, constituiu-se uma junta governativa em Burgos, e é voz corrente que dentro de horas deverá dar-se o choque final entre o exército e as forças de Madrid. E não deveremos atribuir significado especial ao facto de a população de Badajoz se ter armado para resistir ao assalto iminente, ou atribuamos-lhe apenas significado bastante para podermos admiti-lo àquela discussão sobre o que seja ou não seja o povo. Ladeando as ignorâncias de Lídia e as evasivas de Ricardo Reis, aqui armaram-se homens, mulheres e crianças, armaram-se de espingardas, de espadas, de mocas, de foices, de revólveres, de punhais, de cacetes, deitaram mão ao que havia, talvez por ser esta a maneira de armar-se o povo, e se tal for o caso, então logo ficamos a saber o que é o povo e onde é que o povo está, o mais, se me dão licença, não passa de debate filosófico e desigual.

    A onda cresce e rola. Em Portugal afluem as inscrições de voluntários para a Mocidade Portuguesa, são jovens patriotas que não quiseram esperar pela obrigatoriedade que há-de vir, eles por sua esperançosa mão, em letra escolar, sob o benévolo olhar da paternidade, firmaram a carta, e por seu firme pé a levam ao correio, ou trémulos de cívica comoção a entregam ao porteiro do ministério da Educação Nacional, só por respeito religioso não proclamam, Este é o meu corpo, este é o meu sangue, mas qualquer pessoa pode ver que é grande a sua sede de martírio. Ricardo Reis percorre as listas, tenta desenhar rostos, figuras, gestos, modos de andar que dêem sentido e forma à vaguidade dessas curiosas palavras que são os nomes, as mais vazias de todas se não lhes metermos dentro um ser humano. Daqui por uns anos, vinte, trinta, cinquenta, que pensarão os homens maduros, os velhos, se lá chegarem, deste entusiasmo da sua mocidade, quando leram ou ouviram, como um místico clarim, os jovens alemães que diziam, Nós não somos nada, e acorreram sublimes, Nós também, nós também não somos nada. Dirão assim, Pecados da juventude, Erros da minha grande inocência, Não tive quem me aconselhasse, Bem me arrependi depois, Foi meu pai quem me mandou, Eu acreditava sinceramente, A farda era tão bonita, Hoje tornaria a fazer o mesmo, Era uma maneira de subir na vida, Ficavam mais bem vistos os primeiros, É tão fácil enganar-se um jovem, É tão fácil enganá-lo, estas e outras semelhantes justificações as estão dando agora, mas um deles levanta-se, ergue a mão a pedir a palavra, e Ricardo Reis dá-lha pela grande curiosidade que sente de ouvir um homem falar de um dos outros homens que foi, uma idade julgando outra idade, e este foi o discurso, De cada um de nós se considerarão as razões para o passo que demos, por ingenuidade ou por malícia, por vontade própria ou por constrangimento de terceiros, será a sentença, como é costume, consoante o tempo e o julgador, mas, condenados ou absolvidos, deverá pesar na balança a vida toda que vivemos, o mal e o bem que fizemos, o acerto e o erro, o perdão e a culpa, e, ponderado tudo, se tal é possível, seja o primeiro juiz a nossa consciência, no caso invulgar de sermos limpos de coração, mas talvez tenhamos de declarar, uma vez mais, ainda que com diferente intenção, Nós não somos nada, porque nesse tempo um certo homem, amado e respeitado por alguns de nós, e digo já o seu nome para vos poupar ao esforço da adivinhação, esse homem, que se chamou Miguel de Unamuno e era então reitor da Universidade de Salamanca, não um rapazinho da nossa idade, catorze, quinze anos, mas um venerável velho, septuagenário, de longa existência e longa obra, autor de livros tão celebrados como Del sentimiento trágico de la vida, La agonia del cristianismo, En torno al casticismo, La dignidad humana, e tantos outros que me dispensarão de dizer, esse homem, farol de inteligência, logo nos primeiros dias da guerra, deu a sua adesão à Junta Governativa de Burgos, exclamando, Salvemos a civilização ocidental, aqui me tendes, homens de Espanha, estes homens de Espanha eram os militares revoltosos e os mouros de Marrocos, e deu cinco mil pesetas do seu bolso a favor do que já então era chamado exército nacionalista espanhol, não me lembrando eu dos preços da época não sei quantos cartuchos se podiam comprar com cinco mil pesetas, e cometeu a crueldade moral de recomendar ao presidente Azaña que se suicidasse, e poucas semanas depois fez outras não menos sonorosas declarações, A minha maior admiração, o meu maior respeito, vão para a mulher espanhola que conseguiu retardar que as hordas comunistas e socialistas tomassem há mais tempo conta de Espanha, e num arrebatado transporte clamou, Santas mulheres, ora, nós, portugueses, também não estávamos faltos de santas mulheres, dois exemplos bastam, a Marília da Conspiração, a ingénua da Revolução de Maio, se isto é santidade, agradeçam as mulheres espanholas a Unamuno, e as nossas portuguesas ao senhor Tomé Vieira e ao senhor Lopes Ribeiro, um dia gostaria de descer aos infernos para contar pela minha aritmética quantas santas mulheres lá estão, mas de Miguel de Unamuno, que nós admirávamos, ninguém ousa falar, é como uma ferida vergonhosa que se tapa, dele só se guardaram para edificação da posteridade aquelas palavras quase derradeiras suas com que respondeu ao general Milan d'Astray, o tal que gritou na mesma cidade de Salamanca, Viva la muerte, o senhor doutor Ricardo Reis não chegou a saber que palavras foram essas, paciência, a vida não pode chegar a tudo, a sua não chegou a tanto, mas olhe que por elas terem sido ditas é que alguns de nós ainda reconsiderámos a decisão que tínhamos tomado, em verdade direi que valeu a pena ter vivido Miguel de Unamuno o tempo suficiente para vislumbrar o seu erro, só para o vislumbrar, porque não o emendou por completo, ou por ter vivido pouco mais tempo, ou para proteger, com humana cobardia, a tranquilidade dos seus últimos dias, tudo é possível, então, no fim deste longo discurso, o que eu peço para nós é que espereis a nossa última palavra, ou a penúltima, se já nesse dia for suficiente a nossa lucidez e daqui até lá não tiverdes perdido a vossa, tenho dito. Alguns dos assistentes aplaudiram vigorosamente a sua própria esperança de salvação, mas outros protestaram indignados contra a malévola deformação de que acabara de ser vítima o pensamento nacionalista de Miguel de Unamuno, só porque, já com os pés para a cova, por uma birra senil, por um capricho de velho caquético, viria a contestar o grito magnífico do grande patriota e grande militar general Milan d'Astray, que, pelo seu passado e presente, só teria lições a dar, nenhumas a receber. Ricardo Reis não sabe que resposta é essa que Miguel de Unamuno dará ao general, tem acanhamento de perguntar, ou teme-se de penetrar nos arcanos do futuro, no destino, mais vale saber passar silenciosamente e sem desassossegos grandes, isto escreveu um dia, isto é o que em todos cumpre. Retiraram-se os idosos homens, vão ainda discutindo as primeiras, segundas e terceiras palavras de Unamuno, consoante as julgam querem eles ser julgados, já se sabe que sendo o acusado a escolher a lei sairá sempre absolvido.

Ricardo Reis relê as notícias que já conhece, a proclamação do reitor de Salamanca, Salvemos a civilização ocidental, aqui me tendes homens de Espanha, as cinco mil pesetas dadas do seu bolsinho para o exército de Franco, a vergonhosa intimação a que se suicidasse Azaña, até esta data em que estamos não falou das santas mulheres, mas nem seria preciso esperar para saber como o dirá, vimos como no outro dia um simples realizador português de cinema foi da mesma opinião, para cá dos Pirenéus todas as mulheres são santas, o mal está nos homens que tanto bem pensam delas. Ricardo Reis percorre demoradamente as páginas, distrai-se com as novidades correntes, aquelas que tanto podem vir daqui como dalém, deste tempo como de outro, do presente como do futuro e do passado, por exemplo, os casamentos e baptizados, as partidas e chegadas, o pior é que, mesmo havendo uma vida mundana, não há um mundo só, se pudéssemos escolher as notícias que queremos ler qualquer de nós seria John D. Rockefeller. Passa os olhos pelas páginas dos pequenos anúncios, Habitações alugam-se, Habitações precisam-se, por este lado está servido, não precisa de casa, e olha, aqui nos informamos da data em que sairá do porto de Lisboa o vapor Highland Brigade, vai a Pernambuco, Rio de Janeiro, Santos, mensageiro perseverante, que notícias nos trará ele de Vigo, parece que toda a Galiza se bandeou com o general Franco, não admira, sempre é um filho da terra, o sentimento pode muito. Assim se intrometeu um mundo noutro mundo, assim perdeu o leitor o seu sossego, e agora, virando impaciente a página, reencontra o escudo de Aquiles, há quanto tempo o não via. É aquela mesma e já conhecida glória de imagens e dizeres, mandala prodigiosa, visão incomparável de um universo explícito, caleidoscópio que suspendeu o movimento e se oferece à contemplação, é possível, finalmente, contar as rugas da face de Deus, de seu mais comum nome chamado Freire Gravador, este é o retrato, este o implacável monóculo, esta a gravata com que nos garrota, mesmo dizendo o médico que é de doença que morremos, ou de um tiro, como em Espanha, por baixo se mostram as suas obras, das quais nos habituámos a dizer que contam ou cantam a infinita sabedoria do Criador, cujo nunca teve uma mancha na sua vida honrada, e foi premiado com três medalhas de ouro, distinção suprema concedida por um outro Deus mais alto, que não manda pôr anúncios no Diário de Notícias, e será por isso mesmo, digamos talvez, o verdadeiro Deus. Em tempos figurou-se a Ricardo Reis que este anúncio era como um labirinto, porém vê-o agora como um círculo donde não é mais possível sair, limitado e vazio, labirinto de facto, mas da mesma forma que o é um deserto sem veredas. Desenha no Freire Gravador uma barbicha, faz do monóculo luneta, mas nem por estas artes de máscara consegue que se assemelhe àquele Don Miguel de Unamuno que num labirinto se perdeu também, e donde, se acreditarmos no cavalheiro português que se levantou na assembleia e fez o discurso, só conseguiu sair às vésperas de morrer, podendo em todo o caso duvidar-se se nessa sua quase extrema palavra pôs o seu inteiro ser, todo ele, ou se entre o dia em que a pronunciou e o dia em que se foi embora da vida, magnífico reitor, recaiu na complacência e na cumplicidade primeiras, dissimulando o arrebato, calando a súbita rebeldia. O sim e o não de Miguel de Unamuno perturbam Ricardo Reis, perplexo e dividido entre o que sabe destes dias que são vida comum sua e dele, ligadas uma e outra por notícias de jornal, e a obscura profecia de quem conhecendo o futuro o não desvendou por completo, arrepende-se de não ter ousado perguntar ao orador português que palavras decisivas disse Don Miguel ao general, e quando, então compreendeu que se calara porque lhe fora claramente anunciado que já não estaria neste mundo no dia do arrependimento, O senhor doutor não chegou a saber que palavras foram essas, paciência, a vida não chega a tudo, a sua não chegou a tanto. O que Ricardo Reis pode ver é que a roda do destino já começou a dar essa volta, Milan d'Astray, que estava em Buenos Aires, partiu para Espanha, passou pelo Rio de Janeiro, não variam muito, como se verifica, as rotas dos homens, e vem atravessando o Atlântico, arde em febre guerreira, daqui por uns dias desembarcará em Lisboa, o barco é o Almanzora, e depois seguirá para Sevilha, dali para Tetuão, onde irá substituir Franco. Milan d'Astray aproxima-se de Salamanca e de Miguel de Unamuno, gritará Viva la muerte, e depois. Escuridão. O orador português pediu outra vez licença para falar, os lábios mexem-se, ilumina-os o negro sol do futuro, mas as palavras não se ouvem, agora nem sequer podemos adivinhar o que estará dizendo.

Sobre estas questões anseia Ricardo Reis por conversar com Fernando Pessoa, mas Fernando Pessoa não aparece. O tempo arrasta-se como uma vaga lenta e viscosa, uma massa de vidro líquido em cuja superfície há miríades de cintilações que ocupam os olhos e distraem o sentido, enquanto na profundidade transluz o núcleo rubro e inquietante, motor do movimento. Sucedem-se estes dias e estas noites, sob o grande calor que alternadamente desce do céu e sobe da terra. Os velhos só à tardinha aparecem no Alto de Santa Catarina, não aguentam a torreira do sol que cerca as escassas sombras das palmeiras, e é excessiva para os seus cansados olhos a refulgência do rio, sufocante a tremulina do ar para os seus fôlegos curtos. Lisboa abre as torneiras, não corre um fio de água, é uma população de galináceos de bico ansioso e asas derrubadas. E diz-se, no adormecimento da calma, que a guerra civil espanhola se aproxima do seu termo, prognóstico que parece seguro se nos lembrarmos de que as tropas de Queipo de Llano já estão às portas de Badajoz, com as forças do Tércio, que é a Legião Estrangeira deles, ansiosas por entrarem em combate, ai de quem se opuser a estes soldados, tão vivo neles é o gosto de matar. Don Miguel de Unamuno sai de casa para a universidade, aproveita a fímbria de sombra que se estende ao longo dos prédios, este sol leonês requeima as pedras de Salamanca, mas o digno velho sente no rosto severo as baforadas da belicosa gesta, em sua alma contente retribui as saudações dos conterrâneos, as continências de pala e braço estendido que lhe são feitas pelos militares do quartel-general ou em trânsito, cada um deles reencarnação do Cid Campeador, que já no seu tempo tinha dito, Salvemos a civilização ocidental. Ricardo Reis saiu um destes dias de casa, manhã cedo, antes que o sol apertasse, aproveitou as fímbrias de sombra enquanto não lhe apareceu um táxi para o levar, arfando, Calçada da Estrela acima, até aos Prazeres, nome de tantas promessas e que tudo nos tira, deixa-nos o silêncio, é menos certo o repouso, e já não precisa o visitante de ir às informações, não se esqueceu do sítio nem do número, quatro mil trezentos e setenta e um, não é número de porta, por isso não vale a pena bater, perguntar, Está alguém, se a presença dos vivos, por si só, não alcança a mover o segredo dos mortos, as palavras, essas, de nada servem. Chegou-se Ricardo Reis aos ferros, pôs a mão sobre a pedra quente, são acasos da topografia, o sol ainda não está alto, mas bate neste lugar desde que nasceu. Duma álea perto vem um som de vassoura varrendo, uma viúva cruza ao fundo da rua, nem o rosto lhe alveja sob os crepes. Não há outros sinais. Ricardo Reis desce até à curva, ali pára a olhar o rio, a boca do mar, nome mais do que outros justo porque é nestas paragens que o oceano vem saciar a sua inextinguível sede, lábios sugadores que se aplicam às fontes aquáticas da terra, são imagens, metáforas, comparações que não terão lugar na rigidez duma ode, mas ocorrem em horas matinais, quando o que em nós pensa está apenas sentindo.

    Ricardo Reis não se voltou. Sabe que Fernando Pessoa está a seu lado, desta vez invisível, porventura será proibido mostrar-se em corpo no interior do mortuário recinto, seria um atravancamento, as ruas entupidas de defuntos, admitamos que dê isto vontade de sorrir. É a voz de Fernando Pessoa que pergunta, Que faz você por aqui tão cedo, meu caro Reis, não lhe bastam os horizontes do Alto de Santa Catarina, o ponto de vista do Adamastor, e Ricardo respondeu sem responder, Por este mar que daqui vemos, vem navegando um general espanhol para a guerra civil, não sei se você sabe que começou a guerra civil em Espanha, E depois, Foi-me dito que esse general, que se chama Milan d'Astray, há-de encontrar-se um dia com Miguel de Unamuno, gritará Viva la muerte e ser-lhe-á respondido, E depois,

Gostaria de conhecer a resposta de Don Miguel, Como quer que eu lha diga, se ainda não aconteceu, Talvez o possa ajudar saber que o reitor de Salamanca se colocou ao lado do exército que pretende derrubar o governo e o regime, Não me ajuda nada, você esquece a importância das contradições, uma vez fui eu ao ponto de admitir que a escravatura fosse uma lei natural da vida das sociedades sãs, e hoje não sou capaz de pensar sobre o que penso do que então pensava e me levou a escrevê-lo, Vinha a contar consigo, e você falha-me, O mais que posso fazer é admitir uma hipótese, Qual, Que o seu reitor de Salamanca responderá assim há circunstâncias em que calar-se é mentir acabo de ouvir um grito mórbido e destituído de sentido viva a morte este paradoxo bárbaro repugna-me o general Milan d'Astray é um aleijado não há descortesia nisto Cervantes também o era infelizmente há hoje em Espanha demasiados aleijados sofro ao pensar que o general Milan d'Astray poderia fixar as bases duma psicologia de massa um aleijado que não tenha a grandeza espiritual de Cervantes procura habitualmente encontrar consolo nas mutilações que pode fazer sofrer aos outros, Acha que ele dará essa resposta, De um número infinito de hipóteses, esta tem de ser uma, E faz sentido com as palavras que me foram ditas pelo orador português, Já não é mau que as coisas façam sentido umas com as outras, A mão esquerda de Marcenda, que sentido terá, Ainda pensa nela, De vez em quando, Não precisava de ir tão longe, todos somos aleijados.

Ricardo Reis está sozinho. Nos ramos baixos dos ulmeiros já começaram as cigarras a cantar, são mudas e inventaram uma voz. Um grande barco negro vem entrando a barra, depois desaparece no espelho refulgente da água. Não parece real esta paisagem.

Em casa de Ricardo Reis há agora outra voz. É uma telefonia pequena, a mais barata que se pode encontrar no mercado, da popular marca Pilot, com caixa de baquelite cor de marfim, escolhida, sobretudo, por ocupar pouco espaço e ser facilmente transportável, do quarto para o escritório, que são os lugares onde o sonâmbulo habitante desta morada passa a maior parte do seu tempo. Tivesse sido a decisão tomada nos primeiros dias da mudança, quando ainda era vivo o gosto da casa nova, e haveria aqui hoje um super-heteródino de doze lâmpadas, ou válvulas, de suma potência sonora, capaz de assombrar o bairro e fazer reunir diante das janelas, para aproveitamento dos prazeres da música e das lições da palavra, todas as comadres da vizinhança, incluindo os velhos, então, por causa do chamariz, novamente influídos e cortesãos. Mas Ricardo Reis quer apenas manter-se a par das notícias, de maneira discreta e reservada, ouvi-las num íntimo murmúrio, assim não se sentirá obrigado a explicar a si mesmo, ou a tentar decifrar, que sentimento inquieto o aproxima do aparelho, não terá de interrogar-se sobre ocultos significados do olho mortiço, de ciclope moribundo, que é a luz do mostrador minúsculo, se será de júbilo a expressão, contraditória se morre, ou medo, ou piedade. Seria muito mais claro dizermos nós que Ricardo Reis não é capaz de decidir se o alegram as apregoadas vitórias do exército revoltoso de Espanha ou as não menos celebradas derrotas das forças que apoiam o governo. Não faltará aí quem argumente que dizer uma coisa é o mesmo que dizer a outra, pois não é, não senhor, ai de nós se não tivermos em devida conta a complexidade da alma humana, gostar de saber eu que o meu inimigo está metido em trabalhos não significa, matematicamente, que dê eu palmas àquele que em trabalhos o meteu, distinguo. Ricardo Reis não aprofundará este conflito interior, satisfaz-se, perdoe-se a impropriedade da palavra, com o mal-estar que sente, como alguém que não teve coragem para esfolar um coelho e pediu a outra pessoa que lhe fizesse o trabalho, ficando a assistir à operação, com raiva da sua própria cobardia, e tão perto está que pode ver e respirar a tepidez que se desprende da carne esfolada, um subtil vapor que cheira bem, então forma-se-lhe no coração, ou lá onde quer que estas coisas se formem, uma espécie de rancor contra quem tão grande crueldade está cometendo, como é possível que façamos, eu e este, parte da mesma humanidade, talvez seja por razões deste calado que não gostamos de carrascos nem comemos a carne do bode expiatório.

Lídia fez grande festa quando viu a telefonia, que bonita, que bom poder ouvir música a qualquer hora do dia e da noite, exagero seu, que esse tempo ainda vem longe. É uma alma simples, que se alegra com pouco, ou então, para isso lhe servindo qualquer pequeno episódio, o que ela faz é disfarçar a sua preocupação por ver o abandono a que Ricardo Reis se entregou, desleixado já no modo de vestir, cuidando mal da sua pessoa. E contou que deixaram o hotel os duques de Alba e Medinaceli, com o que teve grande desgosto o gerente Salvador, pela muita afeição que consagra aos hóspedes antigos, mormente se titulares, ou nem tanto, que estes eram apenas Don Lorenzo e Don Alonso, chamar-lhes duques não passou de gracejo de Ricardo Reis que já era tempo de acabar. Não admira que se tivessem mudado. Agora que o dia da vitória se aproxima, vivem-se em suaves gostos os últimos momentos do exílio, por isso os

Estoris albergam o que em linguagem de crónica mundana se diz ser uma selecta colónia espanhola, afinal pode bem acontecer que lá estejam, em veraneio, aqueles e outros duques e condes, Don Lorenzo e Don Alonso foram ao cheiro das aristocracias, quando chegarem a velhos contarão aos netos, No tempo em que eu estive exilado com o duque de Alba. Para benefício destes é que o Rádio Clube Português passou a ter, desde há dias, uma locutora espanhola, com voz de tiple de zarzuela, que lê as notícias dos avanços nacionalistas na salerosa língua de Cervantes, que Deus e ele nos perdoem estas ironias sem humor, mais fruto duma vontade de chorar que de um apetite de rir. Assim está Lídia, que tendo feito a sua parte de ligeira e graciosa, junta às preocupações que lhe dá Ricardo Reis as más notícias que vêm de Espanha, más segundo o seu modo de entender, que é coincidente com o de seu irmão Daniel, como temos visto. E ouvindo anunciar na telefonia que Badajoz foi bombardeada, começa a chorar ali mesmo como uma madalena, estranha atitude a sua, se a Badajoz nunca foi, se não tem lá família nem bens que com as bombas possam ter sofrido, Então por que choras, Lídia, perguntou-lho Ricardo Reis, e ela não soube como havia de responder, isto devem ter sido coisas que o Daniel lhe contou, e a ele quem lhas terá dito, que fontes de informação serão as suas, pelo menos não custa a adivinhar que muito se fala da guerra de Espanha no Afonso de Albuquerque, enquanto lavam o tombadilho e dão lustro aos metais passam os marinheiros uns aos outros as novidades, nem todas tão ruins como as pintam os jornais e as telefonias, no geral péssimas. Provavelmente só no Afonso de Albuquerque se não dá crédito inteiro à promessa do general Mola, que é da quadrilha do matador Franco, disse ele que ainda este mês o ouviremos falar de Rádio Madrid, e o outro general, o Queipo de Llano, já proclama que o governo de Madrid chegou ao princípio do fim, ainda a revolta não tem três semanas e já lhe vêem o remate, Isso é conversa deles, responde o marinheiro Daniel. Mas Ricardo Reis, ao mesmo tempo que, com um carinho desajeitado, ajuda Lídia a enxugar as lágrimas, vai argumentando, tentando trazê-la ao redil da sua própria convicção, e repete as notícias lidas e ouvidas, Estás tu aí a chorar por Badajoz, e não sabes que os comunistas cortaram uma orelha a cento e dez proprietários, e depois sujeitaram a violências as mulheres deles, quer dizer, abusaram das pobres senhoras, Como é que soube, Li no jornal, e também li, escrito por um senhor jornalista chamado Tomé Vieira, autor de livros, que os bolchevistas arrancaram os olhos a um padre já velho e depois regaram-no com gasolina e deitaram-lhe o fogo, Não acredito, Está no jornal, eu li, Não é do senhor doutor que eu duvido, o que o meu irmão diz é que não se deve fazer sempre fé no que os jornais escrevem, Eu não posso ir a Espanha ver o que se passa, tenho de acreditar que é verdade o que eles me dizem, um jornal não pode mentir, seria o maior pecado do mundo, O senhor doutor é uma pessoa instruída, eu sou quase uma analfabeta, mas uma coisa eu aprendi, é que as verdades são muitas e estão umas contra as outras, enquanto não lutarem não se saberá onde está a mentira, E se é verdade terem arrancado os olhos ao padre, se o regaram com gasolina e queimaram, Será uma verdade horrível, mas o meu irmão diz que se a igreja estivesse do lado dos pobres, para os ajudar na terra, os mesmos pobres seriam capazes de dar a vida por ela, para que ela não caísse no inferno, onde está, E se cortaram as orelhas aos proprietários, se violaram as mulheres deles, Será outra horrível verdade, mas o meu irmão diz que enquanto os pobres estão na terra e padecem nela, os ricos já vivem no céu vivendo na terra, Sempre me respondes com as palavras do teu irmão, E o senhor doutor fala-me sempre com as palavras dos jornais. Assim é. Agora houve no Funchal e em alguns outros lugares da ilha motins populares, com assaltos às repartições públicas e a fábricas de manteiga, caso que deu mortos e feridos, e sério deve ter sido, pois foram para lá dois barcos de guerra, com aviação, companhias de caçadores com metralhadoras, um aparato guerreiro que daria para uma guerra civil à portuguesa. Ricardo Reis não chegou a compreender as verdadeiras razões do alvoroço popular, nem isto deverá espantar-nos, a nós e a ele, que só tinha os jornais para sua informação. Liga o Pilot de marfim, talvez sejam mais dignas de crédito as palavras ouvidas, só é pena não se poder ver a cara de quem está a falar, por um hesitar de olhos, por uma crispação da face, uma pessoa fica logo a perceber se é verdade ou mentira, oxalá que a invenção humana ponha depressa ao alcance de todos nós, em nossa própria casa, a cara de quem nos estiver a falar, saberemos enfim distinguir a mentira da verdade, começará então, verdadeiramente, o tempo da injustiça, venha a nós o nosso reino. Ligou Ricardo Reis o Pilot, o ponteiro do mostrador está no Rádio Clube Português, enquanto as lâmpadas aquecem apoia a testa fatigada na caixa da telefonia, lá de dentro vem um cheiro quente que embriaga um pouco, distrai-se nesta sensação, até que repara que tinha o botão do som fechado, rodou-o bruscamente, primeiro não ouviu mais que o mugido profundo da onda de suporte, era uma pausa, coincidências, e logo rompeu em música e canto, Cara al sol con la camisa nueva, o hino da Falange para gozo e consolação da selecta colónia espanhola dos Estoris e do Hotel Bragança, a esta hora no casino apura-se o último ensaio para a Noite de Prata que Erico Braga apresentará, na sala de estar do hotel os hóspedes olham desconfiadamente o espelho esverdeado, é então que a locutora do Rádio Clube lê um telegrama enviado por antigos legionários portugueses da quinta bandeira do Tércio, saudando os seus antigos camaradas que estão no cerco de Badajoz, arrepia-se-nos a espinha com a marcial linguagem, o fervor ocidental e cristão, a fraternidade das armas, a memória dos feitos passados, a esperança num porvir radioso para as duas pátrias ibéricas, unidas no mesmo ideal nacionalista. Ricardo Reis desliga o Pilot depois de ouvir a última notícia do boletim, Três mil soldados de Marrocos desembarcaram em Algeciras, e vai estender-se em cima da cama, desesperado por se ver tão sozinho, não pensa em Marcenda, é de Lídia que se lembra, provavelmente porque está mais ao alcance da mão, maneira de dizer, que nesta casa não há telefone, e que o houvesse, seria um escândalo ligar para o hotel e dizer assim, Boa noite, senhor Salvador, daqui fala o doutor Ricardo Reis, lembra-se, há tanto tempo que não ouvia a sua voz, ora essa, foram semanas muito felizes essas que passei no seu hotel, não, não quero um quarto, apenas queria falar com a Lídia, se ela pudesse vir aqui a minha casa, óptimo, é muito amável em dispensá-la por uma ou duas horas, sinto-me muito só, não senhor, não é para isso, é apenas porque me sinto muito só. Levanta-se da cama, reúne o jornal disperso, uma folha aqui, outra além, espalhadas pelo chão, sobre a colcha, e percorre com os olhos os anúncios dos espectáculos, mas a imaginação não encontra estímulo, há um momento em que desejaria ser cego, e surdo, e mudo, ser três vezes o aleijado que Fernando Pessoa diz que todos somos, quando, no meio das notícias de Espanha, nota uma fotografia que antes lhe passara despercebida, são carros de assalto do exército rebelde que levam estampada a imagem do Sagrado Coração de Jesus, se estes são os emblemas usados, então não duvidemos, esta guerra será sem quartel. Lembra-se de que Lídia está grávida, de um menino, segundo ela de cada vez afirma, e esse menino crescerá e irá para as guerras que se preparam, ainda é cedo para as de hoje, mas outras se preparam, repito, há sempre um depois para a guerra seguinte, façamos as contas, virá ao mundo lá para Março do ano que vem, se lhe pusermos a idade aproximada em que à guerra se vai, vinte e três, vinte e quatro anos, que guerra teremos nós em mil novecentos e sessenta e um, e onde, e porquê, em que abandonados plainos, com os olhos da imaginação, mas não sua, vê-o Ricardo Reis de balas traspassado, moreno e pálido como é seu pai, menino só da sua mãe porque o mesmo pai o não perfilhará.

Badajoz rendeu-se. Estimulado pelo entusiástico telegrama dos antigos legionários portugueses, o Tércio obrou maravilhas, tanto no combate à distância como na luta corpo a corpo, tendo sido particularmente assinalada, e levada à ordem, a valentia dos legionários portugueses da nova geração, quiseram mostrar-se dignos dos seus maiores, a isto se devendo acrescentar o efeito benéfico que sempre tem nos ânimos a proximidade dos ares pátrios. Badajoz rendeu-se. Posta em ruínas pelos continuados bombardeamentos, partidas as espadas, embotadas as foices, destroçados os cacetes e mocas, rendeu-se. O general Mola proclamou, Chegou a hora do ajuste de contas, e a praça de touros abriu as portas para receber os milicianos prisioneiros, depois fechou-se, é a fiesta, as metralhadoras entoam olé, olé, olé, nunca tão alto se gritou na praça de Badajoz, os minotauros vestidos de ganga caem uns sobre os outros, misturando os sangues, transfundindo as veias, quando já não restar um só de pé irão os matadores liquidar, a tiro de pistola, os que apenas ficaram feridos, e se algum veio a escapar desta misericórdia foi para ser enterrado vivo. De tais acontecimentos não soube Ricardo Reis senão o que lhe disseram os seus jornais portugueses, um deles, ainda assim, ilustrou a notícia com uma fotografia da praça, onde se viam, espalhados, alguns corpos, e uma carroça que ali parecia incongruente, não se chegava a saber se era carroça de levar ou de trazer, se nela tinham sido transportados os touros ou os minotauros. O resto soube-o Ricardo Reis por Lídia, que o soubera pelo irmão, que o soubera não se sabe por quem, talvez um recado que veio do futuro, quando enfim todas as coisas puderem saber-se. Lídia já não chora, diz, Foram mortos dois mil, e tem os olhos secos, mas os lábios tremem-lhe, as maçãs do rosto são labaredas.

Ricardo Reis vai para consolá-la, segurar-lhe o braço, foi esse o seu primeiro gesto, lembram-se, mas ela furta-se, não o faz por rancor, apenas porque hoje não poderia suportá-lo. Depois, na cozinha, enquanto lava a louça suja acumulada, desatam-se-lhe as lágrimas, pela primeira vez pergunta a si mesma o que vem fazer a esta casa, ser a criada do senhor doutor, a mulher-a-dias, nem sequer a amante, porque há igualdade nesta palavra, amante, amante, tanto faz macho como fêmea, e eles não são iguais, e então já não sabe se chora pelos mortos de Badajoz, se por esta morte sua que é sentir-se nada. Lá dentro, no escritório, Ricardo Reis não suspeita o que se está passando aqui. Para não pensar nos dois mil cadáveres, que realmente são muitos, se Lídia disse a verdade, abriu uma vez mais The god of the labyrinth, ia ler a partir da marca que deixara, mas não havia sentido para ligar com as palavras, então percebeu que não se lembrava do que o livro contara até ali, voltou ao princípio, recomeçou, O corpo, que foi encontrado pelo primeiro jogador de xadrez, ocupava, de braços abertos, as casas dos peões do rei e da rainha e as duas seguintes, na direcção do campo adversário, e chegado a este ponto tornou a desligar-se da leitura, viu o tabuleiro, plaino abandonado, de braços estendidos o jovem que jovem fora, e logo um círculo inscrito no quadrado imenso, arena coberta de corpos que pareciam crucificados na própria terra, de um para outro ia o Sagrado Coração de Jesus certificando-se de que já não havia feridos. Quando Lídia, concluídos os seus trabalhos domésticos, entrou no escritório, Ricardo Reis tinha o livro fechado sobre os joelhos. Parecia dormir. Assim exposto, é um homem quase velho. Olhou-o como se fosse um estranho, depois, sem rumor, saiu. Vai a pensar, Não volto mais, mas a certeza não tem.

De Tetuão, agora que já chegou o general Milan d'Astray, veio nova proclamação, Guerra sem quartel, guerra sem tréguas, guerra de extermínio contra o micróbio marxista, ressalvando-se, porém, os deveres humanitários, como se depreende de palavras que o general Franco proferiu, Ainda não tomei Madrid porque não quero sacrificar a parte inocente da população, bondoso homem, aqui está alguém que nunca ordenaria, como fez Herodes, a matança das criancinhas, esperaria que elas crescessem para não ficar com esse peso na consciência e para não sobrecarregar de anjos o céu. Seria impossível que estes bons ventos de Espanha não produzissem movimentos afins em Portugal. Os lances estão feitos, as cartas postas na mesa, o jogo é claro, chegou a hora de saber quem está por nós e quem está contra nós, obrigar o inimigo a mostrar-se ou, pela sua própria ausência e dissimulação, levá-lo a denunciar-se, do mesmo passo que contaremos por nossos quantos, por mimetismo ou cobardia, por ambição de mais ou medo de perderem o pouco, se acolherem à sombra das nossas bandeiras. Anunciaram pois os sindicatos nacionais a promoção de um comício contra o comunismo, e mal foi conhecida a notícia perpassou em todo o corpo social o frémito dos grandes momentos históricos, publicaram-se prospectos assinados por associações patrióticas, as senhoras, individualmente ou reunidas em comissão, reclamaram bilhetes, e, com vista ao fortalecimento dos ânimos, à preparação dos espíritos, alguns sindicatos organizaram sessões dedicadas aos seus associados, fizeram-no os caixeiros e os padeiros, fê-lo a indústria hoteleira, nas fotografias vêem-se os assistentes saudando de braço estendido, cada um ensaia a sua parte enquanto não chega a grande noite da estreia. Em todas estas sessões é lido e aplaudido o manifesto dos sindicatos nacionais, veemente profissão de fé doutrinária e de confiança nos destinos da nação, o que se demonstra com estes poucos excertos colhidos ao acaso, Sem dúvida os sindicatos nacionais repelem com energia o comunismo, sem dúvida os trabalhadores nacionais-corporativos são intransigentemente portugueses e latino-cristãos, os sindicatos nacionais pedem a Salazar, em suma, grandes remédios para grandes males, os sindicatos nacionais reconhecem, como bases eternas de toda a organização social, económica e política, a iniciativa privada e a apropriação individual dos bens, dentro dos limites da justiça social. E porque a luta é comum e igual o inimigo, foram falangistas espanhóis ao Rádio Clube Português, foram deitar fala ao país inteiro, louvaram a plena integração de Portugal na cruzada resgatadora, afirmação que, em boa verdade, representa uma infidelidade histórica, porquanto toda a gente sabe que nós, portugueses, estamos na cruzada já faz anos, mas os espanhóis são assim, querem logo tomar conta de tudo, é preciso estar sempre de olho neles.

Em toda a sua vida Ricardo Reis nunca assistiu a um comício político. A causa desta cultivada ignorância estará nas particularidades do seu temperamento, na educação que recebeu, nos gostos clássicos para que se inclinou, um certo pudor também, quem os versos lhe conheça bastante encontrará fácil caminho para a explicação. Mas este alarido nacional, a guerra civil aqui ao lado, quem sabe se o desconcerto do lugar onde vão reunir-se os manifestantes, a Praça de Touros do Campo Pequeno, acordam-lhe no espírito uma pequenina chama de curiosidade, como será juntarem-se milhares de pessoas para ouvirem discursos, que frases e palavras aplaudirão, quando, porquê, e a convicção de uns e dos outros, os que falam e os que escutam, as expressões dos rostos e os gestos, para homem de natural tão pouco indagador, há interessantes mudanças em Ricardo Reis. Foi cedo para ter lugar, e de táxi para chegar mais depressa. A noite está quente neste final de Agosto. Os eléctricos, em carreiras especiais, passam cheios de gente, a transbordar, os de dentro interpelam fraternalmente os que vão a pé, alguns mais inflamados de espírito nacionalista trocam vivas ao Estado Novo. Há bandeiras de sindicatos, e, como o vento mal sopra, agitam-nas os porta-estandartes para exibir as cores e os emblemas, uma heráldica corporativa ainda inquinada de tradições republicanas, atrás segue a corporação, o ofício, a arte, na boa linguagem mesteiral de antigamente. Ao entrar na praça, Ricardo Reis, por um refluxo do caudal humano, achou-se confundido com os bancários, todos de fita azul no braço com a cruz de Cristo, e as iniciais SNB, é bem certo que a virtude definitiva do patriotismo absolve todos os excessos e desculpa todas as contradições, como esta de terem os bancários adoptado para seu sinal de reconhecimento a cruz daquele que, nos tempos passados, expulsou do templo mercadores e cambistas, primeiros galhos desta árvore, primeiras flores deste fruto. O que lhes vale é não ser Cristo como o lobo da fábula, que esse, aceitando o risco de errar, imolava cordeiros tenros à conta dos carneiros endurecidos em que se viriam a tornar ou dos outros que lhes tinham dado o ser. Dantes era tudo muito mais simples, qualquer pessoa podia ser deus, agora consumimos o tempo a interrogar-nos se as águas já vêm lodosas da fonte ou foram turvadas por outras travessias.

A praça em pouco ficará cheia. Mas Ricardo Reis ainda arranjou um bom lugar, nas bancadas do sol, que hoje tanto faz, é tudo sombra e noite, a bondade do sítio consiste em não estar demasiado longe da tribuna dos oradores, pode ver-lhes a cara, nem tão perto que lhe não permitisse a conveniente vista de conjunto. Continuam a entrar bandeiras e sindicatos, todos eles nacionais, delas só poucas o são, e bem se compreende, que não precisamos de exagerar o símbolo sublime da pátria para se ver que estamos entre portugueses, e dos melhores, sem vaidade seja dito. As bancadas estão cheias, lugar, agora, só na arena, onde os estandartes podem fazer melhor figura, por isso estão lá tantos. Saúdam-se os conhecidos e correlativos, os que lá fora deram vivas ao Estado Novo, e são muitos, estendem o braço freneticamente, levantam-se e sentam-se sem descanso, de cada vez que uma insígnia entra ei-los de pé, saudando à romana, perdoe-se a insistência, a deles e a nossa, o tempora, o mores, tanto se esforçaram Viriato e Sertório para lançarem fora da pátria os imperiais ocupantes, que se império não era de direito, para o reconhecermos de facto deveria bastar o testemunho dos ocupados, tanto se esforçaram aqueles e agora tornou Roma na figura dos seus descendentes, esse é, sem dúvida, o melhor domínio, comprar homem por si, e às vezes nem é preciso comprá-los, que eles oferecem-se baratos, a troco duma tira de pano no braço, em troca do direito de usar a cruz de cristo, agora com letra minúscula, para não ser tão grande o escândalo. Uma banda de música dá primores de repertório para entreter a espera. Enfim, entram as entidades oficiais, recheia-se a tribuna, e é o delírio. Esfuziam os gritos patrióticos, Portugal Portugal Portugal, Salazar Salazar Salazar, este não veio, só aparece quando lhe convém, nos locais e às horas que escolhe, aquele não admira que aqui esteja, porque está em toda a parte. No lado direito da tribuna, em lugares que até agora tinham permanecido vazios, com muita inveja do gentio doméstico, instalaram-se representantes do fáscio italiano, com as suas camisas negras e condecorações dependuradas, e no lado esquerdo representantes nazis, de camisa castanha e braçadeira com a cruz suástica, e todos estes estenderam o braço para a multidão, a qual correspondeu com menos habilidade mas muita vontade de aprender, é nesta altura que entram os falangistas espanhóis, com a já conhecida camisa azul, três cores diferentes e um só verdadeiro ideal. A multidão, como um único homem, está de pé, o clamor sobe ao céu, é a linguagem universal do berro, a babel finalmente unificada pelo gesto, os alemães não sabem português nem castelhano nem italiano, os espanhóis não sabem alemão nem italiano nem português, os italianos não sabem castelhano nem português nem alemão, os portugueses, em compensação, sabem muito bem castelhano, usted para o trato, quanto vale para as compras, gracias para o obrigado, mas estando os corações de acordo, um grito basta, Morte ao bolchevismo em todas as línguas. A custo fez-se silêncio, a banda rematara a marcha militar com três pancadas de bombo, e agora anuncia-se o primeiro orador da noite, o operário Gilberto Arroteia, do Arsenal da Marinha, como foi que o aliciaram é segredo entre ele e a sua tentação, depois veio o segundo, Luís Pinto Coelho, que representa a Mocidade Portuguesa, e com ele se começa a desvendar a intenção última deste comício, pois por palavras muito explicadas pediu a criação de milícias nacionalistas, o terceiro foi Fernando Homem Cristo, o quarto Abel Mesquita, dos sindicatos nacionais de Setúbal, o quinto António Castro Fernandes, que será ministro lá mais para o diante, o sexto Ricardo Durão, major de patente e maior de convicção, que passadas algumas semanas irá repetir em Évora o discurso de hoje, e também em praça de touros, Estamos aqui reunidos, irmanados no mesmo patriótico ideal, para dizer e mostrar ao governo da nação que somos penhores e fiéis continuadores da grande gesta lusa e daqueles nossos maiores que deram novos mundos ao mundo e dilataram a fé e o império, mais dizemos que ao toque do clarim, ou das tubas, clangor sem fim, nos reunimos como um só homem em redor de Salazar, o gênio que consagrou a sua vida ao serviço da pátria, e enfim, sétimo na ordem, primeiro na importância política, o capitão Jorge Botelho Moniz, que é o do Rádio Clube Português, e este lê uma moção em que se pede ao governo a criação duma legião cívica que se dedique inteiramente ao serviço da nação, tal como Salazar se dedicou, não é de mais que o acompanhemos, à proporção das nossas fracas forças, esta seria uma excelente ocasião para citar a parábola dos sete vimes, que separados facilmente são partidos e juntos formam feixe ou fáscio, duas palavras que só nos dicionários significam o mesmo, e este comentário não se sabe quem o fez, embora não haja dúvidas acerca de quem o repete. Ouvindo falar de legião cívica, a multidão levanta-se outra vez, sempre como um só homem, quem diz legião diz farda, quem diz farda diz camisa, agora só faltará decidir qual vai ser a cor dela, não é questão para resolver aqui, em todo o caso, para não nos chamarem macacos de imitação, não a escolheremos nem preta nem castanha nem azul, já o branco suja-se muito, o amarelo é desespero, o vermelho Deus nos livre, o roxo pertence ao Senhor dos Passos, portanto, não resta mais que o verde, e é muito bom o verde, digam-no os garbosos moços da Mocidade, que, à espera de que lhes chegue a vez de receberem uniforme, não sonham com outra coisa. O comício está no fim, a obrigação foi cumprida. Ordeiramente, como é timbre dos portugueses, a multidão abandona o recinto, ainda há quem dê vivas, mas em tom menor, os porta-estandartes mais cuidadosos enrolam as bandeiras, enfiam-nas nas bainhas protectoras, os projectores principais da praça já se apagaram, agora a luz é só a suficiente para que os manifestantes não se percam no caminho. Cá fora vão-se enchendo os carros eléctricos alugados especialmente, algumas camionetas para mais longe, há filas de público avulso à espera de transporte. Ricardo Reis, que esteve todo este tempo ao ar livre, com o céu por cima da cabeça, sente que precisa de respirar, de tomar ar. Desdenha os táxis que aparecem, logo assaltados, e, tendo vindo à festa, mas não fazendo parte da festa, atravessa a avenida para o outro passeio, como se viesse de um lugar diferente, calhou ser esta a rota de passagem, de mais sabemos como são irreprimíveis as coincidências do mundo. A pé, vai atravessar a cidade inteira, não há vestígios da patriótica jornada, estes eléctricos pertencem a outras carreiras, os táxis dormitam nas praças. Do Campo Pequeno ao Alto de Santa Catarina é quase uma légua, para o que lhe havia de dar, a este doutor médico, em geral tão sedentário de hábitos. Chegou a casa com os pés doridos, uma estafa, abriu a janela para arejar a atmosfera abafada do quarto, e então compreendeu que em todo o caminho não pensara no que tinha visto e ouvido, julgara que sim, que viera a pensar, mas querendo recordar agora não encontrava uma única ideia, uma reflexão, um comentário, era como se tivesse sido transportado por uma nuvem, nuvem ele próprio, apenas pairando. Agora queria meditar, reflectir, dar uma opinião e discuti-la consigo mesmo, e não conseguia, tinha apenas lembrança e olhos para as camisas negras, castanhas, azuis, ali quase ao alcance da sua mão, eram aqueles os homens que defendiam a civilização ocidental, os meus gregos e romanos, que resposta daria Don Miguel de Unamuno se o tivessem convidado a estar presente, talvez aceitasse, apareceria entre Durão e Moniz, mostrar-se-ia às massas, Eis-me aqui, homens de Portugal, povo de suicidas, gente que não grita Viva la muerte, mas vive com ela, mais do que isto não vos sei dizer, que bem precisaria eu próprio de quem me amparasse nestes meus dias de fraqueza. Ricardo Reis olha a noite profunda, quem nos pressentimentos e estados de alma tivesse a arte de encontrar sinais diria que alguma coisa se prepara. É muito tarde quando Ricardo Reis fecha a janela, por fim não foi capaz de pensar mais do que isto, A comícios não torno, foi escovar o casaco e as calças, e nesse movimento sentiu desprender-se deles um cheiro de cebola, caso extraordinário, estaria pronto a jurar que não ficara ao pé do Victor.

Os dias seguintes são pródigos em notícias, como se o comício do Campo Pequeno tivesse feito redobrar o movimento do mundo, em geral damos o nome de acontecimentos históricos a estes episódios. Um grupo de financeiros norte-americanos comunicou ao general Franco estar pronto a conceder os fundos necessários à revolução nacionalista espanhola, isto há-de ter sido ideia e influência de John D. Rockefeller, nem tudo seria conveniente esconder-lhe, deu o New York Times a informação do levantamento militar em Espanha com todas as cautelas para não ferir o coração debilitado do ancião, mas há coisas que não podem ser evitadas, sob pena de males maiores. Para os lados da Floresta Negra, os bispos alemães anunciaram que a igreja católica e o Reich iriam combater ombro com ombro contra o inimigo comum, e Mussolini, para não ficar atrás de tão belicosas demonstrações, deu aviso ao mundo de que poderá mobilizar em pouco tempo oito milhões de homens, muitos deles ainda quentes da vitória sobre esse outro inimigo da civilização ocidental, a Etiópia. Mas, regressando ao ninho nosso paterno, já não é só sucederem-se as listas de voluntários para a Mocidade, contam-se também por milhares os inscritos na Legião Portuguesa, que este nome terá, e o subsecretário das Corporações lavrou um despacho em que louva, nos termos mais expressivos, as direcções dos sindicatos nacionais pela patriótica iniciativa do comício, crisol onde se acadinharam os corações nacionalistas, agora nada poderá travar o passo do Estado Novo. Também se anuncia que o senhor presidente do Conselho anda a visitar os estabelecimentos militares, esteve na fábrica de material de guerra de Braço de Prata, esteve no depósito de armamento de Beirolas, e quando tiver estado em outros lugares se dará a notícia, por isso já há quem lhe chame Esteves em vez de Salazar.

É pelos jornais que Ricardo Reis sabe que o Afonso de Albuquerque foi a Alicante buscar refugiados, e em seu íntimo entristece, porque, afinal, estando tão ligado às viagens deste barco, modo de dizer que deverá ser entendido tendo em mente as suas relações sentimentais, não o informou Lídia de que o seu irmão marinheiro partira para o mar, em missão humanitária. Aliás, Lídia não tem aparecido, a roupa suja acumula-se, o pó cai sobre os móveis e os objectos maciamente, aos poucos as coisas perdem o seu contorno como se estivessem cansadas de existir, será também o efeito de uns olhos que se cansaram de as ver. Ricardo Reis nunca se sentiu tão só. Dorme quase todo o dia, sobre a cama desmanchada, no sofá do escritório, chegou mesmo a adormecer na retrete, aconteceu-lhe uma vez apenas, porque então acordara em sobressalto ao sonhar que podia morrer ali, descomposto de roupas, um morto que não se respeita não mereceu ter vivido. Escreveu uma carta a Marcenda, mas rasgou-a. Era uma longa missiva, de muitas páginas, que punha de pé toda uma arqueologia da lembrança, desde a primeira noite do hotel, e foi escrita fluentemente, ao correr da pena, memorial de uma vivíssima memória, porém, chegando a este dia em que está, não soube Ricardo Reis que mais escrever, pedir não devo, dar não tenho, então juntou todas as folhas, acertou-as, endireitou os cantos dobrados de algumas, e rasgou-as metodicamente até as transformar em minúsculos pedacinhos onde seria difícil ler uma palavra por inteiro. Não os deitou ao lixo, pareceu-lhe que deveria evitar essa degradação final, por isso saiu de casa altas horas da noite, toda a rua dormia, e foi lançar por cima das grades do jardim a sua chuva de papelinhos, carnaval triste, a brisa da madrugada levou-os por cima dos telhados, outro vento mais forte os arrastará para longe, mas a Coimbra não chegarão. Dois dias depois copiou para uma folha de papel o seu poema, Saudoso já deste verão que vejo, sabendo que esta primeira verdade se tornara entretanto mentira, porque não sente nenhumas saudades, apenas um sono infinito, hoje escreveria outros versos se fosse capaz de escrever, saudoso estava, fique saudoso no tempo em que saudade sentia. Endereçou o sobrescrito a Marcenda Sampaio, posta-restante, Coimbra, passando os meses e não aparecendo a destinatária, irá para o refugo, e se o já dito funcionário escrupuloso e inconfidente levar a carta ao cartório do doutor Sampaio, como se chegou a temer, daí talvez não venha mal, chegando a casa dirá o pai à filha, aberta a carta como é seu paternal direito, Parece que tens um admirador desconhecido, e Marcenda lerá os versos, sorrindo, nem lhe passa pela cabeça que sejam de Ricardo Reis, se nunca ele lhe disse que era poeta, há semelhanças na caligrafia, mas são simples coincidência, nada mais.

Não volto aqui, dissera Lídia, e é ela quem neste momento bate à porta. Traz no bolso a chave da casa, mas não se serve dela, tem os seus melindres, disse que não voltaria, mal parecia agora meter a chave à porta como em casa sua, que nunca foi, hoje ainda menos, se esta palavra nunca admite redução, admitamo-la nós, que das palavras não conhecemos o último destino. Ricardo Reis foi abrir, disfarçou a surpresa, e como Lídia se mostrava hesitante, se entraria no quarto, se iria para a cozinha, decidiu passar ao escritório, ela que o seguisse, se quisesse. Lídia tem os olhos vermelhos e inchados, talvez depois de grande luta com o seu nascente amor de mãe tenha acabado por resolver fazer o desmancho, pela expressão da cara não parece ser causa do desgosto ter caído Irun e estar cercado San Sebastian. Ela diz, Desculpe, senhor doutor, não tenho podido vir, mas quase sem transição emendou, Não foi por isso, pensei que já não lhe fazia falta, tornou a emendar, Sentia-me cansada desta vida, e tendo dito ficou à espera, pela primeira vez olhou de frente para Ricardo Reis, achou-o com um ar envelhecido, estará doente, Tens-me feito falta, disse ele, e calou-se, dissera tudo o que havia para dizer. Lídia deu dois passos para a porta, irá ao quarto fazer a cama, irá à cozinha lavar a louça, irá ao tanque pôr a roupa em sabão, mas não foi para isto que veio, ainda que tudo isto venha a fazer, mais tarde. Ricardo Reis percebe que há outras razões, pergunta, Por que é que não te sentas, e depois, Conta-me o que se passa, então Lídia começa a chorar baixinho, É por causa do menino, pergunta ele, e ela acena que não, lança-lhe mesmo, em meio das lágrimas, um olhar repreensivo, finalmente desabafa, É por causa do meu irmão. Ricardo Reis lembra-se de que o Afonso de Albuquerque regressou de Alicante, porto que ainda está em poder do governo espanhol, soma dois e dois e acha que são quatro, O teu irmão desertou, ficou em Espanha, O meu irmão veio com o barco, Então, Vai ser uma desgraça, uma desgraça, Ó criatura, não sei de que estás a falar, explica-te por claro, É que, interrompeu-se para enxugar os olhos e assoar-se, é que os barcos vão revoltar-se, sair para o mar, Quem to disse, Foi o Daniel em grande segredo, mas eu não consigo guardar este peso para mim, tinha de desabafar com uma pessoa de confiança, pensei no senhor doutor, em quem mais havia de pensar, não tenho ninguém, a minha mãe não pode nem sonhar. Ricardo Reis espanta-se por não reconhecer em si nenhum sentimento, talvez isto é que seja o destino, sabermos o que vai acontecer, sabermos que não há nada que o possa evitar, e ficarmos quietos, olhando, como puros observadores do espectáculo do mundo, ao tempo que imaginamos que este será também o nosso último olhar, porque com o mesmo mundo acabaremos, Tens a certeza, perguntou, mas disse-o somente porque é costume dar a nossa cobardia ao destino essa última oportunidade de voltar atrás, de arrepender-se. Ela acenou que sim, chorosa, esperando pelas perguntas apropriadas, aquelas a que só podem ser dadas respostas directas, se possível um sim ou um não, mas trata-se de proeza que está acima das humanas capacidades. Na falta, sirva-nos, por exemplo, Qual é a intenção deles, com certeza não contam sair para o mar acreditando que será bastante para fazer cair o governo, A ideia é irem para Angra do Heroísmo, libertar os presos políticos, tomar posse da ilha, e esperar que haja levantamentos aqui, E se não os houver, Se não houver, seguem para Espanha, vão juntar-se ao governo de lá, É uma rematada loucura, nem conseguirão sair a barra, Foi o que eu disse ao meu irmão, mas eles não dão ouvidos a ninguém, Para quando será isso, Não sei, ele não mo disse, é um destes dias, E os barcos, quais são os barcos, É o Afonso de Albuquerque, mais o Dão e o Bartolomeu Dias, É uma loucura, repete Ricardo Reis, mas já não pensa na conspiração que com tanta simplicidade lhe foi descoberta. Recorda-se, sim, do dia da sua chegada a Lisboa, os contratorpedeiros na doca, as bandeiras molhadas como trapos pingões, as obras mortas pintadas de morte-cinza, O Dão é aquele mais perto, dissera o bagageiro, e agora o Dão vai sair para o mar, em rebeldia, deu por si Ricardo Reis a inspirar fundo, como se ele próprio fosse na proa do barco, recebendo em cheio na cara o vento salgado, a amarga espuma. Tornou a dizer, É uma loucura, mas é a própria voz que desmente as palavras, há nela um tom que parece de esperança, foi ilusão nossa, seria absurdo, não sendo esperança sua, Enfim, talvez tudo venha a correr bem, sabe-se lá se não acabarão por pôr de parte o projecto, e se teimarem talvez consigam chegar a Angra, veremos o que acontece, e tu não chores mais, lágrimas não adiantam, porventura mudarão de ideias, Não mudam, não, o senhor doutor não os conhece, tão certo como chamar-me eu Lídia. Ter dito o seu próprio nome chamou-a ao cumprimento dos deveres, Hoje não lhe posso arrumar a casa, tenho de ir a correr para o hotel, foi só o tempo de desabafar, talvez nem tenham dado pela minha falta, Não te posso ajudar em nada, Eles é que vão precisar de ajuda, com tanto rio para navegar antes de passarem a barra, o que mais lhe peço, por alma de todos os seus, é que não conte nada a ninguém, guarde-me este segredo que eu não fui capaz de calar só para mim, Fica descansada, que a minha boca não se abrirá. Não se abriu a boca, mas descerraram-se os lábios, o suficiente para um beijo de consolação, e Lídia gemeu, porém da mágoa que tem, embora não fosse impossível encontrar nesse gemido um outro som profundo, nós, humanos, é assim que somos, sentimos tudo ao mesmo tempo. Lídia desceu a escada, contra o costume foi Ricardo Reis ao patamar, ela olhou para cima, ele fez-lhe um gesto de aceno, ambos sorriram, há momentos perfeitos na vida, foi este um deles, como uma página que estava escrita e aparece branca outra vez.

    Ao outro dia, quando Ricardo Reis saiu para almoçar, parou no jardim a olhar o quadro dos navios de guerra, além, em frente do Terreiro do Paço. Entendia pouco de barcos em geral, apenas sabia que os avisos são maiores que os contratorpedeiros, mas à distância todos lhe pareciam iguais, e isto exasperava-o, aceitava que não fosse capaz de identificar o Afonso de Albuquerque, e o Bartolomeu Dias, em que nunca reparara, mas ao Dão conhecia-o desde que chegara a Portugal, o bagageiro dissera-lhe, É aquele, palavras perdidas foram, lançadas ao vento. Lídia deve ter sonhado, ou divertiu-se o irmão à custa dela, com uma incrível história de conspiração e revolta, saírem os barcos para o mar, três daqueles que ali estão, nas suas bóias, tão por igual sossegados sob a brisa, e as fragatas de água-acima, e os cacilheiros no seu incessante ir e voltar, e as gaivotas, o céu azul, descoberto, e o sol, que tanto refulge lá onde está como sobre o rio expectante, afinal é mesmo verdade o que o marinheiro Daniel contou à irmã, um poeta é capaz de sentir a inquietação que há nestas águas, Quando será que eles saem, Um destes dias, respondeu Lídia, uma tenaz de angústia aperta a garganta de Ricardo Reis, turvam-se-lhe os olhos de lágrimas, também foi assim que começou o grande choro de Adamastor. Vai para retirar-se quando ouve vozes excitadas, Além, além, são os velhos, e outras pessoas perguntam, Onde, o quê, e uns rapazitos que saltavam ao eixo param e gritam, Olha o balão, olha o balão, enxugou Ricardo Reis os olhos com as costas da mão e viu que surgia da Outra Banda um enorme dirigível, devia ser o Graf Zepellin, ou o Hindemburgo, vinha largar correio para a América do Sul. No leme a cruz suástica, com as suas cores de branco, vermelho e negro, poderia ser um daqueles papagaios que as crianças lançam ao ar, emblema que perdeu o sentido primeiro, ameaça que paira em vez de estrela que sobe, estranhas relações são estas entre os homens e os sinais, lembremo-nos de S. Francisco de Assis atado pelo sangue à cruz de Cristo, lembremo-nos da cruz do mesmo Cristo nos braços dos bancários que vão ao comício, de pasmar é que não se perca uma pessoa nesta confusão de sentidos, ou em verdade perdida está e nessa mesma perdição se reconhece todos os dias. O Hindemburgo, com os motores rugindo nas alturas, sobrevoou o rio para os lados do castelo, depois desapareceu por trás das casas, aos poucos foi-se apagando o som, o dirigível vai largar o correio à Portela de Sacavém, quem sabe se o Highland Brigade lhe levará depois as cartas, pode muito bem ser, que as andanças do mundo só nos parecem múltiplas porque não reparamos na repetição dos trânsitos. Os velhos voltaram a sentar-se, os rapazes regressaram ao jogo do eixo, as correntes do ar estão quietas e caladas, não sabe agora Ricardo Reis mais do que sabia, os barcos lá ficam sob o calor da tarde que começa, de frente para a maré, devem ser horas do almoço dos marinheiros, hoje como todos os dias, excepto se for este o último. No restaurante, Ricardo Reis encheu o seu copo de vinho, depois o do convidado invisível, e quando pela primeira vez o levou aos lábios fez um gesto como um brinde, não estamos dentro da cabeça dele para saber a quem ou a quê brindou, façamos como os criados da casa, já mal reparam, que este cliente, ainda assim, não é dos que mais dão nas vistas.

A tarde está muito bonita. Ricardo Reis desceu ao Chiado, a Rua Nova do Almada, queria ver os barcos de perto, da beirinha do cais, e quando atravessava o Terreiro do Paço lembrou-se de que em todos estes meses nunca fora ao Martinho da Arcada, naquela vez parecera a Fernando Pessoa que seria imprudência desafiar a memória das paredes conhecidas, e depois não calhou, nenhum deles se lembrou mais, Ricardo Reis ainda tem desculpa, ausente tantos anos, o hábito de frequentar aquele café, se o chegou a ter, quebrara-se com a ausência. Também não irá lá hoje. Os barcos, vistos do meio da praça, pousados sobre a água luminosa, parecem aquelas miniaturas que os comerciantes de brinquedos põem nas montras, em cima de um espelho, a fingir de esquadra e porto de mar. E, de mais perto, da beirinha do cais, pouco se consegue ver, dos nomes nenhum, apenas os marinheiros que vão de um lado para o outro no tombadilho, irreais a esta distância, se falam não os ouvimos, e é segredo o que pensam. Está Ricardo Reis nesta contemplação, alheado, desprendeu-se do motivo que o levou ali, só está olhando, nada mais, de repente uma voz disse ao lado, Então o senhor doutor veio ver os barcos, reconheceu-a, é o Victor, no primeiro instante sentiu-se perplexo, não por ele ali estar, mas porque o cheiro não o denunciara, então compreendeu porquê, o Victor pusera-se a sotavento. O coração de Ricardo Reis agitou-se, desconfiará o Victor de alguma coisa, será já conhecida a revolta dos marinheiros, Os barcos e o rio, respondeu, também poderia ter falado das fragatas e das gaivotas, poderia igualmente ter dito que ia apanhar o cacilheiro, gozar o regalo da travessia, ver saltar as toninhas, limitou-se a repetir, Os barcos e o rio, afastou-se bruscamente, consigo mesmo dizendo que fora um erro proceder assim, devia era ter mantido uma conversa natural, Se ele sabe alguma coisa do que está para acontecer, com certeza achou duvidoso ver-me ali. Então pareceu a Ricardo Reis que deveria avisar Lídia, era sua obrigação, mas logo reconsiderou, Afinal, que teria eu para lhe dizer, que vi o Victor no Terreiro do Paço, podia ter sido um acaso, os polícias também gostam de ver o rio, capaz até de estar de folga, ia a passar, sentiu o apelo da alma marinheira que há em todos os portugueses, e, tendo ali visto o senhor doutor, mal parecia que não lhe falasse, tendo tão boas recordações. Ricardo Reis passou à porta do Hotel Bragança, subiu a Rua do Alecrim, lá estava o anúncio insculpido na pedra, clínica de enfermedades de los ojos y quirúrgicas, A. Mascaró, 1870, não se menciona se o dito Mascaró tinha licença da faculdade ou era simples prático, nesses tempos seriam menos rigorosas as exigências documentais, e nestes excessivas não são, basta lembrarmo-nos de que Ricardo Reis andou a tratar doentes cardíacos sem habilitação particular. Seguiu o caminho das estátuas, Eça de Queirós, o Chiado, D'Artagnan, o pobre Adamastor visto de costas, fingiu que admirava aqueles monumentos, por três vezes deu-lhes pausada volta, sentia-se como se estivesse a brincar aos polícias e ladrões, mas ficava descansado, o Victor não viera atrás de si.

A tarde passou devagar, a noite desceu. Lisboa é uma sossegada cidade com um rio largo e histórico. Ricardo Reis não saiu para jantar, mexeu dois ovos, meteu-os numa vianinha, acompanhou o magro presigo com um copo de vinho, mesmo este pouco se lhe enrolava na boca. Estava nervoso, inquieto. Já passava das onze horas, desceu ao jardim para olhar os barcos uma vez mais, deles viu apenas as luzes de posição, agora nem sequer sabia distinguir entre avisos e contratorpedeiros. Era o único ser vivo no Alto de Santa Catarina, com o Adamastor já não se podia contar, estava concluída a sua petrificação, a garganta que ia gritar não gritará, a cara mete horror olhá-la. Voltou Ricardo Reis para casa, certamente não vão sair de noite, à ventura, com risco de encalhe. Deitou-se, meio despido, adormeceu tarde, acordou, tornou a adormecer, tranquilizado pelo grande silêncio que havia na casa, a primeira luz da manhã entrava pelas frinchas da janela quando despertou, nada acontecera durante a noite, agora que outro dia começara parecia impossível que alguma coisa pudesse acontecer. Recriminou-se pelo despropósito de dormir vestido, só descalçara os sapatos e tirara o casaco e a gravata, Vou tomar um banho, disse, baixara-se para procurar os chinelos debaixo da cama, então ouviu o primeiro tiro de peça. Quis acreditar que se enganara, talvez tivesse caído qualquer objecto muito pesado no andar de baixo, um móvel, a dona da casa com um desmaio, mas outro tiro soou, as vidraças estremeceram, são os barcos que estão a bombardear a cidade. Abriu a janela, na rua havia pessoas assustadas, uma mulher gritou, Ai que é uma revolução, e largou a correr, calçada acima, na direcção do jardim. Ricardo Reis calçou-se rapidamente, enfiou o casaco, ainda bem que não se despira, parecia que adivinhava, as vizinhas já estavam na escada, entrouxadas nas batas de trazer por casa, quando viram aparecer o médico, um médico sabe tudo, perguntaram em aflição, Haverá feridos, senhor doutor, se ia com tanta pressa era porque o tinham chamado de urgência. E foram atrás dele, aconchegando o pescoço descoberto, ficaram à entrada do prédio, meio recolhidas por via do pudor. Quando Ricardo Reis chegou ao jardim havia já muitas pessoas, morar aqui perto era um privilégio, não há melhor sítio em Lisboa para ver entrar e sair os barcos. Não eram os navios de guerra que estavam a bombardear a cidade, era o forte de Almada que disparava contra eles. Contra um deles. Ricardo Reis perguntou, Que barco é aquele, teve sorte, calhou dar com um entendido, É o Afonso de Albuquerque. Era então ali que ia o irmão de Lídia, o marinheiro Daniel, a quem nunca vira, por um momento quis imaginar um rosto, viu o de Lídia, a estas horas também ela chegou a uma janela do Hotel Bragança, ou saiu para a rua, vestida de criada, atravessou a correr o Cais do Sodré, agora está na beira do cais, aperta as mãos sobre o peito, talvez a chorar, talvez com os olhos secos e as faces incendiadas, de repente dando um grito porque o Afonso de Albuquerque foi atingido por um tiro, logo outro, há quem bata palmas no Alto de Santa Catarina, neste momento apareceram os velhos, quase lhes rebentam os pulmões, como terão eles conseguido chegar aqui tão depressa, em tão pouco tempo, morando lá nas profundas do bairro, mas prefeririam morrer a perder o espectáculo, ainda que venham a morrer por não tê-lo perdido. Parece, tudo isto, um sonho. O Afonso de Albuquerque navega devagar, provavelmente foi atingido em algum órgão vital, a casa das caldeiras, o leme. O forte de Almada continua a disparar, parece o Afonso de Albuquerque que respondeu, mas não há a certeza. Deste lado da cidade começaram a soar tiros, mais violentos, mais espaçados, É o forte do Alto do Duque, diz alguém, estão perdidos, já não vão poder sair. E é neste momento que outro barco começa a navegar, um contratorpedeiro, o Dão, só pode ser ele, procurando ocultar-se no fumo das suas próprias chaminés e encostando-se à margem sul para escapar ao fogo do forte de Almada, mas, se deste escapa, não foge ao Alto do Duque, as granadas rebentam na água, contra o talude, estas são de enquadramento, as próximas atingem o barco, o impacte é directo, já sobe no Dão uma bandeira branca, rendição, mas o bombardeamento continua, o navio vai adernado, então são mostrados sinais de maior dimensão, lençóis, sudários, mortalhas, é o fim, o Bartolomeu Dias nem chegará a largar a bóia. São nove horas, cem minutos passaram desde que isto principiou, a neblina da primeira manhã já se desvaneceu, o sol brilha desafogado, a esta hora devem andar a caçar os marinheiros que se atiraram à água. Deste miradouro não há mais nada para ver. Ainda aí vêm uns retardatários, não puderam chegar mais cedo, os veteranos explicam como foi, Ricardo Reis sentou-se num banco, sentaram-se depois ao lado dele os velhos, que, escusado será dizer, quiseram meter conversa, mas o senhor doutor não responde, está de cabeça baixa como se tivesse sido ele o que quis ir ao mar e acabou apanhado na rede. Enquanto os adultos conversam, cada vez menos excitadamente, os rapazitos começaram a saltar ao eixo, as meninas cantam, Fui ao jardim da Celeste, o que foste lá fazer, fui lá buscar uma rosa, e outra podia ser a cantiga, nazarena, Não vás ao mar Tonho, podes morrer Tonho, ai Tonho Tonho, que desgraçado tu és, não tem esse nome o irmão de Lídia, mas em desgraça não será grande a diferença. Ricardo Reis levanta-se do banco, os velhos, ferozes, já não dão por ele, o que valeu foi ter dito uma mulher, compassiva, Coitadinhos, refere-se aos marinheiros, mas Ricardo Reis sentiu esta doce palavra como um afago, a mão sobre a testa ou suave correndo pelo cabelo, e entra em casa, atira-se para cima da cama desfeita, escondeu os olhos com o antebraço para poder chorar à vontade, lágrimas absurdas, que esta revolta não foi sua, sábio é o que se contenta com o espectáculo do mundo, hei-de dizê-lo mil vezes, que importa àquele a quem já nada importa que um perca e outro vença. Ricardo Reis levanta-se, põe a gravata, vai sair, mas ao passar a mão pela cara sente a barba crescida, não precisa de olhar-se ao espelho para saber que não gosta de si neste estado, os pêlos brancos brilhando, cara de sal e pimenta, anunciação da velhice. Os dados já foram atirados sobre a mesa, a carta jogada foi coberta pelo ás de trunfo, por mais depressa que corras não salvarás o teu pai da forca, são ditos comuns que ajudam a tornar suportáveis para o vulgo as resoluções do destino, sendo assim vai Ricardo Reis barbear-se e lavar-se, é um homem vulgar, enquanto se barbeia não pensa, dá apenas atenção ao deslizar da navalha, um destes dias terá de assentar-lhe o fio, que parece dobrado. Eram onze e meia quando saiu de casa, vai ao Hotel Bragança, é natural, ninguém pode estranhar que um antigo cliente, que não o foi de passagem, mas por quase três contínuos meses, ninguém estranhará que esse cliente, tão bem servido por uma das criadas do hotel, a qual teve um irmão nesta revolta, ela lho tinha dito, Ah, sim senhor doutor, tenho um irmão que é marinheiro no Afonso de Albuquerque, ninguém estranhará que vá saber, interessar-se, Coitada da rapariga, o que lhe havia de ter acontecido, há pessoas que nascem sem sorte.

O besouro tem um som mais rouco, ou foi a memória que se transviou desde então. O pajem levanta o seu globo apagado, afinal em França também havia pajens assim, não chegará a saber-se, de certeza certa, donde este veio, o tempo não deu para tudo. Ao cimo da escada aparece o Pimenta, vai para descer julgando que é um cliente com bagagem, então ficou à espera, ainda não reconheceu quem sobe, pode-se ter esquecido, são tantas as caras que entram e saem da vida de um mandarete de hotel, e há o contraluz, devemos sempre contar com o contraluz nestas ocasiões, mas agora está tão perto, mesmo vindo de cabeça baixa, que se acabam as dúvidas, É o senhor doutor Reis, como está, senhor doutor, Bons dias, Pimenta, aquela criada, como é que ela se chama, a Lídia, está, Ah, não, senhor doutor, não está, saiu e ainda não voltou, acho que o irmão estava metido na revolta, ainda bem não tinha Pimenta acabado a última palavra apareceu Salvador no patamar, fez-se de novas, Oh, senhor doutor, que grande alegria vê-lo por cá, e o Pimenta disse o que ele já sabia, O senhor doutor queria falar com a Lídia, Ah, a Lídia não está, mas se eu puder ser útil, Queria apenas saber o que se passou com o irmão, coitada da rapariga, ela tinha-me falado de um irmão que estava na marinha de guerra, vim só para ajudar em alguma coisa, como médico, Compreendo, senhor doutor, mas a Lídia não está, saiu assim que começaram os tiros e não voltou, e Salvador sorria, sempre sorri quando dá informações, é um bom gerente, digamo-lo pela última vez, mesmo tendo razões de queixa deste antigo hóspede que ia para a cama com a criada, e se calhar ainda vai, agora aparece-me aqui, feito inocente, se ele julga que me engana, muito enganado está, Sabe aonde é que ela terá ido, perguntou Ricardo Reis,

Andará por aí, capaz de estar no ministério da Marinha, ou em casa da mãe, ou na polícia, que este caso deve meter polícia, é mais do que certo, mas fique o senhor doutor descansado que eu digo-lhe que o senhor doutor esteve cá, ela depois procura-o, e o Salvador tornava a sorrir, como quem acaba de armar um laço e já vê a caça presa pelo jarrete, mas Ricardo Reis respondeu, Sim, ela que me procure, tem aqui a minha morada, e escreveu num papel a inútil indicação. Salvador desfez o sorriso, despeitado pela resposta pronta, não se chegou a saber que palavras iria dizer, do segundo andar desciam dois espanhóis em acalorada conversa, um deles perguntou, Señor Salvador, los ha levado el diablo a los marineros, Si, don Camilo, los ha levado el diablo, Bueno, entonces es hora de decir arriba España viva Portugal, Arriba, don Camilo, e o Pimenta acrescentou, por conta da pátria, Viva. Ricardo Reis desceu a escada, o besouro zumbiu, em tempos tinha havido aqui uma sineta, mas os hóspedes de então protestaram, diziam que parecia portão de cemitério.

Durante toda a tarde, Lídia não apareceu. Na hora da distribuição dos vespertinos Ricardo Reis saiu para comprar o jornal. Percorreu rapidamente os títulos da primeira página, procurou a continuação da notícia na página central dupla, outros títulos, ao fundo, em normando, Morreram doze marinheiros, e vinham os nomes, as idades, Daniel Martins, de vinte e três anos, Ricardo Reis ficou parado no meio da rua, com o jornal aberto, no meio de um silêncio absoluto, a cidade parara, ou passava em bicos de pés, com o dedo indicador sobre os lábios fechados, de repente o barulho voltou ensurdecedor, a buzina dum automóvel, o despique de dois cauteleiros, o choro duma criança a quem a mãe puxava as orelhas, Se tornas a fazer outra, deixo-te sem conserto. Lídia não estava à espera nem havia sinal de que tivesse passado. É quase noite. Diz o jornal que os presos foram

levados primeiro para o Governo Civil, depois para a Mitra, que
os mortos, alguns por identificar, se encontram no necrotério.
Lídia andará à procura do irmão, ou está em casa da mãe, chorando ambas o grande e irreparável desgosto.

 Então bateram à porta. Ricardo Reis correu, foi abrir, já prontos os braços para recolher a lacrimosa mulher, afinal era Fernando Pessoa, Ah, é você, Esperava outra pessoa, Se sabe o que aconteceu, deve calcular que sim, creio ter-lhe dito um dia que a Lídia tinha um irmão na Marinha, Morreu, Morreu. Estavam no quarto, Fernando Pessoa sentado aos pés da cama, Ricardo Reis numa cadeira. Anoitecera por completo. Meia hora passou assim, ouviram-se as pancadas de um relógio no andar de cima, É estranho, pensou Ricardo Reis, não me lembrava deste relógio, ou esqueci-me dele depois de o ter ouvido pela primeira vez. Fernando Pessoa tinha as mãos sobre o joelho, os dedos entrelaçados, estava de cabeça baixa. Sem se mexer, disse, Vim cá para lhe dizer que não tornaremos a ver-nos, Porquê, O meu tempo chegou ao fim, lembra-se de eu lhe ter dito que só tinha para uns meses, Lembro-me, Pois é isso, acabaram-se. Ricardo Reis subiu o nó da gravata, levantou-se, vestiu o casaco. Foi à mesa-de-cabeceira buscar The god of the labyrinth, meteu-o debaixo do braço, Então vamos, disse, Para onde é que você vai, Vou consigo, Devia ficar aqui, à espera da Lídia, Eu sei que devia, Para a consolar do desgosto de ter ficado sem o irmão, Não lhe posso valer, E esse livro, para que é, Apesar do tempo que tive, não cheguei a acabar de lê-lo, Não irá ter tempo, Terei o tempo todo, Engana-se, a leitura é a primeira virtude que se perde, lembra-se. Ricardo Reis abriu o livro, viu uns sinais incompreensíveis, uns riscos pretos, uma página suja, Já me custa ler, disse, mas mesmo assim vou levá-lo, Para quê, Deixo o mundo aliviado de um enigma.

Saíram de casa, Fernando Pessoa ainda observou, Você não trouxe chapéu, Melhor do que eu sabe que não se usa lá. Estavam no passeio do jardim, olhavam as luzes pálidas do rio, a sombra ameaçadora dos montes. Então vamos, disse Fernando Pessoa, Vamos, disse Ricardo Reis. O Adamastor não se voltou para ver, parecia-lhe que desta vez ia ser capaz de dar o grande grito. Aqui, onde o mar se acabou e a terra espera.

1ª EDIÇÃO [1988] 9 reimpressões
2ª EDIÇÃO [2003] 7 reimpressões
3ª EDIÇÃO [2017] 3 reimpressões

ESTA OBRA FOI COMPOSTA PELA SPRESS EM TIMES E IMPRESSA PELA GRÁFICA BARTIRA EM OFSETE SOBRE PAPEL PÓLEN NATURAL DA SUZANO S.A. PARA A EDITORA SCHWARCZ EM NOVEMBRO DE 2022

A marca FSC® é a garantia de que a madeira utilizada na fabricação do papel deste livro provém de florestas que foram gerenciadas de maneira ambientalmente correta, socialmente justa e economicamente viável, além de outras fontes de origem controlada.